达哥

徐晓鹤小说集

徐晓鹤 著

中国文史出版社

图书在版编目（CIP）数据

达哥 / 徐晓鹤著 . -- 北京：中国文史出版社，2025. 10.
　-- ISBN 978-7-5205-5292-9

Ⅰ . I247.7

中国国家版本馆 CIP 数据核字第 2025NZ8199 号

出　品　人：彭远国
责任编辑：秦千里　　方云虎

出版发行：中国文史出版社
社　　　址：北京市海淀区西八里庄路 69 号院　邮编：100142
电　　　话：010-81136606　81136602　81136603（发行部）
传　　　真：010-81136655
印　　　装：廊坊市海涛印刷有限公司
经　　　销：全国新华书店
开　　　本：16 开
印　　　张：40.75
字　　　数：582 千字
版　　　次：2025 年 10 月北京第 1 版
印　　　次：2025 年 10 月第 1 次印刷
定　　　价：98.00 元

目 录

残局

河边桥底下背阴的地方，有一副棋摊子。常年都只摆着那一式残局，从没见守摊子的老汉换过新把戏。

"你这局棋，哪个先走？"

"你先走你先走。"老汉很谦虚地，拱一拱本来就弯的背。

"那你不输定了？"挑战者不知深浅，擅动一子，还掣出火柴来点烟。

老汉不慌不忙，伸出瘦棱棱的指头，将粗大油亮的棋子拈起来，搁在相应的棋格上。

不几步，那对手一定败下阵来。大半根香烟还没抽完，却只得去衣口袋里寻出一张两角的票子，极不情愿地丢给老汉，半红着脸走开了。

老汉便就了这两角票子，在旁边热挑子上端一碗刚出锅的馄饨，特意还多拈两撮辣椒粉撒上，舒心畅意吃。竟不拿眼睛看围观的人。

有些不服气的，比方说几个下力的青年人在旁，见这光景着实可恼，手心痒痒难熬。七手八脚一顿乱嚷，欲置老汉于死地而后快。也怪那帮人不晓得天高地厚，只晓得他们胜利在望。

"话讲在头里。几个人下，要输了，每人两角钱！"老汉镇定地嚼那馄饨。

"你快走快走！两角钱算什么？两块钱都出得！"很不耐烦。

却输得惨。老汉也不要他们多的，按人头收定价。青年人倒是爽快，只骂了几句："好狡猾！"

一位在省里得过名次的棋手，打小城过身。听说桥底下摆了个谁也不

1

曾破得的残局，便要去领教领教。

他先在一旁看了半晌。不搭话，动一粒棋子。老汉不假思索，信手拈来，虚与委蛇的样子。时而伸手去背上摩某个酸疼处。未等将死，棋手就站起身，摸出两角钱走了，默默地。老汉也默默地。

老汉的名气，忽然大起来了。不光是桥底下，就是桥那边茶馆里，也有人将他和里根总统一起来讨论。那位默默来去的棋手，说成是得过全国冠军的大师。好几次出国访问没有对手，却在桥底下，被那老汉砍翻了。说到此处，便要很响地喝一口茶。再数到小城有几个罕世之处。一是河西岸嘉庆年间砌的砖塔，二是北坡那几亩地里种的苋菜，三是桥底下摆棋摊老汉。这小城原本是大应该在世间占些地位的。

名气一大，谁都不敢去碰他的棋。常常一天也端不到一碗热馄饨。想他并不愁生计，照旧每天大早摆下摊子，还生怕那些挑担卖菜的乡下人碰了他的棋盘。实在寂寞，就哼两句曲子。谁也分不清是哪门京腔昆曲黄梅调。自然他也不大讲究什么板眼。

"假如换一个边，你自己破得了么？"卖馄饨的与他搭讪。

老汉一笑，"实话讲把你听，我也破不了。"

"噫，那你这不是……撮钱？"

"什么话！这多年，我一直等高手来破这残局。又没有强拖人家来下。"姜太公的架势。

"要是有人破了，你输他么子？"

"要是有人破了，"老汉一指坐在身下的铁盒，"这个盒子归他。"

"里面么子好东西？"

"你莫问。反正他没得亏吃。"

卖馄饨的便揩了两只油手，低头研究了好一阵棋势。到锅开了，才去顾生意，笑称："你又不讲装么子东西……"

桥底下，早上卖包子，卖葱油粑粑；中午卖米粉，卖刮凉粉；晚上卖炸臭干子，卖葵花子。老汉不去凑热闹，只老实守着那摊棋，总共十七粒棋子。

"莫惹他，那怪老头！"吃刮凉粉的某，大概充过他的手下败将。

"那局鬼棋，他自己都破不了。"吃炸臭干子的某，愤愤蘸干净碟子里的辣酱。

棋摊子，自是无人问津了。

这天，一个憨实后生，在桥底下看热闹。无意中见棋老汉正在打瞌睡。有了兴趣，蹲在棋摊前低头默想。别人以为他也打瞌睡。

"喂，您……走棋。"

"你先走你先走。"老汉惊醒，拱背。

"我走了一步。"

老汉定睛一瞧，却是一着看似并无用处的闲棋。不好问，陪走。

尔来我往，摆弄了半个时辰。旁人只道那后生与老汉一并发痴，都不去喊醒他。也有好奇的，上前看名堂。见走得极慢，索然走开。

忽听老汉大嚷："好，好，你赢了你赢了！到底，破了这残局！"仰天作笑。

众人愕然。既没看懂，又没听懂。

老汉抽出铁盒，用衣襟揩得干干净净，双手捧给那后生，"好，好，我输给你了。"

后生接过铁盒，莫名其妙。去揭，用火漆封死了的。

"莫揭莫揭，回屋再看。没得亏你吃。"老汉说罢，收拾了十七粒棋子，径自走了。

第二天上午，那后生急匆匆赶来桥底下，却不见老汉和他的摊子。

"这盒子，我要还给他。一盘棋，受不得这么贵重的东西！"

"什么好东西？"人们围拢来。

后生捂住盖子，不好意思拿出来给大家看。向众人打听那老汉姓甚名谁，家住哪里。都说不晓得。

卖馄饨的偏着头一想，"吔，姓张？姓李？好像住在……都不对。天天见他的面，该是极熟的了。实在搞不清楚。"

"搞不清楚。"众人摇头散去，还拿眼打量那盒子。

后生叹口气，小心捧它走了。

自此，桥那边坐茶馆的人，数起小城的罕世之处，都只提嘉庆年间的砖塔和北坡地里的苋菜了。说是那苋菜，曾被乾隆皇帝称道过，还御笔题了一首诗赞它。只是一时难得寻到那首诗了。

1983 年 7 月朝阳村

丁字湾

　　老城的特色，当首推密如蛛网的麻石街。不宽，却一律地排成三条道。中间快车快马，两边行人慢步。麻石的步量，跨一块太短，跨两块则太长。好在街上的居民，如今都忙得很，竟没有人去细玩踏石的趣味。

　　麻石，产于丁字湾。

　　丁字湾，小镇，靠江。水至此出入迂回，形如丁字，故名。有拗风，舟人须落帆方能得过。如今去，搭四角钱的轮船，并无落不落帆的麻烦事。

　　镇上随便找哪个问，没有不晓得左四爹的。沿堤走，从那里一上去，再一下去，靠禾塘就是。莫说左四爹，左二爹、左三爹、左五爹都住那一堆。然而那地方，禾塘极多，一上去再一下去的路也极多。幸好除了左四爹及其兄弟，别无他左。而且左四爹，今年又收媳妇。

　　左四爹是湘阴左，即最近忽然被史学家们三七开或二八开了的爱国将领左宗棠那一支左。另一支左在长沙捞刀河，称长沙左。两左祖籍都属江西。朱元璋杀人，杀得精光，本地居民大都移自江西及湖北。

　　丁字湾的发达，在雍正年间。后来到乾隆皇帝手里，金口玉牙一声喊："面山采石！"小镇便进入鼎盛时期。在江边做了三件大事：一、起了一座石塔，七层四面八方，挂铃铛。江上每刮拗风，铃声清脆。二、凿了一个整码头。石坡，石柱，七十二级石阶，一个整体。几位建筑学家跑来看，都说不容易。三、盖了一个鲁班庙。鲁班原职木匠，有胡子。读书人拜孔夫子，做生意的拜财神菩萨，手艺人拜鲁班。左四爹十三岁学徒做石匠，就拜了鲁班。庙里两样好东西：一是石算盘，八寸长，十三串算盘子粒粒拨得动。二是石鸟笼，栏杆只香棍子那么粗，里面关得有鸟，活的一样。这两件东西，十几年前都被周运福带领学生伢子毁掉了，如今再没有哪个石匠雕得出。

石塔也是。周运福穿背心去拆的，有几块厚实的麻石抬去做了茅厕板。据说那石塔迷信得很。相传神仙某找韩湘子打架，不料韩湘子也是神仙，且是"八仙过海"的仙。他能够过海，本事极大。两人脱下的草鞋在天上打来打去，神仙某要徒弟击鼓助威。徒弟看呆了，忘了落鼓槌，结果大败。仙遁之后，在石塔处变成一只金鸭婆。所以丁字湾亦名金紫湾。周运福那时还没退休，竹杠子抬断好几根。终于当上县文教办主任。如今早起打打太极拳，挎个竹篮子买菜，最喜欢吃鲶鱼。放姜炖，特别鲜嫩，尤其嘴上长须须的地方，实在好吃。

只剩下整码头还在，吃泥沙湮了多半，停几艘运石料的木船。其他的码头，虽也用石，都不是整的了。左四爹讲起来，摇头慨叹，咂一口大曲。咽酒菜最好是辣椒萝卜，咬在口里崩脆。他两粒门牙特别暴出来。做石匠的用劲，舌头都往牙齿上抵。所以那小镇上，没有几个老倌子不暴牙齿。

讲起酒量，那和他的手艺一样出名。还有一个吃得酒的，是彭铁匠。左四爹打狮子，非得要彭铁匠的錾子。故五十年代末到北京修人民大会堂，左四爹胸脯上挂二十几个符号，彭铁匠也挂了四个。进一道门验一个符号。人民英雄纪念碑的浮雕，左四爹看过，是雕得好。吹号的把颈根都鼓起来，好细致。石料是用周口店的。砌故宫，砌十三陵，砌长城，麻石都用过周口店的。那里挖出一个人脑壳，距今一百万年。

雕狮子走不得样，尤其雕脸目子，手一下得重，多打掉一块就打死了，又不能补上去。狮子，吉祥之物。民间有什么喜庆的节日，要由几个矫健的汉子舞狮子。《红楼梦》里头，也只有那两个石狮子算是干净一点。左四爹都晓得。

石狮子有好多种，站狮，坐狮，卧狮，下山狮，等等。多半是坐狮，摆在大门口，很严肃。最难雕的，是脚下踩的那个崽子，及嘴里含的那粒球。球要雕得圆，在嘴里打滚。鲁班庙先有四个狮子，由四个师傅各围一个棚子雕，互相都瞄不到，最后看哪个手艺高。结果喜怒悲忧，各具神态。拆庙做学校时，悲狮及忧狮垫了基脚，活活埋了，喜狮及怒狮只埋了半截，弃之于路旁。怒狮左耳不存，性格好多了，喜狮嘴里的球被人奋力敲去，塞上一截烂砖头，依旧让它含着，当然打不得滚。晚上细伢子们玩摸子，摸黑照准其嘴巴热热地屙一兜尿，"喔"地一声，跑起好远。

去年子，徐处长乘小车跑了好几趟丁字湾。他是基建处，联系办公大楼的石料，话语间有打一对石狮子的意思，打好放在省政府大门口去严肃。左四爹做了一个泥巴模型送去。一位副省长说可以搞，另一位副省长说搞不得。只好由冬冬玩了一下它嘴里的球。冬冬是徐处长的孙子，两岁。冬冬的妈妈二十八岁，描图员，有一次吃晚饭忽然哭起来，跑回去带领兄弟三个把公公、婆婆及小姑打了一顿。

"如今哪，如今。"左四爹叹口气。

狮子还是要打。打一个两百多个工。省政府不要，就摆在镇上。以往，每打好一个石狮子，左四爹就不吃酒。打得要死，眼睁睁地送人家绳捆索绑抬走了，心里过不得。六十岁那年，他穿身干干净净的衣裤，特地进了一趟城。到岳麓山、天心阁、烈士公园、民主后街（原先叫党部街）及旧时大户人家门口去寻找自己的作品。有些是寻不到了；有些还在，还很严肃；有些也差不多埋了半截。回来有两天没吃饭。吃两口酒，倒头就睡。

只一次接任务没吃酒。

那是雕主席像，六米多高，一錾子一錾子磕出来的。那两年一屋人吓得要死。像终于竖起来，挥手致意的那只手臂还没装上去，离国庆落成典礼只差两个钟头，赶快用环氧树脂粘。太重，手臂比头部低了一些。都看不出来，只师院艺术系的肖老师一眼看出来了。她没说破，悄悄朝左四爹做了一个鬼脸。左四爹为了客气，亦朝她暴了一下牙齿。肖老师四十几岁还不结婚。她对几个爱好美术的妹子说：

"你们要不能做贤妻良母，干脆不要结婚！"

妹子们听了都好激动，但后来还是都做了贤妻，甚至良母。肖老师哼一声，画北京机场的壁画去了。画了好多妹子没穿衣裤，在墙上做这做那。令贤妻及贤妻良母们钦佩不已。一次她跟一位男老师去游泳，刚从碧波里钻了一个回合出来，但见男老师已挨了其妻狠狠一个耳光。她要左四爹雕狮子，雕磨子，雕墓碑，雕龙，雕七七八八，她在一边画写生。画了好多，都带回去了。肖老师办个人画展，最受好评的是大幅油画《石匠与黄昏》。某青年美术家写了专题评论。只一个人不说好，就是那位狠狠打了丈夫一个耳光的女人。

左四爹送肖老师盘了三天，这才提了一对德山大曲，去跟彭铁匠对饮。铁匠的闺女秀秀，切了一盘猪耳朵给他们下酒。讲起那年躲壮丁，两人曾逃到广西的铁路上做事。左四爹讨回一个壮族堂客。堂客二三十年以后再回去，一句壮语都讲不出了，哑巴一样坐在那里看姐姐哭。左四爹四个崽，一个读大学走了，一个当兵走了，两个进工厂走了，竟没有一个肯学石匠的。讲到此处，便有无限感慨。彭铁匠也陪着感慨。而秀秀的娘，偏又死得早，没想到秀秀长得这样的好看。

你一杯，我一杯。

秀秀倚着麻石门凳子听了好久，才想起去坛子里挖一碗辣椒萝卜。

铁匠棚子在采石场。秀秀扯风箱，火苗蹿起好高，一下子烧红一根扦子，彭铁匠一顿锤打。炉子上架一口尖底铁锅，烧茶水。烧开了，秀秀送到场上给石匠们喝。

那些石匠与左四爹不同。他们是专门采料的，并不懂雕刻。在石山上找清麻石的纹路，点导火索放炮，再一大块一大块錾下来。故都是些有蛮力的汉子。麻石分两种，一种叫麻麻石，一种叫白麻石。运日本去的要白麻石。錾成方方的石料，用铁板车沿小轨道拖到江边，打得棱角分明，像切出来的一样，叫作䃼。然后装船，去变成各式各样的碑柱、台阶、路面及栏杆。

山好高，几百年来还只在山边边上开采，没进山里头去。山上有树林，有三两户人家，栽了颜色深深的血菊。

"哎，秀秀妹子，你也吃一碗！"

"不吃不吃。你吃的碗我不吃！"

一个缺两粒门牙的后生子端茶碗过来：

"秀妹子，我这碗没吃，你先吃。"

"我不吃！"

"你，吃不吃！"

秀秀勉强呷一口。

后生子接过来用劲地喝："嗯，喷香的，到底是不同些。"

汉子们全都哈哈笑起来，粗声大气。

"呸呸，你这个痞子！"跑开了。

天天都是这样。叮叮当当地打铁，叮叮当当地打石。

那天送茶，缺门牙的后生子没笑没闹，接过碗低下头到一边去，喝闷茶。汉子们也都不作声。第二天，那后生没来。他结婚去了。

秀秀靠在打铁棚子前的石柱上，远远看那石壁。高处，有一道弯弯曲曲的缝隙。两只小雀子，一只钻进去，一只钻出来，一只钻进去，一只钻出来。

也不晓得看了好久。

老铁匠，在火炉边上睡着了。

1984 年 1 月邵阳

清明

空气一天天潮润而且清新了。灰色的树枝经过接连几晚反反复复的冷雨，忽然一个早晨绽出许多透明的绿来，衬在城内人家的黑瓦屋顶上，十分醒目。人们这才记起了一年一度需要表达的情绪，从烦嚣的生活中匀出一份心境，去寻找各自舒吐的方式。

郊外那条僻静的路，竟也行人纷纷。路旁开满白花、紫花的梧桐树下，摆着几个小摊，卖南货，卖香烛和纸幡。纸幡用白纸和彩纸做成，挂一个鲜艳的红纸球，在微风中飘。

那条路通往解放山。

"爸爸，爸爸，我们买鸡干什么？"

"去给奶奶吃。"

"奶奶不是死了吗？"

"奶奶死了。可是奶奶喜欢吃鸡。"

三个青年人骑自行车过来。其中一个高个头跳下车："等一下，我去买包烟。"

另一个粗壮的青年人喊：

"哎，带四瓶啤酒，要白沙牌的！"

解放山墓场。

老婆婆把拐棍搁好，抖抖索索从篮子里掏出脏手帕小包，摊开来放在墓碑前，声音沙哑地絮叨：

"老倌子，我又来看你了。你那个孽种不让我来，我还是来了……你过得还好吧。你吃包子。真正的德园包子。我没有钱买，是刘满伢子给我的……"

像嘤嘤唱着一首乡下的摇篮曲。

"你也来了。"

"来了。"

"我说了你不要来。"

"我要来。我不能不来。待在家里真受不了……"

"我要孤独。一个人。"

穿风衣的女人低下头去，看着那一小方水泥墓。好半天才轻轻说：

"你不孤独。"

山坡上。大耳朵的男孩往竹棍上绕线。

"我晓得，这是风筝。"拿伞的男孩看着他。

"你不会放。"

"会。我来放。"

"不给，我的！"

"我用鞭炮跟你换！"

"几个？"

"嗯，五个？"他手心里其实攥着六个。

"我记得有两棵松树的。"

"你没搞错地方吧？"

"没有，是从这条路上来。"

"那为什么找不到呢？"

"爸爸，爸爸，就在这里杀鸡吗？"

"就在这里杀。"

"我来杀好吗？"

"别动。"

"我帮你提翅膀。"

"别动，听到没有。"

公鸡挣扎了几下。殷红的血洒在地上。

"它还活呢。"

孩子用手去戳。

"老倌子，我的腰又痛了。痛起来睡不着觉。活着干什么，没有一点味道了。前年宋五老倌死了，我告诉你了吗？吴跛子的娘头肿起好大，怕也活不过端午节了。唉，我腰痛睡不着觉……"

中年人坐在一块石头上，沉思着什么。点燃一支烟。刚吸两口，顿一顿，又点燃一支，搁在墓碑上。

一缕极蓝的轻烟无声地飘起。

"妈的，她们都不来了。"粗壮的青年人咬开一瓶啤酒，咕嘟喝一大口。

"哼，那时候真有味道。五个人往他口袋里塞信，"高个头也抿了一口酒，"都是情书。"

"你看到了？"

"当然看到了。"

"后来呢？"

"后来不都跟别人好了。"

"我是说信。"

"烧了。"

第四瓶啤酒咬开，唪唪唪唪倒在墓上。一层白色的泡沫。

"唉。他小心一点就好了。"

"难说。那么高的钢垛垮下来，躲得赢吗？"

"热，你热吧？"

那边，扎辫子的少女埋头插一根根竹签，把水泥墓围上一圈小小的篱笆。

"她在做什么？"

"我说你不会放！"

"你不会放！"

风筝飞到半高，晃一晃，又掉下来。

"这里要用线绑一下。"

"你也是死了外婆吗？"大耳朵男孩问。

"不是。"一会儿又补充，"是爸爸。"

"都怪我说错了，好不好？"

姑娘不理他，径直朝山梁上走。

"你不能原谅吗？"

"你自己原谅你自己吧。"

"听我说。我理解你的心情。"

姑娘转过身，一字一顿：

"那你走开。"

中年人快吸完第二支烟了。他把墓碑上那支磕去一大截烟灰，往外边挪出一点。

"对不起，借个火。"戴眼镜的老者说。

中年人递烟过去，头也不抬。

"不。火柴。"

中年人这才望他一眼。老者面容清癯，头发整整齐齐往后梳，胡子刮得精光。手上拿一本刚出版的厚书。

"谢谢。"

中年人继续抽烟，明明灭灭。

老者打开书的封皮，一页一页撕下来点燃。

"爸爸，爸爸，鸡就放在这里吗？"
"带回去。"
"不是给奶奶吃吗？"
"奶奶吃过了。"
"奶奶没有吃呀。"
"吃过了。奶奶要睡觉了。"

雨点从松针上滴下来，打中一根线香。
"啊啊，熄了熄了。"小女孩忽然好快活。

她在山梁上站住，透过马尾松和女贞树的虬枝看山后那条江。
一江浑水，沉淹在茫茫雾气之中，见不到一只行船。江边停一线铁色的木筏。
林子里到处都是湿的。她长长地吁一口气。

老者用手帕揩干净被雨雾打湿的镜片，默默无语。书页快烧完了。黑色的灰烬被一股难以感觉的风扬起。
中年人揿灭烟头，望着远处那一片厂区。
红红的瓦顶。

扎辫子少女的红罩衣上，停落了一片灰烬，蝴蝶一样抖动着。她没理睬，依旧插小竹签。

风筝飞起来了。从那边空旷的山坡上，传来孩子们的欢呼。
"喔——"
"给我放，给我！"

"别松手，哎，别松手！"

人们扬起脸看。头顶上沉沉的灰蓝色分开了一小块，露出极明净的天来。林间有剩雨滴在积叶上的声音。

这是黄昏。风筝扶摇飞升。

扎辫子的少女终于也抬起头，望着天上的另一个方向，静悄悄地微笑着。她有一双黑亮的大眼睛，十年前就什么也看不见了。

也许，她是最能够会意的。

1984 年 4 月，听橘园

老五号人家

老五号，仓后街五号。如今叫七号了。

本城名什么后街的，凡四条。

一、府后街。府，官署，民间多称衙门，地方最高政府机关。

二、藩后街。藩，藩司，即布政使，官从二品，掌一省最高民政机构。

三、臬后街。臬，刑法。臬司，即按察使，官正三品，典纠劾刑名。

藩臬二司实际共同负责全省政务。比方有州官或县官赴任调任撤任之事，督抚还不能直接行文，必须由藩司牌示。权重可见一斑。

四、仓后街。仓，皇仓。这却不是什么官，是装粮食的仓库。谷藏曰仓，米藏曰廪。谷较之米易于保管，盖时旧广积粮以贮谷为主。为什么叫皇仓？皇，君主也，皇仓即官仓。又释：皇，大也，皇仓即大仓。又释：皇，天也，民以食为天，得名。

皇仓前面的路，先叫皇仓街，扩建后改成黄兴路，是起义将军程潜当年做省主席时一大政绩。传说破土动工之前，街两边各大商号集巨资贿请收回成命，另处觅径，然终不得逞。这条路于是刚直不阿，至今仍为本城南北交通之主干。仓后街，自然在皇仓的背后。与黄兴路平行，麻石铺就。面街的麻石，产于城郊丁字湾。丁字湾是一个河港，有帆船通二码头，故城里这样的麻石小街得以密如蛛网。

昔日的衙门、二司及皇仓，都在一九三八年焦土抗战大火烧城时付之一炬。那些老地名却是烧不掉的。

一九五四年河里发大水，正好淹到仓后街打止。

仓后街老五号，蔡公馆。其主虽不属直接的名流，却是名流的后代，护国大将军蔡锷的公子。公子不知何处去之后，公馆便拿来做了人民银行的家属宿舍。一户分到一至二间房，当然都算不得有身份的人家。

进大门左手第一间，住的戴娭毑。其女在储蓄所上班，叫戴什么红。究竟是什么红，由于戴娭毑很重的上海口音，一直听不出来。母女都镶假牙，惟戴什么红皮肤上多长些白斑，据说是缺乏维他命某几所致，穿解放鞋，不大开口说话，一说话南腔北调。戴娭她穿皮鞋，脑后挽一个黑亮肥实的发髻。抹的不是头油，是刨木花泡的汁。她有一只红漆马桶。

隔壁，姜木匠。都喊成蒋木匠。刮瘦，听收音机。托人从乡下锯回几筒杉木，打算做一副棺材睡。其妻蒋（姜）五娭毑意思留给崽做家具。

"崽，那还早得很！"木匠不以为然。

"那你呢，更早呐。"

木头就堆在窗子下了。每天木匠看看，蒋五娭毑看看。不动。蒋五娭毑穿一身黑灯芯绒衣裤鞋，总给人一种头发凌乱的感觉。唯一的壮举是站在天井里骂人。这时必然在两额各贴一方太阳膏药。骂的虽然是人，但绝不是街坊邻舍中任何一位，大概是几十年前的一个什么家伙。开骂多选择在晚饭之前，并不是星斗阑干的良宵。点燃一支烟，委委屈屈便骂，夹烟的手指比画着。烟一燃尽，立即偃旗息鼓。老五号的人说怕是吃醉了。然而她并不曾吃酒。

她打牌不敢作声，眼不离桌，怕输。

"今天我生日呢。"

"哦，你生日。"她答。仅此而已。

一桌牌照例由戴娭毑准备茶水。唯蒋五娭毑的茶及茶壶自备。她的壶是宜兴紫砂陶，隔夜不馊茶的。

再隔壁，小学的梁老师。不上班，休病、热天坐房门口等风，一等就是一天。拿块打湿的毛巾在颈根上抹来抹去。她不打牌。看牌。

"一条龙！"戴娭毑牌一摊。

"啧啧，一条青龙。"

梁老师便站到青龙背后细细辨认。

"哈，你又放炮！"放炮的多是蒋五娭毑。

梁老师便俯身去认真研究，嗟叹一番。其欣喜与遗憾，比打牌的人还要过为。

她不做饭，等丈夫下班回来动手。因为她炒的菜，自己都吃不下去。丈夫看《参考消息》，跟蒋木匠泡茶论天下英雄，很博学的样子。结果某天晚上睡觉，一兜尿屙死了。

再隔壁，刘娭毑。她也许并不姓刘。在刘家做保姆，才这么叫。湘乡人，菜做得辣。一九六九年刘家夫妇下放到农村，想把崽留在城里要刘娭毑照看，就是粮不够吃。老五号家家凑粮票。后来干脆由戴娭毑每月从各家粮折子里拈出一份把她。

麻将有时缺一角，就出门喊：

"刘娭毑，过来挑土*！"

左手就住这四家。

右手，刘娭毑对面，隔一天井，住的孔伯妈。

相传她唱过老生，后来守传达。唱老生，要中气足。孔伯妈的中气从不曾被我们领教过。她不吊嗓子，只每天早上把二崽尿湿的被窝晾到天井的竹篙上。二崽十几岁了，爬墙上屋都不错，就这点不好。孔伯伯原籍山西，把吃火锅说成吃"和戈"。官至股长（银行处以下不设股，但设股长）。有一个时期说他是孔祥熙的亲戚，硬要他交代待。他先后写了七份材料。孔伯妈，湘阴人，没事到她那里吃豆子茶。茶叶用绿茶（红茶吃了上火），擂钵擂点姜汁姜末，加少许盐，放炒芝麻及炒黄豆，用滚水冲。不能盖盖，怕沤熟茶叶。所谓吃茶，是真要吃的。喝干水，将茶叶豆子轻轻拍出来，拿无名指掏到嘴里品味，边嚼边打讲。要紧的是豆子须炒得酥，炒得香。用铁锅，将黄豆与桐油沙子一起混炒，至豆爆开小口而又未焦之际出锅，筛干净摊凉入罐备取。

---

* 挑土，麻将术语，临时顶替的意思。后来不敢打麻将，打跑符子打扑克缺角，也喊挑土。

"姆妈，我也要吃豆子茶！"

"又喊不听！你晚上还吃茶水，被窝不得干呢。"孔伯妈打开二崽的手。

"他怕是要吃点当归才好？"戴娭毑问。

"蔡老师说，吃狗肉。"

孔伯妈有一个侄女叫庚妹子。长得几好，格格地笑。演花鼓戏。父母离异，她跟妈妈过。经常来姑妈家玩。在房里唱歌：

> 浏阳河，弯过了几道弯？
>
> 几十里的水路到湘江？

要不就唱她演的花鼓戏：

> 妈妈你真是呀，妈妈呀！
>
> 旧呀嘛旧脑筋，妈妈呀！
>
> 如今已是呀，妈妈呀！
>
> 新呀嘛新社会，妈妈呀！

老五号的人都说她嗓子好。

孔伯妈隔壁，与梁老师相对，住退休的沈医生。他有一张宽大的藤躺椅，每天瘦瘦地躺那上面，举一本古老的书看。不讲话，也不拿眼望人。其妻蔡老师天天给他洗一竹篙衣，白竹布衬衫衬裤，很大一件件晾天井里。春天娃娃天，变得快，一下雨，总是梁老师最先发现：

"下雨了。"她自言自语，"收衣呀，收衣。"

但君子动口不动手。沈医生当然更临危不乱，看古书要紧。照例由刘娭毑和蒋五娭毑帮他收衣，帮孔伯妈收被窝。戴娭毑收袜子。

说沈医生当过冯玉祥手下的军医，有个时候都以为要拖他去斗争了。但他的大女是最早一批下农村的知识青年，又最早跟一个农民结婚，登过报，于是化险为夷。过好久，他的细崽被治安指挥部抓去痛打了一顿，说是跟几个人一起偷煤。

"还偷了么子？讲！"

"偷木头。"

"哪里的木头?"民兵们交换眼色。

"蒋木匠,做棺材的。"

木头是少了几根。蒋五娭毑死人不承认。那一向打击教唆犯,沈医生一天到晚不探闲事,很有点像。何况跟农民结婚的也多起来了,算不得巧了。听说治安指挥部要来抓他。

"他跟崽讲过么子话?"有人来调查。

人们面面相觑,用劲想都想不出讲过什么话。他从来不讲话,要讲,大概讲广东话。正好蔡老师评上优秀保育员,沈医生又一次大难不死。她是西湖桥幼儿院的,得了一面锦旗,绣有"好好保育儿童"几个草字。她煮梨子给沈医生吃。

再过来是潘剃头,住得与蒋五娭毑相对。剃头,本意用刀刮掉头发。比方,佛门弟子出家时要表明度越生死之因,得把须发刮干净,谓之"剃度"。我们那地方讲剃头,其实泛指男子理发。你往理发店一坐:"剃个头!"结果并不一定刮出青皮来。当年本城某理发店门口曾贴过一副对联:

虽然毫末生意
却是顶上工夫

一时顾客盈门,有财源茂盛达三江之势。难以应付,一口气招了十个小徒弟做帮手。潘剃头即为其中之一。后来那生意果然做成了毫末,无由地把他退出来了。至于其手艺,五十年代银行机关的男职工们都从他手下出落过风靡一时的小分头,令路人为之侧目,便可以做证。

除了剃头,就是钓鱼。讲起钓鱼这本经,饭都可以不吃。常见他撅起屁股在茅厕里捉蛆,在墙角挖蚰蟮,用一铁皮罐头筒装好,视如宝贝。钓鱼地点不变:城北开福寺后面那几口池塘。开福寺的长老弘一法师,湘潭人氏,十三岁出家,生得面方嘴阔。十分勤勉,只望修成正果。后来硬要他与一尼姑结婚,如今已得二子,但坚决不吃肉,吃肉拉稀。潘剃头中午到寺院小憩,便操刀给法师剃头。这是真正的剃头,要刮出青皮来的。

其妻潘娭毑（他喊细毛的娘），晒鱼（过节再吃），晒萝卜，打人生米（一说人参米）。打人生米的汉子多将板车停在小南货店旁边。嘴上叼烟，一只手扯风箱，另一只手摇转铁罐。铁罐密封，在炉子上烧，待气压一够，嘭一声炮响，便打出人生米来。

"细毛伢子，你先去排队！"潘娭毑连忙拿袋子舀米。

"帮我也站个队。"戴娭毑递上脸盆。

人生米一小捧打一大盆，白胖香甜，落口消融。不仅白米，五谷杂粮都可以打。打一罐八分钱。放糖精加两分。戴娭毑自己买糖精，一角钱不止放得七八次，还甜得多。

梁老师的丈夫，吃过潘剃头钓的鱼。

戴娭毑吃带鱼，放糖。

再过来，茅厕。靠街，有一小门供打粪用，平时虚掩。刘家的那个崽一次玩打游击，佯装牺牲，哼着壮烈的曲子往那小门上一倒，结果跌进去了。刘娭毑把他站在天井里一桶一桶水冲。

茅厕背后，杂屋，住的孙伯妈。我们从没见过她丈夫，听说是劳改犯，罪名不详。孙伯妈一口北方话。会包饺子，擀皮特快，但她家从来不包。她没有正式工作，要养活一个双目失明的婆婆及一个大个子崽。崽戴一副粘了胶布的眼镜（不是缠腿，是粘镜片），只晓得看书。穿一件不合身的蓝布衣服，头发蓬蓬地坐在房门口看。有一回节约用电，居民组长把院子里细伢子召拢来，教到各家侦察偷电行为，就发现孙伯妈的崽拿根电烙铁躲在屋里焊收音机。鼻梁好高。

"那用不得好多电呢。是吧，蒋五爹？"戴娭毑是居民组"次长"。

蒋木匠连连点头："是的是的，我那收音机连收么子台不到。"

孙伯妈帮戴娭毑挑自来水，用大桶，五分钱一担。潘娭毑做语录袋赚钱，也分给她做。她不白要别人的东西，除非人家准备倒进茅厕的剩饭菜。

"孙伯妈，把碗饭你喂鸡，喂鸡。"

她家止一只鸡。不叫，用篓子罩起养。推广"鸡血疗法"那一阵子，为梁老师的丈夫献过血。正对大门的天井当头，一间小矮屋，是最后搬进来的一户。原先细伢子们在那里玩摸子，爬上爬下。屋顶是晒台。

户主陈志生，是个一声不吭的汉子，永远黑起脸，不跟人打招呼，也不大出房门。垃圾车的铜铃子一响，每家有人出来倒撮箕，但他绝不抛头露面。都是别个帮着倒。据说他读大学就入了地下党，额头一疤是当初搞学生运动留下的纪念。他不该持枪冲击划分阶级成分办公室（那时已是解放军大尉），结果连降三级，开除出党。老五号人家常替他惋惜，背后谈起来竟至唉声叹气。其妻雷同，科长，刚搬来不好久就被剃了阴阳头。不敢出门，上茅厕裹头巾。一个月之后才由潘剃头帮她修饰好，竟看不出来。女儿倩倩，儿子可可。我们把倩倩喊成青青，不晓得谁的发明。

他屋里不点灯。送灯泡给他，也不点。

晒台后面，原先皇仓的所在地，是大众游艺场，后改为红卫电影院；其舞厅、旱冰场、曲艺园都撤销了。晚上，老五号的人到晒台上，看不花钱的电影，露天的，远了一点。可可也搬张板凳上去看，必然被陈志生揪着耳朵到房里去。那年夏天，湘绣大楼起火，烧了整整一晚。晒台上看大火看得清清楚楚，脸都被映红了。湘绣大楼除了湘绣还有玉器、漆器、竹器及各式各样工艺品，因为位处黄兴路（当时叫大庆路）中心广场，忽而成了兵家必争之地。楼上的绣花姑娘作鸟兽散。一颗燃烧弹飞进去，不一下就烧得轰轰烈烈。第二天，潘娭毑捡回两块烧掉一半的缎子被面，拼成一床。半边是鸳鸯戏水，半边是狮子滚球。刘娭毑不敢去捡。

这都是过去的事了。

如今五号改成了七号。是由于街口多了一家四季春甜品店。有录音机，桌上摆白糖罐，尽你舀（以前本城饮食店只摆酱油及醋，摆白糖是创举）。供应品种有：咖啡、牛奶、牛奶咖啡、冰糖银耳、银耳白莲、桂圆煮蛋、西式蛋糕、啤酒汽酒及原汤狗肉。这原汤狗肉不知何以也成了甜品，据说是沈医生那个崽的发明。他在里面跑采购。

先前邮递员喊："五号的报纸——"拖垃圾的喊："五号还有倒撮箕的没得？"似乎不好听，因为有人把上茅厕也说成"上五号"。改成七号之后，大家又有些不舍，都喊老五号，觉着亲切。

门还是老样子。不过旧多了，包的铁皮锈蚀不堪，露出里面的木头。叩门的铁环剩下一只。卖时兴衣裤的小摊，挤密压密地，已经从街口排到了老五号门口。停辆板车打人生米的汉子，接管了旁边小南货店的铺面，经营电气膨化食品机。不闻其炮声久矣。膨化食品，三角四分钱一斤，像甘蔗一样拿在手里咬。

孙伯妈不再挑水，自来水管装进了老五号天井，她的崽考取哈尔滨某大学。超过年龄一大截，居然得中。不容易。刘家夫妇从乡下回单位，刘娭毑不用凑粮票了。蒋木匠用杉木给崽做了一个大柜，手艺没得话讲，就是式样太老气。他每天爬到晒台上调电视天线。戴什么红依旧缺维他命（现在叫维生素）某几。梁老师安了个吊扇，天气还是好热。沈医生的二女做了省计委主任的儿媳妇，大家来道贺，沈医生无动于衷继续看古老的书。潘剃头忽然对佛学感兴趣了，搞得细毛的娘那一向好紧张。陈志生先到香港当了一阵经理，回来又当上省对外经济贸易厅厅长，报上常念到他的名字。一家人搬到小瀛洲，住四室一厅（一说三室一厅）。倩倩考上研究生，可可考上出国生。

"陈志生这一下，陈志生这一下！"老五号人啧啧慨叹。直呼其名。

孔伯妈的侄女，庚妹子，那年调到北京，没料想一下成了全国屈指可数的著名女高音歌唱家，为几十部电影独唱插曲。孔伯妈的二崽有次参加市电台组织的"交朋友"活动，一个年轻记者拖他出来唱歌，介绍："他是著名歌唱家的表弟！"竟博得满堂喝彩。

庚妹子有许多逸闻，老五号的人听了都不屑一顾，予以坚决驳斥。那次，她随团回本城演出，排队买票都打伤了人。孔伯妈居然给老五号每人搞到一张首场票，全部好位子。庚妹子穿得一身通红，唱压台。那天晚上没唱好，有三处地方忘记了词，但掌声雷动。

戴娭毑依旧打麻将。打牌的时候，四个婆婆合力将桌子移到房中央，灯泡扯低到几乎贴桌面，灯罩上画着"桂林独秀峰"。那罩子怕也有二十多年了。

"今天我牙痛呢。"

"哦，你牙痛。"

梁老师这个后面看看，那个后面看看。

那天，太阳好，她们把桌子抬到天井里打。天井里栽了一盆盆花。很安静，四季春甜品店放录音机。

"我觉得，庚妹子还是花鼓戏唱的好。"

婆婆子们点头称是。停下麻将，想起那些岁月，庚妹子来玩唱那些小调，不禁感慨系之。都以为这句话实在精辟，不晓得出自何人之口，循声望去，只见沈医生也在天井里，放下古老的书，看众人的反应。

原来他是常德人。

1984 年 4 月，烂泥冲

宣传宝及其他

大院里有人传说，是苏处长的哥哥。苏处长的丈夫本来也是处长，自从吃了足以使五十个处长致命的老鼠药，立刻就死掉了。苏处长不吃老鼠药，得以当上处长。而且还慈祥。而且还面目姣好，要人家喊她苏姨。

"苏姨！"

"哎！"

"吃饭没呐？"

苏姨就吃了饭了，或者还没吃饭。

不过后来考证她丈夫不是处长，是科长。是科长也不能随便吃老鼠药。

苏处长的哥哥，却比苏处长的名气大得多。苏处长只有大院里的人晓得。甚至大院里的人也未见得一定晓得。而她哥哥，在我们城里则简直是家喻户晓。

"那个搞宣传的宝呐！"

必然想起他的样子来。草鞋，眼睛鼓鼓的，肩高处扛一块三脚木牌，上贴去安源的油画。在大街上背社论。

事情奇就奇在他如何能够背社论。不光是社论，凡重要讲话，新闻公报，委员名单，头天晚上八点钟播送，第二天一早皆能送他背得落花流水。手持一只铁皮喇叭筒（漆成红色），身往后微仰叉开脚站在那里，兢兢业业地背诵。一径背到嘴角溢出白泡子，声嘶力竭才罢。围观者往往数众。都佩服他记性好。

也有不服者，疑心其中有诈，各各举了报纸守到面前对照。只等背出

25

稍微一点别有用心的差池来，就将他扭送治安指挥部。宣传宝却面无惧色。一趟汗洗地下来，没一处背错。只偶尔把按姓氏笔画为序的名单搞倒了一下，马上又能自己纠正。

"他一定有神经病。"人们结论。

据说是大学里失了恋，从此疯疯癫癫，记性极好。既然是这种情况，妹子们都不去听他的宣传。最好远远的就躲开，免得出现槟榔宝拱胯裆一类的事件。那槟榔宝大约也因失恋，终日里只流涎水，在街上捡些槟榔渣子吃。遇到妹子略有姿色的，就偷偷跟在身后，觑紧机会冷不防一拱，从胯裆下钻过去。再兴高采烈任人去打骂。后来在一家面馆里烫跌一块皮，永远不见下落。

其实宣传宝从不拱胯裆。除了宣传，就是目不斜视。问题是他一天到晚吃什么。那时候我们都搞不清楚。没看到他吃过什么。有一次在妇女商店门口正碰上他宣传完毕，恰好又是中午，以为他会要吃些什么了。谁知他把牌子一扛扛到九如斋（其时叫东方红食品店）门口，又开始孜孜不倦地背诵。只有个细伢子在旁边吃面包。一根鼻涕龙伸缩自如。

六年前的一天，我一个朋友到北京某同学家，遇见一位少将的女。四十多岁了，很开朗很开朗，人称大姐。听我朋友的口音，立刻有一种亲切的表情。从旁边拖过一张椅子，跨开腿反一坐了，下巴和双臂俯在椅背上对着他，问晓不晓得你们那里有个搞宣传的。

朋友跟她介绍宣传宝的种种行状。那大姐刚刚把神情做出些许忧虑，就被一件急事喊开了。

"你等一下，我就来！"然而她一去不来。靠背椅上丢一根发夹子。不晓得是不是她丢的。

朋友分析，宣传宝先开头在北京师范大学读书（中文系），跟少将的女即大姐很那个。不过也仅仅是那个。少将晓得了。宣传宝只好转学，读中南矿冶学院，毕业分到西北。但后来他怎么成为宣传宝，宣传宝能不能肯定是当年的北师大，一概没来得及跟大姐讨论。而我的这位朋友，又在三年前一个风景如画的地方游泳淹死了。他本来是长得极清秀的。

很久一向没看见宣传宝出没。有人说他还活着。有人说他早死了。有人说有的人活着他却死了；有的人死了他还活着。后来在街上碰巧看到他默默地扛着木牌走，或不默默地宣传，才惊异他到底还是活着。只是比先前老扮多了。嗓子益发嘶哑，头发褪成邋遢的亚麻色，背也一次比一次佝偻。直到前不久，一个极偶然的机会，我才搞清他住的地方。

从袁家岭往窑岭那头走，中经一段地面称五里牌，曾为本市的粪便垃圾总站。用现在的话来讲，即所谓大粪垃圾处理中心。我们城的居民向来喜欢住得人以群分。浏城桥，多住操刀卖肉的。登龙街，满街的都做寿衣寿鞋。而五里牌则住了一大片打粪的，人人皆称世家。这里几间房，那里一栋屋，间以几块菜地。打粪之余，均担把子粪款款地挑去饮菜，也是一种潇洒。市环卫处便当然地建驻在这里，吞吐万象。每日里，无数椭圆柱形的粪桶车从各大街小巷滚滚而来，形成门泊东吴万里船之势。

"漆老倌哎！还打几车啰？"

漆老倌通常只打三车。打完三车歇憩。一条乌黑汗巾子，揩得四处鹅黄蛋黄杏黄。那时候城里街道多还是麻石铺就，踏去脚感很清凉滑荡。漆老倌将裤脚筑进一双长统袜子，雄赳赳地走，把一车粪拖得所有的人望风披靡。

忽然起了一栋厕所。人们在五里牌激动了整整一个半月。它的周正和气派，果然为当时全市一切公共厕所之首。调动了水泥、琉璃瓦和图纸，终于在菜土茅屋们中间拔地而起。还专门安排车副婆婆天天打扫。开张的第四天，漆老倌在街上左寻右寻捡到一张报纸，这才耸肩梭进去受用。据说漆老倌屙屎，一惯不刮屁股。

又出现一个大学生。头发一边倒，眼睛炯炯发亮。有人断言炯炯发亮的原因是长得太突出了。他用营造厕所剩下的砖头砌了一间屋。很多细伢子都跑去看，发现他房里贴起红红绿绿的蜡光纸，写一些毛笔字放得上头。

"大学生！大学生！"

大学生就转过背来指挥他们唱歌。衬衫扎在裤腰里头。头发一甩一甩。

要巴拿马！

不要美国佬！

巴拿马，巴拿马，

巴拿马万岁！

如果搞二部轮唱，那就是

要巴拿要巴拿马！

不要美国不要美国佬！

巴拿巴拿马，巴拿巴拿马，

巴拿马万岁！

他有一件从西北带回来的皮大衣。冬天把它背在身上，到这家屋里那家屋里写毛笔字。晚辰人们围一张桌子吃饭，提灯把亮。热气往灯罩上蒙，氛围十足。

"你不怕臭？"

"不怕呢。"大学生吸吸鼻子。

漆老倌于是觉得他的毛笔字，愈进写得好。还从厨房板壁上，取一筒熏得滴油的干肉送把他。不要，大学生吃不得肉。解释是他的胃这样那样。军伢子一句也听不懂，端了碗站得一边啃筷脑壳。漆老倌只好扯起嘴巴笑笑，先自摘掉一根鼻涕揩在鞋帮上。又去军伢子嘴高处摘掉半根鼻涕揩在另一只鞋帮上。

大学生除了轮唱和写字，从不到哪里去上班。都猜测他一定是存了一笔巨款。结果车副婆婆出了事。

那是春光明媚的一天下午。捡烂布屑子的常老倌到厕所里屙屎。刚屙出一些舒畅来，忽闻车副婆婆在外头喊："男茅厕里有人没得？"

常老倌赶紧往喉咙眼里吸一口气，尿也不屙了。又干脆将裤子褪个彻底，伏在位子上不动。车副婆婆东一扫把西一扫把扫进去，猛抬头，却好看见常老倌精瘦地站在那里急不可耐。车副婆婆退，常老倌进。到底被堵在墙上，舔他轻薄了一回。没料到待抽身时扯它不出，车副婆婆大叫。

人们迅速涌进去。力大的彭堂客冲上前只一拖，立刻把常老倌扯翻在地，脑壳擦去一层油皮。车副婆婆乘胜追击，一边搂裤腰，一边以扫把向常老倌的头下砍去。人们复又跟着涌到门外，听车副婆婆控诉。那车副婆婆的老倌是农业社的副社长，几年前得颈椎炎死了。所以尤其应该痛恨常老倌。常老倌咬紧牙关，死死抱住装烂布屑子的藤篓，一任群芳妒。车副婆婆说了半日，才伸手去裤裆里搜索，发现失了一件东西。彭堂客马上自告奋勇又进男厕所侦察，不一会捡出一条布筋子，上面绑一截黑糟糟的草绳。

人们怔了片刻，突然记起还应该再次痛打常老倌。直到终于从他嘴巴里打出来一根极粗的蛔虫。

自此，再也没看见常老倌挤在垃圾堆里，云蒸霞蔚地捡破烂。车副婆婆却面色红润了好一向，仍复每天扫厕所。不过进门时必然将扫把重机枪一样端在手里，随时准备横扫一切牛鬼蛇神。一听见外面有脚步，马上闪到门后躲起来。往往吓人一跳。

她后来也死了。人们发现厕所的墙壁上有几个赫大的粉笔字："打倒强奸犯！"很像大学生的手迹。

过了几年，那几个字又为一行墨笔字所代替："老照壁三十四号李翰吾老医师专治痔疮小儿麻痹症。"从这头一直写到那头。左旁一堆细字："不治好不收钱。"

又过了几年，很像大学生的手迹又出现了：

"请踏步小便！"

然后又号召全市居民："如果要粉刷房子请来东区白马街线铺巷十三号联系又快又好又便宜。"冬天的某晚，漆老倌看见雪地里一个人一动不动。走拢去一仔细，大学生。正借着雪光阅报纸。已经纯乎是个宣传宝了。他屋里没安灯，平时在路灯底下用功。那根路灯瘦瘦高高，前几天被细伢子用弹弓打成漆黑。

人头攒动的垃圾站里，宣传宝也钻了一个头进去翻捡。有一天他捡到一只单车轮盘的内胎，送给了跛脚子滕老倌。

突然决定，要把粪便垃圾集散地，迁到更远的市区外去。先前人们去附二医院看病，总要经过那一片粪车群。一位刚治好中风出院的病人，闻了那股浓郁的气息，立刻又中风抬起回去。曾经有一个改良措施是将医院大门调头到人民路。这回人们听说彻底搬迁，才钦佩得恍然大悟：

"阿也，先开头就没想到！"

"没想到没想到！"

大院的机构升格了。因为打通的五一大道正好从它门口通过。原来宣传宝不是苏处长的哥哥。而是苏处长的丈夫是宣传宝的哥哥。一些房舍与菜地被大院所蚕食。环卫处希望把昔日最臭的那块地也蚕食进去。大院考虑再三，放弃了。结果被银行买下。推土机开起来又开起走。一个戴柳藤帽的瘦子扪着右腹跑来指指点点。一些人围着他吃烟，你跟我点火我跟你点火。有人说那是肖工程师。他有脚气病。他被割掉了盲肠。他很快就要复婚了。他不是复婚而是跟一个比他年轻二十八岁的妹子结婚。银行大厦的骨架耸了起来。吊塔到晚上歇憩的时候，就把吊臂迎客松似的伸向围墙外一条僻静巷子。吊钩与月亮齐高。那巷子住了唯一的一户人家，便是拆迁到此的宣传宝。

他老得多了。仍每天宣传不止。很早出去，断黑才回。一个人钻进那间极小的房子，捡得柴禾做饭吃。烟子跟着他出出进进。门口摆个搪瓷盆，抹一层水泥堵漏。放些包菜黄芽白帮皮到里面洗洗，捞起扯碎丢到锅里煮开。再从一边钵里翻出一坨干硬的剩饭，稀里哗啦吃下去。他买了两万份有关国计民生的重要讲话，到处去免费赠送。

"要菜不呐？这点菜便宜呐。"小菜店的年轻堂客喊他。

宣传宝就站住，转身问她们要不要重要讲话。年轻堂客们互相会意一笑。

"你思想这样好，何解不去加入组织啰？"

"我交申请交了二十年了。"急切地，转而又沉重地，"他们不要我。他们，不要我。"

她们又笑。要他拿些菜叶子回去。卖给别人（喂鸡）分钱一斤，却不收他的钱。

"好久没看你来拿了呐！"

宣传宝低头默默拿菜，五十二岁。

五里牌马路两侧，日渐被形形色色各行各业的店铺所充斥。当年的气息几乎荡然无存。一到晚上，彭堂客在路边烧起油锅，把无数的臭干子炸成美味，让行人都来买了吃，力气还是很大。两年打了十五次架。八次把别个打输了。四次打了个平手。有一天，一个胡子长得像眉毛的小个子站在那里卖麻将。价格从四十块跌到十二块，又从三十六块跌到九块。一根白鸡毛在空中漂泊了好久，终于沾在一个极胖的婆婆子头发上走了。提一篮子鲜红的辣椒。

琉璃瓦厕所被深深地藏进一条十分曲折的巷子。不熟悉的人闯进去可以一举把它寻到。它已经破败不堪。地上一滩一滩。水泥风化成沙子。屋檐塌去一角。瓦缝中长出一蓬蓬草，大多数日子里它们是枯的。肥大的老鼠在墙角一下蹒跚一下矫健。唯小便池上方的广告仍时有更新："我家龙头杠专为孝主服务，需租用者请到上黎家坡 63 号王姓接洽。""坡子街八号有全套灯笼碗盏出租。"一行字越写越往上走或越写越往下走。

卖牛仔裤的摊子也快从浏城桥那边摆过来了。军伢子不卖牛仔裤。卖白球裤。一部三轮车骑到五一广场，牌子写的。

　　　省体委处理球裤每条二元四角

球裤了几个夏天，不球裤了。几个人一起到广州贩货。回来一麻布包一麻布包，丢在加挂车厢的行李中间，打起赤膊倒得上面困觉。一个戴眼镜的青年学生去解手，无意中踩了其中一只脑壳。那脑壳立即蹦起来打了一拳。青年学生很机敏地摆出猴拳的姿势，结果无数脑壳嗡上去一顿脚踢。等他从里面爬出来的时候，手表壳子已经被打得不知去向。

"军伢子，你赚这样多钱做么子？"

"赚了钱，我要办几件事！"

他办的第一件事是买了一部极快的摩托。他办的第二件事是开着这部摩托把自己喂到汽车轮盘底下去了。后来看到他绑一捆白绷带在街上走。绷带中间插一根巨大的雪茄。宣传宝问他要不要重要讲话。雪茄就冒出一圈一圈青烟来。

而且要起很多的房子。窑岭那里有两口塘填掉了。另外一口塘起初是决定填掉，又决定还是不填掉，最后决定填掉算了。并且真的填掉了一半。人们说填满的时候会有好多鱼蹦出来。但是不晓得好久填得满。跛脚子滕老倌乘机在塘里扯了一根绳子，系一串彩色气球漂起，再架两把气枪摆在岸上让人家瞄准射击。五分钱一枪。

——叭！

——叭！

气球们一下一上地动荡，红绿黄蓝，在阳光下尤其醒目。滕老倌悠悠闲闲，装子弹，收钱。一个细伢子拿石头去射，他还矫健地追了好长一截路。然后跳起来骂娘。

他并不是跛脚子。

1985 年底，长沙

伴奏

张大伯浇花。遛画眉。吃豆腐脑。却不再去锯那把极悠扬的二胡。

据说那二胡，是一个小提琴换来的。杆子磨得刷亮，顶端雕着一个含珠子的龙头。这自然还算不得妙处。妙处是那蛇皮，乌黑发亮，真正上乘的货色，平时不玩的时候要用一个木罩子罩住，使之不润不燥。张大伯腕子运得好，力匀而不散，所以锯刘天华便是刘天华，锯阿炳便是阿炳，很有韵味，很见功力。生客到巷子里来，被他的曲子迷住是常有的事。

算回去也有上十年了。夏天的晚上乘凉，人们在树下屋檐下聊一些极古老和极新鲜的话题，张大伯就端坐在一把矮凳上锯二胡。听耳熟了，人们脱口也能哼出几段来。隆格里格隆，带着张大伯揉弦和慢弓的味道，离那板眼并不相去甚远。

那矮凳，通常放在隔壁小彭的窗下。小彭吃完饭洗完澡，抱一只膝坐在旁边听二胡。眯着眼，很专心致志地。她的丈夫老程，照例是趿起拖鞋，消消停停这里站站那里走走，心事浩繁的样子。

小彭其实也许并不小了。只是人见她生得十分的矮，头上褐黄的头发只能梳拢成两撮小指拇大的细辫，所以都放心地喊小。至于她到底是三十岁？二十岁？四十岁？如今还把握不住。好在这也不是什么要紧的事，喊得应就行。

"小彭，唱一段《刘海砍樵》！"

便唱。张大伯锯二胡的手指一抖，换成花鼓调。

"小刘海呀……"此处要停下来，认真地清清喉咙。因为"海"字音高，不容易唱得上去。

但她终于能够唱上去：

> 刘海哥你是我的夫！（扮胡大姐）
> 胡大姐你是我的妻！（扮刘海哥）

这时候老程，必定要背着手慢慢踱到巷子口去，抬头看看月亮，或用小指拇从牙缝里抠出一片菜叶子来。仔细嚼烂再吐掉。

小彭嗓子好，一点不假。只是开口一唱必得出很多的汗，而且即使出了汗也还是必得闭上眼睛，做出"反正豁出去了"的神情。因此人们听起来就不觉得太轻松，虽然承认她嗓子确实是好，并不怪刘海哥或胡大姐嘈邻聒舍。

这嗓子的好处，除了本色嗓亮，全仗于气运得足。气分三腔：腹腔胸腔和头腔，很值得讲究一番。平常随便搞一搞还可以，若是认起真来，没有硬功夫就上不得阵了。小彭之所以上得阵，是因为五岁时就做了娄四爹的干女。娄四爹的戏班子跑过常德府和宝庆府，算有点名气的。小彭跟他学戏，自然获益匪浅。不料娄四爹与人在酒楼喝酒，一言不合被那人打死了。小彭也就离了班子，不再去做唱戏的梦。但是有艺在身，不使发出来也算不得谦虚。于是她喊：

"国一伢子吔——吃饭咧——！"便荡气回肠。

国一伢子是小彭的大崽，老程的二崽。老程的大崽跟着前妻某氏走了。故尔国一伢子也就号称大崽，不必担心有什么不妥。既做了大崽，上天入地便不足为怪。欺他娘眼睛不好，两个转转一车，不见影子了。小彭眯起眼左右都看不真切，放不下心，爽性闭眼运气朝半空中喊去：

"国一伢子吔——！"

而国一伢子说不定就在她背后，出其不意大喝一声："哎！喊么子啰！"很恶地。

吓小彭一跳，扭头惭愧地憨笑着解释："没看见你哪里去了……"

小彭因为矮，生国一伢子的时候很吃过一些苦，连肚子都剖开了。医生说只能生这一胎，第二胎便不行。殊不知老程和小彭不吃那一套，第二次又把肚子剖开生了一个女，唤作腊子。腊子为娘争气，不但生下来了，而且长得飞快，居然高过国一伢子相当长一段历史时期。老程和小彭信心陡增，决心进一步实践以打破医生的神话，终于在老程五十岁那年又生一女，唤作细妹子。细妹子虽没有弄得小彭剖肚，却把自己的眼睛长成一只正一只偏。幸亏老程知道晚年得女已很不容易，要求她太严格不得，打破了神话就满足了。

三兄妹得了小彭的胎教，嗓门也特别洪亮。倘若他们中间出了一个激动人心的事件，四下里喊发起来，声势是非凡的。何况小彭虽两次剖肚，毕竟没伤三腔之气，也来助声势。

"国一伢子吧！要淘米煮饭咧！"小彭朝半空喊去。

"我挑的水呐！你去喊腊子！"

"腊子吧！煮饭咧！"朝半空喊。

"就煮么子饭！还早呢！"

"还早！已经……"她把眼睛贴到手表面上寻指针，然后抱歉地："哦，还只三点四十四。"

那块手表，是老程送的。小彭结婚前有不少男的来追，而只有老程才带她到馆子里吃饭。这是很庄重很神圣的。但小彭还拿不定主意。一次到"齐城阁"吃鸭，老程把一块上海表戴到小彭手上。晚上她放耳朵边听了一个半钟头的钢火，第二天就同他去打了结婚证。

当然这是好多年前的事情了。每当小彭与人讲起这一段自由恋爱的故事，便眯着眼斜低下头去，很羞涩，很幸福地。

"防水，防震，还防一个什么东西，一共三防。"把表解下来举到别人眼前，生怕那人也看不真切。

然而她跟老程吵起架来，羞涩和幸福就忽地都跑了。

"……你这只老不死的东西，不要脸！你怕我不晓得，你跟那个寡妇约会，困觉！你那时候，要跟我结婚，采取狡猾的手段！你……呜"竟哽咽起来，"我瞎了眼，嫁了你这只老畜生！"

老程先是跟她对骂。他的嗓子既然不及小彭的嘹亮，只好硬起声带来，并辅之以浓重的鼻音，短促地把骂句射出去，以收惊叹号的效果。而小彭终于引出了"寡妇"来，老程也就再做不得声，趿起拖鞋便走。

"你还是股长呢！老色鬼！"追骂。人群中走出两个婆婆子来，好歹将她劝住。

老程当股长，实在是巷子里最大的官。有时候程股长想想在厂里的威风，不免发起恨来，屋子里于是有一件大东西狠狠地乒啷一响。

"哎哟！打人咧，杀人咧！"小彭喊。之后是哭声和喘息声。

门乒地撞开，小彭夺路而逃，头上小指大的细辫也散了。逃到人群中，有了护障，才尽情哭诉老程的罪行。

"……天天晚上到青少年宫门口去约会，还带国一伢子到她屋里吃饭……"

人们笑嘻嘻地，津津有味地听。情知她讲的是实，却不去责怪老程。只以为国一伢子太蠢，假如那寡妇放闹药把小彭害死了，你国一伢子未必有好日子过？

城门失火，殃及池鱼。有时隔壁张大伯放着二胡不锯，却去管闲事劝架。不知怎么小彭总听成是在袒护老程，所以闭起眼横扫张大伯：

"你讲我干么子，分得你没有讲！我又没当过军官！解放前好过，解放后还是好过！"

便有两个年长晓事的，悄悄向年幼不晓事的们注明。原来那张大伯年轻时不安分，却去旧队伍里任过小文书之类的职。如此说来，张大伯长得极高而且极瘦，就有了完全的解释。

张大伯晓得这样讲下去会有大亏要吃，忽然就换了一副极天真的笑脸，转身去逗某妇手中抱着的细崽，竟走开了。只当那小彭，果然是叹息她自己没当过军官，也不知究竟算不算得是一个角色。

日子过得也快。细妹子长得有桌面子高了，穿一条红裙子，只是看人的时候必得将另一只眼睛看到旁边的东西上去。腊子进了中学。国一伢子在家待业，听说前一向没带几个钱到广州去了一趟。小彭依旧叫小彭，不过是将两根小指大的细辫梳成了一根大拇指小的细辫。张大伯早不锯二胡了。而老程依旧吃过晚饭就出外去站,去走。回得太晚,便脱下拖鞋提在手中,轻轻侧进自家屋里去。

那一天晚上,我正在家写点什么,听到有人敲门。原来是小彭带着腊子,腊子手上捧一个练习本。

"嘿,请徐老师,帮她做两个题目。"小彭赔笑,用手扯扯腊子的袖子。

"徐老师。"腊子鞠一躬。

"放这里吧,明天给你送去。"

两个极简单的物理题。一个讲杠杆,一个讲定滑轮动滑轮。第二天一早就把本子交给了她。

又过了两天,我去上茅厕。那茅厕在巷子弯角尽头,紧挨着张大伯的厨房。出来时经过小彭门口。

"徐老师!"小彭突然喊。

我正想着一篇文章,经一喊猛地站住,转过身来望她。不知发生了什么事。

她蹲着洗衣,抬起头眯起眼,对我皱出讨好的笑:"赫——"再讲不出话来。

我也讲不出话来,走开了。

张大伯的鸟笼,煞是精致。顶上还有个弯得很优美的铜钩。据说是用那把二胡换来的。

1983 年 6 月,听橘园

草鞋店

　　船靠岸，下午五点半了。穿白色软木救生背心的水手刚把缆绳在趸船上套稳，机舱就熄了火。船身的颤抖与顶灯发出的淡光一并消逝，狭小的客舱立时昏暗起来，人影憧憧，更添了几分拥挤。江水在船舷上拍出响声。

　　下跳板，借一块大礁石略微调整一下肩上的旅行包，这才发现天色实在还算不得太晚。标在礁石上的最低水位线时沉时浮。枯水季节，江窄，水却并不是怎么的清。举头看城，几乎一律的青灰色砖房，挤挤地堆砌在那里，暮色中就有了一种山镇的肃穆。

　　百余级断续的石梯之上，灰扑扑横一条沙土路。走了一截，搭船的人匆匆散去。我稍作犹豫，在街口孤零零一间篾棚旁边站住。唠唠叨叨地，一个老头正与一个老婆婆说话。火炉上，小铝锅发出均匀好听的声音。

　　"……当然是王二的侄女啦，我看着她长大的……"

　　"请问，附近哪里有旅店？"

　　老头认真看我几眼："这条街进去，有一家。"

　　"不要到街上去，太远呢。对面不就是旅店？"老婆婆忽然插话。像对我说，又像对老头说。

　　"你晓得！人家大地方来的，住得要干净。对面只有行铺。你逞能！"

　　"好找？"我问老头。

　　"好找得很。这里一上去，还不要过城门洞子。"

　　"靠右边。"老婆婆补充一句。

　　果然城门下首，是那家旅店。一位唇红齿白的漂亮小姑娘领我上楼，陡仄的木梯便吱咔作响。我包了一间两张床的房。房极小，桌上总算干净，床单却颇脏。小姑娘冬冬地下楼去，一会儿听到她在烧水房大声训斥一位洗脚的老汉。我阖上门，长吁一口气，竟有些后悔在这小城的一停了。

　　打一桶热水，把两只脚泡着，些微地驱一驱疲劳。然后起身伸展一下四肢，出得门来，打算街上走走，吃点东西。天却完全断黑了。

　　上首那个城洞，唤作南门。因了地势的缘故，不朝南开，朝西开。如今那沉重的城墙，除了憨厚地记载一段历史，早已失却了当年的功用与威严。内外都是屈仄的小巷，挤满人家。城上偶尔张扬出极粗大一棵黄桷树，其根在砖缝中蜿蜒地走。我在城洞里的摊子上，吃了一碗馄饨。

　　"浑吞？"掌勺的女人忽然尖声地笑，"真是啥子稀奇古怪的叫法都有！"

　　"这儿该叫什么？"

　　女人三十来岁，那个在一旁闷头砍柴的汉子，大约是她的丈夫了。

　　"叫包面，包——面！你懂不懂？"她一边嘲笑我，一边熟练地从锅里捞起满满一碗。说是一碗，其实下面半碗是烫过一道的菜叶。这种下法，与我此行到过的几个小城，的确不同。辣还是一样的辣。

　　一个年轻的后生，斜站在门洞旁吹口哨，眼直直地把女人看了一阵，无精打采地走开，身上套一件几年前曾在大城市流行过一时的海狐绒女式大衣。

　　"杂种！"灶弯里汉子低声骂。

　　"你又骂哪个！"女人把一叠碗重重一放。

　　"骂他你心痛了？不要脸的。"

　　灯光淡黄，从家家门窗里透出来，勾勒出小城屋宇叠嶂的轮廓。微微有不知方向的风，浅浅吹过，混着污水的气味。黄桷树下，零散着一些烂菜叶。就在这街上，我缓缓地走，漫无目的。某拐角处，有一说书场。门洞开，三两个老汉悠闲进去。

　　"后来把他怎么样了？"一个问。

"那还不要了他的命！"神情并不狠狠，只好像要那人的命正是理所当然的事。

看着那一方小黑板上的颜体，知道了说书的叫米开诚，说的是明代武侠故事《神州风雷》，用地道方言。这个故事我不熟，加之明明白白大打出说书人的名姓来，可见就不是一个无名之辈，便生了要认真听一回的念头。但时间尚早，不妨先各处再走走。

"不信？打个赌！"

"赌就赌！"

"你说，要是的你输什么？"

几个粗壮的汉子从身边挤过去，伢儿一样争吵。脸和衣服都黑黑的，胡乱写了一些煤粉。

不觉又到街口。小篾棚前围定几个人，一盏油灯照着他们讲话。正是我问过路的地方。

"你是要怎的搞？煮了吃？放糖？都随你的便。"老头子手抓两个鸡蛋。

"算了算了，不吃了。"那人说。

"好，不吃不吃。这鸡蛋是真正新鲜的货。我像你这个年纪，一口气吃得下十几个。"

"就凭你这么瘦筋筋的，十几个蛋？"一个黑脸后生跟他嬉笑。

"瘦筋筋的？不是跟你吹——哎，你住了么？"

他认出是我。我说住下了。

"不是跟你吹，要不摔断了腿，也不坐在这里打草鞋了。"老头并未生气，嘟嘟囔囔坐下，围的人渐次散去。"你吃蛋？吃蛋？"

我立刻感受到一种久违的家庭氛围来，蛋是非吃它两个不可了。随手拣出来，老婆婆便舀了点水，把小锅放在火炉上。

"把鼓风机拿出来。老头很神气。

"还用鼓风机呀？"

"快些。你坐，等一下就好。"

鼓风机是手摇式的。老婆婆背躬得低过桌面，认真地摇。

"不急不急。我来摇？"我说。

"你坐，你不要管。"

长凳一半跨在棚外。棚内的一半坐着个女人。

"贵姓？"我问老头。

"姓宋。宋江的宋。"

"他姓宋。我姓吴。"老婆婆忽然从桌面上冒出一个头。

"你们不一个姓？"

"不一个姓。我们各姓各的。"她向老头子飞去一眼，仍复埋下头。

我觉着有趣："有七十了？"

"七十五。"

"他七十五，我八十六了。"又冒出头。

"看不出，"我说，"身体健旺。"

"就是腿不好。"老头摇摇拐棍。

棚子里挂着一串串草鞋。有几串草鞋上落有许多烟灰，也不知好久没去动过。棚子一侧安了一张床，占去三分之一的面积。

"那年挑谷，踏个空。你晓得的，山路。"

"那年他二十三岁。"老婆婆很幸福地。

"你呢，你呢，哼。"老头子瞪一眼。

老婆婆瘪了瘪没牙的嘴，并不介意。

"哎呀，开了开了。放糖吧？"

"不急，吃硬一点的要得。"我说。

"他不吃溏心的，再煮一下！"老头发出号令。

"住这篾棚子太小了。"我左右打量。

"上头还有我的房子呢，一栋，给我女儿他们住了。那是货真价实的青砖材料，我请最好的师傅砌的，几十年没漏过。"

凳子那头的女人轻声告诉我，他们的女儿是学校老师，老婆婆自己还有一个儿子在外地。

锅端到了桌上，腾腾地冒着热气。

"你跟他家熟？"我问那女人。

"不太熟。只每次过江进城来，都要从这里走。碰着就点点头。有时等轮渡，就坐一下这里。"

"这么晚还有轮渡？"

"还有轮渡，还有屁轮渡！今天下午不到三点钟就不开了！"她愤愤起来，"说是有人搭船不给钱。我们又没有不给钱！真缺德。没良心。"

"住对面的人怎么办呢？"

"就是呀，我不在草鞋店坐着么？"

一时无语。老头搓草绳子。

"打草鞋，赚得多少钱一天？"

"草鞋赚得多少钱！如今草鞋没人买了，都要穿橡胶鞋塑料鞋。草也贵，湿草收一角钱一斤，哪有好多钱赚？还不靠再卖点花生、葵花籽。"

"草鞋打得好漂亮的。"

"你看这双，这才真喊打得漂亮。橡胶鞋子，比得上么？"

对面旅店敞着门，内面传出许多汉子的笑闹声。忽然其中飞快地窜出来一个，手抓一叠乌黑的扑克牌，连声地唤：

"称二两花生！快点快点！"

一边朝地上甩了把鼻涕。老头凑到灯前对好秤星，提起再称。那汉子已等他不及，大把往口袋里抓。同伴高喊：

"快点，你出牌了！"

"来了来了！"掏出一张票子扔在桌上，"咦，还差四分钱。"

"算了。四分钱么，算了。"老头话没完，汉子蹬蹬已进了旅店。秤盘里几颗剩花生。

"这么些人，干什么的？"我舀起一只滚烫的鸡蛋，吹气。

"煤炭客，挑煤上船的。"

"你还加糖不？"老婆婆把糖罐举得比头高。

"不要不要，太甜了。"

"再加点？这是我外孙送的。"

旅店里追出一个汉子来，一边逃一边粗声地笑，直不起腰。后面则停几个在门口，嚷着："你莫跑你莫跑！"老头招呼其中一个：

"哎，你过来，你还有花生！"

那汉子犹自为追人的事所兴奋，接过花生又旋风一样进了旅店的门。

一个三十多岁的乡下男人出旅店来，站到棚子前。

"你干什么去了？"凳子上的女人用埋怨的口气。

"我看他们打牌。你进不进去睡？"

"我不睡。那么多床铺在一起，你望我我望你，像什么样子。"

"怕那些煤炭客呢。"老婆婆笑。

"那怕什么。"老头说，"你跟你男人在一起，不睬他们就是。"

女人不作声，坐着没动。男人说声"我进去了啊"，又走了。

这时来了两个小姑娘。高挑一点的着蓝色学生装，系了透明尼龙围巾。另一个稍胖，扎一对翘辫子。一来就笑了。

"他们的面好吃些吧？"老婆婆故意嗔怪。

"好辣，"高挑点的有些不好意思，"下次来再吃你的……"

"下次。你怕我硬要赚你这几个钱吧？"老婆婆洗干净小锅，颤颤地走到对面沟边，把水泼了。

小姑娘轻声问凳上的女人："你睡哪里？"

"睡哪里！这里坐着吧！"女人愤愤。

"他呢？"

"一个人进去了！"

"你们也真是，买完东西打转不好？去看什么电影。摖在这边过不去。"老婆婆瘪嘴。

她们三人悄声商议，仍是没有办法。小姑娘把棚里寄放的背篓搬出来，玩那两根背带。

"哎，睡我家里去吧？"老婆婆提议。

三十多岁的女人也犹豫了。

两个小姑娘相互望望，直是笑。

"去吧，怕什么呢！"老头子也说。

"睡不下吧？"

"你管！跟我去就是。"老婆婆忽然精神。

"要不，"小姑娘捱捱地不走，"你到那里去睡，我们几个睡这里好不？"

"讲蠢话。你要我走，你跟跛子一起睡呀？"老婆婆横她一眼，从弯角搜出一根拐棍，"走不走？不走我打脚啊！"一挥手举棍打过去，我以为一定要跌倒的，不料一撑又站住了。

"去吧去吧，没关系的。我送你们一起去。"我笑着说。

于是五个组成一支散散的队伍，上了街。老婆婆一个人蹒跚地抢在前面，不时回头得意地骂丢在最后的她们三个：

"死畜生，不快点在那里捱什么！我还要早点回来睡觉呢！"

路过说书场，米开诚正手持一把黑折扇，在那里慷慨激昂："你好大的胆子，当堂不跪！左右，且与我用乱棍打将出去！"门缝里一瞧，原来不到四十岁。

老婆婆率领我们上了屋檐下弯弯曲曲的仄道。我去扶，她一甩手挣开，自有一番将军的豪迈。左弯右弯，月光间或地照着道路的坎坷与老婆婆的碎步。

身后那三人忽然在一户人家后墙的檐下站定，悄声地说话。

"我不去了，她家外孙回来了。"

其他两个也就缩缩地不肯再走。

老婆婆费力登上一个高坎，转身又亲昵地骂了几句。月光泼在她身上，清凉如水。高挑的小姑娘羞得直跺脚。

砰砰砰，老婆婆神气地敲门，又望我不出声会意地一笑。一副很有面子的神情。

门开了。房里溢出温暖的电灯光。

"哎呀，这晚了，来干什么？"女儿四十多岁。

"我带来几个客。"老婆婆把眼睛眯眯地笑了，像讨好的样子。

"唉，真是。客人客人，你又搞什么名堂！"

"渡船不开了，让她们在这里睡一晚。"依然笑眯眯的，转身唤她们三个，"你们快来呀！"

"哪里有地方睡！莫名其妙，你看哪里有地方睡？"大概看我在场，口气柔和了一点，"你这么大年纪了，晚上爬那些沟沟坎坎，跌一跤怎么得了？"

老婆婆不说话，也不进门，挂着拐棍坐在外面一块石墩上。她们三个站在黑影里不敢出来，一个小姑娘用辩解的口气埋怨同伴：

"我说了到我表舅家去不好！偏要到这里来，又睡不了。"

年长的女人则恨恨地骂那开渡船的。

"不得好死的东西，明天多把点钱给他买药吃！"

"哎，你还到哪里去？"女儿要扯住老婆婆，"明天早上再送你回去呐。"

老婆婆不睬，低着头跟在我们身后走了。

照着原路回来。月光透出浓密的黄桷树叶，洒在古老的城墙上和石板上，碎碎地像一幅晃动的图画。很少有什么行人。城洞里的包面摊也封了火。

对面一个人踉跄而来。年长的女人低低地骂：

"开渡船的，黑良心！"

我一看，正是那个穿海狐绒女式大衣的年轻人，已经喝醉了。

书场也关了门板，大概米开诚已将那当堂不跪的家伙用乱棍打了出去，只剩得有一片空荡在门口。一个卷起裤脚的男人打着呵欠，把一盆洗脚水热热地泼在街上。有人家里还放电视，某歌星正唱一首激昂的歌。

老头子仍就着油灯打草鞋，看我们七零八落地回来，好惊奇："怎么都回来了？"

老婆婆拿眼望望我又望望她们，无精打采。

夜风稍稍大起来了，已经使人能够感到是从江的下游方向吹来的。江面上碎光闪烁。

"那就没法子了。"好半天，老头缓缓地说。

那晚，我陪他们在小篾棚又坐了好久。看老头子打草鞋，看飘飘晃晃的灯盏，看渐渐睡去的山城。旅店里传出来断续的鼾声，一个汉子含含糊糊大声喊了几句呓语，想来是梦见了什么快乐的事情。

老头子同老婆婆，再没有说一句话。

1984 年春

河边石磨声

　　每年的这时节，猛洞河里的水就浑黄浑黄的了。

　　那漩涡，那波涛，也很添了些气势，用劲地显给人看。虽然它是拐了好多个弯的。

　　拐到灵溪镇的边边上，就有一条清亮亮的小溪河与它汇合。这是常有的事，值不得奇怪。何况那小溪河实在小得很，便称它做小溪也未尝不可。不过既然它流经此处，小镇上于是有了三两座单孔的石桥。而那石桥，则很老很老的了。

　　听说那一带出民歌，且唱得极有情味，极有韵致。有两个研究民间文学的中年人，戴着眼镜从省城里来到了灵溪镇。

　　镇子只一点点大，几条石板铺就的老街，不一下就走完了。

　　太阳出山，女人们带着满篮子的衣服被单到河里去浣洗。棒槌声，笑骂声和水花声连成一片。她们的小伢儿，有的还只能趴在身后河滩的乱石上玩。倘若碰倒了，也不哭，自己又爬起来。小脑袋跟那些石头一样，圆滚滚的。

　　然而都不唱民歌，无论女人或小伢儿。

　　两个戴眼镜的中年人，吃不惯招待所食堂的硬馒头，在菜市场转来转去。终于寻到某个拐角的小棚子下，一位老婆婆正卖着热气腾腾的蒿子粑粑。

　　"几分钱一个？"

　　"一角钱两个。"

"一个卖不卖？"

"也卖。"

大概那地方，凡粑粑都是要吃双的。外来客，自然不在此列。

中年人花一角钱，一人尝了一个。那蒿子粑粑是用糯米做的，雪白雪白，中有茶色的豆沙。极糯，而且极香。品了一回，买了好些，就当作早餐。

"要稀饭么？"老婆婆问。

"也好，一人一碗。"

吃她粑粑的人不少，多是到镇上挑担卖菜的农民，或匆匆去赶牛市的贩子。凡买粑粑的，稀饭尽舀，不另收钱。

煤炉子上又一笼把粑上了大气。老婆婆去端，汽了手，便捏一下耳朵。耳垂上，有一眼小洞。当年，想是挂过耳环的。

"您这粑粑真好吃。"

"好吃，明天再来吧。"她笑。

"谢谢了。"

"谢么子，给了钱的。"

太阳落山的时候，河里就热闹了。

汉子们，伢儿们，甚至大姑娘，都到河里洗澡。不管那河水多浑，多清凉，洗得津津有味。汉子和伢儿脱得一丝不挂，借夕阳的余晖显出他们的铜色皮肤。姑娘们自成一堆，各脱剩一条小裤，慌慌张张往水里蹦。对岸的或上游的男人堆中，往往有一两个英勇的小伙子泼啦啦跃到急急的河里，奋臂游一阵。然后喘着气，甩着大颗的水珠，钻到乱石滩上来。如果谁呛了两口水，旁的人就笑他，多把点水泼到他身上去。

然而他们并不唱民歌。

先前那地方，的确很兴唱民歌。在河边对过来对过去，比方"丢个石头试深浅"，比方"妹妹门前一棵杨"。伴那猛洞河或小溪河的流水，当然是十分好听的。如今竟不唱了，不会唱了。

人说那座石桥的当头，住着一位老婆婆。年轻时最会唱民歌，都是自己编的，且那嗓子，甜甜脆脆，清清亮亮。只不过是好些年前的事了。

两个中年人问来问去，都不知是哪座石桥，哪个当头，住着哪样一位老婆婆。

"同志呃，请帮我下下肩。"石板路上，躬背走来一位身着青布衣衫的瘦小女人。背篓驮得比人还高。

中年人忙把背篓抬下来。糯米，很沉。原来正是每天早上卖蒿子粑粑的老婆婆。她是一个老婆婆，她住在一座石桥的当头，她就是那个年轻时嗓子甜脆的民歌手吗？

"我不会唱歌。"她的声音是略带些沙哑的。脸上有很深的皱纹。

桥当头用方方正正的大石砖垒成一个又高又陡的坎。上面用未凿过的石块砌了一间小屋，窗口对着坎下，坎下是小溪河的流水。

晚上，油灯照着一个大石磨子。

"您有儿子？"

"有过。"

"您总还记得年轻时唱过的歌吧？"

"我不会唱歌。"

"您好好想想，还记得起一两首吗？"

"我不会。"

"您知道这小镇上，谁的歌唱得好？"

"……"

呜呜的石磨声，洁白的米浆从磨盘下溢出来散着淡淡的香，顺一圈石槽流到桶里。

两个中年人回招待所去了。那石磨顾自伴河水呜呜地唱着，直到油灯不亮了。

窗外，有个月亮。

他们不知道，石磨每天都这样唱的。只有一晚，那小石屋的油灯通宵未熄，却不听得呜呜的歌了。

第二天，两个中年人又去寻蒿子粑粑，左等右等，终于不见那老婆婆再来。

中午他们搭车离开了灵溪镇，找民歌去了。

蜀人李冰说："河性喜弯。"那小溪河的弯也得多，只不知是从哪座山里面流出来的呢。

1983 年 7 月，听橘园

老豆腐

跳下车，竟茫然一派雪的世界。

"几好看的，"我跺跺脚，"好看吧？"

"好看。"她也跺跺脚。生生地趾头凉得痛。不过的确是好看，山和雪。

"刚才还没得一点雪呢，突然一下子！"这突然一下子，似乎就成了她的发现了。

其实汽车刚刚爬上这个最高的岭，一直独坐老前面的中年乘客就站起身，透过驾驶台的玻璃往外张望。突然，低声提醒司机一句：

"恐怕要上防滑链啵？"

司机正准备换挡，闻言赶紧刹车。但四个车轮已经进入冰雪线，而且开始往"之"形下坡道滑行。得幸车速不快，一偏方向盘，巨大的车身打横溜了几尺，被道旁的乱草和松土堆阻住了。

总共七八个乘客，都跳下车。搭长途汽车的人，大约都是遇机会就要下车的。司机顾自含混地骂了几句什么话，把沉沉一大抱防滑链抛在雪地上，稀里哗啦响。

"好险，是吧？"她悄悄问。

"啊。"我未置可否。

"好险，"她坚持说，"刚才司机没反应过来，差一点就让车溜下去了。"

我笑了笑，"那就好。"

司机还在骂天，却又并不像真有一肚子气，只不过找个自己说得过的借口。听起来好像是春节期间才安排跑这条线，所以路生就不应该再是他的过错了。

"哎，你看！"她跳着跑过去，被公路上冻得硬邦邦的雪层一闪滑，差点就是一跤。

一块矮矮石碑，刻着"龙公岭"三个字。像被谁遗弃在路旁，孤零零让雪埋去了多半。立刻我想起途中下车的一个后生，曾跟我们起劲地介绍过这个岭。他背了一首当地民谣，很是风趣，可惜没记得住。只仿佛有"伸手就能抓到天"一类的句子，意思这便是最高的山峰了。

这就是最高的山峰吗？即使仅指这一大片山，也未见得这里最高吧。目力常常会导致人的错觉。我实在就看不出究竟是远处的那些山高呢，还是我们车旁的这座山高。或许，凡是山都能伸手抓到天的。这么一想，居然觉得那口若悬河的后生，确实还算风趣。

"龙山还有好远？"她看着山下，忧心忡忡的样子。

"快了。"我踢了踢石碑。远处一棵树上垮下一大团松松散散的雪。

"快了是好远？"

我也没有底。但总不至于还有爬不完的山吧。那后生说，过了龙公岭，就只有下山的路了。地图上没标明"龙公岭"，想想真是委屈了这么一座最高的山。

"我们走吧？"

"走？"她只犹豫了一下，随即现出很高的兴致，"走！……我，要换上套靴吧？"

我从车厢里取下背囊，边紧背带边等她换鞋。乘客中有人奇怪地望着我们。我故意扫去一眼，他们赶忙又聚精会神去看司机上防滑链。

"走得吧？"

"走得！"她刚迈出没三步，仰面就是一跤。

我哈哈哈哈笑弯了腰，背囊在背上晃。

"你笑我！"她一举站起来，踩钢丝一样平衡着身子朝前走。

"踩雪深的地方！"我要去扶，手被她打开了。

远处传来轰隆隆的炮声，震得脚下的雪地发抖。她停下屏住呼吸。

"你听，是雪崩？"

"这里哪来的雪崩。炸石头吧。"

我猜她其实是知道的。不过雪地发抖也真的叫人联想到雪崩。

她眼看又要摔倒。

"踩雪深的地方！"

只有这一个好主意。可是雪深的地方同样硬得踩不下去，是雪子的堆积层。我自己也差一点摔倒。身上汗津津地。

"刚才要是车刹不住呢？"

"那就一直跌倒山底下去，然后轰的一声，跟雪崩一样。"

她抬起头，脸红红地一笑。

"举步维艰呐。"

汽车在我们上头发动了，好像打鼾。我们已经走到"之"字路的第五截坡道上。

"到前面坡度平一些的地方等它。"

"哎。"她依然走得愁眉苦脸。

我忽然发现沟里很好走，虽然枯乱的茅草划拉着膝盖，但绝不滑。

"我呢？"

"也跳沟里来！"

防滑链在雪地上哗哗作响，压出履带一样的辙印。扬扬手，车在前头停住了。

车厢里显得比外面要冷。乘客都看着我们，我又故意扫去一眼，于是都把眼睛看窗外茫然的雪景。树林子里又垮下一大堆松雪，像是飞走了一只体态丰满的鸟。

"这雪，要到四月份才融得干净呢。"中年乘客自言自语。我想他是说给司机听的。

"冷吧？"我问。

"冷倒是不冷。"

才觉出早该到吃饭的时间了。

龙山是一个小镇。汽车在镇口的站里停稳，已经下午两点多。地图上短短一截红色公路线，要从天不亮跑起，至下午两点多才跑完，真没料得到。倘若把那些"之"形山路拉直，三倍于实际距离总不会少吧。龙山县份的僻远，看来不完全因为地处省界，那最高的山峰屏障也是一个重要的缘由了。

再往前走，就是湖北境内的来凤。一龙一凤，两镇相隔不足二十里。途中遇到那后生说，每半小时有一趟班车，下午四点才收班。这样算来，即使我们在街上从从容容吃一餐饭，看一看街子，也来得及搭上跨省班车。

"下午就可以到湖北啦！"我拍拍身上的风尘。

她也觉得这是件有趣的事。

茫然那一派雪景，全部留在山上了。竟觉得它是十分的遥远。这小镇灰色寥落，看不出些微的季节的痕迹。两条长一点的街，一条人多，一条就人极少。而且这多多少少在街上走着站着蹲着的人，大半是并不住在这镇上的山民。也有乡下女人，比方手里抱一个包裹了无数层的伢儿，解开胸怀喂奶。喂到得意处，便朝这个一笑朝那个一笑。

我们先走上那条人少的街，是受了一阵鞭炮锣鼓的诱惑。追上去一看，果然是婚嫁一类的喜事。却不晓得是定亲还是正式的迎亲。一列拉得极稀疏的长队，多是少女少妇，背着覆以红纸的糍粑、猪腿、糯米、缸酒，一个个都羞答答地好比是新娘，朝一深深的院落里蜿蜒进去。那院落里正有着一棵峥峥的老树。满地都是碎红。

"还没吃东西呢。"她提醒我。

"是呀，找个铺子……"

出门几天，实在一顿像样的饭都没吃过。汽车上是无须说的，沿途停留的小镇，也居然连一家卖面的铺子都不开门。山里的习惯，大约春节期间都不愿在街上随便对付一餐，铺子开了也反正没生意做，爽性关起门来图几天舒服。而山里的春节，未免也过得太长了一些。却苦了我们奔波在外的旅人了。我说找个铺子，是希望找个开了门的热乎乎的铺子。

然而竟找不到。

有一家木棚小店，远远冒着腾腾的热气，以为正是可以温饱一下肚子的处所了，近拢去一看，才晓得原来是剃头的。一个汉子放倒刚刚刮得精光闪亮的脑袋，挤眉皱眼地让理发匠对了太阳挖耳屎，一脸的如痴如醉。

一个瘦老汉，身着蓝粗布长袍，手打竹板挨户唱一曲歌谣。他的口音，听去像是汉中地方的人，因此唱词是句句听懂了的。只不过没有用心去记得很清楚。大意讲的人间酸辛及世态炎凉。围观的大人们带着伢儿的表情听，伢儿们则带着大人的表情听，一律都很认真。他那歌谣可以反反复复唱，及至唱开面前这个人家的门，递出两个生糍粑，他才接过去塞进肩上的褡裢里，鞠躬送了一句吉祥的话：

"粑粑一对呀，荣华富贵！"

伢儿们又主动帮他占领另一家门口，等他再过来唱。

他的褡裢里渐渐地都是糍粑了。我忽然想到，要是我们和瘦老汉一起寻到郊外的小林子边上，生一堆柴火，把这些糍粑烤得又热和又柔软，受用起来一定是十分惬意的。

"走吧？"

她搡搡我。我这才发现自己看呆了。

"如果我们在雪山上不搭车，一直走下来呢？只怕现在还没到吧。"

我没搭话，想着那些雪山，满目的街景仿佛只是空落一片。也许，真不该在春节做他乡的游子了。

寻问了半天，一个当地人告诉我，开来凤的班车本来每天下午四点收班，过年这几天搭车的人不多，一点就不开了。

她从车站厕所里慌慌张张跑出来，一脸通红地喘气。

"急死我了。还以为车来了呢！"

"不等了，今天没得车了。"

"没得车？不是到四点？"

"这是乡下，乡下要过年！"我狠狠地踢了一脚站牌。

她不作声了。默默看街边那些山民互相买卖与我们毫无干系的土货。

"橘子！"她眼睛一亮，"买吧？"

"你买吧。"

她到那烤着一盆炭火的妇女的摊子上，挑拣了半天，选中一个最大的。

"多买几个。"

"买一个先试试味。刀呢？"她划开又麻又粗的青橘皮，剥出橘肉来。

"呸呸，什么怪味道！"她啐了一口。

"酸？"

"你吃，你吃。"

涩得发苦。她抢过去，丢得远远的。不过还是又有些不舍地望一眼。

"你这是臭柑子！"我对那烤炭火的妇女说，声音很不客气。

"算了算了。我们找饭吃去吧。"

"哪里有饭吃，这里的人春节都不吃饭。"

"刚才那里就有一个小饭铺。"

"哪里？你早不讲？"

她迟迟疑疑。

"我看见里面，有几个人在，吃酒……"

饭铺在街头拐角上，私人开的，极是仄小。招呼生意的只有一个婆婆及一个年轻女子。不知是那婆婆的女儿还是媳妇，一双很大的手在淘盆里洗碗。我们刚走进去，那婆婆就上来问吃什么菜。

"有什么菜？"

"烧豆腐。"

"还有呢？"

婆婆往身后看一眼。

"没得了。就只有烧豆腐。"

这真是没得办法，那就烧她的豆腐吧。

"一块钱。"婆婆把桌子抹得油渍渍的。

啊？一块钱的烧豆腐，这不是……她赶紧拉住我。

"想起来了，那树林子里飞走的是一只雪鸡吧？"

"什么雪鸡？"

"山上，我们上车的时候，树上垮下来好多的雪，雪鸡……"

她声音放低了，看弯里围张小桌坐的那班人。都是山里打扮，其中一个满头大汗，身子一晃动就扑过来浓热一股酒气。

"咳——扑！"另一个满脸胡子的人将一口痰吐得很有力。

我从背囊里掏出一瓶蒜泥，偏过头去，看婆婆切豆腐。贵就贵一点吧，总算吃上一餐正经饭了。清早上车之前，我们一个只塞了两根油条，头两天也是，没一顿是端起饭碗吃的。

年轻女子绕到灶外抱了几根劈柴，塞到炉膛里，顿时就溢出带有松脂味道的青烟。雪白的烟灰也在空中弥漫一阵，落在我们的头上身上，油桌子上，落在烧得吱啦啦响的锅里。

"那女的放了好大一瓢油。"她悄声告诉我。放一锅油也是应该的。

"哎，你要去洗菜啦！"婆婆喊着。

"好呢。"年轻女子应一声，柴烟似乎淡了些。现在浓的是弯里那班人抽的旱烟。婆婆的豆腐已切了一大堆。

"你们这一天怕要赚好几十块吧！"我故意问。

"赚不好多呢。这铺子是别人家开的。过年去了，我们接过来招呼几天。哎，你们弯里莫抽烟了要得不？"

"咳——扑！"满脸胡子瞟我们一眼，灭了旱烟。

"豆腐，快来呀！"

"快了快了，"婆婆还在切。

近四点了。若是搭上三点半的班车，现在恐怕已到了来凤。说不定还买好了第二天入川东的汽车票。看样子今天非在这里住一晚不可了。

哗地一下，豆腐倒进了油锅，发出剧烈的烧炸声。油香和柴烟香，催人食欲。年轻女子盖上锅盖，那声音逐渐变得低沉均匀。呼噜呼噜呼噜。

"要加菜叶吧？"

"要，多加点。"

年轻女子多抓了两把黄芽白。

"再多加点吧。"

"他们喜欢吃，你结实多放。"婆婆也说。

于是又加了一大捧。

"这下要得了吧？"年轻女子笑笑，笑得也不清脆。

弯里那班人忽然低声争执起来，好像是讨论什么打野猪的问题。满脸胡子又想抽旱烟，看看我们，终于收住没抽。

"咳——扑！"

菜做好了，满满一海碗。婆婆帮我们架了一个火锅，从炉膛里捡了几块正烧得红的炭烬，丢在下面。急急舀调羹尝一口，又辣又热。

"好辣！"

"你吃不得辣？"婆婆连忙问。

"啊？不呢，正好，正要辣。"

"嗨。"她也尝了一口，咂咂嘴，无限的滋味。

"唉，真是舒服。"我边扒饭边感叹。

她顾不上称赞，点点头，专心致志地很用力地吃着。

那班人又争执起来。不过讨论的好像不是野猪，而是打狼了。

"还加点菜叶要得吧？"我装一碗饭问。

"你加，你加。"婆婆觉得好笑。

我去桶边再洗了一大捧菜叶，掐到火锅里。

豆腐烧得极透。婆婆又滴了几许麻油在上面。

"你眼泪都吃出来了！"

我唆着冷气看她一眼，"你也是的。"

"好辣。"

这顿饭，吃了一斤四两。

从龙山到来凤，十八里路。不爬山。沿途是极目一大片平坦的田野，青葱秀丽，有河渠从中蜿蜒。柳树人家，飘一袅薄薄的暮霭，俨然一幅水乡春色图。

我们在天黑之前，步行到达来凤镇。

有一天，妻子饭后收拾碗筷，突然问我：

"你记得我们吃过的最好的一顿饭吗？"

"啊？"我放下报纸，不知所云。但随即会意起来，"记得，当然记得！"

"那地方叫什么龙？"

"龙山。"

"龙山，就是龙山。那里的烧豆腐，是最好吃的。"

1984 年冬

无名庵

花桥那地方，有一个庵子。

先前，没得桥，过小溪是要踏水的。一个巧手艺的女子绣花挣了钱，修起一座石板桥，叫花桥。这是哪个年代的事了，不晓得。邓大爹七十二岁了，好访古，好读封神及西游。他说不晓得，恐怕晓得的人不多了。他是三八年大火烧城逃到乡下来住的，如今在花桥这边起了一栋新屋。每天抽张围椅到坪里晒太阳。脸色还好，只手脚不大灵便，早起穿衣要穿个把钟头。

去庵子，过花桥往左拐。往右拐就错了。往左拐，直朝冲子里走，一条大路。走到四面见山，路边长几棵木芙蓉，就到了。讲是讲大路，其实刚好走得一担谷箩，并不很宽。

庵子是道姑庵。

不是尼姑。尼姑光头（削发为尼），头顶置铜钱，钱眼里烧艾窝子，痛起来就念"阿弥陀佛"。道姑蓄发，戴唐巾，穿长白袜。唐巾又叫吕祖巾，相传是吕洞宾戴过的。尼姑不能喊尼姑，要喊和尚，或二和尚。不然不高兴。道姑也是，必须喊她师父才欢喜。这如今，讲究不过来，便喊道姑无妨。

庵子多有名字。比方竹筒港那个庵叫五福庵，有道姑十几个。这个庵子没得名。大概人太少，只三个道姑。原先有五个，七年前走了一个，四年前死了一个，修道的人死，要称"羽化"，意即成仙，变化飞升了，羽化的那个叫师爷，活在这里九十六岁了。存的三四千块钱全部拿出来办丧，在田里开流水席，十几里路远的人都跑来吃。认得不认得都吃。邓大爹一屋人没去吃，只送了礼。

"吃她们的，莫造孽！"

师爷有一口缸，没坐，睡的棺材。按道理要坐缸，没落气就坐进去（到底不忍），否则只羽化了一半。那口缸雕了极好看的花纹，上釉，抵不少钱。打算卖掉，无人受投。不修道的人，坐五六口缸也羽化不了。

拿来腌莱，太贵。

还剩三个道姑。

罗师父，六十五岁。十二岁跟姨妈一起出家（姨妈死了女，半路出家），在春华山的庵里，庵子撤了，到俗家住过一些时日，不习惯，投靠花桥来了。春华山在东边乡里。所谓东边，指城的东边。她是出家之后好久，才慢慢看破的。

杨师父，六十二岁。十四岁吃斋，二十四岁出家。她家大户，不肯，做娘的一把鼻涕一把泪。她硬是出来了。据说是看书看书入了迷，终于把红尘看破了。瘦，爬山担得茶籽。

罗当家，五十四岁。当家，即一庵之长。十一岁出家，是师爷的侄女，庵产于是传给她。乡里人说"有本钱"。

三个师爷都没得徒弟。也有好多年轻妹子来问规矩的。听说当和尚当道人吃国家粮，只念念经，拿四五十块钱一个月（有地区差），浪漫得很，一问并无此事，不干了。

庵子黑瓦屋，白粉壁。进门左右各一耳房；再左右各一天井，很昌盛地长满瑞草。左边天井多一古柏，树皮螺旋上去，及至屋顶才开始枝杈繁茂。

耳房有织机，织麻布。一幅二尺宽，卖给乡里人做蚊帐，用米或茶油或黄豆也充。现在乡里人要买尼龙蚊帐了，经得事，好洗。麻布只染黑给自己裁道袍。织机摆在那里落灰，上贴一张红纸符：

　　　财神菩萨四个字进门就管事
　　　财神进房来今日财就来

不打标点。

用缝纫机打白帆布手套，国家收去卖一块多钱一双。

耳房还有一副大石磨。磨豆子。起大早打一次豆腐，吃得五六天。豆渣送乡里人喂猪。那几年黄豆紧张，议价卖到五角一，各家对她们还是平价。

天井右边，厨房。轮着做饭，各买各的米，各负担各的客，一起吃。如果请两个木匠来修屋，请个老汉砍点柴，或是找亲戚找错庵子的，便算三个人的客。吃饭打梆子，这是规矩。一个人吃饭也要打。

"我们吃斋的人，没得好的招待。"

吃斋，本意是吃粗食，不饱食，不荤食，以苦行磨砺出家人的意志。后来不同了，斋菜越来越讲究，做得好吃。有炒白菜，麻油辣椒萝卜，煨豆腐，炒酸菜，炒香干（香干是杨师父的侄女从城里搭来的），海带汤，等等。人说海带是富贵菜，要用肉炖才鲜。其实不一定。素做，更鲜美。用大火（有藕煤，但喜欢烧柴，火大）把茶油烧红，倒海带略炒，放盐，将先泡好的一碗浓豆豉汤滗入，舀一瓢清油烧开出锅。味极佳。海带先要用清水泡一昼夜，漂净切碎。厨房背后有一口月牙形的水井，水质微甜，不涩。揭开盖板，水珠掉下滴答作声，其深不可测。

猫也跟着吃斋。另外还抓老鼠，打牙祭。

神坛，正中那间房，供太上老君。毁过三次，最后那次是她们自己毁的。队上派几个地富分子来看，果然是毁了。如今只恢复了神龛子，无泥像。左边高悬一只大皮鼓，鼓面洞穿。右边那口钟，拿去大炼了钢铁。要做的事太多，难得到这里念一两回经了。神龛前的供品，是一丛鲜艳的菊花（不鲜艳了就弃之于天井）。

两侧是厨房。有大柜。

屋后。菜园，好大一棵棵白菜。竹林很稀，先不是这个样子。再就是茶山，原也属庵产，如今又还给她们。秋天茶树开白花，要到岭脊上守茶籽，怕偷。茶籽收下来摊在坪里晒。八个太阳还晒不干。要八个半太阳。还有一座柴山，她们不收了。一收，乡里就没得柴烧了。

茶籽晒干，挑到加工站去榨油，榨得一二百斤茶油。她们的茶油好，没烧出烟也不做生油气。油多，过年炸素鱼素肉素鸡。比方用豆腐炸素鱼，也有鳞片鳞纹，不过做工要特别精细。

加工站有手扶拖拉机打谷。门上用白粉笔写告示：

　　粉碎红暮的同志们我站下午一时至五时半开门。

罗师父说暮字写错了。

"识文断字，那哪个认得过她们呐！"乡里人都点头。

庵子对面，禾塘正中有一堆牛屎。

有时候杨师父到邓大爹屋里打讲。邓大爹的女只一个细崽，喊杨师父做爹爹，搞错了也喊姨馳，没一定。杨师父有亲戚在北京，去玩过。儒家佛家道家，好比荷叶连蓬藕，一回事呢。邓大爹两个崽每月寄钱回。邓艾，邓世昌。队里晚上要开会。

田里九只喜鹊。飞了一只，还有八只。

那阵子，冲子里来了三个人搞测量。

"测量是么子意思？"老师爷问。那时候她还没羽化。

"就是估计呢。插电线杆子一样。"杨师父说。

他们到庵子里歇憩，吃茶。

"你们估计什么子？"

"看地形。要修水利啦。"

"修，什么？"

"水利你不晓得！修渠水，开梯田呢。"

"哦。"

"这山上的茶树都挖掉，种稻谷。"

师爷师父们面面相觑。

"那，我们这庵子呢？"

"那怕要搬呐。渡槽刚好从这里过身。"

"搬，搬得那里去？"紧张了。

"那不晓得。这修水利的事，全县统一的。"

道姑们哑了半晌，终于哭起来。那天晚上没吃饭，灯也不点。只哭，其声数里可闻。乡里人有到公社去为她们讲好话的。不答应。上头来人一检查，还在哭。

"唉，算了算了。以后再讲吧！"走了。

竟没有修起那渡槽来。

1984 年，长沙

乡音

他家只一个崽。还有三个是女。

那个崽，十几岁得的脑膜炎。当时父母都在乡下，家里无人照顾，病过之后就有些痴了。如今三十岁的人，高高大大，样子也不难看，但大院里的人背后都叫他痴子。表面上看不出他痴。他能跟人打讲，穿干干净净的中山装，理小平头。还能骑单车。唯一看得出的，是在路上见到漂亮的少女，虽然不认识，他也很有礼貌地点头微笑。少女以为在哪里见过，便也笑笑。走过身回头一看，必然正遇上他回眸再一笑。这才晓得他痴。

父母本不想让他参加工作，怕别人欺侮。医生说，还是有工作的好，让他像常人一样生活、学习，让他结婚，可以消除与众不同的心理，对恢复健康有益。于是他进了附近的工厂。上班不上班，没有人管他。做多少算多少。

又娶了媳妇。是个乡下妹子。她父亲送她来的，走的时候说："老杨头人好，莫让他屋里绝了后。"她点点头。她喊公公，喊婆婆。老杨头的女和女婿都说，就喊爸爸妈妈要得。很快她就学会了烧煤气炉，用煤油拖地板，做不放辣椒的菜。她就是眉毛粗一点。

星期六礼堂放电影，每场必看。新片子看的人多，放三四场，她就看三四场。有时老杨头拿回一两张会议招待票，那多半是好片子，就让她一个人去，要不跟婆婆一起去。她看得专心致志。别人拿手绢擦眼泪鼻子，或笑得前仰后合；她不。依旧稳稳当当坐在那里。但她要看。

婆婆教她持家（女和女婿都信不过），带她去菜店，裁缝店，小卖部。

她就一起去。挎一个菜篮，或拿一个包，牵着婆婆，走得不快也不慢。小卖部常常到新色布料，比街上便宜，好看。婆婆总要问烫头发的营业员妹子料子时髦不时髦，在媳妇身上比前比后，再扯一大段，包好叫她拿着。她就拿着。

"爱吃点啥，你点吧。"婆婆一口北方话。

她也不作声，看了半天，指一指动物饼干。五毛四一斤。

"唉，"婆婆摇摇头，"给来两斤吧。"

她每天洗澡。婆婆买檀香皂，珍珠霜。她变苗条了，不过总有合身的新衣服穿。

她做了舅妈。

小外甥木木，长得没有一个人不喜欢他。一点点大，就会微蹙眉头像在思考问题。张口一笑，两粒牙。老杨头的女婿说，长大是当将军的料。

"木木的舅妈不会唱摇篮曲。"他告诉同学。

但会随手剪鞋样。她每天都推木木的小车在大院里散步。看看喷泉，扶着栏杆看池里的睡莲和鱼。或者摘一片橘子树叶给木木闻。橘园有小雀子叫。

上下班的人们逗木木：

"木木，木木，喊我！"

"木木，笑一个笑一个！"

木木就转动几好玩的脑袋，拍掌。她把小车停下来，耐心等别人逗完，再走。

大院里干了一二十年的保姆们，爱凑在一起扯主人家的是非。各地口音：

"你不晓得她炖鸡，只准我切大块，生怕偷吃了去！"

"我们那家子，懒死！短裤子都不洗。"

"哎，听说……"

"嘻嘻！"都抿嘴笑。

"那个痴子吃饭，你不抢他的碗，他就总吃，是吧？"

"嘘——"

她安静地推着小车走过。保姆们都想看出她是高兴还是忧伤。她不理她们。脸上什么也看不出来。她也推煤气罐。

没有别人在场，她就对木木讲话，轻声唱歌。木木都不懂。大太阳天，撑把小花伞全遮住木木，自己不怕晒。她给动物饼干他吃，他不吃，拿着玩，婆婆望她叹口气。她总是默默地，没有笑过哭过。

只有一次。

那天，她和两个乡下妹子站在大楼下面。她们手里拎着上街买的大包小包东西，正跟她讲一件什么开心的事。她一只手抱住木木（木木手里抓根野菊花），另一只手掩住雪白的牙齿，咻咻地笑。笑蜜了。

她们是一个村里的伙伴。

1984 年春

小桥　流水　人家

过桥，秧溪镇。

原先叫三合溪。三条溪合在一起，也不过十几米宽；到此处委委曲曲拐个弯，流走了。山里田少，育秧不起，这里就种秧卖，一担担用小船送到各处。于是喊秧溪。

小镇，只黑黑一条街，且很不宽。那地方出煤。挑煤的队伍在街上歇脚，好威武。出甘蔗，送到糖矿里榨糖。甘蔗比稻子好种，一年下种，收得三年。竹子多，农闲家家砍来做竹器。粗糙，卖不出钱，一般只自家用。比方锯一个竹筒筒，打条蛇剐下皮一蒙，装根竖棍就喊二胡。并不精雕细琢。

蛇医和接生婆极受人尊敬。

最被看不起的人，一是赶脚猪的。脚猪，即蓄种的公猪，那行为不消说很下作；靠脚猪吃饭，自然也高尚不起来。二是媒婆的丈夫；媒婆的事业虽说甜蜜，其丈夫在家坐等女人的钱喝酒，算不得英雄。三是屠夫的老婆；这是不待解释的。

屠夫的女儿长大，嫁妆比别人厚，不然没有人要。所以本钱小的屠夫，生女不养。崽不同，崽大了打得架，越多越好。

那地方，一罗一李两大姓。两姓之间打架，用锄头扁担。扁担两端装铁家伙，尖，好重。挑柴挑草，往捆把里一扎，担起走。打在人身上，着实厉害。比方某年，因什么塔大打了一场。什么塔在南塘岭，建于明代，砖质。东边的罗姓歉收，说是塔的不好。因为一日之计在于晨。早上太阳把塔影及运气都照到西边的李姓那里去了，傍晚又把塔影及晦气照到东边来。罗姓派青壮数十名来拆塔，李姓奋起保卫。结果两姓都打死了人。

这也是好久以前的事了。

无论姓罗姓李，不生崽的人家算对宗族没有贡献，受欺。别人可以随便到他菜园子里扯菜，砍树。他家只能把几个女箍在门口，望得一眼，做不得声。

逢十赶集，小镇就热闹了。从早起，一径要到中午十二点，街上的担子才慢慢散干净。只剩一棵石榴树孤孤零零。六月，落下红花来。

几个知青，下草鞋桥那边的，每次赶集，在镇上找午饭吃。随便寻个人家，出两块钱，就做给他们吃，不拘人数。吃完饭，必然到李二娘娘屋里吃油茶。下午三点钟赶回路。秧溪到草鞋桥说二三十里，实际四五十里。走山路，上山五里下山五里，只算它五里。三点钟打转，九点才得到屋。吃碗油茶走路，有劲。油茶，架铁锅将茶叶用油略炒，放盐，加水煮沸，冲油炸阴米子（糯米蒸熟晒干）。有条件的还可以放豆腐。吃起来喷香，饱肚。

李二娘娘给女人绞眉毛。妹子长大要出嫁了，必须把眉毛绞成细细的一线，脸上的汗毛也绞掉，叫开脸。不开脸就显得她很粗悍。先涂姜汁，用麻线把眉毛刮得绞起来，一顿，扯掉了。还扎耳环眼。拿两颗绿豆放在耳垂两侧捏呀捏，捏得发麻，绿豆处只剩两层皮，极迅速地扎一个孔，拿粒米塞上。口子一长好，即可以穿耳环。如今会搞这些的人不多了。

年轻的时候还帮人哭嫁。轿子迎亲，娘家要花钱请一帮女人来哭。边哭边唱《哭嫁歌》：

> 半升绿豆选豆种哪，
> 我娘那个养女不择家呀。
> 妈妈吔，害了我！

哭的人越多，哭声越大越凄惨，娘家就越光彩。李二娘娘的哭在那一带颇具声名。如今年纪大了，哭不动了。再哭，怕分散神气。

那天吃油茶，讲起中午去吃饭的那家婆婆。好怪，不吃猪肉。

"她怕是个尼姑？"一个知青说。

"不会，她有头发哪。"另一知青说。

"你们刚去的哪家？"李二娘娘问。

"桥当头那家，墙上晒好多牛尿屃屃。"

知青们喜欢到办丧事或办喜事的人家去吃饭，搞得好可以不出一分钱。那天没得什么热闹，见桥头人家门口有几只猫崽在吃奶晒太阳，才进去。那地方大都养狗，养猫罕见。房里干干净净。两块钱，办了一碗红烧肉，一碗辣炒白菜，一碗炒鳜鱼片。那婆婆自己只在灶角吃白菜。分一份红烧肉给她，不吃。

"她哦，"李二娘娘鄙夷地，"杀猪的！"

"杀猪？她丈夫杀猪？"

"她杀！哪是她丈夫杀。她丈夫死了。"

嫁来的那年，才十五岁。娘生她的时候难产，没救住。父亲采药，很豁达的人，背她讨百家奶养大。别人问，你家三个女，出嫁了怎么办？他一点也不急，每天锯锯二胡。问大女喜欢什么，大女喜欢看病，嫁给了郎中。问二女，二女喜欢花衣，嫁了裁缝。三女喜欢吃肉，嫁屠夫。

屠夫李三（生下来只三斤三两，不是排行），虽是杀猪世家，却生得标致。体子弱，猪竟然杀得漂亮。死的那天，还杀了两头猪。那年李三婆婆二十五岁，没得崽女。山里人送猪到镇上，依旧找李三家。他家收猪不扣溂，卖肉不失秤。李三婆婆看丈夫杀猪看熟了，也杀得利索。但镇上只男人去买她案上的肉猪；女人，望都不望她一眼。

"哼，吃她杀的猪！"李二娘娘忽然好气愤。生意不好，不杀猪多年了。之后一直种药。

但人们都晓得她心狠毒，不理她。

知青们跑去跟她说话：

"你杀过猪？那怕什么？省里冻肉厂招杀猪的，全部要妹子！我们知青点就去了一个……"

李三婆婆好感激的样子。

知青们咋呼了一顿，拎着猫崽的颈子走了。那天李二娘娘的油茶放豆腐。

"她不吃肉？"李二娘娘问。

"不吃。"

"好久不吃吗？"

"她说从杀猪那天起，再不吃肉了。"

人们回想小镇上两副肉担子，果然从没见她买过肉。过不久，她家墙上的牛屎屄屄不见了，那是别人甩在她那里晒的。

"她为什么杀猪，她不杀猪几好！"李二娘娘叹口气，自言自语。

有一次，又谈起这一带最被钦佩的人，莫过于李爹爹。也是个婆婆子，自从那年打大架亲手杀了两个罗家的人，人们就一直这么尊呼她。李二娘娘好景仰：

"那真正厉害，姓罗的没一个不怕她。"

"她住哪里？"

"你说哪个？"

"李爹爹。"

"过桥，山腰上老樟树底下。"

他们去找李爹爹。不在，请吃喜酒去了。只屋里躺着个老汉，残腿，下不得床。据说是李爹爹的丈夫。李二娘娘不记得他了。

弯弯秧溪那边，隐隐听有人哭唱。

　　十呀八梳头出留呀海，
　　十呃人见了十呃人爱，
　　哎！十呃人爱。

又有妹子出嫁了。

1984 年春

雪屋

"那就是公公背媳妇山。"

我顺着她的手指望去，极力发挥想象。

"你看，那是公公，他驼起背，还撑了一根棍，背上背个媳妇……"

却看不出哪是公公哪是媳妇，只有石头和石头。石头什么都像什么都不像。在汽车窗外远远地缓缓地移动着。

"这里面有个什么故事吧？"我问。

"喔哟，故事倒有，"她正正经经瘪瘪嘴，将屁股又朝我位子这边挤了挤，"坏得很呢，不好说，你这样的读书哥哥尤其听不得！"

半车厢的人于是都张开嘴巴笑。

不知是笑她还是笑我。我觉得是笑我。她刚挤上车的时候看着没空位子，就牟拉着眼皮对我说：

"你把包袱放我身上要得吧？"

所谓包袱是我的旅行袋，占了半边位子。当然我不好意思让她拿，只得搬起放在自己腿上。她赶忙一扭屁股坐下，讲两句话便很舒适地朝我挤紧一些。

吭哧吭哧汽车翻上一个岭，她下车了。跳出车门之前还回过头来对我挥挥手，"记住了，公公背媳妇！有一天媳妇去打柴……"

她三十多一点，笑起来还算好看。风从门口扑进来，冰凉凉的，带有尘土的气味。

接替她位置的，是一位从最后一排长椅上挤过来的年轻后生。

"你结婚了吧?"

"你呢?你结婚了吧?"我反问。

"你看我结没结婚?"

"结了。"

他很得意地笑了。从后座移过来一个背篓,叫我看里面塞的猪腿和大糍粑。又说:

"你再看,我结婚了吗?"

那猪腿在背篓里翘出一截来,很有点肥硕,可我实在看不出这跟他结没结婚有什么关系。大约他一结婚,猪腿就不敢肥硕了吧。

汽车放慢速度,滑行一样拐了个弯。远远地看见山坳里丢着一个木屋子,黑色的瓦。

"你是长沙人?"

"啊?啊。"我随口应着,把领子翻起来。前几排一个女人晕车,打开窗子干呕。风灌进来。

"长沙我去过,"年轻后生说,"不止一次,有一个月去了五次。"

"走亲戚呀?"

"运货,睡一晚就回来。你结婚了吧?"

汽车放下坡,很潇洒地。座下一阵阵空虚的失重感,不好说舒服还是不舒服。

"你带猪腿,送亲戚呀?"

"咳!你呀,我早晓得你们长沙人不懂。啥子送亲戚。相亲!相亲你懂不懂?"

其实我是故意这么问他的,我想。

"懂呀。那你这是头次见面啰?"

他伸出指码。

"五次?"我做出兴趣和惊讶。

他笑了。

"每次都送猪腿?"

"猪腿呀，糍粑呀，黄豆呀，钱呀。"

每次一条腿，那么一共是一又四分之一头猪。如果前腿不算，那么是二又二分之一头猪。这山里大概只喜欢吃腿，那其他部位呢，比方排骨呢，槽头肉呢，猪肚子呢。在长沙，猪肚子可是不好买哪。

汽车又开始爬坡。

"还要送媒人吧？"

他又伸出指码。

"二十？"

"二十？"他极不屑地反过头去然后复又凑脸过来得意地，"两百！"

总算不至于是两千。

"两百呢！"他高声起来，"就只陪你去几趟，两百块！"

前几排那女人呕得益发起劲。

行李架上吊下来一根背带，一晃一晃，一个极小的细伢崽试着用脑袋去碰，觉得很好玩，又一碰，一碰。忽然发现我注意他，立刻庄重起来。一双眼睛溜圆地看着窗外。

汽车在苍山之中行走，岩石间可见点点的残雪。

感到一种睡意，甜甜涩涩地袭上了身。窗外的景致摇摇摇摇，仿佛与我无甚干系因而变得不可理解不可辨识了。

我阖上眼皮，俯着搁在膝盖上的旅行袋。也不知嗡嗡了多久，那汽车。

"哎，"年轻后生拍我一下，"我下车了。"

猛然我抬起头。他站着望我笑。车停了。

"哦，"我连忙跟他打招呼，"到了？"

"就是那里，"他指头戳一戳外面。那里大概有几户人家，"以后我还会到你们长沙呢。我，开车！"他手握假想方向盘转了转。

想不到他除了送猪腿，还有一手。

干呕的女人也站起身，一同往车门外挤。我朝他扬扬手。

汽车又开动，摇摇摇摇，我却全然没有了睡的感觉。蒙上厚厚一层灰土的后窗玻璃外，那个曾经干呕的女人跟着年轻后生的背篓，低了头走。

他不时地回头跟她大声讲些什么，像是很高兴，又像是很不高兴。

又翻上一个坡，又翻上一个坡。

无意中，我又看到了那个远远丢在山坳里的小木屋。不知是不是先头那个。一样的孤孤零零，一样的一弯从山上流下来的小溪，一样的门口用石块铺成一条小路，越过溪水就蜿蜒不见了踪迹。

只是，这里屋顶上积着一层雪，在冬日朦朦的景色中，跳那么清亮的一笔。

1984 年冬

中锋

还有一个林大汉。

厂里打篮球中锋。技术倒是二套子。之所以篮球而且中锋，全在乎他那大一坯，以及身上鼓来鼓去的肌肉。随便子可以把对方球员掼得一滚，望了就有人要怕。原先不过是个司炉工，最累且最邋遢。由于奋力练球练成了主力，才调去打铁，甩吊锤。虽然也不轻松，毕竟比司炉工踮味得多。又可以打几下铁便被吆喝去赛球，油油地更尽是派头。传说他伸手摸得篮筐到。没有人不相信。因此外厂都很有名。

"林大汉！林大汉！"细伢子们跟在后背喊。

林大汉就好得意，伸手去摸篮筐。或者一手举一个细伢子，一下两下三下。

他的堂客，也从新开铺某个小厂调来了。细筋筋的，开行车。工装裤一穿，哐当哐当走路。林大汉也只好由她这么去走。两个人站到一起，总觉得受了他的什么强迫一样，不知她何以竟消受得了。

他又好吃。每天必吃五角钱的肉，不然就心里挖，脾气大。那时候肉吃多了要挨批判，唯林大汉可以不在此列。因为他有劲，要打球打铁，打堂客。他把他堂客做球打。楼下打得楼上（篮球），楼上打得楼下（足球）。怪不得她眼睛泡起好大，眼眶永远是那样青红。

有一次坐凳子坐得一垮，堂客以为又要挨打了。他却不打。赫赫地笑，把堂客一拨过来，吓得她要死。他屋里没几样家具，吃肉吃掉了。没肉吃才打堂客。吃过肉，总要端起碗查看，不相信一下子完了。

"要是敞开肚子吃呀，五块钱的肉都吃得进！"他说。

堂客就极谦虚地朝他笑。一脸的都是苍白。

据说这苍白，皆因流产过多造成。林"大汉"，想想看。总算一个女没流掉，生下来叫作慧慧，又好像是惠惠。堂客病了，林大汉背起往医院送。走着走着不舒服，索性往一边胳肢窝里一夹，甩开膀子走。堂客俨如一匹猫崽，由他夹了，哼都听不见。慧慧跟在屁股后面，嘤嘤地哭，也是一匹猫崽。

"哭么子，回去！"断喝。

猫崽便不敢再哭。

夏天，是快活的日子。球赛也多，厂里跟厂里打，厂里跟外厂的打。林大汉他们黑汗水流一个，都威武起来，喝那一大桶冰水。虽然每次联赛只能拿第四或第六名，也算不错了。他堂客带着慧慧，从一开场便坐边上，脑袋在细瘦细瘦的颈根高头左转右转，直是认真地观战。进球不笑，打赢不笑。只林大汉掼得别人一滚才笑。咯咯咯地，竟微微有些脸红。她笑慧慧也笑。

天热，有乡下人挑担子到厂里来卖梨瓜。角多钱一斤，二角多一斤，不等。林大汉拿这个看看，拿那个看看，球裤口袋里却抠不出钱来。青年哥哥调皮的，合伙起来捉弄卖瓜人。一个出来吵呀吵，又是讨价还价，又是争秤杆子，其余的你摸一个我摸一个，躲进车间里砸开来吃。

"要不得呢，你们！"林大汉看不惯。

都觉得他好笑。

"去把钱给他！"愈加愤怒。

终于打起来。林大汉仗着身大力不亏，以为可以打得他们落花流水。却因为笨手笨脚，反被他们搞得晕头转向。这里挨一拳，那里吃一脚，只好抱头虎窜。欧老倌的崽，追在后面射瓜皮瓜蒂。林大汉脸及背心，到处黏巴的。

后来欧老倌的崽死了。

欧老倌老工人，说觉悟高，派他守厂里的礼堂，躺头气鼓的样子，驮一件烂棉袄。礼堂是露天仓库改的（加了顶），特别阔大。演戏放电影，林大汉的堂客每每要从他的后台钻进去看，不收票。是人晓得欧老倌好色，不过也还保险。堂客们之类的过身，仅限于眯眯地盯一眼，并不伸手动脚。他自己的堂客死得早。就这么一个崽，结果烧死了。

起火的原因是不晓得的。看见他屋里窗户冒出浓烟来，砸门进去救，已经成了灰。分析是一个人困在帐子里吃烟，睡死了；又分析一定还吃醉了酒。总之烧得墨黑。林大汉把他从床上抱出来，一身的运动服都是焦臭。人们觉得这事由林大汉干正合适。不然没有人敢搬，只怕会放在那里烂掉。运动服厂里发的，直看见穿在身上。仿佛不怕冷又不怕热。

其时欧老倌正得肺气肿住医院。晓得崽死，必将益发地肺要气肿。怎么得了。林大汉提议不把信息（那时叫消息）告诉欧老倌。他要问，就说崽表现好，最近调到分厂去了。人们这才看出林大汉除了勇猛，居然还不乏谋略。欧老倌直到落气，果然也不晓得烧死了崽。

林大汉买了一部单车，是日子开始过好了之后的事。牌子不一定响亮，但擦得闪闪发光。依旧每天五角钱的肉。分量少多了，却不曾再听他说心里挖。还是打中锋，笨头笨脑在三秒区车车转，对付那帮小人国。

"林大汉！林大汉！"又一批细伢子叫。

他顾不得气喘吁吁，伸手去摸篮筐。咧开赫大的嘴巴笑。

正月初三，林大汉被火车压死了。

所有的人都没料到。他带了慧慧去拜年，在伍家岭那里沿铁路走。单车在铁轨上推着，后面火车来了。

"爸爸，火车来了！"慧慧大喊。

林大汉没反应过来。

"火车"

好长一列车皮从他身上压过去了。再也没看到他很高大地站起来。慧慧九岁了，哭着向人们讲述他最后的情景。当时他心情似乎极好，说要给她买鞭炮买花花衣，给她妈妈买头巾。

奇怪的是那部单车，锃亮锃亮，一点也没被压坏。大约在最后一刻，他想的是救这部单车。

"林国强？林国强是哪个？"

开追悼会的时候，人们你问我我问你。谁也搞不清是哪个。

都只晓得，曾经有个林大汉。

1985 年 3 月，烂泥冲

中河街

都说中河街，埋得有一坛金子。

因为年代久远，说不清哪个埋的了。好像是曾老太爷，又好像是毛和尚，又好像是马铁匠的父亲，还有说永和金号的。

曾老太爷有一个崽在外头当师长，从没回来过。一天晚上，几个马弁护送年轻的师长太太回中河街曾府住了一夜，第二天一早就走了。来的时候是三个大桶箱，去只抬了一个。还有两个呢？曾老太爷一口咬定不晓得。他平时既不坐轿子，也不穿毛皮绸缎，且拖了一根鼻涕在街上走，见人就笑。但人们坚持要喊他老太爷，因为他的崽是师长。

他死在乡里了。

人们跑进曾府，拆了一个八仙桌及一个红漆大柜，没看见金子。后来挖地。把老槐树的根都挖脱了，还是没看见金子。老槐树至今仍斜歪在那堵墙上，再没发过芽。

毛和尚，是水府庙的和尚。

水府庙在中河街北头，资江和邵水的接口处。始建于明万历年间，屡毁屡修。如今新修有月牙门，九曲回廊，三层楼阁，敷以红檐绿瓦。凭栏远眺，江阔天高。但是戏台子没得了，水府爷爷的像也没得了。水府爷爷即河神。各地河神不一。这一个叫肖天任。明成祖时，三保太监郑和率船队下西洋，差一点覆舟于风浪，相传被肖搭救幸免。成祖封他为英佑侯，铸成铁像受人香火奉祀。极胖，肚子溜圆。每年四月初一，水府爷爷做生日，戏台子上就要演戏。钱是驾船的与各界人士捐的，归毛和尚收了，请戏班子。戏班子住在庙里,晚上粉墨登台。久的要演个把月,引得资邵两条河里驾来好多大细不等的木船,成片地泊在岸边。太阳未落,船妇们便在河里洗好菜淘好米,早早安顿老倌细崽吃过饭,一家家到庙门口伸长颈子看戏。有《打渔杀家》,有《红罗衫》。

人们最喜欢听戏班里张琴师的琵琶。一位前清老秀才题了一副对联,专道张琴师的好处:

妙手空空一弹秋水一弹月
余音袅袅半入江风半入云

所以戏台上的匾额书有"半入云"三字。如今还在,对联却失落了。民国七年的一天,戏台上正待演《捉放曹》,忽然张敬尧的"北佬"军与护法的"南佬"军打起了大仗。南佬杀北佬,在水府庙杀了二百余人。此后再没见过张琴师的妙手来弹秋水及明月。毛和尚与各界所捐巨款也不知了去向。听一个婆娘说,他在江那边北塔上坐化了。毛和尚虽说穿百衲衣,却不剃光头,不吃斋,只毛毛地算个和尚。不晓得何以竟也能够坐化。后来人们炸开水府爷爷铁铸的胖肚皮,终于还是没有找到金子。

马铁匠住在街南头,民生学堂的对面,背靠悠悠的邵水,距青龙桥不过三五十步。青龙桥始建于唐乾宁年间。木质,先叫关东桥。南宋赵昀曾在本城当州防御使,后一跃而登龙位,做皇帝凡四十年。遂改称青龙桥。桥上两边开有卖小吃的铺子,一逢赶集,十分热闹。有两只镇水铁犀蹲在石礅上,以壮声威。道光十八年大水,铁犀双双潜江而遁。一百三十年后才在数百米以外的资江捞起一只来,缺去了角尖。马铁匠花一个月时间才补起那角。马铁匠的父亲是一个工程师。邵新公路就是他设计修的,据说还要修一条什么公路,交给他一笔款子。不料日本人打来了,马工程师跟着难民逃奔他乡,再没见回来。人们把他屋后通河边的石级全部撬开过一遍,依然找不到金子。马铁匠除了鼻梁长得像工程师,其余毫无父风,袖子一挀,孔武有力。逃日本人那年他才四岁,埋金子的事依稀记得,又依稀记不得。只好特地打了一根长钢钎,跟众人撬石级撬得满头大汗。

　　日本人把中河街烧成一片废墟。街两边现存三层楼的木房，是光复以后才起的，开得有米铺、当铺、益庄、纸庄、棉布商号等等。从青龙桥进，行不到二百步，即永和金号。民国三十五年，行政督察专员孙佐齐把金号田经理抓起来，硬说是共产党，索黄金二百两换命。又派人冲进金号，会店员各服"真言丸"十粒，言称吞食后即吐真话。谁知那是十粒安眠药。眼见得一个个倒也，话无论真话一概说不出来，遂撬开保险柜。将所存金饰四十余两悉数劫去。之后一架火，金号化为灰烬。此事闹得全国舆论大哗，最后仍不了了之。永和金号星虽不称本城首富，毕竟资财雄厚，何以仅有金饰四十两存柜呢？人们把金号临河的青砖墙角尽数掀开，用探雷针探来探去，只挖出来一顶日本式钢盔，并不曾见得有一罐金子。

　　那年，施工队开来，把面街的青石板全都撬掉，铺上了柏油。青石板先前铺得比街边人家的门槛高出尺半；现在一样高了。人们把眼睛盯盯地看，一块石板沉重地掀开，抬走了，又一块石板沉重地掀开，抬走了。

　　抬走了就抬走了。

　　人们都说，埋得有金子。但是找不到。

　　当铺三老板的崽，竟也说起书来了。人模人样往台上一站，手持一块惊堂木。只一敲，鸦雀无声。

　　每到掌灯时分，吃过晚饭的老倌子们，零零散散钻进那张矮仄的小门，沿黑黑长长的过道，到说书厅里听书。早有两个系青布围兜的婆婆，烧好茶水侍候，一角二分钱一杯。另外还五香葵花子，裁一方旧报包成小包。

　　三老板的崽胖胖墩墩，头发往左长又往右长。从小喜欢听戏。听说书，正正经经的课本是不要读的。三老板常骂他：

　　"你这个毫无长进的东西！"

　　如今三老板早已死了。毫无长进的东西倒是在台上一下子扮赵子龙，一下子扮孙夫人，一下子扮老黄忠。个个都能巧舌如簧地在打仗之前骂阵。骂得那些听书的老倌子嘿嘿憨笑。围兜婆婆挨个筛茶。她们那壶，壶嘴极长，足有三尺，可以于茶桌一隅筛对角线。众人听得一惊一喜，及至三老板的崽宣告且听下回分解，方才如梦初醒，起身掀开粗麻布片遮掩的后门，涌到狭窄茅厕里，每人都悠长一兜尿，满足地散回家睡觉。

驾船的李老倌，是最认真的一个听客。但他总没听得到上回的故事。所以进门一落座，便向左右打听备细。谁被谁打死了，谁又逃到哪座山里去了，谁的夫人又是谁的姑妈，一一牢记在心里。诸葛一生唯谨慎，吕端大事不糊涂。忽然听到关公跟颜良打杀起来，李老倌含茶在口，顾不得烫舌子，待到关公终于砍下颜良的头来，这才将它很响亮一声吞下肚去。

李老倌的满女，叫兰妹子，会做猪血丸子。相传赵皇帝当年极爱吃这东西，积习相沿，本地几乎家家都做。兰妹子的会做，是说她做的特别好吃。每年腊月，称几斤肥瘦各半的新鲜猪肉，切碎；拣来几十块老豆腐，在一口极大的铁锅里细细搓散，拌肉，拌辣椒粉及盐，用猪血和匀，捏成两个拳头大一坨，晒，熏，即成。要吃的时候，切成薄薄一片，蒸熟，或下油锅略炒，放大蒜，风味独到。李老倌嚼一片喝一口酒，嚼一片喝一口酒，驾船都有劲。然而兰妹子总要留下几个，偷偷送给建伢子去吃。

建伢子没得爸爸妈妈，由罗老师一手带大。罗老师在省报当过编辑，后来搞到中河街小学（先民生学堂）来教书，再没结过婚。现在小学门口还挂了一块"业余大学辅导站"的木牌子，一到晚上，工厂里的青年人推单车来听课。罗老师讲评的作文题是：描写本城八大景之一。这八大景有，双清秋月，龙桥铁犀，六岭春色，洛阳仙洞，佘湖雪霁，神滩晚渡，山寺晓钟，莲池古香。罗老师引经据典，讲得满面放光。但是他跟建伢子，常常互相穿错了袜子。

一家大制片厂的导演，在城里转了半天，要到中河街拍一段外景。街上的居民们，兴奋得三晚没睡好觉。都以为建伢子长得白白净净，可以演一个光彩的角色。不料导演看见他，要他扮一个小地痞。发给他一件长大的黑衣，一根扎腰的宽打带及一顶地主帽，即旗人帽。

那天，天气很好。导演坐在一张从齐盛中药店借来的太师椅上，发号施令。

李老倌驾船回来，泊在中河街背后。

"兰妹子，切一盘猪血丸子给我咽酒，多放些辣椒！"

"早就切好了呢。等火上来，就下锅炒。"

"快一点呐！吃了酒我还要睡一觉，晚上蓄足精神听书。"

兰妹子侍候李老倌吃过酒菜躺下，伏在船尾就清清河水洗了把脸。水凉凉的，洗得脸上发烧。过了跳板，踩那弯弯的石梯上街去。小时候，她在青石板街上跳房子，建伢子就滚铁环去压她的脚。有一天，他借好多好多连环图给她看。她看不懂，他就指给她认，这个是好人，那个是拐家伙。

"唉，"她合上书，"世界上为什么这么多拐家伙？"

"那当然，拐家伙都是好人变的。"

"你莫变拐家伙。"

"变拐家伙好。吃得好穿得好。"

"我不睬你！"

兰妹子转个弯，到得街上。

街上好多人。只见几个流里流气的家伙，正围住一个高挑的漂亮妹子。为头的那个蓄小胡子，涎笑着，伸手过去摸漂亮妹子的脸。众痞子围拢来，其中竟有建伢子。

兰妹子看呆了。

"你！"扭身跑了。猪血丸子撒在地上。等建伢子赶到河岸上，李老倌的船已经摇起走了。他气吁吁追到水府庙，挥舞那顶地主帽：

"哎，兰——妹——子——"

远远地，木船上也挥了一下手。不晓得是不是挥手，不晓得是不是她挥手。

1984 年 1 月，邵阳

论割包皮与自我完善

　　这篇文章本来还可以另外用相近的标题。如《论割包皮与修养》，或《论割包皮与洁身自好》。但是诚如每个人不难看到的，后者的意思浅白却过于偏狭，而前者虽则深沉惜又失之空泛。考虑的结果，只好都放到了一边。这不光是个修辞的问题。假若仅就"洁身自好"来讨论，顶多只能触及性卫生这样一个层次。既谈不出深意，也没有什么新意。倒仿佛我们割包皮完全是为了一种"纯自私的目的"似的。搞不好还会有人质问："割包皮真的能洁身自好吗？"质问的时候鬼眼睛故意地一眨一眨。等我们一纠缠进去立刻就发现大上其当，最终连自私的目的也达不到了。那显然不是我们所向往的。

　　"修养"一词也可能使我们的研究误入歧途。至少容易让人觉得，本文所要探讨的无非是受施割包皮术的人须要付出的勇气与毅力，进而产生"那还用说吗"之类的不屑。我们知道正应该产生不屑。尤其对于一个有包皮可割而又敢于一割的男子汉来说（比方弯弓张和三横王），简直是弹指一挥间的事。值不得大惊小怪。

　　当然不是说根本用不着一点勇气和毅力。似乎割一次包皮大致和理一回头发剪一回脚趾甲以及挖一回耳屎差不多，不但毫无痛苦而且还通体舒泰。甚至为了慢慢过瘾，竟不一次割完，留着长一点点再割，以反复体验其中的无穷乐趣。这绝非现实主义的态度。首先，包皮不是一种割了还可以再长的东西。迄今为止，我们从未听到过包皮像韭菜一样生长的例子。今后大概亦不能寄予太大的希望。其次，即使包皮割起来颇有"快感"，也由于伤口的易受感染而不宜经常进行。更何况实际上是饱含痛苦的。据弯弓张回忆，他曾听到口天吴从手术室里传出"猛兽般的嚎叫"。我们不得不承认，把一件饶有兴味的事情弄到这步田地，实在有些出人意料。

小小一张包皮，究竟会割出好大的痛苦，乃至于要动用我们的勇气与毅力呢？这个问题不是一下子或者两下子可得以解决的。因为人类制造痛苦的能力，常常远非我们的想象所能企及。固然我们可以求助于麻药。打上一两针，那就不仅"无明显的不适"，还痒痒得"有点那个"。什么是"那个"？言午许说，那是一种"置身于和暖的春天里的感觉"。周围的鲜花"怒放"，恍恍惚惚地"飘荡着醉人的旋律"。真可谓诗情画意。一小片包皮上竟玩出如许多美妙情调，足见言午许完全有理由将自己划为新感觉派。

如上所述，修养不修养并不是一个十分了得的先决条件。事实上，只要我们果然下定舍皮成仁的决心，眼一闭牙一咬，再难对付的包皮也就割下来啦。三横王的实践便有力地证明了这一点。

"割包皮？那真是痛快得很！"

从他满不在乎的神态来看，不过像平常削了一只苹果或刨了一筒黄瓜。谁如果在这些小事上过分地追究什么勇气毅力，倒不如"快些趁早"滚他妈的蛋。

这就牵涉到，究竟修养应该在割包皮之前抑或之后才能产生，进而引出本文所要探讨的实质问题，即自我完善问题。有一种解释，认为自我完善与修养是一回事。设若我们不是论及割包皮而是分析打领带，那这种解释也尽够了。领带是明摆着的，满可以一天到晚挂在颈根上体现修养和自我完善。修养到家和完善彻底的人还不妨多配置几条（如围吉周），搞得流光溢彩。包皮则不然。盖包皮割下来又不好终日捏在手上把玩，俨若一页已嚼得黯然无光的口胶糖；割掉包皮的人也不便动辄掏出"那话儿"以示天下。说实在的，那话儿本就没什么可资欣赏的。借用双木林一句话，"无非……而已。"再割得光秃秃一览无余，连"……"也"不复存的有"。纵使风流依旧，总是意境全无。除了给大家扫兴，想不出还有啥其他的意思。

修养者，修身养性之谓也。即通过对身体的修剪以怡情养性。从字面上看，这倒也和我们割包皮的宏旨相近。因为我们正要的是怡情养性。所以在院长的召唤下，言午许三横王口天吴古月胡共田八弯弓张围吉周十八子立早章为了一个共同的目标走到一起来了。立早章的目标可能稍为复杂一些。怡情养性之外，还打算干点别的。于是他"早就盼着这一天啦"。大家乐融融聚集在一起，洋溢着团结战斗的气氛。共田八表示，他的包皮不割则已，一割就要进入"新的人生境界"。一边还模仿进入新境界的样子，手捂裤裆从走廊这一头一直瘸到那一头，在楼梯口碰翻了一只痰盂。目击者说，他后来走日手术室的时候正是这样子，只不过没有手捂裤裆，而是"手扶墙壁"，半天才挪动一步。

像言午许那样，将包皮割出唐代诗歌的真趣的人，毕竟是不多见的。诚然，进手术室之前，几乎所有的人都心中充满了激情。"欢乐从眼睛里流出来"，连"脚趾丫都夹着阳光"。子皿孟说，不知怎么搞的，他闻到一股田野的气息，以为自己正富有弹性地行走在乡间的小路上，对什么都"跃跃欲试"。而古月胡把"跃跃欲试"更称之为一种"我欲乘风归去"的冲动。

"有什么了不起的，"言午许下巴上长出几根胡子，"不就是一刀子吗！"

及至一刀子真的割下去，那所谓之田野的气息，却"忽然一下"变成了福尔马林味，扎扎地"一径钻到副鼻窦里面去啦"。"像是回到了消灭老鼠的年代，"子皿孟忆及当时，脸上一派沉静，"那地方同时有几十只蚂蚁叮着咬。"

自此以后，子皿孟的性情有了诸多的变化。其一是由从来不吃卤菜而变得非常喜欢吃卤菜。尤其喜欢那种"有嚼头"的筋，比方牛筋和猪蹄筋。其二是眼神由原先的"捉摸不定"变成了"深思熟虑的凝眸"。据说这样一搞，就可以看穿人类的恶意识云云。

性情的这些变化，说明了通过割包皮而达到人格完善的可能性。但这还不是问题的全部或者大部。甚至连小部也谈不上，不过刚接触到边缘而已。我们要找的不光是可能而是其中的因果关系。也就是说，要将必然存在其间的有机联系奋力挖出来，使割包皮成为我们生命过程中不可或缺的一环，成为我们赖以生存的自觉行动。在这里，任何侥幸的心理都是要不得的。

"以前我以为不一定要割包皮，"口天吴坦率承认，"但是现在看来山还是山，水还是水。我生活得很幸福。"

口天吴脸上刮得光光的，一副确真很幸福的样子。同他在手术室发出"猛兽般的嚎叫"相比，如今简直是"静如处子"。启唇一笑，一口大白的牙。他又喜欢从身上定期散发一股奶汁的味道，不是刚刚哺乳过什么东西便是刚刚被什么东西哺乳过。近来三横王也发现，口天吴怎么搞成多愁善感起来，失手打烂一只吃豆腐脑的碗也要扭扭捏捏地惆怅良久，还动不动就对着一只拖鞋甚至一根裤带流露出"初恋时的情态"。三横王与口天吴一向过从甚密，他认为这种变化除了割包皮，不可能有任何别的站得住脚的解释。那么我们是否可以由此而得出结论，割过包皮的人性情都在向温和善良的方面转化呢？肯定的答案和否定的答案显然都是片面的。因为不良的脾性并不是包皮本身，一刀子割掉便割掉了。要真那样倒也简单，今后无论碰到什么情况，反正一刀切就是。既方便又卫生，还可以断根。这句话的意思是，可以断除坏脾气复发的根。如前所述，包皮一割就不会再长长了。剩下的事只有，全世界割掉包皮的人们团结起来，把没有割掉包皮的人的包皮一举割掉，以达到天下之大同。这种简单的包皮决定论的观点，实际上只是庸俗包皮学的翻版。我们连驳斥的兴趣都没有。

关于割包皮不但不能断除坏脾气的根，也不能断除生育能力的根，我们将在另一篇文章《论割包皮不等于阉割》中详尽地展开讨论。这里便不再赘述了。这里要赘述的是，包皮压根儿就不是根。充其量只具有一点根的外表罢了。一经割除，那一点点外表也会立刻"荡然无存"。古月胡说，它看上去仿佛是一截"翻转的肠衣"，"没有丝毫值得留恋的"。

原来包裹着我们身上最敏感最娇嫩部位的竟是这么一块令人反胃的东西。而以前几乎没有一个人不像对待"名贵的鲜花"一样对待它（性虐待狂除外）。想到这里，真有点"噩梦醒来是早晨"的"苍凉感"。我们多少年形成的生活准则和秩序，竟随着这些"肠衣"一起被扔到了盘子里，上面还覆盖着一块"气味难闻的纱布"，被端到不知道什么地方去了。弯弓张分析，是去喂了那些用来做解剖实验的狗。有一天他偶尔从畜养棚路过，正看见那群狗躲在铁笼子后面"吧嗒吧嗒地吃着我们的包皮"。开始还以为看错了，以为它们是在啃猪下水或羊杂碎之类。后来一想不对，哪有那么好的东西拿来喂狗？而且还切成一段一段？仔细看才发现果真是包皮。

"它们吃得津津有味，"弯弓张往事依依，"涎水把地上打湿了一大片。从那时起我觉得只有超越。"

弯弓张之所以能超越到今天这个地步，好像是由看狗吃包皮而引起的。他差一点为自己编造了一个好理由。但这个理由还不太充分。即是说它其实够不上一个好理由。试问，他假若从来没有割过包皮，怎么可能为几条狗的午餐或者晚餐搞得那样牵肠挂肚以至于非要超越不可呢？我们认为，这一诘问带有点穴位的效果。弯弓张只有把自己超越的起点放在割包皮这件事上，答案才会逐渐趋向于明朗化。

超越也好，变化也好，总之性情是不同于以前了。不然我们真要怀疑该同志究竟割没割过包皮，甚至究竟有没有过包皮。接踵而来的问题是，怎样才能证明，性情的不同是在向好的方面转变呢？换句话说，何以见得是越来越完善而不是相反呢？我们知道，事物总不应该一概而论。虽然我们有时候也很想来那么一下子。比方，要割包皮大家就都割包皮，要不割就都不割。而且，割多少也必须有个规定。不管你包皮是松是紧，是长是短，能不能自行翻转，有无破损史溃疡史嵌顿史，等等，一律切两厘米左右。再精确一点，连左右两个字也省掉，那就更干净利落。然而这种绝对平均主义的切法，除了使弯弓张再也不会把割弃的包皮错认作下水杂碎，从而不去思求"超越"之外，看不出更有什么别的意义。

现在我们总算可以有把握地认为，割包皮是为了使自我完善。这是毫无疑义的。普天之下，大概还没有一个人想要使自己变得"面目狰狞"而动起这个不大容易动起的念头。何况割包皮又不是做美容手术，狰狞或者丑陋与本文没有太大的关系。不过，没有太大关系并不等于丝毫没有关系。当口天吴像非洲大型猫科动物一样嚎叫的时候，他的脸想必也不会怎么高级。"那是一种看到了世界末日的表情。""看到世界末日的表情"是什么表情？见过的人不肯模仿。因此我们永远只有闭上眼睛才想象得出来了。甚至闭上眼睛也仍然想象不出来。但可以肯定，那绝不是一种漂亮的可供欣赏的表情。尤其像口天吴这样的人，完全可能将一嘴乍一看好像很白的牙齿笑成五颜六色的虫牙。可以推知，他看到了世界的末日，我们大致会有怎样的望头。

幸好一切只是暂时。世界在口天吴面前一下又缓过气来。何止不再是末日，简直还"吓人的美丽"，"见了谁都觉得亲切"。在这种情况下，口天吴的容貌自然只好相应地"美丽又大方"。不然你觉得谁都亲切，而谁都不觉得你亲切，却感到少惹你为妙，那岂不是一厢情愿？但也不可太显得亲切，仿佛人人都是你的舅舅和姑妈，唯恐他们不知道你是个割了包皮的人，恨不得立刻掏出来普度众生。这种态度，一看就是不可取的。

也就是说，美丽和大方不应该装出来，而应该发自"内心真实情感的流露"。从树身上割下来的是树皮，从人身上割下来的是包皮。一个人一旦悟到了这一点，什么困难便不在话下了。即使包皮割得不理想，或者说没有割出预期的水平，也不至于"一下子心如灰死"。这种事虽不经常发生，却也谈不上不可避免。归根结底，人世间毕竟没有不可避免的事。倘若我们前怕狼后怕虎，战战兢兢猥猥琐琐，倒很有可能将包皮割得"锐牙锐齿"。要不就没缝合得熨帖，径自长成一根"类似于麻花一样的东西"。这东西给人留下深刻印象是没说的，然而也不过就是深刻而已，与完善二字则相去甚远。

一个知觉健全的人，总希望自己能割出"君子坦荡荡"的效果。例如立早章的包皮，愈合后"天衣无缝"，看不出一丝半点割过的痕迹。真有妙趣天成的意见。前面提到，立早章割包皮还有其他目的。所以在这方面必然下了大本钱和花了大力气。其经验是先深深地吸一口大气，屏住半响，再"悠悠地吐将出来"。这样才会像开车床车钢轴一般嗤地一下解决问题，连眼睛都不眨。正所谓引刀成一快，不负少年皮。

现在我们总算可以来理解"自我完善"这个本题的含义了。对于每一个下决心将包皮付诸一割的有志者，不论包皮多么柔韧，意志何等坚强，都只能从自我中寻求完善，从完善中寻求自我。人活一辈子，不寻求点什么总觉得过意不去。何况这机会大好。要注意一点，"完善与完人"是有区别的。"人无完人"，是一句老话。而老话从来不可也不应该被忽视。你连一块完整的鸡巴都没有啦，这"完人"又从何而谈起。然而完人是虚假的，完善则是真实的。有了这一条，我们还有什么疑虑舍不得割弃呢？

（原载《中外文学》1989 年第 4 期）

大楼

　　两个相貌差不多的人吵吵嚷嚷过来。很远就听到他们的声音。以为问题不会太大，到得身边才看出问题至少不会太小。因为一个人的手几乎指到另一个人的脸上去了。我大吃一惊。H和女的赶紧腾出一块地方让他们去你死我活。我看看身后，恰好躲得一个退步。没有穿堂风吹过来吹过去，机会难得。只等他们一开始动手就正式恢复吃瓜子。一个说，有狠你就打。我一想，对，你不妨赶快打。一个说，我还怕打得你呀。我一想，也对，你大可不必畏畏缩缩。一个说，你来打，你来打。我想可惜我又不能帮他打。一个说，打了你我难得去洗手。我想你未免也太患得患失。正讨论激烈，有人抬箱子喊让路。两个便一同侧着让过了身。又吵。一个说，有狠你就打。我一想，这话你刚才说过了。一个说，我打了你有鬼呀。我想这人怎么恁般啰嗦。打得赢就打，打不赢就走，打一枪换一个地方也是好的。越看越从他们脸上找出许多不同来了。一个胸有成竹，一个却是碰碰运气的样子。女的抬起头，怨恨地望他们一眼。H则朝我怨恨地望一眼。瓜子在手里捏出一把老汗。

　　一个标标致致的在楼梯口出现了。H的怨恨有所收敛。吵架的声音也忽然不复存似的。空气又渐渐温温馨馨起来。女的却已不知所向。而标致的人其实也是不十分标致，只不过长得相当庄重罢了。

　　"我早跟你们说过嘛，不要再来找我了嘛！"庄重的人庄重地说，不愿意望我们。

　　H顿时肃然起敬。大约他就是老岑了，怪不得看去面熟。忽觉脚上有些不妥，原来鞋带散了。

"这个问题，"老岑说，"你们再找他们商量一下。找我，我也不解决什么问题嘛！"

H赶紧点头称是，一步也不拉下。跟着走进一间大屋，老岑用眼睛示意两张沙发要我们坐下。H小声问是不是只示意我一个人坐。我小声说不是，是两人都坐。H方才放心跌了口气。老岑自己也捡了张大椅子靠在上面。椅子噢地一叫，旋即沉寂如初。我等待H开口。H不开口。老岑把那张标致的脸面向我又面向H。我越来越觉得在哪里见过，又怕搞错。要是发生意外我马上可以抢门逃跑。不过H显然也有抢门逃跑的意思。老岑猛一咳嗽，炸出我一背的痧痱子汗，且发了一下黑眼晕。H亦津湿着几绺头发，虚虚地搭在额上。

老岑讲起一个古代的故事。刚讲了两句，停下问我们听没听过。H说没听过没听过。我准备也说没听过，但实际上我又听过。准备说听过，又怕说了没有好下场。正犹疑间，老岑已经做出极其满意的表情，惊涛骇浪往下讲。这故事讲到七分之五的地方，是要求听的人笑的。一笑顿时变得深刻。起先我怕H忘记了要笑，暗暗着急。不料他在故事听到七分之四点八八的时候，嘴角就开始牵扯了。时机一到，才嘀嘀嘀嘀真正笑起来。于是大家都很渊博。老岑则不仅渊博而且还多了一层含蓄，调来茶杯喝了一口意味深长的茶，要我们谈谈从这个古代的故事中能得到什么启发。一瞬间我说起原来老岑是那些Q们中间的一个，好像不是Q便是Q^2。好像就是Q^2。

H问可以讲了吗。Q^2说你讲吧。手指在膝盖上弹钢琴。H对故事逐字逐句进行注解。接着又论证这个故事不可能是假的，并且即使是假的，由于它表达了很多很多东西所以也是真的。故事中人物乙对人物丙讲的一句话过去是怎样怎样的，而Q讲的却是怎样怎样的。现在看来应当从$Q8$怎样怎样的为正确，其他一概是误传。Qa稍稍往后仰仰头，采纳了H的意见。H进一步证明，如果像过去那样讲没有什么了不起。有什么了不起呢。Q^2和我们都笑起来，一是笑确实没有什么了不起。二是对那样一种讲法表示轻蔑。H情绪高涨，说他曾经遇到过一个女人，这个女人睡觉总要打一盆热水。我正在想是不是温温馨馨，Q²马上把话接过去，说讲得很好。要我们回去后再把那个问题想一想，结合他刚才的古代故事，尤其是人物乙对人物丙讲的那句话，以及值得我们发笑的七分之五处。现在不是还常常有这种可笑的事情吗？H说是的是的，这种事情简直太多了，可笑兼又可悲，可鄙，加之可气。他曾经遇到过一个睡觉前打一盆热水的女人，这个女人从来都不用肥皂。Q要我斟酌斟酌，人物乙为什么会对人物丙那样讲，不要过早地下结论。然后指出H有几个不确切的地方。比如"杜绝"是不是可以改成"限制"，因为"杜绝"现在来看还是不可能的，不可能的事我们不提。又比如"遭受"改成"蒙受"怎么样。H击节叹服。Q²又提出，"之"字究竟有几种用法，你们可以去查一查，查出来告诉我（告诉Q）。H看看我，不查个水落石出决不收兵。转而认为Q8如果写散文一定会写得漂亮极了。Q说是吗，我还没意识到。H说是的，一定极漂亮。问我有不有同感。我说太有同感了，漂亮漂亮漂亮。Q手拍大腿，哈哈哈哈，没有时间写。

一个人放了一只脑袋进门，问是不是来得不是时候。Q²摇摇手，说来得正是时候。我想这脑袋大概也要听古代的故事。却不料是来告诉Q²一切都准备好了，问他还去不去。Q²说，从各方面的情况来看，我还是不去的好，你们说对不对。H说对，虽然去一下也没有什么关系，不过最好不去。Q²坚决地说，那我就不去了，要去你们去。脑袋只好转向我和H。灯亮了，我们都觉得那是理所当然的。

脑袋问我们是不是等了好久了。我刚要说是好久了，H却已经回答了她，说没好久。进了一张门，脑袋要我们把鞋脱了。看看他的表情，很随便，不像是打算侮辱我们的样子。但我一贯脚臭。脑袋不在意，潇洒地顾自脱了往边上一踢，转眼趿上一双拖鞋。我们只好跟着换了鞋，来回地走了两步，感觉果然不一样。脑袋问我们晓不晓得这是什么缘故。我不晓得是什么缘故。于是又打开柜子。一人捡一件白长褂子套上。H把白帽子正在头顶，想一想又打歪。还手脚飞快抢到一只口罩，只戴一半便丢给我，新拣了一只，立刻将整个脸都装了进去，半天才升起两颗眼珠，比先前是凸多了。我拈起他不要的口罩一看，烧穿一个洞眼，正好走气。

脑袋在口罩呜噜呜噜讲话，没有人听得懂。走过一截走廊下了楼梯，又走过一截走廊，闻到一股浓重的药味。我赶紧拉紧口罩。一间打开的房子里，坦然放倒着一个人。没放倒的人正往他肚子上涂碘酒，顿时大片的染成焦黄。问脑袋那人得了什么病。脑袋趋上去看看，告诉我他睡着了，呜噜呜噜要我手插进口袋里，再也不拿出来。我想起瓜子还没吃完，也只好作罢。H迅速钻到那群人中间，端盘子拿纱布，分不清哪个是哪个了。其中一位体态娇小的女子，拈起睡着的人的阳具看看，与另一女子相视一笑，仍复放了回去。那阳具就挣扎着想站起来，终于未能得逞。接着进来两个人，肆无忌惮地说着话。一个说，隔夜的茶吃不得。一个说，只有隔夜的茶好吃。一个说，吃不得是报上登的。一个说，后来报上又登了，还是吃得。一个说，你这就搞错了，最近登的，还是吃不得。我怕得睡的人吵醒，想叫脑袋来制止他们。脑袋却说一切安排妥当，问他们是不是马上开始。两个人都点点头，戴好手套，准备要大干一场的样子。药气越来越尖锐，只有睡的人不曾察觉。

吃隔夜茶的拿起刀，问这回是开哪里。不吃隔夜茶的说这还用问吗。吃隔夜茶的便不再问。一刀子划下去，睡的人肚子立刻像拉链一样打开了。脑袋赶忙去开灯，影子的影子四下里跑散。血汪汪地往外冒，一大团棉花蘸下去，不冒了，白花花只是肥肉。钳子连皮带纱布夹在一起，夹得答答作响。娇小女子手捧大搪瓷盘站在一边，没有阳具可看了，眼睛里尽是忧伤。我忽然想告诉H，大量事实证明Q并不是老岑。

但H很忙，钻在人堆中，帮着把血管夹稳，好由吃隔夜茶的用剪刀剪脱。肚子向纵深开掘。这时候要从里面割什么就可以割什么，完全取决于这两个与隔夜茶有关的人了。睡的人依旧昏天黑地。大家都很满意，互相表示庆慰。

忽然他嗯了一声。开始没在意，不料又嗯一声。

隔夜茶停下刀，厉声喝问：

"怎么回事？"

脑袋很快地窜过去看，伸手到他鼻子门口试试呼吸，又看看腕子上的表。

"没事没事，牵拉反应。"

隔夜茶哼一声，继续低下头去割。肠子及胃都被拿了出来，指给周围的人看。我认为这跟我没关系，我也管不了。H求知欲很强地把脸趋拢去，似乎要闻肠子的味道。隔夜茶就让他闻了个翻来覆去。淡红的黏液从指缝里溢出来，仍滴回肚子里。睡的人又嗯一声。

"吵什么吵什么？越吵就越痛！"

隔夜茶一声吼，手果然很重地捏了一把。更多的黏液被挤出来，缓缓地顺着手背爬动。隔夜茶一时兴起，还打算用力搓出点什么来。好歹被不隔夜茶扯住，劝他算了算了。他这才算了。睡的人头颈和胳臂却抖抖索索，不像是愿意安静的样子。脑袋带几个人过去捉住抖动的部位，注了一管针。睡的人快快地打一个哈欠，重新睡得一塌糊涂。不久还响起均匀的鼾声。肠子肚子一概的不想管了。

隔夜茶看所有的人一眼。人们都知道这是形势大好。问切去哪里。有人说切大肠。有人说切小肠。还有人居心叵测要切去膀胱。我注意了一下，这个要切膀胱的家伙不是H。终于决定切胃最划得来。一把弯形钳子答答答夹住胃。睡的人眉毛也不动一下，只略微调了调颈根在枕头上的舒适程度，喃喃了一句梦话。隔夜茶警觉地侧耳听了听，H也听了听。好像说的是"你爱我""我爱你"之类。方才放心大胆切。娇小女子拿毛巾给隔夜茶揩汗。不隔夜茶也要揩汗。H索性把什么地方都伸给她去揩。隔夜茶要女子到对门端过那杯隔夜茶来，他要喝，不隔夜茶也要她去端另一杯不是隔夜的茶。嘘嘘地喝过，隔夜茶舒了一口长气，口罩也不戴了，埋首割胃要紧。不一会胃切好丢进了娇小女子的盘子里，滑动了一下便不动了。隔夜茶抬起头征求意见：

"还切哪里？快讲！"

又有人提出切大肠，切小肠，以及切膀胱。不过最后决定切盲肠。

"切盲肠保险。"

"那我就切啊。"

隔夜茶申明一句。没有人反对。睡的人也不反对。于是吸了吸鼻涕，切。不一下盲肠也切下来了。往盘子里一丢。却听得叮当一响。吓我们一跳。谁也不敢首先走拢。H说他有件东西丢在隔壁，要去拿。旁的人也想趁机溜走。不隔夜茶脸一板，说哪个敢走。就都不敢走。定定地拿眼睛看他用镊子挑起盲肠，伸剪刀去剪。不防从里面掉出一坨异形金属。端得人们面前，原来是块弹片。

人们望着睡的人叹口气。互相商量了几句，觉得应该继续翻一翻肚子，看还能翻出些什么来。H说，翻进去翻进去，不翻进去的不叫男子汉。脑袋说是不是要征求一下睡的人同意。不隔夜茶说，算了，让他睡，先翻尽再讲。隔夜茶早不耐烦，在肚子里乱找起来。一根细长的鼻涕往腹腔方向伸延，眼看要滴落又缩回去了。年长的女子问娇小女子，什么时候吃饭。娇小女子看得专注，好久才应一声"快了"。年长女子心事重重，拿弹片读上面的字，读得不甚明白。于是隔夜茶又找出两块介乎金属与非金属之间的东西，一式丢到盘子里了。然后叫取羊肠线来，一针二针把肚子缝好，又上了药，匆匆而去。过了一下又进房，问睡的人醒没醒。脑袋上前一看，还没醒。

"吃饭去吃饭去。"

娇小女子揭开睡的人盖阳具的布，渍湿了一大片。就了这湿布往他胯里左左右右抹了又抹，吃饭去了。睡的人吸吸气，抬起眼皮，一把拉住H的手，紧紧地握着。H想躲，躲不脱。只好虚与委蛇地跟他笑，牙齿很长。我问他要不要看他的胃。他假装没听见。却把我的手也握住了，说了一句含混的话重又睡去。那句话我想了好久，它只能是：

"祝贺手术成功。"

（原载《文学月刊》1986年第10期）

标本

回顾我们工厂的创建历程，总难免想起那条狗。这一点，参观者多半会觉得难以置信。好在我们并没有打算让他们置信，也不认为置信了就会有什么好处。他们是自己跑来的，从许许多多的地方，带着各式罐头和吃罐头的方法。有的还搽了一身风油精。曾经我们设想风油精是专门用来治疗性病的。所以把他们吃过豆腐脑的碗，一律拿到麻石上摔个粉碎。一位眼看就要把痣长到鼻子上去的人士反复强调，他来的出发点已经远得不能再远。其实即使比不能再远还要远，我们也毫无兴趣产生怀疑。倒是我们自己常常被人家怀疑，甚至包括他们在这里的亲眼所见，都好像随时有可能只是幻觉。这些人与其说来参观，还不如说是为了证实那些听自四面八方的传说。其内容连我们听了也感到新鲜，感到不可思议和震惊。比方有一种时髦的说法，什么那条狗是在没有任何人追赶的情况下，自发地钻进巷子里翻骨头吃，才无意中掀开我们事业的篇章。事情的严重性在于，这个说法一旦成立，立刻就意味着，一大批居民将被剥夺自己应得的荣誉。

彭三老倌和他的蛋糕又晒了一天的太阳。而在从人们视野中永远消失的前一刹那，狗的右瓣屁股还反弹掉大脑壳堂客狠狠射去的半截窑砖。当然那算不得致命的一击。但对促使它终于下决心拐进巷子里去，却无疑起了关键的作用。很多年以后，大脑壳堂客在弥留之际，还从床弯里挣扎出一只手来，最后一次模拟了那个动作。她丈夫机敏地闪开了，趁机把耳朵粘到她嘴巴门口去听。挤出几则遗言，都是有关打狗或者狗被打的。现在看来，仍然是我们对付各种无稽之谈的有力论据。

假如那条狗颜色不花，情况会不会要好一点呢？问题首先在于，什么叫做情况好一点，什么又叫做不好一点。难道找出那么多骨头就好抑或不好，没找出骨头就不好抑或好吗？何况究竟它的颜色花还是不花，至今仍有争议。坚持说它花的只有一个利伢子，他一屋人都姓黄。因此世界上的狗，要么就是黑的，要么就是白的，要么就是花的。那条狗既然不黑又不白，顶多只能是花的。他甚至把话讲到了这一步：正是由于花，才觉得应该马上放下手里钉的箱子，冲过去便打。而在把话讲到这一步之前，他一直只承认，大家都去打狗，所以不能不打。

另一个说它花的是歪嘴子。他头天晚上和当天晚上都吃了好多瓶酒。从那两天歪嘴的程度也可以得知，它完全可能是被看花的。有过一次他嘴巴并不特别歪地把一个男人看成了女人，结果吃那男人一拳，打得抱住电线杆子呕了地上一摊。据说被一条黄昏的狗舔着吃掉了。此后歪嘴子遇狗必打，并不管颜色花不花。当然他没料到结局会是这样。要是他料到了，我们也不会说这是出人意外的了。当第一副人骨头从巷子深处挖出来的时候，歪嘴子史无前例地把嘴巴吓成了不歪。从而一举矫正了我们以往对他的认识。从而开始考虑那条狗或者真是花颜色的问题。也许我们都看错了呢？也许是一种集体无意识的记忆障碍呢？有几个敏锐的人趁机把打狗的时间定为上午十点至十一点之间，而且还是一个深秋的上午。大约这秋天一深，打狗便打出了甚么诗意。很多人为此翻查了大量古人的遗墨，看能否找到最好是唐朝的典故，以证明打狗必须要在深秋抑或深秋必然要打狗。邬老师首先找到一首深秋吃脚鱼的绝句，使得人们从此承认，他读书和洗脸的动作差不多是很有说服力的。

然而随着歪嘴子把嘴巴又歪回去，他居然开始否认颜色花的说法。问他不花是什么色，他也讲不清楚。意思好像是什么色都可以，就只不能花。有相当长一段时期，我们心里由于失去准则而感到程度不同的伤痛。相比之下，利伢子显得可靠得多亲切得多了。一个又一个夏天的夜晚，人们围着听他证明狗的花色。月光窸窸窣窣地照耀街巷，使人联想到王屋婆婆有可能正在那里玩尽了诡计。大脑壳堂客则褪下半边汗褂子，在膀子上拔火罐。那部位通常容易发生肌肉粘连。

今天的客人们，带着年轻的眼光在车间里参观来参观去的时候，自然是无从想象当年我们探讨狗色的艰辛了。不过有一点可以确信无疑，即我们所痛打的绝不是一条变色龙，而是实实在在的一条狗。所以倒不如先承认它怎么怎么的花，免得那些理解力极差的参观者们把它误判作蜥蜴一类的动物。最近我们知道，具变色能力的还有墨鱼。但墨鱼不会被打得夹着尾巴逃跑，而且打起来不宏伟与壮观。无论阳光灿烂还是阴雨绵绵的日子，这一点任何人都不难理解。

有了上述明确的指导思想，其他事情是不是就好办了呢？可以这样认为，也可以不这样认为。这句话的意思是，当我们不怕那条狗的时候，完全该照这样认为；当那条狗不怕我们的时候，则也不妨有另外的认为。我们当然不怕那条狗。这从把它打得五体投地便可以知道。那条狗究竟怕不怕我们呢？一种省事的说法，怕。籐掰子从它投过来的眼光中看见了许多的惊恐。不然他早就想上去打了。籐掰子的视力一直为我们当中的佼佼者，尤其是看惊恐。据说他还可以，把本来不惊恐或不太惊恐的妹子看得她十分惊恐。固然这需要一定的时间，有的要几个月甚至更久，有的则只消数分钟。一般来说，因人而异。何况人还在不断地变化。谁又能料到，籐掰子会在人骨头挖到不计其数的那天掀起裤脚宣告，他居然不是掰子呢？很多惊恐过或者继续惊恐着的妹子都跑来看。其中也有满妹子。她事后跟哥哥说，籐掰子的牙齿好像也不如先前龅得那么厉害了。这一点是不能遗漏的。

从花色的角度去考察狗，是不是还应该从品种的角度去考察呢？说得准确些，品种的角度包含了花色的角度。说得更准确些，品种的角度毕竟不完全等同于花色的角度。假如它是一条狮毛狗，我们的居民绝不可能下那么大的狠心去穷追猛打。在这一层意义上，花狮毛狗与非花狮毛狗看不出有多大差别。短狮毛狗与长狮毛狗倒是差别极大。因为情急之中将短狮毛跟长狮毛进行甄别，不仅不太现实，也不大合乎情理。舒木匠当时连尿都没来得及屙彻底就从茅厕里冲出来参加打狗。自此他渐渐发现自己有了尿后余沥的症状。建厂初期，我们曾推举他出任厂长。正是考虑到这一点，只好作罢。不过大家表示，他什么时候感到尿后不余沥了，什么时候仍当厂长，我们万万没估计到，这种症状后来竟发展成大小便干脆一齐失禁。

这不能都怪狗。但狗又何尝不是原因之一呢？至于究竟是不是只由于它才带来了人骨发掘的繁荣，那也还可以商榷。邱麻子不止一次地提出一个问题，为什么狗最终打得往巷子里跑？而它开头并不打算往里面跑？在那沉思的岁月里，我们回想起王屋婆婆的所作所为，一遍又一遍地恍然大悟。与其说我们痛打的是一条披着狮毛的狗，还不如说是一条披着狗毛的狮子。这样的狮子据说比不披狗毛的狮子更可怕。不过从它身上打下的一截粪便来看，最好暂不要定它为狮子。因为这涉及另外一个问题，狗（或狮子）能不能得直肠癌？而即使这个问题得以解决，比方不妨设狗同狮子都能得直肠癌，那么又会有新的问题：谁得直肠癌的可能性大呢？

大脑壳堂客已经永远地离开我们了。她那脑壳很大的一生，虽然无论怎样都不能说万无一失，但我们仍不可否认打狗的正确与及时，不可否认它与今天的产品持续脱销这一事实之间的必然联系，远不是毫无道理的。因为，当我们注意到那条狗除了目光惊恐之外还有倒仓行为的时候，恰恰忽视了波斯猫在这世界上某个地方的存在。要指出一点，那匹平素喜欢把尾巴吹得极高的麻猫并非波斯猫。为什么我们的狗要对它狂叫？现在恐怕很难找到令人信服的答案了。也许纯属一种巧合，也许被打急了，也许在表示一种多愁善感。确实有人就听出，那所谓之"狂叫"，不过是一声温柔甜蜜的呼唤罢了。

固然像这样的一家之言一般只有两种情况。要么很具真理性，要么很具荒谬性。由于参观者们往往不加选择地观察我们的半成品，加之总喜欢把人骨头上的一切瘢疤都与打狗的细节联系起来，所以我们宁可认为它很具真理性。一条正挨着打，但又尚未被打得走投无路的狗，可不可能向一匹从来未曾谋面的猫表示如此细腻的感情呢？我们说，不但是可能的，而且是一定的。舒木匠抄起那根扫茅厕的扫把扑上去，即是为了制止这一庸俗的举动。我们打狗，并不希望打出一些介乎鱼和猫之间的小动物来。不然还不如干脆去痛打一条墨鱼，或者径直煮两只生蛋的脚鱼吃一个秋天了事。何况，它们（猫和狗）果真从来未曾谋面过吗？有一位眼皮越看越厚重的女士问，为什么不同时去打那匹猫呢？在回答这个问题之前，我们想提请她首先考虑一下，那匹猫究竟是公的还是母的？如今只能够确知，它的出现与彭三老倌从棺材里爬出来几乎在同一天。而彭三老倌被当作死尸放进棺材里，却是打狗之后个把月的事。那么，即使我们承认非花狗不打，也不能同时去打一匹不同时存在的猫。这道理正如同，给大脑壳堂客服的阿胶再多，也不能扭转舒木匠尿后余沥的趋势一样。

关键问题是，邬老师何以会在走夜路的时候，无缘无故摔到沟里去呢？这样看起来，我们的那条狗只能是公的。一条公狗，很难想象它会表现出保护崽子的那种狂怒。所以籐掰子喊打喊得最凶，意义是无法估量的。因为他发现，打到后来它居然也敢掰了一条腿。如果说开头打一打还只是觉得好玩，那么出现这种局面就不能叫做好玩了。大脑壳堂客用窑砖半截而不是一截，舒木匠用扫把都反映了他们意志的薄弱。要不然，巷子深处发掘人骨之谜，或许早就像解开一种裤带一样容易地解开了。

检验表明，那条狗即使不挨打，它也绝不会再活五年以上了。现在谁也不怀疑检验的正确性。只是既然正确那就应该探寻其中的意义。设若它有意义，那大概指的我们对于粪便采样分析达到了一个很高的水平。设若没有意义，那就是在我们的生活中，已经找不到一条狗可以活五年以上了，尽管并不患什么直肠癌，也不被人捉去切片。一些享有特权的狗自然不在此列。比方猎狗，牧羊狗，以及虎伢子牵来的那条狼狗。值得庆幸的，是我们那条狗既不会打猎，又不擅牧羊，而且挨了一棍就叫得像挨了十八棍。可见不能出息到特权狗的地步。可见不妨先痛打一顿再说，甚至痛打了一顿也不说。试想，当那些被风吹得稀里哗啦的人骨架子挂在梯形教室黑板前的时候，我们的喋喋不休又有什么必要呢？

它也绝不是一条狼狗。狼狗从来是要被人牵了走的，并且裤带系在颈根上，并且根本不至于去向一匹猫表示感情。暧昧的或不暧昧的，亲切的或仇恨的，细腻的或粗糙的，等等都一概不能表示。感情细腻的应该去当一条牧羊狗。感情暧昧的则顶多只能做到狼狗的父亲或者母亲。感情仇恨的充其量只是一条疯狗。而赛虎呢，虎伢子牵它到巷子里闻来闻去之前，没告诉任何人是一条狼狗。毛球远远地看得他们过来，还以为又有狗好打了。马上收妥正在玩的玻璃蛋蛋，只等虎伢子打了头一棍，便扑上去猛打。籐掰子亦摸起一整截窑砖，心想这回可不能等它先掰起来就要打死。然而越看越不对头。这条狗一脸的怎么都是严肃，全不像一副就要挨打的样子。牙齿同眼睛都好骇人。事后回忆起来，怪不得王屋婆婆要把一蒸钵的米汤泼到潲水缸里去。邱麻子认为，狗东西的本性就是如此。永远改不了吃屎。

　　现在我们再回过头来，便不难理解为什么打狗要在秋天了。只要你想想，黄花不可能是在春天成熟。而冬天虽然可以做冰冻豆腐，却又容易混淆狗毛与狮毛的区别。进而连打狗的目的性都有可能被搞得模糊不清。好像我们的打狗，完全是为了那个似的。其实我们一点也不那个。这好比那条狗，它怎么会事先知道巷子里有些什么内容呢？事实上，即使那些内容经过我们工厂的加工被陈列在世人的面前，也还是无法找到令人信服的终极答案。它是天上掉下来的吗。它是地底下固有的吗。许许多多参观者们在吃罐头之余，也曾帮我们提出一条一条想象力惊人的假说。譬如大屠杀说，万人坑说，重大战役说，火山爆发说，殉葬说，惨无人道试验说，遍地饿殍说，瘟疫加迷信说，乃至近年来突然提出的外星人说，等等。事至如今，哪一说都不能讲没有一点道理。但我们绝不可把希望寄托在那些还需要靠风油精来维持生育的人身上。不是说生命在于运动吗。（？！）还有新的问题提出来。那条狗的症结所在到底是什么呢？问得尽可能语言特色一点，痼疾于彼狗究竟为何？那一筒由于特定的历史条件而齿于人类的狗屎，难道真的是狗屎么？我们晓得当时的巷子口上，已经打出了你中有我我中有你的局面。混乱之中把一筒完全不是狗屎的东西当成了狗屎，实在有极大的可能。有谁亲眼看见过那筒东西是从狗身上掉下来的？有，满妹子的哥哥。他患夜盲症，近来一直服一种高浓度的鱼肝油，据说服出了很大的效果。这当然比歪嘴子要可信得多。而且打狗时间既然定在上午，那就连服鱼肝油的必要都没有了。不过，从狗身上掉下的屎，何以见得一定是狗屎呢？它为什么不是一筒彭三老倌的屎，或者不是一筒与彭三老倌有关的屎，甚至根本就不是一筒屎呢？自从那次激动人心之后，毛球和利伢定期用黄泥巴加水搓制一堆无臭粪便，供在彭三老倌和他的蛋糕门口。如果这就叫做直肠癌，未免太失之轻率。

应该注意到，并非所有的参观者都是来看热闹的。其中有些人对于如此热闹实在毫无准备。他们会不会就是巷子里那批尸骨留下的后裔呢？大脑壳堂客曾经这样思索过，现在一切的思索都只好从头开始了。我们痛打的狗总不至于使他们无动于衷吧。从王屋婆婆一系列的行径中可以悟到，狗的倒仓，狗的直肠，狗的庸俗荒淫的情调，它花非花的颜色，以及沾在半截窑砖上的杂毛，都充分说明是为了掩盖更令人头晕目眩的事实。

这样，当几号病几号病来到我们中间的时候，就不至于因感到突然而手足无措了。同样，有朝一日彭三老倌还可能从棺材里爬出来，介乎我们与尸骨之间地晒在阳光下，继续着属于子孙后代的世纪。

1985 年 1 月初稿

1986 年 2 月二稿

人或红毛野人

　　山里面，出什么稀奇事都是不稀奇的。比方说红毛野人。这东西非人非兽，人面兽心，总该算得上稀奇了吧？可我们那里就没有人敢说此话。因为在征集目击者的时候，无数的人都跑去报名，证明它确非子虚乌有。那场面竟比赶集还要振奋人心。其实这无数目击者中，有很多只不过是目击者的崽。或崽的朋友。然而不什么要紧。只要你证明的是红毛野人，不是黄毛野人，便不至于错到太远去。何况即使仅仅目击过它的脚印，也算得了不起的一件贡献了。这是不难办到的。唯一的问题是统一脚印的尺寸。有说脸盆大的，有说蒸钵大的，一时间耳红颈根粗。但只要考虑到，脚大如脸盆的红毛野人尽可以从脚小如蒸钵的红毛野人发展而成，这唯一的问题也就迎刃而解。有人宣称自己与红毛野人握过手。大家立刻把那只手如同一面旗帜一样围起来。转眼之间人人都宣称自己也与红毛野人握过手，脸上红扑扑的。那人眼见不能够持久地得意，便从怀里掏出一根红毛野人的毛来。人们定睛一看，果然是碧红如血。于是你接过来一顿欣赏，我接过来一顿欣赏，待传了一大圈回到那人手上，已经看不出多少红颜色了。他只好仍复往怀里珍藏进去，等有朝一日又红起来再说。还没藏熨帖，那边早已经闹得轰轰烈烈。众人闪开一条路，推出一个年轻后生，说他是红毛野人的后代。征集者问他，你怎么成了红毛野人呢？他说，我不晓得呀，我来证明我看见过红毛野人，他们就把我说成是红毛野人。旁边的人指着他不放，七嘴八舌地说，他是的，他是的。年轻后生看看势头不对，竟想夺路而逃，却被四面八方伸出的有力的手当场逮住。逮得他颈根一缩。这时候走过来颤颤巍巍一位老汉，说，你不要跑，老实给我站着听。于是不但那年轻后生不跑，其他人也都不跑。老汉开始讲。人们以为声音是从很远的地方传来的。东张西望去寻找，找不到。老汉的故事很长，似乎要把自己这一辈子想讲的话全部讲完。直到人们的上眼皮左左右右沉重起来，才忽然话锋一转，讲到那年轻后生的娘。当年他娘到山里砍柴，遇见一头老虎。征集者插一句，慢点慢点，什么虎？东北虎还是华南虎？老汉一怔，浑身抖抖起来。说，大概是，大概是。征集者环顾四周说，那一定是华南虎了。总不见得是美洲虎吧？四周的人对于美洲虎是很陌生的，生怕由此被剥夺了当目击者的资格，只好都把嘴憋笑着，很用劲地点头。一个人在人群中高声嚷道，那是的那是的！大家一看，却是先头那个藏了一根红毛的人。现在毛已经藏好，正可以嚷得毫无顾忌。征集者得意过后，复催问老汉，年轻后生的娘遇见华南虎之后有何打算。老汉却呆张着嘴，眼直直地往后便倒。竟是一句也接不上来，渐渐地就没有了气。人们慌乱一顿，抓住一个后生说，你看你看，都是你引起来的，你还配做红毛野人的后代！后生连忙分辩说，又不是我呢，你们搞错了。众人说，不是你，那是哪个！后生说，是刚才站在这里的一个年轻后生，他已经跑了。众人一想，大约真的是让他跑了。但红毛野人总不可后继无人呀。便紧紧抓住他说，什么跑不跑，你就是的，你就是的。后生不服，还想扭过头根来犟嘴。怀里藏着一根毛的人与他耳语了几句，方才不再挣扎。众人说，你身为红毛野人的后代，这样子对得起谁呀。后生一反省，委实谁都对不起。赶忙做一副好羞愧的样子。众人说，那你是怎么当上红毛野人的？后生说，我不晓得呀，那个人跑了，你们就抓了我。众人说，你这样讲就不对了，你是怎样当上的呢？你的娘遇见了一头华南虎，后生只好说，我的娘遇见了一头华南虎。众人趁机追问，遇见了华南虎怎么办？后生考虑了一下，说，怎么办，我也不晓得怎么办，那只有跟它打啰。众人问，你娘赤手空拳打得赢它吗？后生说，打不赢。众人问，那又怎么办呢？后生说，那就只有被它吃掉啰。于是有人苦口婆心跟他说，你的娘没有被吃掉，而是被红毛野人救了，所以才有今天的你，才有你的今天。后生一听，不再言语，沉重地低下头去。自此认认真真做一个红毛野人的后代。别人问，你是一个红毛野人吗？他回答，是的，我是一个红毛野人。别人喊他，红毛野人你快来，帮我把这担茶籽挑到油坊里去。他就规规矩矩帮他挑。别人说，红毛野人你不是最会爬树吗，你帮我打些柴下来。他就真的爬上树去。爬多了爬上了瘾，别人不叫他也爬。爬上去又下来，爬上去又下来，直到腰酸背痛才去吃饭，说是吃过饭再爬。没人看见，就自己悄悄记录下来，刻些印子在树干上。那次数和高度都是常人无法企及的。有一天终于从高处跌下来了，一条腿跌断，再也爬不得树。长好后脚有点往一边歪。这是始料未及的。不过这样一来反而更好，因为真正的红毛野人也许正应该脚朝一边歪。但是应该拿出什么行动才能证明无愧于朝一边歪呢？他思前想后，决定从华南虎的嘴里救出一个年轻女子来。年轻女人俯拾皆是，找一头华南虎却不容易。怀中藏了一根毛的人说，要翻过九十九座山呐，你有这个决心么。红毛野人当然有决心。一大早他就走了。人们闻讯去送别。这个塞给他两只茶盐鸡蛋，那个塞给他一球大蒜。有位少女哭得一抽一抽。人们劝慰她，说你怕什么，将来把你从华南虎嘴里救出来就是了。此刻红毛野人已走得无踪无影。人们心想，他反正会来救她的。但左等右等，把人们都等烦躁了。围定那少女说，你看怎么办吧。少女立刻哭得又一抽一抽。众人说，他是为了救你才去的，现在一去不复返，你要负责。少女说，要我做什么呢。众人说，那我们不管，反正要负责。藏了一根毛的人要她去爬树，人们一想那也对。少女默不作声，不知是愿意抑或不愿意。大家也就不管她愿意不愿意，都喊她红毛野人。某个人忽然跌足不已，说，错了，错了。大家赶忙围上去问什么东西错了。那人仍旧跌足，说把两只茶盐鸭蛋错当成茶盐鸡蛋了。人们皱起眉头一思索，果然觉得问题很严重。塞大蒜球的人马上把衣服口袋及裤口袋都翻了出来，一只一只检查给众人看。不防女红毛野人已经爬了很久的树了。先只一点点高，后来越爬越高。人们心里很紧张，生怕跌下来。不过又希望看到她跌一次究竟是什么样子。眼看着这一天即将到来，晴空里一声霹雳，去找华南虎的红毛野人回来了！吓得人们扭头就跑，不料寻错方向，与归来的红毛野人撞个劈面。都待在那里，看他有如何举动。他的举动却是掏出两个茶盐鸭蛋和一球大蒜，物还原主。人都感慨不已。有的还拿眼睛瞟一瞟树上的红毛野人，看她是否因之痛悔。却不见了影子，仔细一寻，发现她躲进影子的影子正蹲在那里滋滋地撒尿。撒得四处迷迷濛濛的尽是雾。藏了一根毛的人兴高采烈地说，是呀是呀，要你翻九十九座山，你不信，偏要多翻一个，这怎么找得到华南虎呢！大家说，这下好了，有两个红毛野人了。男红毛野人一怔，说怎么拱出来两个，不是只有我一个吗？女红毛野人边搂裤带边哭得一抽一抽说，这一个已经不是你了，是我！两个站在那里争执起来，都说自己才是正宗。此刻尿的迷雾已经驱散，正是真相大白的好时机。一个说，我从来就是红毛野人。另一个说，我是新兴的红毛野人。众人把他们围成铁桶一般，倒看哪个有理。结果发现谁都有理。女红毛野人激动得手都抖起来。人们呼吸都停止了，等待把它刷到对方的脸上去。正在这刷与不刷的关键时刻，怀中藏着一根毛的人大喊，不得了呀，华南虎来了，华南虎来了！人们雀散，都逃进屋楼躲安稳，从门缝里往外看。哪有什么华南虎，连红毛野人也不见了。有人从窗户里扔了很大一块腊肉出去，亦不见有何动静。于是一个个走出屋楼，用衣襟子揩胳肢窝里的汗。扔腊肉的人仍复捡了那块腊肉，挂回熏得黑黑的屋梁上。一个人说，哈哈。另一个人也说，哈哈。风吹在身上，大家都觉得胜过吃肉。可屋前屋后，直是寻不到红毛野人。一个人说，哼，躲得比我们还要快！另一个说，是呀，真不要脸！于是各操了一根棍，将所有的树敲了一遍。并不曾跌下红毛野人来。又紧握了棍对准谷仓喊，红毛野人快出来！也不见里面出来。有人灵机一动，把狗牵了去闻女红毛野人撒的尿。那条狗就在第二天中午屙了一根蛔虫。想来想去，认为还是应该去捞那口塘。一个胳膊比腿还粗的汉子喝了一碗酒，嘭咙咙咙跳下去了。冒了无数酒味很浓的气泡之后，丢上来一口锈刀。人们面面相觑。有想溜走的，被不想溜走的拖住了。还要他下去，他不下了。他的胳膊已经比腿还要细了。正担心会有什么惊天动地，只听得一个人打了赫大一个哈欠说，我再也看不下去了！人们不知他有什么看不下去的。他说，哪里有红毛野人呢，其实都是错觉。众人一想，如果是错觉，那确实是不容易看下去。又问藏了一根毛的人，你的毛呢，拿出来看看。藏了一根毛的人说，我没藏什么毛呀，我藏的是一片树叶呀。抠出来一看，果真是一片树叶，可以用来泡茶。而那条屙过蛔虫的狗，则越来越肥胖了。显然是个好兆头。有人说只要像这样子肥胖下去，冬天就能杀了吃了，冬天吃狗是最补的。

1986 年，珠海

浴室

地面倒是出乎意外的干净，走上去有一种透鞋底的冰凉。情知这一回总算找中地方了，深深吸一口气，满城府都清新和激越，禁不住要手舞足蹈，又终于没有舞蹈，墙壁上分明阴潮潮泛出褐色迹。一汉子正在大起大落做某节体操，动作不一定正确，再深深一口气，发现清新激越之中，还混着厕所的味道，我知道这是没有打开水龙头的缘故，刚把毛衣掀上头顶，只听得一个打雷的声音问：

"门关好没有？"

以为是说我，赶紧把毛衣又罩好，才听出打雷者原来是角弯里站的瘦小个。这么说我进来的时候没有看见他就没什么可怕的了。

"关门没有？"

"有。"

搭话的是刚进门一年轻后生，探探地观察一盘，把衣服扯了一个潇洒，好在汉子的体操已不再大起大落，而带有明显的抒情现象，厕所味道愈发浓重，随着噼里啪啦很大一声水响，那味道竟又渐渐演变为厨房的气色，角弯里瘦小个又打了一个雷，却听不清什么含义。直到他打过五个雷之后，才晓得是人越来越多了。

年轻后生正待剥去衣裤，忽听见另一头咯咯笑起来，原来一个人肥胖到裤带解不开的地步，年轻后生于是犹豫良久，改成先从脱袜子做起，再脱裤，再脱衣，果然势如破竹。只是最后一件裤子扯下来，方看出他年纪起码过了五十七岁。但那肥人并没有因此而解开裤带，一滴清亮的鼻涕从他脸上拉出丝来，细长而富于韧性。我一直担心裤带没断它就会断，没想到水声更大了。雾气腾到高处又回环到低处，叭一响，体操汉子跳跃运动将拖鞋一只飞得无影无踪。

一些看起来很胖的人出人意料地瘦，一些看起来很瘦的人反而比胖人还胖，眨眼都站到了水管子底下，细一听，那水声果然响得又有很大的不同，你瞟我一眼我瞟你一眼，大家都没有什么话好说，好像是希望雾气再加大，以遮住一个到处长毛的家伙，那家伙的头顶倒是稀疏得很，水一冲什么都没有了。可还要用水冲，脚底下仿佛有东西流动，低头一看，体操汉子弯腰寻拖鞋，拱这里那里，不知疲倦。有歌声起，一个人在洗自己的肠子，冲一冲又甩两甩，还扯起来对准光线照照，大约怕漏气，水管沉默片刻，仍复哗哗响，叮叮咚咚哄哄呜呜，演示冰铁桶从空到满的过程。

唱歌的断断续续，但情绪始终饱满。修长一条罗布巾挽在手里，朝背上舒服处痛擦。体操汉子直起腰，潮润地打了一个屁，被水冲起走了。解裤带的人时隐时现，脸上已失去那种嚣张的气焰，倒好像有些惊恐。

冰凉一滴水打在背上，吓我一跳，一溜汽水沿着梁子吃力地爬动，感到有人盯住我看，扫一眼，竟又不知那目光藏于何处。太阳一样明亮的气窗高高贴在墙上，人们往身上一遍一遍涂肥皂，扭起泥鳅的动作，这时才注意到其中一条泥鳅的乳房十分丰硕，旁若无人地一颤一颤。歌声戛然而止，静静等待事态的发展，洗肠子的人肠子也不洗了，往搭的毛巾上揩了一手的油，目光朝那泥鳅胯里探索下去。体操汉子不失时机重新一个屁，却是弯腰所打，自然又不甚枯燥，空间气压和湿度本来很大。

水声雄壮中掺了一点秀气，瘦小个背对我们，聚精会神吃吃地屙尿，之后心满意足抖两抖，仍复洗得流光溢彩，大家只好顾自咯吱咯吱，歌声又起，震得鼻子发痒，将胯里洗得豪情澎湃的秃顶者抽出一根指码，蛙耳朵灌的水，那点水便全部从另一只耳朵里流出来了，大乳房渐渐光洁白嫩。体操汉子寻拖鞋的眼光变成迟滞，心跳通过地面传导在我的脚杆子上，怎么冲也冲不掉，雾气还在缭绕，气窗附近敷衍成一道彩虹，大乳房转过身，原来他那下面的东西比是人都强壮，洗肠子的人赶紧又翻出肠子来一截一截洗，还灌许多水进去咚隆咚隆摇晃，然后挤得一焱。

地上开始积水，这里万万想不到的，唱歌的捂着牙痛，矫健地走了一个来回，当即就有一个不唱歌的，也捂着牙痛，也矫健地走，衣裤提在手里，随时都有可能罩到身上去，水淹过罗拐骨，漂一层浮游物，体操汉子摸起一只烂皮鞋，跷脚试了试，沉重地抛得不知去向，只角弯里溅出呛了一口的叹息，分析是瘦小个，洗肠子的人瞄一眼涨到膝盖的水，从肚子里换了一根盲肠继续洗，不唱歌的人头发遮眼，一边发展着牙痛，一边问有没有看见他哥哥的来信，那封信对于为什么也牙痛有着精辟的见解。

人们停下手里的事，互相疑问地望望，由大乳房朝水深处涉出第一脚，溜得往后一仰，站稳了，众人于是也仰了一仰，到处长毛的人去关龙头，关得绷紧仍然出水，洗肠子的人看到情况是这样，便俯下身子，撩水去冲盲肠里的砂子。有一粒砂子大概陷得太深，用指甲剔好几下才剔干净，检查了一回，放进肚子装好，又抠出一副灰白色的东西，不知是胃还是膀胱，搓得咕吱咕吱响。浮游物眼见得丰富。有人试图开门，但遭到共同反对。瘦小个轰的一声雷，水管子突然停了，一片寂静，水还在涨，淹没了肚脐眼，已经看不清洗肠子的人最近在洗什么东西了。

肩上被溜滑地按了一把，一只手，手的主人新打扮一层肥皂，准备涉水到更深层次去，但肥皂模糊了双眼，据说这样反而更好，卟噜倒下肥胖的人，水顿时涨了五寸，巨大的短裤鼓满空气漂在水面上，没有人对他微笑，体操汉子装作谁也不注意，大吸一口气，沉入水里，一双脚在空中虚晃两下，游潜泳走了。剩下的人面面相觑，不知从哪里冒出来，秃头者急出一把胡子，原来他便是那个到处长毛的，这就对了，唱歌的大约不再牙痛，擦身上的螨垢子，不唱歌也牙痛的一见，马上跟着擦，并且他哥哥的来信又有很高的评价，气窗附近彩虹消散了，预示着新的时刻即将来到。

水还涨。大乳房的大乳房漂在水和空气的临界面，不安地动荡。瘦小个瞥一眼，迅速调转头，擤了一块鼻涕，搭到水里，还搓搓手指头，五十七岁的后生赶忙拂开那一片水。一股馒头尚未蒸熟的气味从他胳肢窝里冒出来，越来越不灵便，而且脚底的水更热，人们参加了游泳，大乳房总匍不下去，只好仰起游，歌声中，那乳房竟流出奶来，一看，果然是不唱歌的人唱的歌。

到处长毛的人爬到高处，做几个分解动作，往水里一跳，发出赫大的回声，水花溅在热水管子上，滋滋地蒸发干了，空气中弥漫开蛋白质烧糊的气色，呼哧一声，水里射出一颗人脑壳，起先以为是到处长毛的人，后来才晓得确实是到处长毛的人，大乳房奶已流尽，缓缓下沉，不久又钻出水来，依旧是好大的乳房，五十七岁和瘦小个现在终于能够正视这一切。

征兆不是无所谓有和无所谓无，水下冒出气泡，啵弄一个，啵弄又一个。大家把目光投向不唱歌的人，看他哥哥有什么反应，结果水里钻出体操汉子，面色很红润，水面荡漾了好久，复归于平静，不过气泡仍啵弄和啵弄冒，经查验，发现体操汉子在系列化放屁，水落不到底了还这样，使唱歌与不唱歌的人都很伤心，但很快便不伤心了。水淹到气窗，一件大东西从我耳边一晃，是体操汉子的拖鞋，一把没抓得住，眼睁睁看它跑外面去了，游到气窗口，流速很快，看外面，也是一大片水，下过一场雨的样子，一根斜插的树棍子上头，停一只米黄色的蛤蟆。

1986 年 1 月，长沙

船

　　起先我以为一切都是那几头牛的事。所以把绳子绑得详详细细，生怕到要紧的时候突然散开，坏了我们的大计，船那头咔嗒响了一脆声，扭脸一看，并没发生什么别的意外。只好去歪角牛的屁股上拍了两巴掌，雾霭就在所有的地方飘逸起来，依稀了林子里的太阳。贵爹扯住棉袄对襟巡视半天，打出一个嗝，我也很想打一个嗝，但终于没打。

　　又捧出一只大蓝花碗，滗了一碗荡漾的酒在里面，递把这个递把那个。一人都传了一口，我也张嘴咬下去，冰冷地往喉咙里一窜，立刻发起烧来，睁眼看贵爹，却是含蓄着咕噜咕噜漱嗽口，卟到地上去了。狗在遥远的地方叫了几声，谁也不睬，只有水拍打岸作为应和，天气很好，大家都看出来了。

　　我正后悔没把酒也卟到地上，不防鞭子一响。精神不由得大振，那几头牛跟跄几步，把身子钉稳了。绳索渐渐绷直，吱吱咔咔变得越来越好看，人们铁青着脸，我也铁青着脸。死死瞪了看，船身子歪了几下，开始登岸。有头牛嗯啊一叫，邵大伯赶紧去观察是哪头牛，然而哪头牛都不是。啪的又是一鞭，炸到半空中，牛全部埋下首去，屁股肉抖动两下，又抖动两下。我还在想那口酒，人们团围四转地奔忙，分别检查牛和船和绳子，严重的问题大概不会出现。趁此机会溜出来一小个嗝，却是酒味的，没有人发现。胖姑依旧被风一把两把地撩起衣襟，远远坐住，由崽子拱在胸怀里抿奶。好像记得天一亮就看到她待在那里了，船往岸上移动一寸，牛把有的蹄子陷进泥沙，贵爹往不确定处呸一口痰，不是对胖姑来的。

"推喔——"

我们都跳下水去,抓住船帮一阵一阵地用劲。水冷,但一下子就不冷了,我知道这是很大一个飞跃,于是更用劲地一阵一阵。不久有人提议往舱里丢些树木,可以增加浮力。我一看,说话的是艾宝。他的头发一蓬一蓬,据说这样显得风华很正茂,立刻便派去几个人扛树木。其中也有我,因为贵爹用酒漱了口,所以我不好跟风华正茂去辩论。树迅速扛来了,很粗一筒筒丢在舱里,压得船吱吱地叫,但似乎并没增加好多浮力,人们都很吃惊,这时候我已经出过了几层汗。

船愈发难得动了,艾宝把蓬蓬的头发伸到舱里视察,从树木上摘掉几朵绿色的蘑菇,毫不犹豫就丢了。看着它们在水面上起起伏伏漂出几尺远,我觉得正应该是这样,人们果然都感觉好多了。邵大伯甚至手搭凉篷,抬头看了看天上的白云,又伸手去裆里捉出洋五六,豪情满怀地屙了一泡尿。胖姑这才动了天亮以来唯一的一下,微微转了转身子。崽子哇地一声,又将另一只奶抿住了,云在天上很散淡。

一阵一阵用劲,船越来越高,艾宝说早料到了,一切都是万无一失的,人们都很点头,我只好也点头,不知为什么似乎抿奶的崽子也点了点头,仔细看去,才发现胖姑的胸脯一抖一抖,那当然就怪不得了。

然而又有一头嗯啊一叫。邵大伯这回是冲过去,恨恨瞪住那几头牛。搞得没有一头牛胆敢朝这边凝眸了,一律只惭愧地低下脑壳,贵爹讲了一句什么话,大概是风趣的意思。人们都笑咧开嘴巴,艾宝则不止咧嘴巴,还用力弯下腰去,发出呃呃呃或者哇哇哇的笑声,我因为没听懂,木了半天,邵大伯眼睛也不瞪了,风流倜傥摆过来,笑得肩膀一耸一耸,待大家笑到差不多时,我才恍然大悟,也笑了一下,我想我是咧开嘴巴的,不过已经没有别的人再咧嘴巴了,贵爹严峻地盯住我,好像看透了我的用心,这种眼神确实是使人慌张的,我想向他解释,但他彻底垮下了脸,显然不需要解释。船继续朝岸上行进,磨出很多粗糙的声音,从犁开的沙壤中爬出几只小螃蟹,鬼祟地窜得无影无踪,它们以前从来不是这种样子的,这一点终于回忆起来了。

大约一半船搁到岸上的时候，贵爹没通知任何人就跳进舱里，嗡嗡说许多话。我正要以为发生了一场罕见的事故，忽然听清楚他那嗡嗡的声音不是没有道理的。他曾经用与那声音差不多的声音咳出一口带血的痰。以后我们对他的感情就更深厚了，他说他发现了原因，要我们也来寻找，结果是在船帮上找到一个洞眼，从洞眼望过去，恰好可以看到贵爹的面孔慈祥地贴在蓝天上，这一时刻的到来我是完全没有准备的，他刚才对我垮脸及严峻，真是太应该了，不防船身微微侧了一侧，原来那头歪角牛没站稳立场，我早就料到过要出问题就只能是它。

果然很响地砰一声，那牛倒了，我们围拢去，只见它四脚巴叉，中了暑的样子。不过不是歪角牛，而是一头不歪角的牛。可见什么样的情况都有可能发生。艾宝趁机到树底下拿了一筒烟，咕哩咕哩吃两口。递把邵大伯，也咕哩咕哩吃两口。以后人人都吃了两口，牛和船之间于是弥漫着严肃的烟雾，这场面我记得与两年前塌了一栋好大的屋子是差不多的，而且胖姑也坐在一边喂崽子很多的奶。

烟雾还没散尽，有人提出把倒牛从绳子上解下来。尽管它居然不歪角。然而渐渐地都看出这样会遇到很多麻烦，比方把整整一头牛从这几根线索中弯过去又从那几根线索中弯过来，必然使我们的头脑变得格外复杂，而每一个人都知道，水是往低处流的，站在这个角度考虑，不妨先把树木从舱里搬出来。我立即体会到搬出来实在很英明，贵爹说只有到现在搬出来才英明。我一想那也对，艾宝问大家有没有新的方法。都没来得及回答，他就提出把树木从洞眼里而不是从别的地方送出来，只是要弄大一点，邵大伯率先笑得肩膀又一耸一耸，眼睛瞟了一下胖姑，说把洞眼弄大一点那真是太容易了。但做完这项工作太阳已经无限高地悬到了中天，反正我们都尝过酒。

不歪角牛还是没能站得起来，并且嘴巴里咕出一堆泡沫。我不喜欢看那种样子，总不能够因为它有泡沫就让船再继续停下去。推动这一切前进的动力现在只有剩下的那几头牛，和我们大家了。要求是牛蹄子陷好深我们的脚也陷好深，这才表明齐心合力的非常重要，船和倒牛沉重但仍然移动着，不知道别人注没注意到这样一个现象，那就是小螃蟹越来越稠密越来越鬼祟了。我准备在贵爹问我的时候提出这个问题，不料邵大伯明晃晃掣着一把尖刀，说是要将牛卵子割去做单方，做单方自然是一件极正确的事情，何况还可以加速船的运行，邵大伯溜到倒牛背后一脚踢去，倒牛并没睬他，显得反而很舒服，这就更加强了割掉它卵子的迫切性，崩一声尖刀甩在船身上钉住，邵大伯挽了两把袖子，伸手去牛胯里摸摸索索，终于逮出那件东西，又抬头朝我们笑视一圈，这才取下尖刀只一割，什么都到他手上去了，倒牛除了失禁一大堆稀尿，一无其他反应。

邵大伯把牛卵子递过来，要我们摸摸，说它甸重的，趁热拿回去那是最好，我摸到一手很严重的腥气，有一丝肉筋筋沾在手指高头，拈起弹掉了，又在船身上揩了一把。邵大伯收起尖刀，找根草绳穿了牛卵子系在腰屁股处，喜颠颠走了，经过胖姑面前，还往她怀里拨弄了两下抿奶的崽子，牛卵子甩搭过来甩搭过去，雾霭全然消散个干净。

我们互相对视了一会，继续前进，空气中总是闻到一股腥气，倒牛的伤口渗出一批一批血，看了果然心里十分沉重，艾宝用脚把它们尽可能地擂掉。但擂掉了又渗出来，擂掉了又渗出来。贵爹想了一想，胖姑手上讨到一块赫大的尿布，一撕，把牛胯的那一堆爽性包扎好，还打了一个活疙瘩。大家都很鼓舞，因为我们的船越来越高，完完全全从水里升到了坚实的陆地上，我从来未曾设想过，它会有如此庞大和雄伟。太阳照在上面，跑到很远的树林子里一望，一定会以为是一座光辉的城堡。

1986 年 1 月，长沙

那天晚上发生的事

　　那天晚上发生的事至今仍百思不得其解。好像记得当时有人躲在幕布后面喊："狮子来啦！"喊之前大部分人已经积极行动起来，敏捷一点的甚至跑出几十米以外。但是我们城里根本就没有狮子，并且连稍微好看一些的猫都很少。曾经有个北方马戏团打算带一头狮子来开阔我们的眼界，结果半路上那畜生患了严重的红斑狼疮，匆匆忙忙又运回去了。消息传来，大家都欢欣鼓舞，像是打了一个大胜仗。所以我疑心是我听错了。事情过去这么多年，很多人不愿意再提及。前两天到邮局寄包裹，遇见围吉周，他就说无论如何没有一点印象了。

　　"什么狮子？你是说哪天晚上？"他眨眨眼睛，还是想不起来。

　　而我清清楚楚记得，那次围吉周的一根脚趾码被踩成粉碎性骨折。据他（事后不久）解释，他是为了阻挡狂暴的人群挤破大门。事实上，两个大门最后只剩下几根碎木片、十几只鞋、一百多粒扣子和一些衣裤上撕下的各种规格的布料。我不是从门口出去的。因为我把一个更豁达的地方误认作是门。其实那里本来是一面砌好不到十天的围墙。

　　有一次弯弓张告诉我，他没有听到喊什么"狮子"，只听到喊"起火啦！"开始还想去救火，但很快就被裹进了不可抗拒的人流，眼镜都挤飞了。弯弓张是一个失去眼镜便失去生活目标的人。愤怒中只好跟一个死死揪住他不放的家伙大吵起来，准备索性一拳就打出对方的鼻血，后来才搞清楚对方原来是一副钉得锐牙锐齿的楼梯。

　　"那一下我气极了。你晓得我学过拳脚，还懂一点草药。"弯弓张夹一摞书，抽出手来抹了抹头发。

以后我再也没看见过他。如果不是几年前在馄饨店里听他讲这番话，我怎么也想不到他居然有那样的功力。他的瘦而且小举世皆知，但一通拳脚情况就大不一样了。再喊上几个人，连狮子也不会放在眼里，何况楼梯。

我只在操坪改成露天电影场之前看见过那架梯子。消防队每个星期都用它来搞训练，一个个穿了制服爬上爬下，飞快地做很多动作。那些动作直到我们都能飞快地做了还仍然翻来覆去地练习，汗得一身透湿。

"有备无患！"队员们齐声一吼，解散。

其中有个动作是把一大卷帆布水管一丢，然后沿着它的路线迅跑。我以为有朝一日我也可以照样干那么一次。可惜从来没有遇到过起火，而且起了火我也不知水管在哪里。按理说那天晚上的景象倒有些起火的意思，实际却又并不是如此。第二天我从电影场过身，心想哪怕能看到一丝失过火的痕迹也好，然而很失望。太阳安安静静照得到处都是，一个年纪很大的人和一个细伢子提了麻袋在草丛中捡鞋子。几只麻雀飞来飞去叽叽喳喳叫，歌颂着没有起火的幸福生活。

那堵垮得一塌糊涂的墙首先使我大吃了一惊。碎砖头从墙角一直铺陈到里把路以外。其次是一个被颠覆了一半的厕所。平时要踮着脚打手电才能进去，显然那一下谁都等不及了，非立刻冲进去不可。当人们潮水一般涌过来的时候，我曾有过"今天必定死在这里了"的闪念。没想到一个场子坐得下那么多人，更没想到那么多人会在一瞬间被一个至今还搞不清的原因激发起来，士气昂扬地逃得一干二净。

奇怪那两根挂幕布的柱子没挤倒。我印象中它们早已到了弱不禁风的地步。这之前某个晚上（好像不是星期六）放一部匈牙利音乐故事片，它们就当场被吹得像暴风雨中即将倾覆的桅帆。天气又冷，我们全部看得颈根非常之痛。演电影的人也穿上尽可能多的服装，一大帮站在古堡门口无休无止地唱歌。现在回想起来，我的几十张饭菜票及一件衬衫一定是在那个消极的时刻被人从寝室里偷走的。

"我要杀人！"口天吴扬言。因为他也丢了一双袜子。我怀疑口天吴要杀的就是他自己。那一向他身上定期散发出一股说不清楚的气味，闻了便使人觉得这个世界反正是无可救药了。

"哪个会要他的袜子？"出事那天中午古月胡在食堂窗口对我说，并且做了一个赶硫酸烟子的手势。"袜子，哼！"于是我跟他讨论了一系列的问题，关于袜子，关于人怎样获得不朽，关于人造卫星上天以后的尺寸，以及兰花豆卖好多钱一斤，等等。天没下雨，气温也回升了不少，看不出一点晚上要去做殊死挣扎的迹象。和风吹在身上，只有些想睡午觉。

事过后的第三天，古月胡的思想依旧是那么清晰敏捷，讲起话来透辟得不得了。他还跑到医院争论了好久，直到迫使医生承认围吉周的骨折纯碎是由于一件钝器，而并非什么平脚板抑或窝脚板。第四天早上起就不行了，眼睛发直，唉声叹气，一副看透了人类本质的样子，给他辣椒萝卜吃也不吃。放在漱口缸里让它自己长满白色的苔衣。我们分析是那天晚上造成的脑震荡，古月胡拒绝进医院检查。

"检查一下有好处，"我劝他。"我也被砖头砸了脑壳，隐隐地痛隐隐地痛，经过检查就好了。"

古月胡看我一眼。那一眼我总觉得他其实是在看一个遥远的境界，比方地平线、群峰之巅或是长城的尽头之类。渐渐我们发现，口天吴那股说不清楚的气味，竟然是从古月胡身上散发出来的，一个又一个不放电影的夜晚，他坐在空荡荡的露天场中央苦苦地思索。终于有一天他丢下我们所有的人走了。漱口缸里继续生长着红霉素和黄霉素。

砸中我脑壳的是一块半截窑砖。我刚好裹在人流中冲过缺口，一个看不见的人号召我们都跟他跑。只好就都跟了他跑，有个天真的口音问："怎么回事？到底是怎么回事？"大家认为他简直可笑，那口音便很快消失了。只听到背后人们在更加热切地逃脱出来，声音很大。心想仅仅只砸破一下脑壳那实在太幸运了。周围尽是气喘吁吁打算坚持跑到生命的最后一息的人，有的一边还扪着被灌木丛扯破了的裤子，或者一手顶住肝部。

电影并没有停下来。银幕上一些人仍在那里搞来搞去，既不怕狮子，又不怕起火。有个跑到沟里去的人爬上来之后，还想采用远眺的姿势把它看完。

"是不是麻风？"他湿淋淋地抓住我。

我"噢"了一声赶紧跑开了，因为不晓得他是问情节还是问什么别的，而且被一个湿人抓住又不舒服。至于情节确实一点都不记得了，我后来也再没到那个露天场看过电影。只有一次送一个朋友去开刀，抄近路从旁边过身偶尔听到一句影片的对话。那是一个女的对男的说：

"总有一天你会后悔的！"

1986年1月，长沙

他要我把胳臂弯起来

他要我把胳臂弯起来看看。我就弯起来给他看了。他又做了一个要闻胳肢窝的动作，用力把我的肘关节往上抬。我想那地方有什么好闻的呢？他一拍：

"好，加入我们的队！"

我站到他们中间，有的高有的矮，都是被闻过胳肢窝的样子。我以为会有一些介绍的事要做，但是没有。队长过来了，把每个人严肃地看了一遍。一个短头发显然是讨好地笑笑，马上被喊到一边。

"快点。"队长指指地上一堆垫子，"照昨天的搬好。"

垫子很快搬好。短头发先从上面走了一个来回，大概检查放没放踏实。队长用脚踢踢正，一股灰轻轻逸出来。从他的表情上看，一切都是毋庸置疑的，只搞不清现在的时间是几点钟。

我们全部倒立在垫子上，队长要我们想象是举起一个地球。我立刻觉得这个想法实在很好，只是有些鼻塞。队长讲了几点要领，认为短头发是我们的规范。我刚用眼睛斜了他一下，就啪啦一声掉下来。队长很生气，指出我大量的不足，脚也长得不好，我赶紧又举起了地球。他敲敲我的膝盖，说一句什么没听清。估计问题可能比我想象的要严重得多，但接着好多人也被敲了膝盖。

然后我们开步走。我从来没用手走过路，所以歪歪倒倒。队长又夸奖短头发比所有的人都走得稳重。短头发愈加谦虚了，表示稳重得还很不够。刚好来了一个女人把队长喊出去，我想她颈根不会很短。一看，恰恰颈根很短。

其余人都坐下歇息，只有短头发不甘心地仍然用手在垫子上走。

"你是白肌肉还是红肌肉？"一个人叉了腰，朝地上吐一口痰。

"我？我不晓得……"

"我是红肌肉。"他说。

他耸一只肩膀揩了揩鼻头上的汗，眼睛看到很远去了。我想这可能就是红肌肉的好处。短头发用脚走过来，谁都没有睬他。他只好拍拍巴掌，把手往裤上揩。红肌肉看的地方，有几个妹子在跳沙坑。

"讲个笑话。"坝脑壳提议，"哪个讲个笑话？"

"他讲，他讲！"都指着一个瘦子。

瘦子正在推却，短颈根女人来了，而且不准我们继续拿老眼光来看她。我们重新回到垫子上用手走路。短颈根女人在旁边紧紧盯着。我尽可能越走越稳重，坝脑壳趁拐弯的时候翻身一倒。

"你这是干什么？"

"我要解手。"

女人侧耳回忆了半天，终于手一挥。

"都去都去，快一点！"

我们一嗡跑了。转来一看，又只剩下短头发一个人还在垫子上倒立着，女人不见了。红肌肉吐一口痰，依旧发挥肌肉的优势，妹子仍远远地跳沙坑。

"有时候，酸菜很好吃。"红肌肉一边说，一边在地上画。

我以为他是在画一根酸菜，心想酸菜要画得好也是很不容易的。但没看清他就拿脚擦掉了，还在上面打把叉。瘦子忽然一个人赫赫地笑起来。

"来了，来了！"坝脑壳说。

我们都从地上站起身，准备去走垫子。短头发红光满面，我知道他早就盼着这一天了。结果只来了一个扛楼梯的，换走廊上的灯，红肌肉又画一根伟大的酸菜，上面长了眼睛嘴巴和脚。

"娃娃鱼。"他解释。

"你们看，上次那个人！"坝脑壳朝墙那里一指。

"追！"有人喊。

我想都没想就跟着追起来，红肌肉一冲到了前面。脚步纷乱从沙坑旁边跑过，那几个妹子莫名其妙地停下看。拐过墙角，什么人也没看到，却惊飞几只先埋伏在那里的麻雀。

"跑掉了。"

"跑了跑了。"

我们垂着头往回走。红肌肉好像早料到会有这样的结果，无所谓的样子。到沙坑边上打了一个倒立，脚差点擦到一个妹子的鼻尖上。她一躲，吃吃地笑。其他妹子跟着吃吃地笑，坎脑壳吞了口痰。红肌肉一翻站起身，也吞一口痰，并且不看坝脑壳。换灯的人扛着楼梯走了。

短头发看见我们，又赶紧用手在垫子上走。他已经满头大汗，胳肢窝肯定一点也不好闻了。红肌肉想了想，也上了垫子用手走，接着我们都用手走。

"酸菜有什么好吃？"瘦子倒着说。

红肌肉没作声，两脚朝天撕开一个"一"字，这使我大吃一惊。

我正考虑要不要也撕个"一"字试试，突然一个人跳下垫子就跑，动作迅猛而果决，使大家幡然醒悟。呼啦一下放倒，跟着跑得飞快。我想这一回可是看我的了，但又不知道肌肉究竟是红还是白。顺墙一拐，那边没埋伏得有麻雀，关键就在这里。

在墙外跑了一截，下了一个高高的台阶，发现人怎么多起来了。又是跳又是蹦的。好像都长了红肌肉。浩浩荡荡穿过一片树林，绕过一个钟楼。脚步传到里面发出金属般的回声。人越来越熙熙攘攘，终于围着两棵树噼里啪啦停了下来。

"请看，一棵是桃花，一棵是梨花，红白相间，背景是绿色的玻璃瓦。你们看！"

说这番话的是一个长者风度的人，这种人哪里都有，人群中爆发一阵赞叹。

"我手上长了一个鸡眼。"坝脑壳挤到我耳边。

我们泛泛地围树绕了几圈，天气不冷不热。有人提议从弯弯曲曲的桥上过，马上被采纳了。某脑袋一闪，似乎是队长。然而可以这样闪的脑袋太多。其中一个还讲了几句笑话，起码一半人用全部身心笑起来。听声音不像是瘦子讲的。

"这桥也不错。"

"就是，画到生时是熟时。"

坝脑壳扔了一块什么皮丢到湖里，被鱼抢着吃掉了。

"不要丢东西！"声音一喝。

"不是呢，"坝脑壳指指手板心，"一个鸡眼。"

过桥，爬上一个坡，一堵红墙在那里隐隐约约。众人到门口推让半天，才排好队一个一个地进。我看了看，原来门开得太窄。不过天气实在不错，前后却不见一张熟悉的面孔，我想或许是有些那个。

"反而好。你说对不对？"一个问。

另一个张开大嘴。我暗自责怪怎么可以这样，他已经一个哈欠打了过来。我进了门，里面人并不如想象的那么多。

"你，"一个壮实而又沉思的人看着我，"愿不愿意到我们那边试试？"

"我？"一看，已不见了坝脑壳。

"那你到我们那边试试。"

我跟着从一棵高得不得了的树底下走过，斜插过堆满纸箱的草坪，上了操场，操场一角散散地站了些人。

"他们你认识不认识？"

我摇摇头。他认认真真从头到脚审视我，一边微微地思考。最后他说："你把胳臂弯起来看看。"

1986 年 1 月，长沙

扮演野猪

1

我一直以为，野猪是不容易扮演的。谁知也不一定。言午许就说："总有一天！"说完毛毛雨从天上掉落下来，预示会有许多蹉跎的岁月要让我们去等待。如今我们总算看到，他确实是勇往直前的。这就跟野猪的性格有了很大的相似。

难道我们看见过一头踟蹰不前，或者顾盼自怜，或者伤伤感感的野猪吗？事实上，什么样的野猪我们都没见过。哪怕是嗷嗷待哺的野猪仔。有一阵子差点就要见到了。可靠消息说，打此路过的北方马戏团逃走了两只野猪，大白天的，正在朝四面八方跑来。过后查实，它们并不是野猪，而是外形很有那么一点野气的牲猪。再后来，连牲猪都不是了，变成了大豚鼠，也就是毛绒绒的所谓荷兰猪。正应了何导的一句话，"事情坏就坏在这里。"

幸好还可以另辟蹊径。那大概是初夏，三横王兴冲冲地去找何导，要求多发些饭票，以聊补"体能的不足"，结果在天桥上撞着了十八子。"像撞翻了一个鸽子笼"，十八子的胳肢窝里飞出一叠照片，稀里哗啦散落在黄昏的马路上。一位中年妇女被照片捂住脸，骑了好长一截自行车。陡一眼望去，以为她戴了一副彩色的口罩。不过据十八子说，他胳肢窝里夹的是一把别人的小提琴，根本没有什么照片。"不是那一次，"双木林提醒他，"是那一次，"不论是哪次，我们都悟到，扮演野猪并不是不可能的。

不是有过武松打虎吗？

我第一次去三横王家，是一个阴天，从远处不时传来火车的汽笛声。我们越过好几条铁路，兴高采烈地踢着洒落在枕木间的猪粪。"标本，"三横王笑着揭开泡菜坛子，挖出一大碗浸萝卜和浸白菜帮子招待我们，他问，"为什么这样进味？"何导正吃得入神，一脸的茫然："为什么？""因为年代久远。"何导放了心，依旧嘣脆地吃着。嘴角流出口水，又飞快唆了回去。我揣摩野猪就用的这姿势吃食，心里暗暗希望他再唆一次。他真的再唆了一次，只是不及上次的果决。

我想与尺寸有关。

2

三横王总爱说："我是一个老扮野猪的了。"有时连"扮"都省掉，就说："我是一只老野猪了。"语气故意显得沧桑，不容置疑，以强调他与古月胡、十八子、共田八以及两点马的区别。这当中，两点马的资历最浅，但扮演野猪亦很有心得。他能够把明明没长尾巴的屁股，扭得仿佛是长了一根活泼可爱的猪尾巴。这很让三横王恼火，他的屁股顶多只能扭出一根狗尾巴来。照我看，这已经相当不错了。狗的性格与野猪的性格，比家猪的性格与野猪的性格，差别要小得多啦。一天我趁月光好问三横王："为什么一定要追求形似呢，不是说神似就行了吗？"他顿了顿："看来我以后只能跟你哈哈一笑了。"

但后来他又要我到他家去喝茶："怎么样，没想到吧？"

我想这是向他请教扮演野猪的好时机，还可以吃到泡菜。他很高兴，完全忘了形似和神似的问题，直搓着手，好像要大干一场的样子。我们坐在房间的一角，听远方的火车叫。

我和三横王的友谊从此发展到了一个新的阶段。他认为我扮演野猪比很多人要强，至少比两点马强。往后他演 A 角我就演 B 角。"你不要以为。"他说。

3

舅舅看我扮演一只野猪，非常吃惊。"什么东西不好演，非得去演野猪呢？"我知道没法跟他说明白，尤其当他是舅舅，就更加说不明白了。"我是看着你长大的。"他摇摇头，离开了食堂。

我想他准是把野猪跟一般的养了来杀肉吃的猪搞混了，才会那样伤心。其实有本质的区别。猪温良恭俭让，野猪脾气总是很大；猪醉眼惺忪瞌睡绵绵，野猪永远把猪眼瞪得如同一双虎眼；猪是计划经济，野猪是市场经济；猪屁股比头大，野猪头比屁股大；猪是脚穿高跟鞋的贵妇，野猪是丛林游击队。然而舅舅把我当成了猪。我成了猪，我的舅舅当然也只能是猪。

"只要你不是，怕什么呢？"古月胡开导我，剥开一支香蕉，放进他自己嘴里。我本来完全可以做到"怕什么呢"的，问题是有时我自己也恍惚不清，好像真那么回事儿似的。我常常一拱咙拱咙地打起响鼻、一踮起脚尖走路、一想象自己屁股上扭着一根猪尾巴，就心生疑窦："莫非真的变了猪？"

我给妈写信，探讨了一些事情，然后引用古月胡的话："怕什么呢？"我没提野猪的事。我想只有两种可能；要不舅舅告诉她了，要不舅舅没告诉她。妈回信没说起舅舅，更没说起野猪，却说些费猜详的话。她病了，晚上做梦，梦见她关起门，一个人躲在屋子里"吭哧吭哧"地吃甘蔗，等等。我马上把信折了放进口袋，装作若无其事，吹着口哨走下楼。见到双木林，还打了两个不甚清脆的响指。其实心里很不平静。除了猪或野猪，谁会"吭哧吭哧"地吃甘蔗？

4

"你去看过了？"双木林头发披肩端着脸盆，正要去洗澡，或者刚洗过澡。仔细一打量，可以断定是刚洗过澡。头发湿湿的，滴得衣肩也湿湿的，散发出一股不是野猪的气息。我支吾一声，"还不是那样。"

邮局门口有一副卖馄饨的挑子。共田八和十八子在那附近转来转去，终于吃得嘴巴油渍渍地回来了，脸上竟有一种明显的得意。第二天我问，"吃什么去啦？"我以为他们会说"吃菜叶子去啦"，而不是说"吃馄饨去啦"。不料共田八朝我挤挤眼，"乡愁难耐呀，对不对？"

和预感完全一样，何导把我和言午许编在一个组，让我跟他"互相学习"。我知道何导的意思是，让我单方面地向言午许学习，因为言午许大体上已经不需要再向任何人学习。除了野猪。言午许刚来的第一句话就是，从今往后要"以野猪作为楷模"。"好极了！"共田八拍拍自己的手，再拍拍我的肩，又捅捅我的腰，暗示大伙儿都是一个圈子里的哥们。当时正值深秋，我们聚集在月台上，做一些迎接言午许的动作。而言午许的动作，是将腰杆儿挺得跟铜像似的。

5

"老许，"何导语重心长，"今后全看你的了。""露水打湿了每一片树叶，"言午许用脚踢踢林荫道的一颗小石头，由着它跳跳蹦蹦地滚进了阴沟眼。"一到秋天，野猪就出来吃东西。你信不信？明年我还要跑几个省。"言午许从大西北跑到大西南，转眼又要跑到东北去。已找到不少野猪的踪迹，"它们在国境线一带出没，吃苞谷和玉米。"

三横王对于大江南北找野猪的事不置可否，"苞谷不就是玉米吗，我是一只老野猪了。"问题是言午许也是一只"老野猪"，至少"相当于"一只老野猪。"有一次,我在苞谷地呆了三宿,头上戴一丛猪毛。"这样的故事他可以信口衔来。他甚至吃过野猪肉。

"这算什么?"他仔细地剥了一颗蒜子,又仔细剥了一颗蒜子,"还有吃人肉的呢,炊烟缭绕!不过不好吃,咱们骑着毛驴儿看唱本。"

很长一段日子,我们一齐思考着吃什么肉的问题。十八子得出的结论是,可以吃狗肉。谁是我们的敌人?谁是我们的朋友? 这个问题是烧菜的首要问题。共田八则认为,应该吃鳖,吃了鳖跑得和野猪一样快。一边解释一边像家猪那样慢地跑了几步,早已累得气喘吁吁。三横王主张,无论吃什么肉都必须放醋,而且必须放名醋,首推香醋和老陈醋。

"老许,你大概是吃老陈醋的了!"三横王阴险地笑笑,看着言午许。言午许面无表情,又仔细地剥了一颗蒜子。

何导拧燃电灯,宣布野猪是基本上吃素的,偶尔也来点小动物什么的打打牙祭,"风声鹤唳呀,是不是那么回事?"

我们都认为是那么回事。三横王把一叠资料啪地摔在桌上,环视众人一圈,看大家有什么反应。我想肯定是关于野猪,翻一翻才知道,果然是关于野猪。而且都闻所未闻。两点马问,"为什么不去看蜡像?"

6

训练课目结束的那天晚上,何导私下里跟我说:"你不要告诉别人。我是不是长得像何导?"我惊讶极了,"对呀,你就是何导呀!""他们都这样说。你看看这张嘴,"他张开嘴,既没看到獠牙,也没闻到有大蒜味,"再看看这张脸。你应该懂得宽容。"我认真看过了他的嘴脸,发现他竟是三横王。以前怎么从来没有注意过?"是吗?所以你只能当 B 角,"他把"B 角"念成"蹩脚"。

我翻开一册旧的地图集,兼带哼起一首老歌。妈又来信了,还是吃甘蔗。只不过是坐在一幢老屋的天井里,大门敞开地吃。结尾带了一句,"你不在身边，反而好。"我想起"真正的"何导说过，扮演野猪的大门是永远敞开的。

我们开始吃素，青菜白菜。但没有小动物可以"打打牙祭"。我认为油炸田鸡这就很好，可是也没有。是没有还是不让我们吃？搞不清楚。什么都跟玩具一样，需要想象力。

日本烧掉了一座庙。阴毛是烧焦的菊花。

言午许又走了，这次去的是多米尼加。"在南美的丛林里，"他叹了口气，穿上印有野猪头像的套头衫，做了个登山队员式的扩胸动作。"这下你可寂寞了，"十八子看着他的背影，"起码一百年，百年寂寞。双木林你说说。"双木林低下头说："我不说。"

街上到处都有螺丝捡。这也是十八子告诉双木林，然后由双木林告诉我的。最近他捡了很多，打算用它们拼装出一辆自行车来。"捡螺丝捡螺丝！"他把一队要到郊外放风筝的孩子们招集在一起，帮他一起捡，"我是野猪大叔呀。风筝要绑成一堆，不然会扇动翅膀飞走。得勒得勒得，这里长了根小尾巴。"

7

共田八专门问我，铁路上压死了一个人，要不要去看。

"我们一个锅里吃菜，你不吃豆豉可以给我，"他满满地往嘴里扒了口饭，"白肌肉碾成了红肌肉。真是不似秋风，胜似秋风，你想都想不到。"很多年前共田八就说他自己是红肌肉。而红肌肉比白肌肉距野猪更近。我至今还没弄清楚我是什么肌肉。大概是白肌肉。也可能是红肌肉。

我去医务室，不料何导也在。双木林被绑了胳膊在抽血，抽了一管抽两管。以为会帮她抽第三管，结果真的抽了第三管。又以为会接着抽第四管，结果并没有抽第四管。

"你来得正好，做一个正直的野猪，"何导衷心地松了口气，"你送她去睡觉。风扫落叶哗啦啦，不要把瓶子给弄混了，有人因此上吊。在鸡血疗法的时代。"我只问了他一句："你是何导还是三横王？"他张开嘴，同样没长獠牙，没闻到有大蒜味。

远处又传来火车叫。我想趁机找个地方，好好读一读妈的来信，看是不是还在吃甘蔗。无论继续吃或停止吃都会令我不安，但我又极想知道。双木林睁开眼睛："不是了，那么多的野猪在哭！"我替她盖好被子，无意中碰到她的乳房。

我说："不是野猪，是火车。城里是没有野猪的。"

1986 年，长沙

野猪和人

铁夹上就留下那条腿。

他起先并没有看到，以为又一无所获。直到发现地上那一摊血和一大片压得东倒西歪的乱茅草。他想，许是一头麂子，或一只狼，伏在地上大口喘息，瞪一双圆溜溜的眼睛，肌肉抽搐。他尽可以带着许多快意，坐在旁边的石头上安详地抽一袋烟，算计如何剥下一张完整的皮来，再扛起猎物，悠悠闲闲跟下山去。

只有一条野猪的腿。啃得血肉模糊，肉茬中露出一小截骨头。粗毛上凝结着一块块血痂。他猛地站住，朝四周扫了一眼。没有发现那个可能出来报复的家伙。汗水从紧攒着猎枪的手掌心里沁出来，冷冷地流在胳臂上，滴落下去。他仔细察看这条腿，大气不出，似乎怕它会突然连同夹子一起逃跑。皮很粗糙，紧绷着发达的肌腱，和钢管一样结实的骨骼。两排铁齿深深吃进皮肉。蹄腕弯曲着，像一只蓄满力量的拳头。当它击中猎人的机关，就再也收不回去了。

它漫不经心地窜来窜去，突然啪的一声，一条后腿让地下伸出铐子给卡死了。它烦躁不安，竭力挣脱。撕扯的时候才感到一阵剧痛。弹簧把铁齿一点点吃进肉的深处。它不敢回头看，不愿相信事实。痛却不管这些，顾自从伤口向周身蔓延，深入骨髓。它无可奈何瞟了一眼，倒下去，一声尖厉的惨叫。

这是对痛的抗议和恐惧。它本能地抽动和挣扎。无济于事。终于又嗥叫一声，呼着粗气，不再动弹了。

它细小的眼眶盈满泪水。这种委屈是它成为一头真正的野猪之后不曾有过的。它用肥厚的鼻子嗅那铁夹。冷冰冰的，没有什么味道。这是人的东西。人没有这些东西绝敌不过它的力量。它靠力来征服生活，人靠智慧。智慧是非常可怕的，冷冰冰的，而且闻不出什么味儿。铁齿扎得愈深了，陷在骨头上，像是骨头的一部分。

它对准铁夹，用鼻子去拱，去猛撞。这动作很费劲，所得到的只是更强烈更执着的痛。它巨大的力量只有朝前冲撞才值得称道。平时它只要把威严的头颅对准危险，危险就不再成其为危险。而铁夹是从身后将它击倒的。

它用牙齿去咬，眯缝着眼睛咀嚼，像一条恨恨的狗那样。铁夹是咬不动的。好容易它才弄明白这个道理，依然疯狂乱啃，直到一股温暖的液体流进嘴里。

牙齿插进了自己的肉体。这是它唯一的突破。能够拯救自己的出路，就是向自身发起攻击。至于牙齿，没什么可说的。

它浑身沾着乱草。头上几片散发出淡香的花的碎瓣，被粗毛孔渗出的汗水贴着。它专心致志地啃那条伤腿。血污染了一身。口渴。日头像一盆辣辣的炭火。它咬动了那根筋腱，差点儿昏厥。它缓一口气，一使劲，骨头断了。

它猛地弹起来，醉汉一样歪了几歪，逃走了。他踩住挑皮弹簧，用力掰开锈蚀斑斑的铁夹。这沉重的铁家伙，钳住的野兽不下二十头，从来不曾放跑过其中之一。而今天只配和铁链一起哗啦一声甩在地上。

真是一个讽刺。留下一条断腿体现人的胜利。它被扔到山沟里去了，在空中翻了两个筋斗。他感觉疲倦，靠在草丛中抽一袋烟。蓝色烟雾驱赶着浓浓的腥气。腥气还是热的，像地里冒出来的一样。空气也黏黏糊糊。这里刚经历过一场战斗，一场屠杀。这场战斗或屠杀的最后手段是严厉的自我剖析。

这是雄性的血，带着蛮悍的气味。他喜欢这味道，也闻得多了。不可理解，为什么有许多人惧怕血腥，觉得它难闻。

没有想到，它会逃脱。人不能啃断自己的腿，不是没有那种勇敢，而是没有那种愚蠢。愚蠢使它逃生了。人的智慧和猪的愚蠢交战，猪胜利了。而且胜利得那么男子汉。在他的印象中，野猪是阴险而又暴躁、胆小而又凶狠、笨拙而又矫健、狡诈而又蛮横的畜生。恶劣的品质和丑陋的外表，使它没有夺走百兽之王的桂冠，而永远以一个流窜犯的形象鬼鬼祟祟出没在山林之中。胆小如鼠的人敢宣称："我是老虎！"最胆大的人也不敢喊一声："我是野猪！"

他忽然想起应该吃一顿美味的晚餐。衣兜里有盐巴，有辣椒末，可以烤一条野猪腿。他似乎听到了噼噼啵啵的烧烤声，闻到了诱人的香味。他磕去烟锅的灰，一跃而起。整理好铁链，装上铁夹。铁齿上满是银白色的凹陷下去的牙印。过不多久，一袅蓝烟从山沟里升起。

时近黄昏。

它在山丛中奔跑，根本没料到那条腿，正变成人的美餐。它只想赶快远离闯下大祸的是非之地。越快越好，越远越好。它先还用叫喊来减缓痛苦，后来索性不叫了。

它重心前倾，一蹶一蹶地，十分可笑。又不敢停下来，怕勇气消失殆尽。仅仅一块石头或一截枯藤，就足以绊它摔得老远，像一捆麻袋一样打几个滚。

厚重的鼻子猛地撞着一棵树。树咔嚓折断，它重重摔在地上。

他细心地烤着这只腿，不时用嘴撕下一块香喷喷的肉来。那筋腱那肌肉那骨头，使他赞叹。好腿！一定是一头孔武有力的野猪，一头了不起的野猪。跟这样的野猪干一阵才真叫够劲呢。那不叫搏斗，叫享受。狩猎是一门艺术。其作品是被设计的不测、被创造的破坏、被征服的不屈、被捆缚的解脱。他使用铁夹，不能算平等的格斗。他遗憾地嚼着腿肉，咬肌一隆一隆。

这是一条真正的腿。而野猪又算是什么东西呢！即使它啃掉自己的脑袋，也只是个脾性孤僻的怪物罢了。人为了逃避生活而自杀，野猪为了逃避死亡而自戕。自杀留下一副懦夫的躯壳，自戕留下一条英雄的腿。这条腿，被吃掉了。

手油腻腻的。他拽了一把草搓揉着，拍打两下，站起来。骨节啪啪作响，很惬意。起风了。远处树林发出一些声响，像呼唤什么。他熟悉这种没由头的声响。身上燥热，刚一解衣扣，又有些冷。

怎么样了，那头野猪？这些厚皮的家伙，为了复仇，常不惜将原已伤残的躯体以一死相拼。何况是一头强壮的野猪。

它还能活多久！少了一条腿，活着也太艰难了。野猪也懂得怕死么？生活都不怕，难道会去怕死么？应该把它干掉，趁它没跑远，追上去一枪补死。然后成全它，埋掉。

这是再简单不过的事。他抓起枪，用手指轻轻揩去枪管上的一星灰尘。

它醒了，弄不清到底发生了什么事。忍痛站起来，这才记起，只剩三条腿了。

它撅着屁股窜了几步，连滚带爬，像童年时玩的游戏一样。那是夏天，它顶着个大脑袋在原野上乱蹦乱跳，踩那些躲躲闪闪的花，和酸甜的浆果。它喜欢散发着腐质气味的泥潭，静幽幽的山谷发出的古怪声音，沉积一层树叶的森林。有一次它惊飞了草丛中的一只野鸡，十分骄傲……

这都是过去的事。现在它不再是浑身乳臭的嫩崽了。它是一头野猪，尽管只剩三条腿。三条腿难道就不叫野猪吗！

它跌跌绊绊冲进山洼的一丘稻田里，理直气壮地大口吞吃起来。

他停下脚步，仄耳细辨，在昏暗的林中搜寻着。

那不是野猪。那是一头麂子，显然被某个野东西惊扰过，这会儿惊魂稍定，还在东张西望。多么漂亮的东西，滴溜溜的眼睛，身子灵巧得令人妒嫉。角度非常好，距离也适宜。他架好枪。只要一扣扳机，那麂子便会应声而倒。

他没扣扳机，没声息地离开了。他要追击的目标是那头野猪。

麂子不知道刚经历过危险，还偏着脑袋聆听世界上的动静。这家伙，活生生的。他叹口气。为了使自己不改变主意，轻轻一跺脚，把它吓跑了。

那野猪不远了，他心里想。

它警觉地抬起头。

到处是蛙鸣，杂着蝈蝈的哼唱。可是它还听到了另一种声音，一种没有声音的声音，在渐渐逼近。它缩进灌木丛，强压忿懑，免得怒气从鼻腔中吭哧出来。

它没有错，人来了。

多年的狩猎生活，使他的眼睛具有嗅觉和触觉，可以在漆黑中搜寻出他的敌手。

他把目光停在这丛灌木上。地形对他不利。野猪会正对着他冲过来，那时刻是无法开枪的。而他也只能给它一枪。

他悄悄移到侧边去。

它怒不可遏，大吼一声，狠命冲过来。风把血吹得冰凉。那一瞬间拔出的刀还攥在手上。

脑袋划破一个口子，大腿被咬了一个洞。野猪无踪无影。好样儿的！想起那暴跳如雷的样子，他由衷地赞叹。支撑起身子靠在树上，撕开褂子裹伤。

远远传来几声狗吠，隐约可见一家农舍。油灯在格子窗户里闪动，还有人咳嗽的声音。

他扶着树站起来，拄着根树枝向农舍走过去。伤口突突地跳痛。

狗大声地叫。农舍的门打开，探出一张女人的脸。

"啊！"她借门缝的光看清了他，吓一跳。

"嫂子，给一口热水喝。"他艰难地笑笑，做出很轻松的样子。

"怎么弄成这样子？"她闪开身子，放他进来。

"摔了一跤……"

狗悻悻地哼两声，躲到暗处去了。

它喉咙里轻轻咕噜着，在凸出的岩石上跳蹦。每块岩石都像摇摇欲坠。

它歇口气，攀那绝壁。第一次跳跃估算不准，偏低了，撞着最矮一块岩石，抛回地上。它眼冒金星，哼哼两声。继续跳。这下摔得更重，简直是两块石头在相撞。它仇恨地冲着石壁嗥了一声，纵身一跃，两只前腿登上了岩石。后腿踏了个空，悬着了，无望地划来划去，没有一个可以受力的地方。它把头颅搁在前蹄上，呼哧呼哧地喘。扭动着身子，往下滑动。后腿只要碰到一片石头就行了，可是碰不到。

它嗯了一声，下滑停止了。碰到一个支撑点，不是好腿，是断腿。它小心将身上的重量慢慢移到这条断腿上。裸露的骨头在岩石上吱吱咔咔响。它顾不得这些，用骨头狠狠一蹬，翻上去了。痛得一跪。

这是第一级，还远够不上崖顶。伏着不到十秒钟，又跳另一块岩石。成功了。接着越级一跳，险些摔下去，不过还是站稳了。它信心陡增，再跳。却不料石头松滑。它一声悲鸣，稀里哗啦摔到了起跳时的零点。

伤口发烧。他睡不着，老想那头野猪。刚才反应要快一点就好了。没料它断了一条腿还这么敏捷和强有力。该死的，等明天再来收拾它。现在要睡一睡……

明天，那少了一条腿的家伙就会跑到牛头岭那一带去了。明天是赶集的日子。人们会骂死他这个猎手的。

他坐起来，用手极轻地把伤腿搬下床板，怕惊动伤口和睡在隔壁的主人。

妈的，老子也成瘸子了！他轻蔑地一笑，有些愤愤。拨开门闩，一股又凉又湿的空气漫过来。他深深吸一口，溜出门。

树影朦胧。蟋蟀叫。细匀的鼾声从房里传出来。

他走上来路。

狗在黑影里又吼了两声。

它几乎把所有的力量都丢在崖底，只带着一副躯壳窜上最后一级岩石。它瘫倒在地，忘记了这是怎么回事，到这儿来干什么，再往哪里去。很宁静，夜和大地把它含在中间。

不知昏了多久，它突然清醒，起身就跑。绊倒了。认定是一根长藤搞的鬼，扑上去按住啃。藤是从一棵大树上悬下来的，一直到崖底下。

它停下来，仄耳辨别动静。等明白了自己的处境，不禁一阵寒栗。一头狼，正躲在树后觊觎着它。

野猪胆怯地叫一声，想溜。

狼沉静得像一尊雕塑。眼珠绿森森的，一股阴气。显然是闻到了血腥味。

他用足尖试踩峭壁上的突出部分。像下地狱一样，黑咕隆咚，寸步难移。他只能凭记忆摸索。伤口绷得紧紧的，发烫。

抓到一根藤，拽了两把，碎石乱枝哗啦滚下去。他把匀散四肢的重量慢慢集中在手中这根藤上，纵身一跃。伤腿使不上力，对面岩石把他打回来了。又一跃，一脚踏空。他像钟摆一样来回摇荡。咔咔的折裂声，长藤断了。

转身揪住一把灌木。同时踩到一块石头，想站稳，才发现不可能。受力的手和脚是斜的。稍一用力，石头滚落下去了。它是靠泥土和峭壁相连的。

只剩了这把灌木。碎土灌进衣领。双臂发胀，脑袋也晕晕乎乎。刚要翻上去，枝干立刻发出断裂声。它所能承受的恰好是他的体重。他腾出一只手把枪解下丢掉以减轻负荷，枝断了。

像崇山抖落了附着其上的一粒尘土。他整个身体在凸凹不平的崖壁上摩擦和撞击，承受尽情的殴打。

它可怜巴巴望着那头狼。狼轻捷地窜了两步停下冷峻地盯着它。平时它们井水不犯河水；而今一方遭殃，对另一方来说就是幸运。

狼又矫健地窜几步，像在老者面前炫耀青春和健美的少年，近似于得意忘形。

野猪悲叹一声。它在讨饶！狼兴奋得不可自抑，跳来跳去，发泄过多的精力。

野猪浑身发抖，毛都竖起来。狼精神大振，欢叫着一扑。

夜风把花香吹过来又吹过去。

什么声音远远的，时断时续。

月亮挂在崖顶上，冰清晶莹，可望不可即。

一团破云揩了又揩，飘走了，又是那月亮。那挂得稳么？会掉下来么？

又苦又涩。空空的胃被谁的手拉扯着。脖子黏糊糊的——他吐过了。试动一下，顿时一根钢针猛扎进他的脊梁。

他微仄过身子，从压着的藤上挪开。他的呻吟像力士憋足气举起一个巨鼎。血在额上冲涌。他翻过身，趴在地上大口大口吞咽陈年落叶的气息。两只手攒满又湿又凉的泥土，把剧烈碰撞所产生的灼热渗透到大地深处去。

他单跪着挺起身来。眼泪洒在落叶上，噼啪作响。他解下腰带，重新结结实实捆紧腰脊，发出轻微的咔咔声，调整骨头与骨头之间的位置。然后揩干净脖子上的脏东西。山谷的风吹在身上。他冷却了，借助风力，一蹬腿站起来。

他流着泪，放声大笑，痛得扭歪了脸，伸手去扶冰凉的石壁。他要节省气力。

长藤像一条懒洋洋的巨蟒瘫在地上。

枪管摔歪了。

他咬紧牙，爬崖。

它奋力奔跑。其实那只能叫蠕动。

它浑身撕咬得稀烂，成了一个血肉模糊的圆团，艰难地挣扎着。

他爬上崖顶。

尖利的石刃把手指划出一道道血口。不觉得痛。他捏着手指，挤出血来。仆倒在地，太阳穴突突地跳，山也突突地跳。

它把温热的血洒在原野上。

他向那堆血肉狼藉的东西爬过去。那是一头狼。颅骨顶碎在石头上。他不假思索，撕扯着死狼的肉，艰难地嚼起来。

他抹了抹嘴角的碎肉屑，盯着那个狰狞可怖的狼头。它龇牙咧嘴，含一大块灰色的皮肉。那是野猪的皮肉。

月色苍茫。

它再也没有气力了。缩成一堆，头朝来路的方向，阖上双眼。

小溪在身边潺潺地流。

血还在渗，打得草棵频频点首。

东方发白。

终于，草丛中出现了一张脸，一张扭歪的脸，一张人的脸。那上面爬着血，爬着草棍树叶，和汗水冲洗的污痕。他曾把经历过的一切欢乐和悲伤在这张脸上表现过。现在它麻木了，甚至找不到一丝生命将尽的悲哀和遗憾。只露出两排紧咬的被烟草熏黑的牙齿。左脸颊一道发亮的伤疤像要勒断似的。

它安静地等待。没有恐惧和哀怨，只有一点怜惜。

他竭力撑起上半截身子。并不魁梧，并不强悍，但是结实。天色大亮。苍凉的山风吹拂而过，拉开破衫，露出他布满新旧伤痕的胸脯。仿佛风是从他身上升发出来的，仿佛他就是这世界周而复始的原动力。

它很难过。它不如他。它太丑陋太笨拙，而且奄奄待毙。它用最后一点力量把断腿藏进草丛。只有英雄才配把自己的创伤招摇给人看。

一箭之遥。

他站起来了。在它眼中一下高大了许多。他摸到一根树杈，把枪管插进去扳直。树跟他一起颤抖。树杈裂开。他像小草那样摇晃几下，滚进溪水。水花溅湿了旁边的石头。

看到对手的虚弱，它本能地一冲。但它起不来了。血已经把它和大地凝结在一起，成了其灵魂永远无法挣脱的累赘。

东边的山梁红了。群鸟沸沸扬扬。

它把嘴浸在水里，舔。

他猛咳起来，咽了咽嗓眼的那股咸甜的味道，饮小溪的水。里面有它血的颜色。

山风中也流着曙红的血色。世界渐渐明亮了，富有生命的活力呈现出来。狗尾巴草翘着湖绿的穗子。夏枯草摇着褐色的风铃。荷白的半边莲星星点点。紫蓝的龙头花吐出细长嫩白的舌蕊。一齐快活地随风抖颤。山坡旁的密林里，鸟儿忘情地讴歌着生活。

他仍然在爬，拖着那杆老式猎枪。

终于他们都一动不动了。像害怕他们睡着，又害怕他们醒来，阳光温情地照着这一对匍匐的追击者和被追击者，照着这没有裁决的判词，照着野猪和人。

1983 年 2 月，听橘园

1983 年 10 月三稿

老狼

　　村子里的人都说，是那头老狼咬死的。

　　那头狼，在这一带神出鬼没，并非三年五载的事了。这便很令人厌恶。张家的半老堂客，嫁来这村子的那天，听到的第一件可怕的事就是那头狼曾经把李家一只呱呱叫的大白鹅叼起跑了。李家的满伢子则在穿丫裆裤的时候，就常常因为好吵而被他娭毑拿那头狼来吓他住嘴。如今李满伢子虽已长得人高马大，细时候怕过娭毑及其狼却是赖不掉的。

　　以最先发现狼而驰名遐迩的自然是刘家大伯。十多年前的一天他到村外收红薯，忽然见到树林子里有一双绿森森的眼睛在窥视着他。刘大伯于是亦怒目而视。那双绿森森的眼睛居然从灌木丛后钻出来，变成一头壮健的狼。刘大伯恨自己眼睛不绿，端起锄头，准备击退它的猖狂进攻。不防那家伙悄悄便溜走了。这一下让刘大伯不知怎么心里不踏实，红薯也顾不得收，匆匆回了村。当天的晚饭前后，这场恶战就尽人皆知了。善良的婆婆们几乎无一不相信那畜生的屁股已被刘大伯狠狠挖了一锄头。即是说它逃走的时候，其屁股已经不那么完整了。对此最深信不疑的要数周家的寡妇，她出嫁前曾做过刘大伯的情人。

　　"……它呼地扑上来就咬，我转过身这么一扫，打得它扭头逃跑，我追上去操起锄头狠劲一挖……"周围的人听得都停了扒饭的筷子。刘大伯一时兴起，拖过身边正痴痴发笑的大宝伢子，要示范"狠劲一挖"的动作。谁知大宝伢子捂着屁股直退，不让他挖。刘大伯至为遗憾，丢下锄头很不屑地拍拍手："没得一寸用，只配做裤裆宝！"

　　然而那头勇于接受狠劲一挖的狼，毕竟逃跑了。到李家忽然失去呱呱叫的大白鹅，人们才幡然省悟：那不完整的屁股还照样是吓人得很，不能当耍的。村里的堂客们赶紧对细伢子发布统一训令：一律不准出村子玩，那只鹅即为前车之鉴。周寡妇有一天把细崽锁在房里，到村口小溪边洗衣服。她对着溜清的溪水左右照了一阵子面容身段，拿棒槌捶衣，哼着小调想心事。蓦地，水里映出一只狼。抬头一看，那家伙正隔着小溪张开嘴哈呀哈地盯住自己。想起手里洗的衣服，大惊失色，狼是循着气味来的！于是转身就逃，听它嗖的一声蹿了过来，连忙将棒槌当手榴弹扔了。待把刘大伯拽到溪边，狼不见了，衣服也无影无踪。

　　人们纷纷传说，狼是很记仇的。你看它鼻子多么灵，谁穿的衣服都闻得出来。破案用的警犬都要用狼来配种呢。李娭毑则心里有了一点舒坦。本来好端端的太平日子，教多事的一把锄头全断送了。你刘大伯将那狼屁股挖得痛快，为什么独独由我家赔进去一只呱呱叫的鹅！这一回正是天网恢恢，疏而不漏。

　　刘大伯心里有数，但又声张不得。"报仇"他不怕，甚至还很有些光彩；倒是那衣服把周寡妇拿去洗，却因了狼的事件弄得满村风雨，虽然这先前明明是公开的秘密。

　　还不够，那家伙又时来寻衅，搞得人心惶惶。十多年来，全村的损失除了李娭毑的鹅和刘大伯的衣，还有水鸭子七只，鸡婆五只，猪崽两只，耳朵一只。那耳朵是大宝伢子的。夏天的晚上大家在屋外乘凉，讲了好多吓人的故事，睡到半夜都搬进屋去了。唯有他一个人在老槐树下没人喊。第二天早上人们发现他的一只耳朵已经不翼而飞。大宝伢子捂着平下去的耳根伤心嚎了好一阵，回忆起以往耳朵健在的岁月，痛不欲生。人们开导他，倘若你当初肯让刘大伯挖那一屁股，学到一手，也不至一竟如此。刘大伯宽宏大量，跟他耐心比画了半个时辰，专授斗狼绝招。大宝伢子听得眼睛渐亮，跟着演习了几回。

　　不论刘大伯将那头不在身边的狼如何痛打，而且看样子已经打得它奄奄一息，人们居然还是对它滋生了许多敬畏。仿佛普天之下，能与刘大伯决一雄雌者，非斯狼莫属了。

尤其是，村里一头刚生不几天的牛崽被咬死了。那副惨样子把人们的心都震撼起来。牛崽的肚子被掏空，柔软的嘴巴半张着，两只失神的眼睛糊满眼屎。大家啧啧别过头去。

"还得了！"

"还让人活不活！"

于是，一致推举刘大伯、李满伢子和大宝伢子组成"打狼队"。

因为李满伢子苦大，刘家大伯仇深，大宝伢子则苦仇兼备。三队员将周寡妇藏的一坛上好的老酒，拿到大槐树下一顿喝了。李满伢子拳头捏得咔咔作响。大宝伢子也很想能那样捏，但正在嚼一根鸡腿，故没有捏出那股豪气。刘大伯神情严峻，以立掷地。人们肃然起敬，忙又给三人敬菜。张家半老的堂客，贡献一杆娘屋里带来的鸟铳。一看，锈得直掉铁屑子。刘大伯打发大宝伢子提来半斤菜油，细细擦了一上午。然后倒提将，在村里人崇敬的目光中转了一下午。细伢子们都追在屁股后面看。周寡妇的狗也跟着欢蹦乱跳，还把尾巴指向天空画着一个一个圈，不时挂碍了刘大伯的脚。刘大伯嫌它啰嗦，抬腿踢得它老远。

细伢子们忽然欢呼雀跃：要试铳了。刘大伯装好火药，在老槐树下竖块木板，上画一只吐出长舌的狼当作靶子。细伢子屏住呼吸呆呆地伸长颈子看，大人们赶过来把他们往后拖。但见刘大伯迈着稳步，数"一，二，三……"丈量到三十步光景打住，转过身来端起枪，觑得亲切。

"打得中罢？"一个张开嘴巴。

"那还用讲！"一个按倒耳朵。

啪！细伢子吓得雀散。猛跑一阵方才停下往这边瞧。刘大伯倒在地上，手上鲜血直流。狗围着他伤心地叫。

那鸟铳端地不能再放了。半老堂客被人们狠狠责骂了一顿。幸喜刘大伯体子好，加之周寡妇精心调养，又加之伤得实在也不算太重，个把月工夫就养好了。

将息了一向，重又提打狼的事。你一言我一语，献计献策，李满伢子打个赤膊，奋力挖陷阱。大宝伢子则帮着周寡妇烧喷香的猪肉做闹药饵。刘大伯跑二十里外借来一副铁夹，安在一个隐蔽处。于是村外草丛之中，共埋伏得有一副铁夹，三个陷阱和五堆闹药。

大宝伢子一天早上忽悠悠去巡察，发现一截毛茸茸的黄尾巴从草丛中伸出来，把心突地提到了嘴里。狼！他赶快往地上一趴，两眼密切注视其动向。断耳处隐隐跳痛。

过好久，尾巴一动不动。他运了运神，踮起脚蹓到跟前，却忘了刘大伯所授绝招，心里暗暗叫苦。只好举起一块大石头，但等一蹿起来，便迎面砸去。半天不见动静，咬牙揪住它一狠心拖出来，才认出是周寡妇的狗，闹死了。

刘大伯捏着死狗，在村口大声疾呼，声音发颤，眼见得动了真情。为了打狼，狗被断送了。这条狗多么温顺善良！它通人性，它从不偷吃人家的东西，它长得好漂亮。刘大伯越说越气，手把那死狗捏得绷紧，仿佛它就是那恶狼。周寡妇看着不忍，慌忙接过来，将捏皱的毛皮梳理平整。李满伢子少年气盛："我看还是带几根棍子到山里去打，把它打死！"

年纪大的人沉思地点点头。不知是表示同意他的打法，还是表示听懂了他的打法。都没讲什么别的。

好多天过去了，那些闹药都吃光了。人们暗自欢喜：孽畜劫数难逃了。

"哼，它倒好，赚个饱死！"婆婆子们说。

那天夜里，刘大伯回来得晚些，又多喝了几盏，一脚高一脚低在路上跟。忽听得身后有什么声音很可疑。加快些脚步，那声音仿佛也紧跟着。一心慌，放脚跑起来，不料一跤跌下去，稀里哗啦吐了一地。扭头一看，朦胧中但见两个绿莹莹的眼睛。酒意立时化作浑身一顿冷汗出了。他大吼一声，翻身夺路便逃。及至家中，砰地把门闩了，一颗心兀自狂跳不停。

那晚也是合当有事。李满伢子家里被什么东西把大屋的门撞得砰砰响，还有爪子在门缝里又抓又抠的声音。一会儿那爪子又抠到床头的格子窗户上来了。李满伢子一声断喝，那爪子全然不顾，依旧抠得痛快；又一声断喝，却分明掺了几个颤音。

李娭毑浑身抖索："……是那头狼，变成了精……"从碗柜里掏出一只没上釉的大碗，将里面的酸菜扒出来，使劲往地上一摔："你这只缺德的狼精！砍脑壳的剁颈的！"

此后，那畜生来得更勤，三天两天便装神弄鬼的鼓捣一阵。

"该死的，鸡叼跑了，毛都没留一根！"

"不得了，我那只鹅！"

"死狼，两只儿好的水鸭子呀！"

其实这中间也有人并不曾真的丢了什么。那大抵是见别人都遭狼害，未免有些惭愧，也难以解释清白，更不易划清界限，只好跟着大叫委屈。

李娭毑和另外几个婆婆子背着男人们一商量，定下这么一条主意：把那狼，供起来。这家出一碗猪下脚，那家出几根肉骨头，每天吃晚饭前轮流由一个胆大的送到村外去。

"越搞越邪，这不跟养狗一样么？"刘大伯愤愤不平，"有那份闲心，还不如把这些猪肝腰子细细切了，给我炒一盘下酒的好菜，我再去把狼打得，打得……"

人们敬佩地望望他，狼食却照送不误。自然里面是不敢下毒的。

"这世道！"刘大伯浩叹，往事依依。摇摇头，大踏步走开了。

几个月过去，相安无事。村子里渐渐恢复了生气，乃至歌舞升平。这不免令人有些掉以轻心。狼食送得不那么认真了，或是分量不足，或是几天才一送。看看没事，后来一点也不送了。人们先是忘记这件事，过一个多月想起来，惊喜呆了；天哪，那狼改邪归正，不再作害了！

"畜生也跟人一样，讲良心。你对它好，它未必不晓得……"李娭毑说完，瞟刘大伯一眼。

刘大伯擤擤鼻子，哼了几句轻松的小调。

李娭毑高兴得太早。那畜生又来了，还差点咬了晚上起来撒尿的大宝伢子。大宝伢子一边诉说狼的舌头多么长，一边央求各位娭毑发善心，继续送狼食。替他补衬衫的周寡妇同情地点头称是。刘大伯浑身燥热，一连几晚大门紧闭，哪里都不曾去。村里人连夜赶制出一块红漆木牌，上面刻一行小字："狼食供应"，中间刻三个大字："值日牌"，下面又刻一行小字："自觉执行责无旁贷"。每天轮流挂在各家门户最触目的地方。狼食越做越好，今天红烧，明天小炒，后天清炖。精心烹调，一丝不苟。人们逐渐摸清了它的食性。狼虽然嗜肉，但在肉里面加一点爽口的蔬菜也未尝不可。这一发现使村里人欣喜非常：既顾全了狼的营养，又体现了狼的朴素。人们盛赞它的优良品性，蔬菜越放越多，荤菜越放越少。有一天大宝伢子甚至试着随便舀了一瓢喂猪的米潲水端去应付了事。这却把人们看得妒火中烧，惟愿那狼来惩治一下这越轨行为。果然它在村外叫了大半夜，凄厉刺耳。闻者毛骨悚然。

自此，谁家做好狼食，都要有意无意从众人的眼皮子底下端过去，以表白没有克扣。众人也都有心无心凑过来，满脸堆笑搭讪着几句无关紧要的话，眼睛却径直往那大碗里瞧。那天，周寡妇打扮得整整齐齐，头发梳得溜光还抹了油，手提竹篮，像要走娘家去一样。到得人跟前，脚步故意地慢了。人们闻见菜香扑鼻，伸手去揭盖在篮子上的蓝布巾。啊呀，一大盘油光闪闪的黄花木耳炒肉片！

"周嫂子，你这是给哪家送去呀？"李娭毑看不顺眼，舌子下有些刺人。

"喔，送狼食呐！"周寡妇落落大方。

不防刘大伯钻进人群，快手快脚拈了一撮肉片木耳扔到嘴里，吧唧吧唧大嚼起来。周寡妇伸手打去："饿鬼，你还没尝够哇！"

人们当作双关话听了，宽容地笑着走散。唯李娭毑心里，犹自酸溜溜的。轮到她时，便力图更胜一筹。按照古训，弄来一个猪脑壳，一条猪尾巴和四只猪蹄，次第摆好；猪脑壳的毛刮得精光，还用毛笔蘸红画上几朵花；大大的鼻孔里插两根青绿绿的葱。果然煞是好看，有一种神圣感，全无黄花木耳炒肉片的媚俗。人皆自愧不如。

春去秋来，寒冬又至。不觉，已是漫天飞雪。这天早上，周寡妇的崽——大约也就十二三岁吧，邀几个细伢子一道去村口老槐树底下捉麻雀。

"不怕有狼？"

"不怕。我娘说，狼吃饱了，不吃人。"

他们扫出一块平地，撒一把谷粒，把一个笸箩用筷子撑起，牵根细绳子由他们远远地埋伏着扯住，只等麻雀子上当。

麻雀子果然上当。不几下，逮了好几只。有一只不甘就擒的，又啄又扑，失手给它逃跑了。细伢子们吆喝着跟在后面穷追不舍。忽然他们的脚步一齐停下了。麻雀子瞅空扑棱棱飞没了影子，他们全没在意，因为前面十几步远，睡着一只大家伙！

一头狼，瘦得骨头棱棱，毛皮凌乱不堪，已经死了。

怔了好一阵，才由周寡妇的崽，倒拖着它的尾巴回村里来。细伢子们拍手欢跳，各自回家把大人喊出来看。

"喔——狼死了，狼死了！"

啪地一个嘴巴打去："吵么子！抽么子胡说！狼，狼听见要你的命！"

"呜呜呜，"细伢子抹眼泪，委屈极了，"你不相信，算了。狼真的死了……"

不一会儿村口挤满了人。

"哈，到底死了。"

"哼，也有今天。"

"这就是那头……狼哪？看没看相，一副癞皮样子！"

"几根骨头一张皮！"

刘大伯也挤在人群中看。李满伢子用脚尖触触，见确无反应，才飞起一脚，把狼屁股踢得撅起老高。看的人慌忙一退。李满伢子踢得兴起，换了个角度还要飞起一脚。刘大伯把他拉住了，恐被人们看清那屁股的完好无损。周寡妇到得跟前，一口唾沫："呸！什么东西，也配吃这吃那呢。"

不料恼了当然是站在旁边的李娭毑，也是一口唾沫："不要脸的，还要吃黄花呢！"

刘大伯大智若愚，用脚拨弄那狼毛："这皮子，只可惜……"

一个细伢子极小心翼翼地用手指去戳死狼的嘴，软皮拉塌，露出所剩无几的黄牙齿。人们情知是上了老狼的当，白白送了许多好东西与它吃了。而周寡妇的崽拖回了死狼，却仿佛也成了这骗局的同谋。大人把他拨到一边，分明是怪他多事。

"不能这么便宜了它！"有人说。

"碎尸万段！"

"妈妈的！"运神发现并没有占便宜，"狗东西！"立刻觉得它还不如狗，"死东西！"又意识到它反正已经死了，"剁千刀的！"这才妥了。

刘大伯分开众人，去大宝伢子腰上解下一根扎裤的麻绳，锁住死狼的脚吊起来。人们四方围着，定定地看他操一把牛耳尖刀，将它开膛破肚。袖子捋得老高，时而把刀背咬在嘴里，分明是一个屠牛的样子。

"啧啧，喷臭。"有人掩鼻，然而并不想走开。

"这是什么？"

"狼肚子。"

"打开打开，看有没有我家那只鸡？"

都伸长了颈子。大宝伢子搂着往下垮的裤腰，也使劲儿瞧，看耳朵是不是还在里面。谁料除了一些树根木屑，一无所有。人们非常失望。刘大伯撇下那一堆乱七八糟的东西，卷起狼皮走了。一声不吭。细伢子们跟在他身后，悄声议论刚才的壮举。大宝伢子见他去得远了，方才敢从狼脚上解下麻绳，复又系在裤腰上。终于有个善心的婆婆，打发人将那堆血肉收拾干净，寻个僻静处埋了。

晚上，人们像过节一样，吃饭都多加了两个菜。刘大伯提一瓶卖狼皮买来的好酒，哼着极舒心的曲子，跟进了周家。

"我早说过，那狼没什么了不起。"有人谈起来，很轻松愉快。

"我一个人赤手空拳也对付得了。"另一个人紧捏拳头，感到里面有无穷的力量。李满伢子看不惯，要跟他扳手劲。

大宝伢子借雪光演习刘大伯传授的绝招，围着看的细伢子捂了屁股直退。

李娱驰则有点怅然若失。那狼如果没死，总还有人怕它。这一下没有东西好怕了，人岂不更无法无天了么？

　　周寡妇亲眼见刘大伯为民除害，想起自己对他远没有尽到做女人的好处，不禁满面羞惭。此后自是又多了几分体贴。

　　不管怎样，狼死了，天下也就太平了。大家和和气气，感情融洽，礼尚往来，弹冠相庆。

　　谁料过了一向，张家半老堂客喂的一只羊又被咬死了。那羊是用绳子系在一棵树下的，总不见得是它一时想不开就去自寻了短见吧。把人都看呆了。

　　村子里后来如何，说不清。反正这狼的故事，是从乡下听来的，也不晓得是真是假。

1983 年 5 月成于株洲

驯鸟

我们叫它猴子崖。

为什么叫猴子崖？是它像猴子，还是猴子都爬不上去呢？难说。那地方不出猴子。先前大概出一点，如今一点也不出了。

村里人没看见过猴子，是可以肯定的。唯一不能肯定的人，怕是万福爹。

"万福爹，你看见过猴子？"

万福爹望他一眼，不知是看见过，还是没看见过。但是大家都相信他看见过。

猴子崖究竟像不像猴子，我也把握不大。因为有时候我看到它像，有时候看它不像。一次，我选中一个角度，把猴子的脑袋、尾巴及脚都看出来了，还有眼睛、鼻子，还能动。我好高兴，去告诉万福爹，万福爹却不高兴，后来，那个很像猴子的角度再也找不到了。

崖壁的石缝里，溜出来一丝泉水，不飞溅，不叮咚，清清亮亮的，直爬到崖脚下小河里去。我喜欢那条河，到河里拾过带纹路的卵石，最大一块卵石四个人都抬不动。下次去看就没有了，一定是发大水冲走了。发大水很急，有时匆匆漂下来一条莫名其妙的蛇，或一头无能为力的獾，它们都出产于那道没人敢进的山谷。

万福爹去过那山谷。

关于山谷、小河以及猴子崖，有许多传说。有些很美丽，有些很惊险，然而一概的不涉及猴子。

猴子崖背后，隔一道高高山梁，住着七十八个人，成为一村，是我们家的老屋。村里两个岁数大的，喊得出我父亲的乳名。至于我的名字，谁都记不住，只晓得喊我"老三"。老三是排行，我不在乎。任他们去喊得喉干舌燥也与我无干。可谁料想我会从城里下到遥远的老家去呢？

我偏要住万福爹的草屋。他们拗我不过。

他们都说，万福爹要不得，把老婆都气走了。对于这一点我是有保留看法的。我问气走多久了。有的说二十年了，有的说三十年了。真是，一个人怎么可以气气就走呢？怎么可以一走就二三十年呢？

我敬佩万福爹。倒不是他能够把老婆气走，而是他打猎。仅仅由于这一点，他的一切行为都有了英雄主义的解释。一切行为，包括他一个人住得离村子远远的，包括他是我的叔公，包括他回答别人的问话是只望一眼，包括他左胳臂有些不方便，等等。

看到乡亲们一副副思虑重重的样子，我的态度愈加坚决，就好像他们打算坑害我。好在这些人都与我父亲沾点亲，只得摇摇头，指给我怎么走。这条小路上去，穿过一片茶树林，拐一个弯，可以看见几个坟头，穿过左边一片枞树林，翻上一个坝，就是。

"跟万福爹，饭都吃不到！"一个表亲追上来告诉我。

我义无反顾。

"他屋里一条大黄狗！"又追上一个。

大黄狗就大黄狗。

果然那坝上歪一间小屋，厚厚的茅草铺顶，粗树皮扎成的四壁，被一根口杯粗细的新砍的树枝撑在那里，很浓的树脂香味。

"万福爹！"我喊，站得远远的，"万福爹！叔公！"

真没想到，从哝呀的树皮门里，喊出一群探头探脑的鸟来。

从城里带来的糕点，叫万福爹统统喂给这些鸟吃了，万福爹领着我心满意足地在一旁欣赏。还有两瓶虎骨酒，父亲要我捎给这位叔公的，万福爹也要当即打开瓶子分给鸟喝，好歹才被我劝住了。它们比鸡小一点，羽毛是金黄色的，披纷着金鱼一样的尾巴。我数了一下，一共二十一只，这二十一只鸟，挺胸鼓腹走进了我的生活。

早上太阳还没出山，万福爹就叫：

"老三，老三，快起来，人家鸟都起来了。"

我习惯睡懒觉，嗯一声翻个边还想睡。万福爹把某种东西重重地摔着，鸟儿们便叽叽喳喳，对我进行声讨，待我睡眼惺忪爬起来一看，它们正整整齐齐排作三行，在那里梳妆打扮：啄羽毛，啄脚，脑袋在翅膀上抹来抹去（公鸟脑后多翘了一撮辫子似的毛）。这些动作很协调一致，有节奏感，像在练一种什么功。排首两只年纪较大的，更是眯缝着眼睛，洗刷得如痴如醉。我看呆了，天底下竟有这么守纪律的鸟。这比小时候看过的马戏还要绝妙。在它们面前我羞愧难当，我也长着两只手，必须学习它们洗刷自己。

万福爹对每一只鸟的脾性状况熟悉透了。我不行，怎么也记不住哪只鸟是哪只的哥哥或弟弟，哪只鸟又是哪只鸟的外婆或姨妈。好在它们每天都排着固定的队形，于是我根据队形给它们编上号。经过长期观察，我发现每只鸟的性格、智力和专长都不尽相同，比方说。第十一号和第十三号是专门跟在万福爹身后给药田下种子的。第十七号鸟是给万福爹用小柴棍点烟的，此外还有看场、捉虫的，歼灭老鼠的，打扫卫生的，等等。不用说最聪明最有组织才能的是第一和第二号鸟，它们很懂得领会和把握万福爹的意图，并把这些意图贯彻给从第三到第二十一号鸟。有时万福爹要我干件什么事情，也叫其中一位来传达。其中一位便跑到我跟前，做出种种姿态，如扑打翅膀啦，划划爪子啦，伸伸脖子啦。我就根据这些翅膀、爪子和脖子来判断万福爹到底讲了什么话。

有一回我割完稻子回到草屋，发现万福爹的脸色很难看。我实在想不出什么地方得罪了他。直到吃晚饭时才猛的记起好像在它们中的一位面前，我埋怨过万福爹，于是恍然大悟。幸好它们中的那位正朝我投来温情脉脉的天真的目光，使我得到一丝难得的安慰。

我终于和它们建立了友好的关系。这是建立在互相尊重的基础上的。因为我们有共同的利益，口粮公平分配，谁也多吃不了一粒。

那么，这些鸟是从哪里来的呢？我请教过万福爹，除了获得他望我一眼之外，再没有更系统一点的解释。幸亏跟万福爹以及鸟儿们朝夕相处了一年多，总算零零星星得到一些关于它们的历史知识，归纳起来大概是这么一个传奇式的故事：万福爹年轻的时候（那时候他还没讨到后来气走的那个老婆），有一次追一头野猪，掉进了山谷（也就是那个无人敢进的山谷），迷了方向，怎么也出不来了，也不知熬过几天，才被两只鸟引着爬了出来。为了报恩，他把它们喂养起来。一代一代，繁衍至今。

但这个故事似乎还可以弄出另一个结尾。那就是万福爹掉进了山谷，发现了两只受伤的鸟（或冻僵的鸟），然后历尽艰辛，把它们带回家养起来了。一代一代，繁衍不断。

无论哪个结尾，这个故事都是很动人的，差点使我拿起笔走上文学创作的道路。为了得到灵感，我曾向万福爹冒昧地提出过进山谷体验生活的要求，我援引了一系列大作家轶事，企图说服他。他冷静地抽完一袋烟，朝石头上一磕，吓得第十七号鸟一跳。抬头望我一眼。这一眼把我当大作家的勇气望得烟消云散。

那天死了一只鸟。它病了很久，一直打瞌睡，不按时起来梳洗。它的病因大概是与老鼠搏斗的时候负了伤，传染上什么了。万福爹熬了药给它灌下肚去，也不见效，我记起外婆治疗老母鸡瞌睡病的方子是灌茶油。时值夏末，茶子还没收。万福爹赶集买来半斤高价的茶油灌它，结果还是死了。整个一上午我都沉浸在一种吃鸟肉的情绪之中，我决定正式提议用它来炖蘑菇。身上还有二角五分钱，打三两"苞谷烧"还剩一分。

万福爹下午没让我去出工，一起把死鸟埋在枫树林旁边的小山坡上了。那地方有青青的小草，有明净的微风吹过。天气很好，初秋的阳光照着我们越来越严肃的表情。吃鸟肉的邪念一扫而光。我真挚地怀念它，我们亲爱的鸟。再也看不到它那亭亭的倩影，再也听不见它那如倾如诉的鸣唱。尽管这种鸣唱听起来是和其他那些鸟差不多的。万福爹把它美丽的羽毛拔下来，在阳光下洗晒干净，全部塞进了他那床鸟羽被芯。

之后不久，我离开了猴子崖后的老家。这一回万福爹没有望我，只背过脸去了。我心里很难受，从第一只到第二十二只鸟都抢着亲了一遍（新近孵出了两只小的），然后读大学去了。鸟儿们跟着万福爹送我到大路上。它们柔声细气地叫着，恋恋不舍的样子。我感动得差点掉下泪来。

别了，我的叔公万福爹！

别了，我温馨的鸟儿们！

我最钦佩的老师是一位中年副教授。他是学海洋的，却因为连续发表了好几篇研究鸟类生态学的论文，成了国内屈指可数的鸟类专家。我常常想，如果他研究的不是鸟而是像恐龙那样的庞然大物，只怕早评为正教授了。许多德高望重的权威学者都认为他具备敏锐的观察力，因而常常能有一些独到的发现。

二年级的时候我也有了一个这样的发现。我注意到，不只是普通动物学教科书，就是在最完备的大百科全书或鸟类辞典中都找不到万福爹的那种鸟！

"你能够肯定是这个样子吗？"副教授指着我精心绘制的鸟图，将信将疑。

"肯定。万福爹起码有二十只这样的鸟。"

"你没认错，不是褐马鸡？"

"绝对不是。它们是金黄色的；再说，尾巴也不对，您看它的尾巴，这里，是这个样子。而褐马鸡呢，是那个样子。"

暑假，副教授和我一起回到老家去看鸟。临走我让他买了十斤绿豆糕，因为它们喜欢品尝这种食品，一路上走了三天，每天副教授都津津有味地听我讲鸟的趣闻。我从他那双富于分析和批判的眼睛里，看得出他对什么感兴趣，对什么会有善意的怀疑。

"难道它们不会飞吗？"他问。

糟糕，我怎么没注意这个严峻的问题呢。

"我从来……没见它们飞过。我想它们生来像鸡一样，不会飞。"

副教授皱了皱眉头。我感到很对不住他。

我向万福爹介绍了我们的来历，尤其把副教授颂扬了一番。副教授谦逊地摇摇头，盯住那群鸟，兴奋得直搓手。

"这是学术界从来没有发现过的鸟！"他说，声带略有些发颤。

万福爹望他一眼。副教授不在意，抬起第九号鸟的翅膀仔细审查着。我点了一下鸟数，一共二十九只。我们的队伍真是越来越兴旺发达。

"应该属于鸡形目，从形态上推断当产于亚热带丛林，如果它们是几十年前发现的，那么今天可能在自然界中已绝种了。这是优厚的人工环境中的幸存者……"副教授慈爱地抚摸着幸存者们的头。

我感到幸福极了。

"但是，它们为什么不能飞了呢？"副教授将翅膀扳来扳去。我知道万福爹担心把它扳断了，却又不好干涉。

"它们，退化了？"我问。

"不像，也许是一种能力的遗忘。"

"还能飞起来吗？"

"这要看……"他又扳过第十四号鸟的翅膀审查起来。

"真可惜，"他感叹，"它们忘却了飞行能力，对于研究生态学不能不说是一个很大的损失！"

副教授走了。说是开学的时候带几个学生一起来接鸟。万福爹问我会不会拿到医院去解剖。我安慰他，不会的。我一定提议学术界以万福爹的名字命名这种鸟。现在的当务之急是怎么让它们飞起来。

从那天起我就带着鸟们到山坡上去学飞。排着整齐的队形，像是去远征一样，有时候万福爹也跟着去。鸟儿们尽了最大努力也飞不起来。最聪明的鸟也只蹦跶两下，翅膀扑扑地，仅此而已。天很热，我们都累得气喘吁吁才回家。我反复向它们讲清夏练三伏的道理，讲创业的艰难和形势的需要。它们一个个听得鸟眼圆睁，一副开窍的样子，就是不能飞。我浑身燥热起来，一阵吆喝，赶，硬是不飞。

"飞呀，你飞呀！"我急了。

鸟儿们面面相觑，莫可奈何。

我想出个主意，把鸟类飞行原理画成图，用绳子牵了挂在树上让它们照着飞。这个主意一旦成功，简直要获重大科技成果奖呢！

"注意——"我把图理平整，转过身来。鸟儿们迅速站好队形，做出注意的神情。

"一"我喊，把两只胳臂侧平举。

鸟儿们亦把翅膀侧平举。

"二！"我喊，踮起脚尖，身朝前倾。

鸟儿们亦踮起爪尖，摇摇晃晃。

"三！"我大喝一声，向前方跃去。

鸟儿们却倒了一半。快活得直哆嗦。

气得我抓住一只鸟（慌忙中不知是第十一号还是第十二号）。使劲朝天空掷去：

"飞呀，你！"

它滑翔了一截，落下来，打了个趔趄。

"唉，可惜我这支胳臂！"万福爹揉着左肩胛骨，"明天，我上猴子崖……"

那天晚上，我睡得蒙蒙眬眬，似乎看见万福爹在油灯下熬什么糯米糊糊，然后拆开被芯，摊出一大堆金黄色的羽毛。这都是那群鸟儿们的先辈的羽毛。万福爹将它们一根根齐齐地粘在自己身上。

我仿佛看到了一只异常美丽的大鸟，或者说就是一只凤凰吧，煞有介事地扇动着翅膀，把整个草屋映得金碧辉煌……

我醒来，天已大亮。

咦，万福爹呢？鸟呢？哪里都寻不到他们的影子。我记起昨晚的情景，不知究竟是梦，还是真之所见，柴灶还是温热的，床上的鸟羽被子掏空了。桌上瓦钵里，遗有一根没啃完的煮苞谷。

"万福爹！"我喊，林子里飘着薄雾，猴子崖！我想起来了。

"万福——爹——"我满头大汗爬那高高的山梁。清晨的空气里有新鲜树叶的香味。这是夏天，群山一片苍绿。

猴子崖上，鸟儿们飞起来了。

我赶忙追上去，没看见万福爹，只有一块大岩石上，留下两根粘着糯米糊糊的羽毛。

"万福——爹——！叔公——！"

羽毛被风吹下山崖，我趴在岩石上望下去，幽森的崖底，河水在汩汩地流。

群鸟盘旋，它们粗厉地叫着，我还从来没有听它们这样叫过。叫得这样有力和自信，回声荡漾。金色的翅膀从我面前强健地拍打而去，越飞越高，越飞越远，向刚刚升起的太阳飞去。

"万福爹。"我喃喃地，流下了泪水，那泪水大概也被太阳照成了金黄色。

我的副教授，至今还没有找到那种珍贵的鸟。

每次我问他，他都眯缝着眼睛说，也许找不到了，也许明天还会找到。

1988 年冬，烂泥冲

山里来客

　　山里人都想往城里跑。外星人却喜欢往山里面跑，就像很多年以前传说的空投特务一样，隐秘地来又隐秘地去。原因迄今未明。有一种说法是山里的空气好，极利于长寿。而外星人的特点恰恰是长寿。只要坐上他们的飞碟一闪，别人都老了，他还年轻。另一种说法是采集标本，什么树根呀、石块呀、小动物呀之类，通通搜罗到他们的星球上去化验，好研究地球人到底缺乏哪几样维他命，为什么生活得这样幸福或痛苦。

　　有时他们会装成山里人，缠着头帕，挑一担谷沿小道迎面走来。还学着打两句山歌，咿咿呀呀的，试图混淆我们的视听，便于活动。但长相怪模怪样，这里多一块那里少一块，一点没有山里人的气质。更多时候只好干脆扮做野人，披头散发在林子里一蹦一蹦，吓得我们不及思索便望风而逃。他们好像并不怕留下蛛丝马迹，总要将一两根毛蹭到粗糙的树皮上、水坝的闸门上、巨石垒成的桥墩上以及屋后院的篱笆上，引我们久久回味。送省城里鉴定，结果认为，这既不是人的毛，也不是熊的毛，倒是和一种深海动物有几分接近。

　　消息传来，我们面面相觑，不晓得是坏事还是好事。个把多月关门开户，不去赶集，不去打柴，不去走亲戚。见了面互相交头接耳几句，看看天又看看地，即匆匆离开。女人们也不到河边捶洗衣服。

　　"怕碰上龙虾。"邹二婶说。

　　那时谁也没想到会是外星人。连狐狸精我们都考虑过，后来又转去考虑海狸精。终于一天早上男人们省悟到，不能再沉默下去了。铜锣一响，青壮汉子集合起来，轮着咕咙完一大碗酒，打着火把左右吆喝，把附近山上的每一块石头全敲了一遍。"人定胜天！"大家红着眼睛喊道。成群的鸟儿惊得扑扑飞起，五颜六色。河底也进行了勘测，共捞到明代铁链一条，及不知年代的菜刀一口。还钻进一个滴滴答答的山洞，从深潭中捉到五条嗲声嗲气的娃娃鱼。情况似乎好转，水陆两方面都呈现一派无事的景象。

日子又一天天欣欣向荣。在每年一次庆祝苞谷丰收的篝火晚会上，男女老少跳起了拍手舞。噼里啪啦，比放鞭炮还响。一开始庚满老倌便预感到会要出事，因为他那早已看不清任何东西的眼睛忽然瞧见一片蓝光，拖着尾巴进了山谷。没有人相信他的话。他活了一百岁，而且很多年前就已经活了一百岁，如今只能端坐树下，像牛一样无休止地反刍他那满嘴乱跑的包米，说着从前的故事。

正是这时候，外星人悄悄混了进来，随节拍一起载歌载舞，一点不觉得有什么别扭。他们用麦秸编成蓑衣，遮住闪闪发光的盔甲，使自己看上去不至于太像变形金刚。我们也完全没朝那方面去想。欢乐气氛把应有的警惕涤荡得干干净净，偶尔出现一两张陌生的嘴脸，大家也觉得正应该如此，没有什么大不了。

幸好敏感的阿妮从邻村来看她的姥姥，要不我们又得跟外星人失之交臂。那天她脖子上戴了一块辟邪的玛瑙，跳得格外起劲，时不时用电影里学来的手势去撩头发。这一反传统规则的动作，使她无意中碰到一只来自遥远星座的手，立刻感到一麻。先还当是错觉，麻第二次才觉得不妙。跳开去看，却瞄见一双幽蓝而深邃的眼睛，正越过她头顶投向微茫的远山。一瞬间她以为发生了爱情。两周前阿妮刚满十七岁，姥姥打量一番她隆起的胸脯，将那块隔代相传的暗红色吉祥物送给了她。后来我们才知道，玛瑙与少女的头发反复摩擦，会产生一种特殊感应的静电。

敏感的阿妮被搞得心潮起伏，既兴奋又忧伤，躲在一旁紧盯着麻她的不速之客。渐渐发现，他们拍手的动作很有些"那个"，像跳迪斯科，又像跳霹雳舞，还有点像演木偶，甚至像……僵尸叔叔。"僵尸"？她蒙眬想起十二年前一个风雪之夜听过的极其可怕的鬼故事，忍不住发出凄厉的一叫。

全场都被这惊叫所震撼。欢乐霎时变成了严峻，连火焰都凝固在空中不再跳荡。庚满老倌也停下他超越世纪的咀嚼，茫然四顾，虽然我们断定他什么也看不见。唯有外星人无动于衷，依旧充满热情手舞足蹈，仿佛是在他们自己的星球上，庆祝某种长成不知什么形状的农作物的大丰收。看得我们瞠目结舌。

"打。"一个怯生生的男声吼道。

我们仍愣在那里。

"打！"

这一声比较果断。我们精神一振，就近操起烧火棒跟铁锹，扑向那些伪装成人类的龙虾。女人们尖叫着，四下散开。她们的叫声和阿妮一样，都在外星人调节的音频接收范围之外．但这一回我们毕竟不再是虚张声势，如果他们仍无感觉那就绝不是外星人了。而他们确实是外星人，所以拔腿就逃，扔下我们惊慌失措的姑娘们和零散的篝火在一边瑟瑟发抖。他们好像脚上穿了溜冰鞋，花样滑冰似的一下越过坎坷的山道消失了踪影。

阿妮头发凌乱，像一只受伤的兔子嘤嘤地哭着，不肯回答任何人的问题。她的眼泪啪嗒啪嗒，滴在紧握玛瑙的手上，如同握着一颗复仇的子弹。

"必须乘胜追击。"弯弓张说。

在他的布置下，青壮年们重新组成梯队。按照庚满老倌指引的方向，我们包围了那个极其可疑的山谷。庚满老倌瞪着浑浊的眼睛，打算放弃他的静坐生涯跟随同往，遭力劝方止。不过他要我们保证，得至少活捉一个回来。尽管谁都没有把握，还是答应了他的要求。

果然一道蓝光从山谷中冉冉升起，到山崖的高度，忽然拖着尾巴快速离去。这神话般的情景若不是亲眼所见，根本无人相信。甚至亲眼见了，也还是难以置信。有人坚持听到那蓝光发出呼哧呼哧的声音，有人则坚决否认。"会不会是骗局？"凡事想得比别人深一层的弯弓张首先质疑。

如果没有他的探索精神，故事到这里大概也就可以结束了。看到了奇观的出现和消逝，我们心满意足，一个个打着哈欠准备回家去睡觉。谁也不曾料到有一天，世人会怀疑它的真实性。奇观之所以叫奇观，就在于它几乎不可复制。有些人于是专门利用这一点来抹杀它的存在，作为一种谋饭的手段。他们会很内行地把我们身上插满电极，再分别关进储藏室，进行神经、血压、肺活量、出皮疹率和性反应等方面的测试。最后宣布所有的人都犯了同一种病。

然而弯弓张绝不让那些人得逞。他以侦察排长的目光搜索着，用口水濡湿指头举到空中测测风向，又比量了一阵月光下树影的距离和角度，然后带领我们走向深渊。天亮时分，有几只狐狸和獾从人群背后逃过，接着传出低沉的呜咽。

终于我们跟一个外星人直面相向。他受了伤，捂着膝关节，用孤狼一样的眼睛盯着我们。而我们仍只觉得他来历不凡。乃至联想到古代传说中长相奇特的英雄武士，却没有将他同星球之类联系起来思考。也幸好如此。老实说，要是当时有人跟我们讲什么外星人，他和他将立刻同样享受到外星人的待遇。

他用一种跟水牛搏斗的神情站起来。谁喊了一声：

"快跑！"

我们扭头狂奔。不过很快又觉得没什么意思。弯弓张跳下一棵树，把大家从石头背后、灌木丛中、草坑里面一一唤出来。天色更亮，外星人身上渐渐现出金属般的光泽。我们开始讨论怎样布下天罗地网，或者干脆给他一鸟铳。

"他反正有电。"一个小伙子小声怨恨地说。

这倒使我们忆起阿妮被麻的事来，但还是没升华到星星月亮上去。外星人见无结果，一跛一跛走了。曙色苍茫，显得路途很坎坷的样子。我们正急着拿不出一个办法去阻止，他却哗啦一声，掉进了一个陷阱。

若不是他，我们再也不会记得那个废弃了四十年的陷阱。这一地区的最后一只老虎被捉完之后，它便连同昔日的荣光一道埋进了草丛。弯弓张一下激发起了灵感，决定运用在部队里学到的杠杆原理，把他吊起来。

太阳西沉的时候，我们赶他进了一个铁笼。笼口正对阱口，底下用烟熏，唯一的出路便是束手就擒。看得出他很不情愿，但一时想不出更妥当的方法，只好先委屈一下了。好几次要靠棍子帮忙，一点一点往里面撬。运回村寨的途中，笼子一斜，差点让他给逃掉。一绺头发从他帽盔里散落下来，更教我们在他到底是人还是兽的问题上费尽猜详。为了不让静电事件再度发生，弯弓张给笼子拖了条铁链到地上。有人主张铁链拴着他的脚，至少也得套住一根脚趾码。弯弓张想想说：

"这倒不必。"

孩子们呼啦围拢来，惊奇地打量着笼中的怪物，眼睛和嘴巴都张得大大的，好像看到了一位天外来客。事实上，他就是个天外来客。那二婶的儿子捡了块石头，不声不响瞅了半天，冷不防朝他扔过去。

外星人以身陷囚笼的革命者的眼光，冷静注视袭来的飞石。第二块石头很快也扔了过去，接着第三块，第四块。不到一分钟，铁笼子已经历了一场陨石雨。

"比穿越哈雷彗星尾巴的旅程，要安全多了。"几个月后，外星人这样轻松地谈起当时的体会。

可惜一开始他还不懂我们的语言。有一个发音，是他们星球上流行的二十几种语言中都找不着的。听到消息，我们既紧张又得意。当外星人模仿我们的口形，终于吃力地发出那个音的时候，全场的专家学者也不由得努力把嘴做成同样的形状，而后大松一口气，鼓掌向他表示祝贺，并誉之为"宇宙交流史上的重大突破"。许多人流下了热泪。一位戴着助听器、满头白发的著名语言学教授，竟当即昏倒送进医院，醒来仅花五个月就出版了一本厚厚的专著。

然而外星人当初只能沉默。作为一个被狩猎的对象，他别无选择。

"难道你不知道，这样很危险吗？"诗人彭问。

他狡黠地笑笑。诗人彭于是也装作狡黠地笑笑。

我们的确讨论过，把他怎样宰杀吃掉。一些人敲敲他硬邦邦的外壳判断是龙虾，主张红烧；一些人则根据他诡秘的行踪认定是山鬼，提倡清炖；还有人不管他是什么都要油炸，问题从哪里弄这么多油，费用归谁承担。乡村小学的宁老师，建议铰下一绺头发送城里去化验。但性急者实在等不及确定身份，扛来一口大锅，热腾腾烧了满锅的开水。整个村寨沉浸在即将赏鲜的气氛之中，人人摩拳擦掌，眉宇间充满了喜气。只有阿妮小声埋怨：

"我可不愿吃麻嘴的肉。"

这句话救了外星人的命，加上庚满老倌也反对。他认为发生在一百年前的那两次大瘟疫，全在于误吃了一只四根翅膀的孔雀，及一头三条尾巴的熊。过了很久我们才知道，坚持吃苞谷，正是庚满老倌永远活着的一个原因。

为了满足被外星人勾起的巨大食欲，我们决定杀一头牛。只一会儿工夫，牛头就割下来摆到了一边，湿漉漉的鼻子上吻满了泥巴。血像一块棕红的地毯，一直铺到铁笼底下。外星人有幸欣赏到他的替代者被屠的经过。我们假装不注意他，只用余光去捕捉他的细微反应，试图窥视他的内心世界。

而他无动于衷。这教人有些恼火，又不得不将仪式继续下去。狗和孩子们先是屏息静气地看，然后欢蹦乱跳，迎接大饱口福的好光景。肉的香味从搅动的锅里弥漫开来。加进各种调料，味道更浓了，连大榕树都滴下了口水。

我们特意留一堆残破的皮筋和杂碎，扔在刚好他能够着的铁笼旁边，希望看到偷吃的场面。我们知道那将激动人心，所以不显山不显水，好让欢喜到时候决堤似的迸发出来。有一阵子迹象很明显，嘴巴嗫嚅了两下，好像在咽口水。我们故意忙忙碌碌，干这干那，给他创造机会。只有两个不老成的小伙子实在忍不住，才偷空觑他一眼。

或许他不肯吃……下水？这一猜测也为事实所粉碎，对我们津津有味大咀大嚼的牛肉，他完全提不起兴趣。试了很多次也是枉然。我们做出谈兴正浓的样子，手拿一块没咬的牛排撑在铁笼上，期望他一口抢走，躲到一旁把它哼哧哼哧地啃完。不料也没达到目的。干脆给满满地盛上一碗，打发敏感的阿妮端到他面前。阿妮扭捏了半天，才勉强同意。她一边吹着气，一边极力克制着胆怯用含情脉脉的秋波去瞧他，只要哄他哪怕喝药一样揿上一小口，就是胜利。

结果无论是阿妮的秋波，还是邹二婶慈母般的微笑，以及庚满老倌的吃素者计划，都不能诱使外星人回心转意。我们不断地改换食谱，牛肉之外，还试过活鸡，水鸭，刚摘下的茄子，不嫩不老的豆腐，咸鱼加虾皮，草或青菜，糠饼和麦麸，马料，猪潲，加糖及不加糖的爆米花，油盐酱醋，高粱酒，木耳香蕈，……直至化肥和农药，不管人吃的马吃的，动物或植物需要的营养，荤素粗细，香脆肥浓，全都轮番送进囚笼，只望他有个好胃口。这待遇已接近特护病室的等级，并理所当然地引起了某些节俭人士的抱怨。其实我们早商量好，等他一开口进食，立刻把好东西通通撤去，换成最廉价的代用品。

但他始终抱定绝食到底的信念和决心，对所有食物都不闻不问。他的精神很像一种热爱自由的鸟，一捉进笼子就性情暴躁不吃不喝直到力竭而死。幸好他脾气还不错，既不蹦又不跳，安安静静坐着。有时伸伸懒腰，还小心翼翼避开四处堆放的美馔佳肴，不让它们碰脏他那幻彩的外壳。

我们也渐渐习以为常。索性叫他"不食的山鬼"，推着笼子到各地去巡回展出。他的奇特相貌看得无数的人张口结舌，门票涨了又涨，每涨一回就有更多的人如潮水般涌来观赏。从最小的集镇直到省城，所到之处一定轰动。他的照片在地方小报上出现，接着又上了各级大报。由于关在笼子里，影像略嫌模糊，像熊，又像猴。倒是笼子前面站的弯弓张照得非常清晰，精神抖擞。拍照前记者让他身披兽皮，再往手里塞上一把磨得锃亮的虎叉。照片旁配一行文字说明：

"弯弓张和他带领山民猎获的奇异动物"。

媒体使我们更加鼓舞。很多人又乘车又搭船，从遥远的地方赶来一饱眼福。还拼命往前挤，想尽可能看个亲切。一次不知谁冒冒失失挂上一块牌子："不许抛掷食物"。反而导致无数食品及与食品有关的抛掷物热情地向他飞来，从巧克力、蛋卷冰激凌和肯德基炸鸡，到烟蒂、泡过的茶叶和裹了辣椒末的香蕉皮，应有尽有。又一次换上的牌子写的是：

"保持距离，以免电击。"

结果人们把它理解成要缩短距离，挤得更加紧密，以至于簇拥着平时很难移动数寸的铁笼蠕蠕行进了十五米。

各地带来的方言口音，给暗地里积极学习我们语言的外星人以极大的困扰。而我们并不知道他要学什么，以为他反正什么都不用干，既然饭都可以不吃。在静坐绝食和四处展览的那些日子里，他沉思得俨如一个哲学家，任何人间的烟火和喧嚣都不能打断它，只会提供利于统计和分析的材料。譬如，他比看图识字更直观地学会了各种菜蔬、肉类与调料的名词，又将它们拆合成更多更抽象的词汇。他甚至学会了诅咒，及男女床笫间的专用语。但他永远听不懂讽刺挖苦，也无法理解那些令我们捧腹，充满着性暗示的笑话。值晚班的小伙子们一边打牌一边厚颜无耻大讲最色情的故事，在他听来和陈述一道简单的几何题差不多。据说他们的星球上，性交就跟剪脚趾甲和挖耳屎一样随随便便。

他开始说话的那个黄昏，正由专家 B 研究着耳朵。这之前，他已经绑在轮椅上被轮番检查了四天三夜。首先证实不是一台走失的机器人，也不是远古孑遗的活化石。他的前后肢之间差别明显，超过了人类和鸟类。他的脑电波起伏频幅之巨，仿佛随时都可能冲出荧屏，令人想起好望角那汹涌澎湃的海浪。他的心电图倒是出人意料的衡稳，像交流电源的三角函数线。后来果然查明，他拥有三颗心脏。

这是他自出现以来造成的第二次轰动。各报均在头版刊发了一系列的报道：

《新物种起源？——动摇进化论的新发现》

《"山鬼"岂止怀"贰心"——自然界发现首例三颗心脏的奇异动物》

《平静外表下的激流——它比人类活得更忧心忡忡？》

《不自由毋宁死？——科学家为绝食动物积极开发食源》

那一向，小报记者们的生花妙笔哄得我们团团转，同时也引起一些生活严肃的人的反感。看云听雨斋的主人——他是以针砭时弊著称的杂文作家——写了一篇《科学报道要有事实为依据》的短评，把我们每一个人，无论记者读者都酣畅淋漓地嘲讽了一番。但我们执迷不悟，每天的最新消息和疑问仍层出不穷，如外星人的皮肤角化或骨化问题，他构造特殊的消化系统的问题，他是否像骆驼一样储藏能量的问题，他"有鳃吗"的问题，等等。"科学就在于提问。"掌握着至少五十几种遗传密码、能轻而易举复制出诺贝尔奖金获得者的精子库主任对记者说。尽管这些问题也太多，甚至影响了国家元首正在对拉美诸国进行访问的报道篇幅，而受到新闻局的干预。

然而那时我们还只把他看做一个怪物，没想到他就是外星人。那天晚上划过的一道蓝光，被只重数据的学者们当成了噱头，或干脆称为"集体错觉"。心理学家扬言，要用同样绑在轮椅上电击三四天的方法，来对付所谓"蓝光目击者"。一时间，上门游说庚满老倌的人川流不息。村长，邻居，朋友，亲戚，……包括他那些年迈的曾孙，无一不劝他赶紧报名，到城里去赚那笔做实验必发无疑的营养补助费。

连续数天的无影灯照射，使外星人获得足够的能量而脑力倍增。他最后整理了一次来地球搜集到的全部信息，用清晰的国语说道：

"我是外星人。"

"嗯。"专家 B 正全神贯注准备在他耳朵上打孔取样，眼皮也来不及抬。"对，你是外星人。"专家 B 以为助手开玩笑，接着揶揄了一句。

沉默了五分钟。只有仪表的细密电流声。

"喂，再说一遍。我是外星人。"

"好了，我知道了，"专家 B 有点不耐烦，"外星人，请你把试管拿到……"话停下一半，举头四望，发现屋子里根本没别人。"你？你说你……是什么？"

他出了一身冷汗，狐疑地盯着对面那个布满导线的脑袋。"外星人，我来自阿贝塔星座，是你们地球的客人。"

专家 B 脸色煞白，直视外星人那双似笑非笑、越看越令人晕眩的眼睛，禁不住撕心裂肺地一声嚎叫。

待我们破门而入，只见几瓶化学药剂倾翻在桌，吱吱地冒着气泡。专家 B 头发蓬乱，在地上四处摸索他的眼镜。

"硫酸？"

"碳酸。"

假如当时助手在场，或者室内还有其他人，专家B绝不至于弄得这样狼狈。据事后解释，他是躲避宇宙尘埃散发的放射线，匆忙中忘记了铅板的位置。很多天以来，自己身上出现的红色小斑点一直使他心存疑惑。

"现在终于真相大白。"他昂起那颗彻底奉献给科学的头颅，庄严宣告。

外星人迅速被转往国家宇航中心。转运过程中，我们戴上了防毒面具。又圆又大的潜水眼镜，说话时发出的瓦瓮般的回音，使我们外表看上去比他本人更像天外来客。我们以干洗店洗西装的方式对他进行了干洗，用微型、小型、中型和房屋型吸尘器把他吸得干干净净，吸下来的尘埃皮屑，拿一个万金油盒子盛着，送进了核废料处理场。

但这样他还是通不过空港的安全检查，一次次触响报警的音乐门铃。耽误三个小时之后，只好报上面批准让他走了外交通道。

环境不断转换，周围的仪表越来越多，地板越来越光亮，灯源也越来越隐蔽。有些的室内装修，就像豪华酒店专门用来谈生意的咖啡厅。

我们同外星人的正式对话，从这里开始。

"姓名？"主审的学部委员隔着巨型的玻璃窗发问。"哎必西。"

"怎么叫这么个名字？"

"这是英文头三个字母，我想……"

"行。"学部委员打断他，"性别？"

"阳性。"

我们忍住笑，把目光一起投向他的会阴部位。

"年龄？"

"32万地球年。"

"开什么玩笑？"担任笔录员的博士皱起眉头。

"没错，"学部委员摆摆手，他想起爱因斯坦的相对论。

"32……万年。几个〇，三个还是四个？"

我们递过去一部最新版绘制精美的星云图册，让哎必西指点出他那

"可爱的家乡"。

"如果你懂得一点天文的话。"

哎必西捧着那部沉重的、八开本的图册，颠来倒去揣摩了两个多时辰，终于放弃了努力。他语气安详而又果决：

"这是一套早就过时的油画。"

我们争论得非常激烈。为了维护地球人的科学声誉，临时组成了一个教授质询团，非让他"讲清楚"不可。我们把他绑架到天文台，沿蜿蜒的石级穿过一层一层厚厚的城墙，直走进那座银色拱顶的中世纪古堡。打开一台造价可供三个省的人民连吃五年，像恐龙一样把脑袋探向无垠苍穹的射电望远镜，然后请他惠睁尊眼，看看那些被科学家们圈点得烂熟的星相。他却疲倦地别过脸去，用淡淡的略带忧伤的口气说：

"遥远带给你错觉。"

他随手指着照片上一颗熠熠发亮的星，讲述起它的戏剧性的历史。这是它在四十八万年前发射过来的光，那时它身强力壮，蕴含着三万颗太阳的能量。然而这束光尚未到达地球，也就是十七万七千年前，却毁于一次异乎寻常的爆炸。而今后的三十万三千年，我们还将继续通过这台超倍望远镜，观测到它的光影，但实际上它已经不复存在。

他做了个极其遗憾的手势，拿笔轻轻地把它涂抹掉。随后又添上几颗星，涂掉几颗星，又思想另外几十颗星星都在做布朗运动，只能用矢量箭头重新标过。他干得挥洒自如而又投入，没一点要和我们稍事商量的意思，专心致志建立他的宇宙新秩序。学部委员们脑门上冒着汗，围成一圈张口结舌。表情如同几位将军眼瞅着一个无知狂妄的军士长，将他们倾注了无数心力的作战沙盘搅得一团稀糟。

"星星咋还是那个星星。"一位老教授脱口而出。这是他年轻时代的一句流行歌曲，听了只觉得世事沧桑，远远超过了我们的想象。

哎必西啪地打开投影屏幕，用几根导线把自己的脑袋同放映设备连接起来。经过一阵哔哔啵啵叽叽喳喳丁吟当啷的调节，他脑海中积存的回忆画面，直接投映在大幅荧屏上，比电影还要清晰。我们看到了 32 万年前他那可爱的家乡，勤劳智慧的阿贝塔星人跟鱼一样在空中遨游着。他们的房子是珊瑚礁，到处长满会唱歌的花草。他们无须进学校念书，所有的知识都用插卡方式获得。他们随时随地性交，事先做一套奇怪的体操，事毕各自快乐地离去。他们生下来吃奶，长大吃各种各样色彩鲜艳的食物。他们只要往肚脐眼儿里植入一块芯片，就可以不再吃喝拉撒，单靠光合作用即足以维持营养和体能。

接下来我们看到，哎必西植入了这样一块芯片。他拍拍肚子，表示精神抖擞。他们欢送他登上飞碟，和同伴去做星际旅行。哎必西热烈挥手，不带走一片云彩。火箭升空，阿贝塔星由广袤无垠渐渐变成西瓜、柚子、苹果、葡萄直至红豆。"我们正超过光速。"旁白解说道。火箭一截截抛落，哎必西拉开窗户，于是我们同他一起透过镜头，看到了阿贝塔人的历史怎样大踏步地倒退，从文明堕成野蛮，从民主退回专制，从富足变得贫困。无数平民匍匐在暴君脚下山呼万岁任其宰割。

再接着是旅行记录。哎必西到过一百多个星球，大部分不是戈壁就是沙漠，毫无生命的痕迹。一颗星球上爬满了蛇。另一颗星球则到处是恐龙，它们打着喷嚏在泥泞的沼泽里翻腾，或躺在岩石上懒洋洋睡觉。还有一些徘徊在火山口，等候突喷的岩浆把它们浇灌成化石。有人类的星球大约六颗。其中两颗正在进行世界大战，两颗在打局部战争，一颗在打核大战，一朵朵蘑菇云仿佛村舍的袅袅炊烟。他被一个没有太阳而由五个月亮照耀的行星耽搁了不少时间，并爱上了一位刚进化成人类的部落姑娘。她那永远捉摸不透的心灵和无止境的食欲，把哎必西折磨得形容憔悴。那姑娘说话时而像猫时而像羊，于是哎必西也时而喵喵时而咩咩地，在月光下一诉衷肠。他差一点为爱情中断旅行，如果不是月亮提供的能量入不敷出的话。

幸好哎必西一直待在旁边现身说法，要不我们一定以为观看了一部科幻影片，或者做了一个异想天开的梦。短暂的沉寂之后，一阵喧哗与骚动。一部分人提议向爱因斯坦致敬，因为哎必西证实了他的理论。另一部分人则认为致不致敬都没关系，因为他竟然断言光速是不可超越的。

"1908 年 6 月 30 日清晨，在西伯利亚发生通古斯大爆炸，是不是你们干的？"

"不是。"哎必西很痛快。

"埃及金字塔，还有别的地方的金字塔，是不是你们建的？有什么暗号？"

"我们不建塔，太累。"

"那么，百慕大死三角，是不是你们的反攻基地？"

"什么……基地？"

"进攻地球的基地。"

"不是，——根本没听说过。"

在搞清楚全部真相之前，应该把他给软禁起来。当然话面上不这样说。我们告诉他，地球上情况复杂，许多人居心叵测。为安全起见，特意安排了一处背静之所。在一个月黑风高之夜，我们神不知鬼不觉开到郊外。那里早布置好了一幢总统套房，里面的窗帘、地毯、沙发罩赶换一新。每一个角落都安装了隐蔽的摄像镜头，走到哪里哪里就打开工作，以便我们躲在暗房监控他的一举一动。它们有时看上去像一支电话，有时像一个花瓶，或一面挂钟，或一把门锁，或一个抽水马桶的按钮，或一座摆在走道边，瞪着虚无主义的眼睛的雕塑。对艺术品哎必西似乎情有独钟，没事经常把它摸来摸去瞧个没完没了，只好赶紧改装成一副柜屉的拉手。

尽管一切保密，外星人造访地球的传说，仍在民间不胫而走。政府几次发表"辟谣启事"，乃至"严正声明"，亦无济于事。海外一些人权团体，联合野生动物保护者协会向全世界呼吁，发起了声势浩大的"营救外星人"的活动，包括征集百万大签名，到大使馆门前静坐示威之类。

"你们想不出比坐在这里不吃东西更好的方式吗？"

"在光速被超越之前。"头发长长的抗议者睁开饥饿的眼睛。

来自各国权威学府和著名实验室的科学家们，麕集维也纳召开国际学术会议，对外星人的存在再次进行科学论证，结论是，作为资源和财富，外星人应属于全人类，"谁也不能垄断"。因愤于艺术沦为商品而封笔十年的诗人彭，忽然打破沉默，奋笔疾书了一首四千多行的抒情长诗，而后删掉大约九分之八在报上发表：《外星人，你在哪里？》。

　　都说你已经消失——把谜留给北方的山峦
　　让我们孤寂了百年的地球人失落那枚最珍贵的邮票

　　有些传说荒诞不经，连知情者听了大概也觉得好笑。例如，说我们每天严刑拷问哎必西，榨取高精尖科技情报用于军事；说我们的物理学家、化学家、医学及生理学家成天找他理论不休，试图剽窃一枝半叶好去囊括未来十几年内的诺贝尔奖；说我们逼着他诠释周易八卦，以便掌握统治整个人类的钥匙；说我们利用哎必西的特异功能，隔山隔水向世界各国领袖的脑袋发射干扰电波，让他们变成我们的唯命是从的工具。

　　这些办法固然是办法，但一时还不打算这么干。我们只是为他治疗膝盖部位的伤，从换下来的纱布中解析他血液的成分。我们夸赞他的聪明，让他与十亿次电子计算机竞赛，其运算结果不但一道又一道地证明了使数学家们困扰几百年的费马猜想，更使我们在香港、伦敦、东京和纽约的股票市场狠狠地赚了一笔。在专门为他的"进餐"——进行日光浴，而加盖的玻璃金字塔里，我们让气功师施行催眠术，趁他鼾声大作从肚子里取出芯片火速拿去做了同位素检验，然后不动声色重新装回他的肚中。芯片的基本元素是碳，质感如水晶，而硬度超过钻石。

　　据摄像显示，在肚皮上搜寻来搜寻去的时候，哎必西一边打鼾一边偷偷瞟了我们一眼。这使我们暗吃了一惊，表面上有所放松，弄来一些甜俗无聊、比催眠术效果更强的风光艺术片给他打发时间，背地里却加快了研究步伐。根据他的血样，我们合成一种电解液注射到鸡身上，看出现什么奇迹。果然大病一场之后长出了带幻彩的羽毛，眼睛里闪着聪慧早熟的光芒，叫声抑扬顿挫押上了韵。再去捉，它们竟智商很高地和我们大兜其圈子。

　　玩具商不失时机，设计出"外星人系列"。体型庞大的充气"哎必西"渐渐耸起在儿童商场门口，憨态可掬地向孩子们招手。女孩们搂着肥肥胖胖的公仔"哎必西"，男孩们捏着活蹦乱跳的电动"哎必西"，还有哎必西台灯，哎必西闹钟，哎必西扑满，……一个个造型夸张可爱，跟真正的哎必西早已面目全非，却无一不像无形的丝线牵扯着他们晶亮纯洁的目光。成衣商也向市场推出哎必西帽子，哎必西鞋和手套，哎必西泳装，还有哎必西脸谱印成的文化衫。整个社会炒起一股"外星人哎必西热"，酒店老板把他供进财神的神龛，计程车司机把他当护路神贴在前窗玻璃上，老太太把他看作消灾避祸的菩萨。电视上由无根牌牙膏、幻彩牌化装系列、太空牌领带、五月亮牌胃必宰和超光牌摩托车联合赞助，举办"谁最像哎必西"大奖赛。人们按各自的理解和想象装扮成"哎必西"：人猿泰山，前额暴凸的老寿星，聪明的一休，《银河帝国反击战》的男主角，超人，米老鼠，……一齐涌上前台。赛间穿插了广告节目——

儿童：妈妈，世界上谁跑得最慢呀？

妈妈：大概是恐龙吧。它因为跑得慢，被历史淘汰了。

儿童：妈妈，世界上谁跑得最快呀？

孙悟空：当然是俺老孙啦！俺一个跟头就是十万八千里！（他在一只巨大的手掌上蹦来蹦去）

孙悟空：不过，还是跳不出如来佛的手心……

（"哎必西"镇定地骑上一辆簇新摩托，出现在荒漠）旁白：只有超光牌摩托车……

（一加油门，"哎必西"风驰电掣，奔向遥远的星系）旁白：（激越地）……才超越时空，载您飞向未来。

哎必西仍生活在高墙大院内，对外界行情一无所知。诗人彭费尽心机，打通层层关节才找到他。走进院落，看到他正坐在一棵菩提树下，苦苦演算人类的命运。这是我们最近布置的课题。还给他送来一位竞美落选的小姐，期望她的芳姿留住这个不食人间烟火的来客的心，一如当年的五颗月亮的故事。并顺便试试能否孕育出新的人种——"阿贝塔·地球人"。她朝他大射媚眼，嗲声嗲气把嘴里的热空气喷到他脸上，他却露出一副复活节岛石像的茫然表情。

诗人彭策划逃亡。他请那位落选美人穿上一套带来的"哎必西"服，将哎必西罩一身牛仔服，蒙混过那些游魂一样荡来荡去的便衣岗哨。几经辗转，乘上了南下的火车。精心化过装的哎必西，为自己能坐着第二蒙昧时代的交通工具自由旅行而激动不已，叽里呱啦说个不停。他认为这次行动最引人遐想的就是，当专家们到菩提树下去测验"哎必西"的智力时，将吃惊地看到一双水汪汪的杏眼。诗人彭也兴奋得满脸通红，旁若无人吟哦起自己最得意的诗句。火车钻进山洞。火车通过大桥。火车在一个小站停靠。

"一对疯子。"瞅着他们跳下月台，吵醒了瞌睡的邻座老太太忍不住抱怨。

哎必西回到那个终生难忘的山村。弯弯的山道，烟熏成褐黑色的木屋，大榕树，湍急的小河，一切令他感慨万分。他在这里跳拍手舞，触摸到那种"心灵战栗"的电麻效果。他在这里学会我们的语言，被山里人率真的感情和堆满笼子的各式各样的食物深深打动，虽说他毫无胃口。

他微笑着跟每一个人打招呼，可人人都躲避他，或装作不认识，神色慌张。

"你好阿妮。"他想跟她说"你真可爱"。

阿妮却撂下扁担，甩着大辫子逃进竹林，竹叶窸窸窣窣传出她低声的啜泣。

"庚满老倌，还听得出我是谁？"

老倌的嘴巴喔成一个极圆的"○"，跟他的眼睛同样空洞。好半晌才嗫嚅说："反正，你不是我们这儿的人。"

"记得我吗，张二婶？"

张二婶抬起头，笑意僵成惊愕。

"是我，我是'龙虾'呀。"

"我不晓得，我……什么都不晓得。"张二婶倒退两步，忽然跑掉。她扔下的正在洗濯的一件花布衬衫，一起一伏随河水飘去。

诗人彭和哎必西怅然走向山谷。我们都站得远远地，瞪大眼睛目送他们离去。孩子们停止了欢笑，躲在篱笆背后透过缝隙偷看。没有人追随他们。

这是我们最后一次看见外星人。他走了。有人说带走了诗人彭。有人说那天夜晚，他们俩曾在一块大岩石上升起一堆篝火，唱了好几首怀念地球的歌，然后登上一架藏得极为隐蔽的飞碟腾空而去。

宇航中心收到哎必西发来的讯号，告诉我们他追上了他的同伴。他在地球上度过的这大半年时间，只相当于他们不到一顿饭的工夫，——当然，他们其实什么都不吃。诗人彭也被植入一块芯片，单靠光合作用就生存得很好。不过在一次舱外散步时，他与他们失去了纽带联系。他不听劝告，解开"攀登者"绳索，想彻底享受一下自由的乐趣。结果没回到飞碟上来，成了一颗浮游太空，能吟诗作赋的"星星"。

他们准备营救他，这要花四天时间。对于地球人来说，那将是差不多两千六百多年以后的事了。

1991 年 8 月．

院长和他的疯子们

院长从里面冲出来抓人，有一次差点把裤子都跑掉了。逃的人眼睛瞪得好大，在前头奋力飞奔。

有人就吃惊地看。

"疯子呢，疯子。"杂货铺刘娭毑头也不抬，一分一分地找钱。

果然一下子奔突出无数的人，跟着一并去甚嚣尘上。

"快跑，快跑，疯子！"

疯子紧跑几步，忘了危险，悠闲下来四顾着赏玩风景。正惊异为何有这些人如此喧闹，忽瞥见院长蹬蹬赶来，方记起逃亡的使命，复又跑得张牙舞爪。

"疯子，加油！疯子，加油！"

人们节奏出掌声。直到院长终于把疯子活活地捉住，一路地押解回去。

刘娭毑守在杂货铺，自然看不甚亲切。

"抓到么？"

"抓到了呢。"

杂货铺是一方长屋。后面房住人；前面房把板壁拆下来，卖蚊烟，鞭炮，棒棒糖，大字本小字本，煤油以及泡萝卜。泡萝卜染成淡红色，标本一样浸在玻璃缸里，两分钱一片。两片则只要三分。院长夫人买菜过身，总要放下箩筐一样大的菜篮，仔仔细细拣出两片来。这时做她帮手的女疯子，就想水滴滴地抢过去吃。

"手，手！"院长夫人正色。

女疯子慌忙把两手往衣裤上擦。

杂货铺旁边，隔一条大水沟，就是疯子院。据说先前是某公的宅邸，用一圈竹篱笆围了，种着无数的菊花。那菊花倘若到了一朵接一朵开得灿烂的时候，人们就晓得，某公一定要吃螃蟹了。乡下人把螃蟹及老姜提到篱笆里面去，多卖几个钱是不成问题的。但那螃蟹，尤其要鲜活，而且不能缺钳子断腿。

后来某公和菊花忽然不知了去向。宅邸变成了疯子院。竹篱笆糊足黄泥，刷一层白石灰，就作围墙。虽然毫不扎实，疯子们却并不去破墙而出。只在门缝里觑呀觑，鬼祟了半天，突然吱呀呀很响一声拉开门，夺路便逃。

有的疯子溜出来，则只拿树棍子去捞那沟里的水草。蹲在门口一块大石板上，专心致志捞。大石板勒得有某朝代的文字，如今搁在水沟上做桥，承受疯子与院长的脚掌。水沟不宽不窄，绕疯子院一周，像小小一条护城河。有暗道通马路对面的魏公塘。春天里，成群结队的蝌蚪扭呀扭地，游到沟里来。

哨哨哨。疯子院敲起钟响，不晓得是招呼吃饭抑或睡觉。

"疯子集合了，快去看，快去看!"

"看疯子去喔——"

大大小小的人，纷纷跃过水沟，俯在围墙上看。疯子们就在里面表演。有几个排成队笔直地走路，碰了墙就拐一百八十度的弯打转。有的唱歌，越唱越声音大。有的做讲演，将手指戳到另一个的脑门上;另一个只好抱头鼠窜。有个女疯子摘一大把夹竹桃花，喊着欢迎、欢迎。还有个干脆把夹竹桃按倒在地，用脚去踩。

"踩，用劲踩!"外面的人喝彩。

疯子便眼睛瞪得牛大，回身大吼一声:

"□□□□□!"

人们开心地笑，将一个细伢子挤跌到沟里去了。沟里漂着女疯子丢出来的花环。

夏天，院长押疯子到魏公塘洗澡。一个一个地洗，从下午一径要洗到天断黑。疯子有的洗得好快活，哈哈地直是笑；有的则愁眉苦脸，极不情愿站在水里，让院长擦背。院长哼哧哼哧，满头满脸的汗。

女疯子不到魏公塘洗澡。

为什么叫魏公塘？刘娭驰说，"魏公，就是一个人呢。"

细伢子们就以为，时常在塘边歇凉的那个老倌子即是魏公了。背地里都喊他魏老倌。

"魏老倌又吃盐鸭蛋。"

"魏老倌指甲好长。"

魏老倌不睬；躺在竹靠椅上，照样吃盐鸭蛋，照样指甲好长。

有一天他却吃皮蛋，喷臭地吃。

魏老倌后面，是一个锯木厂。用电锯，呜起来锯木头，其声数里可闻。虽则刺耳，但把它听惯了，并不觉得哪里不舒服。设若哪天不锯木头，四下里安静得出奇，人们反而要惴惴不安，不知会出什么意外。

一次一个疯子跑进了锯木厂。几个年轻后生赶忙把他藏好，还到窑岭买包子给他吃。只要他不出来。

这事不知怎么被张金娥的娘晓得了，偷偷去告诉了院长。院长脸色突变，连忙冲出来，直奔锯木厂。

"人呢？"

"么子人？"后生子锯木，呜——

院长便去掀那些木板。

"翻么子翻么子。"

"人呢？"

"我们又不是跟你管人的。"

那疯子却躲在木头背后咯咯地笑。院长把他拖出来，抢过手上两只包子，射在后生的脸上。然后很大身坏地，抓起疯子就走。

张金娥的娘，住疯子院后面那一大片菜地的中央。茅屋，高高的门槛。门口长一棵毛桃子树。毛多吃不得；但是桃油流得足。天气刚热就流油，巴酽的，干了之后梆硬一坨。可以入药，治某种病。张金娥的老师就有某种病。老师姓丑，然而脸色好。教音乐课的风琴缺四个音，经她一按听不出来。那天居然有六个同学一起迟到。

"哪里去了？"丑老师冷峻。

"看疯子去了。"张金娥细声地答。

丑老师便气得发抖。喝令六个人做出深刻检查。张金娥觉得好丢脸，回来跟娘一商量，去毛桃子树上摘了一大捧桃油。到学校丑老师门口扭捏了半天，把桃油往桌上猛地一放，立刻跑开了。丑老师深受感动，和颜悦色去家访。

"为什么要去看疯子呢，课都不上。"

"疯子好看呢，好看。"张金娥的娘把纳鞋底的针往头发上刮，"你晓得院长吧？"

"院长？"

于是就讲院长。院长在井台扯水，疯子要帮忙，趁不注意，扯起井绳溜到井里去了。院长急得一副脸通红，把疯子捞上来，脱去湿衣湿裤。

疯子乐得在地上打滚，哈哈哈哈笑。

丑老师也觉得好笑。但还是说："以后再不要去看了，听到没有？"

张金娥说听到了。

张金娥的娘极敬佩院长。她到疯子院后墙外饮菜锄草，常常扯一大蔸白菜或几根丝瓜往院子里一丢，也不作声。疯子吓一大跳，埋伏了半天，发现是菜，连忙去报告院长。院长就提了送到厨房去交给夫人洗净烹炒。

春天里下了好一向的雨，忽一日是个晴天，疯子们在院子里晒太阳。刚晒出许多的趣味来，忽然冲进一条狗，迅速地把一个疯子咬出了血。疯子坐地大哭。院长闻讯赶来援救，也被咬了手。于是大怒，抄一根木棍把它打出了大门。哪里肯罢休，穷追不舍，不防在门口大石板上一咔溜，跌了沉重的一跤。那狗几下几下窜得不见了。院长爬起身子，正在那里焦躁，一条小白狗从菜地边上摇着尾巴跑过来。小白狗是张金娥家喂的，认得院长，分明是想讨个好。院长盛怒之下，哪顾得这许多，竟给它迎头一棒。当场打死。

自此，再没有菜丢进疯子院里去。

张金娥最细的弟弟，两岁，跌在魏公塘里淹死了。人们到刘娭毑的杂货铺，借一口专供出租的大铁锅，把他捞上来扑在锅的尖底上吐水。不准张金娥的娘去看，因为她又怀了一个崽。她只好捧着大肚子坐在门槛上哀哀地哭一气。其实哭不哭都无所谓，她反正会生。果然不到一个月，又见她搂出雪白的奶子喂刚生的崽。

然而一个细伢子掉进塘里去，怎么竟没有看见呢？显然是应该怪魏老倌的。魏老倌马上惊慌不安：

"我没看到。我不晓得。我只守锯木厂的木头，不守塘。"

不守塘，怎么躺在塘边上歇凉呢？还那样地吃盐鸭蛋。益发觉得他可疑。直到终于魏老倌也掉在那塘里淹死。

谁也说不清这又是怎么掉下去的。只晓得他原来并不曾姓魏，而是姓谭。那么该叫谭老倌。

院长带疯子洗澡，看见谭老倌浮在水里。疯子快活得拍手笑。忽然不笑了，掉头鼠窜，被院长推进大门里去。院长打捞谭老倌，汗得一身透湿。最后一下用劲，终于把裤带绷断。细伢子放学回家，捡了瓦片子去射。居然把谭老倌的头上射出血来。这又使得人们惊奇了两天三晚。

院长住的地方，距疯子院不远不近。邻舍有城市户口的居民及郊区户口的菜农。有个叫周奶奶的，不晓得是哪里的户口。只看得出一定是有些来头的。第一是她头发梳得光。不是一般的光，是抹了一层什么油的光。第二，她穿香云纱。第三，她吃油渣子拌糖。而且她一只手有些不便，据说是从飞机上掉下来摔伤的。她怎么坐上飞机的，又怎么掉下来没被摔死，不得而知。但是大家都信。

周奶奶的媳妇生崽，放了一盆血。媳妇认为这全是周奶奶一手造成的。很多人都跑来开会，批判周奶奶不该放媳妇的血。规定从明天开始，不准头发梳那么光，不准穿香云纱，不准吃油渣子拌糖，不准一只手不方便。

"尤其，不能去看疯子。"一个脸很长的婆婆提议。

大家都很赞同。

"苏神经，你有什么话说？"

苏神经歪歪嘴巴，没有什么话说。他理小分头；走路手脚不协调，出脚总比出手慢半拍。倘若索性慢一拍，倒还有些正步走同边路的意思。然而只慢半拍。

有一天，院长穿得整整齐齐到苏神经家里，亲切地问："老苏，你愿不愿意到我那院里去呀？"苏神经瞪起惊讶的眼睛望着他。待想明白过来，便伸出干瘦的手，啪的一个耳光，响在院长丰厚的脸上。

门外的人们都震惊了。飞快散开去，干各自本来的工作。择豆壳的择豆壳，晾衣服的晾衣服，淘米潲水的淘米潲水。

跟着院长出来了。雄赳赳的脸上，写五根鲜红的手指印。

人们说，这是左手打出的效果。而瘦子的左手，又尤其的厉害。

后来把苏神经抓起斗争了一次。既然他不是疯子。

后来说苏神经应该去做工程师。正好河里又要修一座什么桥，一辆小汽车接他走了。细伢子追在后面跑。

"喔——嗬！"

再也没听见过从疯子院里传出钟声。有一天忽然听到里面响电铃，很多人才晓得它变成了一所学校。叮铃铃铃铃铃，学生们拥出教室，或是拥进教室。

有那不知底细的人，还跑去看疯子。吃学生伢子射一顿泥巴团，狼狈而逃。幸亏沟里早已经没有了水，总算不至于跌出一身邋遢来。

魏公塘填掉，起了化工厂的办事处，还有五层的宿舍楼。居民们联名投书晚报社，说锯木厂的木头锯得太响，形成了噪音污染，吵得人食寝不宁。如今这地方划入了市区，菜地都要变成商店，锯木厂难道，不应该迁到郊外去吗！告状书上打了接连三个惊叹号。周奶奶说是打的四个。

院长退休了。面色还是很红润，不过动作远不及当年那么矫健。有一天他在街上走路走路，突然抓住一个青年哥哥的胳臂。那青年哥哥手里正端着一个空饭锅。大抵院长手太重了，抓起来有些痛，青年哥哥立刻把颈根一扭。挣扎不脱，只好以饭锅朝院长头上击去。院长便倒在地上，半天没起得来。

将息了几天，院长下乡去了，动员农民们积极行动起来，办一个疯子院，集各村疯子之大成。为了示范，院长打算拖一个疯子到塘里去洗澡。那疯子围着塘打转转，直是不肯。院长在后面追，自己绊到塘里去了。

院长死心塌地回到家，沉默了数日，终于在一个月黑风高的晚上，从他屋里发出吓人一声吼叫。第二天一早刘娭毑就死在了床上。都说是吓死的。太阳天气，院长在自己那栋房子周围挖土，一身油汗。正是种丝瓜的季节。不过种丝瓜无须挖那么深。

"院长，干部参加劳动呐？"

院长不睬。

原来是一道水沟，像小小护城河。门口搁块大石板，上面勒得有某朝代的文字。几场雨过去，沟里注满了水。再难得见到院长出来一回。

不知那沟里，春天会不会游出扭尾巴的蝌蚪来。

1984 年 11 月长沙烂泥冲

达哥

1

诗人说，春天到了。我一看，春天果然到了。怪不得棉袄穿起来好热。石粒妹子并没有睬他。这使我很高兴。既然春天到了，我决定还是去屙屎。叶班把扁担往肩上一挂，望天上笑了笑。牙齿很白，又很细。我知道他是不相信我。但他没权力不准一个人去屙屎。不过我还是掯起袖子，把他看手上的鸡皮疙瘩。叶班就抓过手臂翻来覆去地看。说我汗毛好深，是不是一屡来就这么深。我说不记得了，好像原先没这么深。叶班又继续看下去，还拿把所有的人都看。旷长只鼓了一下眼睛，挑一担土走了。他大约是有些脑膜炎。

我早料到旷长不会喜欢看我的汗毛，也没打算他一定看我的汗毛。这个人除了不看汗毛，就只那几下子。不过叶班看得也太久了。我反正无所谓。我反正到头来还是要去屙屎。以证明军中无戏言。叶班告诉我这不是鸡皮，是汗毛太深了。我说汗毛未必就不是鸡皮呀。其实我只是觉得他蠢得发黑眼晕。他怎么可以对一个即将屙屎的人这样讲话。落汤鸡因此撑了一把一齿镐斜在那里，从喉咙往鼻子眼里哼一支歌。听上去好像有人在遥远的地方准备打一个喷嚏。在叶班身边他从来就是这么有恃无恐的。以为他们会要无敌于天下。我问未必一个人可以不屙屎呀？叶班重新把牙齿笑得很白乃至很细。说他并没说不可以屙屎。诗人立刻表示正好他也要屙屎了。我甩了锄头，问他有不有纸。他说只有一张烟盒子纸。石粒妹子递给

184

我一团纸。

我们到得山上。看见太阳照起到处冒热气，的确很舒服。鞋子一下子湿了半边。我问诗人你真的有屎屙呀？诗人望我一眼，说他从昨天起就一直忘记屙屎了。还说风景这边独好。我四处看了看，没看到有什么不好。诗人解开裤带，从肚脐眼那里搓了一点东西放到鼻子门口闻闻，问会不会有妹子上来。我说怕妹子做什么。她如果看了我的，我就要把她看回来。他想了一下，搂着裤腰找到一堆灌木，蹲得只见一个脑壳。

屁股窸得好痒。以为是一条虫，一摸是片枯叶子。我换了个地方。果真有一粒虫从草根爬到草尖，停住摇摇晃晃左右地犹豫。诗人趁机飞快地屙出了一部分，浩浩荡荡吐一口气。也换了地方。看来他肚子里存货还多。我正可以心安理得。

落汤鸡又在工地上啊啊地准备打喷嚏。诗人没等他打出来已抢先嘭了一个屁。我很希望风不是从他那边刮过来而是从这边刮过去的。诗人问我，落汤鸡那样子算不算壮实有肉。我说他只是看上去有肉，实际上没肉。诗人点点头，深表赞同的样子。说叶班不知为什么要跟一个本质上没有肉的人玩得好。我吃燃一根烟，再丢一根过去。他没接到，耸起屁股伴过来两步捡了。也吃燃放在嘴巴上。他说最恨夏天里屙屎，青头虻围了哄。还是春天好。我问要是正在屙屎妹子来了应该扪哪里。他想了想，问我该扪哪里？我说不能扪下头，要扪脸。诗人说那是的，下头反正都一样，大细差不多。扪脸她就不晓得看的哪个了。问我屙完没有。我说没有，要他等一下。他于是又换了地方，憋足气继续在那里嗯。太阳越来越大，已经可以把诗人的屁股晒得晃眼。我觉得他这一点不大好。

我吐一口痰，看它粘在一根灌木枝条上晃晃荡荡。工地那一头很安静。我问诗人知不知道为什么上午出工就好累，想睡觉。他说只知道想睡觉，好累，不知道为什么。问他是不是没吃得猪油。他说没吃猪油心里就挖。范老倌天天晚上用炒面拌猪油，躲得帐子里头吃。怪不得他一开口讲话就胃气深重。几时要等他不晓得搅一点我屙的屎把他吃下去看效果怎么样。诗人认为范老倌不一定会肯吃我的屎。我想他讲得也对。问他屙完了没有。他起身看了一眼我屙的，又蹲下去说还没，要再等一下。我虽然实在是屙不出新的内容来了，但还是愿意再等一下。他问我为什么屙这一点点子。我说那是因为肚子痛，没告诉他其实早上我已经屙过一轮很大的了。他沉着了一气，说七寸五有猪油，旷长有猪油，哲学家的猪油不晓得吃完了没有。万矮子有猪油。我说万矮子的猪油我偷了吃过，不好吃。好像有一股味道。诗人也认为是有一股味道，讲不清。我问屙屎不出是什么病。他说有一向他也屙屎不出，四十分钟还只屙一点点。大概还是没吃得猪油。我问他四十分钟屙的比不比我的多。他又仔细看看我屙的，估了半天，说差不多。我打算下午去看病。找赵医生看。他问我认得几个医生。我说所有的医生我都认得，还认得那个换药的眼镜妹子。他问是不是耳朵高处长了一粒痣。我问耳朵高处长一粒痣的戴不戴眼镜。

我准备数一百下就站起来。结果数来数去总不到一百。要诗人数，他一下就数过去了。这倒是真看他不出。我说有时候我数得过去，有时无论如何也数不过去。这里面一定有个诀窍。诗人说也没有什么诀窍，只是习惯。比方他本来并不很想屙屎，正好看到有一只烟盒子，屎就来了。又比方他以前一直把"披荆斩棘"念成"披荆斩刺"。其实棘也就是刺。既然斩得棘为什么斩不得刺。我认为完全是诗人有道理，完全应该让他去斩刺，我打开石粒妹子的纸一闻，有一股石粒妹子的气味。再一闻，她好像还出了汗。我早就想找个地方摸她了。不知她晓不晓得这一点。

诗人斩完刺，又起身朝我这边看看，问我屙完没有。我问他屙完没有。他说起先完了现在又有屙了。我问他腿麻不。他说有些麻，但能够把尿屙干净，还是很舒服的。我说要是每天上午到山上来屙一轮屎，那就好。他说每天屙叶班会讲。我说你怕他呀。诗人说哪个会怕他。他并没有什么本事。他连主语和谓语都搞不清楚，居然还自以为是。我觉得即使主语和谓语都被他一个人搞清楚了，也不能自以为是。他为什么跟落汤鸡玩得好？这正说明他目光短浅，七寸五比他懂味，不大管事。七寸五就只乜乜*长了

---

* 乜，diǎo，指男性生殖器。

一点，以后要多吃掉他一些猪油。炒油炒饭吃。我用树棍子在地上画了一个人脸，往上面吐了一口痰。

屙完屎太阳躲到云后面去了。我们拣一块平地方坐下，继续吃烟。他说天好蓝。我说天确实好蓝。他说天是湛蓝湛蓝的。我一看，确实是湛蓝湛蓝的。他说他打算写一首长诗，歌颂铁路建设。有很多句子都已经想好了。我要他谈谈对石粒妹子的看法。他吃了三口烟，才说是不是头发长得有点跟别个不同。我说头发不同那是黄黄妹子。诗人说有一次黄黄妹子弯腰挑土的时候，看见她的奶子了。我问从哪里看见的。他说从领子里看见的。我问大不。他说没看得清，可能不很大。太阳又出来了。诗人犹豫了一下，问我愿不愿意听他那些想好的句子。我说无所谓，如果有句子听也可以。他问我这一句怎么样："啊，驮着时代的车轮勇往奔腾！"我说这一句蛮好。他说还要大改，要反复推敲。他一般不念把别人听。我也觉得不念把别人听最好。问他写诗是不是很难。他郑重地点点头，说创新很难。过去的诗都只写的"飞奔向前"，或者"勇往直前"，而他写的是"勇往奔腾"。我问黄黄妹子晓不晓得你看见她的奶子了。他说可能不晓得，黄黄妹子一直是个大马士革，吃饭跟男的一样。我要他下次看时一定告诉我一声。他答应了。原来诗人也可以很不错。

一队蚂蚁繁繁忙忙来回跑。开始我还以为这是春天到了的缘故。诗人伸长颈根朝工地那边望望，说呆的时间太久了。我说腰痛，屙屎也屙累了，歇完气再下去。他想想确实感到腰痛。我问是不是隐隐地痛。他问隐隐地痛好还是不隐隐地痛好。我说我有时候隐隐地痛，有时候是炸炸地痛。只怕是裂了腰，那就很讨嫌。诗人说好久没吃过粉蒸肉了，问我想吃粉蒸肉不。我说什么肉都想吃，尤其是扣肉。放酸菜蒸，比粉蒸的好吃。他说他主要是吃不得太肥的，吃了肥的鼻梁痛。他用大拇指戳戳眉心，那里乱长了一些雀斑。我从来不晓得还有这样一种痛法。我告诉他如果叶班跑到山上来看屎，就说你有一堆是我屙的。他很快就答应了。我再次表示天确实是湛蓝湛蓝的。

诗人问我看见没有。我问看见什么没有。他用烟屁股烧死一只蚂蚁。

它们正在搬运我们的屎。我也烧死了一只东张西望的。我认为搬屎就要好好地搬，不应该东张西望。诗人问我还记不记得"一个豆瓣的旅行"。我说有点印象。我们又烧死好几只不安心搬屎的蚂蚁。我问为什么它们不打架。诗人说天气要下雨才打架。我说要是哲学家跟贝德罗打架哪个打得赢？诗人说只怕是贝德罗打得赢。不过哲学家发宝气也蛮猛，贝德罗有些怯火。我说最重要的是不能怯火。几只蚂蚁合伙拖了一点不知什么东西，一下左一下右地走。工地上哨子响起来。太阳照得人只想睡觉。诗人吧一声，找到了蚂蚁的洞。天气不像是要下雨的样子。我很后悔刚才屙屎把尿都屙光了。我们把洞撬得稀烂，蚂蚁吓起到处乱跑。诗人伸个懒腰，认为落汤鸡的胸脯看上去很厚。但与其说是胸肌，不如说是鸡胸。诗人长了一颗虫牙。

2

下午我到医院去看病。叶班没讲什么。只看得出有些不高兴。我于是也有些不高兴。其实心里还是高兴，只不过想表明我并不怕他罢了。吃饭的时候一八二告诉我，小卖部今天到了油炸花生米。起先我并没在意，吃完饭还跟七寸五下了两盘象棋。第一盘我赢了。第二盘他吃了我一只马。但那只马并不在他吃得到的位子上。争来争去，棋盘不知怎么就乱了。直到睡过午觉醒来，才忽然记起油炸花生米实在是非吃不可的。

高高的颧骨跟我开了张看病的条子。一直听不清他鼻音很重地对我讲了些什么话。好像是说今天去看病的太多了。又好像是说这样的天气容易得病。我告诉他春天已经到了。他耸起颧骨惊奇地看我半天，然后笑了起来。以为我会喜欢他笑的样子。我问他要了一块胶布，准备用去补球裤和帐子。又要了两粒喉片做薄荷糖吃。还想多搞几粒，他不肯了。他手指头染了一大片红药水了。

分指医院赵医生不在。跟我看病的可能是个新来的，我不晓得。以前没见过。所以他尽问一些莫名其妙的话。比方想不想吃饭，耳朵痛不痛，咳不咳嗽，咳的痰是什么颜色，一天屙几轮屎，等等。我只好告诉他根本不想吃饭，耳朵也痛，经常咳嗽，痰里面带血丝丝，而且一天要屙七八轮屎。他又翻我的眼睛皮看，希望从那底下看出一天屙几轮屎。过去赵医生从来不翻眼睛皮，我说屙几轮屎他就屙几轮屎。这个新来的却自以为比赵医生还要高明，一点也不谦虚谨慎。我要他开两天病假。他就像没听见一样，停下笔望着桌上一个疤沉思了一下，继续乱划了几笔。以为这样我们就看他的字不懂。其实他那笔字高高的颧骨也能画，照我看画得还要好。我问量不量血压。他按一按脉说不量了。对面的女医生就细心得多，听诊器按在一个瘦妹子衬衣里头反反复复听来听去。我打算等她最后把衬衣解开。我跟新来的医生说我的生命你要负责。新来的医生想想又在处方上加了一味药，显然是不敢负责。窗子外头一辆汽车噗地开过去。到处是灰。女医生一直不肯解衬衣。

我把领的药数了一遍。一十八粒白的六粒黄的，一粒都不甜。全部射到坡下头一口塘里喂鱼去了。这个杂种一定是最近犯了错误才调到这里来的。一定是犯的流氓罪。我们千万不要指望他会有什么劳动人民的感情。何况太阳照着，天又是湛蓝湛蓝的。小卖部门口拥了几个人，挤一堆抢购油炸花生米。我裹紧棉袄一插进去，希望找到一个买到油炸花生米的熟人，寻块舒服地方把它都吃掉算了。但里面既没有熟人，又没卖油炸花生米。正想跟卖货的妹子调几句口味，背后有人喊我的名字。我一看，是第八。

我问第八你到哪里去。第八说不到哪里去。第八最近是胖多了，而且也问我到哪里去。我说看病，来买油炸花生米。第八说上午就卖完了。我问卖货的妹子：

"喂！上午就卖完了？"

卖货的妹子只动了动嘴巴，好像是要反一个嗝。第八说他本来也要买花生米，结果只买了一瓶辣椒油。我问他买的辣不辣。他揭开盖子给我闻，手上绑了一包纱布。

我们坐到一棵大树底下。吃了他一口辣椒油，呛得差点咳出来。他也吃了一小口,也差点咳出来。头皮和背心都炸得发痒。我说她一点也不漂亮。他问是哪个。我说那个卖货的妹子,你认为她漂不漂亮。他认为确实不漂亮。我问他手何事搞的。他说石头砸的。把纱布一层一层解开给我看,一股药膏气,里面疤疤块块看不清楚。我又吃了一口辣椒油,摇了摇瓶子。他绑好纱布,跟着吃一口。滋滋地含在嘴里,辣得不那末凶了。我问油炸花生米一次你吃得好多。他说那不晓得,至少吃得三斤。主要是从来没尽量吃过。我说卖货的妹子长得不好看。他说就只眉毛还好一点。我认为眉毛也不好。

他告诉我牌楼镇有个做裁缝的妹子好漂亮,问我晓得不。我说是粮店边头那个裁缝铺的妹子吧,那我早晓得了。我还喊一八二一起去看过。第八也跟他们连队的人去看过。好像那妹子不是个乡里人。但也不像个城里人。他们直想撩她讲话。她只笑,不讲话。我问第八他们连队有长得漂亮的妹子没得。第八想了想,说长得很漂亮的没得。有一个还算长得好一些的,被德宝看中了。我问德宝我认得不。他说可能认得。长得并不壮实,喜欢抹头发,不懂味。我说那你何解不抓了他打一顿。第八犹豫了一下,说早就想打一顿了,但是最近手痛。好了以后一定要开他的脑壳,要他矮在川贝妹子面前剥去他的伪装。我问川贝妹子是哪么一回事。他说她有一次去拣中药少了一样川贝。我要他递辣椒油把我再吃一口。

第八一边讲话一边抠伤口旁的痒,告诉我一到晚上尤其痒得钻心。我说那是说明在里面长肉了。第八不想马上就长肉。他说有一种病,得起来最舒服,叫黄疸肝炎。问我们连队有不,我说没听见讲过。他说他们连有七八个得了,送到省指医院住院,病好以后每个人休两个月病假,对身体也没有坏处。我问那痛不痛。他说不痛,只是浑身没劲,出不得工。我说我正好浑身没劲。他说黄疸肝炎眼睛要黄。我问我眼睛黄不黄。他看了半天,不黄。不过也可能是光线不好。

眼镜妹子揭掉他的纱布,丢到一只桶里。第八痛得直缩。我猜出他是装出来的,故意要获得她的同情。眼镜妹子果然很同情,问了他好多问题。什么你喜不喜吃莴笋,是莴笋脑壳还是莴笋叶子。啰里巴唆讲不完。她一定是想跟他睡觉。我问她赵医生为什么不在。她说赵医生在呀。我说刚才看病不在。她说如果不在，那就是不在。

接着又就莴笋问题广泛地展开讨论。一个人进换药室靠在门框上，篾折子压得咋咋响。我一看，他眉毛长得像刷巴，就没睬他。他在房里闻来闻去地搞了一下，又不怀好意看我一眼。我准备对他说看什么看什么，有什好看的？他已经走了。第八后来告诉我这不是个好东西。其实不告诉我我也晓得不是个好东西。

眼镜妹子起先还很高兴。我说她歌唱得好听，跟广播里一样。她就连莴笋都不吃了。告诉我她姐姐在文工团里演沙奶奶。但是她一点也不像沙奶奶，倒蛮像是沙爹爹。我问她你是耳朵边头还是哪里长了一粒痣。她才不那么高兴了。我说这又不能怪我，未必你自己不小心长了一粒痣反而怪我呀？她要我不要痞。我说你不要假装正经。说完还对第八笑笑。第八也对我笑笑。他说每次换过药还痛一些。我很想取下她的眼镜来看看，她问我要我就要她打个嚏斯再给她。后来一想又算了。最后我对她说，我要跟你痞呀？你长得又不好看。

第八问我还吃辣椒油不。我说口干。第八也口干，于是邀我到他们连队去吃水。我本来不很想去，但正好一辆手扶拖拉机从分指门口过身，就只好爬上去了。开拖拉机的乡里人对我们喊了一声什么，没听清。我于是用长沙话大骂了他一句娘，跟第八哈哈大笑。乡里人听不懂，也丫开嘴巴笑。第八手上的纱布很快成了黄泥巴色。我们对着灰尘唱起了一支阿尔巴尼亚歌。我唱男低音，第八唱女高音。然后反过来，我唱女高音，第八唱男低音。拐弯的时候才跳下来。我朝车斗里面呸了一口痰。乡里人不晓得。我只好捡一块石头从后面一射，车斗便哐啷一响。第八那一块没射中。他又把纱布解开来看，抠里面的痒。在塘里洗手的时候，几条游鱼咬他的绷带。

3

从第八的连队出来，天快断黑了。要不是跟德宝打一架，还会玩得晚。我一看见那是德宝就不喜欢，做作。要我们连队有一个这样的家伙早把他打死了。他两件衬衫打垛穿。说什么不打他的都是小杂种。我一脚就把桌子踢翻了。第八说那张桌子是分指食堂偷来的。那就更应该踢。开始我们是在桌上打百分。我已经出了一张梅花K，猴子不观场，还要出A。出错牌之后马上说是尿胀急了跑掉了。第八说我盘盘偷看他的牌。其实我只看了四五盘。有一盘还没看清楚，以为他打黑桃缺。后来觉得百分一点也不好玩。第八建议去偷点腊肉搞了吃。要猴子去猴子不去。猴子睡觉揿了颈根。上个月他也是揿颈根。

我们靠在第八的床上唱歌，一边摇脚。唱了很久，第八说我的脚臭。我闻了一下，确实是臭。但第八的也臭。他扳过脚板仔细地闻，认为虽然也臭，也还是不如我臭。我认为那是没闻脚趾丫的缘故。他就唱深深的海洋。深深的海洋，你为何不平静，不平静就像我爱人。猴子钻到床上说有一句唱错了。他拿了一把二胡，嘎格嘎格要给我们伴奏。我要他把音搞低点，高了唱不上去。猴子拿到篾折子挖的窗口检查了一顿蛇皮。说音找不到了。嘎格得也不像。第八又认真地闻了一次脚趾丫，仍然无济于事。

我还想吃水。跳下床寻到门弯里，把漱口缸伸进桶一舀，大口地喝掉了。第八要我依旧用斗笠盖严，怕别的班的人来偷水吃。猴子终于发现蛇皮高处有一个眼，于是把它越抠越大。我说你们这桶水有一股气味，一开始就吃出来了。猴子伸出一个头来看了一眼。第八说那是有人跑到山上往泉水里屙屎，给山下的人发"电报"。我说那是吃了补的。我们都笑了。接着唱一首忧伤的歌。大意是一个人受了很多的苦，最后还要去投河。第八解开纱布，把口水往伤口上涂。猴子有两个地方说不清词，含含糊糊带过去了。但还是唱得一哽一哽。唱完我们又哈哈地笑个不停。春天真正是好。

我拿过猴子调好的二胡来锯。第八说一看就晓得我不会锯。我说我会锯一句"索米多多拉来"。他问是什么意思。我说核心意思就是长沙话骂娘。锯把他听，他说不像。我自己也感觉不像。这是好久没练的缘故。猴子把扑克牌洗来洗去，问打不打"吹牛皮"。我说"吹牛皮"不好玩。猴子点点头，也说不好玩。说完溜下床去寻水吃。我终于锯出了"索米多多拉来"。第八说这一下像了。我很高兴，一遍一遍地锯把他听。

猴子在门背后哎呀了一声，说茶桶里有一样东西。第八问是不是老鼠。猴子说不是，好像是一只袜子。搬到亮处一看，果然就是袜子。用茶缸捞上来还滴着棕黄色的茶水。我连忙往地上呸了几口，说怪不得有一股气味。第八看了好久，认为这袜子是漆跛子的。我说我们连队也有一个漆跛子，但是不跛。第八的漆跛子也不跛。我问是不是油漆的漆。他说不是，是五六七的七。我问那是何解。他也不懂是何解。猴子研究出袜子是从斗笠的破洞里漏进去的。我继续锯"索米多多拉来"。猴子提着袜子跑出去了。

过了一会他溜进来，说告诉我们一个好消息，今天晚上吃馒头。第八不相信，早上还听见讲明天吃。但猴子硬说是今天晚上吃。我觉得今晚上吃也没有什么不好，甚至还觉得很好。第八马上蹦下床，从一堆烂簸箕底下翻出一个脸盆，拿坨肥皂要猴子去洗干净。猴子就用那桶茶水倒一点荡了荡，扯过边上一铺帐子角揩干了。太阳在工棚外面弱了好多，天好像也不如上午那样湛蓝。第八闻闻脸盆，还有肥皂气味。猴子说要得了要得了，又扯过另一铺床上的帐子角揩了一遍。我问你们怎么还不收工。第八到门口瞟了好久。说今晚上吃馒头，恐怕工地上又要搞突击。猴子急得窜来窜去，说厨房里的人已经开始吃了，热气喷喷的。那是梁指导率领炊事班的妹子在那里试味。第八说梁指导最痞。

他又寻出一个饭碗，邋邋遢遢死了一圈黑印，要我用它装汤。说是摸三舅给的。摸三舅给每天要用肥皂洗几次脸，最近得了黄疸肝炎。住省指医院去了。我说那最好，让我也去住两个月。摸三舅给鼻子很大，跟德宝玩得好。我问工棚里面可不可以屙尿。第八要我屙到外面去。我就站在他床上撩开帐子从窗子眼里往外屙。他笑着骂我一句。我也笑着骂他一句，说保证不屙得床上。猴子守在门口看，忽然要我快点。说是下工了，有好多妹子背起工具往这边来。我说刹不住，总不能只屙一半留在肚子里，吃馒头不进。结果紧屙紧有，总也屙不完最后那一点点。后来终于滴了几滴在床上。第八骂了一声，说滴到枕头上了。我说那要怪猴子，他越催越屙不出。

"来了！来了！"猴子还在喊。

我赶紧缩进帐子。果然有几个妹子唱歌利啦从门口过身，锄头扁担碰得乒啷响。沟里的泡子还没散。一个妹子嗯了一声，说是闻到了喷臊的。我躲在门后面乐得直想笑。第八要我不要作声。等她们一过，我就伸出脑壳对她们背后突然喊一声：

"比你还臊呀？"

她们全部吓一跳。有两个回头还望望，脸上大惑不解。我缩回脑壳又笑。第八说要赶快到食堂占队。我说起有个妹子穿格子衣服的原先是我的同学。决定不睬她。

猴子飞快地占住一个窗口，差点绊了一跤。他把脸盆往窗眼里一塞，敲得板子乒乓嘭嘭响。另外几个窗口也早塞了好多饭盆脸盆，还有两个提桶。第八左右看看，说要是脸盆不够，再去拿提桶。篾折子缝里往外冒一股一股白汽。猴子手舞足蹈，嘴里干干干地唱起进行曲，要厨房里快点开门。

"起来起来！还不起来？鸡都叫了！"他把一样东西搞得哐啷一响。

一个妹子在里面说，你做什么呐？

"做什么！"猴子望望我，望望第八，十分得意。

食堂里一下涌进好多人，稀里哗啦热闹喧天。有人把提桶戴在脑壳上，从此再也看不清他真实的嘴脸而且讲话就像是春雷滚滚。蒸汽刚散去一些，又冒出来一大股。然后有人争吵起来。一个鬈头发站在石头上劝了半天，索性学杀猪叫，喔罗喔罗。大家都笑了。地上很湿。第八告诉我，鬈头发边上那个家伙就是德宝。我说我随便子打得他赢。德宝不晓得，还站在鬈头发边上。

窗口终于被捅开一个。但很快又堵上了，还从里头顶了根棍子。外面的人就喊，饿死了呢，快点开买呀！窗口那边也有人喊，你急么子呐，你吃生的呀？鬈头发喔罗喔罗地回答她。又闹了几分钟，前面轰起一堆白雾。

一个矮子吃醉了一样跌出人群，双手把一盆土黄色的馒头斜举过头顶。立刻嗡上来四五个人捉了吃。不一下猴子也举了一盆挤出来，也是四五个人一手抢几个，大口地咬。

"莫抢莫抢！"

我一口气吃了五个。但又可能是六个，没细数。第八问好吃不。我说那是大套子。我们连队也做过这种样子的馒头，好像还黑些，没这么酸。第八嚼得吧嗒吧嗒响，认为确实做酸了，炊事班的妹子没一个漂亮的。我说我没看得清。猴子咬到一团碱，吐到手板心里一甩，那团碱就粘到油毛毡顶上不掉下来了。我端起摸三舅给的肝炎碗吃了一口汤。又接下去咬了五个，或者是六个。这才发现所谓馒头有的好长有的好扁。一盆吃完再端了一提桶。猴子做做深呼吸，打了一个不知是嗝还是屁，重新吃得飞快。

吃完提桶，大家把手伸进衣服摸摸肚子，又凑了一把白饭票。要猴子再去端，猴子不肯了。靠在床上歇过很久的气，催半天才慢吞吞提了桶去。有一个人被推进来，说他"还要吃"。我看他很像德宝，就故意斜起眼睛问，你就是德宝吧？他瞪着望了我，莫名其妙的样子。手里还抓了几个馒头准备咬。我又问第八，这个杂种好讨嫌？第八也不看他，漫不经心点点头。我就对德宝说：

"小屁眼你要懂味一点。"

德宝强词夺理地骂了我一句。我说你是要讨打吧，你皮肉发胀？有人喊，打！打！我看了一眼，不知是喊我打还是喊德宝打。好多人都围进来了。我心里很高兴。猴子也提了馒头站在一边。鬈头发又喔罗喔罗学杀猪叫。第八微微冷笑。德宝说，你不打就是小杂种，我站起身把桌子一脚朝他踢去。他闪开了。摸三舅给的碗飞起来撞到柱子上，泼了某个人一身。人们哎呀哎呀地叫，馒头在我们周围流窜。打了大概两分钟，我抄起提桶往他脑壳上一坝，他才不还手了。我说，开你的脑壳！血就从他的头发里爬出来。几个人把我往外头扯。他的左脸已经比右脸大了好多，还说要得，要得。我也不管他要得要不得，吹着口哨走了。

4

走到半路上，才感觉耳背后发烧地痛。一摸划了一条口子。幸好没流什么血，不然他们会以为我也被开了脑壳。后来晓得手腕子也肿了一块。我呸了一口，还算是高兴。就只馒头吃少了一点，德宝下次再也不敢调皮了。我打了一个嗝，天色就暗多了。第八送出我好远，说我桌子没踢得中，说我坝桶子的动作很漂亮，大刀向鬼子们的头上砍去。我认为馒头是碱没放得好。他说是的是的，放得一点也不好。事后回想起来，第八也有很多缺点。都是一群索米多多拉来。

回连队看见翘翘妹子坐在食堂门口搓衣服，头发渍湿的滴水。我觉得她的腿趴得很开，就抽张小凳正对了她坐了。我说这么勤快啰。她翻起眼皮笑了笑，湿头发一摆一摆。我要她帮我也洗一件。

"你未必还没得人跟你洗呀？"她头一扬。

我说扳俏做什么啰，你洗得干净些。她听了哼哼地笑。我也不管她哼哼地笑还是哈哈地笑，把棉袄里面的运动衫脱了往盆子里一丢。立刻压破一大堆咽咽的肥皂泡。她拈起衣领一看，油黑的一圈印子。腿还是趴很开，看得见裤子紧绷的折印。天眼看就黑下来，工棚里燃起昏黄昏黄的电灯。手腕子还是好痛。

忽然我想起要她喊石粒妹子。她问找她干什么？我说有事。她问什么事。我说好事。她笑得嘴巴一抿，问什么好事。我发现这臭妹子把腿一趴开就特别管得宽。索性也把腿趴开对着她。她想了想，收拢了一些。我问她：

"谈爱去不？"

她哎呀一声，既不说去，又不说不去。我说你是想跟贝德罗好吧，他背上长了几个垞你晓得不？她要我莫乱讲。我要她喊石粒妹子。她问干什么。我说有事。她问什么事。我说好事。她问什么好事。我说谈爱。

"懒好过啰？我帮你洗衣你们去谈爱！"她湿地甩甩手。

石粒妹子头发有些散乱，半天没讲话。我也没跟她讲话。本来我要跟她讲，"我们两个打嗝斯吧？"后来还是没讲。我们从采石场那边翻过山坡，她才说腰有些痛。我说鬼要你挑得多。她摇摇头笑笑，又半天不讲话。我伸手勾住她的腰。她一惊，轻轻地哆嗦起来。没想到她腰子嫩软的。她说会有人看见。我用脚蹬垮一块大石头，哗啦到黑弯里去了。她大惊小怪呀了一声，不敢接着挣扎。

我们沿着路基走。我想告诉她春天已经到了，又怕她说我是学了诗人的。其实不学诗人我也晓得春天到了，天是墨黑墨黑的。她问我们到哪里去，声音有些颤抖。我故意无所谓的样子，要她少啰嗦。她便不再啰嗦。跌跌绊绊走了一截，手心也出汗了。大概是闻了她头发上的汗味。我把她的腰换个边，腾出右手往棉袄上一揩。星星出来了几颗。不知诗人看见又有什么话要说。

走着走着，她提出不走了。我说这样走不蛮好？她说不好。我有些恼火，看到四处黑咕隆咚，说你怕？怕什么？她头发好像更散乱了。我说我要摸你一下。她没作声。我就伸手进她胸口摸了一下。娘的蛋原来是这样子的。她又哆嗦着，重重地出气给我听。我觉得她的汗味很好闻，奶子也不错，以前怎么不知道。四周仍是黑咕隆咚。我猛地大喊一声，吓得她要死。我很快活，摸奶子居然是这样容易的一件事。

我们互相搂住往回走，还是顺着路基。风迎面刮过来，钻进空荡荡的棉袄。但并不是很冷。有人在遥远的地方唱歌，伴几声汪汪的狗叫。石粒妹子扣了胸口的扣子，紧挨着我。她好像滞了一只鼻子眼。用劲吸两下，还是没通。只好把我的肋骨挤得发痛。那是跟德宝打架撞在哪里了。我告诉她今天我打了一架，开了他的脑壳。她于是挤得我更痛，又不好把她推开。我要她猜是哪个。她不想猜。但后来又问是不是落汤鸡。我说落汤鸡我也看不顺眼，下次就开他的。这次是开的德宝，他跟第八有仇。我正好捡了一个提桶把他的脑壳坝了。石粒妹子又用劲吸了两下，鼻子眼至今还没通。我又要摸她。她说你已经摸过了。她站住不动，很紧张很犹豫的样子。我又把手插进她的胸口一捏。她猛地紧紧抱住我，浑身打战。我说你未必还冷呀？她没作声，用拳头捶我的背。后来她缓缓地吐一口气，听得出鼻子眼豁然开朗。不过另一只鼻子眼很快也滞住了。

她又认认真真把扣子扣好。我反而很想找个地方把她的衣服都脱掉，看看她到底是怎么一回事。身上有些燥热，想甩掉棉袄，又终于没甩。朝前面胡乱走了一通。我说谈爱几好玩的。她鼻子眼里响了一下，不知是同意还是不同意。

"你的奶子儿好玩，活的一样！"

这回她连鼻子眼也不响了。我说下次我喊你你就要出来。她没作声。

"听见了吧？"

"听见了。"

她的声音变得很粗，嗡嗡地好像有回音。原来到了隧道口，高头岩石龇牙咧嘴，风呼呼在洞里来回跑。石粒妹子箍得我更紧。好不容易才抽出一只手把她的衣服扣子一粒粒解了。她大概想要我解，又像是不想要我解，我不知道。脸埋在我的棉袄里擦来擦去。我以为她在哭，心想这真是奇怪。偷偷一揩，没哭。

连爬带滚到得一块大岩石背后。那里长一蓬草。什么东西在裤上挂了一下。我索性抱她起来，却又不晓得抱了她要如何处理。总觉得不能就这么算了。她老鼠子一样缩着，不时地抖两抖。天仍是墨黑，星子一个都跑了。我想那我们就打嗝斯吧。于是哑了她一口。耳朵背后烧痛。她也反过来哑我一口，哑得我脸上冰凉的。显然涂了很多口水。直到迎风干了，紧紧地绷了一块，才晓得是清鼻涕。事至如今，只好无所谓了。她吸吸鼻子，毫无歉意。又把脸埋进我的棉袄，只留一张嘴巴弯起笑。我就去哑那嘴巴。她一边把清鼻涕往我脸上放肆揩，一边用舌子抵我。我以为她是要舔什么东西吃。结果尝到一口腥味。问她晚上吃的菜，果然又是海带汤。

忽然她挣扎起来，并且打了一个嚏，说是要等一下。我扯她衣领问到哪里去。她说要解手。扪着衣服弯到岩石那边去了。只听见她清脆地喊了一声：

"莫过来啊！"

接着就哧哧地屙尿，势头很足。恐怕是吃多了海带汤。后来尿势渐渐地弱了，沉静了片刻，仍窸窸索索不见出来。我想莫非她还要屙尿？那就真麻烦。而且也很邋遢。心跳跳到耳朵背后去了，一炸一炸地痛。她屙尿的样子一定很瘥，是不是要去看看跟我们有哪些不同。然而我也要屙尿了。下次见到德宝调皮绝不止开他的脑壳，什么都要开了他的。天这样黑，一点也不想睡觉。不曾料到这嗝斯打起来会作海带味。屙完尿我对准那一堆塞塞窣窣吼一声：

"还不出来！"

她才慌慌张张钻了出来，靠在我身上，疲倦的样子。一摸，衣服扣子又都扣得整整齐齐。我很生气，脸一板：

"你跟哪个伢子谈过爱？"

她一声不吭，像是吃了惊。我本来准备她一说出哪个伢子就狠狠刷她一个耳光，血从嘴角流出来还要叫她吞下去。看她从此还敢不敢偷人。但我没想到她会一声不吭。大约要下雨了，天边一闪一闪。她越发害怕，眼睛也闭上了。我想她或许以前并没偷过人。心里才快活了一点。

我们又抱到一起。我运神这一回要趁早干些什么。于是抓了她乱摸。扣子解到里面，跑到不晓得哪里去了。她嗯了半天，说是错了。原来在她的背上。她紧紧抓住我，呼吸急促。有只手只抓了我肩上一点点皮，所以很痛。就把那点皮挣出来了。她左右躲闪，而且鼻子眼嘴巴稀稀拉拉，分不清哪是鼻涕哪是海带。最后我说：

"跟你谈爱没一点味！"

她这才老实下来。她不再挣扎，睡着了一样。只微微仍有些颤抖。我发现她系着一根布带子又粗又硬。

"这是什么？"

她不答，继续发抖。我恶狠狠地又问一句：

"你聋啦！这是什么？"

她突然哇地哭出声来，箍紧我的腰。天上地下依旧是一片漆黑。

5

早上石粒妹子没来出工。我装作一点也不在意。一边跟范老倌开玩笑，一边想要不要把昨晚上的事告诉诗人。范老倌样子很宝地在那里笑。他们肯定都不晓得谈爱，不晓得奶罩子系背上裤带子系边上。去写什么诗，去唱什么歌，争论主语和谓语，通通的都是宝。

叶班递我一根钢钎要我去撬石头。我偷偷地俯到诗人耳边问，你晓得月经吧？他一愣，嘿嘿地笑了。笑得一点也不好看。我心里很快活，干咳一声，故意大声说，春天已经到了！然后我们都哈哈笑起来。旷长望望我们周围，有些莫名其妙。

"什么事？什么事？"七寸五赶快打听。

我问他的扣子是不是扣在背上。他笑着骂我一句，挑土走了。我用劲一撬，一大堆石头哗哗啦啦一垮。

我正想思考一下昨天晚上为什么没下雨，叶班喊我。一看是有两个不认得的人站在那里，静静地盯住我的脸。我不喜欢他们那样子。于是拖了钢钎迎上去，只等他们露出一点要动手的意思就两个一起扑。哲学家跟其中一个聊了几句，看样子是熟人。我仔细看了看，也觉得好像在哪里见过。

"何解？"

我问的口气很轻松，但实际上是表示一种轻蔑。那人想了一下，要我跟他们到分指去。

"你昨天干了什么好事？"哲学家笑笑。

我说没干好事。天气很热。人们都懒洋洋的。落汤鸡预感到会有什么变故，歌也不哼了。我原先是准备狠狠地撬一上午石头的。现在怪不得我了。我打了一个哈欠。有一个从裤口袋里挖出一角红袖章给我看看，马上又塞进去。

"哦，保卫组的。"

我故意无所谓地笑笑，心想肯定是摸奶子的事被人看到了。诗人的表情一点也不严肃。我脱下鞋子，倒干净里面的土，跟他们走了。钢钎插在石头缝里。

路上我问他们这一向怎么不放电影了。好久不放电影，这肯定不正常。挖袖章给我看的说不晓得。说完把头发一甩。我于是认定首先是他有些不正常。他竟然不晓得自己长了一对鱼泡眼，还以为我会怕他。我拍拍他的肩：

"喂，搞根烟吃。"

他就搞了烟出来，三个人凑一起吃燃了。我说莴笋不好吃，海带也不好吃。他们很赞成。不过另一个说莴笋脑壳炒肉，那还是好吃。接着我们又讨论一部打仗的电影。穿过分指汽车库的球坪，一只篮球滚过来，我用脚撩到手里，搞了个三步跨篮。篮底下一个人问：

"抓到了么？"

我说，"啊？"

鱼泡眼指指我：

"抓到了呢。"

我们就一起到屋里去了，像是要开一个会。篮球也不捡。我发现气氛不对头，高声嚷：

"你们无缘无故抓人……"

"老实点，"为首的把门一关，"抓起了还不老实！"

我心里很想骂他的娘，才记起昨天在换药室闻了好久的家伙就是他，眉毛像刷巴。果然不是好东西。

他要我坐在一条板凳上，问了几句无关紧要的话。我知道这里面一定有阴谋，回答得慢吞吞的。

"昨天干了什么？"

"没干什么呀。吃饭呀，屙屎呀。"

他冷冷地望着我，以为可以把我望穿。我做出天真的样子，随他去望。

"我已经告诉过你不要调皮啊。"

"调什么皮？未必你不准我吃饭屙屎呀？"

"你吃饭屙屎还到哪里去了？"

"没到哪里去呀，就只吃饭屙屎。"

他呼了一口气，"你吃一天饭屙一天的屎呀？"

"你屙一天屎呢！"

"你小心点！"

"你莫乱讲，你何解要我屙一天屎呐？"

他无言以对。长这种刷巴眉毛的人只可能无言以对。鱼泡眼在角弯里捡了一张《参考消息》看。

他后来又变换了一种手段来问我。我想如果他不变换手段我就真的跟他屙一天的屎。他拉长声调：

"你——昨天——没外出呀？"

"出去了呀。"

"去哪里？"

"看病。"

"看病？还去了哪里？"

"还去？还去买油炸花生米。"

"还有呢？"

"还有就是看病。"

"我跟你讲，"他上下打量我，"你莫跟我玩花招。"

我说，"你也莫玩花招，你们乱抓人。你这个鸠山。"

"什么？"

"鸠山！鸠山设宴请我吃甜酒。"

"你有什么病？你身强力壮，吃了饭不得消，到外头鬼混！"

我立刻抓住这句话："你骂人啊！"

"我骂什么人？"

"你骂我吃了饭不得消。"

"你有什么病？懒病！懒出工的病！"

"我有脚气！"

我也不晓得脚气是什么样子，只是谅他不敢来闻。鱼泡眼从《参考消息》上抬起头，眼睛也不看我：

"少跟他啰嗦。再不老实就刷他两皮带！"

没料到鱼泡眼竟如此猖狂。刷巴眉问：

"你看完懒病又到哪里去了？"

我眼一瞪："买油炸花生米！"

他把桌子轻轻敲两下，自以为很有风度对我说："据我们所知，你还去了别的地方。"

"去了哪里？"

"去了哪里你自己应该清楚。"

我说我尿胀急了。他们对视了一下，大概不打算准我上厕所。刷巴眉毛把二郎腿抖了半天，转脸要一个眼睛不鱼泡但是脑壳很扁的跟我去。到了外面，我问扁脑壳那个鱼泡眼姓什么。他说搞不清，好像是姓刘，又好像姓黎。我四下观察地形，想找个机会溜掉。扁脑壳却看得很死。生怕我一跑便影响他将来往上爬。扁脑壳也要往上爬，想想真是可气。

审讯继续进行。他们的态度变恶了，穷凶极恶的恶。他们不知道屙完尿我就更加无所畏惧。他恶我也恶，他开叫我也开叫。我说，"你们搞唯心主义！"只觉得头顶上啪地一炸。转背原来是鱼泡眼躲到后面刷了我一皮带。我立刻把板凳掀翻了，"你打人你打人！"扭住他便打。结果四五个人嗡上来扯我。腰上背上挨了好多乱拳乱脚，只好把他们每一个人的娘都痛骂了一遍。一个招风耳要我矮了。我呸了他一口痰。于是又被按住打了一顿，其中好几下是一根锄头把。我正奇怪怎么没昏过去，刷巴眉要他们把我先关起来，留到下次再打。我咬牙切齿说了一声："好啊！"鱼泡眼闻言还要刷皮带，被扁脑壳扯住了。这显然也是往上爬的一种姿态。

进囚屋往床上一倒，浑身才火辣辣地痛起来。脑壳里头嗡嗡地发黑。摸到脸上有一块肿，就开始唱《国际歌》。后来发现颈根和膝盖都鼓起来了。一个家伙跑到窗子外头一吼：

"你还唱，还唱！"

我也吼，"唱不得呀？老子就是要唱！"

那人哼地一下，马上不见了。他好像就是那个扁脑壳，看不清。再唱又不记得唱到哪里来了。墙角摆了大半桶尿，蒸发出很重的臊味。只好从头唱起。额头上刺刺地痛。本想不唱算了，又怕那扁脑壳以为我畏怯他。其实这样的扁脑壳再多我也不畏怯。从来就没有什么救世主。

中午他跑来跟我送饭，态度缓和多了。我做出很轻快的样子，故意叭嗒叭嗒吃得响。他拿一瓶辣椒油问我要不要。我横一眼，正是第八买的那种。刚要严词拒绝，却已经舀了他一大调羹。他于是愈进向我表示亲切，甚至于提出要帮我洗碗，仿佛他从来就跟我是亲戚。我虽然晓得这家伙比所有的人都狡猾，但还是彻底饶恕了他。我打了一个嗝。看来他完全赞同，马上洗碗去了。然后回到囚屋里和我聊天。我要他帮我买包烟。他给了我一根，并且要我不要告诉别人他给了我烟吃。没想到我落到这种境地他还一心想往上爬，真是令人厌恶。不过我再一次饶恕了他。我喷了一口，问他们打算把我关好久。他说要看。他认为不会关好久。保卫组一向没抓到人了，所以我不该顶任组长的嘴。任组长喜欢打下马威。我问任组长是不是眉毛像刷巴。他想了一下，忽然笑了起来，说眉毛确实像刷巴。他也不喜欢任组长。任组长表面正经，其实早就打眼镜妹子的主意，只是不得到手罢了。他说迟早有一天会要败露，因为群众的眼睛是雪亮的。我又跟他要了两根半烟留到晚上吃。睡过午觉伤口痛得好些了。没再唱《国际歌》。

6

在分指关了一共五天。起先我以为要待任组长彻底败露才能放我出来，于是天天等候着胜利的消息。下雨的那天扁脑壳告诉我，德宝出院了，头上绑着纱布。说不定下午就可以放我。我说德宝出不出院同我有什么关系。他惊讶地看看我，没说有什么关系。快吃中饭的时候任组长窜进来要我回去，从今以后要好好劳动。他依然眉毛像刷巴。扁脑壳装得对我很严肃。石粒妹子来看我的那次他也这么严肃。不过还是放她进来了。后来给他吃了三坨腊鱼。一共还只有六坨，没到吃饭就啃个精光。石粒妹子誓死等着我出去。我靠在床上，同她闻了好久的尿臊气。觉得她好可怜，只好表示一定出去。

我要她坐到床边上来。她朝窗外看看，问我冷不冷。趁没人看见我又摸了她一下奶子。她立刻流出新的鼻涕，抠出一条手巾揩了。她说她一直很担心，怕我挨打。问我挨打了吗。我鼻子眼有些发酸，却故意做出视死如归的样子。她又东张西望怕人看见。她告诉我翘翘妹子的腰很粗，像生过三个细伢子。而黄黄妹子则奶子太大，不对称。我问有好大。她想了想，用手一比。她说很想我回去。我说我也很想回去。我没告诉她我想回去看看黄黄妹子究竟是怎样地不对称。她打开玻璃瓶要我吃鱼。她自己嘴巴里也有一股腊鱼味。她说她只吃了一块。其余的都把我吃。我觉得她真是太好了。翘翘妹子不如她。黄黄妹子也不如她。哪怕你奶子再大，哪怕你生过三个细伢子。鼻子又有些发酸。腊鱼的豆豉好像放多了些，不咸。

诗人也来过一次，带给我一本《古代诗歌一百首》。他说全班的弟兄们都盼我回去。最近的形势发展很快，我们班在工棚后面挖了一个"小天地"，可以放工具，可以炒油炒饭，可以会餐。四班却把我们的毡子偷走了。是可忍，孰不可忍。我立即表示孰不可忍。他说只能怪叶班太软弱，委曲求全，想当官。还有落汤鸡，唱颤音唱颤音，这一向越发疯了。我们一吵架他就快活得不得了。最近打算采取一次行动。要我在思想上有所准备。可以先读读《古代诗歌一百首》，那真是好得很。他翻到一首，念给我听，问我怎么样。我说好得很。又翻到一首，又念给我听，又问怎么样。我又说好得很。我问他吃腊鱼不，摇瓶子一看只剩了几粒豆豉。他很快就把豆豉吃干净了。他说他的长诗本来就要写完，由于跟四班吵架，耽搁下来。有一次洗脚的时候想到一个好句子，从来没有人用过。而且以后也不会有人用。

他走之后我读了整整一个下午的《古代诗歌一百首》。我发现只有他给我念的那两首才好得很。有一幅插图一点也看不懂。画里面一个家伙大约是吃醉了酒，人不像人鬼不像鬼。诗人喜欢这种东西实在是太可怜了。

鱼泡眼打开门进来说：

"哎呀，你认真看书学习呀！"

我冷冷地瞟他一眼，用那种认真看了很多书的目光。他不在意地笑笑，坐到我的床上。我想他怎么这样不要脸。然而不要脸的还在后面。他说他原先不晓得我跟牛鳖玩得好。要不然那天他就不会动手打我。幸亏他没打好重，只是做做样子。打得重的家伙姓黎。第一个动手的也是他。鱼泡眼要我提高警惕，主要是防止叛徒。比方姓黎的，他是不是个好家伙呢？他一屁股屎不知香和臭。他以前偷过糖吃。他爷老倌一个同学在分指当官就调他到保卫组，但是兔子尾巴长不了。对于他的表现任组长早有所洞察。他将来必定身败名裂。我问姓黎还是姓李。他说姓黎。姓李的是瘦子。临走我又问他，他又说瘦子姓黎。

我准备吃过中饭困了午觉再回连队。但任组长的意思是巴不得我马上走。他已经对我厌恶透顶。而我对他的厌恶大大超过了他对我的厌恶。我甚至等不及看到他强奸眼镜妹子的那一天。于是极其轻蔑地一哼。他连忙追问：

"哼么子哼么子？"

我说我又没哼你呢。他一副不甘心的神情，好像很希望我是哼他。我又哼一声，心里想这回是哼他。可惜他不再追问，只把《古代诗歌一百首》顺手翻了翻。幸好没翻到那张插图。我在吃醉的家伙身上画了两个巨大的奶子，使之更加人不像人鬼不像鬼。任组长将来恐怕就是这个嘴脸。他竟一点也不晓得，若无其事拍拍书还给我，说读点古代诗歌也好。他有时候也写几首古诗，出墙报。这种眉毛跟刷巴一样的东西也写得古诗，真使我大吃一惊。

他接着又把我上上下下打量一顿，之后眼光专注在我的鞋子上。我心想老子这又不是偷的。他深沉地叹口气：

"振作起精神来，小伙子！"

我不防他有这一手，着实恨了一下。他自己也觉得刚才太激动了一点，转而轻轻地又叹口气：

"去买一双鞋子换上嘛，脚趾佬都伸出一大截了！要不我借钱给你去买？小卖部就有。"

我没作声，脚趾佬在鞋子的洞眼里蠕动着，设想正在将这些有时也写写古诗的东西碾成豆瓣酱。他看到所有的阴谋都一一败露，只好最后嘱咐我"在哪里跌倒的要在哪里爬起来"。我望望窗外，太阳慢慢地照过山头。转脸跟他说了声"地上泥巴还没干啊"，就走了。

回班里一个个都对我笑眯眯的，问我吃饭了没。好像我到保卫组就是专门去吃饭的。叶班要我下午不要去出工，在家好生休息。我认为应该反其道而行之，偏要出工。四班把毡子还来了。原因是他们听说我开了一个人的脑壳。七寸五从床当头翻出一个瓶子，问我吃不吃榨菜。我当然吃榨菜。但我告诉他他的榨菜做出风气。他闻了一下，说不做出风气。这家伙从来不虚心使人进步，今后绝不能再随便吃他的东西。落汤鸡依然是魂不守舍，哼哼唧唧从这头溜到那头那头溜到这头。我拍拍他的肩膀说，你还是这么蠢吧？他怔了片刻，说你才蠢呢。便不作声了。显然怕开脑壳。哲学家喉咙很大地喊了声"你回来啦！"就飞快爬到床上去了，鞋子踢出好远。

下午在工地上我跟他们讲囚屋里的故事。听得他们都咯咯地笑，站在那里不肯走。我自己也觉得听起来不是保卫组打了我，而是我把保卫组痛打了一顿。并且以后寻到了机会还要打。

太阳出来了，天也很湛蓝。旷长严肃地望着这一切。我以为他又有很多事情不满。但他问我晓得是哪个告了我的密。我说你晓得是哪个？他哼一声。

"你还不晓得哦。"挑一担土走了。

旷长讲话怎么这样吞吞吐吐。打转我扯住他，"你说是哪个？"

"你不晓得那就算了。"

这人命关天的事他居然会想到算了。他又要我好好回忆一下。我回忆了半天也没回忆个所以然来。他却已经挑了五担土。后来才告诉我是第八。

"他？这个杂种！"

我恨不得偷一截雷管立即去炸了他的屁眼。忘恩负义的家伙被炸掉屁眼那是丝毫不值得怜惜的。落汤鸡还在侬哝呀呀个不停。看来雷管如果有多应该连他的屁眼也一式炸掉。世界才得安宁。

7

夏天到了。我已经读完好几本哲学书。屁股上长疱的地方也结了痂，快要好了。有一次我总觉得哪里有些不对头，伸手摸裤子里捏到一个疱，啪地就挤出一股烧热的脓来。全部揩到了范老倌的枕头上，因为我正在读哲学书。哲学家说哲学使人深刻，诗歌使人聪慧。但诗人据我看一点也不聪慧。近来一天到晚打屁，越来越不讨人喜欢了。他还不认罪，自以为得计。搞得我哲学书也看不下去，看两行就想睡觉。看三行觉就睡着了。觉得与其这样还不如那样。而且很久没再跟石粒妹子出去玩。和她□□的时候她哭得一塌糊涂。尤其是克服不了海带味，所以怪不得我。又不是我要她这样没出息。有几次吃过晚饭她故意喊几个妹子从工棚门口格勒格勒地笑起过身，以为我会听见。殊不知我就是听不见。她还唱歌，什么"见到你们总觉得格外亲"。我打算找个机会把她送腊鱼的瓶子还给她，勒令她从此不准跑到我们外面鬼唱鬼唱。是什么意思？有什么好处？她这样做只能是自食其果。

好几次差点在工地上看到黄黄妹子的奶子。一有机会诗人就跑到我面前挤眉弄眼，等我拢去一看又没有了。我问何解回回都看不到。他说那没办法，你的运气不好。我不相信一个把屁打成他那个样子的人比我的运气还要好。他说那只有一瞬间，一刹那间，还不能背光。他说他有一天连那上面的血管都看清楚了。她弯腰去挑一担土，勾子半天也勾不起来。他假装无意一望，于是看到了血管。我照他讲的专门堆了两簸箕土，等黄黄妹子过来再勾半天。她却不来。我很严肃地请她过来。她反而警惕地瞄我一眼。诗人偷偷地在一边笑。结果被落汤鸡挑起走了。他赫哟一声，头发像一个叛徒。诗人打了个很重的哈欠。问我去不去河里洗澡。我说天气再热就去。他手搭凉篷朝天上看了看。

下午天气果然更热。妹子的衬衣都汗湿了沾在身上，现出里面的背心印子。石粒妹子脸通红的，大约又想来月经。我已经顾不得了。一定要下河洗澡。问诗人去不去诗人去。问旷长旷长也去，而且他是说的"去！去！"后来大家都要去。只有叶班表示了一下犹豫，说还冷了一点。他又不来月经，冷什么冷。可见他主语和谓语从来就没搞清楚过。连七寸五都比他好。七寸五说，去啊？去——去就去！

黄昏的时候我们都到河里去了。诗人把尿往脚上屙，说这样下水腿不得转筋。我说这方法我也晓得，但应该是自己的尿，你何解把你的尿屙到我的脚上？他嘿嘿地笑着躲闪，说："我屙了？我屙了？"我夹着乚乚在后面追，终于也屙了一点在他的脚上，甚至背上。接着往坝下一跳。浑身一冷。主要是头皮冷。我钻出水面，高声地打了个哈哈。就看见落汤鸡在水里跟一个人打起来了。他好像硬要把那人按到河底下去淹死，搞得水花飞溅。后来才晓得不是打架，他的泳就是这样游的。

范老倌不敢下水，蹲坝上蘸湿毛巾往身上擦。我问旷长冷不冷。旷长翻起眼睛说不不不不冷。七寸五做着全身运动，仿佛要大干一场。我看他总不下来，爬上岸溜到背后猛地一推，扑弄他就到河里做运动去了。他钻起来一边笑骂一边咳，表示呛了一口水。诗人也上了岸，口里啊呀啊呀地又喊又跳。风一吹，湿裤子巴在身上最冷。干脆脱了，甩得坝石高头，赤条条地蹦了蹦。诗人说啊也，你这只痞子！我问他要肥皂，结果他也把裤脱了。我朝他胯底觑了觑说，你乚乚冻得乌黑的。他从肥皂泡中间睁开眼睛，说你的呢，你不是一样。我低头一看，果然也是乌黑，缩得短短的在那里。一跑它就车车地转。旷长尖起喉咙唱，看见了看见了看——见——了！我也唱，看见什么了？一筒乌黑的卵！

落汤鸡突然一个人嘀嘀地笑。谁都不懂他的解。

哲学家在河里喊，你们要小心呐，妹子来了！我起先不信。后来真的看见远远的几件花衬衣，才和诗人跳下水。近了原来是十二班的三个妹子，居然洗了我们的上游。我很气愤。诗人说而且其中有一个是"倒嫖"。旷长问什么叫倒嫖。诗人说就是倒过来嫖男的。旷长想了想，问那怎么嫖？我说你去试，你去试。水里已经不是很冷。七寸五问诗人从哪里晓得的。诗人嬉皮笑脸，说他看到过。她那里邋邋遢得不得了。范老倌听入了神，张嘴直是笑。我们愤怒声讨倒嫖及其一伙。长得丑丑丑，走路的样子恶心恶心，一看见她就要呕烂巴饭。其实我觉得她长得并不丑。但是大家都讲她丑，我也只好讲她丑。我想象跟她抱了一起口口那是什么味道。一边游一边ㄟㄟ就在下面晃荡。过了好久才慢慢缩回去。落汤鸡再一次赫地跳到河里，把第二个人按在水底下痛打。诗人游拢来，说有一件重大的事情要告诉我。他发现范老倌裤上印了一块痂。不是饭痂的痂，也不是脓痂的痂。

"晓得了吧？"诗人挤挤眼睛，"去把它偷来？"

他建议偷来绑在树棍上做旗子，吃饭的时候打到食堂里迎风飘扬。范老倌还不晓得，厚颜无耻极了。难怪他一身的排肋骨。七寸五报告后天映电影。旷长问新片子还是老片子。他说不晓得。不晓得其实就是老片子。"除了克里姆林宫大门，尼古拉大门是不是也要打开？"诗人怪腔怪调地问。他们都啊哈哈哈笑。我实在不认为这有什么好笑。而且范老倌也笑。他现在是把毛巾用劲地擦裤裆里面。诗人生怕他把痂打湿了，眼睛紧紧盯住。我一个猛子栽到底下捉住诗人的脚一拖。他呛一口，反手向我戽水。我又扎一个猛子逃跑了。鼻子进了水，热乎乎地流出来。旷长和七寸五脱得冷光躺在坝上，"晒日光浴"。哲学家也躺下了。只是没脱裤。范老倌不知哪里去了。

我和诗人也爬到坝上晒日光浴。日光慢慢地暗淡了，我趴着晒屁股上的疱。所有的人都变成金黄色。忽然大家轰一笑。七寸五把ㄟㄟ颤微微竖起来然后扑地倒下去。旷长说太痞了太痞了。七寸五认为痞一点没关系，又微微竖起像被灌了几口酒。他头枕双手，心情舒畅看它摇晃两个圈又扑地倒下去。诗人跟着表演。他让它站起来鞠了一个躬，再摇头晃脑陶醉于一首诗。嘴里还代替它朗诵，什么绿色的山啊清清的水，晚霞照着姑娘洗一堆衣裳其中有很多是别人的，映山红又开得多么地烂漫啊，等等。哲学家大喊一声：

"又有妹子来了，你们快穿裤！"

诗人根本不睬，坚持把朗诵进行到底。我也以为哲学家开玩笑。没想到真的来了一队乡下堂客，一人挑一担谷从坝上过身，都低了头假装不看。中间有两个细的还只有十五六岁。

诗人和他的丄丄停止了朗诵。丄丄愣在那里，一时竟不晓得要马上卧倒。范老倌从角落里跳出来，跟哲学家一齐大笑。我也笑。走最后的那个年轻妹子忍不住回头看了一眼。诗人骂她一句娘。她只好又回头看一眼。哲学家往头上套汗衫，笑诗人失了身。旷长说，那乡里妹子看中你了！诗人硬说看中的不是他而是七寸五。我们讨论的结果还是看中了诗人。因为诗人长得白，又背得古诗。脸上有几粒雀斑那是不要紧的，可以搽牛屎拌糖。每天搽三次，每次搽四遍。七寸五要诗人小心，不晓得哪天半夜把他抢到一间黑屋子里，每天派一个女的跟他搞。旷长说不但是可能的，而且是一定的。哲学家说，就盼着这天了！诗人爬起来，把身子对准乡里妹子的方向挺了挺。哲学家指着他笑得前仰后合。我们设想很多年以后，这里冒出一大帮细伢子，一个个长得跟诗人一样，背很多古诗，怎么办？诗人说，关我卵事！我们都说诗人最痞。他主要是不读哲学书。

8

打篮球的时候，我看见倒嫖在那里走路，就把球往她滚过去。她抬起头对我一笑。我想一定是她看到过我的丄丄。她砰地踢一脚球。我捡起准备去射她的奶子，看她今后还敢不敢乱看乱看。发现侯指导正坐在保管室门口吃烟，只好算了。最近我才晓得侯指导并不懂哲学。所以他看不惯哲学家。我问倒嫖，你晓得我们喊你么子吧？她说不晓得。她说你们这些人都是痞子。她从哪里听到我们是痞子？越发可以肯定我们的丄丄都被她看尽了。怪不得她头发鬈鬈的，脑壳里面尽是资产阶级思想。我说假如我跟你谈爱你怎么办？

"你还晓得谈爱呀？"

她格格地笑。意思是指我谈过爱而又不会谈爱。这一定是石粒妹子散布的谣言。下次要找个机会挡住她臭骂一顿。必要时再赏给她两个耳光，从下面往上扇，扇得她对后头一仰。

石粒妹子已经有两天没听见唱歌了。我无所谓。工地上我看到她咬紧牙巴挑一担土，心想还是懒扇得她耳光的好。她其实并没有别的错，奶子长得也勉勉强强。就只心胸狭窄。再就是有点木忖，讲一句话她要问半天。有一次我对她说：

"你是吃错了药吧？"

她扯伸衣服不睬我就走了。我正好让她不睬。因为那一向漆跛子总是喊我下跳子棋。他还搞了一条烟。我估计是偷的。但石粒妹子又主动跑来睬我，对我射媚眼。要不是漆跛子喊一声，我本来准备骗她到一个地方脱了衣服就昂首阔步地走掉。漆跛子问我要黄的还是要黑的。我说要黄的。我一要黑的就输。漆跛子也不要黑的，要了红的。于是我也不要黄的，要了蓝的。他想了想，又把红的换成黄的。我也把蓝的换成红的。我问还有什么颜色。他说没有了，还有一种白的失了两粒子。我在棋盒子里翻了一气，果然少两粒子。

我呼出一口烟，觉得很舒服。就问漆跛子认为石粒妹子怎么样。漆跛子说不怎么样。我说你怎么晓得她不怎么样。他"啊？"一声，弹弹烟灰，望着棋盘半天不讲话。终于把我的一粒子跳到他的盘子里去了。跳完还很轻松地靠着乱堆的被窝，慢慢吞吞抠脚上的痒。我决定在他枕头上坐一个屁。但他指责我搞动了他的子。后来电灯一黑，他才问我问丽妹子做什么。我要他再拿些烟来吃。他说没好多了。我从他帐子弯里又翻出四五根。还有一只是袜子。他立刻很惊奇，说这只袜子他找了几个星期了。我说我问的是石粒妹子，不是丽妹子。他说丽妹子已经被人搞过好多次了。我问何事晓得的。他说是自己看出来的。这种鼠目寸光的家伙居然看得出这样多的问题。我要他煤油灯扭大一点，再找有不有烟。他说他的煤油灯扭不大，升降机坏了。我对倒嫖说：

"晚上我跟你去谈爱！"

她笑笑走了。显然是正中了她的下怀。她肯定一天到晚都盼望有人来搞她。我假装一点也不晓得，届时再戳穿她的丑恶嘴脸。在哲学家床上翻书看的时候我就拿定了主意。当时诗人正躲得帐子里打蚊子。打死一只有血的他就恨得咬牙切齿。也不检查自己出的酸汗。我顺手抬起一本灰扑扑的哲学书看了两行，就觉得它很深刻。同时觉得石粒妹子和倒嫖未免都太浅薄了，只晓摸奶子摸奶子。不知世上还有什么羞耻二字。我把书夹在胳肢窝里，对诗人说：

"走，我们吃甜酒去！"

我们就吃甜酒去了。诗人这种东西向来是不讲一点礼貌的。他伸手到茶缸里挖了好大一坨，吃下去才说这根本不是酒，是饭。我端起闻了一下，说恐怕是药子不好，半天不来酒。他又挖了一坨吃下去，认为既然不来酒，那就干脆当饭吃。我则认为既然当饭吃那就不能让他一个人独吞。也挖了比他那坨还大的一坨吃了。好像还有些馊。他边吃边点头，说有些馊是快来酒的象征。

又把旁边晒的一个茶缸打开吃。这一缸吃起来一下子甜一下子酸。诗人认出这茶缸基本上是后鼻音同志的。后鼻音同志每天晚上要漱口，脑壳往左歪又往右歪。α 等于 β。我一听说 α 可以等于 β 就有气。于是拿他的茶缸接了一些尿，依旧用黑布包好晒在坪里，让它变二锅头或者葡萄酒。晚饭前我去看过一次。后鼻音同志还没发觉，正跟人讨论天王星大还是海王星大。我到他面前故意咳一声。他瞟我一眼，显然海王星大。我想如果这样当然只好算了。海王星大总比太阳大要好。晚上很多人一起去看电影，我都一直做成好像要把这问题想得个水落石出的样子。一路走一路沉思。过了跳桥一眼就看见了倒嫖。她也是一路走一路沉思。走到我面前她又笑又不笑地说：

"你约我去谈爱，你是咯样约的呀？"

我想了半天才想起是约过她一次。自从吃过甜酒就忘记了，以为她也会忘记。我趁没人注意在她屁股上拍了一下。

她要我莫痞，眼睛往身后很快地看了看。后面又跟了一些人走，都在想海王星为什么比天王星大。她说她原来以为我很好，没想到会是这样子。我认为主要是她不晓得我正在读哲学书。想要背几句把她听，她肯定又听不懂。她一听不懂就会要我立刻摸奶子。我约她电影看了一半再溜出来谈爱。她没作声。一看是漆跛子他们追上来了。其中还有落汤鸡。我说落汤鸡给我们来一段颤音！落汤鸡却不来颤音。我敲了一下他的脑壳，问听见没有。我想无非你是喊叶班来帮忙。我一个哲学问题就要搞得他神魂颠倒。落汤鸡清清嗓子，说是走路不能唱歌。怕唱出亚洲人的喉音。以前我不晓得亚洲人还有喉音。倒嫖问一半是哪里。我问什么一半一半。她说你讲的电影看了一半。我想她记性真好。便告诉她等卫队长从楼上一跳下来我们就去谈爱。名义是要屙尿，其实我们是去打嗝斯。我以为她会不懂得打嗝斯。她却懂得不能再懂了。可见做倒嫖也不容易。

快开映的时候，有个人在幕布那里鬼鬼祟祟闪了一下。马上我认出是保卫组的鱼泡眼。穿一件弹力背心，不像是安分守己的样子。很快就不知钻到哪里去了。不然我一定要抄到他背后捡块石头一砸，教他一世读不进哲学书。我起身寻了半天，忽然一个人喊我。我一看是猴子，点点头。猴子赶紧把我介绍给他的同伙。我扫了一眼，没一个是我打不赢的。果然他们都做出打我不赢的样子，开烟给我吃。猴子历数我曾经开过的脑壳，其中就有德宝。我说还有很多人的脑壳等着我去开。于是他们都表示愿意跟着我干。猴子很得意，告诉我第八是个狗杂种。我说我早晓得他是狗杂种，只是一直没得机会。猴子说他躲在连队不敢出来。

电影开映了。列宁同志对着高尔基同志大喊大叫，要他把一个什么东西赶快丢掉。而高尔基同志老是不肯丢掉。我问诗人那是什么东西。诗人说每次到这里都听不清，好像是"良民"，把良民丢掉。列宁同志无疑是正确的，他叫你丢掉你还留着它干什么。卫队长同志深入敌后，七八个人都掐他不死。他说他的梳子忘记拿，就从窗户眼里跳下去了。我记起约了倒嫖溜出去谈爱。

诗人却告诉我等一下会出现一个人很像侯指导。我问是什么人，好人还是坏人。诗人说是一个特务，混在工人阶级的队伍里，让列宁同志先走。我从来没注意到侯指导会是一个特务，一定要仔细地看看。后来列宁同志被打得对地上一倒，我就更不能走了。资产阶级的用心简直险恶得很，像火焰一样从这一端烧到另一端。但是面包会有的，牛奶也会有的。你们不给就强迫你们给。想起来就解气。而且我们绝不理睬他们，人民委员斯大林。斯大林同志你一定要坐沙发，然后打个电报给瓦西里。终于瓦西里举起马刀喊一声"为了列宁，冲啊！"我才急急忙忙跟所有的人站起来。乱糟糟的哪里都寻倒嫖不到了。只看见漆跛子跟人争论，该不该把打死卫队长的人打死。我后悔忘记要猴子回去告诉第八，迟早有一天我会开了他的脑壳。苏维埃政权是绝不会轻易放过他的。

9

早上我要诗人帮我去端饭。诗人嗯一声又睡着了。旷长扭了很多下屁股，说是要去洗衣。而且一定要洗衣。漆跛子伸一个脑壳进来问：

"到贵州去吧？"

说完便到贵州去了。我不晓得今天要干些什么。哲学书我不能再读了。我已经读得太多了，以至于排肋骨底下痛。我问哲学家是不是应该产生这样一种现象。哲学家说让我们拭目以待。

诗人表示这一向老是梦见跟一个妹子睡觉。我一时想不起有哪个妹子会愿意跟他去睡。吃过早饭我一边想着这个问题一边打篮球。有几个妹子穿得五颜六色往桥那边走了。我对着她们"喂"了一声，心里很快活。既然她们都不懂哲学，这一辈子就只能穿着这些衣服走一走了。后鼻音同志也跑来进球。进的时候脚一踮，使我对他的印象根本没有好转。不知他吃了葡萄酒有何感想。我问黄黄妹子

"天王星大还是海王星大？"

她觉得这里面一定有很痞的意思，不作声，只顾用碘酒去搽手臂上蚊子咬的坨。早晓得是这样我还不如直截了当地问：

"为什么你的奶子比石粒妹子大？"

她却问我今天休息到哪里去。我说我想睡觉，你跟不跟我去。她把棉签往我一丢，不肯跟我睡觉。那就是想跟诗人之类的睡觉。

二班工棚里有人吵架。我把球对篮里一投就跑去看。漆跛子被几个人围着，为一件事争得面红耳赤。起先以为还是那个打死卫队长的人的问题，后来听出不像。又以为是到底哪颗星星比哪颗星星大的问题，再一听也不像。漆跛子用嘲笑的口气对一个人"呃"了一声，那人从此便无可救药了。我记起他今天早上到贵州去了，怎么又跑回来"呃"。他说他还没去。没去的原因是因为谁也没去。回到球坪上找黄黄妹子，黄黄妹子已经走了。我捡起她丢的棉签，在墙角上画了一对大奶子，然后一边打一把叉。范老倌问这是什么东西。我说这是两只老鹰。范老倌很喜欢老鹰，站在那里研究了好久。

我们挡住一部解放牌汽车。它本来不肯停，企图从边上溜过去。但我们人多，所以它溜不过去。诗人站在公路中间，天不怕地不怕的样子。汽车飞快地开过来，大按喇叭。我预先捡了一块石头在手里，只等车子从诗人身上一压过去，就打它的提前量。后来我才晓得旷长也捡了一块更大的石头，准备从驾驶室拖出司机命令他把诗人压出来的屎吃掉再砸烂他的狗头。不过汽车终于刹住，诗人被撞退了好几步。我赶快扯开车门，占领了驾驶室。诗人踩在踏板上揪住司机的领口，骂了一顿娘。司机只好为娘的错误点头哈腰。他平白无故长了一副葵花子脸。过去我一直以为只有女人才长这种脸。我拍拍他的后脑壳，要他不要调皮。不然我这位弟兄脾气不好。这位弟兄最近写了一首长诗，打算驭着车轮奔腾向前。葵花子脸赶忙赔笑，认为正应该这样奔腾。然后请我吃烟。我用鼻子喷了一口，挥挥手说：

"开车！"

他问往哪里开。我要他往贵州开。诗人嫌他故意拖时间，从后面车厢里伸脑袋过来又骂了一通娘。车就开动了。葵花子脸讲四川话，到贵州去正合适。

开了一截，又有几个人站在路中央挡车。我认出其中一个是九连的，好像叫什么土狗子或者地狗子。记不很清了。土狗子手里也捡了一块卵石，表情很阴险地盯着我们。我伸出车窗喊一声：

"喂，你要连我一起打呀？"

土狗子一愣，丢了石头跳上来，"是你！"表情一点也不阴险了。

我说，"上车上车上车，我们到贵州去！"

他马上同意去贵州，不过是不是先把司机打一顿。我看了一眼葵花子脸。葵花子脸衣领都抖起来了。我只好又拍拍他的后脑壳，告诉土狗子这杂种虽然脸长成这个样子，对弟兄们却还温良恭俭让。土狗子才放过了他。

"听你的！弟兄们上车，到贵州去呀！"

那些弟兄们纷纷往车厢里爬，不去贵州绝不罢休。

"狗卵，你不上来？"

土狗子摆摆手，扶住车门，"我就站在踏板上！"

原来他既不土又不地，而是卵。有狗卵站在踏板上，摩托队就更威风了。

过甘棠坳的时候，一辆油罐车从后面追上来，呜地开过去了。葵花子脸咳两下，看看我们，臭骂了油罐车一句。然后加大油门追。油罐车左摆右摆，不准我们超车。灰土扬起什么都看不见。

"狗卵，你站稳！"

狗卵站得很稳。还腾出一只手来吃烟。两部车平行地开了一段，我以为狗卵会要被挤死了，或者肠子挂在那部车子上人却在这部车子上。但狗卵仍然慢慢吃烟，之后把烟屁股对油罐车的驾驶室一弹。葵花子脸站起来开车，大半个身子钻出车门朝后面骂了几句四川娘，对我们讨好地笑笑。狗卵前后看看，说是要屙尿。我说我扯住你的领子你来屙。他要我不要扯得太紧，不然会勒死。要我扯又不准把他勒死，这只有狗卵才想得出来。狗卵解开裤扣，一路屙了一泡长尿。后面的人很大一声表示惊奇：

"啊？下雨了？"我听出那是漆跛子。

车子停在丁字路口。葵花子脸说到了。我一看这里根本不像贵州。哲学家正在车厢里面讲一个笑话。讲完之后他自己笑得不可自拔。狗卵对葵花子脸一吼：

"你骗我们啰骗我们啰，磕死你！"

葵花子脸很谦虚地告诉我们，到贵州往右边那条路去，还有十几公里。他不到贵州。他只到靖县。漆跛子在后头大喊：

"靖县我去过，一点都不好玩！"

诗人伏着车帮子很激动：

"去贵州！去贵州！"

我打了一个哈欠，用脚趾佬按按喇叭。葵花子脸很慌张，不懂我的意思。其实我的意思很简单。哲学家又开始讲另一个笑话，还没讲完他已经自己笑得死去活来。狗卵等了一气，愤愤地说：

"还不开？何解还不开？"

葵花子脸问往哪里开。

"哪里开？往贵州开！"

葵花子脸说他不到贵州。他只到靖县。漆跛子又在后头大喊：

"靖县我去过，一点都不好玩！"

哲学家开始讲第三个笑话，自己首先啊哈哈哈笑得土崩瓦解。狗卵又要捉了葵花子脸打。葵花子脸一下变得寡白，衣领又抖起来。他说并不是他不愿意去贵州而是他去不得贵州，他其实心里很想送我们去贵州但心里想的并不一定就能送我们去贵州，他本人比我们还想去贵州然而想的是一回事能不能去又是另一回事贵州。我拈起他一只耳朵看他老不老实。结果他很老实。又用脚按按喇叭：

"弟兄们，他不去贵州！"

弟兄们就在上面喊："去贵州！去贵州！"

狗卵在汽车前面来回踱步：

"老子们在前方打仗，戳了这么些窟窿，你连贵州都不送我们去，你他妈的良心喂狗吃了？"

我一看，狗卵果然被戳了几个窟窿，不过已经贴上了伤湿止痛膏。葵花子脸点头赔笑，表示他妈的良心的确喂了狗。但是靖县也很好玩。靖县有一个关公庙你们去过没有。

"弟兄们，他说靖县有个关公庙！"

弟兄们仍然喊，"去贵州！去贵州！"

一个九连的问漆跛子："靖县有关公庙？"

漆跛子到处看看，"不晓得呀，不晓得呀。"

九连的说：

"后面还会来车，等一下挡了一部到贵州的车再放他走！"

我和狗卵认为这个主意不错。葵花子脸要我帮他讲几句话。他说他生来就不会讲话，即使很有道理也讲不赢。这是一个缺点，这个缺点使他经常吃亏。他还想啰嗦，狗卵眼睛一瞪：

"再吵！再吵剪了你的⅃⅃！"

然后到路边屙尿。我说你何解专门屙尿。他说刚才没屙得干净。

拦了一部汽车，说是到太阳坪的，放走了。又有一部到会同。这个到会同的司机打了一身赤膊。也放走了。太阳越来越大。葵花子脸敞开衣裰子揩汗，露出精瘦的白肉。想到他有可能被狗卵剪掉⅃⅃便非常难过。这时又来了一部车，老远就放慢速度伴到边上停住，跳下一个老司机。

"贵州？贵州有什么好玩的？"他摇摇脑壳，说是可以给我们几张贵州粮票。但贵州确实不好玩。

葵花子脸连连点头，"不好玩，不好玩。我早说过……"

"你闭嘴！"狗卵一吼。

葵花子脸只好闭嘴。老司机说：

"玩是不好玩。你们要硬是想去，我送你们去。"

"你到哪里？"

"我到靖县。"

"算了，我们还是到靖县算了！"旷长说。

"上他的车！上这个老鳖的车！"

狗卵照葵花子脸的屁股就是一脚。葵花子脸飞快地钻进汽车开起跑了。

10

街上转了一圈，没一点味。就书店和邮局砌得还算是威武。七寸五很后悔昨天寄走的信没拿到县城来发。邮局里坐了一个四十多岁的堂客，正在很凶恶地往一垛信上盖章。诗人和哲学家一起买书去了。我问一个五官还算端正的中年，关公庙在哪里。他说拐个弯有一个茅厕可以屙尿。这县城里的中年人真是没有教养。从天亮到现在不是屙屎就是屙尿。我说：

"你吃多了？"

他说："啊？"

"吃多了不得消。"

他于是心满意足地走了。狗卵也心满意足地走了。因为一个乡里人以为我要买大蒜。我问好多钱一斤。他说二角三。我问三角二卖不卖。乡里人笑着，说："三角二，三角二……"背起大蒜就走。我抬头一看，不见了狗卵。

漆跛子说，赶集去赶集去。范老倌已经预先守在街口子上看炸油粑粑。

"范老倌你要请客？"

范老倌换了一只脚，继续将炸油粑粑看下去。我帮他看了一阵，看不出什么名堂。就问：

"你这油粑粑可以试味吧？"

那人说："啊？"

我也不管他啊不啊，拈起一只与范老倌撕开吃了。那人很痛惜地跟我讨论把钱或者不把钱的问题。漆跛子连忙拢来问：

"可以试味呀？可以试味呀？"

炸油粑粑的认为不可以试味。而漆跛子认为当然可以试味。漆跛子手上还抓了一块干笋子，在油粑粑上方指指点点。我一见事情闹成这样，就看买鸡蛋去了。那人想拖住范老倌。范老倌说：

"我又没吃你的。他给我吃的！"

漆跛子仍拿了干笋子指来指去：

"为什么不能试味？为什么不可试味？"

一个婆婆子拖住漆跛子的手，"哎，你莫把我的玉兰片拿走了！"

漆跛子把笋子往她箩筐里一丢，坚持要试味。七寸五从前面挤过来，手里抓一爪杨梅要我们吃。很快就吃完了。

"怎么样？"

"你买的？"

"那个老鳖的！"

我一看，那个老鳖的杨梅多得很。

"老鳖！杨梅怎么卖？"

老鳖抬起头呜拉呜拉，听话不懂。大概是请我们多吃一点。又一人抓了一大爪，转到别的地方去了。旷长说有一种李子特别好吃。我们就要他把那种李子找来。他在担子中间寻来寻去，说刚才还看到的，一个乡里妹子。我问乡里妹子水色子好不好。他说水色子好，就只嘴巴大了一点。有几个乡里人一看见我们赶紧用斗笠盖住箩筐。七寸五对我眨眨眼睛。我把罩衣脱了搭在肩上，很轻松地唱着荡过去："有一个姑娘摆尾子长呀两只莲蓬晃浪浪呀，有一个姑娘真漂亮呀嘴巴张开一尺长……"漆跛子还在讨论试不试味。

七寸五左看右看，忽然拈起一条干鱼撕了一块，嚼得津津有味，乡里人呆呆地看他吃了半天才说：

"这鱼是生的呀！"

七寸五"哦"一声，又撕下一大块塞进嘴巴里去了。乡里人伸手要抢，七寸五往背后一给：

"抢什么抢什么？好多钱一斤？"

我顺手也撕下一块吃了。

"太咸! 那坨腊肉呢?"

乡里人扪住腊肉,"不卖了不卖了!"

"不卖? 公买公卖价钱要公平!"

漆跛子到耳边报告,发现一个药铺。我对药铺向来没有好感,但如今腊肉已经吵到了不肯卖的地步。而且漆跛子说多吃草药总是没有害处的。所以他瘦成那个样子,再热也不敢打赤膊。我进门对系长布围兜的老鳖说:

"你们这里到处一股药味!"

老鳖扳下眼镜来看看我,又低头切他的药去了。我只好抓了一大把簸箩里晒的当归往裤口袋一塞。

"偷药哇?"转背一看,是诗人。

诗人说□你妈妈□找了你们好久,还说□你妈妈□那书店里不肯卖给我们《资本论》,又说□你妈妈□肚子饿了你们的肚子饿不饿。出药铺我把他吃当归。他说这不是当归是党参。他用枸杞子跟我们换党参。我问哪里搞的枸杞子。哲学家一边吃得说不出话来一边朝无穷大的方向指了指。那里就有一个人背起麻袋跑了。漆跛子说党参这种东西应该用来煮精肉子吃。七寸五认为不应该煮而应该蒸。由于他们口袋里都有党参,所以不知到底谁对。我又钻进药铺问老鳖:

"喂,党参要何事搞了吃?"

老鳖又扳下眼镜看看,仍旧切他的药。我骂了他一句娘,把另一只裤口袋也塞满了。七寸五蒸精肉子已经发展到要用野猪肉。

卖野猪肉的乡里人腰上系一条长布,以为这一来我们就会怕他。我说:

"你这肉是野猪的!"

他吓得连连点头:"是的呢,是的!"

"那为什么还要拿来卖?"

他把我们每人都惊奇地看了一遍,也搞不清为什么要拿来卖。七寸五举起一只腿闻了好久。我想他可能又要不顾一切地吃下去。旷长问粮票要不要。乡里人经过慎重考虑要粮票。我们就称了一大坨。七寸五说：

"你这柔不耗！"

"这肉好！"乡里人回答。

"你这柔抽了！"

"这柔没臭！"

"我们的，要买回去做单方！所以抽柔的不行！"

"怎么的不行，行！"

我说："啊呀你一下子赚我们一百斤粮票！"

乡里人谦虚地笑笑，不晓得一百斤粮票多了还是少了。我说三七一十八，六八三十二，五五四十五，再加上一个六七三十六，一共应该是九十七斤八两。七寸五接过肉再闻了闻：

"柔抽了，不能做单方！"

一进书店我就大声喝问：

"为什么不准买《资本论》？"

柜台里只有一个矮子堂客。我以为她会说：

"不准买就是不准买！"

但她只回了一句"六块三"。

哲学家说她主要是不晓得我们好多钱一个月，她主要是要三本一起买，她主要是不肯卖一本。旷长把野猪肉放到柜台上，矮子堂客要他拿下去。

"这又不邋遢！"旷长说。

范老倌抽出一本《怎样修理收音机》翻来覆去地看。我问矮子堂客：

"假如我要买下次两本是不是一起可以把钱拿来换薄的这本？"

她摇摇头，还是不准野猪肉放柜台上。

"跟她讲不进油盐。"诗人说，"我们一个月只有六块钱！这次买一本，下个月发了钱再来买那两本！"

"整个县里都只有一套，你买走一本不来买那两本，那两本怎么办？"

她竟敢这样以矮子之心度诗人之腹，气得我只好一口气吃了很多党参。旷长提着野猪肉告诉她：

"他是诗人你晓不晓得！他的诗很快就要在报上发表了。"

矮子堂客采取无动于衷的态度来对待发表。我跑进柜台拿出《资本论》，一拿就觉得这书非买它不可。矮子堂客飞快地伸手来抢。

"抢么子，老子要买！"

范老倌丢下《怎样修理收音机》过来看。我要哲学家抠钱。哲学家只抠出两块多钱和几粒枸杞子。我把枸杞子寻出来吃掉了。旷长说他可以借些钱，那是留了买天麻的。他爸爸要吃天麻，他妈妈要吃天麻，他哥哥的岳母娘也要吃天麻。

"你好好看看，马——克思！"我把《资本论》摇给旷长和范老倌看。范老倌居然羞答答地闪开了。又摇给矮子堂客看，"马——克思！"矮子堂客一五一八地数钱。我问她 α 是不是可以等于 β。诗人把书接过去翻了很久，终于发现很重。

到面铺里我把《资本论》往桌上一放：

"买面！"

有几个快吃完的家伙伸长颈根看看，面汤也不敢喝就溜了。我举起最厚的那本去吓一个大队书记，他赶忙把板凳让给了我。我说：

"你是个大队书记吧？马克思！"

然后坐下来吃面。哲学家吃一口面就要瞄一眼《资本论》。我知道我们从此可以所向披靡，便去厨房里放了很多辣椒。范老倌也跟着放辣椒，又问除了辣椒还有些什么东西好放。七寸五"咦呀"两声，说一只老鼠赫大沿着墙角跑过去了。旷长回想起刚吃过的一粒豆豉，很可能是一粒老鼠屎。我要他寻出来把面退钱。他说寻不出来他已经吃下去了。我把吃剩的面倒在一起要端去退。诗人建议先打两只苍蝇丢到里面，卖筹的就不敢不退。七寸五首先打到一只活的。范老倌把一根挖过耳屎的火柴棍戳在苍蝇的屁眼里让它艰难地爬了一截，这才丢进面汤拿去退。卖筹的婆娘企图狡辩，我把《资本论》一页页翻到她眼皮子底下：

"你看马克思是怎么说的？你这个哲学的贫困！"

我预备顺手用《资本论》磕得她昏庸无道。

这时候漆跛子进来了：

"你们在这里呀?"

他手里拿了一垛油粑粑。

路口停着一部带篷的卡车。漆跛子说找了我们好久。两个九连的弟兄挡的车，手一挥就停了，专门接我们的一样。

"狗卵呢?"

狗卵就在司机台扬扬大拇指。

"上车！上车！"

我们嗡地上了车。旷长刚把野猪肉递上来，车子一蹦就开动了。我心想今天这开车的好狂妄。旷长赶紧猛追几步，搭住车厢一弓腰翻了进来。转脸一看，才发现车上还有几个壮实的大汉，黑起脸一个个都不讲话。我以为他们是怕了我们，便问：

"你们是哪部分的?"

大汉们的脸越发黑了，意思是反过来要我们怕了他们。我马上做好准备动手就首先扑过去把最壮实的那个大汉的耳朵打聋。哲学家紧紧抱着《资本论》，一线光罩住他的脸苍白。忽然那线光移开，汽车猛地一拐弯，速度又加大了。七寸五喊：

"错了错了，不是这个方向！"

漆跛子还在那里讨论今天的运气如何如何好的问题。油粑粑终于又试到了味。我冲到前面对着驾驶室大喊：

"停车！"

一个大汉要把我掀开。我差一点没站稳。但大汉也差点没站稳。我们互相扭住对方的腕子，从表面上看很像久别重逢正在激动地握手。我想趁机把它刵断算了。大汉却不让我刵。车子更猛，蹦蹦跳跳起来。

"停车！听见没狗杂种！"

我朝司机后窗乓地一脚。漆跛子格格地笑了几声，也发现开得不对头了。《资本论》撒了一地，哲学家弯腰一本本捡起。狗卵在驾驶室抢方向盘。然而他右边还坐了一个大汉，用劲扳他的手。车子开起一下往左一下往右。车上的人被哗地甩到这边哗地甩到那边。路旁的树枝子也横扫着车篷，哧啦撕开一块大油布。我想这责任完全不在我们，却看清大汉们手里原来都抓了一根棍。

"抢他们的棍！"

我一吼。漆跛子首先跳下车去了。我从来没料到一个号称跛子的人会如此矫健。好半天才看见他从灰尘中艰难地爬起来。范老倌缩进一个角落里得得得得发抖。车子发了疯，拐得更凶蹦起来几尺高。九连的有一个也跳了车。他在车厢上吊了好久想等上坡减点速度。但两个上坡都没减速。喊了一声"快跳！"就不晓得哪里去了。狗卵好像要睡觉的样子打横在那里，与大汉扭成一团两只脚仍然跟司机抢方向盘。一车人的命都交给狗卵的那一双脚了。司机从身后摸出一把扳手一敲。只听见"哎"一叫，也搞不清哪个人的哪个部位被击中了。咣哴一下一张门撞开，像鸟翅膀扇动几下又咣哴一下带关。七寸五说：

"这是从另一条路往城里开！"

说完也对车下噗地一跳。那声音听起来一点也不清脆。我紧紧按住大汉的一根棍子。他打算用它去戳哲学家的脑壳，想使得我们以后永远只能在黑暗中进行摸索。

"旷长你莫跳！"范老倌颤颤敲敲。

但旷长决计去买天麻，所以是非跳不可。他朝我们每一个人看了最后一眼，大喊一声"野猪肉！"立刻被抛得无声无息。

我们的人越来越少。诗人也翻身挂在车尾，随时准备弃车逃跑。卡车忽然减速，两边出现了房屋和农担。哲学家的脑壳仍处在被戳的威胁之中。车子刹得一栽，停了。我们纷纷跳车，一边还要遮挡大汉们的木棍。他们的另外一伙也从左旁一张大门里涌出来，手里都备有木家伙和铁家伙。我一眼就认出其中那个葵花子脸，只有他最气急败坏，颤抖着指挥那帮家伙要把我们往死里打。一下我想起石粒妹子的奶子。不过很快就不想了，因为背上狠狠地挨了一击。转身一看是一条板凳。我一边痛骂这条板凳的娘，一边从它身上喀嚓扯下一根腿来。这时我的鼻子被什么东西击中，酸辣辣的我就把板凳腿朝什么东西扑过去。什么东西哎呀一叫。

哲学家抱一大堆《资本论》倒在地上视死如归。好几根棍子从头到脚扑得他崩崩响。终于有一根棍折断了斜飞出去。我高喊：

"瓦西里！"

所有的棍子一怔，转过来打我。手上的板凳腿已经不胫而走。只好把一个穿黑背心的撞倒并从他身上踩了过去。却遭到当头一棒。无数飞翔的亮点中同时出现了石粒妹子和倒嫖两个人的奶子。

"打！打！划掉他的嘴巴！"葵花子脸跺脚。又有更多的棍子落到我身上。我从乡里人菜担子中间抽出一根扁担横扫一圈，他们才都退了一尺。诗人正一边跟他们辩论一边用野猪肉进行还反击。

"我是知识青年！你们不能殴打知识青年！"

他们躲闪着野猪肉，我趁势一勾腿绊倒其中一个。哲学家满脸是血，在地上摸索来摸索去。又一棍敲得他一滚。等他再撑起身子已经分不清哪是眉毛哪是眼睛了。他高举一卷《资本论》来抵挡，一只脚却朝他裆里狠命踢去。哲学家呃地捂住丿丄扭滚起来。

路旁一直呆呆看着热闹的乡里人一阵慌乱。诗人把野猪肉朝一个操铁棍的家伙脸上一射，转背夺路而逃。刚跑两步便被乱棍扑翻在地。只听见咚的一响，搞不清是他的脑壳还是我的脑壳又挨一棍。诗人在沟里勇往奔腾了一截，身上涌现出很多颜色。一个怪样子的人冲到我面前喊我快跑。

"快跑！"

我问："你是哪个！"

"我是狗卵！"

狗卵的变化真是太显著了，已经完全不像是狗卵而是像卵狗。我把扁担一顿乱舞，拖起哲学家沿着解放的大道迅跑。一个家伙红起眼睛追，我一扁担砍中他的耳朵。其他的才不再上来。乡里人纷纷向两边闪开。跑出县城，只有狗卵和我两个。狗卵艰难地把手弯到腰上去摸，揩到一巴掌血。

"哲学家呢?"

他用血手一指,说是从另一条路上跑了。我问拿没拿《资本论》。他说好像是拿着什么论。我吐了一口痰。

慢慢走了一截,喉干舌燥。俯到河边喝了几大口水,冰得鼻子发烧。狗卵说内伤吃不得冷水,吃了伤就背不出。我说我是外伤。他问我衣上的血是哪里流出来的。我低头一看,果然暗暗的染了一大片,已经晒干了。只是找伤口不到。狗卵分析是鼻血。鼻血这东西出出也好,只要不打成内伤。我问内伤跟外伤有什么区别。他要我咳嗽,看咳得排肋骨底下痛不痛。我一咳,鼻血又流出来了。我们骂了很久的娘,把石头往河里射。狗卵洗干净血手,说他记死了一个杂种的脸目子,左眉毛高处一块疤。下次一定要搞得他右眉毛高处也一块疤。我说尤其是那张葵花子脸,你记得葵花子脸吧?他问哪张葵花子脸。我告诉他哪张哪张。狗卵恍然大悟,捡块最大的石头射得水一焱。说这个不长进的,打不赢喊人来打,阴谋诡计。我认为最好把他阉掉,让他沿着男人女气的邪路滑下去。再猛敲一记响钟:同志,你走得够远了!

我们把脚泡在河里,远远地来了一部汽车。狗卵问我挡不挡。我说挡。车子刚好开过去。我抢紧几步爬上车,满车厢装的水泥。狗卵也攀住厢板,但腰痛翻不上来。水泥粉一股一股腾起来呛人。我朝他一连打了两个喷嚏他就一咬牙翻进来了,嘭咚跌在水泥包上。车子开了好长一段,摇摇晃晃拐进一条岔道。狗卵说到了株洲分指的工地。他有几个熟人,我们去搞茶吃。我说这样的熟人我也认得几个。我跳下车用力吐了几口痰,发现它们比以往任何时候都要黑。狗卵头发灰扑扑的。他说我也是。我咳咳嗽,好像排肋骨底下有些痛。但不是排肋骨的地方更痛。狗卵说这是必然的。我一看他的脚一跛一跛,不知是不是指的这件事。

株洲分指的弟兄对我们很客气。他们那里泡了一桶六一散,又打水来洗。狗卵脸上有几块颜色无论如何都洗不掉。刺毛翻出一个小玻璃瓶调了些白药给我们吃了。刺毛不认得狗卵,只听人讲起过一点。刺毛说上次他们跟邵阳分指的打架,准备来喊我帮忙。后来被他们连长晓得了。连长是一个户籍，很恶。我答应下次再跟邵阳分指打我一定来帮你开他们的脑壳。刺毛要我们在他们那里吃饭。他们饭票很多。我们看了果然饭票很多，而且还有辣椒萝卜。他们的辣椒萝卜不是自己做的。我说我们自己也不做辣椒萝卜。刺毛说他有一回要一个邵阳分指的矮了。他给我看缴来的刮刀。我做了个砍的姿势，问快不快。刺毛说快，也做了个砍的姿势，然后送给我了。我拿了往桌上一顿：

"放他的血！"

大家都笑了，认为正应该放他的血。我问我的伤看不看得出来。刺毛说看不蛮出来，不如狗卵的一看就出来。狗卵听了又打湿毛巾去揩脸。他说他把坐旁边的那个家伙眼睛打裂了。主要是一个坝脑壳从背后箍住他的手，所以吃了亏。刺毛告诉我们他学了一个动作，专门对付从背后箍手。他要狗卵从背后箍他。狗卵说腰痛。就要另外一个人来箍。那人也是个坝脑壳。被一下扳到地上去了。坝脑壳爬起来说这不算数，因为他还没站稳。刺毛说那是不管的。他们于是辩论起来。狗卵按了按腰上的那个口子，说是不再出血了。

吃过饭又有了精神。狗卵很大方地走了几步。问我们看不看得出来。我们都说现在终于看不出来了。狗卵便很高兴，路上要我不要跟别人说他那是打伤的。他只不过是从车上绊了一跤。我告诉他哲学是如何如何的重要。一个人要是不懂哲学，那就只好身败名裂死无葬身之地。他很同意这个观点。在桥上吃了一根烟，他就到下面屙尿去了。回来的时候袋子里装了一只鸡。我们接着赶路。他说□你妈妈□要好好补一补。我也说□你妈妈□是要好好补一补。鸡还在袋子里踹踹踹。我说是颈根没扭得死。他打开袋子看看，说何解会还没扭死，他一共扭了它三个圈。我只好把手伸进去，又扭了三个圈。袋子底就流出稀臭的鸡屎来，糊了狗卵一手。狗卵说那个乡里婆婆一点都不晓得。他还喊了她一声"满娘"。满娘便笑眯眯的。我说满娘同志是一个好同志。

我从裤口袋抠出党参分了吃。狗卵不晓得这就是党参，以为不甜就没偷。他另外拿出两坨梆硬的东西给我看，问是什么药。我咬了一口咬不动，闻也没闻出别的味来。我要他拿到牌楼镇的药铺，问他们收不收购。狗卵本来要丢掉，一听又没丢。我建议轮流讲痧故事，看哪个的痧故事痧。狗卵听说要讲故事就很慌张。一部汽车鸣地开过去。我说走一截算了，反正没好远。他也赞成反正不远。路上灰扬起好大，一里多才散。狗卵时刻把鞋子脱下来倒里面的石头。

天慢慢黑了。我们又开始骂很多人的娘。后来狗卵终于想起一个痧故事。内容是一个年纪一点点大的细妹子，晚上看见她爸爸妈妈在床上打架。他问我痧不痧。我说这个故事我听见过。不过不是细妹子，而是细伢子。狗卵硬说是细妹子。我便问他谈过几个爱。狗卵数谈过几个几个。我也数我谈的。反正不会比狗卵一样的东西少。接下来又比哪个妹子的奶子大，摆尾子长，以及腿把子白。他说有一天晚上他把一个妹子的裤子丢到河边上，再去就找不到了。我恨不得立刻跟狗卵打一架。不过很快又不想打了。我们游游荡荡走在马路中间，唱起一支忧伤的歌。大意是"父母生我不为我，只为当时图快活！"狗卵扯起沙哑的喉咙，唱得极其用劲。装鸡的袋子一甩一甩。

他又提出脱了衣裤走，问我怎么样。我觉得很好。两人把衣裤都脱了，砍了截树棍子挂了扛在肩上，继续边走边唱。好像有几声狗叫。我说狗来了咬你的卵！他说咬我的呀？先咬你的！都感到很快活。又一部卡车迎面来，大打起灯光。狗卵索性趴开胯让它照个痛快，然后对准它背后臭骂了一顿。浓浓的灰土又过好久才淡下去。风吹来有些冷。狗卵剐断最后一根烟，一人一半点燃了。火柴照出他身上青红紫绿的伤印。他说我身上也看得伤印，主要都在背高处。

我们在打谷场边上的屋门口分的手。正跟他讲话，突然门开一亮，一个女的看见我们赤条条的赶紧缩进去了。我们呵呵大笑。我说老乡快开门吧，我们是八路军！狗卵则干脆要她快来看。然后把衣裤又都穿了。狗卵提出鸡来分。我问鸡脑壳要不要。他说不要。一刀割下来射到屋顶上去了。再把鸡杀成两边。又问肠子要不要。肠子也不要。于是一大堆也甩到了沟里。狗卵忽然说鸡菌子好吃。就翘起屁股去沟里翻，终于把肠子搞了起来，还戳了一刮刀鸡屎。他告诉我肠子里还有蛋。我问吃不吃得。他敲敲门，对屋里喊：

"老乡，要我跟你睡觉吧？"

老乡没有回答。狗卵和我又学生叫，学羊叫。叫了好久，仍不见搭话。

"怎么没得人？刚才还有个人？"

最后喊一声：

"送只鸡脑壳给你做单方吃！"兴冲冲各回连队。

哲学家捆了一脑壳绷带坐在床上，依旧是充满智慧的样子。旷长艰难地撑起身子看看我，马上又倒下了。他说他实在是撑不起来了。他身上划破了好多口子，有一块肉翻在外面。塞不回去的原因是里面塞了一粒石头。高高的颧骨用镊子夹了它半天。高高的颧骨说死人的事是经常发生的。因此发给我们每人五包伤湿止痛膏。诗人告诉我无产阶级惨重的伤口在流着血，流着鲜血。我问诗人你何解被打得做狗叫。诗人不承认那就是狗叫。因为君不见黄河之水天上来。落汤鸡今天停止了讴歌，但看得出他在那里幸灾乐祸。叶班说今天一早就觉得会要出事。

我拿出鸡要他们刷毛。落汤鸡在上面戳戳说"血糊血海"，挺起鸡胸走了。诗人从一个脸盆里端出野猪肉给我看。他用它打退了反革命分子的猖狂进攻，又冒着生命危险把它抢救了出来。而哲学家的《资本论》只剩下一个壳面，里头的实质性内容被打得再也找不到了。哲学家说那只有一本。还有两本他们不敢打。哲学家做出一副没踢过了丿丨的样子，把绷带的结坨解开系紧一点。诗人准备炖肉吃。七寸五不能帮忙。七寸五虽然没跌得翻出一块肉来，却不知怎么凹了一块肉进去。不过他主张先炖鸡。鸡不烂吃不得。现在只剩一个范老倌没回了。刚一说范老倌电就一黑。大家都认为这是一个不祥的预兆。

诗人说范老倌很可能被打死了。像范老倌那样的人除了被打死，再没有别的路可走。我们想一想也觉得他最好是被打死。他刮瘦的，他一口胃气，他喊妹子喊"姑娘"。七寸五要诗人肉切大一点，吃起才过瘾。哲学家是一个人回来的，搭了一截拖拉机。在太阳坪吃面的时候听见几个乡里人说县城打大架。一个刮瘦的伢子一棍子打得对地上一倒，脸色苍白地被人抬到医院里去了。他猜出那就是范老倌。诗人说是的是的，那是范老倌。剐了鸡毛，用煤油灯一烧，咂咂响。

门乓地踢开。漆跛子进来大叫：

"你们吃鸡？你们吃鸡？"

七寸五要他关上门。诗人说吵么子吵么子，受伤的才有吃。漆跛子马上不吵了，把衣服捋上去给我们看。到处都涂了放亮的紫药水。他一身的伤，就只脚还好。他的脚本来一直就很好。我要他让开一点，莫挡了亮。他就让开一点，脚仍然好得不得了。旷长在铺上大声叹了一口气，吓他一跳。他问要不要把他的煤油灯也拿来。他的煤油灯升降机还没修好。曾经修好过一次，扭了两下又扭不动了。他认为我们的灯迟早也会坏升降机。他把落汤鸡的帐子掀开来看看，又把范老倌的帐子掀开来看看。吸吸鼻子问我闻到一股气味没。我说是鸡屎臭。他说不是。鸡屎不是这种臭法。鸡屎带有一种沤气。

旷长说想起来了想起来了。这几天范老倌的脸色发黑。人的脸色一发黑那就是死到临头了。漆跛子缩起颈根往四周扫了一眼，问死到临头是什么意思。七寸五一再强调鸡要炖烂。

锅汤烧得滚开，油水焱在火里炸得啪啪响。灯端到小天地，工棚一片昏黑。叶班说哪个最饿哪个吃头一碗。诗人马上说："我最饿！"头一碗就归他吃了。油汤映在脸上，一大块乌青的伤痕。头发也剪凹一片，里面巴了白纱布。啵啵地把汤喝起很响，还说是按劳分配。哲学家也爬了起来，身上散发出松节油味。他说这是因为不能倒下去睡，睡哪边哪边痛。诗人刚起身准备再舀些鸡肉，忽然门口进来一个黑影。诗人试试地问：

"范老倌？"

黑影不答，慢慢走过来好像还对了他笑。诗人倒退一步"啊"地一叫。我顺手操一把一齿镐正要挖过去，这才看清确实是范老倌。

11

保卫组又派人喊我到分指去了一次。我带了一本《反杜林论》。心想只要谁先向我动手我就只揪谁拼个死活，看哪个敢做垫背。结果都不敢做垫背。反而对我还客气。任组长喝了一口茶，俨然会写很多古诗的样子。他问我最近又打了几次架，什么时候在什么地方跟什么人打的架。我告诉最近很忙，一直没有时间去打架。他没作声，又喝一口茶才说，你不要以为我们不晓得。我暗自运神，姓任的一旦做了组长，除了拿腔拿调地跟老子讲话，实在是一无可取。石粒妹子比这个所谓任组长好多了。

临到吃饭扁脑壳告诉我，其实并没得我的事。只不过这一向保卫组没抓到什么人，所以才重点喊几个人来训训话。又告诉我邵阳分指跟株洲分指的打起来了。我说这事我听说了。他问还听说了什么。我说邵阳分指跟株洲分指打起来了。他含一口洗碗水漱漱口，咕咚吞了下去。我想石粒妹子什么时候再送腊鱼来吃。这一回要跟她讲清楚。第一，对于她所做的一切我都既往不咎。第二，重在今后的表现。第三，不要她来的时候不准来。之后倒在床上看《反杜林论》。我觉得杜林这小子真是太可气了。这样狂妄的家伙怎么会让他当了一个博士。

第二天跟保卫组的人打篮球。又到医院换药室去找眼镜妹子，准备跟她商量一下谈爱的事情。她要是想跟我谈爱我倒是可以考虑考虑。然后给她一个全面的答复。但是眼镜妹子不在。只有一个屁股长得溜圆的妹子代替她跟人换药。我认为屁股溜圆这也不错。就上去对她说：

"哎，我认得你！"

她抬起眼睛一笑，说啊呀，我一点也不记得了。我说有一天我看见她蹲在山上屙尿。她立刻格格格笑个不停，似乎屙尿正是她最大的荣耀。我说我屁股上长了一个疖子。她用眼睛看看坐在那里等她换药的人。那人手把子一点也不粗，不看就晓得打得他赢。

我问眼镜妹子何解没看见。她说不在这里了。我对换药的人说，我们两个扳手腕子劲吧？换药的人谦虚地一笑。我说你用两只手来扳我一只手。两只手仍然很谦虚。我就跟溜圆的屁股讲打架的故事。讲有一次只是觉得那家伙讨嫌，便开了他的脑壳。缝了六针。溜圆的屁股大惊小怪，说我要不得要不得。我以为她是说那家伙要不得，搞了半天是说开脑壳要不得。脑壳都已经开了，还有什么要不得。我问她晚上谈爱去不呐。她皱起鼻子一笑。我想趁机摸一下她的屁股，但是鱼泡眼进来了。他说找了我好久。我问做什么。他说不做什么，没我的事了，要我下午回连队上工。我说把良民丢掉吧，丢掉吧嘛里叭啦高尔基！溜圆的屁股格勒格勒地大笑。我对她做了个最痞的动作就跑了。

下午的太阳比上午还大。我问诗人太阳大是不是也可以做诗。诗人想了想，说顶多是做到"骄阳似火"的程度。他脑壳上的伤口已经开始结痂。等他把痂结完我们约好去伏击铁二局的汽车，抬一些大石头到路中间对司机进行路考。再把他拖出来打，要他矮在地上，要他爬。听说十六连就这么搞了一次。我们都认为搞得很对。我又开始痛骂杜林，这个杂种简直坏得一塌糊涂。我问哲学家是不是。哲学家说是。哲学家说后鼻音同志恰恰犯了个和杜林先生同样的错误，都是逻辑搞反了。我抬头一看，后鼻音同志正努力挑一担土，对逻辑错误完全没有认识。

快休息的时候三班挖出了一个人脑壳骨头。我们都丢下锄头跑去看。漆跛子拿一根钢钎捅那个洞，说是要找金子。人脑壳骨头就被我们做球踢。然后我到油茶树底下去睡觉。然后诗人也跟着来了。他告诉我的第一个消息便是黄黄妹子的秘密已经彻底被他掌握。我问是不是奶子越来越大。他说不是。他说情况比这要严重得多。他在山上发现一个地方，等一下我们一起去看。然后诗人睡着了。我然后也睡着了。太阳晒得烧热。

忽然朦胧听见有人争吵。诗人一翻身坐起来，说打架了打架了。我也一翻身，果然看到人都围在一起，吵吵嚷嚷很激动。我本来还想睡一下。因为中午想溜圆的屁股去了，没睡好。刚一睡好又吹哨出工了。加上旷长一直打猪婆觉。但是争吵声越来越激烈，我不亲自去解决大概是不行的了。贝德罗把人脑壳骨头顶在脑壳上，站一块大石头高处正看得津津有味。一班的几个人一看见我立刻很高兴：

"你来了正好你来了，你说该不该跟他们打？"

我想都没想就说："该打！"

于是群情更加激愤，纷纷地都要去打。也不晓得要打的是哪个，吵得我一点瞌睡都跑掉了。我正要喊诗人上山去看黄黄妹子的秘密，诗人却说：

"这一回要让他们晓得厉害！"

哲学家到桶里舀了一碗水吃一口喷出来。

我没看清，好像是从鼻子眼里喷出来的。旷长告诉他那是洗手水。

"洗脚水也要吃！"公龙公龙吃下去了。"这还了得！"他把碗一乒。

很多人都说今天主要看我的了。要我多开几个脑壳，而且主要是开脑壳。我伸了一个懒腰，开脑壳简直是太容易了。范老倌也捡了一截短钢钎扛在肩上，一副准备好了么时刻准备着的样子。侯指导匆匆赶来，一边吹哨子一边喊：

"十四连今天没得战斗任务！大家不要去打架！"

一八二说："乡里人把黑皮的肚脐眼都打出来了！"

我们听了笑起来。一八二很得意：

"那个民兵营长回去喊所有的乡里人，要血洗我们的工棚！"

大家一听又气得死去活来。我说什么鸟民兵营长，我首先开他的脑壳。石粒妹子很钦佩地望着我，我对她看也不看。范老倌对我说一八二对大家说民兵营长对乡里人说，打一架记十分工。诗人抢过他的钢钎往地上用劲一顿，没顿稳。又一顿。这时候所有的人都拿了家伙回去奋起保卫工棚。哲学家不是说保卫工棚，而是说保卫察里津。我认为察里津保卫一下也不错。路上诗人问我，先吃饭还是先洗澡。我说随便。不过也可以先洗一个澡再吃饭再洗一个澡。诗人很赞同。一个人慌慌张张迎面跑来，臂上巴一团白东西。一看他是二班的蔡包子。蔡包子挤眼歪嘴，要我们赶快去进行决战。因为篮球□你妈妈□是我们的，球坪也是□你妈妈□我们挖的，乡里人捡了球就说是□你妈妈□他们的，你说欺不欺人太甚？我说欺人太甚。问他白东西是什么。他用手扪住那下面说是挨了一下。原来乡里人一菜刀砍出了他的肥肉。诗人决心为肥肉报仇，要拿钢钎扑出他们的腰花来。忽然肥肉里面涌出一股血。蔡包子脸色一下煞白，被几个妹子扶起走了。

球坪上人声吆喝正打得热闹，我们班的人都冲上去了。哲学家喊得尤其声音响。我记起刺毛的刮刀还没见过血，赶紧钻进工棚踩到床上翻了出来。在裤腰里插稳，随时可以捅他一个白刀子进油刀子出。外面吵得愈发地凶。乡里人和我们的人都扯开喉咙喊。刚一出门，就撞了落汤鸡：

"落汤鸡你妈拉个巴子！"

他尿胀急了，他扁担被叶班抢走了。我踢一脚门，朝球坪跑去，眼睛却一阵刺痒，这是完全没有料到的。一揉眼泪水直流，雪白花亮的一片。再一揉鼻涕龙也霎出来了。我转身喊范老倌。范老倌发颤地应了一声。两根指码掰开眼皮，左右觑了好久，终于撮起嘴巴对我眼睛吹了一口胃气。

"□你妈妈□！"

我打开他的手。范老倌依旧是发颤地表示，这样的胃气他还可以再吹几口。球坪那边一片混乱。高高的颧骨从范老倌手里接过我的眼皮，一下就翻了上去。

"痛不痛？"

他从上面往下看，又从下面往上看，冷不防吹了口比胃气好不了多少的气。其中还杂了几粒唾沫。我正要挣扎，高高的颧骨要我莫动莫动。他已经发现所谓之沙子，其实是一根眼睫毛。外面的喊声弱了一些，但马上又闹得跟刚才一样响。我要高高的颧骨快点。高高的颧骨要我慢点。范老倌报告我们这边又有人打出血来了。高高的颧骨要我自己对眼睫毛进行最后处理。范老倌兴致勃勃又要吹胃气，我把他往床上一掀。

等我整好眼睛冲出门，人已经打散大半。侯指导又赶来吹哨子，要我们停止战斗。旷长拖了一根锄头回来，说："打赢了打赢了。"诗人也满身大汗把钢钎一罢，连声喊好热，要拿肥皂去洗澡。只听到一个人喊：

"挡住他挡住他！"

我一看是一个黑壮的乡里人，被几个我们这边的追得仓皇逃窜，手里还抓了一把铲子左右地挥舞。看样子没哪个挡得他住。我大吼一声：

"□你妈妈□站哒！"

捡根钢钎斜抄上去。乡里人慌忙用铲子招架。叮叮当当敲了一阵，我索性丢掉钢钎，抽出刮刀一捅。只见他全身一震，焱得到处是血。哇啦哇啦喊了一句，扑地倒成一摊。

"他说么子？"我问背后上来的旷长。

"他说要给他记十分工！"

哲学家也匆匆赶到了，他瞪大眼睛往地上看了好久才说：

"达哥，你杀死一个人了！"

我把刮刀一丢：

"啊？是的，我把他杀死了！"

诗人进来的时候，我正在睡觉。碗乒嘭一响，就醒了。我说你妈妈的吓老子一跳！他马上笑得很高兴。我只好坐起来吃他带来的炒面。外面天色很蓝。诗人说在沟底下喊了我好几声，还以为走错了地方。我问你背后没跟人吧？他说没跟人，又起身到外面看看。

"没跟人。"

他伸了一个很长的懒腰，肚脐眼立刻显现出来。我一点也不喜欢。他低头检查半天，还用指码挤了一下，才塞回裤子里去。炒面根本不好吃。也搞不清是糖放多了还是放少了。他鼻尖上尽是汗。我把这情况告诉他了。他抓过毛巾擦了一把，认为那毛巾有一股气味。我说我本来就是擦脚的。他吃了一大惊。

然后他告诉我抓了几个人，又放回来了。警察那天来看了一下就走了。其中有一个是一张娃娃脸，戴一顶大盖帽。拿个小本子记了好久。诗人吞一口唾沫。我问他吃不吃炒面他不吃。他吃过拌了一坨猪油的，再吃虫牙就要痛了。但是他又吞一口唾沫。他说警察戴大盖帽一张娃娃脸。他说他们都认为我不是故意的。我说我也不晓得是不是故意的。我只不过想开一下脑壳，没想到把那里锯开了。说到这里被炒面呛了一口。他问我山上冷不冷，山上冷。又问晚上有不有蚊子，有蚊子。我要他再到保管室偷些蚊烟。诗人答应了，但又说怕他们发现了反而不好。我一想那倒也是的。

诗人接着痛斥那个娃娃脸是个宝。我也以为他除了是个宝再不可能是别的什么东西。他问诗人我杀人的时候你看到了吗。

"看到了吗？"

诗人站起来模仿他问话的动作，问完又坐下去。这动作果然就蠢得不能再蠢。诗人一下子说看到了，一下子又说没看到。娃娃脸瞪了他一眼，要他小心点。不过这两天好像很安静。保卫组来了几个人，说问题是很清楚的。诗人问我这是什么意思。我说我不晓得很准确的意思。因为保卫组的那些人跟猪一样。诗人看着我把最后一点炒面刮起来吃掉，十分赞同我的见解。他以前并不知道这一点，通过这件事便彻底地知道了。我把碗一丢。太阳在外面晃眼睛。山上有东西在响动。跑出去一看什么都没得。

诗人讲了两个鬼故事，都是最近听来的。我说这两个鬼故事都不吓人。他也承认不吓人。不过晚上讲起来效果会要好些。有一个问题，就是狐狸和狮子要过河，还有鸡，一次只能过两样，怎么过？这问题是哲学家提出来的。我跟诗人用树棍子摆了半天，发现有一头狮子硬是过不去。只好用手拈过去了。诗人还是没想明白，认为不能这么拈。同时很快又恍然大悟。他要我一定要坚持到底，尤其不能下山去看电影。我说我就是想看电影。再就是烟不够吃。诗人说他的长诗又有新的进展。有一个地方他准备第一句用一个惊叹号，第二句用两个惊叹号，第三句用三个惊叹号。他把那三句背给我听，问效果怎么样。我马上就不记得他到底背了一些什么，但听了仍然非常激动。他说叶班的错误在于，至今都还没把语法搞清楚。你比如这样一句：到夜晚爹想祖母我想娘。究竟是到夜晚，还是爹想祖母，还是我想娘呢？我告诉他是你想娘。诗人一拍而起：

"对！我想娘！"

而叶班却坚持到夜晚。其实到了夜晚对他没有一点好处。棚子外头又响一下。诗人瞪起眼睛听了半天，问是不是野鸡。我拿起刮刀冲出去，太阳下雨一样晒在山上，没看到哪里有野鸡。

诗人也跟出棚子。我打了个哈欠，浑身骨节噼噼啪啪响。诗人提议用粮票去兑土豆煮了吃。我不晓得这时候有不有土豆。诗人肯定地说有。而且还可以看看黄黄妹子留在山上的遗迹。那真是恶心丧胆。我当即就同意了。

爬了好久的山，才找到两栋农民的屋。但只有几个一点点大的细伢子，跑出来呆呆地望着我们。问他：

"你屋里大人呢？"

他就开始吃大拇指。我刚才还看见他用这根指码抠过屁眼。诗人模仿高级领导人捏了捏细伢子的脸。细伢子哇地大哭起来。狗也忽然冲出来吼叫。我们拿袋子甩了几个打击的动作，抽空跑了。狗还在远远地叫。细伢子不哭了，依然用吃过的指码抠屁眼。我们坐在一堆砍倒的树上，把乡里人狠狠嘲笑了一通。我用刮刀在粗树皮上一钉一钉。一起唱一首小时候唱过的歌："王大爹，抠屁眼……"诗人说读书的时候他想跟班上一个妹子好。那个妹子坐在他边上，跟他讲话塞得他耳朵痒。后来他捉了一条虫放到她文具盒里面，她就再也不睬他了。有一次看见她胳肢窝里长了毛。王大爹抠屁眼。

诗人用石头射树上一个疤，射了三四下都没射中。他说他眼法不好。他想做一口箱子。问我想不想做。我还没想好想不想做。不过他要是做，我也就做。他说那再帮侯指导也做一口。我问那为什么。他说杀人的事就会轻些。我于是把侯指导从头到尾臭骂了一顿，才同意跟他做一口最好的。诗人也参加臭骂，觉得很解气。然后寻到一棵板栗树，爬上去摘了很多板栗。一连试了几个都是涩的。我说肯定还没熟。诗人说熟还是熟了，主要是野板栗，所以不好吃。我们捡了一堆柴火点燃，把板栗丢进去烧得啪啪响。诗人鼓起嘴巴吹火。我拨出一个烧黑的，踩掉刺剥了吃。诗人连忙不吹火了，也剥了吃。很快就吃得嘴巴鼻子一大块乌黑。

又脱了衣服到溪水里洗了澡。衣服裤子一股很重的汗味。诗人问我准不准备逃远点。我反问他为什么一定要逃远。他说他也不晓得，哲学家告诉他的。我发现石头底下有螃蟹，爬来爬去。我们一人吃燃一根烟，脸朝天泡在水里，只露出嘴巴。后来他呛了一口，把烟搞湿了。他问我那几筒树怎么样。

"哪几筒？"

诗人朝吃板栗的地方指了指。我说那要不得，做箱子要大树杀板子。诗人同意去找。翘起屁股穿上裤子。他说范老倌这几天牙齿更黄了，眼睛发直。大概是看了死人。我们沿着溪水往山下走。过一条路的时候，他要我躲在一块大石头后面，他先去看看。

"好多人都认得你！"

他告诉我，怕他们看见了喊人来抓我。然后背了一句古诗，"笑问客从何处来"。这样搞了半天，又上了山。到处都安静得出奇。翻到山坡上，看见一群水鸭子在河里远远地游动。一股风吹过来，立刻不知吹到哪里去了。诗人指着河对岸散丢的木头，问我看到没。我说看到了。他问哪一筒要得。我点了好久，一下指这根，一下指那根。

"不要太大的！"

"那就要这一筒！"

诗人也表示同意。我们踩着水过河，计划怎样才能把它背到一个隐蔽的地方杀开。水鸭子从上游漂一些鸭毛下来，在漩涡里打着转转。我们上了岸，穿起鞋子，找到预先看中的那筒不太大的树，都吓了一跳。原来它躺起也比我们还高，十个人也没有一点办法推得它动。

（原载《收获》1987 年第 4 期）

水灵的日子

1

这些年里，我越来越感觉无从解释那几天发生的大雾。都相信它被雾搞昏了脑子，尽管它并没有什么脑子。不然不会无中生有地那么干。头天夜里我们听到它忧伤地呼唤，呜呜呜呜像号角一样，忽高忽低，还以为是歪角牛终于下决心再进行一次痛苦的分娩。后来才知道，情况远不止分娩。它是趁着浓雾苍茫冲上岸的。或许还要早，不清楚。因为起雾前谁也不曾去过那海湾。有一种说法，去了耳朵会聋。而至今没有谁的耳朵聋。

等到我们发现，它已经干了好一阵子了。尾巴瞎胡闹地扑腾着，劲头十足，那动作有点类似头伟大的蝌蚪，但比任何蝌蚪都厉害得多。水花从它身上飞溅出来，远远的给人一种错觉，仿佛岛上迷蒙笼罩的雾气原来是它翻搅成的。太阳一直惺惺忪忪出不来，我们知道它一旦出来，就是个不得了的好天气，以前经常是这样的。

娇婆蓝全替我们考虑好了。他要修一条路，就从大鱼搁浅的那个海湾边上经过。在我们晒网的时候，他认为所有的人都还没认识到这一点。我们搞不清所有的人是不是也包括我们，同时搞不清还没认识到的是哪一点，雾就开始飘起来了。先是从山坳里面，然后从海上。娇婆蓝的脸很快就看不清了，而他的脸向来非常清晰，什么都屈指可数。

一大团白絮在鼻子面前飘过，我着实吃了一惊，暗想：已经这么冷了吗？我把那团白絮错当成了嘴里呵出来的热气。然而渐渐地岛上到处都飘起了这种热气。整个世界有着变成同一种颜色的倾向。言午许刚擦掉一把鼻涕,身上就染白了。他起了个音,显然要唱一首歌,但很快又不打算唱了。娇婆蓝还在计划一下子把路修到这里,一下子修到那里。我们印象中那路已经非常非常长了,而且空气潮润润的,隐隐透出一股预备杀猪的气息。言午许朝我做了一个眼色:又有猪肉可吃了。我没想到可能是鼻窦炎,虽然实际上也并不是鼻窦炎。

2

有个时期我甚至考虑,它会不会是假的。但是它打了一个屁,说明不是假的。气泡在水面上炸开大朵大朵的浪花。开始还不晓得这就是屁,直到闻出蛋白质腐烂发酵的味道,方才有所省悟。飞起的砂石和碎螺壳打得身上生痛,就像进行了很多年的战争中某一个场面,我们从来没看到过这么不懂事的鱼。言午许说,应该赶快喊共田八来。然而共田八早已喊来了,额头上粘一片海带,大概是模拟繁忙之中胡乱贴的膏药。言午许没贴膏药。

如今很难回想得起究竟谁是它的发现者了。我们正在睡觉。至少我正在睡觉。我睡觉的时候是不记仇的,却朦朦胧胧感觉有人躲在帐子的后面讲话,似乎是讨论从哪里下刀。这里一砍,那里一剁,等等。甚至要把肝摘下来怎么怎么样炒了吃。立刻就惊醒了。房子里充满着杀气腾腾的意思。我听出是古月胡和口天吴。一个辨不出性别的人在遥远的地方含混不清地唱歌。以为是言午许。结果言午许和我一样只是躺在床上,他说他早就想唱歌了,但是那个遥远的人不懂旋律。

"绝不是曲高和寡。"他清清嗓子。来古月胡和口天吴讨论完凶杀,气度不凡地走了。浓雾看着就从门外涌进房,盖在帐顶高处的一张旧报纸马上卷曲起来。我一连打死五只吃了血的蚊子前正准备揩到帐角上,忽然听见他们说鱼。

"喂,你不去看呀?"

"好大。呸。"

我打了个宿嗝，全部是红薯味道。我没有兴趣。因为看鱼还不如看牛。比如说看歪角牛分娩，它是站着分娩的，邵大伯揪住小牛的两条腿往外扯，惨不忍睹，但确实好看。忽然我记起那个唱歌的所谓遥远的人其实就是歪角牛。

3

它躺在齐腰深的水里，沉重地呼吸。我是指齐我们的腰深。对于它来说不够淹没肚皮。它看上去有些疲倦，还不时拿腔拿调地叫上那么一两声。这时听起来一点也不像歪角牛而像一艘即将远航的巨轮。耳朵震得发痛。海水一阵一阵涌过来，洗刷它不断渗血的伤口。它身后那一片水域拖了长长一条血路，在茫茫大雾中伸向动荡不安的远方。双木林望着那里，半天没说话。我觉得她的姿态很好。

不久，她所有的衣服都打湿了。那条鱼退了退，奋力一跃，以为这样可以到达一个新的高度，结果除了把什么都打得透湿，并无其他进展。双木林穿的是一身粉红色，打湿以后不像是粉红色了，闪闪放亮地裹在身上冒热气。跟那鱼一样。但是鱼不冒热气。

从一开始我就意识到这终究不是个办法，邵大伯与贵爹商量了好久，嗓子都喊哑了。它的叫声变得不仅仅是远航的巨轮而且是远航得乘风破浪的巨轮。我几次想告诉共田八额头上的海带很像膏药，又怕反而不好。雾气在大鱼身边缭绕。我们时刻提防它丧失分寸，不敢靠得太拢。古月胡射了它一块卵石。口天吴不甘示弱，也射卵石。大鱼起先还没什么，似乎很喜欢卵石。被射中的地方像牛的皮那样扯两下只有射中了礁石划破的伤口，它才嗯呀一声，像是要翻一个身。体内的骨头咯嗒咯嗒作响，得了风湿性关节炎的样子。古月胡索性扯了根晒网的竹篙去戳，大鱼尾巴一扭，甩出大股激流来。人们全都一退，未免太过分了。

太阳有意睁了一下眼皮，很快又闭上。从山坡的树林子里逸出来更多的雾，神神鬼鬼地在我们四周飘荡。大鱼扑哧一个喷嚏。这又是没有料到的。巨大的胴体抖颤着，搞得我们以为是天崩地裂。古月胡背起竹篙逃到很远。口天吴继续捡卵石射。鱼皮又闪亮地像牛皮那样扯两下扯两下。

"天上没得云。"双木林说。

我看了一下，确实没得云。大鱼又放了一个屁，至少是很像它在放屁，闻起来有点类似我们现在所说的臭氧。

"镇长来了，镇长来了。"

人们闪开一条道。果然是娇婆蓝，背一双手走了过来，脸上洋溢着严肃。前年处理一艘沉船的时候他也是这样子的。口天吴卵石不再射，拿在手里敲。娇婆蓝斜瞟他一眼。

我当时没意识到这是他下了决心。

4

从邵大伯剁第一刀开始，一直到天黑都没有把它砍割完毕。鱼血洗澡一样泼得艾宝满头满身。艾宝说：

"不是冷血动物吗？怎么搞的！"

所有的人都哈哈大笑着，认为艾宝就只能是艾宝。

"拿梯子来。"

梯子是艾宝和三横王共同拿来的。搁在鱼身上，据说这样具有很大的意义，可以多分几斤肉。三横王那一向与艾宝形影不离，结果长得样子也差不多了，头发一蓬一蓬的。

"三横王你要注意一点呢。"

三横王却不注意。反过来要古月胡注意。邵大伯磨刀的时候，扬言要割掉他的卵子。我们记得去年确实割掉过一头牛的卵子。不料其他的卵子也要割。贵爹将裤带紧了紧，朝大鱼狠狠吐了一口痰。

大鱼俯在那里，显得很老实。我们预感到这是装出来的。像房子那么大的东西绝不可能很老实。

邵大伯冲上前去，照准它侧腹狠命就是一刀。大鱼抬抬眼皮，但好像很舒服的样子，尾巴扑腾两下，又躺住不动了。邵大伯却扯刀子不出。那一瞬间我看见双木林伸手到一个地方抠痒。我不记得是什么地方了。反正不会是一个很景气的所在。我觉得穿粉红色还是打湿了好看。

我记起来，昨天晚上做的梦是跟一个女的睡觉。结果被古月胡和口天吴惊醒了。他们两个一点也不晓得，还在那里围绕大鱼跳跳蹦蹦，很活泼的意思。邵大伯换了一把斧头，准备重新挥舞着冲上去。艾宝捋起袖子，往手上吐唾沫。三横王也往手上吐唾沫，但不捋袖子。一团雾吞没了他们又吐了出来。

一斧头下去，那鱼收缩了一下，忽然发出比房子大得多的喊声。我想这就是它的夸张了。也可能砍中了要害。人们兴奋得手舞足蹈，准备干很多事情，又不知究竟要干什么。胖姑提了一桶热水，在人群中走来走去。大概想引起别人的注意。一会儿双木林不见了。一会双木林又出现了。热水是很重要的。

"当心！当心当心。"

我听出是共田八。但又不太像共田八。因为它有点类似经过电声喇叭处理过的声音，共田八以前不是这样的。

大鱼喊声稍弱，立刻就挣扎起来。邵大伯两手空空跑到很远，回过头伸长颈根往大鱼看。大鱼飞腾起身子，楼梯弹出好几丈以外。双木林一声尖叫，浑身更湿了。

5

不知什么时候起，胖姑手里的一桶热水变成了一挂香蕉。娇婆蓝刚刚吃完一根，不经意地把香蕉皮一甩，啪地就粘在大鱼背上。大鱼斜斜地躺着，血还在流。越来越颜色灰白。我知道这是与娇婆蓝跟邵大叔分不开的。而首先是跟娇婆蓝分不开。他呼出一连串放了很多醋的嗝，盯着打了几个皱的鱼奶头，深深地做了个提肛的动作。双木林头发一绺绺挂满了脸面，水珠叮叮当当往下滴。我发现她颈根很白。以前竟不晓得。

以前也不晓得鱼还有奶头。可是它不但有奶头，而且还嚣张得很。共田八于是折了一根树枝，跑上去照准奶头就戳。奶头迟疑了一下，从提桶大收缩成坛子大，愈加意味深长了。共田八索性一踢，奶头像打水枪一样射出一股灰白色的汁液。

"啧啧！"

"怎么可以这样。"

"就是这样。"

潮水退到很远去了。湿漉漉的海滩闪着水光。大鱼早已没有了先前那种猖狂，那种不顾一切后果地朝岸上一扑一扑。血淌在沙地上，汇成几条奔向大海的小溪。海水把小溪扑打成淡红的泡沫。哞地一声悠久的叫唤。贵爹手牵歪角牛，目光深邃地在裤裆里抓着。原来真正的牛叫是这样的。胖姑用提香蕉的手臂撩撩前额的头发，偷空朝贵爹看。显然很久没看到过贵爹了。

邵大伯把梯子重又搭稳，提斧头刚上了两格，大鱼动了动肩膀，那举止跟我们两手不得空但又要赶苍蝇一样。梯子朝一边滑去，只见斧头的寒光一闪，邵大伯哗地栽到沙上。大鱼毫无感想，翻一翻白眼。一点也不显得深邃。

原来歪角牛并没分娩。娇婆蓝说过要将它一举结扎，看来是结扎过了。邵大伯翻身立定，朝虚无缥缈处呸了一口泥沙，给大鱼的腮帮子就是一斧头背，却发出敲打洋铁皮子的咣噹声，令人耳目一新。

大鱼的奶头上长了稀疏的毛。这是剁下来以后才发现的。邵大伯在一个水坑里涮了涮手上的沙，伸指码到嘴里去挖，先是用一根小指，后是食指，最后中指和拇指。终于从牙缝里捉出一颗绚丽的螺蛳来。他又连续地呸了两口。胖姑更加胖了。

6

我在双木林背上掐了一把，她很吃惊，眼睛一眨一眨。于是再掐一把。言午许在人群中反复地询问：

"你们在什么时候什么地方看到过这么大的鱼？"

所有的人都不能回答他。双木林只好跟我走了。我假装是去厕屎，双木林假装去拿大秤砣。或者反过来，我假装去拿大秤砣，双木林假装去厕屎。其实我既不喜欢拿秤砣（尤其是大秤砣），又不喜欢双木林厕屎。邵大伯两手握斧，绕着大鱼打圈，看还有哪处新地方可供下手。最先砍下去的那把刀，还斜插在鱼身上，一时扯不出。雾气缥缈悠远。大鱼睡得鼾声都出来了。

很多年以后，我还记得我们到大石背后树林子里去的情景。那不可能是幻觉。当时我对双木林说：

"你身上有一股沤气。"

她就尽力把鼻子凑到胳肢窝里闻了闻。

"不是我身上，是你身上。"

我也照她那样子闻了。只闻到一股凄凉的螃蟹味。我问她为什么要打赤脚，她说是划破了。因为早上起来的时候忘记梳头发，而其实那是无所谓的。说完，坐在一颗大卵石上，翘起脚板来看。不知究竟要看什么。可能是看脚纹。但又可能是检查脚趾缝里藏着螺蛳。邵大伯在大雾那边呵呵笑。大雾被搞得一抖一抖。

我说我帮你看。一只手就从后面伸到她腰前去了。她没有反抗，稍微躲了两个动作，干脆热乎乎凑了上来。解扣子的时候，我在想为什么鱼奶头会喷出浆液。

7

邵大伯站在梯子的顶层，操斧头砍得血肉横飞。仔细一看却又并不是邵大伯，而是口天吴。真正的邵大伯早已装了一竹筒烟，古里古里地吸着，然后仰天喟叹一大口气，递把娇婆蓝。娇婆蓝亦照此办理。大鱼的尾巴轻轻地打着拍子，感到无比的惬意。天边开始聚集一大片黑色的云，这是和天晴的迹象发生矛盾的。贵爹昂头朝黑云望了刻把钟，终于胡子稀糟地对我说：

"你！"

我肩膀一抖。碗跌在地上，旋了一个圈。我已经想不起我为什么要拿碗。似乎当时分配给我的任务是管理鱼血。现在分析极有可能碗里装了盐。贵爹从娇婆蓝手里接过竹烟筒，古里古里吸起来，一点也不看我了。太阳在浓雾蒙蒙中探索着，一直找不到通向我们的道路。鱼血酽得像油，捏一把便可拔出一两根血丝来。口天吴砍得累了，从鱼脊上滑下来。大鱼只懒懒地斜瞟他一眼，无动于衷。我问言午许是不是跟它打了麻药。

"关键要点中穴位！"

原来并不是言午许。黑云敷敷衍衍过来，加深了大雾的气氛。

"喂，我跟你说！"

口天吴理直气壮地对我一吼，立刻闻到一种睡了很久的觉之后的口臭。他砍鱼怎么砍出一嘴的臭味来了。我做出一副听他跟我说的姿势，半天也听不清他说了些什么。好像是楼梯怎么怎么样了。然而楼梯并没有怎么怎么样。天气实在不好。

大鱼又打了个屁。以为它早已打不出屁来了，谁知这一个屁还特别大，随之排出的还有大量稀里哗啦墨绿色的显然是粪便。竹烟筒传到了艾宝手上。全世界都是它的屁臭。与口天吴的口臭交合在一起，人类越来越没有什么希望了。

果然天色愈暗，黑云盖压过来。口天吴说不好了。我也意识到不好了。闻了这多时的臭气才得出这么一个真理。

我找到共田八:

"你额头上粘了一片海带。"

共田八一愣。

"不是海带,是膏药。"

他扯下来给我看看,然后呵口气,复又仔细地贴回原处。我觉得没有什么意思。大鱼无动于衷。

8

跟她亲嘴的时候,也闻到那股睡过了头的口臭。我想严厉地责问她,比方为什么会和口天吴一模一样。又觉得天色变暗绝不是毫无道理的。我一下记起好几个成语,臭味相投、如蝇逐臭、臭气熏天、乳臭未干,同流合污,摧枯拉朽。

"好湿。"

我把手插进她的腰间。她就一动不动了。我觉得她是在以逸待劳。插进腰间之前,她老是扭过来扭过去。大鱼也是这样,不知激动些什么。天气一直没有要变好的意思。我问她要不要吃水。她呼了一口气,说是不要吃水。但紧接又要吃水。我认为她正应该吃水。

她于是就去吃水。我坐在石头上歇憩,隐隐约约的听那些人砍鱼。间或传来一两声火车叫。我知道这地方远没有火车。那就是大鱼叫。砍成这样子了还叫,真是万变不离其宗。

她在溪水边上装模作样地搞了一下,这才俯下身子吃水。一只奶子从没扣稳的胸口掉了出来。我走上去,一把抓住它。它犹豫了一下,往衣里面蹦,却已经蹦不回去了。树叶子滴滴答答滴水,是生长蘑菇的大好时光。

"你觉得应该怎样?"

"啊?"

"你把衣服脱了。"

其实我没有别的想法，只是因为衣上有鱼的碎肉。这么一解释，她立刻高高兴兴脱了。原来她身上并不如颈根看到的那么白，还有奶罩勒出的带子印。我伸手摸那两道印。她打了个战。

"你手冰冷的。"

我甩甩手上的水，夹进胳肢窝里暖和了一阵，又去摸。这一回不打战了，就势靠到我怀里。我感觉她突然咯登一下，仔细一体会，味道跟大鱼的屁差不多。

"这年头。"

"啊？"

她睁开眼。本来是闭得好好的，连紧要的当口也不曾睁开过。两只奶子动动荡荡，魔芋豆腐一样。我问她是不是吃过魔芋豆腐，她记了记，说吃过。我又把手伸到她胸前。一只苍蝇急不可耐停到她的嘴皮上。刚一赶开，又飞来一共三只，呈丫字形叮在原处。

9

"快来快来！"

人们忽然一阵忙乱，从我面前跑过来跑过去。

大鱼的肚子已经砍开，豁然敞在那里。胖姑在一堆礁石上架起了一堆篝火，水烧得滚开滚开。海浪扑打着，胖姑目不斜视。

"什么事？"

谁也不知道有什么事。古月胡拿竹篙去挑开鱼的眼皮，看它有什么反应，它的反应却是狠狠盯了他一眼。赶紧松了竹篙，假装没干过什么一样，在沙滩上做了一阵子徜徉。

"要下雨了。"

言午许和口天吴钻到鱼肚里，搞了半天再钻出来，满身满脸变得通红。告诉我们已经绑好一件大东西，只等歪角牛来拖了。歪角牛哞地一叫，表示不但要拖，而且一定要拖好，拖不好就不是歪角牛。邵大伯到处看了好久，炸地一声鞭响。绳子缓缓地拉直，从鱼肚子里绷到牛背上。大鱼呼呼两口气，吐出大团大团白絮一样的泡沫。歪角牛全然不顾，用力把蹄子踩进沙地。绳子吱吱啦啦叫。

"咦呀，这是什么？"

"什么？"

胖姑放下手里的柴禾，只拿一块抹布跑过来看。只见贵爹脚下踩一大块刚被拖出来的东西，吱吱地往外冒血水。贵爹扬起他深刻的脸膛，看众人还有什么话说。歪角牛打了一个喷嚏。这以前是大鱼打的。如今大鱼显得很疲倦，一点喷嚏都不想打了。

现在回想起来，或许那时起才开始真正的袭击。苍蝇先是五六只一组，然后是十几只一组，从不知什么地方钻出来，叮在我们身上。还有鱼身上。散布出一种往腐烂方向变化的气味。我们都闻到了，一点也不觉得应该站出来惊奇一下。以前好像不是这样子的。

贵爹扯出泥沙中的肉东西，从里到外翻了个边。何罗何罗跌出一大堆螺壳之类的东西，没有什么价值。邵大伯翻弄了两下，寻出一只乌龟壳，说这就很有价值。大鱼还在起起伏伏地呼吸，我记起来鳝鱼血正是这样子的。苍蝇纷纷很繁忙地往它肚子里飞。艾宝认真读乌龟壳上的字。

"海蛇。"

我感到一股温暖的寒意。我不晓得别人是不是也感觉到了。黑云更低了。邵大伯不动声色，朝肩膀上几只苍蝇一拍。我看了一下，尽是蛆。

10

在礁石后面，好像我是在做一件很遥远的事。我想记清楚是不是以前也是这样。等到记清楚才发现以前并没有这样。她嗯了一下，使我觉得不像是双木林了。

"石头梗得疼？"

她拂开苍蝇，没吱声。我于是很快地动了几下。粉红色衣堆在旁边，被叮成了密密麻麻的。好像是一种什么暗示，她要我出来一下。我想了想，出来了。立刻叮了几个苍蝇，吮吸我脸上的汗水。双木林翻过身子，背心被石头印成坑坑洼洼。左肩胛上还嵌了一块石片。我扯过衣服披上，还粗粗地打了一个结砣。走到溪边喝水。

"你听。"

我听了一下。

"大鱼。"

我知道我不会错，但我还是错了。她一笑，石片从肩胛上掉下来。原来是一块螃蟹壳。那就怪不得了。我问她认不认得院长。她说当然认得。但又说是哪个院长。我也搞不清是哪个院长。直到今天，我仍不明白我为什么会问起好几年以后我才认识的院长。所以疑心一切只是一场梦。双木林不认为是梦。因为不可能很多人都做同一个梦。虽然这也不是完全不可能的。

双木林又要我躺下。这显然也与双木林不大符合。我的手一直滑到她胸前，想拨弄得更愉快一点。一只苍蝇在我手指上挣扎。它是被粘住翅膀飞不起来了。我告诉她关于她背上的情况。一边随意将苍蝇按死在螃蟹壳里。我闻闻手指，跟大鱼肚子里的气味一模一样。

"溪水是咸的。"

她啊的一声。我左右看了看，一把抱她起来。我一般是不这样来处理的。双木林做出很理解的样子。雾中间闪过了一个人的脸。我想一定是错觉。不然就是真的。

首先听到雨点打中芭蕉叶子的声音。我认为肯定错了。黑云就在头顶上。无数苍蝇从黑云中落下来，打得我们满头满身。双木林却依然陶醉着，不大想有所表示。我抱她走了一截，把她丢到一小块泥滩上。她雪白的皮肤将苍蝇衬托得很强烈。这时才配上无声的嗡嗡声。

我也躺在她身边，温软的稀泥慢慢将我们吃进去。从一只发绿的海胆壳里，有一只小脑袋闪了一下。我看看双木林。她却并不是双木林。她是胖姑。

"早就是这样的了。"她说。

11

一条狗加入我们的行列。阵容更壮观了。鱼肚子打开得像一个大船舱，里面什么东西都有。三横王从血糊糊的洞子深处扛出一个大麻袋，使很多人吃了一惊。我也吃了一惊。我经常不由自主地吃惊。

雾有一阵子退到远处去了。气氛反而安静下来，似乎在等待真相的揭露。要真这样我如今也没有什么可回忆的了。一些人变化太大，致使邵大伯看起来不像邵大伯而像娇婆蓝。很久以后才搞清楚，他果然就是娇婆蓝。

"你们不要以为。"娇婆蓝说。

贵爹开始用他那血红的巴掌抚摸歪角牛。苍蝇从黑云中俯冲下来，我想大鱼一定是死了，但仍然没有人敢站到它嘴巴面前，也没有人敢站到它的尾巴旁边，当然这也可以用"人们变得忙碌了"来解释。有一天我准备穿过那一片长着仙人掌的山坡，迎面碰见了那条狗，我假装没看见它，但它心里其实很清楚我已经看见了它。它做出一副无所谓的样子，威胁了我一阵走开了。直到现在我还忘不了它牙齿的颜色。

艾宝提来一缸子酒，使人联想到以前拖船上岸时玩过的把戏。那条狗在我们中间跳来跳去。每人都分了一碗喝了。我想贵爹是不会吞下去的。他却不但吞下去了，而且吞得很响。我只好无可奈何，看着胖姑甚至也吞下去了。邵大伯朝狗脸噗地喷了一口酒。狗吓得一闪，用力甩干净。从此它走路就有许多摇摇晃晃的醉意了。那是真正的邵大伯。因为眼珠子发红，不过后来发现娇婆蓝眼珠子也红。

那我就不管了。

"绳子呢？绳子。"

夜晚降临的时候，人们都吃到了从大鱼身上砍下来的肉。既不像瘦肉，又不像肥肉。倒有点像魔芋豆腐，但又毫无道理的鲜美。口天吴告诉我，他早就饿了。在鱼肚子里他已经吃掉了一截肠子。当然是生的。他不愿用"迫不及待"这个成语。古月胡问肠子好不好。

"好吃。"

我们就都不作声了。因为雾一团一团地在我们身边游走。尽管这样游走已经有了好些天。关于生吃肠子的方法我在十多年以后试验过，那是为了对付一头鹅。并且还要用醋。无论是古月胡或者口天吴当时却没有醋。

那是一个不吃醋的海岛。

12

鱼肉煮熟的时候，雾气更加深重了。古月胡认为这种天气不应该有苍蝇。我早就想同意他的观点。

"苍蝇是飞不起的。"

他对着木勺子吹了口气，倒掉里面的几个煮烂的苍蝇。朦朦胧胧或许有很多好处。贵爹常常带领我们这样吃饭。有一天他把一条毛虫吃成了酱菜。他咬了一小段，剩下的丢到我碗里。于是酱菜就在饭堆里扭动。天色不早了，而我们还要继续挖坟，那是一个大坟，埋了很多以前饿死的人。

那股味道和剖开大鱼肠子时的味道是完全一致的。我记起来了，我想找双木林问她注意到这一点没有。却哪里也没有双木林。只有胖姑坐在大鱼奶头上吃香蕉。吃得满嘴都是。艾宝正跟她讲笑话。讲着讲着自己哈哈地笑个不停。接着又咳嗽。终于从喉咙深处咳出一只五颜六色的苍蝇。他想了想，用大脚趾按到沙子里去了。大鱼动了一下，悠悠吐出一口气。

"还没死！它还没死！"

艾宝一怔，手舞足蹈地跑开。言午许和古月胡从鱼腹里伸出脑袋来看了看，抹一把脸上的血，旋又缩进去翻搅。艾宝是从那时起变得精神错乱的。一听到风吹草动就手舞足蹈。

大鱼的肌肉一块块跳动起来。一个女声在高喊言午许。我估计那可能是双木林。贵爹和他的歪角牛浑身站满苍蝇，仍然是不顾一切。我闻了闻，歪角牛没喝酒。它不应该喝酒。但有时也不一定。

"你为什么？！"

"我……腰痛。"

我起先打算说"不为什么"，又觉得不大好。我想大概是猜测到了我跟双木林一起去的礁石后面。很难说。双木林沉在那里了。世界上只剩下了胖姑。胖姑吃香蕉。我或许要找个机会再到那里去看看。一个人不可能两次屙同一堆屎。我的意思是说，一堆屎由两个人同时屙成是不可能的。当然常常会有反例。问题不在这里。问题在于有人失踪了。

雾团还在飘。它几乎是永远贯穿始终的。大鱼不但活着而且还哼起了歌。海浪一排一排打上来，为它伴奏。又快要涨潮了。至少不会等到太阳在山背后落下。

13

现在我的思路清晰些了。要是再清晰一些，或许我会看到事情的真相。一切的回忆都不会有错。要不就都是错了。我们不应该缺乏耐心，在讨论雾和苍蝇的时候尤其是这样。当然也可以那样。完全因人而异。事实上，假如不因人而异，那又怎么样呢？我们知道那不会怎么样的。

总之，大雾在好几天以前就到了我们的岛上。苍蝇则是杀鱼才来的。它们起先是一片黑色的云，使人感觉那不过说明雾色还在加浓罢了。结果却带来那么多的蛆，腐烂着雾和空气。以至于好些天我们都不敢到那个海湾里去，不敢去看那副被我们一刀一刀镂空的像屋架一样的鱼骨。我们直到宰割完毕才能够感受到它的巨大，它躺在渐渐上升的海水里，苍蝇挤挤密密一只挨一只叮着，吸吮从骨质深处渗出的血丝。蛆就在苍蝇与苍蝇之间摇晃它们尖尖的活动极快的嘴皮。大鱼身上散发的浓郁的杀猪气味或新鲜牛肉的气味也变成销蚀我们呼吸系统的朽烂味道。那真是不可逆转。

很多年以后，那股味道仍从我身体里面逸出来。或者是一个闷热的黄昏，或者是不经意地唱起了一首往日的歌。有一次我正在洗澡，又隐隐约约闻到了。我认为这是错觉，但是错觉不可能越来越强烈。才知道是嗅觉。那是一个温度变化很大的下午，热水蒸发成浓浓的雾气。从气窗口只能看到一小块灰白的天。

分割大鱼时的天色我记不清了。好像也属于灰白色。只有灰白色才会使人不去注意一块黑云越来越逼近有什么不对，有一阵子人们甚至以为要下雨了，正好可以冲洗一下腥臭黏糊的海滩。而这之前不久还在盼望太阳尽早出来，以完成一个预料了很多日子的好天气。胖姑一边吃香蕉，一边对艾宝说：

"昨天，床脚下死了一条巴壁虎。"

"黑的还是白的？"

"啊，肚子好大。"

艾宝想了想，抽抽地笑起来。接下来他就疯了。胖姑颈子上有一块烘干成龟裂纹的泥巴。这和我的预测是一致的。她听到大鱼的叹息声后依旧稳稳坐在它的乳头上。与此举相当的还有歪角牛。它把发痒的厚皮对准大鱼砍得粗糙不堪的一块部位蹭了好久。眯缝着眼，一看就知道进入了非常舒服的境界。邵大伯伸手到它胯里捣鼓了几下，歪角牛动荡的肚皮下便甩搭出一根随意性很强的鞭来，半天才又一收一收地缩进去。邵大伯拍拍手，朝我们笑得会意。

关于歪角牛不能再分娩一事，我以前稍微知道一点，却不料情况竟是这样。况且听贵爹说，以后再不能要他去了。

14

我们回忆起贵爹说的那句话，三横王站起身，很快地走出了门。我想他会很快地回来，向我们阐述其中的道理，因为这个举动说明"他至少"或者"至少他"晓得一些来龙去脉。结果他回来得一点也不快，并且变得与原先的三横王完全不是一回事了。

双木林变成胖姑的时候也是这样，但她至少或者至少她脱光了衣服。软泥首先是淹没她肥白的屁股，然后是肩膀。她大概稍微做了一个侧头的动作。因为苍蝇很多，她想看看它们是怎样蜂拥到她肚皮上的。软泥从腋下和胯下涨上来，在与皮肤的交接处形成一条黑白分明的界线。苍蝇面对黑线的逼近慢慢往后退，褐黄色的腋毛遭到灭顶之灾前尽力挣扎。双木林咧嘴笑了一口热气。我想我也对她笑了一下。这一瞬间，她成了胖姑，牙齿很黄。

她的样子使我想起一条沉船，那是一条被改头换面的兵舰。只有一个人从那上面逃了出来。从此谁也不敢随便说"机会"这两个字。把这个故事讲给我听的不是贵爹就是娇婆蓝，好像是贵爹。不论是谁反正颧骨上长了一撮毛，他当时边讲边搓那撮毛，以致我很容易把听来的故事当成我亲身经历过的事。虽然这情况通常也不是很多的。但也不是说没有。如果说苍蝇和黑云之间有时竟可以换来换去。受骗的情况我们见得多了，因此我一直在寻找那撮独独长在颧骨上的毛。而这样一件事现在却不容易办到。

由于海水不深，船沉了一半就停住了，那些人是淹死的还是烧死的我也搞不清了。能搞清的就是只沉了一半。船头高高地翘在那里，就好像搁在一个水里看不见的台子上。这时必然有夕阳照看锈迹斑驳的船身，到处缥缈一股听不见的歌声。能从这样悲壮的场面中逃出来并且活下去，现在一想也不容易。

所以艾宝不能完全认为是讲疯话，比方他单眼皮似的望着我说：

"你们那天……好哇！"

有一段时间他总是喜欢跟胖姑混在一起，笑出一些很难听的声音来。

我又无法使他不这样笑。既然他是艾宝，那就只好这样了。我不放心的倒是他的"好哇"。我常常一个人想到深更半夜："难道他看见了吗？"我认为那是很可能的，要不就是他闻到什么了。他一定是闻到什么了。他发疯的时候，老是说要跟我"算总账"，我没有什么好跟他算的。他嗅觉太灵。他说那鱼有一种"腌了很久的气味"，那种气味我们闻起来确实像腌了很久的。

15

胖姑从鱼奶上站起身，裤子全部湿了。苍蝇马上占领了空出的那块地盘。海水漫上来又退下去漫上来又退下去，几只苍蝇掉到湿得发亮的沙滩上被浪尖吃掉。剩下的变成小螃蟹一样的东西飞快地爬。仔细一看果真是螃蟹。

现在又要沉浸到不可拔出的那种境地中去了。海水渐渐迟钝得像是胶汁，脚从水里抽出来总挂着粘巴的长丝。大鱼肚子里掏出的东西堆成一堆，被海水一冲，居然缓缓地做了一些蠕动。可能又是三横王之类暗暗躲在里面。但是不久它就伸出一个三角形的蛇头，瞪着一对眼睛呆呆地看来看去。我正在想它大概有什么企图，肋部却被顶了一下。转身看是古月胡。他对我屈起三根指头，朝空中抓了一条想象中的鳝鱼。

大鱼吐出一团团雪白的泡沫。苍蝇一飞到上面立刻被吞没进去。雾气中有轻微的破裂声，但看不出是泡沫在破裂。很多记忆也就这样涌现出来，包括刚刚我所经历过的或正在经历的。比方双木林彻底沉陷时向天空展示的私部的阴影，总使我觉得似曾相见。大雾凝结水汽落在我们的脸上、颈窝里和手臂上，凉丝丝地细细爬动。太阳肯定不会再出来，到如今连眼皮都不眨一下。鱼也肯定死了。泡沫原来并不是白的而是污糟糟的黄色。不断有东西从鱼肚子里丢出来。狗也失踪很久了。我不大愿意找到它。而且我想我根本就找它不到。

"要是有鸟就好了。"

"啊?"

"鸟。这种天气。"

"我舌子起了个泡。"

苍蝇嗡嗡地把声音飞得很清脆。不大像有鸟的样子。泡沫继续增长,已经长成两个规模很大的坟堆。言午许在鱼肚子里弄出咕吱吱的响动。其实我并不晓得是不是言午许,但是他曾经向我仔细描绘过这种声音。

"咕吱咕吱!"他说。

我想:"难道会是这样?"言午许却认为不但是这样,而且对方那东西还会打屁。那是进了空气的缘故。真是不可思议。我不知道是什么不可思议。是打屁还是咕吱咕吱。抑或根本不是而只是指对方那东西。鱼肚子里传出来一阵笑声。鱼嘴忽然张开,深沉地呼出一个哈欠。泡沫做出一个要逃跑的姿势,终又趋于稳定。大鱼可能还不清楚自己肚子里发生的事,正预备睡出新的境界。

16

艾宝对于别人要他回答的问题向来采取不关心的态度。他以前好像就有点这苗头了。只是我们没大注意。等我们注意起来已经晚了。我们早应该知道不可期望什么,但艾宝还是疯得不省人事。问他吃不吃鱼,他就说吃肠子。我想他可能是说错了。

"肠子。"他比出一个长度。

那是蠕虫的长度。

起先很像是筋,长在肉里。当它从砍碎的肉里被扯落出来就慢慢苏醒慢慢蠕动。那情景不一定好看,我也不指望它好看。它的动作与蛆不同,显得不大活跃。而蛆向来是很活跃的,尤其是在蛆很多的情况下,简直像跳舞一样动个不停。

贵爹要我到鱼肚子里做一些开拓性的工作，他给了我一把刀。我猜出是娇婆蓝指使他要我这样干的。他坐在一堆蛤壳和碎虾皮中间，喝了很多酒。其标志是头发上也沾满蛤壳和虾皮，还不时从牙缝和鼻孔里抠出一点什么来。放在一尺远的地方看看，仍复送到嘴里去吃掉，看得出他还在极力保持既定的严肃。沙滩上螃蟹们继续乱窜，丢下些断了的腿和钳子。

共田八和言午许共同挽着一大挂肠子从鱼肚子里爬了出来。显然是做过了很多好事，所以连看都不往我们这边看。共田八额头上的海带也不见了，浑身上下血红血红的放亮。娇婆蓝依旧手指灵巧地从鼻孔或胳肢窝里挖掘东西再飞快地搓成小小的丸子。

那挂肠子是真正的肠子。不用看我们就都看出来了。一个人提议把它剪掉。这个提议的人也是用类似电声喇叭的口气说话的。但绝不是共田八。他还没恢复到非跟我们讲话的地步，就捧着它们一径走到娇婆蓝即将修成的路上。我想只要没人劝阻他他一定会这样走下去，于是并不去劝他。他却停下回过头，朝言午许脸色血红地看看。言午许也脸色血红。两个人捧着同一挂肠子，相对无言。

雾气凝成的雨丝更加密集也更加尖细刺人了。胖姑咬一口香蕉，把咬剩的举到天幕前检查了一阵，再又咬一口。我捏着贵爹给我的刀，打算问她几个问题，无意中发现她胳肢窝里的气味跟双木林几乎是一模一样的。

"蛆。"

我低下头认真查看自己身上，果然找到一丝丝极细小的蛆，它们在我日趋滑腻的皮肤上致密地爬着，从东方到西方。有些更细小的则尽可能沿着皮肤的皱缝蜿蜒前行，时不时还停下用尖头叮住某一个毛孔畅快地吸吮一阵。我顺手抹了一把。其结果只是将这个手上的蛆抹到另一个手上而已。甚至而已而已。我记起还有很多问题尚待澄清，或许已经来不及了。或许还来得及。

17

当我们一起吃鱼肉的时候，我的意思是，当我们一起吃煮熟的鱼肉的时候，世界好像一下子变得干净了。虽然雾仍在飘。但雾与干净无关，或者说只会使我们变得更干净。到处都荡漾着煮鱼的香气。一部分蛆虫追随香气而来，另一部分却依然迷恋着异臭。其实一路上只看到它们拥拥地翻滚，不知是跑向这边还是那边也许这边那边都无所谓，只要气味浓烈就行。三横王踮着脚，生怕踩中哪怕一条。而他踩中的绝不止一条。他后来告诉我这不是有价值的。极有价值。

"这么多！"

他扳过脚板给我看。那上面贴着几条挤扁的蛆皮，好像还没死，尖扁的脑袋迟滞地拖着排出体外的消化系统艰难行进。三横王痒得哈哈大笑。

我看到他脸上出现同等程度和性质的表情，是有一次一只母鸡在他的屁股后面啄他屙的屎。这现象一般来说是不太多的。所以按道理我应该记得哪次在先哪次在后，但是我不记得了。甚至这个被母鸡啄了屎的人不一定是三横王而很可能就是我自己。我也不知道母鸡是从哪里来的。长得根本就不好看，咯咯咯地叫，啄中一坨屎要反复吞咽几次才能看到它顺着软皮拉塌的食道走下去。刚屙的屎颜色是很鲜艳的。过了不久便黯淡下去，好像表面结了一层壳。我曾经想这大约是被空气氧化了的缘故。而鸡的使命则是啄破这层壳，使之不断地让新鲜的内容展示给世间。它的尖喙沾着屎渣，看上去却一点也不像屎渣倒像吃桃酥沾上的碎屑。

母鸡吃屎的过程给予我有些近乎"牵肠挂肚"的感觉。没被吃过屎的人大概是想象不出来的，而且碰巧让它吃到一条蛔虫，那感觉就不是近乎而是简直了。它衔住蛔虫的一头，而另一头还在我的身体里面，那条虫显然只是想趁我方便出来透透新鲜空气的。现在它又开始留恋我温暖的大肠，使尽全力往肛门里钻。我没想好让它进去还是不让它进去。但人在这时候都会把括约肌抿紧的。我也是这样。母鸡扯了两下，绝不松口。那蛔虫缓口气，钩住我肠子里的某个环节，使我更不愿意让它被母鸡随便扯出去当面条吃了。而母鸡则摆出一副"到口的面条岂有又吐出来之理"的架势。相持了十来秒钟，蛔虫以极大的毅力扭屈起身体。母鸡差点被扯了个趔趄，于是，一发狠，蛔虫断了。我觉得断了总比没断好。但它又不是完全断，而是皮断肠不断。母鸡迅速将断的那头吞吃下去，却从嘴里扯出一条越拉越长的细线。那便是蛔虫的肠子。

18

鱼肚子里比外面温暖得多。这跟我的想象基本上是一致的。我认为作为鱼肚子正应该是这个样子。只是光线不大明亮。我想到肚子外面也不是很明亮，慢慢也就适应了。进而觉得太明亮反倒不一定好。脚下的血水淹没了半截小腿，走起来很容易打滑。

"什么声音？"

"出气。"

我知道是出气。细一听又不像是出气，因为鱼已经死了。或者它还没死。我总觉得有必要验证一下。而必要是无所谓有和无所谓无的。只不过既然在它的肚子里，情况就不一样了。我想第一是不该到处这样滑腻。不管怎么说，滑腻总不会有好结果，何况天花板黏黏糊糊不知时常滴下来一些什么东西。如果非要我估计一下不可的话，大约是血块和碎肉渣之类。一条其柔软程度不亚于肠子的东西打在脸上，揪住扯两把，发现它是从顶高处一条缝里垂下来的。扯起来抓在手里有些滑溜，而且还有弹性，不可能是一根裤腰带或其他什么。我顺手打了一个结。这个结不好打，老是分泌黏液，搞到后来它还扭动起来。显然不是一般的肠子。早晓得这样我也就没有什么可抱怨的了。

试了试刀刃。有点后悔没在鱼肚子外面弄清楚究竟锋利不锋利。幸好实践的结果是也还锋利。那就怪不得我了。正好用来披荆斩棘。我摸到肚子的另一面，以为一刀便可以戳它个对穿眼，因为鱼皮总不至于像是牛皮。而即使像牛皮也没有什么了不起。这时我听出那声音与其说是出气还不如说是心跳。

"那还不一样。"

直到今天我仍搞不清最早跟我在鱼肚子里对话的这人是谁，那里面讲话带有一种滑腻腻的味道。我想我一定也是，虽然自己往往听不出来。加之一进到里面马上给我们一种天很快就要断黑的错觉，一切就变得无所谓了。那声音伸出一只手往我肩上拍了拍。这莫名其妙的行为平常只有娇婆蓝才干得出来，要不就是邵大伯模仿娇婆蓝的时候也可以这样。但邵大伯一般只拍双木林或者胖姑的肩膀。有时拍不中地方索性就拍她们的屁股。我认为那都是经过她们允许的。我记得我也拍过。不过不是当着别人的面。邵大伯之所以叫邵大伯就是他可以当别人的面。

我用力一戳，刀尖碰到了什么圪圪咔咔的东西。一点也不像鱼皮或者牛皮里应该含的成分。倒有点类似剁猪脚的时候把一块完整的骨头剁碎了。只好抽出刀朝一些软组织一顿砍。一大块冰凉的东西砸在头上。等后来把那东西抬出去才看清它大约是鱼肺。

19

我醒来的时候，听到吱吱咕咕的声音。好像是一堆黏巴巴的东西正挤在一起吐气泡。我也成了其中一块吐气泡的东西。使劲挣扎着，不知是要挤进去还是要挤出来。气泡又不破裂，鼓鼓地越吱咕越多，形成一种体积庞大的样子。没有什么不可容忍的。我打了个哈欠，才知道至少一只耳朵被堵住了。

我并没要这样。掠过脑子的第一个念头是失踪或许反而是正常的。

一只手在我身上摸来摸去，大概已把我当成鱼肚子里的某一个副件。我渐渐回忆起我的衣服都脱在和双木林一起去过的礁石背后了。身上光溜溜的很容易被当成一块脾脏或肝脏，乃至于一条被大鱼吞吃掉的墨鱼。看到邵大伯他们搭梯子的时候我就想过会不会砍出一块肝脏来。当然这并不是我很想自己也变成肝脏。我自己有的是肝，只是没打开拿出来看过。

那手鬼鬼祟祟搞了半天，摸到旁边一块使我毫无感觉的东西上去了。它认为既然我不过是肝脏或墨鱼，就没有及时扶我起来的必要了。它还有更重要的事要做那就是扶起真正的墨鱼或肝脏。这几件东西都可发出吱吱咕咕的气泡。然而实际结果又不止如此。我分明听见那墨鱼（肝脏）被它摸得说了声：

"嗯。"

有一瞬间我觉得这个世界变化太大了，以至于我无论怎样也没有办法去理解。刀子在昏迷以前就失掉了，要不然还可以防万一。那手搬弄了半天，终于将墨鱼扶坐在碎肉杂什之间，吱呱吱呱到它身上按摩。我思忖它大约不会搞好久，没想到那墨鱼说：

"正是这里，正是这里。"

口气显得很舒服很陶醉。我想象不出墨鱼陶醉起来会具有怎样的一副嘴脸，而且也来不及去想象。黑暗中它软塌塌的触须搭在我的肩膀上，好像我就是它的亲密战友。我从血浆里抽出自己的手拂开触须，假装是挪动一个位置。战友毫不介意，软塌塌的挽住我，要与我更紧密地团结起来。我不愿意跟一条墨鱼这样搞。但是要摆脱它已经太困难了。它把黏液匀匀地抹在我身上，它自己自然早已是这样了。我不知道究竟是舒服还是不舒服，总而言之只要它舒服就尽够了。那只做按摩的手也不见了去向，显然是对一切丧失了信心。必要的时候我会找到它的。墨鱼也有同感，整个地向我爬来。这种类型的水族如果没有光线是很难搞清楚它的倒顺的。它却不管。触须把我缠住抱起，没料到它还有这样大的力气。我以前一直以为墨鱼不过是软骨头，所以从来不曾怕它。现在看来完全错了。它并且还有多余的触须在我身上摸索。这才省悟刚摸过我的不是只手而就是触须。我故意做出漫不经心地问：

"正是这里吗？"

墨鱼翻了翻身，扑哧一声仿佛打了一个嗝。很多往事便潮水般向我涌来，包括一股吃到胃里很久再吐出来的酸菜气。我猜测它大概要模拟一种末日就要来临的氛围。它紧紧粘住我。我只好首先尽力挣脱出双手，骨节叭叭作响。

20

我身上那些被黑鱼的吸盘灼伤然后又生坑斑的地方，如今已经都平复了。变成伤疤一块一块失去了原有的皱纹，仿佛到处都种过牛痘。实话说牛痘这东西不是个太好的东西，我记得我为此发过高烧。我一生只发过几次高烧。一次是在一列摇摇晃晃的火车上。那是真正的火车。有过岛上那番经历之后我对什么都不在乎了，所以遇上一列真正的火车是难能可贵的，哪怕在发高烧。我告诉人们事实，但人们总不愿意承认我说的一切。我估计多半他们都没有被一条墨鱼抱起来亲吻过。一个女子咯咯笑了半天，门牙很长地说：

"你讲得太严重。"

这时我只能陷入深深的自我怀疑之中，抚摸那些曾经培育过蛆虫的牛痘。有一个牛痘看起来更像一个陨石坑。我第一次发现身上还长着这么一个坑时立刻感到不知所措。还有一个牛痘与其说是牛痘不如说是肚脐眼，不过这个肚脐眼是长在大腿上。据说这样反而好。蛆把所有腐烂的肉质吃光了，然后拖着长长的尾巴从另一个眼里爬出来。身后留下一条潮湿的轨迹。如果说这现象很悲壮那是不恰当的。我不知道它在没有照明条件的情况下，怎样从我那血管密布的体内穿蛀而过。那大概和一条钻进苹果里的肉虫差不多。拖尾长蛆体态肥硕，然而肥硕中不失矫健。由于营养充溢它那细嫩的皮肤绷得薄亮透明。

我看着它爬动，正在想要不要采取一些措施，第二条蛆又从肚脐眼里一探一探地钻出来，也拖着长尾巴。透过它爬离的口子，可以看到里面还有许多分不清是脂肪还是肉蛆的尖头。根据后来发展的趋势看，多半都是肉蛆。这倒使我记起那天大雾中凝成所谓之细密的雨点，以及纷纷扬扬飘洒得到处都是的蝇翅。它们菲薄而又鲜艳，将空气振动出细高的声响。脱落翅膀的苍蝇这里那里地倘佯，开裂的背心深处露出它们略带绿黄色的内脏。那雨点其实就是蝇卵，凉丝丝地扎进我们的皮肤，而表面看上去一切都没有变化。

不一连好几年，不断地有蛆从我的身体内爬出来。我想过很多办法，洗药水澡、日光浴、喝雄黄酒、练气功，等等，其结果是对那段往事的回忆越来越深刻，甚至出现了思辨的色彩。我不能断定这样做对不对，所以常常停下来。那是我表示犹豫的一种方式。于是蛆虫就乘机出动，从靠近嘴唇的地方，从鼻头上，从眉弓高处和下巴尖，钻出一两条有时是很细小的蛆虫，带着刚破卵的幼虫具有的那一份迟滞和孤独，流连在我脸部的悬崖上。

21

娇婆蓝终于将我们带到那条他修成的路上。沿途不断地有人跟他打招呼。娇婆蓝向他们频频点头，我们也只好跟着点头。我想认出他们中间的贵爹邵大伯胖姑艾宝，但一下子不容易认出，而我们前面的路还很长。起码在天黑以前要走完它还须付出相当大的努力。

那条路弯弯绕绕。娇婆蓝说这是没有办法。因为大海从来就没有规则。他这种话院长好像也说过。不过院长不是说大海而是一口水井。水井不应该没有规则。我认为它们差别不大。何况芭蕉的叶子在我们头顶上摇晃。土坎上偶尔窜过一条颜色美丽的四脚蛇，它永远只用一个眼睛盯着我们。三横王要在这里就好了，他辨别是非的能力是有目共睹的。只是一般情况下我并不想麻烦他。

岛上宁静得出奇。似乎什么都不曾发生过。以后也不会发生。人们把嘴巴喔成鱼的样子赫赫地笑两声就算完事。或者干脆连鱼的样子也没有。娇婆蓝解释这是长期从事一项事业的结果。海风徐徐地吹来，证明他的话是对的。但我总感觉什么地方有东西在爬行。

"蚝。"

娇婆蓝从海水里捉出一只外壳丑陋的贝类，使劲掰开给我们看。于是，在太阳底下豁然张开完整的柔软的躯体。

气味夹杂着一股咸涩。从中我逐渐体会到要追寻几被遗忘的事情不是没有可能的。但娇婆蓝谈笑自若，引我们走在高高的山岗下。仙人掌的花正在那上面红红地开放。这是以前没见到过的。一只鸟停了停，很快就飞向辽远。围吉周曾对我说，假如你重新去了那里，一定不要忘记。我不知道围吉周指的是什么。因为即使那不过是一时的梦幻，他也没跟那条大鱼打过交道，更不会尝到一连好几天蒙蒙大雾的滋味了。他应该去问问双木林。当然她不见得会告诉他。何况她大约是死了。

在通向那个海湾的路上，我又提起是不是会聋掉耳朵的问题。娇婆蓝不吭声，显然是没有什么话可说。他究竟老没老，我一下也讲不清楚。从太阳照耀的情况看，那种大雾是不会再来了。天上也不见一丝黑云。其实白云比黑云要容易看出得多。

但是我从很近的地方看到了娇婆蓝后脑壳上的那块疤。那是被大鱼甩开的梯子砸中的。尽管如此我仍然充满了疑惑。事情毕竟已很久远了，甚至很可能根本就不曾发生过。记忆往往错了，往往只不过是一种幻觉。我的病便是从中而来。院长说你不能再这样下去了，我于是决定不再这样下去。我翻开一块圆滑的大卵石，从泥沙中拔出一根巨大的如同象牙一样弯曲的骨头。那是宰杀大鱼遗下的骸骨，颜色已经枯朽灰黑，凹进去的部位长满阴森森的水苔。

22

它把我抱起。无论怎样反抗都不能抵挡它那温柔的缠绕。触须的吸盘粘在肌肤上，效果类似扯痧或者拔火罐。事后证明这些地方瘀血色素沉着经年不得消散。酸菜气刺得鼻中隔的软骨像是要溶化。我以前从没见到过眼球由于被外力挤压而奋力突出的样子。我自己正好便是这个样子，并不好看，但是很有特点。共田八和言午许能够从这里面挖掘出那么多有价值的东西本身是一个奇迹。在暗红的环境中，依稀分辨出墨鱼那一对高高耸起像是大蜘蛛的眼睛。它们离我这么近，以至我也不得不高高耸起地怒目而视。墨鱼毫不在意，把我抱过去吻了一口。我一片嘴唇马上肿了起来。我不记得是上嘴唇还是下嘴唇。因为它很快又跟我嘴对嘴亲了一下，也不管我是否同意这么干。所以另一片嘴唇也肿胀起来。这两个亲吻后来被我写入一首诗里又被院长看到了。于是把它当作我的新材料载进了有关我的卷宗。墨鱼却不知道。我推开一根触须又伸过来一根，根根都是那么有力。其实它们有些并不是触须而是蠕虫，冰凉柔软滑腻。在它们爬过的地方总要涂上一层黏糊糊的薄膜。远远地听不清人们怎样嘈杂，怎样赶开那一群群苍蝇的黑云，言午许怎样歌唱，艾宝怎样从冷漠中突然变得慷慨激昂。只能听到软体动物以及和软体动物差不多的内脏互相作用时发出的吱咕声。黏膜被擦破，黏液悄悄地渗透，浑身上下沉浸在鼻涕一样滑润和腥臭的分泌物之中。我伸出手一块一块地摸索，既找不到入口又找不到出口。一切都是软乎乎的，包括我自己的脚趾头。不能再这样下去了。然而还在这样下去。我敲敲脑袋，里面发出空洞的回响。整个空间摇晃起来，有人在鱼肚子外继续砍伐。鱼的肌肉一阵收缩抖动，从它的喉咙深处传来涨潮的信息。然后它做了一个吞咽动作，我被吸进一个紧迫的管道。跟我一起吸进去的还有那条墨鱼。一点光线也看不到了，触须放开了我。酸性的消化液烧蚀我的鼻腔耳孔和眼睑。我直觉是误入了大鱼的肠道。而实际情况正是如此。只听得一声臭烘烘的巨响，我被它的肛门愤然排泄出来，抛到一排排席卷海滩的浪头上。四周忽然出奇地明亮。我睁不开眼但又很想睁开眼。呛了一口海水，吐出的东西全都是无意中吞下的鱼肚里的残渣。一截截触须的碎段粘在我身上有的则在沙滩上扭动。雾和苍蝇仍在聚散。一泻阳光穿过它们的口子照着远处海面的小岛。那是我从前从不曾看到过的小岛。

（原载《湖南文学》1988 年第 12 期）

勾沉

　　周科长死了一年多,有人给他来了五封信。无论如何这也是"怎么想得到"的。他生前一共怕还没得过五封信,小田甚至断言,根本就不会有哪个给他写信。傅博士则咳咳嗽,以表示不敢轻易苟同。至少,收到过一封很厚的信,写满娟秀的字体。什么什么内容就不晓得了,只记得周科长读来读去,一副脸涨得益发色素沉着,好吓人的样子。现在回想起来,都还要打两个幅度很大的寒噤。

　　前四封信退回去了。到得到不得对方手上,那就很难讲,信封上落款,"道县兰缄"。这县是湘南一个偏僻县份,山高路远。出木材及药材,还出了一位周科长。但不能因为你周科长是道县出的,就一定非帮你查到写信的人不可,尤其邮局去查。

　　会不会,是要债一类的信?办公室方主任以为,几乎不可能。周科长拥有好几个银行存折,且坚持存款到生命的最后一息,终于定期加活期达两千三百一十八元五角六分整。凭什么要跟别人借钱,凭什么要借到你道县去,如果说道县有人要跟他借钱,那还差不多。不过深入一想,又差得多了。你连人家死没死都不清白,怎么配开这个口。可见有钱也绝不能借给你。

　　万站长交代办公室,可否考虑拆开看看,到底是一回什么事。其实方主任不但认为可以,而且早已有过这样一番考虑了。只是拆一封信太容易,为什么我们不充分推测一下各种可能呢。方麓婚前一直爱好文学,尤其日本的推理小说。有次猜一个最不像凶手的女主人公是凶手,果然就没错。所以世界上什么样的事情都会有的，不值得大惊小怪。比方做妻子的假若跟岳母娘一起去势利，就根本不要怕。她冲走，让她去冲；她哭，不予理睬；她打电话来，只要听出那熟悉的矫揉造作便断然一挂。这封信的"兰"，立刻使他想到极有可能是一位青梅竹马，可惜字写得一点也不"娟秀"。

信笺上总共有两行——

树尧同志：

  祝你工作好身体好！

事到如今，树尧同志的工作及身体都是好不起来的了。难道说这青梅竹马竟故意来讽刺与幽默，然而周科长反正已经死了，再也享受不到讽刺与幽默的乐趣。何况即使为了剪不断理还乱，这样一句问候也只能叫做费厄泼赖。

周科长的厚道，也绝不会去干惹人家非来挖苦不可的事。至于瘦高瘦高的老哥哥何求之，天生富有尖刻的才能，不使出来便活得烦躁，自然不在此列。那是大院映了一部非公开电影的第二天，何求之猛烈抨击女主角的嘴巴及眉毛的不合理分布，使得她终于"并不漂亮"。而周科长却认为她实在还算漂亮，或者说十分漂亮。于是一架吵到所有的人都溜出办公室，躲进对门资料室去。周科长说过漂亮之后立刻觉着有些与身份不妥，但后悔已经来不及了。何求之极快把炮火由女主角的嘴巴眉毛转移到他的身上。说他矮，说他穿黑呢子中山装，说他想吃天鹅肉。吵毕，何求之风流倜傥，问这个问那个为什么都跑掉了，不来看。

那次吵架，是在周科长第一次住院回来上班约半年的时候发生的。天气正热，何求之穿件夏威夷短袖衫，两袖清风。到冬天又吵过一次，却不为天鹅肉，为的工作上一件小事。不久周科长又病倒了，诱发病因是洗澡引起感冒。于是第二次住院，再出院，春天将逝，拖到七月间终于死了。

"他是靠北边那一线窗子洗吧，风是大。"傅博士迅速对男澡堂做出理解。

"还不是平时舍不得洗澡票，一洗就不收场，还有不感冒的！"

何求之的话不能说完全没有道理。但人们都晓得周科长不发病只是迟早问题。即使天天洗澡，或天天不洗澡，也反正快到岸了。

此外，不记得周科长还跟谁吵过架。当然这并不能说明其性格随和，他太固执，甚至不近情理。病重期间这固执发展到顽固不化，譬如他想吃橙子了，或者准确些说是别人告诉他应该买些橙子来吃了，便一再声明只能买国营的。小田骑车跑遍全城，最后还是在一家私人小摊上称了几斤。

"自由市场的还是国营的？"周科长劈头一句就很严肃。

"当然自由市场的。不然这么好？"

立刻脸色不对头。

"那我不吃。再好也不吃！"

"不吃何事搞呢，买都买了。"

"退回去！"斩钉截铁。

"不是呢，我逗你的呢，"小田变换出顽皮的笑脸来，"这是又一村买的。你没看见我骑车跑这么久呀。私人摊子，门口不就有。"

"公家的？好多钱一斤？"

"三角四呀。"其实三角八。

站里的人都认为，这样的脾性，不癌才怪呢。一九八〇年他"衣锦还乡"，送了不止两百块钱的礼物给婶婶妈妈弟弟妹妹。好几年一次的壮举，还礼是花生四五十斤。道县花生大约别有趣味，这不清楚。不过再趣味，也毫无必要留到全部发霉才慢慢吃来。舒天喜看他在走廊上灰扑扑翻晒霉花生，劝过不要吃，不听。

"没霉呢，是沾的黄泥巴。"

这些花生沾黄泥巴，都被他一粒一粒吃掉了。一部分是盐水煮成"大红袍"，不费油。一部分是生吃，润沛，那一向每餐少买一个菜。

"早晓得，都给他倒进垃圾去就好了！"舒天喜回想起来，跌足。

舒天喜也是科长，人称舒科。与周科长有过一段军垦农场的交情。眼看他吃花生出了大祸，心里一阵一阵难过。第二次住院，特意送去一只炖好的鸡。问了一些大夫，知道那老姜但放无妨。周科长面对腾腾一番热气，好半天终于表示，倘有不测，自己房里做家具剩下的那根木材，由舒科拿去用好了。听他讲出这样的话来，实在想不到。第一，他从来没认为自己会有什么不测。第二，他连刨木花都舍不得丢，说是可以和花生壳一起熏腊肉。舒科顿时痛感，那只鸡只买三斤，简直太对他不住。

周科长将那三斤，吃了整整一个月（一说是一个半月）。每次挖出来一块，放在饭上面慢慢咬，直到罐子里的鸡肉都带一种"那号味道"了，仍不准倒掉。说要用来煮稀饭吃，他到广州出差，看见街上卖肉粥，就是这种搞法。

小田说，也不能完全怪周科长舍不得。他鼻子已经闻不出鸡的变味了，那期间正是过年边上，天冷，以为再放得久也不坏，其实每天要热一热才好。

"热么子？那还不炖融了。"又何事做咸鱼吃！何求之当即驳斥。

设若周科长的鼻子，一直嗅觉灵敏（当然这是不可能的），他就不吃变味道的鸡了吗？这样反过来一想，小田也觉得自己不够成熟了。

周科长其实是很吃过一些鸡的。十多年前，湖区几个县发水灾，计委（当时叫省生产指挥组）派慰问团下去慰问，结果餐餐吃鸡。其时他刚从军垦农场分来，也没当科长，正可以吃得晕头转向。直到对鸡产生一种强烈的仇恨，方才作罢。

除了固执，周科长有时还给人一种阴沉甚至凶暴的印象。怎么会得出如此恶劣的印象，一下子谁也无法说清。大约因为晓得他自幼受过很多苦，而又从不曾听他谈起，总觉得他心灵上留下了极深的伤痕，必然变得压抑和阴郁。那么他为什么要变得凶暴呢？这问题提出得咄咄逼人，我们就不大好贸然回答了。世界上很多东西是只可意会不可言传的，譬如周科长的凶暴。我们（不含傅博士）确实没有看到他凶暴过，不仅没有，而且仔细一斟酌，还能得出他实在很厚道的结论。所谓凶暴，完全只是一种印象，直到他死去将近一年光景，我们看一部日本影片时才突然悟到，那个印象是如何产生的。影片中一个警官，边审讯犯人边一副脸涨得通红，而周科长生前虽然不审讯犯人，脸却同样通红。这不正说明在他平静的外表之下，时刻都汹涌着一股可怕的浪潮吗。

傅博士早就及时宣布，她永远永远不可能对周科长产生良好的印象了。即使没有日本影片，即使脸不红，她来报到的那天，第一个见到的便是周科长。正碰上下班的时候，只见他办公室开着门，傅博士淡淡一咳：

"还有人没得？"

"没得。"态度冷淡。

据傅博士认为，他回答的是"没得"！岂止冷淡，简直叫做粗暴。对傅博士这样粗暴，又简直叫做更粗暴。

"当时我就记住了他那副通红的脸，倒看他将来有什么好下场！"

果然没有好下场。傅博士只好到处解释，那句话不过是气头上随便讲的，并非故意要他去死。他死不死，与我有什么关系呢。我照样生活，照样吃腊八豆，照样学英语。

傅博士之所以是傅博士，就是因为学英语。先是《英语九〇〇句》，后是《基础英语》，再后是《跟我学》。读一句抬头眯眼忆半天，又读一句抬头眯眼忆半天。谁也不知道她究竟读到哪里来了，还将读到哪里去。有一回她在楼梯口上用功，正好周科长匆匆过来。

"你说什么？"他忽然停下步子，注视着她，"election？不是election，是electron。election是选举，选择。"

说完匆匆地又走了。对于这一袭击，傅博士完全没有精神准备，她反应过来之后唯一能够做出的自卫举动，仅限于白他一眼。现在想起来犹自遗憾不已。不过，据一位观察家事后分析，傅博士那一眼非但不白，而且还很"娇嗔"。

于是有相当长一段历史时期傅博士不到楼梯口上去。英语依旧孜孜不倦，只是攻不几句便要小咳两声清清嗓子，以保持音色之甜润。抬头忆半天也不一定眯眼睛了，有一天小田甚至惊讶地发现，她抬头是站在窗前往极目处深情地远眺。

她还定时到卫生间去做一些奇怪的动作，过一段时间不做动作了，人们才明白原来那不是气功，而是一种减肥体操。平心而论，傅博士不过是骨架子粗，实在一点也不肥。

曹工到北京学习，傅博士托他买过一本英语辞典。其实本地书店就有卖，但曹工还是购于北京，在扉页上规规矩矩写道——

赠给

　　傅瑗瑗同志

这本辞典自此经常出现在傅博士桌上，而且摊开，而且摊到扉页。上面飘一片香水书签，将那两行字半遮半盖，都看得出是曹工的手迹。

然而曹工那张嘴脸（不用长相用嘴脸，足见傅博士的反感），他眼睛怎么大一只，细一只，他鼻子怎么一个坨坨。还有，他脑壳为什么放亮呢？看过曹工年轻时照片的人，都承认他从前到底还是长得可以。一身军装穿了，大眼睛细眼睛皆炯炯有神。如今脑壳开始放亮了，他妻子便要求离婚了，万站长专程到益阳找她调解。她是汉剧团副团长，正在练功房压腿和撕一字。曹工两个崽子都是被她撕得流掉了，还要撕。整个调解过程她都在那里捶自己的腰，左边两下，右边两下半。

而且曹工耳朵听不见。也不是全部听不见，挣扎着可以听一点。设若在枕头边上讲起悄悄话来，那又要少去好多的味。曹工从北京学习半年回来，劈面便遭到韩负责的热情握手。重重摇两下，轻轻摇两下，再重重摇两下，等等。曹工只好憨厚起一副脸笑着，听任她按到一张靠背椅上坐定，喝她泡过来的茶。此时周科长才从角落里站出来，参加这项热情。

"回来了？还好吧？"

"车上人挤吧？"

"北京住哪里呀？"

"吃不惯吧？"

对于周科长的亲切询问，曹工只答了一系列的"啊？啊？啊？"搞得周科长脸色又有所加深，但，还是坚持寒暄完毕，才仍复伏案工作。

周科长癌了之后，站里安排钟负责韩负责照顾。而韩负责看来更负责，她首先关照，周科长应该迟到早退。要他早上多睡，要他晚饭去炒猪肝吃。然而周科长绝不轻易吃猪肝，他本来可以完全不上班。但他不上班干什么呢？练气功，不练气功干什么呢？上班。所以周科长要上班。气功练多了也不好。天心阁一个人，天天练天天练，从早练到晚，越练越瘦，终于练出一口血来，往地上扑地便倒，抬到医院就没得救了。

一个一个平凡的早晨，周科长抓紧练完气功，最先来到办公室，抹桌子椅子，地上泼些斑驳的水，然后一日之计在于晨。进一个人，就紧紧盯住，也不管人家点不点头，反正他点点头。只有龙抗美，一径要到九点十点钟才来，旁若无人地，进门接过大家不论什么话题，切入进去谈笑风生，仿佛比是人都来得早，周科长只好眼睛出血。

在两次住院之间的一年多时间里，真的谁也看不出周科长会突然再次发病。且一发而不可收拾，他自己也绝不想晓得原来会有这么快，然而就有这么快，那年国庆节，站里购进一批运动器材，钟负责还邀周科长去打羽毛球，说他气色好多了。尽管如此，第二年夏天他还是死了。

机务科于四先，到老家嘉禾探亲。万站长要他顺便走一遭道县，查查那封信。嘉禾也在湘南，与道县中间隔两个县。口音都是差不多的，于四先解释，不是差不多，而是差很多。但既然大家都听不出来，不妨就认为差不多。于四先跟周科长曾同在计委，一个办公室，周科长那个对象还是他牵的线。

"就是她哦！是我的初中同学呐。"盛晓菲有次听人讲起那对象，立刻做出颇吃惊的样子，"那是长得好，长得好。"

盛晓菲的弟弟，分在市二医院做骨科大夫。额头宽，审美趣味相当高。一眼看中一位女实习医生，马上中断了与先前那个女友整整四年不战不和的关系。女实习医生也痛痛快快和男友分了手，他是一个青年诗人，两年之后与另外六个人合出了一本诗集（自费）。其中有一又三分之一首是为她而写的。

"她就那样漂亮？"

弟弟嗯一声，随即补充：

"是风度好。"

姐姐默默看了一气书，忽然想到：

"比王玻呢？"

"啊？"认真考虑良久，"那还是王玻更漂亮。"

姐姐抿嘴一笑。

王玻刚被周科长追求的时候，盛晓菲还帮她介绍了一个研究生。矿冶学院的，才华多得不得了，就只缺少一个终生伴侣。见面那天，王玻穿得精彩出众，想取得服饰与姿容相映成趣的效益。没料想那研究生谈不两句便拂袖而去。搞得好难堪的，盛晓菲结结巴巴解释，研究生不喜欢她穿得太精彩。才华过多的人，大抵都有这样一些怪癖。比方某数学家，比方某哲学家。不过真正的原因，王玻问出来，是嫌她在肿瘤医院工作。也就是河西咸家湖那个地方，院舍虽然新，但没几根树，光光秃秃，到处印一些堆土机的履齿痕迹，使人觉着这里正应该是一片肿瘤，你怎么不儿科呢，不产科呢，不东湖疗养院呢。

当时王玻的反应是低下头好半天，从口袋里扯出一封信来给盛晓菲看。信的落款周树尧，字写得既不潇洒，又不呆板。有两句话令盛晓菲尤其感动："……你的美貌使你完全有资格做一个王后。我虽然不能当一个国王，但我一定要尽自己全部力量使你获得最大的幸福。"一个貌似凶暴的人，居然写出如此优美如此真诚的信来，又是始料未及。

"你自己觉得呢？"

"我不晓得。"王玻又低下头。

盛晓菲立刻投了赞成票。她并不清楚，周树尧尽管做不成国王，却刚刚做成一个科长。

信上还写了他的奋斗经历及美好的憧憬。一律地直是感人，他村里的女人都很丑，所以下决心找一位像天仙一般美丽的姑娘。天仙要美到何等程度，难讲。如果说电影里的样子，那王玻美了还有多。周科长找到她，的确实现了多年的夙愿，但是后来他得癌，两次住院都是住肿瘤医院，河西咸家湖。

有次礼堂看电影，他的鼻子忽然流出来许多液体。手擦一把，发现是血。王玻慌忙掏出汗巾子给他捂住，让他往后仰着头，这场电影没看好，周科长心里万分愧疚。问以前是不是经常流鼻血，周科长回忆了一下，不经常。

"还有别的不舒服吧？"

又回忆：有时候耳鸣、头晕、视物重影。

当下王玻就明白是怎么一回事了。她在四病室干了七年护士，对鼻咽癌的症状再清楚不过。立即劝他去医院检查，周科长其实早对钟贤仕讲过，想去检查一次，主要不是为了不太流鼻血，而是为了看东西有重影。重重叠叠地，数据及图表皆一塌糊涂。不想一拖就拖下来了。遇到重重叠叠，便往额头上擦风油精，揉太阳穴，再定眼看一看。往往可以看去许多重复的东西，获得一向清晰，人们说要是发现一点症状马上去检查，不定还能够完全治好。美国科学家做致癌实验表明，吃霉花生的食火鸡，只要三两星期就可以得癌。周科长不是食火鸡，但也不能太肆无忌惮。

省附三医院的化验结果，全站的人差不多都晓得了，惟周科长缺乏自知之明。钟贤仕找熟人搞了一张假化验单，证明是良性肿瘤。他一颗小脑袋，讲起话左转右转，很灵泛的样子。热烈动员周科长住进肿瘤医院，治这个良性肿瘤，还说不要紧，很快会好，天花乱坠。

同病房六个病友，都是鼻咽癌。脸上画一个框框，每天定时在框框里照放射线，周科长照射的时间最长。然而仍蒙在鼓里，以为良性肿瘤本应该多花些工夫。有一天还安慰一个病友，劝他想开些，不要一天到晚躺在床上惦记着死。癌症并不可怕，首先要自己振作。

"假如我得了癌，"周科长从容兼宽容地设想，"我也不会怕的。"

同病房的人听了一怔，随即都笑起来。周科长还不晓得这意味着什么，以为一番话讲出了不同凡响，那人忍不住，回一句：

"你未必就不是癌呀？你的癌比我们更重！"

这回轮到周科长一怔，也随即笑起来。以为那人对生活丧失了信心，更应该待之宽容。后来才慢慢有些明白了，那人讲了真话。

在那些日子里，癌症的阴影笼罩着整个微波站。人们谈论的话题，从排球赛到电影明星轶事到肉类商品的价格，随时都可能演变成癌症。订《大众医学》的人陡增到二十多个，锅炉水不能吃，烧开太久的水不能吃，放置过久的水不能吃，反复烧开的水不能吃。

"太烫的水吃不得！"小田有一次出其不意大喝一声，吓众人一跳。自此就有人喝冰凉的茶，冷得一哽一哽。

至于最有可能接着得癌的人选，公认当首推傅博士。三十多岁尚未婚配，乳腺癌的潜力相当大。饭食习惯又不好，吃一餐饭，不吃一餐饭，没得定准，有时看她拿碗烫了又烫，以为会狠狠付之一吃了，不料仅仅喝一个冬瓜汤。要不冬瓜汤都不买，进小卖部称二两动物饼干，嚼得气宇轩昂。有时则一举买一份麻辣肚丝，加两个卤蛋，加几片卤香干，铿锵有力啃完，刚出食堂门，又猛回首再去购置两个酥油饼，一路地咬过去。平时还吃宝宝乐，吃小活络糖衣片，吃小西瓜。将瓜蒂切一小口，伸调羹进去挖，可以于有限瓜体内，挖出无限的红瓤来。是为消暑解渴之佳品，哼哼唧唧，吃两口看几分钟英语，极是悠闲自得。

她还长了一块小疤，位于鼻翼右侧迎香穴。该疤与何求之脸上的疤不尽相同，何疤像种牛痘的痕迹，颜色也白。傅疤却像永远地抹了一指锅巴灰，是什么痣一样的东西。这种东西一没搞得好就会癌变，傅博士大约并不畏惧癌变，依旧吃冬瓜西瓜宝宝乐，依旧穿红衣红裙。红衣红得不正，好像略带紫色；红裙亦红得不正，带一种说不出的色。嗯唷一声，走得袅袅婷婷。

原先她在湘南电机厂幼儿园当保育员，袅袅婷婷走路有一些基础。甘局长有一时期境遇不好，下到该厂当党委书记。厂里好几千人，关系复杂。谁也不理睬非永久性质的甘书记，只傅博士时常到他家里，念几句英语就走。甘书记复任甘局长后，又来玩过几次，忆得那一段好处，终于把她调来，看守机房。

周科长每晚都到办公室，继续白天的伏案。傅博士认为，他分明是有意选择她值班的晚上才去。整个一层楼只有他房里她房里亮着灯，想想看，那边翻书页的声音清晰可闻，想想看。这英语还怎么读得进，怎么不把电子读成选择。一径要到十点，听见火车站钟楼敲响咚咚嗒得了，周科长啪嗒一声关掉灯，乒当一声带上门，脚步由远及近。傅博士头晕目眩，屏住呼吸去抽屉里摸出切瓜蒂的水果刀，只等他敢于扑进来，便闪亮给他看。还不够，还要先赏给他一记响亮的耳光。但那一来会不会促进他更加凶暴？正这么紧张地思考着，沉重的脚步已经开始下楼梯，渐渐地由近及远。

傅博士松掉一口气，不免有些怅然若失。

天地良心，周科长绝不至于敢去"扑"傅博士的。他第一次遇见王玻，就由于老实厚道，错过了相识的机会。那是天气晴好的一个下午，王玻从大院过身，被周科长一眼看到。何以一眼就能看到，一是星期六，大院特别显得空落。

二是王玻那时才二十四岁，愈进漂亮，愈进像天仙。虽然这个天仙提一个质地粗糙的挎包，周科长当时是否看得流下了口水，是否将手里一系列的贵重物品洒了一地，不得而知。

不过有一点可以肯定，他确确实实，"看呆了。"

小田曾不无遗憾地指出，其实只要略施小计，就可以跟王玻搭上话。而周科长只晓得跟在这个天仙后面走，昏天黑地，哪里还有什么小计。如若不是大院后门警卫严峻的面孔把他清醒过来，恐怕会一直跟她走到天涯海角，眼看她消消停停出了后大门，往左拐走了，周科长兀自将脚步钉在那里好一阵。及至她消失了踪影，才怏怏地垂了头回去。他竟以为钓尾线失之轻薄，堪称鄙俗，近乎卑劣，万万做不得的。

大院正门外是解放大道。估计她在门口下公共汽车，从大院插到胜利路去。解放大道还有一条小街通胜利路，既然她冒着危险从大院插，说明其蓬莱岛不会超出二百步。门口二十四小时，总守着正气浩然一个武警战士。倘若吃他看透你不属这个大院的人员，便一挥戴着的雪白手套招你过去，严加盘问。警卫天生具有高度灵敏的嗅觉同直觉，能够于极细微处辨出差别。甚至于无声处看不出什么差别然而断定你不是个东西，果然你就不是个东西。放学回家的细伢子，一群到得大院门口，就有住里面的几个对另外几个顿足吐舌，大声嚷道：

"吧吧，气吧？气吧？你敢进来！"

另外几个则无言以对，只好眼睁睁看他们很东西地蹦进大门里去，享受着趾高气扬。

胜利路不宽，顶多只解放大道四分之一的样子。两边夹杂许多居民房子，出后门右拐，通西湖桥农贸市场，左拐两百步范围内，小邮所，居委会，文娱站，小南货店，以及黑色冶金设计院，称黑色院。还有一条巷子弯几弯通省附三医院，出口是人民路。估计天仙不住附三医院，即住黑色院。二者必居其一。周科长的判断终于得到证实，是三年之后的事情了。

黑色院有跟这边人熟的，经常溜过来洗澡。于四先一个熟人，洗澡过后，有时也到他那里坐坐聊聊天。一回熟人说起自己的女儿，二十七岁还没找对象，想请老于帮帮忙物色一个。老于其实并不老，只因在计委工作，又搞得到洗澡票，又托他物色，故称老便也无妨。这话本是随口说来，多半还带有点开玩笑的意思。恰好被开不得玩笑的周科长坐一边听到了。熟人那女儿，于四先见过，果然是不错。想起带来看看也好，在周科长面前，正可以面有德色。结果却是三年前走掉的那个天仙！

王玻跟在老于后面飘然而至，周科长的脸究竟一下变得温和慈祥了，还是更凶暴了，无人记载下来。他慌忙让座，杯子烫了三道泡上茶，双手献于几上。听老于跟她闲谈之间，还不时插上两个小小的问题。用那种道县口音极浓的普通话，空前绝后的柔和。

"你看那个小周要得不？"事后老于问王玻，小周比老于大一岁。

"哪个小周？"莫名其妙。

"就是那个，给你泡茶的，他问你护士工作辛苦不辛苦。"

却是毫无印象。

三年时间，周科长并非没有主动来作介绍的，被介绍的也并非个个都不漂亮。但——谢绝了，只要闭上眼睛，天仙的绰约风姿就仿佛出现在面前，正提着一个质地粗糙的挎包走得人销魂失魄。他一直等待她的重新出现，等待她重新穿上那条喇叭裙走进前大门走出后大门。不穿喇叭裙，穿连衣裙也好，也很动人，她反正穿什么都好，都不会不好。

老于认为这非常重要，全部转告了王玻。全部并不等于绝不艺术加工，比方"走得人销魂失魄"，就变成"走得你魂飞魄散"；"被介绍的也并非个个都不漂亮"，则变成"被介绍的个个都极漂亮"。王玻觉得，既然情况是这样，那就应该感动。难得他一番情意，难得他一等三年。老于还不止于这么看，更应该为之感动的，是周科长的经历。两岁丧父，母亲改嫁。因不堪忍受继父的呵斥与白眼，八岁那年逃回婶婶家。住一间破茅棚里。后来刻苦攻读，一举考上中国科技大学（北京）。历任寝室长，小组长，团小组长，体育委员（两星期），学习委员，副班长，团支部组织委员，学生会副主席，军垦农场"小老虎"青年突击队队长，省生产指挥组赴农区慰问团团员，以及科长等职。王玻听来听去，权衡再三，仍然觉得前面那个理由更动人。她的父母则觉得后面的理由虽然不更，却也一样动人。

周科长的婶婶，住得离道县城还有八十里路。且一半是山道弯弯。于四先带上那封信，问了好多人才找到。

"主要是口音听不懂，"他向万站长强调指出。"路也不好走啰，没有车搭。"

当年，周科长沿那条山路进县城赶考，口袋里拥几角钱。最后一天钱用完没得饭吃，就用一截柴棍子含在嘴里。终于高中榜首，成为整个道县得意的人物。村里人备了无数的炒花生，炒红薯片，炒黄豆子，举行庆典。湘南风俗，要穿戴整齐，不准举止轻浮，不准当众打屁。于四先一个表姐，即因当众打屁，结果死了。她刚刚做新娘子，给客人端茶，不小心溜了一个屁出来，当即一副脸通红。躲进里头房半天没看见人，众人推门进去一看，半截身子栽在米桶里，鼻子没有了气。查到太阳穴上，钻了一根银钗。其实她那个屁打得极是秀气，谁也不曾听闻，只有坐最拢的一位叔公听亲切了。于四先说，这表姐也不太表，早出了五服的。

诸如此类过分严肃的生活态度，是不是周科长孤言寡欢的一种原因呢。简直的。对于这一点，龙抗美尤其感受深切。龙抗美电话特别多。一打电话不知怎么就通体舒畅，感到生活的美好，感到清新自由的空气扑面而来。可周科长居然脸一沉，更用劲地看资料，更用劲地编数据，更用劲地打扫房间。企图使龙抗美自觉不好意思。龙抗美从来不会不好意思。你越这样我越不这样，你越不那样我越那样。你嫉妒我有电话打，那么偏要打得它四通八达。

龙抗美是司令员的儿子，气质最要紧。接电话，必然一屁股坐在桌上，将后窍朝向周科长。尽管你嗅觉欠灵敏。龙抗美土家族。如今出落得风度翩翩，不像土家族而只像司令员的儿子了。外地开会，人们听说司令员，都要他掏钱请客。于是就掏钱请客。广州是音乐茶座，郑州是道口烧鸡，太原是杏花村汾酒。不料安徽一个好事的，吃了他的烧鸡，还要追问他爸爸的来龙去脉。及至追问到知情者身上，才晓得那军分区司令员，原竟不是父亲，而是母亲的前夫。

"小龙呀，你爸爸司令？"

龙抗美便举一杯过去，谦虚地微微一笑。

有时候却不笑，顾左右而言他。他有一件将军呢制服。

周科长终日里是黑呢子制服。四口袋的，一穿就肩膀宽。越穿肩膀又反而越窄。已经翻新过一次，而且又到了可以考虑再翻一次的时候。使他猛省到这一点，是有一回科里大扫除。韩负责交代大家多干一点，不让周科长累了。大家也果真干得很多。但到了擦窗户的严重关头，问题来了。万一掉一个人到楼下去怎么办，房子这么高，韩负责说，这有好高，不就是三楼吗。何求之反驳，在掉一个人下去的问题上，三层楼与三十层楼是没有什么区别的。龙抗美建议用保险带，因为他料想站里绝对不会有保险带。不防韩负责记起，好像是有两副保险带，只好去借。周科长在一旁看得气躁，踩一张椅子上了窗台，狠狠擦那玻璃。人们担心他再稍一用劲便会损坏公共财物。幸亏只擦干净三块半玻璃他就下来了，羞愧万分地低头在那拧抹布。原来他那件呢制服，胳肢窝里发了线缝。无意中发现站下面的人可以一览无遗。其实下面众人正以何求之为首在讨伐湘籍某歌星。

黑呢制服后来成了遗物，和一件打补丁的酱色羊毛绳子衣整整齐齐叠叠在箱子里，一股浓重的卫生丸子气味。发线缝的地方已经连上。在一张空荡荡的抽屉里，人们找到一块手帕，图案很素雅，只不过套印有被洗涤得颜色极淡的血痕。没有卫生丸子气。大抵是王玻掏给他捂鼻血用过的。此外再也找不到那场恋爱留下的任何纪念了。既没有一帧照片，又没有一纸情书，连一样暗示着可能是女性赠送的物件都不曾发现。惟有那块手帕，四正四方折的，差点被人们误判成垃圾。幸亏小田反应迅速。

再就是一房家具，属遗产类。经封存清点然后拍卖。周科长曾伴随这房家具度过了生命的最后几年，想不到会要以"便宜极了"的价格出售给同事。而且买的人并不踊跃。杜明德买了他一张书桌，一头沉式样，花了五元钱。看神气还吃了很大一个亏。因为杜明德的五块，原本就打算买出五十块的东西来的。当初周科长为了做这张桌面很是开动了一番脑筋。板子量了又量算了又算，满头大汗，时值秋高气爽，人们传说周科长要跟王玻结婚的神话。只有何求之一个人站出来狠狠抨击。

"怎么可能呢，这怎么可能呢？完全是周树尧一厢情愿。那个妹子哪里会要他啰！"

何求之也没对象。同学中有好几个来做介绍，最后都遭他痛斥一顿回去。因为他们都"瞎了眼"，居然把他当作"收破烂的"。终于再没有谁敢出来前仆后继，何某虽然不是完人，虽然脸上长牛痘，毕竟也算一个全才。下象棋、围棋、打桥牌、集邮、百科知识竞赛、漫画、写电影剧本。他的电影剧本大约总有一个长长的序幕。演到关键处突然定格，音乐骤起并急速地推出片名。目前已经完成了五个这样的序幕。总而言之，情趣是多方面的。

何求之的预见终于得以实现。那房家具算是白做了，王玻跟周科长断交，火气最大的又数何求之：

"她看中他什么，还不是看中他的钱！当科长！一得癌，就把人家抛弃了！"

王玻的丑恶嘴脸，由是呼之欲出。她若是还敢到大院里来穿喇叭裙，简直要必唾其面。

"于四先，你看你做的好事。你还把她带到办公室来作介绍！"

老于连忙惭愧起一副脸。

"不是呢，我又没带她来。是她自己来玩碰上的。她来找我搞电影票。"

万站长亲自跑到咸家湖，劝王玻"慢慢断"。周科长自尊心很强，一刀两断刺激太大，恐怕会加速癌症的恶化。万站长讲话向来委婉，容易为人所接受（除了曹工的前妻）。

王玻很快答应了，让万站长的手在自己肩上拍了亲切的两下。万站长也是女的，眼睛长得极其慈祥。

周科长第一次住院，王玻还常来看他。嘱咐他吃药，注意加衣。周科长感到不加衣也就够温暖的了。这医院住得实在必要，这鼻子病得实在及时，这病房安排得实在恰到好处。他每天带一脸框架走进放疗室，让看不见的射线杀伤鼻部区域的癌细胞及健康细胞，自我感觉无比良好。王玻值班的晚上，他睡得分外甘甜。然而他不知道他的鼾声常常从病房里漫出来，在幽暗的走道上徘徊游荡，彻夜不息。这鼾声的浓度只有病到他那个地步才制造得出。翌日一早，又变得庄重和安详。

有一天到户外惬意地散步回来，正好碰上王玻，周科长做出精神很抖擞的形态，汇报自己的健康状况真是好极了，史无前例地好。他能够清楚地感觉到，鼻子里面的良性肿瘤在现代医学手段的攻击之下一天天走向灭亡。那天太阳很舒服。咸家湖和天空一概都是湛蓝。风既不冷又不热。周科长说出院就可以结婚。这时候因为担心附近突然冒出别的人来听见，竟没有注意到王玻的表情有些异样。而当他发现四周冒不出别的人来，心里更加紧张。他从不曾对她有过轻举妄动。那次看电影抓住她的手，是盘古开天地以来的最大一次飞跃。恰恰就鼻子里流出血来。有她陪伴度过这一段艰难时日，真是幸福得不能再幸福了。他问她家具愿意做哪种漆，问窗帘的颜色质地和图案，问一共要买好多斤喜糖，奶糖还是椰子糖。刚开始王玻还镇定，及至周科长坚持要她报出喜糖的准确斤数，到底慌张起来。一下说八斤，一下说八百斤。终于周科长省悟了，她毫无诚意。

足足五天周科长没再说一句话。他费了好大的力气才明白是癌，且癌得不轻。正好同病房一个五十多岁的病友死掉了。来了一个女人，估计是死者的妻子，麻利地脱下他的衣服端了去洗，很快尸体被车子推走了。这才发现死者的头发脱落得相当厉害。溜光的头皮，被太阳一照，蜡制品一般。那女人却很大一声问，看没看见肥皂放在哪里。看见了赶快出示。

周科长坚决要求出院。再将放射线照下去，自己也要变腊制品。其实病人大多数来不及变蜡制品，就被好言好语送回家去了。医生只有一句话：想吃什么就吃什么。周科长决心走民间治癌的新路子。练气功，吃祖传秘方、吃蜈蚣、吃土鳖虫。有朝一日战胜了癌症，还要结婚，还要漆家具，买窗帘，称八斤八百斤喜糖。

历史上周科长确实从未有过什么病痛。他的病历本常常还借给曹工看，反正空着没用。不料癌症使它的内容迅速丰富到简直堪与傅博士的病历一决雄雌的地步。傅博士有时是隔天看一次病的。

八二、四、一二　头昏、四肢乏力，腹胀。

八二、四、一四　咽部不适，咳嗽，喉痒。

八二、四、一六　头昏。

八二、四、一八　咽不适，总感有白黏痰吐不尽。

八二、四、二〇　肝区痛，想呕。

当然可以认为那段时间偶感风寒，才求医迫切。接下来我们看到：

八二、五、一七　七、六之间牙缝疏稀，嵌食。

八二、五、二六　近二三天尿频尿急。

八二、五、二八　烦躁，吃得多，容易饥饿，口干，小便较平时多。

八二、五、三一　手指关节痛。

而且有些病简直不知该不该叫作病：

八二、七、五　左手自觉肌肉跳动。

八二、九、十一　畏寒不舒服。

八二、十一、十二　头昏一周，无视物旋转，无耳鸣及呕吐，睡眠好，但记忆力减退。

八二、十一、十五　头皮多。

如果据此断定傅博士嗜好看病，那也未免失之片面。比方病历中忽然有"月经已三个月未来"的主诉。有时甚至症状消失才去找医生：

八四、元、三十　昨日乘车呕吐，内容为中餐所进食物，无腹痛。

傅博士透露，她的胃不好，是长期吃食堂所致。甘局长胃也不好，同病于是相怜。据诊断，傅博士患的是慢性浅表性胃炎，轻度慢性十二指肠球炎。因而引起一系列消化道的不适。如吐酸水，食欲波动幅度大，腹胀，大便过于干燥或稀薄。另外她的右眼结合膜经常充血，右面部时有蚁爬感，牙本质过敏，鼻塞，足痒、痔痛、失眠、左臀部及左腿酸痛不适等等。她是卫生科的大夫们最熟悉的病人之一。但并不排除个别大夫对其表示怀疑。

八三、七、十九　"胃痛"，今年在肿瘤医院做过胃镜，结果未带来。

如前所记，傅博士记忆力衰退。还有佐证，

八四、二、七　昨日已开穿心莲，今忘带药，要求开第二次。

有一回傅博士看完病，仍捱了不肯走。想了又想，终于鼓起勇气问：
"什么叫排卵期呀？"
"不舒服？"医生不看她。他才二十九岁。
是愤怒地白他一眼。
"什么叫排卵期！"
抽象而又具体地解释一遍。
卫生科是大院各类信息的集散地。很快，各部、办、委、局关于傅博士的排卵期问题，传为一时的佳话。原来她正在酝酿着结婚。其时距周科长与世长辞已经一年有余了。

　　一种不知怎么都相信的说法，认为那些痛痛痒痒不断的人反倒长寿。而平时精力充沛面色红润的人，往往死得意想不到的容易。周科长除了看上去也应该死得容易，还有难以看见的一个情况。即他的家族，亦可查到短寿史。父亲死得早，叔叔大约也死得早。逃出继父家之后，似乎是姊姊在充当家主的角色。他姐姐之所以不跟着一起胜利大逃亡，并非没骨气，而是夭折了。继父刚完成了亲生的两子一女，马上也死了。当然他们之间没有血缘关系，却也未尝不可作为一种生活习惯的参考。母亲死于他第二次住院期间，未满花甲，据悉也是癌。周科长得信寄了一百块钱。直到那时，老家还没有一个人晓得，他本人也已经病入膏肓了。

　　他还想着出院，想着结婚。他坚信自己能成为一个好丈夫，好父亲。他可以生一个儿子，长得白胖。绝不至于像曹工的前妻那样流产，绝不至于像钟负责的儿子那样缺钙。

　　"周科长你快好了呢，不要急呢。"

　　他就衷心地咧开嘴笑，竭力使眼睛熠熠生辉。却总给人一种茫然感。他问科里的工作还好不好，新起的办公大楼是不是搬进去了，微波站分在第几层，通讯科分在哪几间房，靠南还是靠北。又从床当头拿出一把车前草交给杜明德，要他煮给崽吃，利尿。

　　钟负责"住得与周科长不远"，好几回过节想喊老周去吃饭。又怕他反而心里更感孤寂。

　　"这就是你要不得了。当然要喊吧。"

　　"喊了他，他不来呢。"

　　记不清有次过什么节，去喊，周科长很不屑的样子。那时他还没得癌，在家幸福地吃着花生。钟去了，就拿出极小一个碟子（盛辣椒油的那种），拼了一碟花生给钟吃。

　　"吃呐。"目光分明很锐利。

　　便吃了他一粒。味道不错。

　　"吃。"更加锐利。

　　再一粒。味道却苦，显然有黄曲霉素。想告诉他霉花生吃不得，但既然周科长如此慷慨，就不好再说什么了。

　　又一次过节，周科长已被诊断得了癌，只是还没有癌到绝望。钟负责又去请他吃饭，虽然晓得他不肯。这次仍然招待吃花生。去角落某坛子里抠出两粒放在桌上，自己吃一粒，坚决要钟也吃一粒。在他的目光注视之下，钟负责吃下去了。已经霉透，苦不堪言。周科长豪兴大发，起身再抠出两粒。二人于是又吃了一轮。钟负责实在想提醒一句，再也吃不得了。始终说不出口。

　　"而且，也会很不尊重。"钟负责叹惜。

　　此后还有许许多多的机会，差一点要向周科长提起，然而都错过了。一天中午，钟负责特意早一点去办公室。见周科长，便从花生酱说起，企图巧妙地引到霉花生问题上来。不料正待入港，上班铃响了，终于没有谈下去。

　　小田从来不晓得周科长死到临头还吃霉花生，不然拼着命也要去制止。如今只好到烈士公园墙外的林荫道上散步。指给未婚妻看。当年周科长进去练气功，单车就锁在这棵树上。这样不至于交给守单车的老头每天两分钱。那老头也不晓得何处去了。继承事业的是一个系蓝布长围兜的婆婆。天不亮守在大门口，至深夜还在那里反复地踱步。

　　有次大院映内部电影，每人只一张票。周科长把自己的让出来，成全了小田这一对。韩负责的主意，每场电影最好的位子给周科长。可惜他从不曾受用过。临到入场，把票退了一角五分钱，然后溜到最后一排，伸长颈根看。

　　果然就把那个"并不漂亮"的女主角，看成了"十分漂亮"。从而遭到何求之的沉重回击。何说他想吃天鹅肉，还有一个理由，是他玻璃板底下压了一副电影女明星的脸。新的一年到来，韩负责特意发给他这张年历。曹工也压了一副脸。一脸的都是妩媚。于是曹工一脸的跟着妩媚。同离婚时的憔悴相比，完全两个人。那回万站长约好副团长到一家菜馆共进午餐，汤快冷透副团长才来，曹工一看见她穿一套墨黑的西装，就晓得事情彻底无可救了。

周科长的婶婶，年纪其实并不极大。但沧桑经得很饱的样子。她也不晓得谁会写这样奇怪的信。于四先启发她半个多小时，才犹犹豫豫说，"兰"，或许就是兰妹子。跟周科长同母异父。不妨就到那里去问一问，反正走山路才二十里。

于四先主要由于口音差别很大，本来不打算再去。一想既然来了，索性还是走一趟。

办公室方麓刚又狠狠挂断一个电话。不以为然：

"那不得吧。她又不是不晓得，周科长已经死了。"

"我也这样想呀。不过怕她还晓得一个什么兰呢？"

关于周科长的家庭，一直听他本人谈得极少。一些动人的故事是他死后婶婶讲的。人们听了觉得只要有这样一个婶婶，任何父母都是多余的了。周科长专门严肃地找万站长谈过一次，请对老家封锁他得病的信息。考虑到道县那地方本来就没有什么信息，万站长批准了这一申请。直到第二次出院，都见他气数已尽，活不几天了，才给他家写信。地址是档案中查到的。接信兰妹子就来了，帮忙侍候哥哥，能里能干。然而周科长没活好久，死掉了。

兰妹子不晓得放肆哭，只会流无数的泪，看见人立时揩成干干净净。问她愿不愿意在大院做保姆。想一想，不肯。

"未必城里不好？"

"城里好。城里又不是我的。"

人们只好把气叹过来叹过去。单凭这样一个妹妹，周科长也了不起。

一九八三年周科长在医院过他一生最后一次春节，人们推举小田去陪他除夕守岁。小田高高大大，又年轻漂亮，果然赢得了进值班室烤火的礼遇。他褪下大衣，与两个护士妹子谈笑风生。问他家哪个得病，急忙解释不是家里人，是单位上一个科长，姓周。聊呀聊，越聊越投机。不料刚过一点，还是被赶出来。护士的笑脸生生变得冰冷，关了值班室的门。

小田只好仍裹紧大衣，靬声中在走道上顾影自怜。

往年春节，周科长紧闭门户。邻居以为他出远门去了。其实正一个人在家清房子，忙得热乎乎的。钟负责曾见他把大小两张床都一齐拆开，使劲擦干净，再拼装好，又是两张床。一间房竖摆一张床，一间房横摆一张床。眯眼看半天，发现不科学。于是一间房横摆一张床，一间房竖摆一张床。

接着揩桌子揩柜，洗碗洗茶杯。接着请钟负责吃花生。

那些笨重的家具后来再也搬不动了。他日见虚弱，鼻孔里还不时无缘无故喷些鲜血。桌椅床单和墙壁上，就留下它们随意溅泻的痕迹，斑斑点点，团团簇簇，构成许多抽象的图案。墙上那张明星像也未能逃脱这种血的污染。那是第二次住院前，特意从办公室玻璃板底下取出来的。在最难熬的时刻，周科长还想吃天鹅肉。然而他什么也看不清了。不论怎样用力，总无法赶走模糊的重影。

"你进门就要声明，"何求之关照去看望他的人，"只有我一个人来呀。免得看你成几个人，来吃他的茶。送水果也要讲清是几个。他一重影，以为只一个！"

没有人敢吃周科长的茶。周科长也并没吃过何求之的水果。何求之从来不吃水果。站里有人结婚，收每人五角钱，他也严加拒绝。反过来还要嘲笑出钱的人。譬如周科长，五角钱表面上不作声，其实恨不得几餐不吃饭，补回来。

到曹工再次结婚，及傅博士首次结婚的时候，周科长早已永远不吃饭了。曹工后妻二十八岁，有"村姑的素质"。他放亮的脑门钻进生育指标办公室，使人以为微波站换了一位老同志狠抓计划生育。副团长两次放任自流以后，带了一个女儿。也不姓曹。自然判给了前妻。那倒随她怎么搞。而今曹工亲自生一个孩子，却要申请"第二胎"。眼见村姑一肚子蓬勃发展，才忧喜交加到处奔波，以求合法化。生出一看，千金，姓曹。

傅博士的丈夫是登报找的。某街办小厂技术员，也不戴眼镜，无房。而傅博士"有房"，"品貌好"。见面几次即打结婚证。后来哭哭啼啼找了站里要房。原因是她到技术员家里住了两天就被赶出来了。万站长答应尽快给房，还哭。又答应一有房子首先考虑她，还哭。万站长问，要不要周科长的那两间？立刻就不哭了，吓得"扭扭捏捏地跑掉"。终于分到对河一套间。傅博士与技术员的婚礼隆重举行。人们鼓掌要新娘唱歌。很快唱得嘴巴飘出团团热气。

最显著的婚后变化，是傅博士的各类英语课本换成了英文版的《中国日报》。第二大变化是做面部按摩，满脸良好的血液循环。

"哎呀，这是一副桥牌呀！"何求之偶尔瞟见报角上的牌局，表示很懂的样子。

傅博士冷冷地扫一眼。桥牌叫布雷吉。

据说技术员嫌她夜里讲梦话，吵死人。但这只能怪消化系统而不能怪她好多嘴。办法是晚上不吃饭。傅博士宁可将梦话很尖锐地讲下去，也绝不能不吃饭。他技术员缺点也严重。其种子不能做定向运动。又不肯吃药，只继续进行吃酒。使得傅博士悲观失望到一向不去看病。先前病看得频繁，正是她对生活充满热爱。有次人们聚在一起，讨论这个生的崽那个生的女。不防被"惶惶不可终日"的傅博士听到，十分伤心，径直向办公室方麓反映，有人"不道德地"议论她的私生活。方麓只好率领她雄赳赳前去将那些人怒斥得目瞪口呆。

周科长的旧居，墙上到处可见颜色暗淡的血污，粉刷亦无济于事。某新来的工程师，自称素来胆大，要进去住，用图钉往壁上按世界地图的时候，越按越头皮发炸，终于席卷家什而逃。周科长骑的公车，病倒后一直丢在车棚里。钟负责想要回钥匙，又觉不好。直到最近骑车摔了一跤，才忆起要去查找。五个大车棚九个小车棚，无主破车众多，积满灰尘，龇牙咧嘴，大多老式永久牌。只好随便推其中一部走了。实在没地方可放，又推进车棚。同簇新半新或勉强骑得动的各式单车挤在一起。

钟负责正式提为副科。韩负责却没有负责下去。这是始料未及的。又一个新年团拜会，好几个先后调出通讯科的回来欢庆佳节，全票通过提议，为敬爱的前领导人周科长干杯。一个个噗噗喷茶。满地皆是瓜子壳。小田说瓜子颜色存在着细微差别，报上登了有个年轻人用瓜子壳粘贴出一幅画，好像是猫头鹰。还有用碎布拼画的，也好看。

"那，牙膏皮子呢？"于四先帮周科长买过牙膏。不敢接他的钱，怕上面沾癌。

最后一次出院，周科长要小田把两个牙膏皮也带回去。小田义无反顾扔掉了，连同几年来填写得满满的病历，没得癌的假化验单及得了癌的真化验单，吃剩的罐头筒，残余肥皂。小田把杂物噼哩叭啦的一顿歼灭，连扶带怂塞他进了面包车，兀兀地离开了咸家湖。那天春日温和，车经岳麓山脚，大片大片杜鹃花开得十分响亮。身边的周科长却拥一件蓝棉袄，垂头发出迟疑断续的鼾声。

对于这次被遣送出院，他丝毫不认为是科学向他宣读最后的判决。根本听不出丧钟为谁而鸣。连卫生科的病床都拒不接受他了，还认为病情有了转机。他询问与建造办公大楼同期开工的大院门面修建工程的进展。尤其是那张规模不亚于一般大单位正门的本院后门。他心中的天仙就是从那张门走出去的。

轮流照顾他的人提心吊胆，生怕死在自己手上。哪天没出事，便暗自庆幸。据说癌症病人临终时吐出的"最后一股气传染"。周科长一直拖到七月。头一天杜明德还帮他洗了一个澡。幸亏死的时候只他的妹妹守在房里。看着他从鼻子里喷出比哪次分量都多的一股血，倒床绝了气。

婶婶接到电报，一来就把泪水哭干了。然而仍坚持哭下去。肝肠一寸一寸地断。人们面面相觑。后来存款都给她，才化悲痛为力量。旧的衣物之类给兰妹子，黑呢制服给弟弟穿。

还有几根木材，是周科长许诺赠送给舒科的。舒科不好意思在他断气之前跑去巧取豪夺，后又拿不出一纸字据，眼巴巴看着最后一丝希望被房门砰地一声锁掉。顿时感到世态好炎凉的。他跟万站长方麓韩负责钟负责傅博士兰妹子一一诉说。兰妹子很想把木材给他，可惜也做不得主。

"舒科呀，你那个书柜子呢？"

舒科便极惋惜地追昔抚今。

"就是呀，只差了那几根方。他其实反正没得用了，早答应给我的！"

要是周科长把木材送掉，万一癌症好了呢，万一做气功奏效吃蜈蚣土鳖虫也奏效呢。第二次住院，他还幻想着王玻。躺在病床上，凡进来一个白大褂，都要眼睁睁地重影着去打量。某一黄昏，他把一位年长的女护士看错了，轻轻呼唤一声，没答应，端盘子就要出门。

"王玻！"又唤，声音恳切凄凉。

护士只怔了片刻。笑声走拢去：

"你搞错了人。王玻不在这里了。"

周科长眼睛昏花地辨认。他请求护士不要走，问为什么王玻不在这里，身体不舒服？工作还好？护士告诉他还好，工作需要调别的病室去了。要他好好休养，不去想她了。周科长每句话都听得很仔细。又费劲地打开床头柜，拿出几包麦乳精、糕点和一网兜水果，还有瓶装罐头，请转交王玻。要他留下自己吃，执意不肯，直到女护士不好意思再拒绝。放在值班室，后来交给来看他的人，假托又是送的，仍复还给了他。

王玻的爸爸在黑色院搞设计，终年地只是瘦。妈妈不瘦，却也未见得特别地不猥琐。老夫妻只有王玻一个天仙，自然看得极重。眼见她一年一年过去尚未成家，不免唉声叹气。还是周科长好，就只年纪大点。年纪大正说明他少年老成。

有同学介绍了一个体育老师，刚开始两个关系不错。体育老师要求很低，只要不满三十岁就可以。同学故意说她不满三十岁。体育老师果然欢喜，经常约她这里那里去玩，照大批量的相片。正面侧面背面，顶光脚光逆光特写大特写。还准备托人到上海去彩色放大。王玻觉得到上海去之前应该把话讲清楚，自己已过三十。体育老师大吃一惊，紧抱相机说，三十岁也不要紧，我们还是好下去。但王玻都明白了。

后来体育老师说：

"你仔细一看，确实看得三十多了。差一点没看出来。差一点啊！"

还有一个地质队的，长得不如何，却还老实的样子。没谈几次，即领了结婚证。但据可靠人士透露，这个地质队员"生活作风不正派"。只好去"悔婚"。人们心目中，她肯定多已经"那个"了。现在年轻人没打结婚证都要"那个"，何况还领结婚证了呢？何况那地质队员还是老手呢？总之一塌糊涂。而且她还有前科，为了贪图金钱与享乐，曾与一个什么什么科长谈爱，一听说科长癌症，又将他活活抛弃。今日这一切，正是她该得的报应。

一天，她从西湖桥往黑色院走，经过大院后门，有人看见她了。与几年前相比，依然一种风韵。不过脸上明显地憔悴多了。眉宇间甚至可见几分苍苍的痕迹。眼睛不敢朝这边看，一个人很快过了身。她穿件粉红色短袖衫，下配红格子小喇叭裙，颜色稍深。忽忆起兰妹子也曾经这么一身穿着。周科长死之前一个多月，拿二十块钱给她去做的。穿出来果然不错。只是他怎么舍得这笔大款，当时百思不得其解。

王玻不大回黑色院这边来了。常常星期天也待在咸家湖。盛晓菲为一个亲戚的事去肿瘤医院，顺便看过她一次。独自一间小房，收拾得"太洁净了"。她裤子熨出笔挺，头发也做得很高贵。然而不知怎么，总感觉她有些反应迟钝了。尤其牙齿比不得先前那样白。问她找对象的事，摇摇头。

"没呢，还没呢。"

不过前一向又有人介绍了一个。人呢还本分，虽然个子瘦小了一点。看得出身体不大好，脸色很黄。

"你有病吧？"王玻忽然严肃。

那人不知所措，以为说自己脑筋不清白。

"你有病吧？"再钉紧一句。

"我，胃有点不好呢。"定定神。

"那不是的！是肝。"王玻目光犀利，似乎要看透他的五脏六腑。"肝不好，也影响消化呢。不光是胃。"

说得他满面羞惭。

"简直就是肝癌。哼！"愤愤告诉盛晓菲。当时没讲破，完全是手下留情的。

她站起身去翻那一排书，大约其中就有肝癌。不料还翻出一本病历，卷角的封皮下写着："周树尧"。

"这就是你那个周科长吧？"盛晓菲翻开来看，写得密密麻麻。里面夹着化验单及证明之类，还有一封信。

"你看看信，"王玻把很厚几页信展开，"他信写得蛮好的呢。"

就是曾经深深感动过盛晓菲的那封信。什么"王后"云云。王玻手拢头发，迎着阳光望去，大概有一点得意，然更多的是仿佛一种凄楚。当初盛晓菲确实感觉这封信漂亮，甚至颇有文采。如今却感到很做作、很拙劣、很酸。然而毕竟它是周科长留在这世上唯一一份表达自己感情的文字了。周科长还遗下一堆堆一捆捆的书刊文件，计有大学时代的课本讲义，作草稿用的计算机打字纸，各式各样的报告总结、参考资料、剪报、批件、复印件，等等。各种规格的笔记本，满满地抄写得一笔不苟。厚厚一摞，乍一看颇像不同时期出版的精装选集。但是无论怎么翻，总也翻不出可以从中管窥周科长私生活的只字片语。包括那封写满娟秀字体的信。所有文件都用塑料绳扎好，连同其办公桌弃之于角落。那桌子看起来还颇周正，但谁也不肯要。一位新分来的大学生先不晓得，用了几个星期，死活不肯用了。只好换一张给他。每次提出这桌子放在办公室很碍事。很"阴影感"，却又找不到安置之地。有人提出堆到卫生间去。立刻遭到更多人的强烈反对。因为卫生间的灯"尤其昏暗"，晚上进去一趟都好怕。故至今尚不能最后定夺。

于四先拿去调查的那封信，是兰妹子写的。虽然何求之说他早料到了，大家还是有些奇怪。她不是看着周科长死的吗？

"她有困难，还是遗产分配不匀？"

"我也是这样想的。问她是不是生活困难，需不需要组织上帮助。她说不呢，没得困难呢。好害羞的样子又听她的话不懂。"

"那她还写这样的信？写了五封？"

"我怕你们，把他忘记了。"兰妹子低下头，不敢有眼睛。

听这么一说，大家好像犯了错误。感到对不起周科长，对不起兰妹子，对不起很多人。

"寄点钱给她吧。"何求之提议。

人们一怔，看见他真的从口袋掏票子，才相信过来。于是纷纷抠口袋。龙抗美三个口袋都装的烟，只一个口袋有几张粮票。

"粮票要不呐？"

"算了。早给过她，"于四先摆摆手，"她一分钱也不要。坚决不要！"又叹了好久的气。

"她不收钱，寄点邮票去要得不？"小田另辟蹊径。

都觉得这个主意好。邮票不算正式礼物，对兰妹子很实惠。方麓当即从玻璃板底下抽出一大版四分邮票，和盘贡献。那是专为笔伐住在本市另一端的妻子准备的。他不跟她口诛。一口诛她就失去控制。钟副科也翻出几张八分的，不够再去买。杜明德把刚叠整齐捅进口袋的钱仍掏出来，问大约买好多张即够。万站长除了捐款，答应明天再带点邮票来。众人笑着：

"万站长你把集的纪念邮票拿出来嘛！"

"你们的呢，你们也拿出来嘛！"也笑。

"我拿了你要拿！"小田逼紧。

"拿！拿！"众人助威。

小田就从本子里翻出几张不成套的纪念票。都围拢来看。

"这张我没得。"万站长拈起来观赏。

除了集邮，万站长还兼喜爱曲艺，订了站里仅有一份曲艺杂志，年岁大跑不动，邮票来源基本上靠本站年轻爱好者。至于家里三个儿子，只喜欢看排球赛。第二天真的拿来好几张。

"小刘呀，你的呢？你的邮票最多了。"小刘是那个新分来的大学生。

"他的！"何求之一哼。

何求之是几套新票。一张一套的，四张一套的，八张一套的，都有。

"猴票现在卖几块钱一张晓得吧？"

听那口气，只好都不敢晓得。

"这张七角的有么子用呢？"韩负责指着一张马票，很不理解。

小田又拿来了女排票，奖杯票，十二金钗票及郭沫若票。小刘拿来了四方连，首日封。其后又有加盖票、清朝票、苏区票、香港票。乃至美国日本票、巴基斯坦票，不过都盖了章，说是"拿来给大家看看"的。

"最值钱的，"何求之庄严着尖脑袋，"是错票。全国山河一片红，你们哪个有？一张在香港卖三千美元。"

他终于答应，明天就错给我们看。

1986年，长沙

相识夕阳间

1

下午终于把太阳放了出来，却不见聋老头来听他的鸟叫。

那地方不大下雨。即使进了不春不夏的梅雨季节，要遇一场真正的雨，也还是难。大白天四周昏暗了，以为会狠狠地来一下子了，其实多半只刮一阵风，稍微散布些凉意，就没了事。风是爽爽地来和去，不潮润，也不含沙走石。待做尽各式姿态的杨树柳树们安静下来，满世界恢复了先前的冷暖，竟又寻不到刚才一点什么痕迹了。

但也不是说一概地不下雨。比方这天的上午，一场雨下得就大。哗哗地打得屋顶作响，近近远远简直全看不清楚了，而且天色愈暗，至午饭时分还很有点不打算罢住的意思。饭后，那雨才渐渐成了丝，成了雾。跟着雾也消失尽，跟着天空泛出青青的颜色来。经过这么一霎沧桑，整个城市的下午，又完完全全算得是个晴天了。

还不到三点，那些老头子们就一个个来了。提着鸟笼，遛鸟。这里有一小片树林，约大半个篮球场的面积。树不多，五六个种类。两棵粗直的杨树，离地三丈才分杈，活像南方的橡胶树，皮也是白的。树上钉几颗大钉，牵一根绳子，挂鸟笼。五棵小杨树，三棵已经夭折。一棵桂花树，还不到浓香的时节。一棵石榴。两棵梧桐。一棵老槐，开起花来树上有白有绿，很好看。其余一律是法国梧桐。

"来了。"

"来了。"点点头，并不看人。只看树上挂的鸟。

"人不少哦。"

"哦，人不少。"

其实人也不比平日的多。然而说话的搭话的就很会心与得意，好像上午那场雨到底停住不下，正应该是他们得的胜利。

叫声此起彼伏。笼子里一色的画眉，调子却是各具高低。画眉学各种各样的调——学口。黄莺，绣眼，杜鹃，无一不学得惟妙惟肖。还有学鹦鹉或麻雀叫的，那自然只能算作不学好样，是下品。

"你这是大麻雀？"

必然好气愤。

"啥子大麻雀，你才是……"不说了，咽下这口气半天不理人。

又认认真真听。婉转的，率直的，悠扬的，急促的，汇于一体。

"你这只鸟怎么不叫了？"

"谁说不叫了。刚才那最好听的一声就是我叫的。"端着那只鸟逼拢来。

"哈子你叫的，明明我叫的。"

老头子们都说那最好听的一声是自己叫的。

又听。睁眼或者闭眼。

"咦，这是啥？"凤老头忽然指着笼子。

"好听，好听。"都点头。

老生说那是黄梅调。凤老头十分得意。

"这小鹰就是好叫。早晨六点准时叫，你打它也叫。"

并没有人要试验去打它。只好承认其话有理。

然而直到黄昏，聋老头还没有来。

雨后的金水河，多了一些漩涡和泡沫。在林子背后的堤那边悄悄地流。地上的湿气到太阳落山的时候，就全蒸发干了。那些洗过一道的树叶，却依然碧绿发亮；树枝摸去依然有些潮手。空气也是清新得很。

每天下午来最早的，要数玉老头和他的小车了。他不养鸟；只推着个病女孩来看鸟。在林荫里静静地缓缓地走。要停，就停在那棵老槐下。若值开花季节，一近黄昏，满树的槐花透出香味来，郁郁浓浓。只是这时候，养鸟的老头子们都要回去了。玉老头也跟着要回去了。

病女孩叫灿灿。八岁，并不矮，不过极瘦。永远把左手的大拇指含在嘴里，不断地流口水。再就乱抓头发，好像那是别人故意栽在她头上的，不抓去便不舒服。玉老头一天要为她梳理好几次，还扎上红毛线，鲜亮耀眼。

"嘿。擦一擦，擦一擦。"玉老头掏出手帕递给她。

灿灿直愣愣地，又大又黑一双眼睛。

"擦一擦，"玉老头比画，"你自己把口水擦一擦。"

灿灿似乎懂了，接过手帕在脸上胡乱抹了几圈。口水依然如故。

"哦，错了错了。我是怎么告诉你的？"玉老头一下一下抹她的嘴角，"这样子，这样子。记住了？你要擦得好，我才给蛋你吃。"

她从来不曾擦好过。然而还是给蛋她吃。

"嘘——"玉老头神秘起来，眯上了眼。"鸟来了。你不吵，它就会叫。"

说完歪着脑袋，表示在听。鸟叫一叫，他就张张嘴，不发声。灿灿高兴得手舞足蹈，叫唤起来。

"你把车子都要踢翻了，嘿。"玉老头又帮她抹口水，"下次不带你来了。你等着你等着，我才不带你来呢。"

凤老头从树上取下自己的鸟，走过去，端在她面前叫。

两个老头都好开心。

玉老头有八十岁了。病女孩是他女儿捡来的。

地上的树叶影子，像是许多游鱼，互相追逐着。聚拢，惊散；又聚拢，又惊散。稍稍用一用心，甚至可以听到它们唼喋的声音了。每天只要出太阳，这一群群的游鱼就从小石桥游到大石桥那边去。

大石桥到小石桥约两里路。他们的小树林就在两座石桥之间。

上午，偶尔有一个老头坐在林子的树菟上小憩，作出一副沉思的样子。他没有鸟。

有鸟的老头子们下午来。有一天，老生说，我们结一个鸟社吧。大家都很赞同。

于是结了鸟社。没有社长，没有副社长，也没有名誉职务，只有社员。社员人数是多少，说不来。一说五六个，一说七八个，一说八九个。谁也没有认真去数过。

下大雨不来。小雨打伞来。

这已经有些年头了。

过路的人有不晓得的，以为是鸟市，冒冒失失来问价钱。他们便很生气。闷头不搭理。

"多少钱，总有个价吧？"

"价？三百块！你买不买！"故意说个大价钱。

那人木半天，不知自己犯了什么大错误。傻瓜一样地走了。

老头子还在生气，朝着那人的背影喊：

"你以为有钱就什么都买得到吗！我们养鸟不是卖钱！是高兴！我们要高兴！年轻人干赌博，我们不干那个！钱！"

那人逃得远远的了。

"香港还有人出大价钱呢！比你阔，我们都不卖！"

这么一番之后，又归于起先的静寂。默不作声都坐在自己的树下，听鸟叫，仍复如痴如醉。

"今天好热。"偶尔自言自语。

"升上来了。"也自言自语。

其余全是鸟叫。

星期天，那里就热闹了。

大石桥到小树林，沿河岸摆了里把路的鸽市。大多是年轻人，手握鸽子，或拎着鸽笼，或把大铁笼架在自行车上推着，一副正正经经的派头。孩子们则在人群中钻来钻去，挤了看，像是寻找他们丢失的什么宝贝。

先前那里并不做买卖，只做交换，拿鸽子比比美。你的我的看一看，互通些有无，讲几句很在行的话，就能够满心舒畅地回家。有一天，一个老头，提来一对兔子。人们不知他要玩什么把戏。

"你们看，"他把兔子抱在怀里，摸它们头上的毛，"眼睛，一只是红的，另一只却是绿的。"

人们把脑袋偏到这边一看，红的；又偏到那边，果然是绿的。

"我不想养了，"指头抚它们的长耳朵。兔子几瓣嘴唇极快速地颤动着。

"你是想，换一对鸽子？"

"不想养了。啥子东西我也不想养了。"一副看透了的神气，意思倒是想要个高一点的价钱。

这对兔子被一个中年人买走了，后来再也不曾见到过。

自那以后，鸽子就开始标价卖钱了。

给人印象最深的一次成交，是一对深雨点卖了五百块钱。该鸽市于是名声大噪，一时传为街头巷尾的美谈。晚报社的记者奔赴现场采访，笔录其盛况，还按了几下镁光灯。一位好引经据典者（他大抵是某中学的退休教师），立刻撰写了一篇掌故兼杂感一类的文章，赶在第四天见报。文章说，我国养鸽，至少有两千年以上的历史；到唐代已十分盛行；南宋时高宗养鸽，竟至于不理朝政（引诗："何如养取南来雁，沙漠能传二帝书"）；清初诗人王渔洋，在鸽市上看见过一对浑身金黄色羽毛的鸽，要卖上百两银子；光绪年间，北京鸽市的寻常品种和珍贵品种都数好几十。鸽子虽小，肝胆俱全。其中包含着遗传学、优生学、胚胎学、育种学等现代科学的深奥道理。然后放鸽。放鸽时必以竹哨缀于腿上，谓之壶卢，又谓之哨子。这样盘旋之际，五音皆备，响彻云霄，坐收悦耳陶情之效。那么哨子与壶卢，究竟有没有什么区别呢？没有是不可能的。壶卢，原意指葫芦，或作瓠芦，是一种瓜，可食。《诗·小雅》曰："幡幡瓠叶，采之亨之。"亨之即烹之。足见其叶子也是要拿来做菜吃的。故有东扯葫芦西扯叶之说云云。

星期天，听鸟的老头子们一个也不来。他们不愿意把鸟挂在闹哄哄的地方，不愿意看到人们讨价还价争来争去。

"干什么，就像什么；卖什么，就吆喝什么。不是吗？"老贩鸽子的这样说。

一场大雨过去之后，信鸽协会贴在树上的通知被淋湿了，耷拉的一角在风中拍动着。啪啦，啪啦，啪啦……

聋老头还不来听鸟。

2

老生三只鸟。

一只"林妹妹"，一只"包公"，一只"玉娘"。林妹妹眉毛细长细长。有一首民歌这么唱道：

> 快到（哪） 我的身边来，
> 让我（哪）看看你的眉。
> 你的眉儿细又长呀，
> 和那柳叶儿一模样！

林妹妹的眉毛便和柳叶儿一模样。嘴唇薄薄的，叫声婉转，尖细，悠扬。

"它在叫宝哥哥呢，"老生眨巴眨巴眼，眼珠不转了，"它一高兴一悲伤，就叫宝哥哥。听，它叫，宝——哥哥！可不是宝哥哥么。"

都把耳朵伸过来。真的宝哥哥。

"呀，它又想起伤心的事儿了。"老生神情严肃起来。

"怎么办呢，怎么办呢。"搓搓手，显出很着急的样子。四下里张望。

看到几朵红石榴花掉在地上，便捡起来放进笼子里去。

八掌柜只听出宝哥哥，却听不出是高兴还是悲伤。

包公，毛色黑光黑光，声音粗犷。老生解释，这说明它为人豪爽正直，铁面无私，是一条真正的男子汉。

303

玉娘的眉毛，粗了一点，也不长；然而极白。属小家碧玉。小家碧玉也不错，心肠好兼运气好，还能做到一品诰命夫人。这是老戏《三进店》里的情节。

"你听你听，这鸟高兴的时候，就叫老生老头。"心满意足。

众人仔细了良久。

"那不是叫老生。是叫老高。"

"老高？"老生不懂了，"老高是谁？"

老生有一只祖传的鸟笼。被人抄去狠劲一砸，砸烂了。好在那时并没养得有鸟。铜钩及笼爪讨了回来，如今买个新笼子装上，依然很威武。铜钩泛红光；竹片上一共雕了九条小龙，镶八粒珍珠（应该也是九，到底弄丢了一粒）。别的老头只有不锈钢勾，配三五粒算盘子，或木线砣，或塑料球，俗气多了。八掌柜勉强不俗。他也有一个铜钩，是自己锤的，凸凸凹凹很粗糙，细看不得。

鸟罩。别的老头子拆掉旧衣服，拿白粗棉线歪歪扭扭绞起来，看得出深色的口袋印。老生呢，专门买的深蓝的确良，在缝纫机上扎出来的；不钉纽扣，也不安拉链，用尼龙粘扣。又比别人的要好。

最古味的笼子，当然林妹妹享住。

老生是见过大世面的。

——他说："新疆比咱这里晚两个小时。"

——他说："安阳那里搞了个计算机，全世界都知道。"

——他说："西哈努克亲王说咱这里是森林城市。"

别的老头就极佩服。只聋老头听不见。

老生搓两个绿玻璃球。一只手搓，一只手把着一棵断了的小树。换过来，一只手把着小杨树，一只手搓。都很神气。

"仿玉的。"他说。

"哦哦。这叫啥子？"

"健身球。每天搓一搓，身体就好。你试试？"

八掌柜谨慎地接过来，粗指头一挤，啪地掉了一个。赶紧捡起来，吹口气。

老生还有一个极精致小巧的铜水烟袋，吊着一串楠木雕珠子，油亮，有花纹。并不抽烟，拿在手里玩。有时也把细溜溜的烟嘴伸进笼子里逗鸟。

"啧啧。"他逗。

鸟就叫起来，没完没了。

"鸟就是人呢。"得出这么个结论，细品着滋味，慢慢迈了方步踱开。

他从来不带椅子，坐八掌柜的小凳。八掌柜坐在爬满堤坡的藤上，或者干脆席地而坐。凳子反正有空。

要不，便围着小树林走圈子。微微摇头晃脑，陶陶然像进入了第三境界。时不时手指头一伸一伸。据说是舞台习惯。

八掌柜带来一根挑鸟笼的木棍，长有鼓鼓囊囊的瘤子。老生爱不释手：

"古的？"

八掌柜说是自己种的花椒木。发一截枝砍一截，就长成这个样子。

老生有些失望。但仍然爱不释手。

老生是凤老头取的外号。

学戏的时候，有一个艺名叫路丹。登台演戏，称作王花脸。不演戏了才叫老生。

原先并没有这么的瘦。

几年前开刀，胃切掉百分之八十五。他心里疑惑，切这么多干吗？跑出医院一个电话打给医生：

"喂，我是豫剧团办公室！我们团的王花脸，你知道吧？就是唱算命郎的那个。啊啊，就是他。在你们那儿住院。怎么，非切那么多不行吗？喂，我们还要等着他上台演戏呢。你把人家胃切光了，他还演啥子算命郎！喂，我是豫剧团办公室！"

医生那头说：

"你这个办公室的，怎么这样不懂道理。什么算命郎，演短命郎去吧！得了癌症，不切掉怎么行？"

"啊？我得了癌？"

"你是谁？"

"我是王花脸哪！"

王花脸切了胃，天天坐在家里等死。

剧团门口，常年摆着一板车的花花草草。卖花的老花匠，戴一顶晒黑的草帽，在那里悠闲自得。不时站起身来，含一口水，噗地一喷。就有一道五色的彩虹，悬在那些米兰、海棠、月季和天门冬上，转瞬即逝。

有一次王花脸到剧团去，看到老花匠旁边无精打采趴一只黑色的鸟。

"你这是八哥？"

"啊，八哥，八哥。"

八哥听完说它，抬起头可怜巴巴望一眼，又垂头睡。

"要死了？"

"那天晚上，不知是猫还是老鼠，咬它一口，"老花匠小心翼翼抬起它的腿。腿上敷了药。"露出了骨头来，翼翅和尾巴的毛都扯了。多好一只八哥！"

"会要死了。"

"不会死，不会死。喂土霉素，喂中药。这两天它好多了。八哥！八哥！"

八哥又抬头望一眼，睡。

王花脸叹口气，心想着会要死。

"不会死，不会死。八哥，八哥！"老花匠逗。

一个月之后，八哥站起来了。又过一个月，八哥跳呀跳了。尾巴光秃秃的，翅膀上长出几根白毛来。王花脸惊讶地问：

"咦，它还没死？"

"不会死，不会死。"八哥说，一本正经。

王花脸笑了。这是他手术后第一次笑。

跟他学戏的四川学生，送他三只画眉。即后来的林妹妹、包公和玉娘。

王花脸也就成了老生。

过了两年，学生来出差。没径直去他家，先到剧团，打听是否还有人在。老生哈哈大笑对学生说：

"我知道你以为我已经死啦。'我死不了——（台腔）'"

又说：

"我是唱小花脸的，小花脸是死不了的。"

那天晚上，他给学生唱了《磨豆腐》。那是小花脸戏。学生很感动，说不想改行了。

"不改行了，学小花脸，小花脸。"老生沉思着，忽然问，"还记得那只八哥吗？"

"八哥？"

"八哥。"

他演了一辈子的配角。

陈素真，常香玉，马金凤……跟几乎所有的豫剧名演员他都配过戏。先前搭班子，他吃的那一份钱是第三。这当然足可以说明他的戏功与地位。然而他演的那些角色，虽说也的确个个生动传神，却委实很不怎么的光彩夺目。一律小花脸。小花脸又叫三花脸，眼睛鼻子之间涂一块白粉。这一来立刻就等于宣告本人不应该是个东西，或者说简直不是个东西。大人骂小孩："你看你邋遢鬼，快变成三花脸了！"可见邋遢如鬼者，其虽已与三花脸不远，仍兀自洁净几分。三花脸走路不叫走路，叫猫弹鬼跳。一跳来一跳去，越滑稽越好。才说明你如何的鬼鬼祟祟，如何的不庄重，故而如何的不能够出息。

老生原先学的小生。十来岁坐科，跟马金凤几乎是一个老师。怎么说几乎是一个呢，因为两人的老师是夫妻，这个老师教教，那个老师教教，彼此之间并不严格。

一次演《三进店》，锣鼓还没敲响，算命郎就在后台忽然地牙痛起来，捧着嘴巴呜呜地说话。老生慌忙被收拾打扮一通，推上台顶角。平时他每一出戏都看得十分用功，这一下正好派上用场了。第一场"三看相"。跟刘玉娘看，用好言好语骗了一杯酒。正待喝，被马周公子挡住，也要看。

恼他好不晓事，多将些歹话去激，不料正中了公子怀才不遇的心境，又赏了一杯酒。这杯酒原是刘玉娘赏给公子的，以表彰他的拾金不昧，却好教他借做了一个人情。正待喝，皇帝来了，也要看相。于是跪着给他看。一言不合，差点让中郎将常何做了功德。常何是个大花脸，一声断喝，将三花脸算命郎提起来，猫崽一样丢去丈把远。这举动看着英雄得可怕，其实要算命郎密切配合：他来提的时候，这里要顺势一蹦。不然两个中郎将也难提得他动。

下台之后，没擦掉白粉，就揉着摔得生痛的膝盖，坐在那里喘大气。老师前前后后把他一顿打量，笑着说：

"嘿，小子，看你不出！还学啥干小生，以后改小花脸算了！"

自此那块白粉便在他脸上宣告了永久的占领。马金凤早已是很有名的演员了；而他老是在台上被粗莽的大花脸丢来丢去，被俏丽的花旦打来打去，被酸腐的小生连皱眉带拂袖地藐视来藐视去。

直到他切了胃，演不成戏了为止。

老生之所以叫老生，一是因为如今的仪态。整齐稀疏的小分头，黑皮鞋，颇具儒雅之风。举手投足也变得稳健大方，一扫当年那种行为诡谲的作派。二是因为那三只鸟，妙口常开，赢得了他的威望。

除了聋老头，谁也比不过老生的鸟。

有次鸟叫得高兴，喂了一大条虫吃下去。颈子鼓起来，噎得它垂下脑袋，无声无息。

"哎怎么搞的！"老生急了，鼻尖两条细血管蜿蜒得益发红和亮。

"它流泪了。"众老头看着。

"不要啼哭，与我慢慢地说来——"（台腔）。

有时三个鸟笼都提来。小儿子接送，圆圆的脸，头发上沾根小草或是一片花瓣，憨厚样子。参加高考，几次都名落孙山，据说精神上有了点刺激，看不出来。大儿子不是东西。

有时提两个鸟笼（小儿子不来），但仍然也得意。

"众将官，六点半了，走——吧！"

一手提一只鸟笼，悠悠地摆两摆。提腿，放腿；提腿，放腿。唱：

扬鞭催马回——家——园！

啪地回首一个亮相，单腿独立，洒脱出英雄气概来。咚得咙咚嘚嘚嘚嘚将嘚嘚。

其余的老头子嘴喊锣鼓点子，摇自行车铃，脱下鞋子拍拍打打，做出各自的配合动作，衬托老生的形象。

他终于成了主角。

3

玉老头忽然发现，树上的虫变成了蛾子。

柳条软软地从他头上抚过去。车轮有点摆，但走得笔直。他推着车，想象林荫道上有一条无形的轨道，心里老是告诫自己：可不能偏呐，可不能偏呐。

做玩具的有机玻璃药瓶，吊在小车上一左一右摆呀摆。鲜红的盖子。

公共汽车站，看人下车上车。

"啊啊，啊！"灿灿说。

掰一小块饼给她吃，不要。玉老头自己吃，嘴巴一动一动。即使不吃饼，他也这样一动一动，嚼不完的东西。包饼的纸揉成一团往口袋里一塞。想一想，又掏出来展开，念那上面的字。从左至右地念，从右至左地念，觉得怪有趣。

纸上没有字，就顺手在地上捡一张废纸看。有一次看一张调度单，看了好久。每一条栏目都仔细地研究过了，又摸出一个放大镜，远照照，近照照。把调度单倒过来，再照。最后照给灿灿看。

"你看：货、车、进、出，货车进出，调、度、单，调度单。货车进出调度单……"

"啊啊！"她说。

孟老头的轮椅，照例停在那棵石榴树下。鲁智深过来帮他把鸟笼挂到树上。他说声谢谢，就不再言语，一心一意听鸟叫。奇怪的是，鸟点脑袋，他也点脑袋。

"嘿嘿！"鲁智深发现这个秘密，咧开胖嘴自笑，好快活。忍不住哼起来：

> 呀！
> 耳旁边忽听得金鸡三唱，
> 又听得谯楼上打罢五梆，

尖起喉咙，那调子却跑得远，才到第二句，已经豫剧不像豫剧，京剧不像京剧了。

老生倒是一直注意地听。

"咦，你这是唱的什么调？"诚意地问。

"嘿——"鲁智深忽然觉得极不好意思，斜低下头去，作出妩媚的神情；粗大的手掌一挥，像要把刚才哼的调子赶快打发走，"没有调，没有调。乱哼，吓，你不要听！"

老生认真思考一番，将信将疑，走开。

鲁智深看看孟老头。他还在跟着鸟点头。鲁智深偷偷又哼，声音憋细多了：

> 你二人莫贪睡呀赶忙哪整容装，
> 倘若是有人见怎回绣房啊，
> 倘若是……

老生还是听到了。刚回头要问，鲁智深已经及时打住：

"乱哼，不像回事。吓，这天气！"

说罢抓抓溜光的头皮，把身上特大号的圆领汗衫撩起到胸脯，露出浑胖一副肚皮来。

"那上面有画儿呢！"玉老头看着笼子里的鸟食缸，不知跟孟老头说，还是跟灿灿说。

孟老头的鸟食缸最好。一只唐代的，花瓶式，盛水。青瓷上烧凸兰草花。一只臼式是乾隆年间的，尖底，盛粟米。上画着韩湘子读书图，极是精致。韩湘子一卷在手，悠然自得。旁边两个书童则顽皮得很，一个止不住打哈欠，另一个偷偷摸摸钓鱼，眼睛往这边一瞟一瞟。还有一只形状像个卧倒的腰鼓，年代最晚，光绪时的，蓝底上缀白梅花。

偶尔一朵火红火红的石榴花落下来，打在孟老头着了一层霜一样的头上。好喜欢，拿在手里摸了又摸，看了又看。带回家去了。

将走，鲁智深又把鸟从树上取下来。

他说声"多谢"。

玉老头说："当心，当心。"

他说："当好心，当好心。"

"我们也该走了."望着远去的轮椅，玉老头喃喃自语，嘴巴一动一动。

关于孟老头，人们只知道他的右腕刺了几个框在一起的字，除一个"孟"字，其余都模糊不清了。它的年代及来历，孟老头绝不肯讲。所以人们只推测得他姓孟，孟什么就不晓得了。

不肯讲，自然是有道理的。

下过雨，纷纷扬扬谢落许多石榴花。他叹口气。头顶上，轮椅上，到处都是。

开过去一辆进口空调车，悄声没息。车上坐的都是和尚，穿黄灿灿的袈裟，一色的青皮光头。

"鲁智深，鲁智深，你怎么不去坐外国车兜风！"众老头打趣。

鲁智深便嘿嘿地笑：

"今天要听鸟，不去了，不去了。"

"你本来就是个花和尚！"都笑起来。

孟老头却不笑。

地上那层石榴花，一天一天，颜色越来越深。最终变成黑色，化作泥土了。

4

朱老头提着鸟笼，站树林边上说：

"我也来一个吧。"

他的脸圆圆胖胖，胡子也刮得干净。众目睽睽之下，有点局促不安。一副诚恳样子。

老头子们相互默默交换了一下眼色。

"来吧，来吧。"鲁智深爽快地接过笼子，帮他挂在那一溜鸟笼的旁边。

朱老头拣棵树底下坐了，正正经经地听了几天。

有一天，他问聋老头："你这鸟是多少钱买的？叫得真好听。"

聋老头什么也听不见，看得出是受了夸奖，满意地点点头。

"八年啦。"他比画。

"原先我也有叫得好听的，"朱老头说，"有一只从贵州客手上买的，能够学好几种鸟叫。学啥像啥。"

"后来呢？"

"后来，"朱老头得意，"后来被一个退休的处长买走了。他出了这个数呢。"说完，伸出胖胖的指码。

"你，"都怔住了，"你卖过鸟！"朱老头不知如何回答是好。

"你卖鸟！"老生很生气，"那你还到这儿来干啥？"

朱老头这下才着慌，支支吾吾说话不出。被逼视了半天，才说：

"那是过去的事了，我再也不干了。"

"再干了如何？"

想一想，"再干，拿十块钱请客。"

"不！再干你自己躺到这金水河里去。"朱老头低脑袋，不肯回硬话。

老生说："你不要再来了。这怎么是你呆的地方呢。"很久以后，偶尔记起他来，老头子们犹自愤愤。

"那，是个鸟贩子。"聋老头轻蔑地，把一股鼻息哼出好远。

那条举世闻名的大河，在城北三十公里的地方流过。

城内本没有河。

很早很早以前，城里办了一个学府。学府门口一边一个水池，供读书人洗笔用的。长年累月洗呀洗，水都洗黑了。后来那学府被废掉。两个池子的水却汇在一起流下来，成了一条长长的水沟，竟流经城里的许多地方，一直接到郊外的西流湖去了。人们把它叫做河——墨水河。说是河，其实只十几米宽，常常还是露出水底来。人们梦想着把那条大河的水引过来，就给它改取了一个好听的名字：金水河。

这是听聋老头说的。

凤老头只知道这是金水河。

"我啥子没见过哟，"聋老头扳手指头数着，"光绪，黄金大栈房，墨水河……我啥子没见？我到这城里来的时候，男人的脑袋后面还拖根长辫子呢！"

每次他这么说，其余的老头子都要肃然起敬。倒不完全因为他年纪最大，主要是他那两只鸟。一个聋子，养出那样的鸟。

"它叫黄莺的了。"聋老头停止挖鼻孔，竖起耳朵。

众人听了，果然是黄莺。

"它叫百灵的了。"指头旋进鼻孔，没挖。

又听，果然是百灵。百灵不容易叫。

聋老头脸上于是放出光彩来，看人家钦佩的眼色。

"八——年了！"不管问没问，只要谁走近鸟笼，他都举出指码，像一把手枪比着你的鼻尖。

其中就有无限的感慨。

因为鸟好，聋老头德高望重，脸上相应地长出了寿斑。老生说寿斑不要紧。

"哈哈，你们的都不叫了，就我这个叫。"他看见鸟的嘴动，便猜着是叫，心里舒服透底。

有时候，鸟只动动嘴，并不叫。他也这么说。好在没人认真跟他追究。不妨害他兀自地去得意。

他看鸟。从树上摘下来端在手里看看，又挂到树上看看，看不够。隔不好久到树背后稀啦啦一兜尿，也要端了鸟去，仔细地放在近旁；严丝密缝罩了，再一眼盯住，生怕那边窥视了他如此行为。必然还要打两个不自由主的尿噤。

大石桥过去不远，便是他家。一气却走不到。走一截，坐在路旁歇一歇，打开这个鸟罩看一眼，打开那个鸟罩喂一条虫。然后一个人笑。有路人，则对路人笑。

他的鸟，喂虫就叫。

春天里，他靠的那棵小杨树，窸窸窣窣一天天绿了。老生几次请他坐到林子中间的桂花树底下去，不肯。

"我记得老家的门口，也有一棵这样的小杨树。小杨树，小杨树……"聋老头眯缝起眼，使劲回忆什么。

也许，那早已是棵老杨树了。

他带着一块大洋从老家汝阳只身跑到这城里来，整整七十年了。那年十六岁，穿件白布褂，里面系个红肚兜。肌肉一硬，浑身都是力气。一顿饭能吃一斤多。现在吃不得了。现在不想吃饭，只想吃鸡蛋。假如有，一天吃得十个。儿子让他两天吃一个；他其实三天吃一个。省下的给鸟吃。

拉了六十年的车，突然闲下来，一味地不自在。这里站站，那里走走。终于走进一家小酒店。要过一碗老酒，呷一口：

"哈——"便没有了话。

"过来一块儿喝？"旁边桌上戴眼镜一个老头子招呼他。

聋老头那时不聋。只是见眼镜老头瘦骨棱棱，指甲长长，晓得是没下过大力的，心下有几分看他不起。本想不睬，但一个人喝酒，委实寂寞，加之那人虽瘦，拳拳地却还厚道，这才端酒过去。呷一口：

"哈——"又没有了话。

"今天早上，汽车撞了一个人。"眼镜老头说，"幸亏车刹得快。要不，一定压死。十五路车，一向开得猛。"

"哈——"

"外国人喝酒，不要菜。还不坐着，要端碗站着喝。喝完男男女女再抱了亲嘴。"

"哈——"

"以前，这地方是一片菜园。种菜的两姊妹，没有爹娘。一个挑水，一个浇菜，种的白菜又嫩又好吃。有天晚上突然起大火，把屋子烧掉了。"

"那两姊妹呢？"

"谁知道。听说逃到湖南去了。"

此后，聋老头天天到那小酒店，跟他一起喝酒说话。并不贪杯，一小碗足以打发整个上午。

"我到大河捕鲤鱼，变天了，浪打得比人还高。翻了船，我就游回来，背后还拉着一个人。"聋老头忆得往事，不无自豪。

"你打过鱼？"

"这有啥。那年，拉车的都没饭吃了，我拖了个姓薛的小兄弟去打鱼。都是这么长一条的。比这小的不要！"

"姓薛的？薛什么？"

"薛，薛德和。你认得？"

"是前两年还住老城隍庙对门吗？"

"薛德和？早死了。光复那年，一颗子弹打死了。"

"哦，死了。"

"我背他，一口气跑了四十里地。跑到头才晓得死了。那时候，他们都喊我神力。一边一个两百斤的包，挟起来就走。"

有一次，从小酒店出来，见百米之外，围着一堆人。其中一个红脸的大汉，指着地上一块修路的麻石，环视左右说：

"怎么样，没人再扛得起吧！"

众人都憨笑了，敬佩地看他。

"说话算话，"红脸大汉啪啦甩汗，"一箱啤酒，就要兑现。"

"兑现，兑现。"

"哪个再扛得起，我这一箱啤酒不要，再赔一箱给他！"

聋老头哼一声，打算拂袖而去。恰恰被大汉拖住了：

"老家伙，你要试？"

众人都讨好那大汉地笑。

聋老头说："你这算啥，我在你这个年纪，它上面再站个人，我也不在话下。"

大汉乐了："嘿，你在我这个年纪？老家伙，好汉不提当年勇哪。你说你再站个人，我说倒退十年，站八个人我也不怕呢。谁信！"

"怎么啦，欺负我老头？"

"别这么说。这样吧，你年纪大了，折一半，两个人抬，抬起来一样输你啤酒。"

聋老头当下发了狠，捋起袖子，与另一个后生分头站了，又把腰带往里勒进去三分，这才蹲下身子。运运气，一、二、三——

后生那头离地有半尺高，他这头却纹丝不动。憋住先一口气不吐，再使劲，仍是不动。聋老头一脸通红，颓然坐在麻石上，一口气悠悠地出来。

"不行了。老了，干不动。那时候他们都喊我神力……"

"算了算了。如今我喊你神力行吧？老家伙们就喜欢吹，我当年怎么啦我当年怎么啦。"红脸大汉善意地笑。众人于是又笑。

"那时候，我真的……"几乎是哀求了。

"来，喝瓶啤酒。干不动，我也没叫你硬抬呀。算我的不是，我请客。"

"你也会老哇！"

"喝吧！"用牙咬开瓶盖，递过去。

"不喝你啥子屁酒！"聋老头一甩晶亮的鼻涕，走了。

再不往小酒店那边去。没事，宁可一张小板凳坐在家门口，看别人从面前过身。

老伴从乡下来看他，"老头子，一个人躲着没事干，不兴养只鸟哇？"

"啥，养鸟？那是相公们玩的吧。"

"谁说。我给买只鸟来吧，做做伴。"

"我才不养呢。"

鸟买来，挂在窗口。没事喂一条虫，没事喂一条虫，就认得他了。一拢来，它就拍打翅膀，作出从此要亲热起来的姿态。他忽然觉得小东西十分地通人性，才认认真真养起来。

鸟生病，浑身的毛都掉光了。人们说那是沾了盐。他日夜守着，喂白糖。还讲故事。

"……从前呢，有一个庙。庙里一个老和尚一个小和尚。老和尚给小和尚讲故事。他说呀，从前有一个庙……"

鸟把眼睛半睁半闭，强打精神听。

鸟长出了新毛，学口越叫越好听，竟至于在小树林子里夺冠。而聋老头，也终于成了聋老头。

聋老头两个儿媳妇。

小儿媳妇在乡下。曾对他说，"爸爸你死了多好，让这两只鸟给你陪葬。"他如何听到这句话的，不得而知。其实她也许说的是，"爸爸你死了，让这两只鸟给你陪葬好不好？"也许说的是，"爸爸你真好，死了还有两只鸟给你陪葬。"

尽管如此，小儿媳妇还是不错。

大儿媳妇在城里。老头交钱吃饭。两个孙女都在他口袋里掏钱花。有次把给老伴买药的钱掏去了。老头流泪了（他说鸟也流泪了）。媳妇把钱还给他，说了一句什么话。他听不见。

"你们知道吗？那个黄金大栈房，好大好大，闪金光。我在它斜对门，住了一年多。"忽然他忆起什么事，马上告诉别人，怕又忘了，"它门口挂着一只大鹦鹉，天天说一句现话：'客人来了，你发财；客人来了，你发财！'"

"抗战那年，我拉了一车炸药，去炸鬼子的碉堡。"又想起一件事。

"炸着没有呢？"

"啥？它说：'客人来了，你发财……'"

他的话，没一个老头子不相信。因为他们都年轻过，如今又都老了。何况他养出那么好的鸟来呢。

"这鸟刚来的时候，只知道扯着嗓子高声嚷。现在呢，它能高高叫，低低叫。还偷偷学会了换气！"他说高高叫低低叫，手在面前比着高度。

"早晨起来，还没放食呢，它就对着我，张开小嘴，张开小嘴……要吃的！"自己也张开了嘴。没有一颗牙。

好几天他没来小树林了。

5

杨老头那只鸟，不叫。他觉得委屈。

"这鸟原先叫得很好。真的。"他对人说。

有一次，他用虫子逗鸟。鸟啄几下啄不中，把他的手指啄出点血来。他蘸了酒再去逗。鸟从横杆上摔下去。以后看见他便不叫了。

"这就是你的不是了，"鲁智深说，"鸟啄你是无意的，你却有意去报复它。"

"鸟是人呢."老生冷冷一句，踱开。

大家再也不大理他。

小杨树迎风摇曳，鸟笼子晃几晃，把几滴水洒在他的光头上。他穿上一件蓝的确良对襟衣，很显得精神。然而天气很热了，还要在外面再披一件黑色的破棉袄，高高耸在肩头。棉袄背上，永远有三两点鸟粪痕迹。旧迹渐渐褪去了，又滴上去新的。他时常打嗝儿。

"我媳妇，呃！在长沙。她说了，给我带鸟来。我对她说，你尽好的呃！——你尽好的买，开张发票来，爸爸给你报销。火车票也给报销。她说不要，呃报销。她会给我捎好鸟来。"

卖冰棍的老太婆吆喝着：

"冰糕——山楂、奶油冰糕！"

谁也不理她。吆喝了一阵，走了。

杨老头的鸟在笼子里蹦几蹦，偏着脑袋看看什么，又蹦几蹦。不叫。

"我媳妇在长沙……"噎了一下，停半天，"唉，老天爷。万事俱备，只欠东风呢。"

每天他挑一担来一担去。两只笼子，有一只是空的，用罩子罩住。

鲁智深不满了：

"你这不是作假么。"

"这……呃，"棉袄往肩上耸两耸，"唉，万事俱备，只欠东风呢。"

杨老头喜欢吃水果糖。

花花绿绿的糖纸飞起来，又落下去。

玉老头听着听着，一个人笑。

"你为啥，不也养只鸟呢？"鲁智深问。

"不行啊，不行啊。"玉老头把耳朵从鸟叫上收回来。

"女儿不让养吗？"

"那倒不是。就是养两只老鹰，她也不会不让。买一只鸟，多少钱？"

"这不一定。几块，十几块，几十块，都有。好的贵。"

"养就养好的。"

"我也说。"

一张花糖纸飞在灿灿的小车上。她好喜欢，细瘦的手指轻轻摸着，一点点弄平展。

"天气热了，该给她换下棉袄了。"玉老头思考什么。

年过半百玉老头才得一女。生下她不久，老婆就过世了，丢下父女俩相依为命。女儿小时候，见玉老头补衣，拿针线的手抖抖索索，便扑哧一笑，一把抢过来：

"这要得！歪歪扭扭，要笑死人家了！"

"乱说。笑破不笑补。"

"那也不能这样补。我来。"

"不要你。你去念书，念好书比啥子都强。这衣服不补了。"

"好好，念书，念好书比啥子都强！"装作无可奈何。找个空还是偷偷补好了。

她读了医学院。穿上白大褂在家转给老头子看。

刚参加工作不久，一天正给人看着病，发现自己桌上不知什么时候放上个娃娃，用红布包裹着。

"这是谁的孩子？别放在桌上。"

没人搭理。

"喂，这是谁的孩子，谁的孩子不见了！"追出诊室，问走廊上等着看病的人，一概茫然。

"那时候，她还没谈恋爱呢。"玉老头说。

孩子才九个月，肛门漏屎，可怜巴巴的，不哭也不笑。她心痛了，捡回家来。老头好喜欢。

"积德呀，积德！"笑蜜了。

一直给孩子治病，不见好转。到一岁半的时候，四肢弯曲，发育不全，不会说也不会听，只会流口水，才知道是个傻孩子。女儿有一天下班回家，半天没出声，忽然伏在床上痛哭起来。

"我积的这是啥子德哦！"

老头呆呆地看，手足无措。

"你别把她扔了，啊？我求求你别把她扔了。她好歹是个人啦。"

女儿结婚了，自己有了小的，忙不过来。照料灿灿由老头一个人承担下来，每天洗屎洗尿，夜里给她抓痒打扇。女儿给的零用钱舍不得花，省下来为她添衣服。小花的，大花的，小格子，大格子，红得深深浅浅。脚上一双黑色绣花鞋，绣的月季和鸟，极精致，老伴的遗物。

"给点药她吃吧。"央求女儿。

“给啥子药吃呢。没有用的，吃多了药反而不好。”

不死心，瞒了女儿，带她四处求医。一个医院几乎什么科都看过：外科，内科，小儿科，五官科，放射科……医生检查半天，皱眉头：

“不行，这没法治。带她回去吧。”

“那，开点药吃。”

“什么药都不管用。”

“那，就这个样子了，不给治啦？”

医生写完病历，拿起另一个号子：

“五十九，五十九是谁呀？”

有一次，一个烫头发的医生叫他等一等，出去了一下，带进一个看起来和他一样老的瘦老头。

“教授，这就是她。”

教授老头仔细地检查，望也不望玉老头，“你的孩子？”

玉老头不知该说是，还是不是。

“我们可以收下来治。不过，得你同意。”

“啥？”

“要开刀，”教授老头指指自己的脑袋，“把这个打开来看看。当然不一定有效，弄不好就死了。死的可能性很大，也就是千分之一的存活率吧。”

“啥？”

“千分之一。一千个开刀的，大约只能活下来一个。但是开一刀，还有一线希望；不开呢，反正也活不长。”

玉老头僵住了。

“你放心，这是免费的。”

“别要这样对待她，”玉老头难受极了，“她好歹是个活人啦。”

教授老头朝烫头发医生一笑，走出去。

灿灿发高烧，几夜都不退。玉老头守在她身边，三分钟换一块冷毛巾。

她喜欢吃鸡蛋。

6

那人穿一套灰色的中山装，提一只黑公文包，站在树林边上听了好久。看样子是个外地来出差的。

"老师傅，你这只鸟，出什么价？"悄悄问八掌柜。

八掌柜立刻很惊慌："什么什么价？"

"出个价，我买了。"

"哪里有价，我又不卖它。"

过了一会儿，又问："怎么样，卖给我。"

"真的不卖，这是我的鸟"

"多少钱嘛！"

八掌柜急了，"我不要钱；我要听它叫。听，它，叫。"

结结巴巴。那人走人。

老生兜了几个圈子，似乎想起了什么：

"要钱干吗，我们又不是做生意的。你就是出一千块钱，能摞这么高，"做手势，"有什么用！它又不会叫。我们要听叫，叫得那心里哟，舒——服——！"

眼睛全眯缝起来，仿佛体会舒服运行到身上哪个部位去了。众老头认为这对得简直不能再对。于是他兜了一圈，又把这公认精彩的话重说一遍。

那人听不出来，其实八掌柜的鸟是最不争气的。学麻雀叫，叽叽喳喳，无一丝韵味。

八掌柜实在不像个养鸟的人。

矮胖，黑黑的脸，老喜欢拍一拍肚子。额头上皱纹又深又长，一道，二道，三道；第四道不连续。嘴巴噘起，稀稀拉拉几根胡须，兼长兼短。

"八掌柜，你的鸟又有进步啦！"

他就咧开嘴笑。即使笑，嘴角也往下拉着，像赌了很大的气。

"八掌柜"，是指猪八戒。凤老头说，叫猪八戒不大中听，就叫八掌柜吧。于是八掌柜叫开了。

他没钱买笼子，借别人的照着做。每一根笼丝刮得溜光，摸不到毛刺。还撕掉自己唯一一条出客的绸子裤，让老伴缝成笼罩。

"老都老了，还出啥子客呢！"跟老伴说，跟邻舍说，跟别的老头说。

鸟生病，他几晚没合眼，听人说要吃竹粉虫子，便半夜爬起来破竹床。

"天哪，"老伴被他的噼啪声吵醒，大吃一惊，"夏天你睡啥子？"

"老都老了，还睡啥子竹床呢。"

"你不是最怕热？"

"唉，睡不得了。冰起骨头痛。"咔嚓又一刀。

"哼，随你。反正又不是我睡。"

八掌柜顾不上搭理，埋头捉粉虫。半天才捉一只拈进药瓶里去。

听人说关在家里叫不出好鸟，要外面去遛遛。他就到这里入了伙。

听人说早晨也要遛鸟，越早越好，能打点露水更好。他就每天起五更。

鸟吃的麸子虫，又叫麦片虫，人工培养的，卖一块钱一两，或一分钱三条。一天要吃十几条。买不起，他就上树捉虫，爬上爬下。

本来，老头子们对他那只叽叽喳喳的鸟很是反感，生怕自己的学坏了口。见他这么尽心尽力，觉得总算难为他了。猪八戒也是终于修成正果了的。

他的衣服褪尽了颜色，扣子有一粒没一粒，索性全不扣，敞开怀坐在一把草上，一副出汗的样子。然而脚上那双草鞋，系的耀眼一对红丝带。

他不像是遛鸟，倒像是刚卖过无数的瓜，在这里歇口气。

春天从石头缝里长出绿色的藤来，在河堤上爬去很远很远。八掌柜直直地坐着，望那河的对岸。

河那边，正对八掌柜坐的地方，有一座碉堡。日本鬼子修的，大块大块的石头，像是很坚固。挖河时，埋了半截。如今还留得有几只炮眼。正面两只，侧面一边一只，方方正正。

最后一次从那炮眼里射出子弹来，是将一个戴着三枚像章的小伙子打死了。

人们认为应该把它炸掉。一位副市长很严肃地说，留着它吧，做个历史的见证！最终决议还是要把它炸掉。然而没来得及炸，人们就把它忘记了。

一股风，八掌柜的鸟笼啪地摔在地上。鸟吓得在笼子里上蹿下跳。他惊慌地提起来，烫了一样呼呼吹气。

"哦，别怕别怕。我在这里呀。"

边说边打开门子，伸手进去安抚它。惊恐不安的鸟已经一下窜出去，拍打翅膀飞了。

八掌柜"啊"了一声。

赶忙提着笼子追。又不敢跑得太快，他的两条腿分开很多，跑起来甩打甩打。太快，怕声音惊吓了鸟。

鸟飞过河。

他跟着过河。草鞋也顾不得解开，就往水里踩。

鸟停在碉堡顶上，叽叽喳喳叫。

八掌柜也上了岸，站在那里。两裤脚的水，在地上浇出两片湿印。

"回来吧。"望着它。可怜巴巴的。

它也望着他。相对无言。

他想起应该给它喂虫，但药瓶子忘在小河那边。不知再说什么好。

他蹲下来，几乎是半跪着。把鸟笼门子对着它。鸟望望他，又望望门子，思考了良久。终于又飞笼子里面来。

几乎他就要哽咽了。伸手轻轻抚摸它。抚左边颈子，鸟便把脑袋往左低一下；抚右边颈子，便往右低一下。现出生了很大一盘气之后的乖样子。

"回去吧，我们。"八掌柜竭力声调柔和。

老生说："真不容易啊，它又不是窝雏。"

窝雏，是指还没长毛的幼鸟，就把它从窝里掏出来喂养大。

"是不容易，是不容易。"众老头说。

只有孟老头一声不吭，用手帕把几朵石榴花包起来。

老头子们围成一圈，像研究什么重大的决策，脸上一律的严肃。

八掌柜提来一只新鸟。

首先，讨论它的年纪。说不止一岁的，说不到四岁的，说顶多三岁的，都有。

"一岁半。"老生断言。

都发现自己没说错。八掌柜踌躇满志。

然后讨论能不能叫。说能叫的，说能叫，但是要叫得好必须多下工夫的，说要叫出黄莺那么好的来很不容易的，都有。

"比先头那一只会叫得好。"老生又断言。

都发现自己还是没说错。散到各自的位置上去了。

凤老头提起新笼子看了看，说：

"你这是扬头鸟呀。"

气得八掌柜说不出话来。半天才顶一句：

"就你知道得多！"

扬头鸟是一种有毛病的鸟，一站在杆上，就昏天昏地，摇动脑袋往前栽，往后倒。"十扬九能叫"。叫是能叫，就是活不长。什么病因，老头子们说不出。大概是耳朵里没有平衡锤。

八掌柜垂头丧气，坐在草地上，呆呆地望鸟笼。

"嘿！"凤老头挤到他身边坐下，"它也许，不是扬头鸟。"

不睬。蛾子在草尖上飞舞着，八掌柜伸手往空中一逮。脚跟着一顿，又比平时的要重。

逮的蛾子给鸟吃。

"今天早上，"凤老头依然笑眯眯的，想讨好他，"公园里跑了一只鸟，在树上高高地叫，回不来了。——你那只鸟真好！"

八掌柜仍绷着脸。

天快黑了，有人要回家。老生还没有要走的意思，凤老头远远瞅着他两只手上的表说：

"就走干吗，还没到点呢。"

"不行了，它不想叫了。"

凤老头没表。老生有两块表，一只手上戴一块。

"左边这块慢一些，右边这块快一些。所以戴两块。"

凤老头记不住，好几次问：

"左边快一些还是右边快一些？"

老头子们都回去了。只有八掌柜，一个人在树林子里走过来又走过去，手上提着那只扬头鸟。笼子轻轻地摆，那架势是想比别人多盘些工夫，让鸟早一点赶上来，叫得跟别人的一样好。

夜色就渐渐地浓了。

城市中心的夜晚，满街的烧鸡香味。

那里有一个广场。广场中央竖着作为这个城市标志的纪念塔。因为太著名，多少年来一直把它围着，收门票。即使这样，门也还是常常关闭。于是它的名声更大了。

沿街都是卖烧鸡的小摊。白天也有，只不如晚上显得多。本城的规矩，是当天的烧鸡当天卖完，所以到晚上，卖主心里都发些急，吆喝得很有力气，还把香油一遍遍刷到烧鸡上，刷得黄油透亮。当街走过，直是好闻。

小摊上几乎一律地挂着"道口烧鸡"的牌子。那么说立刻就有了至少三层意思，我这烧鸡是道口的；道口烧鸡是有名的；道口烧鸡有名，认定你是晓得的。

买主多是外地人。

从广场往北，一过小石桥，便是静悄悄的金水路。

晚上，路边雄壮的几行树在风中汹涌出涛声来，难平难息。隔窗听去，老像是正下着密集的雨。昏昏黄黄的路灯，让巨大的树冠一遮一掩，变幻着路面上的图案。

树涛和夜色，吞没了八掌柜的鸟叫。

7

凤老头总是快活极了。

他觉得天底下简直不应该有什么不快活的事。如果有，那就是很有趣的了，值得快活。

——少林寺的海灯法师要出国了。据说海灯法师能够在钉子上睡觉。一个在钉子上睡觉的人，如今要到外国睡沙发去了。这不是很快活的事吗？

——河南拍的《两个少女》，起先是三个少女，有一个拍了一半跟副导演私奔了。拍电影的少女，无疑十分漂亮。副导演的爸爸妈妈，将来发现自己的儿媳妇原来这么漂亮，还不会很快活吗？

——张五爹帮儿子娶个农村媳妇，花了七百块钱。张五爹的脸上，左边长一颗痣，痣上养三根毛。恰恰他儿子，右边一颗痣，没养毛！这不叫人快活吗？

谁也不认识张五爹，大概是凤老头先前的老顾客。

快活事还很多。

"听说，"凤老头把眼镜取下来，"粮票要作废了！你们知道吗？"

老头子们都不知道；尤其不知道这究竟好还是不好。

"好，好！"凤老头复戴上眼镜，不住地点头，"这粮票，跟布票一样，早就该作废了！买米要粮票，买面粉要粮票，凡吃的东西都要粮票，有多麻烦。这一下好了，去哪儿都无须带粮票了。哈，哈哈……"

老头子们于是跟着快活，虽然他们哪儿都不去。

过两天。

"你们听说吗？"凤老头透过眼镜片，看人，"粮票，不会作废了！我说，好端端的，怎么忽然会把它废了呢。"

"这究竟好不好呢？"尊敬地。

"好，当然是好！"凤老头摘下眼镜，高瞻远瞩，"这粮票跟布票，到底不一样。如果不计划，大家都去买来浪费，那怎么得了！而且还有人做投机倒把。这一下好，做投机倒把？做龟孙子去吧！哈哈，哈……

老子们吁一口长气，放下心来，又跟着快活一番。

鸟一叫，凤老头就吹口哨，做出种种年轻与活泼来。他认为自己的鸟总是叫得好。别人的鸟嘛，也叫得好也。

天天都穿着那件白工作服。罩棉袄，罩毛衣，罩汗衫，都是它。左胸口印有四个红字:"国营浴池",四个数码:"1109"。衣脏,然而不影响他风华正茂。

啪,眼镜又摔在地上。每次他摘下眼镜都往胸前口袋一插,那口袋早已经撕开了一半,像一面小旗在国营浴池下飘。好在眼镜永远不破,这又使他十分快活。

"你还想跑,"从地上捡起来,用小旗揩拭镜片,"你跑了,我拿啥子看呀?"

其实他真的要看东西,总是把它摘下来;或者拉到鼻尖,目光从片上方越过去。电影里的账房先生一样。

比方,给鸟剪脚爪,这样精细的工作也不戴眼镜。捏住鸟的爪子,往蓝天上伸出去,咔嗒一剪,干净利索。别的老头子任谁都不行,一剪就出血。

他以前是修脚的。

熟人多,快活消息就多。

凤老头背起双手,来回在小树林里鸡一样地踱步。表情也很严肃。

踱到孟老头面前,想说两句什么,但终于没有说。又踱到鲁智深面前,还是没说。众老头子一声不吭地看他。

"咳咳!"他清清嗓子,把眼镜拿在手里,这说明痛下了决心。老头子们洗耳恭听。

谁知他皱着眉头,急匆匆又来回踱步。望杨老头一眼,望八掌柜一眼,望老生一眼。

"啥事,你倒是说呀!"

凤老头站定,迅速地冷冷地瞟一眼,方才庄重地宣布:"司令员,给我打电话啦!"

都怔住在那里。不知道这回是不是也该快活,不知道该不该马上就快活。

凤老头也被自己感动了,于是这句话又重复一遍。

"他要我到长沙去,带两只鸟回来。"

"怎么回事呢。"

"这么回事，"凤老头咽了口唾沫，"司令员跟湖南司令员是老关系。湖南司令员并不喜欢鸟，通电话说自己喜欢鸟。湖南司令员就抓了两只好鸟，可没人带给司令员。司令员想来想去，征求我的意见，请求出马，带两只鸟回来，把鸟带回来……"

"啥啥啥？慢一点，说清楚嘛。"老生做出聆听下情的样子。

"是这样，"凤老头放慢速度，"湖南的司令员——不，我们的司令员。"

"我们的司令员。"

"跟湖南的司令员，"

"湖南的司令员。"

"打了电话。"

"咦，到底是跟你打了还是跟他打了？"

"跟我打了又跟他打了。"

"好，打了电话——跟他打了。"

"说自己喜欢养鸟。"

"养鸟。"

"湖南的司令员不喜欢养鸟。"

"不养鸟。"

"但是湖，但是他帮他抓了两只好鸟。"

"好鸟。——啥鸟？该不会是老毛吧？"

"老毛怎么呢？"

"老毛，唱得特别悠扬，唱转的时间也长。就是性情急躁，不容易驯养。"

"哎呀，"认真地急了，"那怎么办呢？"

"那嘛，"不慌不忙，"说下去，抓了两只好鸟？"

"抓了好鸟，想请我去给带回来。"

"行了。怎么刚才半天说不清楚。"

凤老头哈哈地笑，旋即又严肃地：

"你们说，去，还是不去？"

老头子们郑重地思考。

"去吧，既然是司令员叫你去。"

"他不是叫我去，是请我去。"

"那就更应该去。司令员来请，不去怎么好意思。"

"可是，湖南的司令员我不认识呀。"

"那怕啥，你说你跟我们的司令员是老伙计了，患难之交。这次帮他来拿两只鸟，拿了就走，不就得了？说不定还要请你看几场戏呢。咦，湖南也演豫剧的么？"

"湖南不演，湖南不演。"老生说，"湖南只有花鼓戏——哈，它那调子是这样的：

小刘海呀——

（呜——咳——噗！）

我这里把海哥呀好有一比，

你把我比做什么人罗嗬嗬？

"嘿，有味道。去看几场也好。"鲁智深说。

"要不，你去？"凤老头对他说。

"我？嘿嘿，我去不得。我一开口，就讲错话。"

都说自己去不得。

"还是你去。反正又不要你出路费，白去玩一趟。"

"好，我去！"凤老头一狠心，做出绝不退缩的英勇形状，伸长颈子。

一个人忧心忡忡了好久。

最后，悄悄对老生说：

"明天我跟司令员打个电话，就说我腰腿痛，有风湿病，受不了湖南的潮湿，还是不去了。你看怎么样？"

他又快活起来。手舞足蹈提着鸟笼回家转。

8

周末，街上的人明显地多起来。

一个穿黑袍子的修女在林子边上歇憩，提着沉重的竹篮。看看这个笼子的鸟，看看那个笼子的鸟，一丝不易察觉的笑意打破她平静的脸。

她五十多岁。也许是保养得好，加之衬着黑袍，皮肤极白净。眼睛里有一点明亮很快地闪现了一下。

卖冰棍的老头剥开一根冰糕递给她，她摇摇头。

"吃吧，吃吧，不收你的钱。"

修女和善地笑笑，不吃。

"她是北大街那个教堂里的，"风老头望着她提着竹篮远去的背影。"那一年，我到北大街去，看见她用手捂着脸，呜呜地哭……"捂住自己的脸示范，"我走的时候，还在哭。"

"她哭啥子呢？"

"那不清楚。反正她在哭。"

"唉。"既然是哭，一定有充分的理由。值得同情。

"修女，"司令员揭下军帽，又戴上，"我们老家就出了一个修女。她家里有点钱，送她到重庆去念书，念呀念呀就再也不回来了。家里人跑去一看，当了修女。"

"后来呢？"

"后来，后来就不晓得了。那都是几十年前的事，我才这么点点高呢。"拿根草棍子一指，"有一次我回老家，听别人告诉我，她的母亲还活着。老太婆头发都白了，气色还好。我问她：你还记得我吗？我吃过你给我的烤红薯呢！"

"她呢，还记得吧？"

"不记得了，"司令员感慨地摆摆头，"一点儿也不记得了。她说哎呀，我自己都有二十年没吃过烤红薯了！我说怎么啦。她说烤的咬不动，要吃蒸的！我说蒸的也好哇，再给我两个蒸的吃！"

"吃了吗?"

"吃了!我们的红薯,特别的粉,甜。吃烤的,香得不得了。走到哪里,也没见到我们那样好的烤红薯。"

鲁智深嘿嘿地笑。

"老鲁,你不信!"司令员也笑了。

司令员只星期六才来。

"来了啊,来了啊。"他平和地微笑,跟每个老头子握握手。

"鸟好吗?"

"还好。你的呢?"

"我的挺好。"

都上来看他的鸟。

老生发现,每次握手,跟凤老头握的时间最长。摇两摇,停下,又摇两摇。

"屎稠不稠?"

"嗯,有点稠。"

"那是鸡蛋拌少了。"

"还少吗!"司令员搔搔帽子里的白发,"一斤小米拌了六个鸡蛋呢。"

"那不行。非得要一斤鸡蛋。一斤小米,一斤鸡蛋。只要蛋黄。"

"哦哟,是吗是吗。"

"这含糊不得。"老生说。

听鸟。司令员双手抱膝,挺认真。

远处:嘟——嘟——咚——空!

悠扬的钟声,从纪念塔顶层的钟楼上荡漾开来。余波消逝在葱葱茏茏树丛之中。

周末的黄昏,行人仿佛比平时更加匆忙,脚步急急地。搭公共汽车也跳上跳下。只有小树林这一片领地,没有为那种急促所侵扰,依然是好听的鸣唱。

司令员有两次没来。凤老头听说是病了。

"那他的鸟？"都担心。

"不知道。我没问。"

"为啥不问。他那只鸟，原是挺不错的。凤老头你去看看。"

"好吧，"过了一下凤老头又补充，"我没说一准去呀。"

"去吧。要是鸟拉绿屎，那是上火了，得在水里加点白糖。"

"知道知道。"

"洗澡要慢慢加水。水多了它怕。"

"知道。"

后来去没去，都忘了问。

起先，司令员的鸟罩子是红绒做的，挂在树上像一盏宫灯。

"怎么用红的呢，鸟罩。"

"不行吗？"

"红的，鸟见了不安。用蓝布最好。"

司令员点点头。过了一会儿若有所悟：

"是了是了。"

"啥？"

"红的。西班牙斗牛，就用红布。鸟也一样嘛。"

他的背稍有些弯，不时下意识地按一按左腰。凤老头说，那里埋伏着一块弹片。

他只说鸟，说故乡，说童年。

"……小时候，我想死了养两只鸽子。吃饭也想啊，做梦也想。谁要是给我一对鸽子，我的什么东西都可以给他！养熟了，带到最远那个山头上，再让它们飞回家来。但是鸽子习惯往高处飞，往大瓦屋上飞；矮房子是不愿意落脚的。我们的草棚子呢，刚好一人多高。燕子都不在我们家做巢呢。

"我想，抓两只燕子来养也好哇。就做了个网，到田野上去抓燕子。

"我们那里的雨水多。像这个季节，雨天比晴天还多。一要下雨，田野上的燕子都飞得好低，大群大群，贴着水田一擦贴着水田一擦。我拿网

子去网，一个老伯喊我：'捉不得呀，捉不得呀！'

"'捉回去养呢！'我说。

"'养不活，你会把它弄死的。弄死燕子要瞎眼睛，你妈没跟你说？'

"'没有哇。'

"'你回去问问就知道。三瞎子你看见了吧，他小时候打死了燕子，眼睛就慢慢瞎了。'

"我望着他。

"'不信？你去问他自己。'

"我真的就去问三瞎子。那老头！"司令员一笑。

"三瞎子呢？"

"三瞎子在祠堂的学校守门。他说是呀是呀，我打死了两个燕子，眼睛全瞎了。要是只打死一个就好了，那我还有一只眼睛看得见呀！"

老头子们觉得新鲜，咂咂嘴。

"到现在我还搞不清。"司令员皱眉头，作思考样子，

"这眼睛与燕子之间，究竟有啥子关系？"

老头子们望望鸟，想不出啥子关系。

"那大概是，呃，燕子啄瞎的？"杨老头说。

"有一次，我上山采菌子。菌子，这么大一个，还有的这么大。"司令员瞥了一眼挂在树上的鸟，停了停，放低声音继续说，"忽然下起雨来。我跑到一座寺院里去躲雨。那寺院是废弃的，很久没人去过。刚一进门，嗬，啪啦啦啦飞出无数只鸽子。我手快，抓了一只。其余的都飞了，雨太大，有的又回到寺院来，在梁子上窗台上走呀走，抓不到了。我抓的这只，浑身雪白雪白，脚和嘴巴是鲜红的，特别好看。它一点也不怕我，偏着头打量我。我摸摸它的毛，对着它的伙伴们挥挥拳头，没等雨停，就一溜小跑下了山。

"到家门口，我喊：

"'妈，我抓了个鸽子！'

"她也挺高兴。可找来找去，我把家里的米缸、瓦罐都翻遍了，一颗

粮食也找不到喂它的。我坐在门槛上半天没说话。妈妈说，好孩子放了它吧，人都没吃的，拿什么去喂它。

"'我不！'

"最终还是把它放了。停了雨，山上一片青绿。它先飞到一块大石头上，看看我们的家，然后就飞走了。一直飞进山里面去。我望了它好久好久。

"过后妈问我：

"'你采的菌子呢？'

"'哎呀，忘在寺院里了！'

"'去拿吗？'

"'去拿。'下山的时候，我看见它站在寺院门口送我。我认得它。我说，不抓你了，你又不吃菌子。哎，鸽子吃菌子的吗？"司令员忽然觉得几十年前的判断很可疑。

"啊？"

"鸽子吃菌子的吗？"

"不吃吧。好像是不吃。"

"几十年了，还是忘不掉小时候的愿望，一定要养一只鸟。现在老了，能偷点闲，我说养只鸽子吧。人家说，鸽子是年轻人养的，老人养画眉。就养一只画眉。忙，一个星期只能出来遛一次。嗯，这鸟怪可怜的。"

"这鸟中啊，"老生说，"嘴像钉子。眉毛也好。画眉画眉，眉毛如画。"

说着用小指在自己眉弓上画了极长一道。司令员张开嘴笑，瘦瘦的很精神：

"我的眉毛，跟它一样的白！"

掏出一个小瓶子，里面装许多虫。瓶盖上钻小眼，出气。小心地夹一条虫喂鸟。它并不马上吃下去；放在米缸里，沾着小米一块吃。司令员乐了：

"瞧这小妞儿，用菜咽饭。"

都说乐了。

9

星期天，照例把小树林放弃了，到公园遛鸟。头一天总要这么提醒一声：

"去吧，明天？"

"去，去。"

"要早。去晚了，又收门票。"

八掌柜当然是最早的，用那根花椒木挑两只鸟笼，天不亮便摆摆地一路跟到公园门口。为鼓励那些早起的锻炼者，公园规定六点钟以前，不收门票。这本来是属于乐善好施一类的义举，可惜守门的执行者偏不愿意爽快。门开是开，却开一半留一半，做出一种随时都可能重新关闭的姿态。即使这样，还要再齐腰不高不低拦一根蟒粗的铁链，作为缓冲线，以防不花钱的人们突然间汹涌而入。老头子老婆婆若要钻进门，必先面仰太空鲸吞一口大雾，然后躬腰弯背，鹅步入园。经受了这么一番考验，才可以一吐郁闷于怀的污浊之气，轻舒猿臂，拿肩捏颈，去寻漫天地的自在了。

也有一跃而过的年轻人，跑两圈步又一跃跳出来。也有的只在门口做些动作，并不进园。甩手，压腿，扭腰肢；或做出各式各样的怪状，以表示活得不同凡响。

八掌柜每每要站在门口看。

有个打拳的（打拳的年龄都不好断言），总来得先。暗暗下决心超过他。五点钟来，打拳的候在那里了；五点差一刻，又候在那里了；四点半，还是；四点，还是！八掌柜爽性做个绝早，两点钟起床跑去一看，终于占了个先。然而那天，太阳直到老高，打拳的还不来。

"咦，你坐在门口，为啥不进去？"风老好生奇怪。

"我，"八掌柜不好意思说等拳师。一边掏五分钱买门票，一边还回头朝几条来路张望。

公园的格局，不过一池绿水，两峰小山，四五处亭子，三两座小桥而已。小山是挖池堆出来的，虽不怎么的大方，却还青葱得几分可爱。小桥下一弯浅溪，通金水河，并无声息，不妨权作潺潺之声去听。靠金水河的公园角上，有一个长亭，仿古建造。只是用多了水泥，不能够很出古味。

那长亭，是老戏迷们云集之处。

拉琴的，京胡，二胡；今天三个，明天五个，不定。腰板挺成笔直，手一抖，来回地锯得山响。一曲未了，早撒下纷纷的松香粉子，白一膝盖。不拘谁，都可以出来唱一段。瘦小衰弱者唱威武豪迈包文拯，胖大粗莽者唱哀哀怨怨秦香莲，一概不会遭至物议。暗地还有个主持人，穿件黑香云纱（棉绸店已经八年没进过这种货了），时不时腰一叉了，叫这个出来唱叫那个出来唱。

"嘿嘿，段老师你来，段老师你来！"

段老师谦虚着一副脸，两手摇摇。

"来吧来吧，你是教音乐的！"

"不行，不行，"段老师清清柔和嗓子，"音乐不同于戏曲呀。"

"哎，一样一样。你还在台上指挥过大合唱呢！"香云纱举起两只臂，像甩干洗湿的手似的模仿指挥动作。

段老师往后拢几根稀疏头发，唱：

> 西门外放罢了三声炮，
>
> 伍云召我上了马鞍桥……

"不行，"段老师说，"没有戏味。"

"嗯，"香云纱略一沉吟，"还有些味道，有些味道。哎——老五你来，老五你来！"

"来一段啥呢？"老五翘首。

"啥都行，随你。"

兼做栏杆的石条凳上，或抱膝，或架腿，或捧腮，或耸肩，尽是听戏的行家。

"昨天晚上小香玉演刘玉娘，不错吧？"

"就是就是。尤其答马周公子那一段，真正常香玉的味。"脑袋一甩，表示味。

"哎，小香玉是常香玉的孙女？"

都投以鄙视的目光，意思"你才晓得？"那人于是好羞愧。

真功夫的老生，从来不去长亭凑热闹。早早一个人到得小山上，拣块平整地方站了，走三圈台步，虚晃几个出手。如此叹息一番，便罢。

来公园遛鸟的人，比金水路小树林多得多了。提笼的、端笼的、挑笼的，这几个那几个。其中自然也有不少既养鸟又卖鸟的朱老头。鸟社的人不屑于与之为伍，在小山坡上散散地自成一格。谁来听听鸟，或带鸟来听，并不反对。

就在那天上午，出现了一个从不曾见过的人。

那人头谢了顶，提两只崭新的鸟笼，跟众老头打招呼。提笼的架势，一看就晓得是生手。

"新买的鸟？"

"啊，才买。"无端地笑笑，学样子坐下。鸟笼挂在树上。

两只鸟和着老头们鸟，婉转叫起来。

"你这鸟中哇。"八掌柜颇羡慕。

那人笑蜜了，"今天它们才开口呢。买来几天，一声都不吭。"

"好鸟！好鸟！"八掌柜仔细地看。

其他老头听着听着，却把脸色渐渐严肃了。两只鸟叫得一会儿清丽，一会儿幽怨，一会儿热烈，一会儿凄清。——这是聋老头的鸟！

八掌柜也看出不对头了。

"大石桥买的。她要价七十，我跟她还，最后说五十块钱。你看看，我没吃亏吧？"

鲁智深悄悄地狠瞪他一眼。

那人又说："其实，只要鸟好，七十八十无所谓。若二三十块买对不叫的，才真叫吃亏呢。"

聋老头的鸟，端在手上也叫！

"没吃亏吧。"得意透顶。

两只鸟歇了几天的口，像要补回来似的，一声比一声韵味，抒情，逗趣！

"哈哈，它学老鼠叫！"那人无辜地笑。

一声声高，一声声低，听得人神志恍惚！

聋老头再不会来了。

10

午前午后，阳光和蝉噪从大树上洒下来，把那些方正挨挤的老屋弄成斑斑驳驳的样子。

那几乎都是光复后两三年里砌的房子。临近城郊，地皮还算便宜。只要有劳力，攒一半借一半，就可以盖几间房。房子的式样，一律地没有屋檐，北面墙也不开窗户，房内还烧炕。如今炕差不多都被拆掉。睡四只脚的床。

老房子的主人一个一个地死了。儿子们孙子们，成了房子的主人。几年前，聋老头眼见儿子带两个年轻后生把屋里粉刷一通。自那以后，他觉得自己不再是房子的主人了。老伴进城看他，也忽然连走路都小心翼翼起来。

前几天，小儿子进城，说老伴已经死了。死之前在床上躺了一个多月，聋老头竟不晓得。

"还去看啥？死了，又再说不得活，我还去看啥？反正我也快，我死了再去看她。"一个人反复咕噜这几句话。小儿子就扳着手指头跟哥哥嫂嫂算，娘的病花了好多钱，办丧事还得花好多钱。大儿子连连点头，眉宇间表示要沉思一番。

第二天，大媳妇把老头的两只鸟提到大石桥去了。过了好久，聋老头才晓得拿手抹眼泪，说些谁也听不清的话。

两只鸟笼，从此空在那里。每天早上，聋老头打开罩子看看，复又遮得严实。

有一天吃晚饭，媳妇说，恐怕要买两只鸡来关起给老头喂才好。老头低头不答。才想起他实在是聋了。

又一天上午，聋老头走到那个阔别八年之久的小酒店。门面修饰一新，取名"好再来酒家"。想了一想，进去要了碗老酒。呷一口，却没有哈出很响的声音来。

忽然记起什么，俯身去问柜台上，先前一个戴眼镜的老头，很瘦，天天到这里喝酒，现在呢？柜台上忆了半天，拿手指比比画画。那意思大抵是说，有两年没见来过了。

那天傍晚，小树林飞来一只鸽子。

也许是先天从鸽市上飞走的，经历了艰难的路程，又寻回来了。浑身雪白雪白，在树林里飞来飞去。盘旋一圈，停下走几步，才发现它伤了一只腿。走得一拐一拐。

好在它一下又飞起来，飞得不高不低。刚刚舒口气，它马上又落下，一拐一拐的。叫人心里紧一阵松一阵。

"啊啊！"灿灿也看见了。

玉老头从口袋里掏出半个饼，掰下一块搓碎，抛在地上。鸽子就拐过来啄了吃。

后来，它朝着快要落下去的太阳，雪白雪白地飞去。红了，黑了，又红了，终于再也看它不见。

只是那一片夕阳。

1984 年 9 月改于上海

疯子和他们的院长

　　昨天晚上谁都忘记告诉院长，半夜里会突然有那样响的雷声闯入我们的梦境。从前他是一个敏锐的人，最近两年却渐渐地表现得有些反应迟钝了。跟他讲话有时只看你一眼，有时一眼不看就走到很远去了。起先我们还以为这是保持严肃的一种方式。在种丝瓜的季节里，他就是以这种方式挖了一条又深又长的水沟。自那以后气候真的与往年不一样了。树叶子绿得不对头。飞来飞去的青头虻也好像跑了些颜色。人们开始怀疑时间是不是应该重新排定，怀疑夏天本不该这样热而它偏偏又这样热过。那时候每天都传来温度还要上升的消息，及其他各种各样的消息。人们只好用水把傍晚泼得透湿，眼睁睁望着落日涂在西城边上的脸色，对明天和后天的事从头到尾加以推敲。院长则带领疯子一个一个站在魏公塘洗洗不完的澡，将一池水捅得波澜壮阔。如今塘早已填掉，周围稀稀拉拉长着狗尾巴草。魏老倌抑或谭老倌即使不被淹死，即使照样指甲好长，也无从找到他吃过无数盐鸭蛋及一个臭皮蛋的阴凉处了。那条通向东方的土路，敷了层凸凸凹凹的柏油，免得它动不动就甚嚣尘上。我们曾经热切地寄望于那些出走的疯子，看他怎样从路的这一头彷徨到那一头，怎样无穷反复地唱同一首歌的结尾，要不对准某只倒悬的脚鱼苦苦思索，忽然拔腿就逃。院长跟在后面追，把一切都差点跑得袒露无遗。终于有天晚上院长一举领导了那次著名的东征。那是成群结队来要饭的河南人在黑河边扎营后不久。他们扯衣襟揩颈根上的汗，板栗色的肚脐眼浑圆的都是肉。其中一个会打莲花闹的大汉拿出几张搓皱的纸给我们看，上面盖着大红印章，以证明支援和友谊比什么都重要。他们操一口北方话讲述各地的见闻。哪里炸了一座桥，哪里翻了一条船，哪里儿子勒死了亲娘。每炸一座桥每翻一条船人们就端一碗饭把他吃。儿子勒死亲娘吃两碗。间或一两个疯子也挤在门背后听，耳屎掉在地上被蚂蚁叼走了，表情却比任何人都严肃。人们关心着形势的发展，对疯子的热情一时显得消退不少。西湖桥天天有人试机关枪。攻占易家湾的战役出动了苏式坦克。刘娭毑的杂货铺门口，一个鞋匠向我们展览了大大小小的子弹壳。他补好十四只胶鞋三只套鞋五只凉鞋，呸掉嘴里咬的一截细麻线头，一去再不复返。空气中残留着硝烟的气味。我们这才意识到为什么檐老鼠飞得更加肆无忌惮了。苏神经走着走着突然警觉地一回头，搞得别的人炸一背心汗。天边隐隐约约总有开飞机的声音。一听见这声音院长便手搭凉篷抬头远眺，于是半数以上的疯子都这样远眺。在吃过打籽瓜的第二天黄昏，院长发给疯子每人一套粗条纹的衣裤，吱呀呀打开大门就浩浩荡荡出发了。疯子们兴高采烈要唱很多的歌。院长夫人义正词严不准他们唱。他们只好不唱。装作没一点事的样子嗯嗯呀呀，其实心里充满了激情。张金娥的娘朝自己的茅屋里看了最后一眼，挺起肚子毅然加入东进的行列。烟尘滚滚谁也不敢去阻挡这支队伍，也不晓得今后会发生什么样的情况，就这样一直看着他们消失在暮色苍茫之中。有几个细伢子跟得后面，学疯子走正步走同边路，快活得黑汗水流。但没跟好远就折回来，一个个脸色苍白。先是喊屁眼痒，后是把一兜尿一滴不漏地屙在床上。疯子院镇静下来。门缝去觑只有一个庞大的幽灵独自徘徊。一忽儿仰天长啸，一忽儿东张西望。人们想了好久，才记起他不但是个疯子而且还是个聋子。他的聋完全是自己造成的。所以只配留下来东张西望。夹竹桃的影子摇摇曳曳，浓浓的到处都黑得阴险看不清表情。幽灵捡了一根棍躲进墙角弯。甜酒药子的气味越来越重。猛地幽灵和吼声朝影子扑去，那里立刻爆发出一种非人类社会的嗥叫。所有的人吓得挤成一团。幽灵却若无其事站起来拍拍手，继续在院子里徘徊。头发刹那间白了，根根放着银光。愈进是个幽灵。大家觉得好可怕，心满意足散回去睡觉。在床上辗辗转转想他是如何白的。第二天起来对答案，孙眼镜硬说头发不是白的是黄的。人们待了好久，轰轰烈烈地揪他去对质。疯子院像往常那样围满了人，大喊大叫，只不见那幽灵敢于站出来变头发。院子里散散淡淡这里一堆屎那里一堆屎，每堆屎都插着一面三角小旗，被阳光晒出袅袅的蒸汽。两粒眼睛躲在窗户后面朝这边窥视。很多人退下去了，但更多的人挺身而出。林大汉到厂里借了一顶钢盔，绿得放亮地戴在人群中醒目。有人就模仿他的声音喊那幽灵出来，"出来！"两粒眼睛却固执地躲着窥视。忽然门挤得叽啦开了，众人往后一让，都表示与己无关。屎却一动不动旗帜鲜明地沉默着。东边的大路上又烟尘滚滚，疯子们满头灰扑扑地归来了。稀皱的粗条纹衣裤变得帆布一样厚重，泛一层层汗碱集体散发着热气腾腾的酸臭。院长鼻子从里面黑到了外面，汗在颈根上车出一道道螺纹。依然是壮志未酬的样子。

他前前后后检查了好几遍大门，用质疑的眼光盯得人们连连后退。只有一个疯子始终面色红润一路慷慨陈词指天顿地，把唾沫平均分配给每一张迎接他的面孔。其余的要么望着他笑要么不望着他笑。院长夫人把一堆堆的屎扫进撮箕，急得幽灵在窗户后面敲玻璃。这时候女疯子们才和张金娥的娘手挽手走进去。除了夹竹桃断了两根倒吊在那里，一切都没有什么异样。围墙垮了一块石灰，露出里面黄泥糊的竹篱笆。以前经常是这样垮的，以后大概也还将这样垮下去。厨房里水缸盖没盖在锅上，锅盖也没盖在水缸上。男厕所和女厕所也没互换位置。不过晒在后面坪里的五竹篙衣有两竹篙无影无踪。院长夫人急得头发一蓬。院长扯一根皮尺丈量这根竹篙到那根竹篙的距离，那根竹篙到后院墙的距离，后院墙到前院墙第一棵夹竹桃的距离。共田八一五一十把数据记下来，纸按在墙上，精确到小数点后面第四位。又把幽灵喊出来大声问话。问他看见了这个没有看见了那个没有。幽灵嗷嗷地叫着，将案情搞得很复杂。我们看到他的头发一下子白一下子黄，孙眼镜却不知哪里去了。一大堆鞋子搜集来对照窗台上的鞋印。绝大部分完全吻合。闻起来都烘烘发臭，型号纹路和磨损程度也差不多。另一部分虽然吻合得不完全但相互之间没有本质的区别。院长正准备将皮尺扯出一个新的长度，张金娥的娘跑来告诉他是她把衣服收到房里去了。本来打算把五竹篙一式收掉，忽想起要回去锁自己那栋茅屋。皮尺立刻萎缩得极短。院长夫人头发也不蓬了。地上看不到蛇的爬行路线。有几粒老鼠屎那也是正常的。堆在床脚下的地雷不像有人企图来引爆过。幽灵身上没留火柴。一线液体滴成的痕迹从药品房引伸出来，极不容易发现却还是被发现了。痕迹断断续续，出了门沿着走廊走到头犹豫了一下，上两级台阶又下两级台阶，到坪里走了一段抛物线。院长夫人扯住每一个疯子不要去踩那条线。抛物线尽头来回地折了几道，估计是思想斗争的历程。然后打一个圈圈拐弯走进厨房，在那里大概遇到了什么阻力所以马上又退出来站了几秒顺着墙角溜一段经过一番沉思最后消失在井台上。

井里黑咕隆咚发出嗡嗡的声音，又像是哭诉又像是威胁。林大汉热得取下钢盔倒提在屁股后面，虚心听取各方面的意见。有一条意见是把水抽到院子外的沟里去。有一条意见是打捞。因为毛栗子在攻打船舶厂的战斗中缴获了一套潜水服，至今不曾用过。共田八飞快地记录下来，并且在意见二旁边画了一套航空服。井台上一个隐秘的地方凹进一只大手板印，经验证是三个星期前把井改成六边形的时候一个疯子按在那里的。杨三老倌从手相上看出那疯子生命线很长爱情线很复杂。而林大汉恰恰是相反。这次改六边形院长只考虑到防止口天吴对准井里屙尿，没料到还有可能按手板印。在那张家喻户晓的疯子院版图上，院长曾经对井的位置形状一遍遍测定和推敲，使之日臻完美。很多年以后，他到乡下号召农民们紧急行动起来办一个疯子院以集各村疯子之大成，就是凭着熟记复制了一张类似的蓝图。用图钉钉在村口的大樟树上，钉在供销社的门板上，钉在晒谷坪边头的屋檐下，反复宣传疯子院吃穿不愁的彩色前景。哪里是宿舍哪里是食堂哪里是茅厕，哪里是乒乓球室（这是新增设的），绿的是夹竹桃，红的是夹竹桃花。而且一定要有一口井。井水的好处是冬暖夏凉，放漂白粉。院子后面最好还是菜地。张金娥的娘先前就住在那菜地的中央，经常摘一筒丝瓜或砍一蔸包菜往围墙里面一丢。菜地那边流淌着舒缓的黑河。它的发源地据说是一家不知疲倦的印染厂。多少年来我们一直在寻找这家厂址，想搞清楚它是不是同时还生产着皮蛋。问言午许，他一正色，说什么也不记得了。我们第一次看见他是一个下着浓雾的早晨，他湿淋淋地沿着黑河一脚高一脚低唱歌。张金娥的娘挑桶饮菜，三次差点滑倒。小白狗只对他叫了两下就得了感冒，将喷嚏打得死去活来。院长闻声赶来，他还在白茫茫一片中赤足而歌。一会儿凄恻，一会儿悠扬，万般情态。院长装作要过桥，笑笑笑笑，突然伴上去把他捉住。言午许正要狡辩，张金娥的娘用粪瓢子从下游舀起一只完整的凉鞋。这才低头无语，住进了疯人院。人们总觉得他的来历一定与黑河有关。晚上坐在树底下一想，冷冷地一身老汗。刘娭毑有一天听到那河里传来雷鸣般的掌声，经久不息。跑去一看只有半截烂蒸钵埋在水里，上面绿一些苔印。粉蝴蝶忽来忽去，扑扇一派和平的景象。刘娭毑恍惚了好久，觉得肚子一天天大了，胎儿在里面不安地躁动。想吃酸萝卜酸刀豆酸蕹菜梗子。还拿出四十七年前第一次怀孕时没做完的针线，坐在杂货铺妩媚着她那满头花白的头发。直到后来失手打烂一垛出租的蓝花菜碗，大肚子才一溜烟瘪下去，胎儿也忽然不知了去向。才悟到掌声与烂蒸钵都不是毫无道理的。果然河南人一批批跑来要饭，打竹板边说边唱号召我们都去关心国家大事。晚上就歇在黑河边上，点燃一堆草熏虻子，每夜星光灿烂。往年他们冬天农闲了才拖儿带女地来，驮一床黑沉沉巨大的被窝，一晚上盖得全家七口人。传说他们因此睡觉一律赤条条不肯穿衣裤，却无法验证。夏天是一个难得的机会，佃伢子们带一些泥巴丸子前去侦察，一俟情况属实就用弹弓射击河南汉子。院长则关起大门炮制各种形状的地雷。酒瓶子式的，西瓜式的，水壶式的，酱菜坛子式的，眼药水式的，威力无穷地灌许多火药粉子进去，口子上插一根若无其事的引线。院长紧皱眉头，披一件汗褂子在地雷中间踱来踱去，思考着疯子院的命运。时而停下弯腰拣一个大致成熟的地雷放在耳朵边，拍拍，按按。脸上无一绽笑容。共田八一五一十统计着总数，铅笔头记了又擦擦了又记，干脆连厨房里的饭甑提桶油盐坛子都一并被他算了进去。院长挑出一个瓜熟蒂落的用手指弹了弹，既不太脆亦不太实，拿到黑河边上试爆。远远埋伏在南瓜架后面，划一根火柴，引线嗞嗞地烧，绕过瓜架越过田垄穿过草丛潜过沟坎爬过土坡翻上树蔸在树蔸上悠悠地解开两个结坨跳落地蹦几蹦朝地雷直逼拢去。一只绚丽的大叫鸡尾巴很长地走过，时不时用眼睛在倾听。

忽然，引线不嗞了。院长冒出汗来，引颈观察了二点五秒，钻出南瓜架愤愤地上去检查。到眼前猛发现它原来还在嗞只不过嗞得更加背光更加隐秘更加险恶阴狠了，慌忙抽身就往回跑。一只沉重的南瓜砰然而落，头上戴的白毛巾勾在瓜架上，微微摇晃，最后引线龇牙咧嘴地搞了两下，钻到地雷腹内去了，共田八和围吉周赶忙用手指筑紧耳朵。古月胡不但筑耳朵还鼓起嘴巴。院长把一口气吸到横膈膜，但等它轰隆一声巨响产生光辐射冲击波蘑菇云激起高高的水柱玉宇澄清万里埃。张金娥的娘却抱一罐茶款款地过来了。院长急得血管一炸恨不能一把扯她来匍在自己身子底下。地雷仍然沉默。口天吴打个哈欠，说是要起身去厕尿，被院长胳臂粗壮地挡住了他只好一动不动从裤裆厕到裤腿。怀表嘀嘀嗒嗒。大叫鸡在泥土中翻扒着田园的景象。地雷打了个滚，噗地吐一口白烟，喷出五颜六色的焰火来。院长和疯子们的脸照成红一阵黄一阵绿一阵蓝一阵。张金娥的娘先是一惊，待回过味来，索性放下茶罐抱肚子呆看。焰火停了一个嗝，耸一声一支礼花冲到半空绽开。古月胡拍手而起，哈哈地在南瓜架后面雀跃。又一支礼花一耸，却听得大叫鸡团团迷失了方向。共田八知道这里一定有很多的不正常，一摸铅笔头正好没带在身上。院长眼睛定定地，半天才体会到出了什么事情。地雷烧成空壳，气哼哼瘪着。硝烟在黑河两岸弥漫，敷衍了河南人围观的面孔。小白狗从菜地这头窜到那头又从那头窜到这头，心神很不宁的样子。院长重戴上白毛巾，回疯子院去了。古月胡左右看看，脱双赤脚到河边捡了地雷的瘪壳，荡漾地提在背后。余烟飘逸出来，划一丝极淡的弧线。一连几个晚上，院长灯下苦苦思索他那不知重新规划了多少次的版图。地雷们无辜地堆在床脚，再也不可能期待它在保卫疯子院的战斗中大显身手了。原先标明的埋雷区，拿红铅笔打了大叉，一时想不起要用什么样的防御性武器来替代。夹竹桃花也红得不再像燃烧的火。疯子们却比平常更为安稳地睡得不可或缺，并不担心命运前途将怎样安排。言午许依旧每天吊他的嗓子，把一个"啊"从最低音唱到最高音拖几拍再突然一跌。双木林仍然等待着她理想中的情人，靠在这里靠在那里回味当年依依惜别的深情，每餐饭只吃很少一点点。院长领导疯子们操练，她总是把"卧倒！"理解成"仰倒！"而且一仰倒必不肯痛痛快快爬起来。院长夫人跟她纠正半天也无济于事。其余的疯子却还认真。"卧倒！"啪啦啪啦就卧倒。"起立！"刷啦刷啦就起立。一个个汗巴水湿。有的还咧开赫大的嘴巴笑。"不准笑！"院长一吼。都晓得他其实是吼围墙外面的观众。疯子迅速地不笑，旋即又笑得忘乎所以。经过这么几番热情的扑腾，面色都比以前要红润。在那难忘的日日夜夜，院长有时突然停下来提住一个疯子的手腕按他的脉，或是扳开他的舌头对准光线看舌苔。疯子不知收缩地让他看，直到被看得垂涎三尺。人们预感到会要出事，又不晓得会出什么样的事。死人的消息不断刷新。从遥远的北方刮来的风只到了洞庭湖就打转刮不进来了。有人成群结队挂着树棍从一个省走到另一个省，逢山过山逢水过水。有个人肠子打断了他于是自己取出断头打了一个结坨。疯子们对这一切一无所知，在院长的统一安排下继续无忧无虑地生活着。立早章走到哪里都不忘捧着养蚕的纸盒子，上面戳一些气眼，从不肯揭开给别人看。言午许有一回吊完嗓子偷偷往缝里看一眼，立刻跑得消踪灭迹。

那纸盒后来丢失在东征的途中。通过封锁线的时候，院长命令队伍停下来，自己先瞪大警惕的眼睛侦察一阵。立早章以为要在这里睡觉，把纸盒顺手放到一口窑砖上。蛐蛐一声声叫着不知躲在哪里。疯子们集体倒在地，草丛中散发出很久没有人走过的朽烂气息。探照灯就在头顶上划过来划过去，空间愈进黑得没有一点道理。"不准动！"院长低声喝令。于是连草都停止了颤动。张金娥的娘忽然记得有一次周奶奶背着人熬了大量的豆豉水，不懂是什么解。"不准动！"院长喊过第二声，才想起出发前统一的口令，"肃静！"一个女疯子实在静不下来，格勒格勒地笑，缩在那里乱颤。院长俯过去检查，没有人胳肢她的痒，只发现她一身热腾腾带奶味的汗气。其余人都还是全神贯注地肃静，做深呼吸。探照灯在他们身上画了一个大问号，犹豫地走开了。院长立即号召大家匍匐前进。黑暗中耸动的屁股左边摆右边摆。院长夫人控制不住，逸出一个嘻屁，心里很后悔。"停！"屁股们一怔，哗地全矮下去。探照灯又在他们身上转了两圈眼珠子，狐疑地刚要走开，又由不得回眸看了一阵，才真正走了。静了四秒，仍复耸动前进。院长恨张金娥的娘耸得太巍峨，而且大肚子拖在地上，发出未经鞣制的皮革与石头摩擦的声音，潮湿兼又厚重。瞪她一眼，天黑谁也看不清谁，只好随她去了。乓哐一响，所有的屁股都固定在那里。原来是准备模拟机关枪的铁桶倒了，不晓得里面的鞭炮打湿没有。探照灯沿墙角小跑过来，晃晃悠悠在周围巡游。走走停停走走停停，还闻了闻看有不有生人的气味。到一尊屁股上横空出世地站了良久，硬是不肯下来。院长寻思今天这一干人的性命全送在张金娥的娘手上了。探照灯却忽而从那屁股直上重霄，面对神秘而广袤的星空遨游起来。从织女星奔向牛郎星，从猎户座飞往人马座。蛐蛐在耸过屁股的地方忘情地讴歌。不像是蕴藏有阴谋的样子。远处一个影子打算要动，终于没动得起来。仔细看了又看，才搞清那屁股特别高大的原竟不是张金娥的娘，恰恰是院长夫人。先前怎么就不曾发现过。一个疯子伸直腰打了一个哈欠，很舒服地嗯一声翻过边坐在地，遥看探照灯的行踪。别的疯子见没事，也一个一个张扬起脑袋，到处去乱看。有的索性站起身，做什么扩胸运动和伸展运动。院长一把没拖得住，果然啪地飞来一颗子弹，伸展运动应声而倒。

啪地又一颗子弹，蹿到草丛中跳跃两下不见了。怔了一会，才猛省那是约定的联络暗号。伸展运动吭哧吭哧伏在那里窃笑，听不出是十八子还是古月胡。捂他的嘴巴，却烫得一缩。幸亏探照灯仍在天上飞翔。院长指挥疯子们到了黑河边，拱桥下咕哇咕哇叫着一片蛤蟆。这座桥自成立以来一年四季都这样叫，极有可能并不是什么蛤蟆。制定东征线路的时候，院长考虑再三，看到底过这座桥好还是不好。他要为每一个疯子的命运负责，而每一个疯子的脸上都挂着不负责。"好还是不好呢？"他抓起头一天的剩茶一口，打算馊了那就是不好，没馊就是好。结果没馊。但好像又有一点馊了。他闪到窗子边往外一看，双木林正呆呆地望着两个女疯子朝她喊欢迎欢迎。一人握一束夹竹桃，头发张开眼睛格外明亮。古月胡俯在井台上看井，看半天抬起头意味深长朝别的疯子瞟一眼，复又无穷尽地看下去。院长的思路完全瓦解了。他提起汗衫套在赤膊上，闷闷地走出房间走出疯子院。魏老倌在塘边没吃盐鸭蛋，躺得竹靠椅上眼珠溜溜转。院长没留神这是居心叵测的一种表现。心只想着怎样把精力集中在过桥与不过桥的思考上，锯木厂不再像往常一样喧嚣也没在意。一个疯子偷偷躲在门背后探头探脑，又想冷不防打开门逃跑。看到院长镇定地站在一块树荫下，只好悄声闪起走了。魏老倌仍然溜溜转。一只大青头虻停到一个颧骨上，干瘦的手一赶，嗡地飞去飞来，又停到了原处。干瘦的手遂不再赶，从胯下伸去抠脚背上的痒。地上有一块干了的尿迹，引一队蚂蚁欢喜若狂。院长打定主意去取决于张金娥的娘。她要是择豆壳就过桥，择辣椒就不过。却没料到她正把很多紫亮雄壮的茄子晒成萎缩的形象。"你闻呐，几好闻。"张金娥的娘切一片递把他。院长翻来覆去闻到一股紫苏姜的味道，好像还杂有一丝鱼腥气。张金娥的娘继续低头切茄子，一刀一刀。胳肢窝望进去，大奶子一抖一抖。院长尽量去想一件柬埔寨的事。旱季攻势中打死三个侵略军，其中一个是上尉。他平日把柬埔寨读成见埔寨，老挝读成老锅，疯子们都没有什么异议。"你晓得丑老师吧？"张金娥的娘拿起一片茄子自己闻，院长以为是揩鼻尖上的汗。丝瓜棚后面好像有影子一闪，仔细一看又没有。一只空粪桶歪在那里不动声色。"丑老师最近脚又肿了。"他看到张金娥的娘颈根上爬着一条血管，讲句话就鼓一下。差一点伸手去捉。又去想柬埔寨。

　　小白狗欢快地追逐着自己的尾巴，终于追到一只蝴蝶身上去了。院长又闻了好几片茄子，坚持认为把它们全部晒蔫是十分正确的。试制的地雷却彻底失败了。到现在为止一共有几条蛇谁也说不清楚。井台的改革也不是卓有成效的。张金娥的娘问他要不要桃油。院长抬头看那棵毛桃子树干裂的树皮像刘娭毑一样地歪歪站着。大叫鸡疑神疑鬼走来走去它的耳朵在监视。本不想要，却还是要了。梆硬一坨坨，可以治某种病。"有点像鼻屎痂。"他心里想，暗暗下决心一定要去东征。即使情况是在不断地变化，即使蛇的踪迹不再出现。丑老师脚肿不肿都只由得她去了。天气沤热子热，不晓得是什么预兆。林大汉每天出一种很酸的汗，打起赤膊坐在屋门口看蔡华侨下棋。大蒲扇前头后头地摇着，时常将丿乚从短裤衩里长长地吊出来，散布着一股盐碱味。经人指出，方才一纳进去。院长从来不睬他。听说他和苏神经在厂里制造武器，开轧钢机做梭镖。引起院长高度的警惕。黑河边上，一个河南人因为不讲河南话而讲山东话被揪了出来，一瞬间便剃了一个光头，让他以各种姿态走路。院长考虑是不是把他吸收到疯子院。但他很快就不知所向。有人说砖头砸死了，有人说埋在一棵树底下沤肥，有人说停电的那个晚上逃跑了。问河南人，都说不是一起的。他们撮起嘴巴抽烟。嗒地一弹，烟卷鸟一样飞起在空中扇动几下翅膀一头栽进黑河流走了，这态度赢得了更多的剩饭。有次一碗饭底下甚至埋有一坨腌了好几年的腊肉，逗得小白狗在他们中间跳来跳去，心情久久不能平静。院长不打算带它东征。张金娥的娘出发前也一再把它锁在灶屋里。小白狗嗯嗯地哼着，用爪子使劲扩展门缝。不小心门板拍在她肚子上，只觉得腹中荡漾了一下，裆里立刻湿了大片。这反而坚定了她的决心，弯下身把门口又压了一块冰凉的麻石，朝茅屋望了最后一眼，扭头加入了疯子的队伍。任它发出快要被绳子勒死的呼叫，也没停下前进的步伐。路上扬起的灰尘渐渐溶进了夜色，队伍时快时慢。院长一下子跑到前面，指引着正确的方向，一下子跑到后面，唤起必胜的信念。一脸沉着坚毅精力充沛的样子。炽热的鼻息喷在张金娥的娘头皮上，一阵阵麻辣火烧。院长夫人目不斜视，纠正着女疯子们的步调。"左右——左，左右——左，左右！"

女疯子只好左右左，手甩起很高。院长俯到夫人耳边讲了一句话。夫人作出心领神会的表情，连连点头。黑暗中眼睛一白一白。张金娥的娘不觉得有什么不好。探照灯藐视一切地梭来梭去。张金娥的娘趴在地上，竭力将大肚子及身上一切稀里哗啦的多余部分筑进一个凹地。有小虫钻得肚子底下痒。院长自私自利只顾盯着夫人的屁股。小虫动两下，翻了一个身，试探地朝两乳之间蠕动。张金娥的娘睁大眼睛，悄悄把重心向前压去，打算碾得它粉身碎骨。虫子停下了，啾地一声，排泄出一点什么液体或气体。她长长吐一口气，小虫乘机挣脱困境，掉转头往下腹的方向流窜。张金娥的娘悔之莫及，只得调动重心去围追堵截，试图在它逃进肚脐眼这一天然屏障之前将其所有的液体及气体一举压出来。不防窸窣一响，只稍微迟疑了三秒，那小虫一个箭步，迅速溜进了空隙地带。并且没等她反应过来，便极力地解开了一粒衣扣。

张金娥的娘大吃一惊，左右看看，除了探照灯什么也看不甚明白。虫子踟蹰了片刻，终于潜进衣衫，跌跌撞撞地，直奔雄关而去。赶忙运足丹田之气进行阻击。小虫意识到一种灭顶之灾，慌慌张张在辽阔的肚皮上东奔西突，甚至驰骋起来。探照灯正准备直上重霄，张金娥的娘只觉得底下一阵乱痒。虫子潜进了腹股沟，在那里匀匀净净伸了一个修长的懒腰，躺下不再动弹。这反而更痒得难耐。一个疯子倒地吭哧吭哧窃笑。院长一跃而起，率众冲过封锁线。张金娥的娘趁势扣上衣扣，伸手去胯裆边扪住虫子隔了裤子只一搓，立即碾成齑粉。磕磕绊绊沿大腿内侧一径掉出裤腿。浑身早已津津地汗湿，夜风袭来，自是无限的凉快。院长冲到前面，与打联络暗号的共田八接上头，复又将一支队伍走得同仇敌忾。"立定！"全都立定了。院长粗大的指码一五一十点拨着人数。桥下面传来蛤蟆叫黑幢幢什么也看不真切。张金娥的娘被院长戳了一下额头，马上那里产生了一种蚁爬感。人数一下比实际的多两个，一下少两个。"怎么回事？站好都不要动！"院长在人中间周旋。有人嘻嘻笑了一声，立刻不笑了。于是又一五一十。蛤蟆叫掀起一股一股好久没疏浚过的沤气，闻得张金娥的娘心里作涌。蚁爬感滑到腰际，赶紧扣住。人数又少了两个。院长弯腰去每个人胯下洞察了一遍，没有人躲起来。"是不是错了？是不是错了？"夫人唠唠叨叨，能里能干到桥下去寻人。院长扯住她的袖子，要她和张金娥的娘在这里守住女疯子，他带几个男疯子返回去搜索。"有正义感的，出列！"男疯子木了半天，忽然明白过来，一个个都有了正义感。"好，跟我走！"正义感就都跟了他走，丝毫不存在畏怯。月亮还没出来，正是偷袭的大好时机。一行人高高低低，朝刚才通过的封锁线运动。"啊——"言午许走得豪情澎湃，张牙舞爪地搞了一下。被院长一戳肩胛骨，顿时就耷拉了脑袋，怏怏地跟在后头，再不出一句声。院长停下来看谁还打算"啊"。谁都不打算"啊"了。天上繁星如河，探照灯在狮子座附近悄然熄灭。疯子们眼白瞄着眼白，脑子里飞快地想很多问题。惟言午许眼迷迷地只想睡觉。要他爬墙，他靠上去扑一声像麻袋一样倒了地。"怎么啦？"院长捉住他一条胳臂，噼噼驳驳将骨节一扯，言午许才站起来。似乎有了一些力气，但依然想困觉。只好另派了围吉周加古月胡。两人看一眼言午许，狠狠紧一把裤带。古月胡还要去扎裤脚，被不知哪个催了一顿"快！快！"也就不扎了。退几步，一蹦，身子四脚八叉地挂在了墙上。

踹两踹，刚要往下跌，却被一只烧热的手掌托住了屁股。扭脸一看，围吉周，严里严肃的样子。按捺不住想笑，整个劲一垮下来，压得围吉周让了一步。"笑不得笑不得！"围吉周一急，脑袋颈根全抵上去，承住他不断下塌的重量。古月胡愈进笑得声嘶力竭。"你们轻一点好不好！"院长过来了。古月胡连忙攀紧墙沿，熨熨帖帖坐出好长一个亲切的屁。围吉周如雷贯耳，一股暖流淋遍全身。差点站不稳立场。"高一些，高一些！"上面提出新的要求。围吉周换口气，将出手来重又托起屁股，朝顶上只一举。古月胡哈哈大笑，稀散地全部堕到了围吉周身上，两人滚作一堆。旁的疯子莫名其妙，想跑又不敢跑，呆呆地站了看。院长正要作色，远远听到有人低声喊，"这边，这边！"原来那边垮了一截墙角，十八子站在里面，眼睛炯炯有神。遂把疯子们都往里面打发了。古月胡坐在地上仍是笑，院长提起他来啪了一掌，"还笑！"方戛然止住。四下里顿时肃静。黑河在桥那里潺潺流过。墙内更是漆黑一片。摸索了十数步，才隐隐约约看出些房屋的轮廓来。正走得有几分兴致，哐啷一声巨响，疯子们互相纠成一团。"哪个？"院长威严中透着冷峻。顿一顿，改问了一句"口令？"哐啷处才哎哟哎哟。却是十八子急切之中，跌进一辆破斗车，卡得里面两只脚在天上划动。去拖，斗车一翻，沿着坡道奔驰起来。一路叮咚哐啷过去，把众人吓得听天由命。好容易拖把挂在一棵树上车半个圈，停下了。探照灯一惊而醒，惺忪地眨了眨眼睛，目光周周围围转几转，仍复沉沉睡去。院长溜上前看斗车里面，十八子醉醺醺地啊了哈欠。院长不动声色伸手进去，摸到某个部位一按。十八子立刻蹦起身，恢复得精神抖擞。院长问："没事吧？"十八子赶紧回答："没事没事！"乒地一个喷嚏，果然崩脆铿锵。"真的没事？""真的没事没事！"疯子们东张西望，跟着又走了一程。到处都铁锈的气味，不见一粒灯火。一个疯子俯到窗户上觑了一眼，脑袋一缩，似乎还鬼笑了笑。那窗户里就弥漫出均匀的鼾声。院长一怔，把疯子们撺到一边藏好，听了它大约五分钟。没发现一丝破绽。鼾声先是细细密密响着，哩哩哩哩嗞——，哩哩哩哩嗞——。渐渐地发展成勒勒勒勒氏——，勒勒勒勒氏——。然后雄壮到噜噜噜噜哈——，噜噜噜噜哈——。院长与围吉周交换了一下眼色，围吉周立刻要冲上去，院长把他的脑壳按住了。他只好跟十八子也交换了一下眼色，脑壳辣辣地生痛。十八子有点心不在焉的样子。有一次把他从电椅上放下来就正是这么一副形状。鼾声突然带着强烈的感情色彩一吼，忽又出人意料地微弱下去。有几声几乎一点也听不见了。但实际上并没有真正消灭，而是于无声处积蓄力量从零开始从弱到强重又打得它气壮山河。只听得那房里发动摩托卡一样得隆得隆两声，又特隆特隆两声，终于特隆隆隆隆隆一发而不可收拾。院长仍按兵不动，倒看它打算虚张声势到何等程度。鼾声则不慌不忙，并不径直高昂上去。淡淡地哼出一段草原晨曲。鼻法十分细腻，俨如马头琴的悠扬与深远。正听得入神，鼾声清了清鼻腔，将晨曲一变而为田野的牧歌。大约是在春天里，一个牧童赤脚骑一头水牛来到了河边流水淙淙花瓣上露珠滴落折射出太阳的光辉。齿缝中还漏得有尖利欢快的哨音，权当作了小鸟的鸣唱。疯子们听出许多妙趣，顿感心旷神怡。言午许指头敲打节拍，把眼睛半睁半闭一味地只是陶醉。院长正要伸手过去戳他的排肋骨，牧歌戛然而止。四周重又湮没在静寂黑暗之中。院长侧耳追踪了一下，当机立断，"迂回包围。"他命令。

不防那屋里只停了四拍，又浓重低沉地吼起来。窗玻璃亦被震得哑哑哑哑响。言午许猛地睁开双睛，惶惶地四下张望。见旁人都凝神屏息在注视，只好垂头丧气。院长总觉得哪里有些不熨帖，发现是鞋襻子散了一只，偷偷系好了。疯子们都无察觉。髯声像一个鬼在房里踱来踱去，把大块阴影投到窗户上，一下子左边，一下子右边。随着一声低八度和弦，鬼开始用铁蹄践踏房里的东西。霹雳吧啦叮咚哐啷稀里哗啦响发起来，仿佛在蹂躏一个厨房。细一听却又不像厨房像澡堂子里掀起了暴动。十八子态度安详，似乎对暴动他早已胸有成竹。院长咬咬牙心想一定要记到他的档案中去。肆无忌惮地闹了这么一回，鬼累得呼哧呼哧。旋律变成凄恻和哀怨，慢板的慢板，如歌的行板，如泣如诉，等等。言午许涕泪双流，唏嘘有声。擤了一把鼻涕，一看没哪里好揩，就胡乱地抹在身上。院长刚想唤醒大家振作，髯声用鼻软骨模仿簧片吹响了嘹亮的号角。疯子们从悲怆忧愤中昂起不屈的头颅。鬼一阵慌乱，时刻准备着屁滚尿流。髯声以有力的节奏，表现了千军万马冲锋陷阵战犹酣的壮烈情景。看来鬼是无处逃匿了，乒乒乓乓轰轰隆隆之后，窗玻璃垮拉打碎一大块，千军万马霎时杳无声息。未等院长发布总攻令，疯子们一跃而起，成群地涌上去。"哎，小心掩护！"院长急得叫。没有谁希望掩护。"注意队列！成散兵线！"谁也不成散兵线。碎玻璃后面一张脸左右侦察了一下，嗖地射出一支飞镖，从疯子们耳朵颈根的缝隙中呼啸钻过。院长看见银光焱来，赶忙一让。飞镖就噔地钉在身后一根电线杆子上，似乎还闪了一闪。摘下来一看，原来是一片调羹。烫手。疯子们一些儿也不怕，兴致冲冲往上噙。破窗户后面呵呵地笑着，又射出一支飞镖，当啷跌到沟里去了。趁黑摸起来，却是一只饭瓢。"冲啊——"立早章最前面哗一下撞开门，黑屋子里马上逃出一个人要跟他交手。其余的疯子们冲进来见情况是这样，都叉了腰围了一圈看。立早章劈脸便是一掌。那人也不搭话，扭住他打成一团。纠缠了半天，立早章见不能得手，心下焦躁起来，竟将出两根指码去锁那人的喉咙。"掐！掐！老子是疯子，掐死你不犯法！"那人强烈挣扎着，手脚一顿乱踹，好不容易才从喉管里涨出话来："我……也是……疯子呢！"立早章一怔，又继续掐了一下，拖到亮处，才晓得是共田八。"是你！"院长分开众人，调羹饭瓢往地上唰啦一丢，"这是你射的？"共八田活动活动脑袋，手托着嗓子干咳几声，"你叫我……打的，联络暗号呐。"院长只好去立早章肩膀上一捏，"你怎么能这样掐！"立早章避之不及，立即结结巴巴说不出一句话，那肩膀以下一条胳臂分明软塌塌地垂下来，承不得一点力了，歪着嘴啊啊地直是叫唤。院长一看捏得是重了一些，哼一声一手按住他的锁骨，一手揪了软胳臂往天狼星的方向批批驳驳一扯，"好了！"立早章试了试，果然活泛如初。

共田八从裤腰里翻出一张稀皱的纸递把院长，湿渍渍的不知是汗是尿，只得接了，拿到星光下一辨认，上面用铅笔这里一个圈那里一把叉，还有些箭头指来指去。"这是什么？"院长点着其中一个三角形。共田八伸脑袋过去想了想，说是碉堡。院长很警觉地看别的疯子有何反应。疯子们都做个没听见的，不望他们这边一眼。言午许无所谓地往空中抛石头，又一颗一颗接住。院长根本没想到，他后来就是以这样的态度，一个人走进那座著名的汉墓，在里面看见一共九个太阳。共田八笑了笑，以为立了大功。院长把纸搓成一球随手扔得不知去向。共田八还打算去找，院长喊集合。有几个疯子不大情愿的样子，侧起身子想往一边从此溜掉。院长很大一声假装咳了一口痰，那几个疯子一下老实多了，都显得天真无邪。空气中添了些许凉爽，正可以把队伍走得两胁生风。共田八在前面指手画脚引路，哪里一条沟，哪里到哪里一十五棵树，哪里的房子连着哪里的房子。"没一个人！"他兴高采烈，好像这都是他的功绩。院长几次想把那只飞扬跋扈的手打跌，到底忍住了。见到一栋好大的屋，围吉周断定里面没人，狠狠射了一枚鹅卵石进去。那房子半天才发出幽谷深渊的轰鸣。众疯子皆惊奇不已。围吉周领教了自己的手段，又捡起一枚更大的卵石要射。房子里哄哄地响起了一阵大型食肉目猫科动物的吼叫。连忙不射了，掂在手上把玩一回，丢进了草丛。拍拍手，没事一样。猫科动物见无人恋战，在空荡荡的房子里呜呜着走了两遭，依旧睡觉去了。继续走了一截，共田八硬要拐弯，而且依依呀呀说不清楚。

　　院长偏头略一思忖，怕有什么蹊跷，由他拐了弯。一架行车赫然横在半空，下面稀糟糟地堆起无数的钢筋钢锭。围吉周不敢再射卵石，只小心翼翼摸了一把，粉刺刺铁锈扎得手生痛。疯子们呆看着，不晓得要如何应对。"躲在哪里了？"院长四顾一圈问共田八。共田八摇摇头。行车被风刮得呼呼作响，更显庞大无比。院长扳了扳伸到脸门口的一根钢筋，就有一件清脆的东西从高处跌下来，一路敲打各种型号的钢材，奏出一连串的琶音和泛音。接着又跌下几件东西，分别敲打不同的声部，组合成复杂的交响效果。其中主旋律大抵是一根五尺长的撬棍，叮得咙咚嘚嘚嘴嗨喹喹齐嚓嚓吃吃呀嗬嘿呀嗬嘿嘿嘿呀嗬嘿嗬依嗬呀嘿。其余短一些的撬棍或螺丝钉之类就一齐附和：呼儿嘿哟！呼儿嘿哟！行车也跟着吱吱嘎嘎乱扭乱唱。钢筋闪摇个不停，弹起来低下去摆两摆，弹起来低下去摆两摆，分不清四分之二抑或四分之三的节拍。正犹豫间，一件体积很大的物资不知从何处一垮，扑哧一声，地上扬起浓度极高的锈粉砂尘，呛得疯子们张皇逃窜。院长一瞬间没能把握住自己，竟懵懵懂懂也扭头跟着逃窜。一时也摸不准东南西北，只有脚步稀里糊涂杂乱无章，从空旷旷的地方荡出回声来。正说明无数个疯子在尽情奔跑。院长想插到前面去引导，又无缝可插只好勉强跟在最后昏天黑地。"管他娘的！"他拿定主意。疯子们围着一棵树车了一个转转，他也跟着车了一个转转。那棵树有七至八年时间一直被认为是桑树，然而养蚕子不活。"这是他妈的什么意思？"院长猜不透为什么车转转，但既已车过再猜总是无益。朦胧中绊倒一个人，也搞不清那人爬起来没有就跑过去了。前面疯子都跳了一下，院长于是亦跳了一下。以为是飞越一条壕堑，回过头一瞄，却也并没有什么壕堑。疯子们又一律侧着身子跑。院长想这多少总有些道理，跟着侧跑了一截，而道理仍显得不大充分。刷一道白光，前途变得通明。

只怔了一秒，马上看出正好撞上探照灯。卧倒大概来不及了，索性硬着头皮左拐右拐。光柱紧紧将他们咬住，拐得更加轻松自如。"往左！往左！"院长在后面指挥。前头疯子们却轰轰烈烈朝右边去了。无奈只好跟了右边去。探照灯居高临下，哪里都摆它不脱。这样没头绪地跑了许多弯路，终于绕到一座小山包后面。光柱在山包上空荡荡扫过一阵，满意地灭了。黑黢黢一摸，只摸得三颗脑袋。加自己的一共是四颗。而且有两颗脑袋好像还不大愿意让他摸，汗津津往边上一甩。院长大吃一惊。再去摸那颗不甩的，不甩的竟也一甩。好容易看清小山包是堆的一堆焦炭，已长满大丛大丛的茅草，及各种鬼鬼祟祟的低矮植物。扯片叶子一闻，毛绒绒的薄荷香，顺手贴在额上，果然清凉如许。便运神几时到这里来采几味草药，但疯子为什么只剩了三个。半空中一个声音高叫着："喂！你们到底还出来不？"院长和疯子都不敢答，不晓得出来的好还是不出来的好。"你们不出来，我就会睡觉去呐！"那声音是这么说的也是这么做的，很重地打了一个哈欠。探照灯在高高的烟囱上挤眉弄眼地搞了一下。院长探出半截身子，吸足气短促地喝问："你是哪个！"那声音很诧异，"我是口天吴呀！"院长见说，胆子放开大半，口气也硬了，"那你下来！"口天吴不肯，"你上来。""你下来！"口天吴哼哼唧唧不知在搞什么。院长捡了一块焦炭，"你下不下来！"口天吴立刻很兴奋，一边嚷着"你敢射，你敢射"一边把探照灯开得一闪一黑，去混淆院长的视听。三个疯子在一旁直是笑。院长甩了焦炭，摸着烟囱的铁梯便爬。口天吴熄灭灯，沉默了片刻。见院长渐渐近了，情急之中从裤裆里抠出丿乚大叫，"你要捉我，我就开枪了！"院长仰头一看，好大一根正对准自己的脑门，烧热地只准备扫射。口天吴斜叉开胯，凛然有万夫莫当之勇。院长缓和许多口气，靠着梯子很亲切地，

"你怎么躲在这上头呢，我们找你好久。"口天吴犹犹豫豫，不晓得这种情况应该开枪还是不开枪，试问了一句："你又要捉我？""不呢不呢。你看今晚上天气几多好。"口天吴抬头一看，天气果真是好。"天气好不好？"院长问。"好。你莫捉我。""我不捉你，你下来吃点药。""我不吃药。"院长悄悄地又跨了两级，口天吴抖索着往后一退。"我不吃药。""好，不吃药。你下来我们走。""哪里去？""你不要管！——好地方，我们去好地方。"边笑边慢慢地伸过手来。口天吴惊恐地，闪得跟泥鳅一样，"你莫捉我！你莫捉我！"院长轻松地拍拍手，"你看，我不捉你，你自己下来。"口天吴将信将疑，好半天才下了一级。突然他丢开了丄丄，哇地痛哭失声，"你莫捉我……你莫捉我啊！"院长趁机抢上一步，手只往他身上一搭，口天吴马上瘫如一捆麻袋，被连挟带裹下了铁梯。这时候不近不远地传来一声火车叫。

"怎么回事？"院长放倒口天吴。三个疯子不知所措。其中一个小心把口天吴掰了掰，报告："他屙湿了。"院长不睬他，翘首判断了一下方向，打了个手势，"走吧。"口天吴仍拜倒在地上嘤嘤抽泣。院长冷冷地又着腰，"你不肯走是吧？"三个疯子便扯他起来，相伴走了一段。斜刺里冲来一大串脚步。"不要慌！"院长把四个家伙一堵，预备这回谁慌就先算谁的帐。脚步哗啦哗啦倏地到得跟前，正是走散的那一群疯子，个个上气不接下气。为首的古月胡，哈哈地直是喘，却仍不打算停下。"哪里跑！"院长迎上去阻拦。疯子们感情正炽烈，如何阻挡得住。风一样地便过去了。后面似乎也有东西在追。这里四个也涣散了精神要跑，又怕跑了也没有好下场。一直迟疑着。院长一跺脚，"跑，都跟了跑！"这才一窝蜂跑了。院长断在最后。追赶的东西稀里糊涂搞了一气，终于被甩掉。古月胡继续领头奔逃得望尘莫及，跨过一个又一个的障碍物。院长来不及细想也一一跨过，之后才大致认出它们分别是铁桶、钢锭、木箱、四轮推车、潲水缸、汽车轮胎、鼓风机、扫把、蜘蛛网、青苔、万用电表，等等。忽然前头一阵大乱，古月胡们抱头向后反溃。也不把院长放在眼里，纷纷粗暴地拨开他鼠窜。原来起先在背后追赶的东西于今截到前面去了。有点像金属制成的怪物，白晃晃地齐咚哐咚乒丁哐噔逼过来。只好回头又跟着跨过那些表电用万、苔青、网蛛蜘、把扫、机风鼓、胎轮车汽、缸水淌、车推轮四、箱木、锭钢、桶铁。"春天多么好！"言午许在前面讴歌了一句。院长暗暗着急，又拿他毫无办法。"多么好！多么好！"疯子们齐声合唱。院长只得认了，春天确实是好。（领）"好得不得了！"（合）"不得了！不得了！"院长发现有些地方是早已跑过一遍的。进而又发现他曾经四次越过同一只铁桶（其中一次是桶铁），三次误以为一只帆布手套是死老鼠。遇到没跑过的新地方，反而心里紧张。果然经过一个大石灰池，队伍明显地慢了下来。一律两手侧平举，走钢丝一样。池里居然长了些青草，踩上去一哧一滑。一个疯子放肆晃动手臂，以保持平衡。便有几个疯子也放肆晃动，好像到了最危急的关头，却又终于化险为夷。有个始终不能为夷的，总在那里扭捏作态。一下子弯腰，一下子挺腰，要倒又不倒。"你怎么啦？""我不行了，我不行了。哎哎……我不行了。"大家都转过身来站稳，看他究竟是怎样的不行。他更加自以为得计，张扬着想坚定立场。不料一个闪失，身子歪向一边。再一个鹞子翻身，一个鲤鱼打挺，再一个白鹤亮翅春燕凌空，最后跌到坑底的水洼里溅起一堆银色的浪花，把四周照得雪亮。转瞬又熄了。立早章踮起脚朝里面看了看，做了个什么也看不见的表示。共田八脱衣要下去抢救，又估计不会有太大的反应，只好仍复穿整齐，还扯伸胳肢窝里的一团皱。摸摸口袋，纸和笔都在。遂将手背在背上，与众疯子挤得一起。水洼里嘭弄嘭弄打出几个屁。疯子们互相望望，不晓得这样做究竟对不对。院长扯过一根竹篙插进去捅了捅，屁却又不打了。又捅了捅，好像有东西挂住，爽性一顿搅起来。待认定确实挂了东西一拖，当众拽出一个白人，活活地站在疯子们面前，奋力擤了一把鼻涕。

"喂。"立早章喊他一声，不答。上前伸一根手指一戳，白人身上便有了一个黑洞。立早章转过脸对大家说，"不认得。"疯子们都摇摇头。"我们不认得你，"立早章安详地告诉白人，"你看你还有什么话说。"白

人看看自己身上的黑洞，显然也无话可说。院长往一边射了竹篙，拢去一
瞰，"你到底是哪个？"白人不作声，又擤了一把鼻涕。"你是哪个呢？我
们都不认得你。"疯子们又摇摇头。"你是言午许吗？""不是！"言午许
举举手。"那你是共田八？也不是。你是古月胡？""不是不是，"古月胡
双摆手。"你看你是哪个？口天吴？三横王？围吉周？阿司匹林？……"
疯子们轻蔑地笑笑，院长十分得意。白人说，"我是弯弓张。"众人大吃一
惊。捧着他的脸左看右看，看不出究竟弯在哪里弓在哪里张在哪里。"那
你是这样，你跟我们走，好不好？"当下执了白人，测定了一下方位，从
容离开石灰池，翻过垮掉一截的围墙，径奔院长夫人而去。后来院长在建
立弯弓张的档案时写道，"姓名：张××；性别：男；年龄：成；职业：
疯子；发病日期：不详；病因：待查；主要症状：不能控制自己投入到石
灰坑里去……"院长顿了顿，不知如何往下写。门外一页撕下的张贴物被
风吹得腾云驾雾，无数疯子上去追逐。其中一个极像是弯弓张，手拿一筒
纸卷的小棒，无忧无虑划个不停。院长坐下来重又拿了一页纸写道，"姓
名：弯弓张；性别：男；年龄：成；职业：待查……"院长舒了一口气，
接下去，"……发病日期：夏天某晚；病因：不详……"想一想，又把"不
详"涂掉，"……病因：由不能控制自己投入石灰坑所引起；主要症状：
模仿并迅速学会疯子的行为及习惯，有时产生幻视与幻听；主诉：曾在发
病的当晚幻觉背后总有东西追赶（后经查明，所谓追赶他的东西是一台轧
钢机的产品）。"院长皱着眉头，运神是否这一条应该给每个疯子都记上。
他把所有的档案搬出来垛在桌上，一本一本翻得噼啪啪作响，心里顿时充
满了希望。它们由各个年代各式的笔记本组成。那些年代久远的散发着一
种陈旧的气味，封皮上印的粗劣的图案，最初几页纸字迹都发黑了。大多
还用的是繁体字，记叙笔调也半文半白。如口天吴"对于肩负社会责任不
复有足够清醒之认识"。那些气味图案字迹笔调使他倍感亲切，使他想起
疯子院从无到有的创建历程，想起每个疯子的昨天今天及后天，心潮一阵
阵澎湃。他把脸凑到本子上，气味有些像烂棉絮。这正是他要闻的。仰头
一看没有疯子躲着窥视他，又用鼻子去仔细闻本子的缝隙，一直到烂棉絮

还淡淡沁出一丝幽香，才深沉地倒在靠背椅上，呼出二氧化碳，吸进新鲜氧气。他记录疯子的最新表现，总是竭力使自己心平气和，保持客观冷静的态度。比方写一个疯子逃跑，通常用这样的句子："经不起外界的挑唆与诱惑，擅自打开门逃往窑岭方向。"或者"由于压抑不住内心的激动，企图通过脱离集体来达到满足个人的欲望。""早晨一起来就看得出他有些不对头了，他吃了四碗稀饭，"有一次院长描写立早章，"第三碗饭是调转筷脑壳吃的，而且不停地偷看别人，以为我们什么都不知道。"我们是指的院长和夫人，"吃完饭他就站在走廊上研究地图，把脑袋歪到很左边又歪到很右边看，越看越怕我们发现他的内心深处产生了激烈的矛盾。然后他假装去观察蚂蚁，其实眼睛一直注意着大门。"有东西在屋梁上爬出响声，院长停下笔警惕地看了一眼，从地上操起扫把轻手轻脚侧到柜子后面躲了片刻，没有动静，才又回到桌子边，"张金娥的娘丢进来一蔸菜，也吓他一大跳。"一蔸什么菜？院长稍事考虑，加了一个"包"字。"……一蔸包菜，也吓他一大跳。这说明他的灵魂非常恐惧和脆弱。他屙黑屎。"觉得"屎"字不科学，推敲了一下，改成"粪"，"他屙黑粪。屙完还不敢出厕所，左觑右觑探听好久，捡根棍子把黑粪审到坑底下去了。他观察蚂蚁很可能预测天气会不会下雨。"院长为自己看破立早章的鬼胎而欣慰，端起杯子喝了一口六一散。品一品，感到除了鬼胎还隐藏有别的什么险恶，往杯子里一洞察，果然漂一粒辣椒粉。呼呼地吹掉了，又喝一口。

"幸亏我们没有掉以轻心。及时派共田八和古月胡去打粪，结果翻出来很多黑粪。立早章惊慌失措，整个上午都处在惶惶不可终日的状态之中。"院长食一口六一散咕几下，水枪一样点射到地上。"午饭的时候，他始终不吃一片包菜（其实包菜很好吃），愁眉苦脸地望着碗，显然预感到阴谋即将败露。但是下午他好像又高兴起来，跟人讨论一些虚无缥缈的问题，什么火星上究竟有没有人修水库之类。其实是在极力掩饰自己的不安。"立早章修完水库，从口袋里抠出一枚两分的硬币，握着摇了摇一丢，硬币就朝大门外滚去。他往身后看一眼，搬开门去捡起，然后望望天，蓦地拔腿便跑。

"跑！快跑！"围观的人喝彩，让出一线路来。立早章紧跑几步，忽然想起一件事，转过背又要进门。"哎，你还不快跑！"人们拖住他。"我牙刷茶缸子还没拿呐，"他解释。"快跑快跑，你还拿牙刷呀？我们再去帮你拿！""要是你不帮我拿呢？"立早章将信将疑，要跑又不跑。众人急了，一把推去，"你还不跑，来抓你了！"院长冲出大门，筋暴暴地往这边追来。立早章甩手又逃，远远还回过头喊，"你们要帮我拿牙刷啊！我是红把子牙刷！……""快跑快跑！"立早章跑得意气风发，手在空气中乱抓，"还有，茶缸子！""捉你的来了！"他知道大祸临头，索性不去看后面，口里干干干干干地大声哼着视死如归的曲子，扭东扭西在前面走。院长以为他不再跑，也放慢步子，追上去正要把手往他肩上一搭，不料立早章一闪就让过去了，干干干干又窜出老远。其余的疯子挤到门口，从门缝里往外面看。林大汉拢去问他们："你们何事不跑？趁院长抓他去了。"疯子们很吃惊，仿佛刚触及这个问题，一时还想不清楚。"要是他抓回来了呢？""嗨，你还管他！你自己跑掉了就要得！还不快跑！"疯子们一个个手足无措。十八子低头不语，忧心忡忡的样子。突然古月胡鼓掌大笑，原来院长已经将立早章全部捉拿，一摆一摆地扭进院来。立早章冷不防高喊一句口号，人们哈哈大笑。他愈进得意，扬起颈根大叫："他不敢打我！他不敢！（唱）他不——敢——干干干干干干！他——不敢，当当当当当——"院长板着面孔，把他押到那间窗子蒙了一层纸的房里去。立早章大义凛然，到门口却死活不肯进了，一把挽住一根柱子，"啊！啊！我不进去！你不敢呐——你不敢！我再不跑了，不跑！不跑——啊——"那屋里有很大一件东西被打碎了。人们挤在围墙外面面相觑。过一会立早章放出来，一直往太阳底下走。脸上一副睡得很困惑的神色，早失了那种嚣张的气焰。"后来他又厕了几天的黑粪，"院长总结性地记叙道，"但是再没戳到坑底下去。可能是找不到小棍。他躲起来数自己脱的头发。"有好长一段时间到围墙外观光的人少得多了。院长装作若无其事，暗地里却时刻为颠覆疯子院的危险担心。他依旧每天黄昏把疯子一个一个押到对面魏公塘去洗澡，沉默中带着比以往更多的庄严与自尊。疯子们也积极地行动起来，洗澡不再装神弄鬼嚎叫躲闪，而是咬牙切齿往塘里纵身一跳。院长把他们涂满肥皂，拿毛巾狠狠擦背。撩起水往疯子的裤裆里抓两下，又撩起水往疯子的裤裆里抓两下。疯子也觉得这很正常，并不因此就蠢蠢欲动。自从鞋匠展览了那些形状各异的子弹壳之后，人们的注意力都不像过去那样专注了。在一起老是讨论掀掉一栋六层楼要用多少炸药，一粒开花子弹能打穿几个人。各人都展开自己畅想的翅膀。一天早上，院长夫人在井台边发现了一截蛇蜕，当即就说不出一句话来。院长深谋远虑地看着太阳怎样落下又怎样升起，感到肩头的责任越来越重大。他铺开白纸，用彩色广告粉重新规划疯子院的版图。绿色的夹竹桃涂在围墙里面。转念一想，如果栽到墙外去呢？于是又画了一张墙外的。沿着篱笆糊成的围墙，绕疯子院一周。再外是长满深色水草的沟，春天里游一些扭呀扭的蝌蚪。院长蘸着墨汁画了几颗蝌蚪，长长的尾巴生命力无穷。但转眼就撕掉了，搓一团射到角弯里。因为蝌蚪尾巴太细太长，很像放大了五十万倍的精子。他钻到桌底下捡起那团纸展开，用浓墨把蝌蚪画掉，使人看起来只会误以为那沟里曾游弋过几条巨蟒。最后他塞进灶眼烧掉了。火光动动荡荡跳跳跃跃深深浅浅分布在他脸上一点也不知道。余烬发出轻微的脆裂声，才感觉从头到脚已经汗得透湿。他抓过蒲扇一阵扑打，凉风并不能驱散周奶奶煮豆豉水带来的沤热。天边低沉地碾过几声闷雷，刀光剑影闪了那么几下。一只大飞蛾子啪啪啪啪想掮动房里的灯。院长随手灭了灯，一个人坐在黑暗之中。豆豉水越煮越浓。他把短裤衩宽荡荡褪到膝盖，让胯里那东西肥硕地趴在椅子上，像一只懒懒大大的热带巨蜥。空气味道变得很复杂。

他站起身，跐脚往天边看了看，干脆将裤衩全部脱掉，赤裸地来回踱了几步，果然无所挂碍。蒲扇翻飞，风在他壮实的身坯上溜来溜去。窗外有脚步声渐渐离开，院长赶紧蹿到桌子旁边坐正。"哪个？"他听自己的声音觉得很陌生。孤零零传来几声老猫子叫。呼一口气，摸黑找短裤，不知顺手甩到哪里去了。在桌上探到一块黏巴的东西，送到眼门口一闻，抓了一手墨。只好胡乱撕过一张纸揩了，啪嗒扯燃灯。看到自己汗淋淋庞大地罩在光底下无一丝遮掩，连忙又扯黑。侧耳听一听，心里咚咚跳咚咚跳。他套上湿糟糟的裤衩，重又打开灯铺一张白纸继续描画疯子院的前景。很多年过去了，那前景越来越五彩缤纷。农民们撑着锄头饶有兴致地听他讲演，关于疯子院的过去现在和未来。一个极瘦小的婆婆递把他一碗茶。他大口大口灌下去，擦把汗又讲。那婆婆曾生过五个崽都长得十分高大。她跟着院长不辞劳苦走村串户跑了好多地方，帮他把版图贴好，帮他把版图收好，向一些不明真相的汉子们解释院长的初衷。直到某个早晨她站在山坡上目送他宽阔的背影走向远方。"千分之五的发病率，就是说，一千个人中间有五个疯子，"院长告诉正听得有味的农民们。众人相对嘿嘿地笑，听下去。"你们村子里有好多人？"他指着一个痴痴的后生问。后生一怔，望望旁边的人，"不晓得。好像，有百把个吧？""那就是说，你们村起码有半个疯子。"众人听得新鲜，又相对嘿嘿地笑。院长打开一张疯子分布示意图和一份疯子增长率统计表给大家看，剖析一个个的疑点。一个抱着细崽喂奶的女人俯到他耳边说，她娘家那个村子有两兄弟都疯了。院长沉重地点点头，收起图表又奔向新的里程。当他死心塌地回到家里，正赶上锯木厂搬迁郊外，一汽车拖走了那些喧嚣的岁月。周奶奶趁势捡回几篮子柴，好熬她更多的豆豉水。夜里院长信步走到空荡荡的锯木厂，闻着发霉的木屑味，往事依依。月下树影在填起魏公塘的新土上摸索蠕动，有个人靠着吃盐鸭蛋。"魏老倌！"随口叫了一声。那人不置一语，埋头吃蛋要紧。"谭老倌！"院长改口又叫，还是无人应答。定睛一看，魏老倌或谭老倌及其盐鸭蛋全然不见了踪影。只有新土边的杂草动荡不安。走几步回过头，魏老倌又靠在那里，从来不曾淹死过的样子。手拿一个鸭蛋到椅腿上磕破，吮干净渗出的油汁，再一点一点剥开壳子慢慢细细吃。疯子呆呆地看他吃，对着地上的蛋壳浮想联翩。院长走上去，伸手一捉，却抓了个空。还是什么也没有。大路对面，昔日的疯子院黑蒙蒙的。那些与他朝夕相伴的疯子们早已带着良好的素质走向五湖四海。张金娥的娘也不知到哪里去了。她的茅屋变成一方水泥砌的蓄水池，里面落一颗明明白白的月亮。

院长叹一口气，月亮被池水的波纹揉皱搓碎，散成一片闪闪烁烁的光点。黑河还在树的那一头猎猎流淌，和那天晚上东征的情境一模一样。只是蚊子更密集一些，嗡嗡地一团飞到前面，嗡嗡地一团飞到后面，忽然又雾一样消散个干净。"停止前进！"院长断喝。疯子们一下没反应过来，仍然兴冲冲往桥上闯。院长呼啦冲到所有人的前头，"站住站住，听见没有？"都站住了，桥上桥下没一个人来迎接他们。"奇怪，人呢？"院长一下冲到桥那头，一下冲到桥这头，茫然回顾，"人呢？都死到哪里去了！"言午许与己无关地往空中抛石头，抛了又接住。共田八提醒，"要打联络暗号吧？"院长瞪他一眼，但很快发现事到如今也只有联络暗号好打了。撮起嘴柱柱地吹了几声蛐蛐叫，桥底下便回了几声瓜瓜的蛤蟆叫。院长一怔，在柱柱的下面加了几个着重号。没想到瓜瓜原来也可以加着重号。拖过共田八，"你来打，你比我吹得好。"共田八慌不迭摇手："这我不行，我这个不行！""没关系，你吹你吹！""真的不行，我真的不会吹。"院长脸一板，"那你会干什么？会吃饭？"共田八只好鼓起勇气呼噜呼噜吹了一通，声音就像空山鸟语，别是一番情致。"啊？你再吹吹看。"共田八见自己并不逊色，更吹得呜啦呜啦响。"这什么意思？"院长锁眉。"哦，这个没吹好。你再听——""算了算了，不要你吹了。"共田八满面羞惭，转身拖出古月胡，"要他吹，他比是人都吹得好！""你会吹？"院长上下打量，把古月胡检阅得无地自容，"那你吹吹看。""我，我也不晓得，吹不吹得。我会做狗叫。""你叫。"古月胡喵一声，所有的疯子都转过脸望了他。只见他耸起肩，"嗯尿～～～""这不是狗，这是猫！""我是说我会做猫叫。""那谁会做狗叫？""我！""我！"疯子们热闹得一堆，只有白人坐在桥头恢复元气。紧接着汪汪汪汪欧欧欧欧叫成一片，也分不清谁是谁叫的。围吉周一边叫一边把手弯成爪子的模样一罩一罩。院长阻止不赢，却听见狗叫声中夹了几声遥远而尖脆的，"喂，你们那里也叫什么？"那边静了静，"我们回你们的暗号呀！"正是夫人与张金娥的娘一行，坐在田坎上赶蚊子。男疯子们用力一觑，"啊也，你们在这里呀！"男女疯子在桥上会师，纷纷地只是握手。"你们到哪里去了？半天不来。""啊呀，刚才好多东西在后头追!"女疯子咯勒咯勒直顾笑。张金娥的娘嗔怪院长:"你一身的汗!咬得我好痛。"院长则嫌她肚子太大。"打暗号你们怎么不答?""哎,我做蛤蟆叫呐!""我还以为,"院长又往桥下探了探。一个人正在黑河里扑腾着两臂,打得刷啦刷啦响。"啊?弯弓张又跳下去了,弯弓张!"张金娥的娘莫名其妙,"弯弓张?"弯弓张白白地站起来:"我没跳,我在这里。"黑河里呛了一口水,喊着,"我不是弯弓张呢,我是立早章!"

"快扯快扯!"院长伸手过去,立早章不敢接。"抓住我手,快!"立早章吓得往后一倒,仍不敢抓他的手。院长只好剐下汗褂子丢给他拽住一扯,立早章上来了。完全是一个黑人,浑身散发皮蛋味。黑人和白人在桥上相对大笑,你戳我一个白洞我戳你一个黑洞。"还笑!"院长打起赤膊,辐射出大蒜气。疯子们一个一个都笑起来,不能够自制。"你们何解只笑呢?"张金娥的娘以为自己身上出了什么破绽。疯子们益发笑得不可收拾,手舞足蹈。白人跳了两下,在原野上奔跑开去。院长刚想去堵,黑人也跑了。一路地洒下笑声,在他们深深浅浅的脚印里弹跳。古月胡一边笑得乱颤,一边学着狗叫。"你不是说你只会做猫叫吗?""我说了呀?我说了呀?我是说做狗叫!做狗叫:欧欧欧!"竟也跑得老远。院长跟着追,这个那个地都看不大清楚。女疯子们笑成四脚八叉一个。院长夫人指着她们每一只鼻子:"你们不要跑!你们不准跑!双木林,你听到没?"双木林咯咯咯咯爬起来,天女散花似地撒了一把草棍子,快快活活跑了。张金娥的娘悔之莫及。原野上疯子们四方上下而求索,其中有一个黑人和一个白人。院长追逐之际,发现自己也正被什么东西追着,扭头一看,张金娥的娘的小白狗。一脚飞去,人和狗绊做一堆。张金娥的娘裤裆里又湿了一块。言午许跌跌撞撞跑一阵不知身在何处,于是又往前疯跑。两旁渐渐出现了树林,一棵一棵地,越来越高大。还伸出许多枝条来拉扯他。他只好左右躲闪着,钻过那些缝隙。终于跑不大动了,气喘吁吁靠在一棵树上看黑暗浮悬的一个家伙对他做鬼脸。言午许向它龇龇牙,那家伙也龇龇牙,龇得比他还长。向它吐舌头,那家伙也吐,吐出来居然就收不回去。壮起胆子想想，对准它喷射了一泡尿，那家伙才掩面而去。言午许甩甩了了塞进裤裆，顿时浑身通泰。出了林子，看见一汪月牙形的塘，映着四周丘陵的轮廓。感动了一回，照准一个山包便走。这时夜风贴着地面吹过，凉透脚底。走了一程，忽然又看见一汪月牙形的塘，往里面一觑，动荡着一个人影，正是言午许自己。"啊！"他喊了一声，空旷中便传来"啊啊啊"的回音。"呀""呀呀呀！""杀""杀杀杀！"他觉得很好笑。浩瀚的银河在天上倾斜地淌过，月光侵蚀了一片清凌凌闪烁不定有些消逝了有许多依然透明半透明折射或散射它们朦胧荡漾的星辉遥远眨着眼皮惊奇。他脱下鞋子原地打了个圈，舀一鞋水淋到左脚上，抬头马上找到了北斗七星。他沿着它们指示的方位飘然前行，耳边叮叮咚咚响起古代的钟乐。他想验证这是不是梦，紧紧括约肌，钟乐就愈发清脆悦耳了。带他走过山走过水走过树林，走过披挂着雾一样丝绸的曲曲折折的甬道，走进一个汉白玉石砌的大殿。太阳像橘黄色的宫灯缭绕照耀一共有九颗。在他经过的地方壁虎倏倏地爬开，它们全都是锈蚀斑斑目光呆滞但透出诧异瞪着这个衣衫凌乱的疯子。一个巨大的棺椁赫然停在殿堂中央，无数头上长角的弓箭手围着它追逐飞逃的麋鹿和黑虎。言午许情不自禁也加入了他们的行列，互相又叫又唱。发出的超声波使空中飞翔的蝙蝠失去控制一只一只跌落下来，摸索着在地上嗞嗞爬动。他继续载歌载舞，踩着单面鼓拍击的节奏，终于不知不觉中昏然睡去。一觉醒来，发现自己睡在一堆散乱的竹简上。随手拿起一支，看不懂上面的字。那些字却弯弯扭扭地印了他一背。他摸着石壁一直走到晴朗的天空下。这已经是第七天的中午。蓝天上只有火辣辣一个太阳。

他们在原野上奔跑，不知道停下来。院长踩着疯子们的脚印，从东方追到西方，从盆地追到高原。把顺手逮到的疯子送给张金娥的娘以及夫人，又一头扎向星光熹微的前方。黑人比夜晚还黑白人则像是夜晚剪出的缺口。有时他们叠在一起消失了踪影，院长用力眨眼睛忽而发现在另一处依旧一个黑人一个白人跑得活蹦乱跳。他抓住口天吴一看却是围吉周。他踉了一跤连忙扶一棵树那树咯咯地笑着跑开了原来一个女疯子好像是双木林好像又不是。一个疯子嘴里喷出浓烈的酒嗝趁他大吃一惊返身跑掉根本不像个吃醉了酒的样子。冥冥中院长极力想抓住一个逃出了芭蕾舞动作的家伙然而芭蕾舞倒踢紫金冠飞快地闪得不听见。他们艰苦卓绝扩展驰骋的空间，仿佛身后还有轧钢机像火车一样吼叫一按穴位就从轧口飞出无数的餐刀锅铲梭镖熨斗弹簧晒衣架潮水滚滚席卷着这些手无寸铁。张金娥的娘从左边望到右边搞不清院长抓疯子还是疯子抓院长她的头发散乱了而他们还在跑笑声拍击着四方的天幕。蝌蚪还没来得及甩掉尾巴就演变成蛤蟆一群群跳进树林的深处。小白狗在银河的一侧滑翔。几个疯子抬头朝它看看，转过背又往别的方向跑。他们的汗滴在一起嗤一声冒出硫酸的白烟。他们的头发被风扫成黑色的火焰流萤追着划出一道一道蓝幽幽的线条然后一道一道泯灭。颠簸中摇摇晃晃院长呼呼睡着了但继续在跑抓了三个疯子把他们放成一堆。他听到胎儿的心跳从张金娥的娘肚子里传导出来又像是拍岸的潮声。洪水就在这时候漫出林子涌上山坡以四分之三的节奏在它经过的地方蛤蟆变成蝌蚪尾巴又细又长游动得极快。院长跋涉着再也追赶不上追赶不上洪水从低处流向高处。他醒来看见狗趴在一块大石头上沉睡。远远发白的东方一条铁路正在那里通过，慢慢移动一个隐约的影子。

"疯子！你们要干什么，疯子！"他翻身起来大吼，但十分疲倦。狗竖起耳朵看他冷漠的一眼，倒下去睡得酣熟如初。他一脚轻一脚重地走，天越走越苍茫。曙色照着原野呈现一派火星表面的景象。渐渐可以看出那是疯子们在合力推一个火车丢弃的车厢，徐徐地沿着两条沉默的铁轨行走。透过破烂的板篷太阳喷薄欲出，把车厢上蜗牛爬出的轨迹镀成一绺绺将军的绶带。他们分列两头各朝着相对的方向用劲，只是一头比另一头多了一个疯子。

（原载《收获》1986 年第 6 期）

第一峡

那盏灯无声无息地，是灭了。

却疑心它还亮着，只不过滑落到重重叠叠的巉岩中间，被湮没了。但即使是这样，总还可以见到一丝淡淡的痕迹吧。没有。尽那些严肃的山峰和石壁，合围我同身边流水进了铁青一色的渊底。天退到极远以至记不清是湛蓝还是鱼白了。目光从某个峰巅抖落下来，却被腰中一块凸出的山石接住。悬在那里的一串旗子便荡荡晃晃，似乎有了一种惊动。而左旁小屋仍静静地，无缘无故。灯确实灭了。

灭就灭了。我也不知道为什么还希望看见它。竟以为可以温习到一种似曾相识的情绪吗。

航标站背后，就是古栈道口。

一阵嘈杂以及骚动。头顶忽然沙沙地讲起话来，奶声奶气一个女花腔一遍一遍宣告，船要靠岸了。总觉得那声音，不奶的时候一定很会泼辣。舱里瞌睡的人们，亲亲切切讲小话的人们，注视顶角某个斑点的人们，孜孜不倦吃东西的人们，都从沉沉流逝中苏醒。一堆粗厚油黑的棉被里钻出一个小民工，啪啦打下窗板，惺忪地朝外看。冷风灌进来，窗外一片的都是漆黑。

"到了，到了!"大胖子心满意足。运动肩运动背，却没有运动出一个嗝来。

小民工关上窗板，缩头缩脑又睡。准备下船的人们你挤我挤，钻出舱外。顿时就闻到那种新鲜的气息了。船斜斜地滑，是在掉头。四周的漆黑混沌仿佛也跟着旋转。这时看见那盏极远的灯了，高高悬着，宛若一颗星子，幽幽蓝蓝地燃。为什么它不就是一颗星子。

然而近旁出现了许许多多的灯，灿烂而且迷蒙。我们的大船沉默了，朝这些灯靠过去。

昏暗中人流缓缓移动。船尾甲板，船舷甲板，楼梯过道。空气又浑浊了。行李包在钢板上拖的声音，男人咳嗽的声音，埋怨和争执的声音。突然一个伢儿清脆地啼哭着。女人哄他。

"真他妈人多！"大胖子慨叹。

他怎么又钻到我身后了呢。刚才闻到一股大蒜炒酸菜味，极有可能又是他的嗝。

趸船上吹了两声哨子。一个男人掌个手提扩音器，含混不清地指挥着旅客。人群开始流动。浑浑噩噩跟着走。试图分辨出他到底沙沙哑哑说些什么，却终究只听清三个字："慢一点！"然后又是电流过大产生刺耳的自激声。

巨大的客轮上人流倾泻下来。钢质甲板抖颤着咚咚的脚步声。一个小个头往前面无缝隙处钻过去，大胖子很气愤。

"干什么，干什么？"

也想挤，却被几个跑买卖人的货包卡住。

"真他妈人多！"很响一个嗝。小个头业经钻去前面老远。

什么东西摔倒了。人群一阵慌乱，忽然地你推我拨，还有的踮足伸颈，还有的摁前面人的肩膀。人头晃动中只见隐约地扶起一个老汉。虚弱的样子，被几乎是提下了客轮。

我也下了船。

河滩上陈列着两队期待的面孔，巴巴地等着上船。却看不出谁是来接人的。另有一个拿手提扩音器的男人严密地看守着，时不时喊几句话。也很含混不清，也只有"慢一点，慢一点"。

"真他妈人多！"

我一惊，心想今生今世大约是永远摆脱不了那大胖子了。回首一看，却是一个眉目清秀的青年，正在整理旅行包的背带。我长长呼了一口气。

一只柔软的童帽，挂在我的背囊上晃荡。

那颗孤孤零零的灯。

本能地朝它的方向走去。忽然觉得有一种怅怅的失落感。是什么呢，说不出来。也许只是轻快和解脱吧。麻木的神经开始恢复了一点感知，心里竟一如这河滩的空荡。风也萧瑟了。

人都散开。一部分向高处走，到城里去了。高高的石级，一层层伸透到黑暗之中。几盏灯，一律都是弱黄，好像不小心河风也可以吹熄。风是从远处星一样的灯那里吹来的。才想起那正是东方，我是顺着水流的方向走。然而丝毫也看不出一点黎明的影子。

四周的暗黑还是渐渐有些稀释了。空气中渗出一种透明的淡蓝来，沿岸泊的各式各样一只只铁船和木船，微微摇着不甚分明的轮廓。

脚下一高一低。有许多的茫然。一个男人从我身边越过去。"搭船在哪里呀。搭船……"

他穿件军棉大衣，棕毛领子。自言自语着左顾右盼那一系列的船。

船和船依然沉默。低低的水声，轻轻拍击船帮。

这时感觉到被委弃的寒冷。还有孤独。竟有些想回到刚才那大客轮上去，回到麻木昏噩之中。习惯于浑噩不比习惯于孤独容易得多么。江边是应该这样冷的。早晨是应该这样冷的。一个人的时候也是。

军大衣趷趷地在前头走。停下。

"喂，搭船在哪里呀？"朝船上喊。一注水的声音，船上人小便。

"你到哪里？"懒懒地刚睡醒，仿佛还打了一个噤。

"大溪！到大溪搭船！"一注水继续响着，悠游缠绵。

"大溪……"船上人稍停，"船昨天下去了，今天上来。"

"今天有没有船？"

"只有一条船！昨天下去了……"船上人含含糊糊跟他解说，很不耐烦的口气。

军大衣还是不懂解，还跟他大溪大溪。

那盏灯仍无限地远。而且越看它越高，永远无法企及。空气中有一种透明在流动。它于是益发闪闪烁烁，益发缥缈了。

一个小木亭，伶仃歪在那里，像被人遗弃的一样。几道把沙土踩紧的足迹，从它面前弯弯而过。亭子上钉着块木牌：

奉节——白帝城　第一班 8:00

天愈有些亮了。

泊船也仿佛活跃起来。轻轻地此起彼伏，轻轻地互相磕碰挤压，维系它们的缆绳也时紧时松地发出叹息。

隐隐还听见鸡叫，声音沉闷低黯。大概从是不应该叫的地方叫出来的。

往坡上走。坎下斜一个篾棚子，溢出一股热热的蒸汽。

"吃啥子？"店主是个后生。

"来一碗吧。"我解下背囊，轻松一下肩臂。

"包面？一会就好。"

这才发现空荡荡的棚里，还有一个十来岁的男孩待在角落的一张桌旁。直直地盯着我，眼睛溜圆。

我有些感觉不快，扫了他一眼。他仍然那样一双眼睛不说话。

极大一碗包面。皮粗，肉也剁得不细腻。然而真正滚烫。

"放不放辣子？"我点点头。

果然就十分的辣。我嘶嘶地吸气，解开领扣。背心沁出汗来，后生很得意。男孩还定定地望着。

又扫了他一眼，竟发现他不是盯我，是看远处一个什么地方。

"沿着峡走，有路吗？"

"啊？"后生忙着把生馒头送入蒸屉。

蒸汽几乎把整个棚子弥漫了。男孩跳下板凳，去充他的帮手。又进来一个老汉，扶着桌子角坐下，喘气。记起来，下船的时候绊倒的就是他。

"啊啊！"男孩被刚出笼的馒头烫了手。"要你慢点！"后生训斥，并不凶恶。

老汉捏了一把鼻涕，寻不到擦处，便在裤腿上就了。抬起头看后生。后生跟男孩打手势。

男孩就捧了一个盘子过来，腾腾的一只馒头摆在我面前。蒸得极胖，炸开很粗一道口子。看得出是他特意捡了个最大的，还摁有他的黑指印。又眼睛盯盯看着要我吃。不一下目光又散了，跑到远处去了。

拂去朦胧的蒸汽，江边那些大大小小的船渐渐分明了。蓝透的晨色中，可以看见船上晾着各种颜色的衣裳。女人和孩子的则尤其鲜艳。却没有风去翻动它们。

这是一个显然古老的小城了。灰蒙的城墙，只微微露出一截。其余都被密挤的黑瓦屋顶遮住，看不见它是怎样一番蜿蜒和曲折，怎样傍依山势做出几分险峻。从下往上，极仄极高的石梯，遥遥直搭城门。

传说那城洞上挂过人头。

也是好几十年前的事情了。如今那种肃杀和沉着，似乎还在，又似乎不在。城门口，写记着三年前洪水高峰水位线。那么我刚才经历的地方，都曾是洪水肆虐的所在了。看不出来了，什么也看不出来了。河滩旷旷荡荡，徒剩一种过分的寂寥。

小城的街面，泛出早晨特有的一层清白来。一个个睡意十足的门户开了，男人们咬着牙刷，蹲到沟边去漱口。女人们蓬乱着头发，往街当中泼洗过脸的残汤。挑担子的乡下人匆匆赶路，到菜市场去。

竟有些后悔，到这小城来。来干什么呢。早应该就待在那河滩上。这里一切与我无干，我只不过是一个局外人，一个不再属于这种生活的漂泊者。

一只灿烂的公鸡耀武扬威在街当中走，谁也不怕的样子。街子上如伞如盖一棵大黄桷树，枝干中仿佛正挣扎着苍劲的力。立刻便把它看累了。

"要不要？三角。"卖橙子的乡下人喊。"二角八！"中年人还价。乡下人摇摇头。

"好狠毒呀，你不得好死呀……"某拐角处，一堆人围住一个女人的哭声。

人们看得认认真真。有两个婆婆就上去劝她。女人斜倒在地，一只鞋被扬弃到很远的台阶上。哀哀地直是哭。散发如流水遮面。

"莫哭了莫哭了，他也是没得法子呢。"婆婆一说。

"没得法子。"婆婆二说。

女人从地上艰难起身，晃晃地往自家门里扑进去。围观者们慌忙撤开一条路，由她去扑。婆婆一、二也被她带进去。女人豪兴大发，看了满屋子的翻箱倒柜，复又哭成死去活来。衣物之类抛得一四处，给低暗的小板壁屋布置了许多光鲜艳丽。只细看不得，大都是陈旧的绣品，虽然图案及做工精致。

"没良心的啊……"人们就老老实实看。

"老鼠药哇，老鼠药——"一个极瘦小的男人在人群的背后喊。

谁也不买老鼠药。瘦小男人把人们拨开一条窄缝，溜溜的目光和身子都想往里面钻。刚挤进去一个脑袋，人群骚动了。原来那女人举了一把什么利器试图夺门。瘦小男人立刻被排泻出来。

"老鼠药哇——"他朝所有的人喊。

没人睬他，互相又挤得紧了。大概女人的利器已经落地。哭声又振奋起来。

"你要老鼠药吧？"走到我面前。

我看他就像一只老鼠。毛绒绒的耳朵更强化了这一联想。

"往那边有路吧？""啊？"

"那边，沿峡走有路吧？""你买包药。"

我买了一包，不再问他的路。"灵得很呢！"他追了一句。

女人还在那里哭着尾声，人们渐次散去。

河滩上人多起来了。背背篓的，挑担的，还有把伢儿用布兜在背上的女人，围在小木亭旁边。也有城里打扮的游客，穿着干净精神，老老少少，兴致很高的样子。

一个小孩忽然快快活活往江边跑，被一把拽住了。

"叫你不要乱跑乱跑！"母亲穿了风衣及高跟鞋。因此就亭亭玉立。

小孩不跟她计较，蹲在河滩上，专心致志去发现那一点一点碎散的小贝壳。

卖票的窗口做成极小，刚好只伸得进一只手。

"峡边上那条路走得通吗？"

"八点半开船！"里面的姑娘回了一句。窗口嵌一对滴滴的眼睛，却看不出是不是椭圆的脸盘。没有笑意。

"这座城，是五百多年以前筑的，"老者对一青年说。手里还拿了一卷书。

青年人满不在乎，拿眼看江对面山上的塔。那塔也因为古老陈旧而仿佛值得可爱了。

木质的大船，已经稀稀散散坐了一些人放在舱里。粗木板搭成的一排排长条凳。我寻了个角落的位置，解下背囊。这时河滩上等候的人纷纷弯腰钻进舱里来。

"靠里边走啊！"跳板边上，一个衣衫不整的人指引着方向。

一时间船舱热闹许多，而我的小角落反倒更加一种冷清。我抬起头，往江边上看。

女人们几个几个，埋首在礁石上蹲了洗衣。一个丫裆裤伢儿，拿一根竹棍，追着扑打一堆被冲散的肥皂泡沫。女人们洗呀洗，永远也洗不完似的。

还有一个点点大的伢儿，坐在她们身后哭。来了对年轻男女。女的愁眉苦脸看着我前面的长凳。男的拿出一张报纸使劲擦，声音很刺耳。女的小心翼翼坐了一点点。

"嗯！"娇嗔地。

男的就拿橘子出来给她吃。

啪。风衣兼高跟鞋母亲一巴掌。小孩手里的碎贝壳打飞了。母亲极其冷静地注视着他。他没吱声，低头用脚尖去划拉那些小小的白色。

橘子皮丢到江里去了。坐我身边的老汉动了一下。女的剥了橘皮又要丢，老汉忍不住了。

"给我好吧？"女的不知所措。"给他。"男的说。

老汉双手捧过去接。手上尽是枯裂的黑道道。女的觉得很扫兴。

突突突突颤抖起来。机帆船带动我们的大木船，缓缓离岸，掉头。

江面显得辽阔而且平稳。浊黄浊黄的水，消消停停由远及近，到得城下，潇洒地绕了一个大弯，复又款款而去。对岸山影，朦朦胧胧，细看总不成一些完整，正如同粗麻布编织的一幅画。却又还渗透着种种的怅惘。

润湿的江水气味，含泥含腥。

前座男的又剥了一个橘子。女的偏着头不肯吃了。

"五百多年了，那座城。"老者又与一人攀谈。船身稍有些倾斜，突突突突绕过一大片碛滩。那就是传说中古人熬盐卤的地方吗，就是诸葛亮大摆过八卦阵的地方吗。于今这一切都看不出来了。枯冬季节，江水退到低点，碛滩才有了一种雄浑的土灰色。它的荒凉与单调，竟使我想起去年到过的戈壁。

然而那一抹孤烟，并没有扶摇直上，而是斜斜地，淡去了空中。三两只翻覆的船壳，被架在碛滩上修。一个女人边喂伢儿的奶，边用一口大锅给修船的汉子们煮饭。

船带起的涌浪，把滩头系的两只小舟抛得一动一荡。

到了三四月，江水涨起来，这里不是一片汪汪大水吗。不知为什么我总想着这件事。不过，那时船修好了，他们大概也该结束这岸上的生活，漂到很远很远的流域去了吧。

船进了一个小湾。

隆重的礁石堆挤着，把忽然显得有些急迫的江水屏到了湾外。

人们拥到船头。岸上一排房子很像窑洞。有一些人在那里不知干什么。

水手很重地丢下跳板，用脚踢踢正。"十一点啊！十一点开船！"

人们拥拥地下船。一个乡下女人的背篓里，伢儿睡得正酣。

"嘿!"穿红色太空服的少女跳上岸，朝气蓬勃地跺跺脚。

"哎。"她的女伴做出差点要摔倒的样子，也跳上岸。白手绢扎的一束飘洒的长发乱了。于是微仰地甩甩头，用手理整齐。

接着她们几个嘻嘻哈哈往下面那堆礁石跑去了。

"你怎么不上?"

我一看，认出是那位五百年古城的老者。一脸清癯，果然儒雅得很。游客都从窑洞后面拾级而上，颇陡的山。

"还想往前面走。"

"那你也该看看，白帝城。"大约我已被他看出不是本地人了。

可我只想从那条古栈道上走过去。

"你知道它有多少年了么?"老者偏着头，存心要考住我。

"五百年。"不知为什么脱口而出。

于是跟着人群爬那根本就不想爬的山。那一群少女，却恰如骤然飞去的几只小雀，点点地散落在峥嵘的巨礁上。而且那笑声，也实在是远了。背篓挑担的乡下人，各各寻了自己的路径，走散。

"喂，今晚上再干?"船上水手喊。

"不跟你干了，你耍赖!"

"你赖还是我赖?"

"讲好的一斤二两!"

上山的石级是弯弯折折的。真想象不出，这么多的人都是为了去寻访一个西汉末年的故事。老者解开一排衣扣，叉了腰在那里歇憩，做出一副益壮的神情。

"照不照? 照不照?"

几个胸前挂了相机的男人，往左臂上戴袖章大约是县城的摄影队了。

我摇摇头，转身看远处跌跌而来的长江。江水在巨礁下面回着旋涡。

"这人，背个大包来爬山，真怪。"女的悄声对男的说。

听出是说我。想对她笑一笑，却没有能够笑得出来。是有些热了。内衣被汗胶在身上。也许正像她说的那样，真怪。我怎么就没有觉得背了个大包呢？经她一讲，倒真的感到沉重起来。

路边一老头卖柚子。众人看一个中年人在吃。

不知但愿它是酸还是甜。

"不甜。"中年人故意。

"不甜？"老头胸有成竹，"不甜不要你的钱。"

"那还是给钱。"笑。

"不甜？不甜？"女的真真地追问。

中年人挤眼，对她甜甜地点两下头，又问老汉：

"哎，你这是不是夔柚？"

"啊？我自家种的呢。"

"晓得晓得。我问是不是夔柚？"

老头又剥开一个柚子，干瘦的手鼓出蜿蜒的青筋。

"甜吧？甜吧？"老头小小的个子，问我。实在是甜。

"过峡，有路走吗！"

"啊？"

"有路。"挂相机的人说，"你去走？"

"你走过？"

"我找不散呢，"老头望着中年人手里的十块钱，好为难的样子。

"怎么办呢，怎么办呢。"中年人把钞票摇得咔咔响，问旁边的人，"找得散吗，找得散吗。"

老头尽力把头抬起来，弓着背向人们讨好地笑。身穿夹克的青年斜看了十元钞票一眼，大约是找得散，又仿佛怕他拿的是一张伪钞。终于没有吱声。

"三角，三角一个。不甜不要钱。"老头仍招呼生意。又围几个人上来。

"你走那条路干什么呢，没有意思。"照相机说，"我们到风箱峡就转回来了。"

"再往前没路了？"

"有哇。不过很荒凉。荒凉你懂不懂？""你穿这种鞋走啊！"老头看看我的脚，摇摇头。

"照相吧，照不照？"

我还是不照。他显得很失望，立即就转身走了。

"这几个太小了。"

"这柚子好，甜得很呢。"篓子里还剩了些，老头捉出一个来，准备用刀划开。

"太小了。"姑娘翘起嘴。

"算了，买一个吧？"男的准备掏钱。

"你买吧，我不吃！"姑娘气呼呼地。男的赶紧追上去。"你又怎么了呢。"

老头有一些难过。把柚子放回竹篓，好半天才说：

"我再从山下背一篓上来好吗？保证是大的。"

"你知道吗，不是五百年。"清癯老者又到我跟前，一本正经的。"只有四百多年呢。你看，明正德七年，是 1512 年；明嘉靖十二年，是 1533 年……"

抬首便是白帝城庙的翘宇重檐了。

满山满山沉沉的灰色落下来，石盘上是一片无尽的寂寥。长江就是这样从身边匆匆地来和去，偶尔往铁褐色的礁石上甩几把忿激的浊浪。然后悄声一叹，洋洋洒洒奔峡谷里去。

再往前就是夔门了。

石盘上赫然两根铁柱，各有六尺多高，宋代所置。是拦江守关用的。我呆呆站了半天，竟不晓得是什么意思。寻路呢，还是凭古？再早些，当年李白千里江陵一日还，大约就从这处礁岩上解开的船缆吧。而今彩云猿声皆不复有。只一个小做的白帝城，用水泥修来补去，朴风也早已尽失了。

伴着脚边的江水向峡的方向走，天色愈阴沉和苍老。尽是乱石，踩不稳。

崖上走着几个人影。"喂——"我喊。

以为会有很大的回声，却没有。他们探出身子来看我。山里人的面孔。

"前面走得通吗？"声音像江水打湿了一样。

山里人摇摇头。

"回去！这里没路了！倒回去绕上来！"年轻一点的喊，挥动手臂。

我低头看看湍急的水流，开始爬崖。

近顶处，一脚踏空，背囊朝一边一歪。差点连人都掉下去。我解下背带挂在一堆灌木丛上，翻上崖顶。

坐着让风吹了好一阵，才把背囊勾上来。一条小路逶迤而下，与一清亮的飘带相交。

那亮带从山的褶皱中飘出来，曲曲弯弯地，即是草堂河了。

这种季节，它已是十分的瘦小以及明澈，大大小小卵石铺就的河床像只盖了一层薄纱。却流出哗哗的声响来。

近旁的草都枯黄了，大约还要等两个月才又生发出绿茵茵的新叶来。不过那时山里洪水也快光临了。

小路蜿蜒到此，就变成断续的点。可我担心那些卵石靠不住。还不如先就脱了鞋子，涉水过河呢。

水扎骨冰凉。一擦干穿上鞋袜，脚就发起烧来，爽爽地很舒服。而且明显地感到一种山里的浪野味道。索性又俯身在刚才双脚淌过的地方，饮了一遍。终于凉到心里去了，浑身却跟了也烧着。泪水盈盈地想流下来。抓了一把卵石，一颗一颗往河里丢。

那盏灯灭了。

也许它是该灭了。

翻过坡，才发现原来还有三个年轻人，也要上古栈道。看样子他们已经在坡边坐了好一阵。这么说刚才那一份孤独的情致，竟还并不是完全给我一个人的。

江水两岸的山峰铁青着脸色，仿佛有许多的严肃要交给远道而来的旅人。要走这条古老的路吗，请站在大门口再想一想吧。

岩石如凝固的雷。

这就是夔门。

那山路，走着走着才发现勒进石壁中间去了。像一道巨槽，人则在槽中踽踽地行走。脚下的长江一片喧嚣，奔腾着气势。其实它是毫无声息的。纯粹一种感觉罢了。

"听见了吗？"他们中的一个停下来。"什么？""你听。"

我们都快了步子。我同背囊一起靠在石壁上。

"好像有人唱歌。"又侧耳听了一回。"好像是哭呢。"

断断续续的，似乎是有谁在幽深的峡谷里哭唱。却听不大真切。

"今年暑假，你还去九寨沟吗？"

"去。你呢？"

"要看。我还是想去的。"

"怎么样，这一趟不冤吧。"

"嗬哟，好险的山。"

都抬起脸来。脚下就醉醉地乱了步子。山确实是险峻，刀切斧削，从山顶一直到古栈道下几十米的江面。只能小心翼翼靠里边走，而且老是在想，万一没站稳溜一跤，应该顺势往里面倒。内侧、顶和底都是光溜溜的岩石，连个搭手的东西都没有。

他们三个都空手。其中那个高个，不时要低着头，像钻山洞一样。

"哎，把你的丽丽带来就好了。"

高个头有些面带着色，粗声粗气地反驳：

"就是不准她来。"

"不敢？不敢？"

"这里太荒僻了，万一出了什么事，他舍得？"另一个半开玩笑。

"莫乱讲，莫乱讲。讲得他心里好痛。"

"随你们讲。"高个子无所谓地。却马上碰了一下脑袋。

"哎哟！"都笑。

就觉得峡谷的风呼呼刮起来了。浩浩漫漫地在峡中奔突。峡色幽暗得发蓝。

四个人散散地走着。难道他们也要一直走下去吗？

石壁和栈道忽然往左里直角折了进去。突出的岩石悬空伸张着。从古栈道上疾步过来的风，在悬崖上踟蹰了半秒，就往前方阔旷的空间倾泻而去。那空间仿佛是山峰向身后退了一大步腾出来的。崖上下望，密密地尽是灌木的枝叶，千千万万。

他们停下。我也犹疑地停了步子。看看四周，一片都是寂静。

"不走了，我们不走了。"一个说，伸长颈子探看崖下。

"你呢，还走？"一个问我。我还是要走的。走完。

他们侧身让我过去。我也侧着身子，靠弯里边。

"嗬——嘿！"

我心紧了一下。回首，看见他们在笑，无忧无虑的样子。高个子双手握成喇叭状，又仰颈喊了一声：

"嗬嘿——！"

这声音在极邃远的峡谷深处悠悠地荡起一种回声。风似乎便停了，凝固在山峰的褶皱之间。

我走得远了。

他们还留在那块突出的岩石上，朝我挥着手，而且笑，而且尽力喊着一句什么话。忽然我发现，风并没有凝固，好像还强劲了些，把他们的衣服和头发如帆一样张起，使人觉得一不小心就会被风吹到深谷里去。

那些石孔，在绝壁上虚虚地曲折而上。到得山腰，突然中断了。

孟良梯，我想。

上面就是白盐山了。那里曾经有过一座古老的城镇。不知从什么时候开始它的一段繁荣。也不知到哪一个年代它竟衰败破落了。小小一个城镇，于今只剩下一些人工挖凿的痕印。靠江这断续攀援的石孔，大约就是古城通往峡口的栈道遗迹了。

但是人们都叫它孟良梯。

木桩打进石孔，搭上板子，古人扎腰束腿，肩负背荷在绝壁上挣扎，那情景多么悲壮。终于有一天，木桩和搭板都毁掉了，遗留下如许空洞的石孔，均匀记载着当年一段艰辛和险恶。然而人们编出这些关于忠臣良将的传说来，是怕行人看不起它的平凡么。

那传说，同石壁上刻下的古人斑驳的翰墨，还有属于不止一个时代的标语，都沉在之字形的孟良梯下。江水就匆匆如斯从它们身边流过。

又隐约听到那歌声了。

却很快被轻轻一阵笑语打断了。我站起身，继续前行。

绿得沉着的冬叶丛，时而点缀一两点碧红如血的三叶草。在灰蓝色的峡风中跳动，仿佛正有着许多得意。

是姑娘们的笑声。

沉寂的峡谷里，未免浪了一点。

远远看，那穿红毛衣的姑娘的身姿似曾相见。个子高高挑挑，而且很活跃。说不几句话便把头发往后拢一拢。还拼命笑，腰一弯一弯。

她们就是下船往礁石跑去的那一群姑娘吗？心里这么想着，油然有了一丝亲切感。而且觉得那笑也具有某种道理，是对这悲壮的山色的缓和。

"哎哎！"

有一个惊讶地，做出翩翩欲倒的样子。小伙子慌忙想扶不敢扶。又一排笑的声浪，清清脆脆。

我快步追上她们。后来我想，或许是她们不愿意后面有人跟着，才有意放慢脚步让我过去吧。

小伙子嘟嘟地说了一句什么话。语气像是在为自己辩解，很委屈的样子。红毛衣又笑，身子颤抖着，上气不接下气。

"哎哟，哎哟，笑死我了！你听他说，他说……哎哟！"

小伙子搔搔头皮。照相机吊在身上一晃一晃。

"真的！你们不信。"他喃喃地。

"真的！真的！"另一姑娘学他。

他好像还想辩解，大约发现我在不远，便不再则声，把头抬起来看远处的山峦。眼神有些茫然。

"咦呀！"一个惊叹。

古栈道忽然往石壁勒进很大一块，阔阔地俨如一个敞开的厅堂。靠边有些石磴，也许是当年开山的石匠们专门凿出来给旅人歇脚的，古代进峡的木船，也是被纤夫们拉到此处歇歇气，再解开纤绳继续走。

她们都在石厅里歇下。一个姑娘汗水涔涔地笑唤那小伙子：

"照哇，照哇！"

小伙子见我在场，故意做出随意的派头，坐着往山涧下扔石块。其他的姑娘见我，也渐渐沉默下来。

我不吭声，从她们中间穿过去。最后经过红毛衣身边。她站在一窄口处，身子挺了挺，似乎是欠身让我，胸脯高高的。一股好闻的汗气从她衣领子里散出来。在我们最近的那一刹那，她抬头朝我似笑非笑地看一眼。却是一张陌生的脸盘。

头有些昏晕，所有的感觉好像都模糊了。那仿佛熟悉的身影和温馨的气息，也忽然遥远以及生疏。我靠着石壁，侧过身去。笨重的背囊在岩石上粗糙地磨出声响。

"嗨！"她扶了一把我的背囊。

只停了片刻，回头看见她朝我微微一笑。从她身边错过去了。也许是微笑把一股和煦的鼻息传导在我身上，切切实实感受到她的体温。记忆中于是浮泛起许多波澜。

我不再回头去看她。留在身后的是她们重新毫无拘束的笑声，被风揉搓得碎了，散散地渗入到石壁的缝隙中去。终于这声音也听不见了。终于只剩下这条孤寂的道路。

路却益发险峻了。

那歌声似乎随着脚底下逶迤的江水，渐细又渐宽，缠缠绵绵地丝游。

原来是极细的一种雨，蒙蒙迷迷，从山丛深处升华出来，在狭仄且又空茫的山谷中演绎着苍凉的情绪。

风箱峡。这是整个瞿塘峡中最富有神秘色彩的一个地方。我钻进左旁的山洞，洞内有斜坡，层积着厚厚的灰土，以及陈年的烟火气息。这气息不知怎么使人想起蛮荒的年代。洞壁也熏得发黑，烤焦了一样。

山岩到此处兀地坼裂开一道缝隙，深深地朝巉岩的腹地幽谷进去，直至湮没了最末一丝朦胧的光线。

可是悬棺在哪里呢？那些殓着古人骨殖的谜语一般的悬棺，究竟在哪里呢？始终我没有发现。但是我感受到了，闻见一股清新的腐殖味道，从静穆的岩壁上沉淀下来。

雨散了。却又疑心方才并不是什么雨，纯然是一种错觉罢了。空气被湿润之后又风干了，还原了铁灰的峡谷气色。

忽而想起，那熏黑的洞壁上或许能找得到原始的壁画吧。然而已走得远了。

路又稍宽。点点碧红的叶子，又在路边闪亮和跳跃。摘下来就绝不那么红了。带一种褐黑。松开手，褐黑就被风拂去，悠悠地飘零到沉思的江上去了。

“呜——”一艘小客轮顺流而下。

徐徐缓缓地，折着它的弯子。可以清楚地看见舵室里的驾驶者。船舷上有人发现了我，有滋有味地朝我挥手。

它是一只白轮船。

童年的时候，我曾经为追一只白轮船赤脚在河滩上奔跑。以为船开得很慢，一定可以追到的。但它开走了。

它开走了，它是追不到的。从一个山弯那边，又传来一声悠扬的长鸣。

路势有些平缓。几只山羊在边坡上寻找草叶吃。路边堆了一捆柴。

它们的主人呢。

“咩……”

羊都不很白，毛色脏灰。倒是叫声脆脆地很白净。

我选了一丛枯草，坐下歇憩。一只羊就过来拱我的背。回过头，正好对着它动得极快的湿润的嘴唇。而且还舔我的手。

它的温柔竟勾起我心里一种酸楚，一种麻木已久之后被轻轻摇醒的凄切情绪。我闭上眼睛，一任峡风在脸上吹出两行清冷。

那堆柴的绳子松散着，羊咩咩叫。

"喂——嘿！"

我喊了一声，沙沙哑哑。仿佛不是我在喊。是山谷远处的一个陌生人。

咩……咩……

只有羊的叫声回答。像是笑，又像是叹息和歌哭。四周的环境似乎阴沉而变得凝滞起来。在一块不显眼岩头背后，藏着一道委屈进去的山谷，看上去就使人觉得那里面一定还有无数无数的山，以及山与山的折叠之间无数无数的峡谷和深涧。其中也许就有一道地壳的裂口。

狭谷中堆积的枯枝败叶，已经成了和泥土和岩石的调子相差无几的颜色。某处的堆积物蠕动起来，有小树枝干裂的脆断声。终于看清是个腰背极驼的老婆婆。

我怔怔地站在那里，望着她。她也望着我。其实我只是感觉她在望着我。因为她已经老得没有了眼睛，只在深深几道额皱之下，凹陷下去两个眼窝，里面几乎不见一星半点哪怕是即将熄灭的香火。

呆呆的，而且是默默的。没有丝毫表情。

不知是看羊还是看我，不知她看不看得见。甚至怀疑，或许她什么都没看，什么都不需要看吧。

一道极清亮的泉水，从狭谷里均匀地流出来，又穿透岩石不知了去向。只留下一大片湿润的痕迹。

古老的栈道细长细长地，从绝壁和斜坡上爬过，到此突然中断了。

看得出是新近的塌方，从山顶一直垮到峡底。崩裂的岩石碎散开来，含泥夹土，有一触即倾泄而下的态势。松散的质地上，人踩过的足迹，成为锁在塌方上的一截断续的路。

稳了稳神，我开始走。肩上背囊陡然笨拙了许多。脚底有些打滑。一步没站熨帖，一大块土石稀里哗啦塌下去。脚一软，身子歪歪地向一边倒。赶忙就势屈腿蹲下来，才增了些稳度。下塌的土石中跃出额外重大的一坨岩石，边滚边弹跳着，追赶那些琐屑的散石，飞进浊黄的江水中去。

吁了一口气，抬头看见峡谷的上方，翔着一只岩鹰。

风从它那不动的翅膀处沉下来，在残残破破的栈道上疾驰。喘不过气来，翻起衣领，我回首那截塌方。才发现它的角度太陡峭，一不小心就可能溜溜地滚落下去，连可以搭一手的枯枝都没有。

石道上撒着些羊屎粒粒。

峡风愈发浓重，稠稠地可以感到它执着的推力，摇撼我的身子。背囊竟像一叶厚沉的篷帆。只能紧绷腿肌，靠着低矮的栈道内壁，一步一步走。这样拐进一个避风的弯子里去，两腿肚子已经有些酸了。

长江也仿佛为了避风，依依地在深处跟着弯进来。听它打出些极是轻悄的几个水花，复又款款而去。

水湾里，分明泊就了一只舱面阔敞的大木船。一道石级滑滑停停，步子高高，终于与古栈道衔接起来。竟不知雄奇的峡中还有如此安然一个所在。

远远地，看出舱面上是大约一家数口，正围着吃饭。中间一口大黑锅，熬着什么菜。只清楚看见碗里盛了雪白的米饭。很香很香在那里吃。满目灰凉的峡色，似乎也因了这雪白而有了些许明亮。

他们在说些什么话，被细密的江声混杂和湮没了。一个小孩撅起屁股跑过来跑过去，好像要认认真真进行一番吵闹。然而大人们仍顾自吃着饭。仔仔细细地吃。

应该到感觉肚子饿的时候了。实在的也确有些饿了。游子的倦怠和凄凉也袭身袭怀，不禁有几分伤感。

那游丝般的歌声又似隐非隐地出现了。飘飘逸逸，仍是不知从何处而来。

莫非是峡谷在哼歌吧。这么想的时候，歌声却消逝了。沉静得如同一幅画。

然而画中流淌着一江水和一峡风。

有时觉得它固定在天空某个地方，于是就不大像一只鹰了。有时摆两摆复成原位，俨如人工扎制的纸鸢。或则蓦地一个漂亮的翻身，歪进那些起伏的山路中去。

绵绵延延地，山影忽然峭拔起一只尖角。这就是被想象力丰富的人称为犀牛望月的一处景象。铁色的山峰，果然昂首而立。看月的阴晴圆缺，听水的涨落来去，大约是极超脱的了。

山峡快到了它的终头。前面等待我的是什么，真的不知道。为了到一个荒僻的地方，为了走一条几百年前留下来的道路，没作更多的考虑就进了峡，而且走过来了。身后这条刻在石壁上的长长的路途，疲倦地飘在山腰。这时江面几乎就要豁然。脚下的山道也开朗多了，虽然依旧还坎坎坷坷，毕竟那一股险气消却了大半。流动的阴郁也被青青白白的天色蚀褪许多。而且已经能够感觉到风吹过来的方向了。此刻的情绪，大约有些类似在层层次次的洞穴中游历很久之后，看到了熹微的出口。

慢慢，对岸如屏如障的山岩让出遮掩的一排房子。一律是青黑的屋瓦，傍着颜色清淡的疏疏朗朗一脉山岗，自守着那一方沉静。然后，仿佛是贴着山岩的地方，弯出来晶亮一条小溪，在一大片沙石河滩上依恋了一番，终于偎进长江里去。

那片河滩上却没有停下一只船，空空旷旷。大溪，曾作"黛溪"。二十多年前，这里发掘出七十四座墓葬，今五千余年，是母系氏族公社的遗址。

巨大一块岩石背后，钻出来一个女人。见我，立时就神色有些慌乱，很害羞的样子。她显然没料到这荒僻的路上还会有人来，赶紧扎好裤腰，抻一抻稍微凌乱的衣衫。

我也没料到。手捅进口袋，触到一个纸包，掏出一看，老鼠药。

"请问，有船吗？"

"啊，啊？"

她脖子上搭一条脏成灰黑的白毛巾，迅速地乜我一眼。原来还只是个十几岁的少女。俊俏，红着脸。

"船。这边过江，有船吗？"

"啊。"略自镇定，"有船，有。"

犀牛望月已经不像一只犀牛，而只是一座普普通通的山峰了。山路渐竟有些舒展。绕过那块仿佛削成的岩石，远远便看见埋伏着一个红砖房，虚虚地扯起旗幡。这是出峡口的航标站。

小小一个院落，围一棵伸拳曲肘的老树，极是苍劲。院子扫得太干净，每一处地面都明明白白，大约主人闲得无事可干，只好成天扫地似的。

从窗户里望进去。一个中年人埋首桌旁在写记什么。回头看我一眼，就像看一片枯叶掉下来，或者看一只无缘无故飞过的鸟。毫无表情。

峡的尽头。

江水突然开阔而且喧哗了。那悠悠若游丝的歌留在峡谷里了。仿佛一从世间狭缝的阴影中走出来，幽怨的音韵就被吞没和遗忘了。

下游有三艘大船泊在江中，等着航标站升起进峡的讯号。躁进的江水便匆匆忙忙从船的两侧拥挤而过，分划出层层堆着白色泡沫的浊波。粗粗看去，还以为它们在破浪前进。

山路看不出古道的痕迹了，逶迤着从石头垒起的三四层旱田中穿过。不时遇见巨大的山石卧在路左路右，它们是从山上崩裂下来的。没有人去移开，就安安稳稳在那里了。有一两块特别威武的，竟心安理得地蹲坐在路的正中，行人只好绕它过去。久而久之，路便不复是原来的一番模样了。

我把背囊搁在一块大山石上，仰天长吁了一口气。腰脊和肩胛感到一种很舒适的轻松。仿佛身上所肩负的包袱，同整个山峰都卸在背后了。

冬季的天空，居然也有这样的湛蓝。蓝得使你忘却了它的亮度足以眩目。虽然没有云虽然没有雾，但遥远在四周的峰巅，颜色也都稀薄而显得空空蒙蒙，全然是一幅夏日雨景的图画。

歇了口气，才注意到旱田里种的是橘子树，当然都微卷着干老的叶子。

狗的叫声。汪，汪，汪汪。因为太远，听不出它的气势汹汹了。只隐约觉得前面的山坳子里有些人家。还有小伢儿在哭。

那狗雄壮了几声，重又静静着，一味由浊黄的江水去喧嚣。

果然一座村庄，两三家两三家，有树，有石板铺的小径，落落地通到江边去。

又是簇簇拥拥的乱礁。这里是古栈道的终点，状元堆。

水声益发明亮。

"……往年子，都是到山里捡柴的。"

"山里？是峡里面吧？"

"啊。"

"今天下过一场雨了。"

"不得下了，今天没得雨了。"老汉抬眼看看天，发现了我。"又来了一个。"

我是怎么翻到礁石上去的，自己也不知道。大约以为站得高些，总容易看见渡江的船。殊不料两只木帆船就泊在礁石下面，各用一根小铁链牵系在沙滩上。江水被突出的礁石一缓冲，到这湾子里便显得柔顺多了，轻轻把沙岸一层层抚弄平整。小帆船微微摇着，与文弱的浪花你撞我撞你。

沙滩上散散地还坐着些人。

"有船吗？"我迫不及待解下背囊。

"你过江？"

我点点头。

"这不就是船？还哪里有船。"

说话的是个四十岁上下的中年人，脸上一道疤痕，大约是被火烧成的。语气有些讥讽，却还善意。大大咧咧地把沙滩坐下去一个坑。

"过不过江？"

"要等呢。"

"要等好久？"

"那不晓得。我等了一个多小时了。"这是另一个人。

我看看他。戴顶解放帽，裹件毛领子军棉大衣，也坐在礁石脚下。似乎面熟。

"几点了？几点了？"衣服穿得很整齐的汉子问。

带疤人捋起一截袖子，认真看了看。

"还早呢。你急什么。"

我也扭了扭腕，快到三点。

往下游方向望去，果然又有些像长江了。浩浩荡荡，越流越明朗。而两岸晴山，也盛了许多朦胧的阳光在上面，蔚然一种遥远的亲切。与上游的森然峡气，完全是不同。

"往下走，走得通吗？"

"到哪里？你要到哪里？"

我也不知道到哪里。没有目的地，能到哪里就到哪里吧。看着汩汩流去的江水，忽然觉得只要跟着它走，阳光就会越来越多似的。

"你也是从峡里走过来的吧？"军大衣问我。

下意识地点点头。随即又看他一眼。"啊。你也是走过来的？"

"我等了一个多钟头了。在这里等船。"

"哦。"

一个少女脱下脚上的新鞋，倒出灌进去的沙子。身子一偏，差点没坐稳。不自觉抬头望一眼，脸上有些羞红。十四五岁，扎一对小辫。鞋子是一双擦得干干净净的猪皮鞋。显得比脚大多了。

"路上好走吧，路上？"带疤人想起。

我不知是问我还是问军大衣。"路上好走吧？"

"啊。好走呢。"听出是问我。

"去年，有一大截塌了方。"

"你走了好久？"军大衣问。

"你是说我。"

"嗯。"

我告诉了他。他看看表，掐指算了算。"你比我快，"

停一停才又轻声一句：

"本来还可以快的呢。小伢儿走不动。"

"你不是一个人？"

"四个。两个小伢，还有我爱人。"

他往一边指了指。一个女人垂头坐在角弯里。看上去要比他大三四岁。

"今年的雨水恐怕不会多。"船上的老汉发布天气预测。

带疤人于是很内行地朝他点首。"你从涪陵来？"

"我？重庆。"军大衣往上提一提军大衣。"榨菜如今贵得多了。"

"是吧，"带疤人接腔，"是要贵的，是要贵的。外面到处都要涪陵的榨菜。"

军大衣跌跌地在前头走。停下。

"喂，搭船在哪里呀？"朝船上喊。一注水的声音，船上人小便。

"你到哪里？"懒懒地刚睡醒，仿佛还打了一个嚏。

"大溪！到大溪搭船！"一注水继续响着，悠游缠绵。

"大溪……"船上人稍停，"船昨天下去了，今天上来。"

"今天有没有船？"

"只有一条船！昨天下去了……"船上人含含糊糊跟他解说，很不耐烦的口气。

军大衣还是不懂解，还跟他大溪大溪。

那盏灯仍无限地远。而且越看它越高，永远无法企及。空气中有一种透明在流动。它于是益发闪闪烁烁，益发缥缈了。

一个小木亭，伶仃歪在那里，像被人遗弃的一样。几道把沙土踩紧的足迹，从它面前弯弯而过。亭子上钉着块木牌：

奉节——白帝城　第一班 8：00

天愈有些亮了。

泊船也仿佛活跃起来。轻轻地此起彼伏，轻轻地互相磕碰挤压，维系它们的缆绳也时紧时松地发出叹息。

隐隐还听见鸡叫，声音沉闷低黯。大概从是不应该叫的地方叫出来的。

船头嘶嘶嗤嗤在沙滩上搁浅。一只跳板丢下来，微微弹几下。有两个性急的乘客往底下跳。

"要命不呐！"水手厉声地喊。仍然有人跳。

人们纷纷上船。乡下人的担子挤着担子，吆喝着，嘈杂。我忽然想起早晨下船的时候，有一只童帽挂在背囊上。已经不见了。

河滩上人都走了。踩得密密麻麻的脚坑，伢儿们尿湿的印迹。带疤人的妻子，还孤零零地站在那里，眼里尽是茫然。

"喂，你上不上船！"水手朝她喊。"回去吧！"带疤人有些不自在。

水手很重地踩着甲板，收了木跳，准备开船了。船身不一会便抖颤起来。

女人还站在沙滩上。

"我还没看到孟良梯呢。"军大衣说。我看了他一眼。

"你坐船的左边。我指给你看。"

船舷上蒙的帆布撩开一角，峡风灌进来，呛人。

呜——

船离开搁浅的沙滩，向我走过的瞿塘峡逆流而上。

一片暮色。

前头峡缝中现出一抹光亮。

"你干吗走过来呢？"汉子问我。

"走一走。"

"看亲戚？"

"不看。就走一走。走通了。"

"城里人，喜欢出来耍一耍的。"老汉伸手去衣领子里抓背。

"这有什么耍头。"

"城里没看过的，就觉得好耍。"带疤人笑出宽容和理解。"好不好耍？"

"啊？"

"好不好看？"

"好看。"

他于是许多的得意。

"可惜垮了一大截。那条路是古时候留下来的呢。"

"怎么不修？"

"怎么不修？"船上老汉一偏头，"哪个修？古时候请石匠修，用了好多好多黄金。如今哪个拿黄金出来跟你修！可惜了呢，这条路，有一天它会废掉，走不通了。可惜！先前，路上走得八人抬的巡抚大轿。累了还有石凳子坐下歇憩，还拉了铁链子。听说日本人要打进来，铁链子都取去做炮去了。"

"八人抬大轿？"汉子问。

"八个！如今一个人走也不容易了。路塌了。"

"你看过？"

"看过什么？"

"大轿，八人抬的大轿。"

"我看过？我也没看过。我爷爷看过。他在峡里背纤。船到峡口走不动了，就在这里雇人背纤。沿着古时候的路线走。有时一天要背两趟。嘿哟嗬嘿哟……"

老汉伸长瘦筋筋的颈根，做出拉着千舸万樯的很有力的样子。小木船便歪歪有些摇动。军大衣的两个小伢儿惊讶地看他表演。

"你也不容易。大人还好，小伢儿太危险了。"我对军大衣说。

"就是，不晓得塌了方。""你不怕把他们摔下去？"

"顾不得了，要赶路。总不能又往回走。一个一个搂过去的。之后才觉得怕。"

我又想起那截路上，撒的羊屎粒粒。

"为什么不搭船呢？今天有船下来。"带疤人潇洒地拍拍手上的沙。

"就是呀，"军大衣后悔一副脸。"到奉节我就问，他们都讲不清。一下说船上去了，一下说船下去了。我怕误事。"

忽然我记起，他就是在河滩上问船的那个军大衣。

"哦，你也是大船上下来的。"我说。"我从重庆搭的船。你呢？"

"我们一条船。"

他大概就觉得我可亲，笑笑。

"怪不得。好像在船上看见过你。"

我却实在记不起来了。十四五岁的少女又脱下一只鞋，倒沙子。顿两顿，倒。顿两顿，倒。那村子里狗顾自又叫了几声。村子后面是高高的山梁，守着淡青的颜色。

"今天还有船下去吧？"

"没了。只一条船，到巫山打转。要后天才又下去。除非大船。"带疤人用心算计着，"噫，大船今天有带幺字号的呀。"

"要是走呢？"

"往哪里走，往下？""往下，还有两个峡。"

"你走？"老汉摇摇头，有讽我的意思，"往下去，一个峡比一个峡长呢。"

然而长江急急奔下去，根本不知还有什么峡谷的神气。滔滔出声响。

"你们在外头的人好吧？"汉子和善着。"怎么好呢，还不一样。"

"当然好呀。可以到处走。坐船。有船坐还不肯坐呢。"

带疤人明显出一丝轻蔑的笑。

少女赶紧又脱下鞋子倒沙。眼直直望泊在江中的大船。船首朝上，白色的船身，醒以几笔湖蓝，明亮的舱里耀出来灯的富丽和辉煌。

"你也在外头工作吧。"

"啊，"带疤人往地上踩了踩，"我在恩施，湖北的恩施。"

"恩施我晓得。来的时候车不通了，大雪封山。绕道走的。"

"不晓得现在通了么？"

"不晓得。"我有些抱歉。

"安德罗波夫死了。"

"谁？"军大衣吓了一跳。

"安德罗波夫，苏联的。"

"哦。"他松弛了脸肌。

"我也听说了，在船上。"

"好快啊。才上去没好久。"

"船？"

"什么什么波夫？"

"安德罗波夫。"

"安德罗波夫。"

大船缓缓开动了。难以觉察地驶向峡口，移动一座巨大的水晶宫殿。老汉忽然投去一束目光。少女终于决定不再倒沙了。

"今天你看见那个婆婆了么？"

"哪个？"

"放羊的婆婆。她的崽去年死了。"

"嗬嗬——上船哦，走来！"带疤人起身，把一个帆布包背了，吆喝着。

人们纷纷上船。"谁收钱？"

"啊？"老汉不懂似的。

"钱交给谁？过江的钱。"

"不要钱。这是义渡。"带疤人回一下头。

"钱有多把我。"一人小声地笑。

军大衣先把两个小伢抱上船，才去礁石旁扶他的爱人。这才记起她一直是垂着头坐在那地方的。

"起来了，要过江了。"

女人抬起头，仿佛什么都不明白。眼睛没有神气。

"她病了？"

"啊。病了几年了。"

"你不要过去了！"带疤人转过身对妻子说，很男子气概。

她不肯。默默地坐到了船尾。

"回来又不晓得到什么时候。只怕要到天黑了。"

少女脱下鞋子，又穿上。

"坐稳了吗，都坐稳了——走啊！"带疤人操起一根撑篙。

篙子扎下去，嘎嘎地响着。船底摩擦着沙子，渐渐移动了，游向礁石。

"哎哎，你撑的好船！"

"怎么啦怎么啦！"带疤人过来扯篷帆，又到前面顶住礁石。

篙子弯了，带疤人用力顶住，船犹豫了一下，缓缓上路了。

"好了好了。"有人松了一口气。

带疤人好得意，昂扬着脸色。他的妻子低头看身边的流水，不作声。

"来得及吧，还要看病呢。"军大衣说。"来得及呢，来得及。"

"那镇子上，住着一位老中医。"军大衣向我解释，"专治这种病，神效。"

"大溪？"

"大溪。"

"你是专程来找他的？"

"那条街子冲掉了一半，"老汉发话，"镇上就只一条街。好热闹的，到了赶集。三年前发大水，一边的房子都冲垮了，冲跑了。镇子就冷清下来了。"

人们都不说话。那镇子于是默默地悬在对岸的山脚下。镇子边上是一大片河滩，没有从那里走过。也不见泊着一条小船。

水流很急。木帆微微朝一边倾斜，又渐渐摆平，一会又倾斜。浑黄的江水从峡中迫不及待冲出来，刹那间已去极远。看得出水并不很浑，但是滩险。

"嘿，坐稳！不要摇！"带疤人命令。

"没事。"老汉眼皮也不抬。

少女小心用手帕把溅在新鞋上的水花揩掉。军大衣的爱人仍低头坐着。一绺头发垂下来，遮去她半边脸。

"这是公家的船吧？义渡。"

"公家的船？公家没船。那年子，翻了一条新船，公家就不搞义渡了。"

从船上向峡里望去，曲折幽森。藏着雄雄劲劲的老蓝。

踩上河滩，脚有些发麻。沙不很粗。木船挤出沙哑的声音。

"好了，"带疤人把撑篙插妥，对军大衣说，"客船四点半到，还有四十分钟。"

军大衣牵着女人，急急地朝镇子里赶去。两个小伢跟在后面，欢蹦乱跳。不时停下来捡一两块石片，远远射掉。

散散几个人，在带疤人率领之下，穿过一大片河滩。带疤人步子迈得很阔。

"过溪了，你们小心点！"回头豪迈地招呼一声。

他妻子落在最后，仍是默默地走。

山坡边那一片河滩，已先自有几个乡下人在等船。走在河滩上，心里忽生一种异样的感觉，脚下那些尚未磨得太圆滑的卵石，似乎就是远古社会留下的陶片。

天色苍老。仿佛看得出峡里的风正奔涌而出。

乡下人三三两两，从山脚那弯弯小路汇拢来。背着竹筐，挑着担。

"进城呀？""进城。""回娘家呀？"

"嗯哪。"温暖地笑笑。

"你明天还要坐船下去吧？"带疤人问我。江的下游，苍茫而悠远。这一段是大宁河宽谷，有二十六公里。没有堪称雄险的景色。然而沿江的路也并不好走。

"嗬——"人群一阵骚动。

立刻围了一堆人，紧紧张张看。原来两个乡下后生在摔跤。

"搂腰！搂腰！"

"提脚！"

两个后生扭成一团。不晓得应该是谁搂谁的腰谁提谁的脚。纷乱中一个把手插到另一个的裆下去了。另一个看看就要站步子不稳。众人急得大喊：

"抱他的颈子，快！抱颈子！"

喊声未落，却叭地被压倒掉进沙坑。

"嗨，好没用！"

"要你抱他的颈子。"

输家站起来，呸一嘴沙子。仍不失力士的风度。

不知什么时候，军大衣也起来了，站在一旁看他吐沙子。

"看到病吗？"带疤人关切地。

众人还在那里取笑输家。军大衣跟带疤人说些什么，神色很忧郁的样子。他的爱人没事一样，木然坐在一旁。仍是一绺头发垂下来，遮住半边脸。蓝色的头巾在风中飘来飘去。带疤人听得不住点头，不时同情地望一眼镇子的方向。

"喔哟——"人们轰到岸边去看。

一叶小木舟，盛满了散煤。船尾立着个黑脸的汉子，将小木舟划到激流里去。煤的质量很粗劣。

"会翻吧会翻吧？"有人问。

"搞不好就翻。"

水几乎淹到船帮上。

"狗宝，你要小心点！"

黑脸汉子抬一抬眼，轻盈盈划向江中。"喔哟——"人们喊。

原来又一叶小木舟，也装的煤。船尾却不是汉子，是个三十边子的女人，手持双桨，比那汉子似乎更多了几分矫健。

坐的蹲的人都站起来，伸长颈子看。

江中，一前一后两叶扁舟，顺着江水箭一样地走。

才看出那浪翻得大。扁舟起伏着，眼看被吞没，又钻出来；眼看被吞没，又钻出来。看得人心紧。那女人划得很用劲，身子一弯一弯，却原来很优美。

摔输的后生盯盯地望着，嘴里还在呸沙子。老呸不尽。

我们都看着。军大衣也看着。

下游，已经隐隐地出现客轮的身影。吐着一抹烟，不慌不忙地好像在逼过来。

呜——

"船要来了！"带疤人低声自语。

小木舟上的汉子似乎晃了一晃身子。众人啊了一声，又站稳了。终于两叶扁舟一前一后，到得礁石那边，看不见了。

客轮驶过来。

船头嘶嘶嗤嗤在沙滩上搁浅。一只跳板丢下来，微微弹几下。有两个性急的乘客往底下跳。

"要命不呐！"水手厉声地喊。

仍然有人跳。

人们纷纷上船。乡下人的担子挤着担子，吆喝着，嘈杂。我忽然想起早晨下船的时候，有一只童帽挂在背囊上。已经不见了。

河滩上人都走了。踩得密密麻麻的脚坑，伢儿们尿湿的印迹。带疤人的妻子，还孤零零地站在那里，眼里尽是茫然。

"喂，你上不上船！"水手朝她喊。

"回去吧！"带疤人有些不自在。

水手很重地踩着甲板，收了木跳，准备开船了。船身不一会便抖颤起来。

女人还站在沙滩上。

"我还没看到孟良梯呢。"军大衣说。

我看了他一眼。

"你坐船的左边。我指给你看。"

船舷上蒙的帆布撩开一角，峡风灌进来，呛人。

呜——

船离开搁浅的沙滩，向我走过的瞿塘峡逆流而上。

一片暮色。

前头峡缝中现出一抹光亮。

1985 年春于湘南江华

屋脊草

1

有些事，干脆就料不到。

比方我听人说，宁可死做官的爹，也不死要饭的娘。心里便想，这是不是要做一次试验呢？要试的话，是先死一盘爹还是先死一盘娘呢？结果这个问题并没考虑熨帖，我的爹娘就一次性死掉了。河里发大水，他们去捞木头。然而木头公家的，捞起来究竟叫作抢救还是叫作盗窃，到如今也仍旧搞不清白。有人说死得其所，有人说死得活该。而对于我，不论其所与活该，爹娘反正是死了。那年我一共八岁。

外婆说：

"铁砣铁砣你记得罢？那年子你来！"

当然我记得的。人们把我送到外婆的小木楼上，告诉我以后就住这里了。他们一走，我就用手去捅板壁上的一个洞，想站在楼台观街景。不防从屋梁上轰下一堆乱七八糟的破烂，我立刻就睡着了。后来外婆用一坨老姜，天天擦我头顶磕出的那块疤，直到重又长出一样的头发来。

有次我正在街上走，忽然一个伢子伸出两根胳膊拦住我。

"你也叫铁砣？"他光脑壳，眼睛盯着黑黑一截屋檐。

我还没搭腔就被一拳打扑在沟里。

"你叫铁砣，你叫铁砣！老子才叫铁砣！"

飞快地他就跑掉了。

"喊你爸爸来，来帮忙啰！"远远还回过头朝我叫。

我这才晓得世界上还有另外一个铁砣，而且比我高，而且可以把我打扑在沟里。从此人世间喊我做铁砣的，便只有外婆了。

"铁砣，你衣服好邋遢！"

我一看，果然好邋遢。

"他在外头跟人打架呢。"一个婆婆黑瘦黑瘦地做证。

半晚上我突然痛醒了。外婆拿撩刷丫子拼命抽我。那撩刷丫子是用细竹枝丫扎成的，抽在身上凸起红道道。奇痛却不伤筋骨。

"你打架！你打架！"

我大哭大叫，扯被窝遮在身上。外婆就掀开被窝打。

"算了算了呢，别个先打他呢。"黑瘦黑瘦婆婆力劝外婆住手。

不知她什么时候钻到楼上来的。她姓贺，常打一种很响亮的嗝。响到与其身材不合比例。

"我从来，不跟他们打么子交道。怕扯是非……"停三至四拍，肚子起起伏伏酝酿，忽地爆发出一连串的嗝。如雷贯耳。

很多年以后，贺婆婆到医院做肛门检查，才发现是肠子纠缠在一起。医生插一根探棒进去捅几下捅直了，那嗝也就销声匿迹。于是她动员所有的人都去肛门检查。

每年夏天，河里退了大水，沿江大道渐渐热闹起来，便有板车了。义码头到粮一仓库，赚一角钱，然后走好长一截路回来。第二天上学买得两个包子。不然就只能打饿肚。

有次拖板车的汉子嫌我力气小，只给八分钱。我拿了不肯走。

"你讲了一角钱的呐。"

汉子理也不理，就想拖车进库里去。我扯住不放。汉子搁下车把，一声不响逼过来。

"你讲了一角钱的！"我往后退。

汉子一把逮住我，"你调皮，调皮，捏死你！"

"你讲了一角钱！"我重复一句。

"要不得呢，你这样搞！"一个很粗的声音。

抬头一看，是个大个头，一摆一摆过来扯住汉子的臂膀。从我身上明显分去好多的力。汉子瞪他一眼。

"张满老倌，你莫管闲事！"

"么子闲事？他是我侄儿子！"张满老倌口气重了，又去喊另一个矮壮个头："雷老倌你讲，他这样搞要得不？"

"那还要得！"雷老倌声音更粗。他眼睛望都不朝这边望，只盯着看那一列传送钢缆，把车上两百斤一包的米袋轻松地摆摆正。钢缆是用马达带动的，板车到此用一铁钩钩住，借了力上坡入库。

那汉子不再搭话，丢两分钱，拖车走了。

"你外婆，晓得你来推板车罢？"

我摇摇头。到底是晓得，还是不晓得。

"你呀，你呀。"

张满老信把我放在他的回龙头后面坐稳，一路丁零哐啷威风回去。放坡的时候，所有的人都紧张地闪开让我们的路。到街口上，张满老倌买一根白糖冰棒，塞在我手里。雷老倌于是也买一根，塞在我另一手里。

"还不快回去。好烈的太阳，你这一点点大！"

甩下我踩空车走了。柏油马路晒得软乎乎的。一辆卡车过身，扬起好浓的灰。

"这张满老倌和雷老倌，今天怕是在街上捡了钱哦！"卖冰棒的刘婶驰自言自语。她只有一只眼睛，而且细得恰如一点香火。

"你吃不完？把根我吃。"背后一个伢子笑嘻嘻地，抢过我一根冰棒，吮得唖唖响。

我认得他叫龙王。一条街上的，住在张满老倌隔壁，或隔壁的隔壁。

"好热的天，你不去游泳呀？"

我说我没带裤子。

"嗨——游泳。带么子裤！那不跟妹子一样？"他摇摇脑壳，得意之甚，"妹子最好都不要穿裤！"

2

我们的小街，比沿江大道 还要 矮去一大截，平行地挨得很近。黄昏时候，街上的女人们拿脚盆提桶，拖拖拉拉过马路到河里洗衣服洗菜。男人们也一个个氽到河里游泳或者洗澡。游泳本事最大的恐怕是龙王。而论洗澡的功夫，则首推常侠无疑了。

这常侠，原本和一个老娘住一起。很早以前，老娘不知不觉消失了踪影。回想起来大约是死了。剩他一个人仍睡在那间黑房子里。也没看见他吃过饭。只看见吃烟。那烟永远只有半截长。到河边必然点燃那半截烟，往河里奋力吐一口痰，才翻身落水。一边踩水一边用罗布巾擦背，擦胸，擦这里那里。洗完澡上来，嘴上叼的烟非但不黑，而且依然半截长。这便是常侠的厉害。

常就常，为什么还侠呢？那是因为他除了澡洗得好，武功也好。平时看不出来。要到关键时候去看。平时他只有一身的骨头可看。尤其大热天，只穿短裤，腰里那根黑宽黑宽的打带也解掉，变成极长一条糟糟的罗布巾搭在肩上，趿一双人字拖鞋叭啦叭啦往河边走。传说他在太平街卖乌龟有人拿了不给钱，他一掌便打翻人家四个，趴在地上起不来。有一个勉强起来了，却是跟他磕头，要拜师学武功。常侠只哼一声。又吓那人一跳。

游泳则看龙王的了。

别人说："龙王，你游得几好！"

龙王于是得意，沉到水里，一口气潜过四条棚船。棚船每两条搭一个棚，从乡下运鸡鸭进城，泊在河边。四条棚船，实际等于六条船的宽。潜过去也不出水，专提那些钓鱼线。轻轻一扯，钓鱼人立刻在上面睁大了眼睛，试试地去拉钓竿。龙王一扯一松。

"大鱼，大鱼！"钓鱼人拼命一拉，断了。

"有好大一条？"旁边那个纹丝不动。

"怕有几十斤吧，跑掉了。"叹口气，望着浑浑的河水发呆。

龙王却掳了用刀子割下的那截钓丝，潜回岸边拿给众人看。

"龙王，你跳水跳得好高？"

"你们看哒！"

龙王游到一条船上，爬上棚顶一跳。看不见任何水花。

"你们再看！"

他从水里钻出来，又要上船，被船老板抓住了。

"下去！"

"做么子呀？"

"下去，听到没？"

"又没上你的船！"

几个船老板赶过来，合力把他举起丢到河里。水花溅起好高。龙王跑回家提了两个手榴弹，在堤上喊：

"船老板，我要炸掉你的船！"

一射，轰地炸了。却只丢在河滩上，泥水飞溅。船上的手忙脚乱：

"哎呀，炸不得啦，炸不得啦……"

龙王举起第二颗手榴弹：

"投降不呐？"

"投降，投降！"

"都上来玩！"

"好好，都上来玩。"船老板心慌意乱，其中一个被碎瓦片划破了额角。血直流。

于是都爬到船上去玩。站在船头哗哗的屙尿（排枪齐射），又一齐跳水，演习什么集体自杀。不过常在船帮上抓一手鸡屎鸭屎。

不知是不是这件事，龙王被提起来，关进长桥农场劳教。不到一年跑出来了，天天在河边玩。游泳，或者坐在挤密压密长长的木排上，跟人讨论天下英雄。

　　头条好汉李元霸，
　　　他的铜砣谁不怕！

四条好汉雄阔海，

他的力大人又矮！

"三条好汉呢？三条好汉呢？"

"三条是赵子龙！"

"赵你妈妈。"

几条好汉打成一堆。结果往往是龙王被逼得跳水，一个猛子扎好远。钻出来到了河中间，一把揪住扬帆扯篷的本船，斜斜地躺着被拖了走，歇憩。驾船的不声不响取了根无限长的竹篙，悄悄举起来狠命一扑，当然打他不到。

"河边今天停了几船八方瓜，去搞来吃不？"龙王脑壳冒热气。

每当他准备干一件大事，就冒热气。

他从锚链溜上船，抢两个瓜往水里一梭，毫无声息。不论是李元霸还是雄阔海，一律在木排上大口帮他吃。吃了一个又一个，吃了一个又一个。如果不是八方瓜，那就是香瓜。要不干脆是西瓜。

瓜船上远远地有人看得疑疑惑惑，绕船帮子寻来寻去，只是找不出破绽。好汉们连眼角都不往那边瞅一下。

"龙王，有人要抓你了！"

就躲几天。过一响又看见他天天在河边玩。

龙王的爸爸，眼睛迷迷糊糊的。

3

斜对门住的潘剃头。他只一个女，唤作月婆。是因为她叫潘月什么，或潘什么月，还是因为脸色寡白，不得而知。

"给我钱，我要吃冰棒。"月婆说。

"同你娘去要！"

潘剃头的堂客立刻把鼻头对准她：

"只晓得吃冰棒！喊你吃牛黄解毒丸你吃了吗？你看哪个跟你一样！刘娭毑自己卖冰棒的，她屋里三个女哪个吃！"

刘娭毑从不到我们街上卖冰棒。只晚上十点多钟还卖不完的时候，才背着回来在屋门口削价处理。这机会毕竟不多，乘凉的街坊们总忍不住围上去尽数抢光。每根便宜一分钱。要拿杯子装了吃，否则咬得一口，融得一点也不坚强了。

即使这样，都还是没得三个女的份。只有一天晚上忽然下暴雨，把乘凉的都赶进屋去了，三个女等到十二点半，刘娭毑才打开心心痛痛的箱子尽她们吃。那冰棒成了一点水，托住纸一喝，竟滋滋地出味。

河里涨大水，我们整个街淹了。人们纷纷地往楼上屋顶上撤。刘娭毑的大女安安全全在楼上探身窗外看景致，恰好墙高处垮下一口砖头，啪地就击中了脑壳。那口砖粉碎，脑壳却安然无恙。连老姜都不消擦得。人们无不称奇。

二女，捞淘水缸里的菜叶子，把上半截身子栽进去了。淹得瓮瓮地响，两只脚朝天上乱踹。王长子看见，大声喊叫，却并不去扯。幸亏李大夫抓住腿一把拉出来。人们这才晓得，那菜叶子是捡回去打汤吃的。事后王长子无比懊悔。因为那二女的腿，实在比哪条腿都长得有韵味。

三女，站在楼上晾手帕，忽然翻过栏杆往街上自由落体。叭，震得麻石板一抖。

"没出血。"潘剃头的堂客左觑右觑。

"快抬到屋里床上去。"王长子很渴望看看她的床。

"莫动莫动，这一下抬不得。"

李大夫翻她的眼皮，又拉起手按脉。

"要不要我来掐人中？"银剪刀用劲将袖子，兴奋而又紧张。李大夫瞟他一眼。

刘娭毑呜哇呜哇一路地哭回来。冰棒箱子太重，舍不得丢，勒在肩上起伏兼抖颤。张满老倌拖来辆板车，七手八脚抬她上去。王长子盯着撩开一角衬衫的地方看。刘娭毑边哭边帮她扯伸。

"没出血，"潘剃头的堂客终于失望，"她要出点血才好。"

"何事不来喊我？"雷老倌急冲冲地。拖一辆空车，跟在张满老倌的车后面往医院跑了一趟。

"哪怕出一点。一点点都好。"

"么子？"

"血呀，出一点都好。"

过两天她又活了。哼着轻快的歌子，依旧站在楼上晾手帕。

"你莫又跌下来呐！"王长子笑笑嘻嘻。无限滋味地舔刘娭毑慰劳街坊的冰棒。

"刘娭毑呀，你屋里三个女都大难不死，明日子会有福呢。"

刘娭毑便一脸明媚。认定是门神在暗中保佑。门神有两个。一个秦叔宝，一个尉迟敬德。大抵是钟馗一类的角色。钟馗是唐明皇时代的；这两个是唐太宗时代的，比钟馗历史更悠久。画出来也更不英俊，龇牙咧嘴的，贴在门板上驱鬼。后来扫除迷信，首先就由又满率领几个小青年把它们扫掉了。刘娭毑坐在麻石台阶上哭诉：

"门神呢门神啦，你莫怪我啦！不是我要把你撕起去啦……"

奇怪的是她哭起来只有那只瞎眼睛跌眼泪。别人笑她：

"快些莫哭，你这不是对抗革命吗？"

当晚便有细伢子躲在里处，往她家窗户上射石头。乓嘟一声。门一开就跑。刘娭毑虽然独具慧眼，却终于只发现黑影呼地跑远。

"你们看得见罢？"

三个女都得了夜盲症（俗称鸡盲眼），看不见。只听得见。刘娭毑将三个人逐一痛恨了一番。复关上门，教把电灯黑了，蹑手蹑脚爬上楼，透过板壁缝洞察一切。路灯照耀着麻石街，昏昏花花扑朔迷离树欲静而风不止。那影子又窜至门前，举一块石头一射，乓嘟，又碎一片玻璃。暴徒原来是青山宝。

"没良心的，打烂我的屋呀！"刘娭毑大声疾呼，"我要找你屋里娘算账！找希胖子算账！"

希胖子胖而不高。走路啪啪啪，脚板地面都响。这时胸脯就一抖一抖过分地动荡。王长子分析是没戴乳罩。其丈夫极矮小，跛。不见跟她住在一起。只有一次来两天。一来就在屋门口摆一副象棋，喊这个来下那个来下。连邵升基也不见得杀得他赢。每走了一步得意之时，比方抽车或马套连环，便把跛腿架起来微作摇晃。那顶一年四季扣着脑壳蒂的旧呢帽子也随之摇晃。眼见对手极苦地思索，却故意王顾左右而言他。

"哈，吃鲶鱼！又叫作黄牙腮。你晓得黄牙腮如何做出鲜味来吧？"

"黄牙腮么，"窦老倌接腔，"不要如何做也出鲜味。"

"你吃的怕不是黄牙腮吧！"跛子拉长了声调。

"哼，我吃黄牙腮的时候，你还没出世。"

"哦，你会吃呀？好，只莫刺了喉咙。"

窦老倌啪地出掌，想赏他一记耳光。跛子敏捷一让，躲过了。却把呢帽击落。原来他溜光的脑壳没一根毛。

自然就大怒。

"你这个睡棺材的！也配吃黄牙腮呀？"

指的是窦老倌五十岁那年，卖掉床铺柜子，买了一口上好的棺材。晚上在里面睡觉。

"哎，走子走子。"对手敲棋盘。

"你还没得棺材睡呢！不配。"窦老倌被人拉开，做出要竭力挣脱的样子。

"你不配！"

"你输了呵。"对手趁机洗了棋盘。

"不配！"跛子四下里寻帽子。

希胖子则有时候清白有时候不清白。结婚的那晚，见跛子坐床上把假腿取下来，茫然：

"你这只脚何事扯得下来？"

觉得太奇怪了，逢人讲述这个奇迹。

青山宝的造型与她正相反。刮瘦，头发睡得顶上尖尖的。常把别个佃伢子打得哭。

"青山宝来了！"佃伢子们雀散。

青山宝就拿了一根棍在后面追。大人见如此可恶，屈起指头狠捏他一栗凿。丢棍子捂住脑壳跑了。等一下子，乘人不备往街上一摊积水用力一蹦，黑湿你一身。

刘娱驰三个女都结婚走了。留下她一个人兀自卖着冰棒。有一个人居然发现她自己剥了一根，水滴滴地在吃。

"你屋里好呢，有崽！"刘娱驰叹口气，一家一家跟人讲。

"你也好呐，三个都结婚了。"

"那是。细满的爱人，还是记者，省里都蛮有名呢。"

听的人抿起嘴巴笑。都晓得这个记者在报馆里捡字。倒是大女嫁个解放军，副连级。脱了两粒门牙，防空演习碰掉的。

"刘娱驰呀，你自己还嫁人不呐？"王长子问。

刘娱驰瞪了他唯一一眼，娇嫩嫩地骂：

"你老家伙，这么大年纪还不自爱！"

4

早上去挑自来水的人们，总可以听见这样的吼声：

"嘿咿！呼——哈！哈——呼！"

开始听很凄惨，几声过后就没什么了。那是窦老倌刚从棺材里爬出来做深呼吸。还要甩手，骨节甩得嘎嘎响，走大步一样，然而他又并不曾迈步。

据说这样活得久。

"他应该扯痧，经常扯！"银剪刀诊断。

潘剃头的堂客却认为，当务之急乃是吃牛黄解毒丸。

银剪刀业余爱好扯瘊，正业却是裁缝。然而正业远不及业余爱好那样兴旺发达。他主张衣服要随时来一点创新和出格。比方把衣服领子无缘无故做得很小，据说翻过来的地方没有什么用处，正应该省些布料。又比方任国光要去中学代课，特地用去七张半购货券（当时的讲究）极不容易扯了一段上好的灰的卡叽请他做中山装。待到试衣的时候，任国光摸来摸去直是寻第五粒扣子不到。银剪刀扬一扬巨大的剪子理直气壮地说：

"你还没长大，穿四粒扣子怕么子。大人才五粒呢。"

任国光只好把文质彬彬丢之脑后，据理力争。

"你先又不讲清，也没讲不能做四粒扣子！"银剪刀毫不示弱。还在那里扬剪子。

自此生意日见衰落。只做寿装和扎头裤。这扎头裤的优点是左边穿得右边穿得翻过来还穿得。裤腰之大，足以把人折起来放进去。

还有一个裁缝姓姜。堂客是表姊妹，生了三个。大崽接近于正常，只有一点点不如意，那就是永远听不懂双关语。二女哑巴。聪明，长得如花似玉。启唇一笑，洁白一口牙齿，挑一担酒窝。（人说凡是哑巴都有几分姿色，不晓得什么道理）喜欢逗邻舍的佃毛毛玩，一欢天喜地自己哇哇地喊叫。很早就进了工厂。后来有人发现她烫了头发，跟一个英俊男青年比比画画逛马路，进冷饮店。估计也是哑巴。

三女就有些呆了，脚手都很粗，承一个巨大脑袋，提一只更巨大的马桶去倒。总觉得像鸭婆。挑水也是，一窜一窜，仿佛脚底下安了弹簧。所以经常要她挑水，踩弹簧。一次他用极大的嗓门在街上吵闹，正值郭户籍过来。

"莫作声了，郭户籍来了！"

"我还怕他呀！"

郭户籍就转过身来望着他，脸色很难看。

"你管老子管得住呀？"呆子说。

郭户籍忍无可忍，上前刮了两个耳光，一左然后一右。

"还骂不骂！"

呆子捂着脸蹲下去，"再不骂了。"

姜裁缝生意不好也不坏。

而银剪刀裁路虽然狭窄，痧却扯得相当广泛。冷水往别人背上一拍，扯起巴巴响。

"痛不呐？"

"不痛，不痛。"

"那就是有痧。不扯出来那还要得！"益发来劲。从人家颈根一直扯到腰际。

"搂起点，把衣服搂起点！"

于是搂得什么都露出来。

"嘿嘿嘿……痒！"

那必然是个没嫁过人的妹子，做出红脸在那里肯又不肯。银剪刀袖子捋将起尤其高，义正词严怒斥一番，妹子才只好忍住笑，裸出晃眼的白背由他去巴巴。及至银剪刀脑门鼻尖皆沁出细密一层油汗来方罢。病果然也松去大半。

还有一绝，扎疳积。佃伢子凡长得黄皮刮瘦的，凡特别好吃的，凡好吃这样不好吃那样的，人们都诊断是有了疳积。须送把银剪刀去扎．一根一根指码挨了来，口中念念有词，拿针一钻。哇地一叫。

"呵么子呵么子！好调皮。两岁的时候爬到案板上来玩，一屙尿把我的布料都屙湿了，记得不？"

大人连忙赔笑脸。

扎疳积，关键是念念有词。

银剪刀的外孙女，喊作惠哑巴。其实不是哑巴，只不大喜欢讲话。银剪刀动不动就罚她跪，打得要死。挑水，压不起也要压。

"那何不打呢，何不打呢！"讲起惠哑巴，银剪子便理直气壮。

臊乌鸦组织"红孩子班"，把惠哑巴也吸收进去。每天看幻灯片，剪洋菩萨，生活得很有意义。但一个月要交五分钱作经费。

"五分？五分？一角钱也要得！"

却从来没看见银剪刀交过一分钱。有一回以为是交钱，展开一看，一张治尿床的药方。因为臊乌鸦，主要是臊而不是乌鸦。

"这是祖传的秘方，莫告诉别个呐！要吃了还不好呢，再帮你扯几痧！"

臊乌鸦一脸痛红。

银剪刀的堂客，跟他天天吵架天天吵架，忽一日死了。惠哑巴也就告别幻灯洋菩萨，被父母接起走了。此后我们再没见过她。

"银剪刀！"

他正在跟刘娭毑勤奋扯痧，吓得一跳。

"小生产是每时每刻每秒地产生着资本主义。"

"哦。"扯痧要紧。巴巴。

熊大伯提起他的缝纫机便走。银剪刀这才发急，追到街上。

"你跟我抬到哪里去呐？"

"办事处。"

"我做得好多东西啰！"竟当街哭起来。

刘娭毑却还赤着背在那里等。

"痧还没扯完呐！"

银剪刀只好哭得一抽一抽，仍复去跟她扯完。两边血印子要一样长，对称。才好看。

缝纫机是专门请女婿要回来的。女婿在株洲当厂党委书记。

还是做他的裁缝。熊大伯后来自己也犯了事，就更没人再来管。乡里还有人送女来跟他学手艺。都是细妹子，打发去做饭挑水。乡里妹子以为要这样做几个月才传真功夫，哪晓得裁衣一概不准站在边头看。还伸手在她们身上乱摸。摸走一个，又摸走一个。结果个个都不来了。

寂寞了一阵，却见他穿得神采奕奕一身，天天往漆婆婆家跑。这漆婆婆住盐道坡，做甜酒卖。银剪刀同她靠一张板凳坐了：

"你呢快六十的人了，我呢也六十几岁，我看我们呢索性一起过算了。"

"你是说要跟我结婚呀？"漆婆婆朝他妩媚一笑。

"是呀，是呀。"

漆婆婆慌得手一抖。

"你吃点甜酒不呐？"

"我这个人最好，滴酒不沾。"

结婚三天，漆婆婆闹起来。

"我，要跟你离婚！"

银剪刀赤了一双脚，在那里赔笑脸。一边还痒痒地抠背。

"你讲你才六十几，其实七十几了！"

"这不正好，我七十岁……"

"离婚！到法院去。"

别人劝她：

"你何苦。你的那个又给他了，算了。"

"那不呢，我有杆秤，我还愿意我自己过！"

第七天便结束了这场欺骗婚姻。

那潮宗街有个婆婆，不晓得姓什么（反正不姓漆）。跟崽女吵翻，一走走到银家门口，两句话搭上了。银剪刀把了一碗饭她吃，二人就做了夫妻。街坊们愣愣地看他们住了一晚，才由好事者告到派出所。派出所想，白天去个人把她吓走算了。不料那婆婆却吓得躲进了床铺底下。拖出来还敲敲地颤。遣送回去了。

风流了这么两盘，银剪刀终于有点清净。女接他去住。开始还安分，后来瞎吵瞎吵，闹通晚。女婿怕在厂里影响不好，只得让他回来。

每天早上到河边打几路太极拳。他那太极拳与哪一种太极拳都不太像。但慢得有些像。看看他就老了。步子也蹒跚起来。挑水不动，就端脸盆去接。一次接一点。冬天烧火烤，房里烟直拱。隔壁强波伢子怕起火，常偷机会觑他的窗户。银剪刀疑心是要来暗害他，大怒，吼骂开来。还提起干瘦的拳头擂壁。

强波伢子忍无可忍，奉一大坨黄泥巴：

"再闹，射死你！"

然而银剪刀听不大见了，故尔不怕。仍脑壳昂昂地。眉宇中印一道血痕，活像京剧武小生。那是自我扯痧扯出来的。

强波伢子黄泥巴一射。武小生吓得一缩：

"我不跟你闹。跟你娘闹！"

5

张满老倌和雷老倌，都是在他们还认为自己能做事的时候，突然死掉了。

两个人岁数相近，身坯大，夏天打赤膊，墨黑．都家里只一个老老的堂客。所以人们讲起张满老倌必然讲起雷老倌，讲起雷老倌也必然讲起张满老倌。不同的是，一个住我们家左手，一个住我们家右手。而且张满老倌一对砍刀眉，显得恶。

"张满爹在哪里呀？我屋里伢崽不哭呢，莫来呀。"

张满老倌便浑身是劲，捋袖子，

"啊？这个伢子调皮呀？把刀子磨快！我来了！"

张满老倌喂了猪。杀了就喊雷老倌过来吃酒，雷老倌哈哈哈哈，必然应邀。自带一钵酸萝卜，除腻，醒酒。吃了还想吃。张满老倌则不敢试，牙齿不好。

"那期子，我跟我那崽伢子咬核桃，牙齿哪里是这号样范！"

"老疯子，你又乱讲乱说！"堂客怕，原来他有一个崽在台湾，说是当兵去的。

雷老倌的堂客，则随做什么事都红眼睛。因为雷老倌总怪她事没做得好。菜呢洗得不干净，汤呢放咸了，刷马桶的水呢渗到缸里去了。堂客一对红眼睛煮着委委屈屈的饭，雷老倌却握把蒲扇歇凉。扇脚，扇肚皮，拍起叭叭作响。

张满老倌不同。只听被堂客数落，神念神念。骂他老疯子，老不死，老粒八。这粒八是一种什么东西，谁也不晓得。但大概总不至于近乎王八。张满老倌一声不吭，都以为他怕堂客。其实是耳朵不好，听不见。有次不知如何听见了，暴怒，大喝一声要"打"。婆婆子吓得一脸腊黄。

终于还是没打。

收工回来，二人都把板车用蟒粗一根铁链拴在鞋铺巷口大槐树下。

"星期天也不休息，不累呀？"

张满老倌不屑地说：

"我跟雷老倌两个，举得坦克起！"

雷老倌极开心，打雷一样地笑。意思"是差不多"。

两个是同一年死的。说不清哪个先哪个后了。只记得一个三月一个九月。大槐树下的板车，也一辆一辆被人拖走了。说是卖掉了。春天里树底下落满可以吃的细碎白花，却再也听不到丁零当啷放板车的威武声音了。显得空空落落。

夏天，那槐树荫里就要坐进去一个怪人。

都喊邹伯。谁也看不出究竟好大年纪，因为他的面目全毁了。脸上三个窟窿，两个针眼大的是鼻孔，一个分币大的是嘴。其余一块平板。那嘴里舌头一抵一抵，居然就能讲出许多故事来。章回体的《十把青春宝扇》，自传体的《青楼喋血记》。他老家湘潭，年轻时被人称为"邹大少爷"，或"邹公子"，或"邹大官人"。这邹大官人是否真实，尚有待商榷。邹公子入出戏园子，从来不打票，大摆兼大摆。

守门人拦他，他把人家的胳臂这么一拂，望都不望地说声：

"邹府的！"

守门人必然鞠了躬放他进去。一个身上绣了两条龙的家伙，在潇湘酒楼的雅座打了他。他后来寻个机会，用窑砖从背后往那家伙头顶上一磕，终于把那家伙当众磕倒在地，眼睛直直望着他，说不出一句话来。邹公子拍拍手，褪去缎衣，现出精瘦一副身板，环视左右：

"强中更有强中手！"

"那你邹伯，脸何事烧成这个样子？"

邹伯哦地叹口气（他发不出"唉"），说是年轻时划龙船，不小心捅炸了上铳的火药，烧得他当步对河里一倒。我们晓得划龙船是一种很英武的行为，即使烧成这副嘴脸也还是值得。不过，何以会把一共两只耳朵都烧掉呢？一考证才晓得全然没那么回事。划龙船的节里，邹大官人只在近水楼台潇潇洒洒赏景，喝些雄黄酒，哪里肯裸了背脊臭汗什么龙船。那是他眠花卧柳留下的纪念。

但人们还是乐于围着他，听些划龙船的壮举。鼓如何敲，铳如何放，桨如何划，等等。紧要处他却停下来：

"你们哪个，帮我挑担自来水？"

众人都推我去。

"还不快去拿桶？快，快，——邹伯呀，你这担起码五分罢？少了没得人挑呐。"

"鬼崽子，你们莫把我淡看了。那时候……"

一拍口袋，手爪子伸进去豪迈地一掏，却只抠出猥猥琐琐两分的镍币来。

我还是帮我们楼下的洋油老倌挑水。

外婆的房子，就是佃了洋油老倌的。他总说好住的让给我们住了。大约是要我外婆记住他的恩德吧。不过他要做生意，不可能不住楼下。

"来来，帮我写几个字！"

"去啰，去啰。"外婆扠我。

我就捉起他备好的笔，端端正正写。沥箕八角七，锅铲六角四，黄草纸二角六，洋油四角五。

"应该是煤油。"我说。

"洋油。"

"错了，煤油。"

"哪个讲。你写洋油。"

于是洋油四角五。

洋油老倌讲故事。从前一个和尚，要找有一百个山头的山修道。他爬到一座山上数呀数，数来数去只有九十九个。叹一口气走了。后来猛一想起，哎呀吃了亏，脚底下站的那个没数！

听的人都好遗憾。

他不买菜，到四处捡些菜叶子，用潲水洗，再用清水洗，熏了吃。

"又偷我的沥箕！"眼睛在门缝上搜索。

"门板都撬动了。没得好报呢！"

这是指我外婆。也不晓得外婆要他那么多沥箕做什么。他每晚把门用纸条封了，上盖有私章。早上揭开那小心翼翼的纸条，拿到阳光下细细检验。还不安心。终于买来一把奇特的大锁。那锁必须用三片钥匙同时从三个方向插进去才开得开。盛传洋油老倌钱多得不得了。

要用麻袋装，而且有光洋，而且有美元和马克。

熊大伯和又满带几个人几个麻袋，来抄他的家。街坊邻舍里三层外三层围了看。王长子一举贡献出一只一百五十支光的电灯泡，将我们楼下照得雪亮。

"钥匙呢？钥匙！"又满喝问。

一片藏在灶眼里。

"还有！"

一片藏在碗柜背后。

"莫装蒜。还有？"熊大伯嘎粗。

这一片却是从裤裆里捏出来的，链子系在腰上。

"好狡猾！"人们交头接耳。

又满嫌它邋遢，半天才接过来，舀一端子水冲洗了半天，方才去开门。插一片钥匙进，去，又插一片钥匙进去。洋油老倌低头不语。再插一片，啪嗒。众人深深吃一口气。熊大伯拿眼睛犀利地刺向洋油老倌，以待他猖狂反扑。然而他不反扑。

抄出许许多多观音菩萨的泥像来，尽数摔成粉碎。

"没了？"

"没了。"

人们才幡然省悟，洋油老信坚持剃光头头上还点有疤眼，原来是个和尚。

揭开帽子看一看——光脑壳！

细伢子们见他就唱。虽然他不戴帽子。

仍然光脑壳卖草纸锅铲火钳沥箕。还搭船卖到三汊矶去。忽一日滴出鼻血来。到医院里止住了。没好久又滴。用草纸堵，用草纸烧灰堵，还是滴。最后死了。鼻子眼里还一边筑一团草纸。

6

又满是袁满驼子的弟弟。相当于武松是武大郎的弟弟。只年纪相差不那么大。满是客满的满，爹娘的意思生到这个崽打止了，打句号了。不料满过之后没搞得好又生了一个，故名又满。

袁满驼子小时候并不驼，聪明活泼。后来大病一场，就驼了。这是一种说法。还有一种说法，是玩棱棱板，倒栽下来栽驼的。人们都相信后一种说法。要是随便病一场就会驼，世界也太可怕了。

袁满驼子身驼志不驼。依旧聪明活泼。养鸽子，金沙眼，大沙鼻，雨点，白的灰的麻的皆展翅飞翔。常常袁满驼子搭一个极高的楼梯，战战巍巍爬上屋顶，背负青天朝上看。

（人们总希望他跌下来一次试试，然而从来不跌）他的鸽子吊了鸽哨，飞起来满天地转得响，逗起别的鸽子跟在屁股后面追。终于一群都追到他家的楼上去。

就有黄泥街的人找上门来扯皮，要讨回鸽子。

"这未必是你的呀？"袁满驼子不认账。

"这是野鸽子。"

"野鸽子野鸽子，你，老来喜欢搞别个的！"黄泥街的人说。

"那只看哪个有狠呢！"

黄泥街的人见他瘦而且小，竟想武力讨还。怎奈袁满驼子臂有殊力，两下交手必先吃了许多亏去。只好愤愤骂一句，或照准那张得意的脸一口唾沫，飞速。

驼子由他去逃遁。

又跟叫化妹妹结了婚。叫化妹妹并不叫化，只拖一根鼻涕龙，喜欢这个门口站站，那个门口靠靠，跟人家欢乐与共忧戚相关。

你说，"今日我拾了两块钱！"

她就很高兴。

你说，"今日我跌了一跤！"

她也就好伤心。乃至多拖出一条鼻涕龙。她有两个哥哥。神经哥哥，鸡巴子哥哥。

鸡巴子哥哥下过农村，肌肉鼓得像鸡巴子。逢人便讲亲身历险记。要拖一个妹子到打米房，把门关上：

"你把衣服脱了。"

那妹子不肯。鸡巴子哥哥就帮她脱。打米机兀自在那里嘭嘭嘭直响。还剩一条花短裤，死人不肯脱了。

大家都笑。

"那何解？"叫化妹子不懂。

"何解，你揩掉鼻涕龙就晓得。"

她揩掉，"我还是不晓得呀。"

结婚之后，再没见过她那根鼻涕龙。希胖子到河边洗菜，跟她吵架。

"你这只宝。"

"你这只宝！"

二人扭打起来，纠缠不清都倒在地上。袁满驼子双手叉腰，看得哈哈大笑。是人都要神气。

"你何事不去扯开？"别人奇怪。

"扯么子，反正两个都是宝！"

7

在棋桌上唯一能与跛子杀几个回合的，大概只有邵升基了。他一坐上来，跛子的呢帽便不敢妄自得意。

"将！"跛短促高亢。

"将。"邵却低沉有力。

"棋逢对手。"人们摇摇头，散开。

因为棋一逢了对手，看起就不好玩了。下到末尾也不晓得哪个是赢。

"听说他懂四国外语，"人们悄悄议论邵升基，"美国的，法国的，日本的，苏联的。"

"苏修的。"王长子校正地说。

"噫呀，"闻者顿悟，"怪不得，怪不得！"

"何解呀？"

"怪不得，秀妹子要跟他好！"

秀妹子叫曹福秀，是曹爹的女，兼红球的姐姐。嫁邵升基的时候，他就只高高大大一个人，屋里什么都没得。

曹爹也是个有武功的。一条巨大的铁链铺在地上，捉住一抖，几十米远都要动。这是好多年以前的事，谁也没看见过，只听得讲。人们说曹爹是硬功，而常侠是内功。

"硬功怕内功。"

"哪个讲？内功怕硬功。"

都想看他们两个打一回。然而他们不打。曹爹撑根拐棍，死慢地佝背踱步。尽管如此，红球仍然极怕。

"红球，你会写曹字罢？"人问。

"曹字还不晓得写！"一边就要进屋看户口籍。

"哎哎，不准看。要你自己写。"

红球便自己写。一横，一直，一直，一横。越写越不像，急得猫崽子一样。

"你这一笔是横还是直？"

红球用力辨认自己的笔迹：

"么子横呀直，那是一撇！"

众人哈哈哈哈。

"笑么子笑么子？"红球反攻了。"你们会写□□两个字么？"

人们你望我我望你。红球拣了粉条，在墙上刚做了一笔，忽然扭身就逃。

曹爹来了，没睡醒一样。

"我明天，写给你们看！"红球远远叫一声，一闪就不见了。

曹爹的权威，大约是在毛金汉身上确立起来的。这毛金汉四处都是肌肉，力气大得很。有次打牌打牌，跟红球吵起来，劈脸一拳就把他击倒在地。

"么子事？"曹爹慢慢吞吞过来，拐棍一戳一戳。

毛金汉自恃有劲，根本不把慢慢吞吞放在眼里，继续咆哮地骂。曹爹迷迷糊糊，眼也不大睁，稍稍把头一顶。毛金汉扑通倒了，一脑壳的昏天黑地。哎哟哎哟叫。人们定睛一看，左眼眶肿一大坨。

"红球，回去吧？"曹爹转过身亲切地。

"好好，回去……"边说边退，不防曹爹一掌，打出他一丈好远。

爬起来飞快跑了。

红球喂养一条花狗。猫脐也喂了一条花狗，但是小一些。

"唆唆，咬死它咬死它！"

两条狗汪汪地叫，花得一团。谁也咬不死谁。不过猫脐那条显然吃亏。

"咬死它，咬！咬它的，咬！"

结果是红球跟猫脐打起来了。滚许多泥巴，也在地上花得一团。两条狗则反而息了干戈，和旁的人站在边头看。

某晚，红球的狗凄厉地回来了，身后跛一条惨重的腿。自此见猫脐过身就咬。要几个人把它隔开。有时忘记了，正走呀走，它突就从暗处窜上来就咬。猫脐吓一身冷汗，弯腰捡块窑砖举着，跑几步又站住，跑几步又站住：

"你来你来，我不打死你！"

"打它做么子。"任老倌颇悠闲地，"要好好教育它。重在表现……"

那狗后来的表现，却是死了。猫脐打此过身，也就再没有哪个注意他。好多年以后，人们忽然有一天发现他拖了一板车木头走过去。

邵升基个子虽然高大，却从来不大作声。

人们说这正是他特别聪明之处。又满认为不能叫聪明应该叫狡猾。所以带了好几个人开进他家，反了他两只手到背后，往坪里一推：

"你不老实！"

"我何事不老实呀。"

"你讲，你如何样不老实？讲讲看！"

"我规规矩矩劳动吃饭，一不偷二不抢。"

"这恰恰是你不老实的地方。"又满一把提住他的耳朵，以为可以这样把他提起来，不料纹丝不动。

"你心不死人还在！交代吧。"

"交代么子？"

"不交代就剃你的阴阳头。交代吧。"

邵升基夺路便逃。又满几个人却把他及时捉定。

"快快，拿剪刀来呀！"

从此邵升基也搞了一顶呢帽，终日扣在头上。曹福秀说是曹爹一顶旧制服帽改的。

"又满，你何解还姓右呀？"

又满于是改称左满。

"左满，左满！"

左满便横那人一眼。

邵升基扣了呢帽不久，即被遣送到了江永农村，偕夫人同往。

"限你们四十八小时之内，离开！"郭户籍极其严肃。故意不看曹福秀。

就在他们走的第二天早上，常侠吊死了。门缝一觑，舌子好长。熊大伯一脚捅开门，冲上去拿刀一砍。啪，绳子断了。常侠硬邦邦跌在地上，四十多岁。

"他是练过轻功的。"有人惋惜。

郭户籍陷入沉思，深深地点点头。

曹福秀常溜回来向曹爹诉乡里的苦。什么油又没得吃呐，什么柴又没收了呐，什么一个工八分钱呐。曹爹说：

"哭什么。嫁鸡随鸡，嫁狗随狗。"

曹福秀梳了一把凌乱的头发，又去了。

后来郭户籍也被押走了。

"慢一点，我的腊肉！"他挣了一下，要取墙上那几筒美味。

"你还不老实，还想腊肉！"丢到溦缸里去了。

过不久，邵升基和曹福秀从乡下偷偷溜回来。鬼鬼祟祟住了几日，见没人再来揪他，方才揭了呢帽，吃饭穿衣睡觉。头发剪得极浅。墙壁李大夫，见他们两口子都没工作，有心想帮帮忙。吃晚饭的时候问：

"你不找点事做呢？"

"我在挑土呐。"

李大夫无言，扒口饭又问：

"你是学外语的吧？"

"我呀，我学土木系呢。"

李大夫点点头，忽一日搞了一块大木板，要请邵升基做家具。李大夫年轻时在湘西剿过匪。跟一个俘虏换药，那家伙一棍子把他磕昏，下了枪跑掉了。李大夫转到港务局医务室，只看病不换药。换药则晕倒。

"这是一块好板子呐！"人都说。

有的建议做柜，有的建议做桌子。

"还是做桌子好。一块整面子。"任国光颇里手地打量。

"我来做我来做！"邵升基自告奋勇。

李大夫将信将疑看他用自制的锯子杀开，用自制的刨子刨光。忙了一个星期，终于大功告成。桌子摆在坪里。

"嘿，做得不好。"谦虚地摆摆手。

一看，钉得三不六齐，裂开很宽的缝，一只角屋檐一样翘起。众人满意地笑，指示一个又一个缺点。

"这里榫还没兜得严！"

赶快又补敲几下。

"这里不平呐。"

连忙去刨。刨子卡在桌面上。李大夫摆一摆心痛的手。

"总算还用得。"

"你不妨再倒点水，用麻石压一压。"邵升基帮他抬进屋。

"拿去买米。"李大夫塞工钱。

"没做得好，嘿。"

自此，邵升基开始发愤攻书。搜集许多民间验方，炮制老鼠药。曹福秀把成药拿到五一广场去卖。红球不知从哪里打来一大堆肥硕极了的老鼠，制成瞎眼睛标本，摆了一摊。还做纸花，一角钱一支。泡在玻璃瓶里立即开放。万紫千红上缀有点点的露珠，为居家旅行和亲友送礼的最佳艺术品。还做复印膏，褪色灵，代理金刚石，腋下香。这腋下香极受患者欢迎。三角钱一包，四角钱两包，五角钱三包。

他而且学会了中医。很远都有乡里人来看病。推测是曹爹传给他的药功。红球被治安指挥部抓去饱打了一顿，曹爹只用药调理两三天，又看见红球活蹦乱跳出来在街上玩。

红球后来在街上立个户做生意。讨了个长辫子妹子。有次吵架，长辫子不睬他。他追出门来嬉皮笑脸：

"好，算了算了，我们还是回去困觉去！"竟当众朝她噘起的嘴巴啧地亲一口。

"这个红球，真无聊！"婆婆子们皆背过脸去。

王长子则吞了一口口水。

立户的时候，还是不晓得写曹字。

王三儿并不姓王，也不排行老三。原来是工厂里的，厂子下马就没他的事做了。

"这里面有个政策没落实。"他解释。到办事处登记工作。

"叫么子？"

"唐瑞瑞。"

"瑞是哪个瑞？"

"瑞，这样写：王山而。"

自此不论老幼，皆呼王山而。久而久之，王三儿。他却只有两个儿，另外一个是女。两个儿当中还一个不是亲生，是堂客带过来的。堂客人称"飞就"。为什么飞为什么就都不晓得。大约她能干过人，办事情一挥而就。那就应该叫"挥就"。飞就曾带领崽女赴京上访，睡过三个月车站。王三儿依然没得工作。

他背个箩筐捡破烂。污糟一个口鼻罩，中间一团墨黑。天气好，便在屋门口加工所捡破烂，选鸡毛鸭毛，拆油纱，烧铜块上粘的橡皮。烧得满街皆是烟臭。有一回退大水，王三儿从河里捞出一大块铜，几十斤重，到废品收购站卖了一百多块钱。此事被潘剃头告到派出所。马上来了人。

"铜呢？"

"卖掉了。"

"哪里偷的？"

"啊？"

"哪里偷的！"

"捡的呀，哪里。"

"捡的？我何事就捡不到？案板底下有鸡巴子捡么？你问问大家看，你们捡过几十斤重的铜么？"

大家摇头，显然就是没捡过。

"钱交出来！"

钱交出来。里里外外搜查了一遍，狠狠教训一顿，走了。

"王三儿！把铜交出来！"青山宝喊着。

王三儿背地里恨恨骂潘剃头，不得好死。

后来果然就不得好死。不过不是潘剃头，是潘剃头的堂客。

潘剃头备一担箩筐，走街串巷用扯麻糖兑子弹壳。三粒五粒，换他极薄的一片。回来把子弹壳放在门口麻石上，磕下铜去卖钱。有次磕得一炸，他堂客正好在旁边吃牛黄解毒丸。一只眼睛炸瞎了。

"你也有今天呐！"王三儿窃喜。

还不止于此。潘剃头堂客虽瞎了一只眼，却仍然坚持上街看热闹。结果一不小心走进某兵团的警戒线里去了。一梭子打过来，打得脚一撩。

潘剃头哭了好久。月婆却不哭。强波伢子还问过她：

"你何事不哭？"

月婆一脸的白，"不哭呢，不哭呢。"

强波伢子在街口摆茶摊子，月婆就一屁股坐他身上，不住地还扭动。潘剃头把她倒锁在房里。强波伢子跑她窗户底下游荡。

"月婆，月婆，你出来！"

月婆不敢作声。

"月婆你出不出来！你不出来我打死你！"

月婆就翻窗户跟他跑了。

王三儿发家了。先是经营水产。卖鳝鱼，脚鱼，乌龟。进而又发展到做咸鱼，做皮蛋盐鸭蛋。乡里人一担担送货到他家来，半夜里还听得有人扯起喉咙喊门：

"老唐哎，老唐，开门，货来了啊！"

王三儿吱哩哩呀把门大开，扯亮灯指挥把箩筐篓子放在堂屋里。苍蝇围了他的脑壳哄，四处都是喷腥。

乡里人卸完担子，到河边头洗把脸，就上刘媄驰的楼来困觉。楼板上铺了很厚一层篾席，一晚收六角钱。认人头。也不要交证明。

隔壁左右马上仿效，也在楼上铺篾席。

"我这里只要五角！"

乡里人哄哄地往这边跑。

"我只要四角！"

哄哄地乡里人又往那边跑。

终至于三家吵成一堆。刘娭毑坐得地上喊冤。惊动了办事处，裁决是都不准开旅社。因为规定住宿要有证明。三家同时宣告倒闭。

"刘娭毑，刘娭毑，我来困觉了呢！"乡里人只好认老事主。

刘娭毑门缝里嵌一颗脑袋：

"你有证明没得呐？"

"碰鬼呢，困一觉要么子证明啰！"

刘娭毑左右打望了一回，又放他们进屋。不过人是少多了。

"唐老板这一下，又要赚肿！"

"赚肿，赚肿。"

乡里人感叹几句，各自酣酣睡去。

"你这一下，发财了！"

"这叫，卢俊义逼上梁山！"王三儿淡淡。

到底赚了好多钱，不晓得。有一日忽然接到一份印制精美的请柬，请到湘江宾馆开会。那里通常是接待外国人和电影明星的，却把他搞进去吃了几天的大鱼大肉，晚晚看电影。最后一天，会议主持者说了一通话，才晓得在座的都是万元户，请大家自报交税。王三儿一举交了一万两千块。眼睛都不眨。

堂客飞就及带来的那个崽，在他发家之始不见了。听说是离婚了。又听说没离婚。因为当初他们并没真的结婚。七七八八讲不清。人们看到总有乡下女人轮换来帮他操持家务。斟茶煮饭洗衣浆衫，晚上大约就跟他困一起。有次还是个年轻妹子。

"听说才二十六岁！"

"王三儿花了大价钱的！"

好事者到派出所报案。这种事后来本不大管了。不过既然有人来告，不管似乎也不大好。于是将王三儿从床上提起来，一看，一边各睡一个女的。三个人都带到所里。

"再不准来了，听到没有！你们也太不知羞耻……"

年轻女人咯咯地笑，急忙捂住嘴。

"他还欠我十块钱呢。"年长的女人说。

杨户籍气极，刷她一皮带："滚起走！"

王三儿长长地打个哈欠。

"没得事了吧？我要回去困觉了。明天四点钟还要起大早卖剁鱼呢。"

只好放他走。像走薄薄一副门板。

他的崽唐胖子，也卖剁鱼。不过跟王三儿分开来剁分开来卖，各赚各的钱。大约为了占地盘，儿媳妇跟王三儿吵架。两条柳叶眉竖起，站在街上骂：

"你这只老杂种，老不要脸的。只晓得嫖女人！"

唐胖子叉了双手，舒舒服服一旁看。媳妇受到鼓舞，越骂越精神抖擞。揭发出的细节不堪入耳。

"你那家伙邋遢死的！"

唐胖子听听不对头，这样下去似乎有伤脸面。便揪住她，朝那不要紧处揍了几拳。王三儿立时来了劲：

"打，打！看她还骂不骂！"

媳妇奋力挣脱，继续勇往直前：

"我不怪他，我就是要出你老杂种的丑！"

王三儿像门板一样地笑。

唐胖子怕她还说出更要紧的话来，强力拖进屋去了。

8

建国伢子总长不太高。与甘妹屁的娘不无关系。他跟甘妹屁吵架：

"× 你妈妈！"人之常情地。

甘妹屁的娘大怒。她正在用劲纳鞋底，闻言将鞋底往屋角很响一射，冲出门来。

"你来×啰，小杂种呢！老子不夹死你！"

甘妹屁却嘻嘻笑着，躲到楼上看热闹。他娘越骂越不解气，竟冲上去，将手掌于裆中抹了一把，再扇在建国伢子毫无防护的脸上，清脆一响。

"打得你一世不肯长！"

建国伢子吓一大跳，却已经晚矣。不敢恋战，翻跟斗一样落荒而逃。

果然矮到如今。

据说甘妹屁的娘本要再从容扇一个抹裆嘴巴的，打算打得他两世不肯长。终于被他逃掉了，颇是失悔。

甘妹屁有两个姐姐。大姐高中毕业，眉清目秀，而且会哼旋律极复杂的小提琴曲子。因为每天挑水，她总要在自来水站门口站半天，听贺乐在窗户眼里拉琴。

　　唆米多，唆多米多米多米多，
　　唆发来，唆来米来米来米来！

甘妹屁时刻想溜出去玩。大姐管他：

"你又到哪里？挑担水来我洗菜！"

娘就帮崽的腔。

"你自己不晓得挑呀，要他挑！"

甘妹屁益发得意。把大姐的曲子哼得故意乱七八糟，手舞足蹈蹦出去。有天晚上停电，他跟几个人去抢军帽。躲在黑暗处，突然钻出来挡住一个青年人：

"小杂种，拿帽子来！"

那小杂种一看，这帮杂种比他更小，便有些不爽快。

"要帽子要命？"厉声。

对方没想好就脱口而出："要帽子！"

甘妹屁也没想好就把刀捅进他肚子里去了。当晚便抓去，判十八年。

二姐看背影极漂亮。可惜嘴巴歪。尤其一笑，更厉害。属照顾没下农村。有个青年哥哥离过婚，想跟她好，被甘妹屁的娘臭骂一顿走了。她嫁给河西帆布厂一个工人，住水陆州，每天过桥。那是窄河道一条水泥便桥，没栏杆。有次下雨，她罩件雨衣走呀走，被汽车一下撞到河里去。当时春水茫茫，死了。事后谁也讲不清是谁的责任。

人们都说，主要是她娘不该打建国伢子那个嘴巴。

自来水站就在茅厕旁边不远。老倌子接过筹码，必打出很响一个酒嗝：

"要不得呢，那个崽仔晓得吧？简直就是，哼。我的崽就不敢这号样范！我会对他，不客气！"

然而我们从没看见过他有崽。

"喂，"贺乐放下提琴，"你的崽？你的崽呢？"

"我的崽，"老倌子低了头，去数盒中的筹码，"就不敢！"

贺乐复用下巴把琴夹了。穿一件高领子毛衣。

　　唆——米多，唆多米多米多米多，
　　…………

"那把琴是我的。"毛栗子总对人说。

他们一起下乡。贺乐借毛栗子的琴玩，不还了。一直不好意思问他要。有次下决心去要，不晓得如何开口，就抚摸着那把琴说：

"好像声音没得我原先那么响了。"

"没得松香了。"贺乐不容置疑拿过琴，又夹住吱吱地拉。

毛栗子只好背着他对人叹气：

"那把琴是我的。"

拉琴的窗子忽然挂了窗帘，还半半地撩起，很温馨的样子。原来他结婚了。听说是个乡下妹子，却又不像。因为白，因为鼻子高。头发带黄棕色。她的季节总比我们来得早。我们还穿棉袄，她就穿上了拉毛衫。我们穿毛衣，她穿衬衫。第一个穿裙子的也是她。胸脯挺高高的，很弹性地在街上走。

"她总是那么怕热？"人们好奇怪。

距水站不到二十步的台阶上，终日有一个细妹子坐在那里哭。她的娘翠姨，每天一大早锁上门出去做事，好晚才回。她关在门外头，哭呀哭呀，有时候就睡着了。张开嘴巴出气。

"她一定要吃牛黄解毒丸，"潘剃头的堂客用两根指码搓药丸，"我就天天吃。"

不料再吃牛黄解毒丸也还是死了。那个细妹子每天每天哭，也终于哭死。翠姨散工回来，以为她又睡着了，伸手一碰。软绵绵对地上一倒，再没起得来。

听说她丈夫早就死在了牢里。

不久翠姨嫁给了周世干。也没办什么婚礼，只从这间房搬进那间房（中间隔了几户人家）。婚后跟他生了两个崽。

周世干当水手。也吃点酒，但量不太大。驾船回来，搬张竹凳坐在街上，极细一口地抿。剥一粒花生，分成两半，半边又掰两半，再送到牙尖上又咬一半。如此一小杯便是一上午。喜好京剧。先是坐那里轻轻地哼，渐渐嗓门越大，及至颈根上爆起好粗的筋，脸涨成紫红还不打住。

　　诸葛亮并无别的敬，
　　准备下羊羔美酒犒赏你的三军！

邵升基用京胡伴奏，声音异常响亮。

街坊之间吵架，说些气恨恨的话。比方"这如今哪个不晓得哪个呀？"或者"你屋里就干净呀？"周世干顿生疑窦。心想老子在外面驾船，有什么给别个晓得的呢。于是关起门来盘问翠姨。摔茶杯，摔饭碗，摔热水瓶。最后把一口巨大的水缸砸碎了。

这样吵几年，周世干才突然晓得她是个好人。退休之后，要带她去广州或者上海见见大世界。翠姨不想去。

"去！我们也去旅游。你还怕花钱呀。"

两个人到了上海，不晓得要看哪里。周世干带她在街上走呀走，直到走得索然无味。

回来讲给人听：

"旅游？那实在没得一点味！"

先前似乎是不大注意熊大伯的。后来他突然戴起袖章来抓人，才记得是有这么个四方脑壳，而且是应该由他来做出一些壮烈的事情。

"站住！"熊大伯吼。

乡里人就只敢放下菜担子站住。

"你还跑呀？你往哪里跑！"四方脑壳很得意。

到我们那一带卖菜的乡里人都熟悉他，一出现就快些逃。乡里妹子跑不动，吓得连担子爽性都不要了。

"便宜卖便宜卖！"熊大伯当即扣了担子，"白菜——一分钱两斤！"

每当我们嫌菜贵的时候，就盼望熊大伯降临。

有次他揪住一个要饭的，说他乱搞男女关系，要扭送到派出所去。那要饭的扭了半天，终于没能逃出熊大伯铁钳似的手，被拖去了。

都说他有杀辣。

"熊大伯，你来主持一下公道看！"堂客们吵架。

"熊大伯你评评这个理！"两公婆扯皮。

熊大伯很认真地偏起四方脑壳，偏听却不偏信。代表正义，凛然不可侵犯的样子。

没想到出了这么一件事。

他隔壁住个姓邓的水手，长期在外跑船，留一个堂客和两个崽在家。崽睡楼下。堂客睡楼上，与熊大伯只隔了一层篾席。晚上便爬过去做那夫妻的勾当。这一段情节一直无人知晓。平时两人见面不是把颈根一扭就是把眼睛一瞪，别人还以为他们之间有什么世代的冤仇。直到某天晚上喊熊大伯去抓人，却听见里面做出些慌张的声响来。人们冲上楼去，那堂客早已钻回自己屋里。

"还有人呢？"

"么子人？"

"刚才听到楼上有人，女人。"

"听错了吧，你们。"

人们那里是这样可以打发得走的。拿一根五节电棒照来照去。猛地发现熊大伯一只脚穿男鞋，一只脚穿女鞋!

当下捉了二人去游街。

"我不要脸呀!"熊大伯敲锣。

"我是破鞋呀!"那堂客也敲。走在头前。

从此熊大伯霉了。不再往街两头走。终日坐在屋门口跟人打牌。戴高帽子，或用夹子把耳朵夹满。

极和蔼地笑。

邓家的大崽招到船上做事。只要听见有人讲女人，就咯咯地笑个不停。

"奶子这么大!"

"咯咯咯。"

"腿把子这么粗!"

"咯咯咯咯。"

人称邓叫鸡。后来结婚搬走了。

9

王长子的堂客与王长子正相反，是我们街上最矮的女人。夏天乘凉，老看见她背竹铺子去抢占巷子口，风大。

崽叫王铁牛。六四年下的农村。有一天听到有线广播里表扬他，说是表现得如何如何地好。结果搞几年得了胃溃疡。回来在肚子正中间开了一刀，就再没看见他在街上打过赤膊。进了工厂，锯木车间锯木。厂小经常停电，天天做晚班。白天到河边钓鱼。爱人很漂亮，坐在一起你帮我抠痒我帮你抠痒，十分亲热。

矮子人很好，在街办的铜线厂绕铜线，上漆。发病往地上一倒，医院一检查，痨病。早一向还在别人家走，怎么会痨病?一照片子，确实的。

而且到了晚期。大约是香蕉水闻多了。看着看着脚肿，腹肿，眼肿，每天躺在竹靠椅上等死。细孙子在她周围跑呀跑。

"娭毑我要吃冰棒！"孙子撒娇。

矮子不答，死了。

几个月之后王长子也病了。和堂客情况一样，走几步摇呀摇。同样躺在那张竹靠椅上，深深一副肋骨印。

（"刘娭毑呀，你还嫁人不呐？"刘娭毑瞪他唯一的一眼。）

王长子哈哈大笑。不料一口气上不来，也死了。

王铁牛跟爱人吵嘴。把她提起来，轻轻放倒在地上，她就大哭。对门伍老倌分开众人：

"不要吵不要吵。要光明正大，不要搞阴谋诡计！"

众人大笑。王铁牛的爱人也扑哧一笑。

伍老倌是有名的快活人，整日里悠闲自得。

"还不去洗澡，身上都起壳了！"她堂客（猫脐的娘）手捧一大抱衣服，拖伍老倌往河边走。

"莫拖莫拖。别个不晓得的，还以为你要做什么。"

"把身上的衣，都跟我脱下来！"猫脐的娘两条膀子伸进河里，咕济咕济搓衣。

伍老倌于是脱得赤条条的，也不管四处都有人，顾自站在齐膝深的地方，把水往身上撩。嘴里漫漫地哼：

"冷水洗麻皮，越洗就越热呀……"

猫脐的娘好气好笑。

"死鬼吔快捡衣！水冲走了！"

王铁牛终于离婚。做娘的半个月来看一次崽，崽也偷偷跑去看娘，回来必遭一阵痛打。

"讲！还去不去！"

"不去了，再不去了。"

然而还是去。又打一顿。最后没办法，让他去，只装作不晓得。下班吃完饭跟崽玩，嘻嘻哈哈闹作一堆。

"铁牛呀铁牛，你跟你爱人复婚算了。"

铁牛把头扭过去，长久地看一片树叶。还伸手在背上抠痒。

后来又找了一个女人，郊区望城坡 机械厂的。一说那望城坡应该是万程坡。大家争了半日，还是望城坡。女人很勤快，大脚盆大脚盆洗衣。对崽也好。人们暗地里都说她有些痴。证据是法院判她与前头那个男人离婚时，还伸手帮他把身上的灰拍干净。当场有人发笑。她正色道：

"笑么子笑么子，拍掉有什么不好？"

10

我们街上，不晓得有好多家驾船的。地位最高的大概要数汤零匠了。他在船上当大副。又好像应该叫汤零件。

"大——副"，酒噎一下，"你们晓得是何事当来的吧？要命当呢！"

一下船，汤零匠必然先到码头边上的小酒店，每样酒来二两。

周世干夺他的酒碗：

"要得了要得了！灌下两三斤了，回去堂客又要骂死你！"

"你滚开些！老子是——大副"汤零匠明显一口浑浊的酒气，吐在周世干脸上。

"骂我？她，那号样子，骂我？"

歪歪地踉出酒店。

> 扬州妙，妙扬州，
> 扬州楼上好风流……

碰见一根电杆，赶忙伸手抱住，朝地上干呕了一把。细伢子们远远地喊：

"酒醉宝！酒醉宝！"

汤零匠这时顺手捡一根扫把，奋力一射。自己却仆地倒了。他堂客金摩登这才闻讯赶来。

"醉，醉死！"

一边指挥大众把他抬回屋去。早准备好一杯热茶，刚灌下两口，汤零匠便伸手解她的裤带。金摩登扑地把手一打。

"不要脸的，也不看看场合！"

"你要脸！"汤零匠嘻嘻地笑，"你在那里头的时候，一天一个男人，没听说过要看么子场合。"

有一天他仆地倒下去，再没起得来。抬回家一看，死了。

"死了倒好，死了倒好，我也脱身了！"金摩登这么说着，号啕大哭起来。

一崽一女。女的脑壳有些不清白。用铁链子锁住。后来觉得她清白了，便解了铁链。她一个人跑到趸船上洗手帕，嗵，对河里一余，淹死了。很久以后才从下游铜官捞上来。泡发了。

金摩登对门，住一家姓吴的。也驾船。称吴水手。堂客得了肺痨，两颊红红的，一口雪白的牙齿。男人对她一恶，就念：

"你莫嫌弃我呢，我迟早会要死呢。我年轻的时候那样漂亮，你没看见要我死……"

吴水手不睬她。跟街上别的女人撩撩打打，手都抓到胸脯上去了。

但是女对娘特别好。

"金华吧，金华吧，我要解一坨大手呢。"

娘困在床上虚虚弱弱地唤。

金华妹子立刻去帮她解一坨大手。哼半天哼不出。放回床上不到一刻钟，又虚虚弱弱唤。

"金华吧，我还是要解一坨大手呢。"

又立刻去帮她解大手。

一个人的时候，金华妹子喜欢悄悄唱歌。

月亮在白莲花船的云朵里穿行，

晚风吹来一阵阵快乐的歌声。

"噫呀金华妹子，你嗓子几多好！"

金华妹子回过头，嫣然一笑。

她娘终于死了。人们撮合吴水手跟金摩登结婚。

"要得呢，要得呢！"

"这才叫门当户对呢！"

吴水手撒开嘴巴笑。每个月发工资都汇给金摩登。起坡也不再进自家的屋，径自奔对门。一跨进门槛，被那屋热乎乎接住，揭开桌上碗罩子一看，早备得有酒和菜在。一碟子花生米，一碟臭干子，一碟凉拌芹菜。不禁哽咽了一回，眼潮潮地仰脸就是一口酒。

"哎，慢点慢点，"金摩登慌忙夺杯，"你吃菜呀。"

吴水手吃菜，菜要放得辣。

吃着吃着嘴巴慢了下来。侧耳听半天，筷子落在桌上。

门外是金华妹子在唱歌。

"喊她过来，一起吃？"吴水手恻然。

"喊了呢，她不肯过来。"

人们说吴水手好蠢，帮别个养崽。赚的几个钱都被金摩登搞走了。忽一月吴水手不寄钱。也再没看见他回来过。

有人说他死了。

有人说没死。在岳阳看见他了。瘦得剩一张皮，吃了酒咿咿呀呀唱歌。

吴家隔壁，住个培伢子。小时候最佩服毛金汉，跟在他屁股后面打转转。毛金汉早上睡懒觉不起床，用脚踢踢培伢子：

"去去，跟我买几个包子来！"

培伢子喔嘶喔嘶往包子铺里跑，趿起一双鞋，绊绊蔫蔫。包子热喷喷的端回来塞在毛金汉手上。吃剩的归培伢子吃。

毛金汉被曹爹一次顶翻之后，半个月不敢出门，青青肿肿地躲得屋里。此后培伢子再也不听他的调遣。

"好哇！"毛金汉恨恨地。

"好哇，那个还怕你！"培伢子亦恨恨地。

果然喊了一帮青年哥哥，把毛金汉拖到暗处痛打了一顿。

"还调皮吧？"

"不调了不调了。"

"还调就——"嗯地又一拳。

"哎哟！"毛金汉扪着肝蹲下去。

青年哥哥们常带些漂亮妹子到他家来玩，门口停一堆崭新的单车。培伢子怀里抱一个巨大的吉他，抖着胡子地唱：

> 几时你才归来哟伊人哟？
> 几时你再回到我的身边！

男女们哄哄地跟着合唱，唱累了都爬到一堆困觉。一个大床睡六个人。

有一天他屋里乒嘟一声巨响，一面大穿衣镜粉碎。

"只要你不再跟她见面，就饶了你！"一个英俊的青年穿着一身军装警告培伢子，"不然要告你的罪！"

"不见面？没得那么好。哪个要你 没 得 狠！"

培伢子终于判刑，破坏军婚。关进牢里四个月，金华妹子就生了一个毛毛。问了半天才说，也是培伢子的。在医院送给别人了。那年她才十四岁，个子高高的，发育得已经很丰满。是个大姑娘的样子了。却什么也不懂。盘她的情况，只晓得低了头嘤嘤地哭。学校把她除名了。初中还没毕业。街办厂子安排她一个工作。事做得比别个快又好。渐渐地脸上又恢复了红润，身子又变得苗苗条条。见人就天真地笑。

只是，再也不曾听见她唱过一首歌。

金摩登天天坐在门口叨叨不休，像是跟人扯皮。眼睛也通红，没困过觉一样。拣一碗老姜在脸上搽。

"做么子搽老姜呀？"

"要搽呢，要搽。"她说，

11

河里又发大水了。

怪不得那一向我尽做梦。梦见到处都是水，一片汪洋。外婆说梦是反的，也许今年要遭干旱了。

然而今年的水比往年要大。淹了街，淹了楼下的房子，果然是一片的汪洋了。

大水是突然发起来的。头天人们还在想，怕么很快就会没得事了吧。窦老倌坚持睡在他的棺材里不肯起来。说什么反正死活都是这个里面的人，随他去。

那棺材半晚上淹掉了。

刘娭毑对着大水哭喊了一个通宵。谁也没去睬她。因为一睬她，命都很可能保不住。

"大妹子吔，你不来呵！二妹子吔，你不来呵！三妹子吔……"

"——你不来呵！"人们学她。

街两边窗户里飞出许多笑声。

早上，李大夫游到每家楼门口，呼哧呼哧问：

"你屋里有人要抢救么！"

"没得呢。"

他甩一甩脑壳上的水，又呼哧呼哧游去。

下午，我驾一块大门板，跟各家送来。门板如一叶方舟，在街当中漂行。

"给你一苠包菜！"我一丢。

那人眨眼就同包菜一起不见踪影。

满街都是浑浊的死水。时不时漂一只死猫或死老鼠。

"袁满驼子呢?"

"昨晚上就没有见他。怕么是淹死了?"

那就是淹死了。

"窦老倌呢?"

"喊他他不肯起来!"往水里一指。

我一看,那地方啵弄啵弄冒气泡。也许正在棺材里做深呼吸。

"银剪刀呢?"

强波伢子茫然四顾。银剪刀连屋都找不到了。想了半天,才忆起他家是没得楼的。

很多很多的东西都不见了,很多很多的人都死了。细伢子们也不晓得躲到了哪里。没有他们街子就更空荡了。太阳静静地照在水上,加深了它的浊黄和烘臭。大概是茅厕里的沉积物都翻上来了。

"铁砣。"

我仍然往前划。

"铁砣。"

回头一看,金华妹子,站在屋顶上喊我。

"没得菜了。"

"我晓得。你上来看,上来。"

我丢弃了门板。攀上她那个岛一样的屋顶。脚下一滑。

"踩稳!"她伸手给我。

"别个都不喊我铁砣。"

她一笑,"你外婆还喊呢。"

忽然我忆起了,八岁那年到这街上来的情景。我爹娘也是发大水死的,二十年了。他们会不会也在哪里冒着一个一个气泡呢?

"你看!"

"看见了。"

那些树,在黑屋顶中间绿绿地晃动。远处是我们城市最热闹的地方。一色地都是高楼,巨大的玻璃窗反射出阳光。已经到了夕阳西下的时候了。

"上去一点吧?"

我们爬上屋脊,一倒身坐在那丛丛簇簇的草上,闻到一股泥腥的气味和烟熏的气味。这些草,不晓得是从哪里带来的种子,和空间漫游的尘埃一起沉淀在这些砖缝瓦隙中,竟生长得如此蓬蓬勃勃。

许多黑魆魆的脑袋从水里钻出来,爬上瓦沟。原来是脚鱼和乌龟,慢条斯理的样子。数也数不清。也许王三儿忘记关笼子了。

"明天还会下雨吧?"

她不答。一片一片的黑屋顶,一丛一丛的屋脊草。

> 我们坐在高高的骨灰旁边,
> 听妈妈讲那过去的事情……

我发现她的眼睛盯盯地看。河中间水陆洲上的洋房子。那是先前的英国领事馆,尖尖的房顶漆成深绿色。从小我们就天天看见它。像是很近,又像是很遥远。

终于在太阳快要落下去的时候,黑屋顶上又冒出一个来,费力地东张西望看。原来是袁满驼子。原来他没淹死。

接着他身后摇摇曳曳的茅草中,飞出一群白色的东西。一阵一阵地飞来飞去。先以为又是什么鸽子。仔细一看却不是。

不晓得是不是风筝。

不晓得是不是纸飞机。

1984 年 6 月初稿

1985 年 7 月二稿

竟是人间城廓

1

那一年，席草田大大小小究竟发生了几桩事情，如今怕是没哪个记得清白了。旧事重提，便难免与史实有些不合卯榫。这的确毫无办法。兼之史实不史实，本身也是一个值得争论来争论去的东西，永远讲它不熨帖。所以人们偶尔忆起一点什么来，都统而说是那一年的故事了。

比方那一年，忽传"青年近卫军"要跑来洗劫，凡在门上贴张纸麾子做暗号的，即可平安无事。家家于是贴纸麾子。不久又风闻，"湘江风雷"也要来洗劫。这回应该在窗户上挂沥箕。易娭毑的屋碰巧没挖窗户，沥箕无从挂起，竟急得当场闭痧，往地上扑通一倒。吃五爹放肆掐了好久的人中。

又有某个晚上，人们梦中忽然响起无数个高音喇叭，说是"高司武工队"一小撮暴徒。在湘江上游倒进了一船的闹药。自来水管子里的水，明天就吃不得了。人们倾巢而出，提桶脚盆都去接水。狗伢子扳开通红的消防龙头，打得一身透湿。二娭毑钻到红光小学的茅厕里接水，一脚跌倒，再没爬得起来。

这还算不得巧。巧就巧在吴六爹。他坐机帆船去灵官渡，刚上岸就遇见几个大汉，戴了钢盔断在口子上挨个盘问：

"你是哪一派的？"

进城卖菜的几个农民做出憨厚样子，被放走了。剩下一个吴六爹暗暗叫苦。虽看清大汉们臂上袖章是"红色怒火",仍不敢贸然回答。用假袖章诱捕对手,吴六爹听得多了。

"我,没得派呢。"

"没得派?你何事关心国家大事?"

"真的,没得派。"吴六爹急中生智,"我是四类分子呢。"

大汉大失所望。照准屁股只一脚:

"快滚,老实点!"

吴六爹死里逃生,回来把这段遭遇逢人便告。摇头晃脑地,讲得人背上炸出痧痱子汗。某日黄昏,他又躺在坪里一张竹靠椅上,大授金蝉脱壳计。正要得意忘形,只听见扑哧一声,吴六爹立刻把手里陶壶啪地摔在石板上,再没有了声息。人们跑拢去一看,脑壳上打了一个眼。

后来才晓得,那是"金猴战团"的马司令,带人在天心阁试机关枪。

然而那一年,席草田讨进来两个漂亮媳妇。

先是尹再福。都以为他要打一辈子单身。因为他耳朵细,因为他戴眼镜。忽然就喊要结婚,女的长得还极标致。哪个想得到。八娭毑却认为"有么子想不到"。人们回头一看是八娭毑,才不与之辩论。办喜事那天,照例请王娭毑背诵语录。王娭毑溜光的梳了一个头,痴痴地背。刚背完一条,就发现卷起的袖子垮下一只来。于是好觉得失格。她说要奋斗就会有牺牲。新娘子忍不住掩一口皓齿吃吃地发笑。

"笑,笑,等下关了门有你笑的!"余娭毑居高临下愤愤自语。她在对门小木楼上,业经看了半天的热闹。

不料那门关上便不轻易打开,大白天也总要紧紧的一个封闭。不晓得一屋的什么意思。

"你屋里饭香了吧?"必先敲他的门。

尹再福趿起一双鞋,慌张到厨房看饭。锅其实都没开。

"要下雨哒,收衣呀——"吴六娭毑做出忧虑的样子看看天,随即去觑尹家窗户上一个熟悉极了的缝。

"这屋里有人没得?"

却见那漂亮媳妇斜斜躺一张床上，尹再福则坐了跟她打扇。

吴六嫂驰用劲瘪了瘪嘴。

不久就流传一种说法。

"那不是个好东西呢，她原先是玉米大王的堂客！"

玉米大王，是牙齿极像玉米的大王。住坡子街，甩得一手好吊锤。后来当上"八一兵团"的司令，被六〇炮炸死了。既然她竟做过他的堂客，做过堂客之后竟又跑到席草田来再做一盘媳妇，还那样漂亮，足见不是个好东西。难怪尹再福只配在街办厂子描图。细耳朵通红地描，不知耻辱地描。

接了是刘成九。这刘成九在部队搞脱一根指码，退伍当房管员。话讲不大伸吐，所以老实。都忘记他也是要结婚的。没想到讨了一个绝色。这绝色关键是绝。找得出第二个那就不绝。上海第一百货大楼有个营业员阿妹，名满江南地漂亮。外地人出差都要去寻了看，没看到的回来也说看到了，照样得意。这本来可以叫绝了，但我们长沙亦迅速发现了一个营业员妹子，漂亮得至少同样出奇。原在对河岳麓山招待外宾，人称麓山西施的便是。结婚后下凡到位处闹市的妇女商店化妆品柜，一时间引无数倾慕者纷至沓来，莫不以先睹为快。直到其丈夫（市革委某领导的崽）设法调她到小百货批发站，才逐渐平息这一场风潮。而"我们的"梅芳，即刘成九的媳妇，实在不比上海阿妹及麓山西施要差，所谓"不比哪个哪个要差"，其实含得有"不定比哪个哪个还要好"的意思。故堪称绝色。尤其作为对玉米大王或玉米二王之流的一个胜利，正应该不时拿出来称道。

"你看刘家媳妇几好，做饭把她老倌吃！"

"到底是头一次，有红适白。"强调红。

"走路也看得出来。"

"跟她老倌打扇。"

到听说梅芳在凯旋门照相馆工作，那称道更发展成为景仰。何况还是搞暗房的。她的反不及麓山西施出名，自然也是道理。不过仍免不了耳聪目明有些顽徒泼皮，借由头闯进暗房与她啰唣，终吃她劈掌打将出来。这些情节，不晓得刘成九是否听说过一二。她生了一个女，四斤三两。终日抱在手里，如捧猫崽。唤作崽崽。

崽崽长到十岁，方才长出许多的灵秀来。

先前，这里看不到几户人家。丛丛簇簇的尽是野草，掩一片乱岗荒丘。年复一年地自有一种昌盛。天心阁上望下去，那昌盛却不免蕴藏了许多破败及萧瑟，引一些善感人士生出几分追昔抚今的酸辛。风吹草低，有时还可以见到探头探脑一两匹野狗，正撕扯某物为食。那行为自然不好说高雅抑或悲壮。所以这一带寥寥萋萋的枯荣事，竟不曾被历代的风骚文人们拿了，放在吟咏天心阁景观的词章中平添野趣。

某年间，出了一个聪明人，割了这些高及人头的野草去编成凉席，一卷卷摆在杂货铺里卖钱。据说赚了无数。就有人跟着仿效。

你也来砍，我也来砍，居然成了一种事业。凉席销到广州及汉口，年年没得存货。有个落魄秀才，洋洋洒洒做了一篇抑扬顿挫的文章，专道其中的好处。最大一个好处是可以睡出卧龙先生的韬略，最小的好处是收汗。于是中南数省的显贵豪富，莫不以一睡此席为凉快。即连扬州的名妓，亦要花大价钱买去做床上的行头。凉席遂越编越精致，还玩出形形色色的图案来。丹凤朝阳，狮子滚球，麒麟呈祥，鸳鸯戏水。有一铺鸳鸯戏水差点在巴拿马万国博览会上获奖。只不过因评委史密斯先生皮肤患席草过敏症而大加反对，终未能够金榜题名。不然，席草田简直要与杏花村齐名的。而若此兴旺的长沙凉席业，也不至于吃天心阁城下的一场炮仗，渐竟销声匿迹了。

那是清咸丰二年，太平军肖朝贵在这里攻打长沙城。一下子打了一些人进城去，一下子又打了一些人出城来。这样搞了近三个月，相持不下。一日，知府江忠源遣守军从天心阁出城，抢占席草田的制高点蔡公坟，挖营筑垒，以屏蔽东南两面。一架火烧出一大片开阔地。肖朝贵划算，再派些精壮兵勇打进城去。站起身正预备知己知彼，不防一颗炮弹飞来，尚未来得及喊一句悲壮的口号便饮恨身亡。

如今的蔡公坟，还有一块同治十二年勒的麻石碑。八娭毑的房子倚倚地与它相依为命。赵满婆婆一直认为，挖去巩固自己那个花堆子正合适。但据八娭毑分析，这块碑一挖，她的屋就会要倒。

"而且，蔡公也不得答应呐。"

这蔡公，大约是福建人（碑上所记），大约也是天心阁打仗打死的。一说坟中其实并无蔡公，只有一件血衣。这反而使人觉得更可怕。至于他的名字及翔实生平，包括为什么跑到这里打仗，为什么打死之后被尊为蔡公，一概地无可考定了。只有八娭毑，一直肯定地指出，蔡公，那是个好人。

最早一次战例，却还是三国时候的故事。关云长提了青龙偃月刀来大战长沙，劈面正碰老将黄忠。也提一把大刀。你一刀来我一刀，连续搞了百余个回合，也没互相砍下头来。关云长转背耍了一个拖刀计，黄忠亦回马射他一根报恩箭。最后还是两下里一齐动手，共同把城池赚去了。据王娭毑的崽戴起眼镜考证，这一出著名的双刀会，就是天心阁城下开场收场的。

天心阁之所以引起如许多的刀兵相攻，原因盖在于它的地势突出，可以雄视整个长沙。同治三年建防火瞭望塔，民国五年建午炮亭，也都曾借过天心阁的威武出世。"城东南隅，地脉隆起，冈形衍迤，上建天心、文昌二阁以振其势。"这段文字出自《重修天心阁记》，是清代李汪度的手笔。"阁后下瞰平畴，稻畦鳞次。左右凝眺，则澄波环绕，沙岸参差，帆影樯风，与黛色烟鬟，如列户牖。盖极城南之胜概，萃于斯阁。"此公文章朗朗上口，意境深远，委实做得漂亮。然终不及范仲淹两字关情来得厉害。因此天心阁的名气，竟远在那岳阳楼之下。追究起来，恐怕要怪当时盛行文字狱，把我们这位李公的忧乐吓得不敢溢于言表。只好眼睁睁放弃了一次做文正公的机会。后来他果然没被搞到冤假错案中去，总算做了一条不吃眼前亏的好汉。

然而"上建天心，文昌二阁"。那文昌阁搞到哪里去了呢？闻说与天心阁合并了。人们也就不再去详究。其实详一究又会是疑窦大生的一件事。这楼阁何以能够合并呢。大约先要将它们拆毁，再收其砖瓦堆砌成一栋。古人有时候是喜欢干出这等事来的。但毕竟却又何苦。况且我们至今还没有见到一篇《合并天心文昌二阁记》。也许是文既不昌，就不必再文了吧。好在王娭毑的崽，搜集了大量不易寻到的资料，拟在近期完成一篇三至五万字的论文，以冰释这一疑问。此处我们就不再深入讨论了。

2

整个席草田，最有资格的人简直就是王娭毑了。杜户籍刚调来的时候，居委会主任照例陪他四处熟悉情况。这里那里看，东家的肠子长西家的肠子短。走到王娭毑屋门口：

"这是王组长。她是浏阳出来的老革命呢。"

杜户籍立即庄严起来，毕恭毕敬：

"王大姐！"

王娭毑正在晒萝卜菜。赶忙放下箅笭，老练地点点头。一脸都是对接班人的慈爱。过后却颇有些愤愤。

"我几十岁了，他何事喊我大姐！"

"你是老革命呐。老革命都喊大姐。"

这才作罢。不过想来想去，还是觉得不做娭毑做大姐吃了亏。

"王娭毑，你送过情报？"

鼻孔一哼。岂止是送情报。

"王娭毑，你还去打过游击？"

眼一翻。何尝只打游击。

"啊吧王娭毑，你搞到如今还住这样的烂房子，正式划不来呀！"

王娭毑泰然一笑，胸怀全球的样子。

"世界上还有更烂的呢。想想他们我的房子就不烂了。"

这话她讲了有十几年。据说是先头她那个老倌告诉她这么讲的。那老倌文有文才武有武才，当年曾把一个盯梢的家伙从五层楼上丢下去搭死，然后乔装脱离险境。

他而且腰里插两把驳壳枪。

"王娭毑王娭毑，是浏阳大围山大呀还是岳麓山大？"

"你说呢？"王娭毑启发式教育。两手一叉，仿佛腰里插得有四把驳壳枪。

东出长沙城百余里，达浏阳县境。大围山海拔一千四百多米，属罗霄山脉。世所闻名的浏阳河，即从大围山发源，委委了九道弯之后，在长沙城北扎入湘江。

一点一横长，一撇到浏阳。

浏阳出豆豉，豆豉一寸长。

是细伢子们唱的一首歌谣，解的一个"厨"字。大抵先前商人们也拿了它去做广告吧。浏阳豆豉虽然做不出一寸长，却确是好吃。蒸肉，打汤，做辣椒，用浏阳豆豉那是盖世。它使我们的生活变得醇美丰富，变得多层次多侧面。有好长一段时期，豆豉都不浏阳了，长沙城只好委委屈屈满城吃一种极痛苦的豆豉，喷臭（下锅还是香）。这还要每月计划供应。王娭毑听说孙女一个同学的乡下亲戚想买豆豉，特是冒着酷暑送票到对河她学校去。那是一个中午，王娭毑在女生宿舍楼下喊：

"晓立呀！立伢子哎——"

长沙的习惯，把伢子喊成妹子，或妹子喊成伢子，是格外一种亲昵。

"立伢子吧！"

晓立被喊睡，慌忙往身上套裙子。探出窗外一看，娭毑站在大太阳底下，一把巨大的蒲扇遮脸。树上蝉娘子吱呀吱呀。

"娭毑，做么子呐？"不敢高声，午休。

"豆豉票，我送来哒！"

一楼的女生全部笑醒。窗户里伸出一堆堆蓬蓬的头发。

"豆豉票——豆豉票——"

这消息从电子系传到机械系，又从机械系传到了土木系、数学系、经济管理系。

王晓立说，她娭毑跑到学校里这么急死人，不是头一回了。读初中的时候，有一天下午正在学校排演样板戏。突然娭毑跑来了。

"立伢子，回去跟我收煤去！"

"收什么煤呐？"

"收藕煤，你没看见天要下雨了？"

天果然要下雨了。晓立却急得想哭。她在学校当班长，演阿庆嫂。

"去不去？去！"竟揪住阿庆嫂的耳朵，跌跌地走了。

胡传魁与刁德一面面相觑。

"跟她讲不清，哪个都跟她讲不清。"那时晓立还不晓得，她有个高级别的爷爷，住河西岳麓山后山脚下。

娭毑是从不跟孙女讲年轻时的故事的。几岁就去做童养媳。之前的那些事情，实在记不大得了。只印象中似乎有一个极瘦弱的老头，躺在帐子里终日地咳嗽。咳些什么也不记得了。婆家在大围山脚一个百十户人家的村子里，一到晚上就被黑黢黢山影所掩盖。偶尔几声狗吠和人语，并不能打破墙角及青石板路边鸣虫的悄唱。还有夜猫子哇哇地叫。

十七岁圆房。原先是要她做老大的媳妇。结果老大挑茶籽，从山上跌下来死了。谁也不晓得何事跌死的，大概是饿得发黑眼晕。

嫁了王小二。那是普普通通一个秋夜。一屋人围一桌吃了一碗豆豉辣椒蒸鱼（一种极小极小的鱼），算是办了喜事。王小二洗了一个澡，溜进房来带上门，轻轻喊一声：

"凤妹子。"

凤妹子就是那时的王娭毑。

"凤妹子。"又喊一声。

凤妹子心里打鼓的一样。

"凤妹子，我对你好。"

"你对我不好。那次跟你送饭，他们都笑我，你睬也不睬，装作没看见！"

"你再送饭，他们保险不得笑了。"

"我再不跟你送饭了。"

"你送你送。我告诉你一句话!"

"我不听。"

"不听,真的不听?"

"么子话?"

小二到耳边咕咙咕咙。一嘴巴热热的鱼腥气,带辣椒豆豉味。

"你痞你痞!"

她生了两个崽。死掉一个。小二参加了赤卫队,袖章一戴,梭镖亮堂堂。上山去了。

"你好久回?"

"仗打赢了就回!"

凤妹子把细崽捆在背上,挑一担蜂翻山越岭去采蜜。茶花,油菜花,桂花。晚上睡在破庙里,透过一双大脚的趾丫看菩萨像,觉得几好玩。

一年之后回家一看,呆了。

整个村子都被烧掉。村里人杀个精光。树上吊一具具尸骨。山风吹过,鬼哭狼嚎。哀哀地顿足哭了半天,忽然醒过来。急忙捡拾了一下,背着细崽逃到长沙。先给人当女工,后又进了裕湘纱厂,一做几十年。

"王娭毑,那时候你一个人不怕?"

捋起袖子,显然是不怕。

一径到解放,才晓得丈夫王小二的下落。他改名王健,在省委组织部当什么长(后调党校当副校长)。

"小二,小二,你不记得我了?"

王健当然记得。但刚刚与吴渊结过婚了。早在三十年代,他们两个就扮成一对夫妻,被派往上海做地下工作。吴渊那时一身学生妹子味,喜欢故作深沉地凝思。而且在笔记本上写好多的诗,拿给王健看。王健故意看不懂。

"你呀,"吴渊娇嗔,"真是个傻瓜!"

王健想,傻瓜,在我们老家是喊"宝"。

后来听说，老家的人都被杀光了。他去看过一次，断壁残垣，凄若阴界。几十年没人敢住。他找到自己的家，找到那条被荒草湮没的青石板路，及那个曾吱呀唱个不停的茶油坊。

"小二小二，你把我忘记了！"

王健当然忘不了。跟吴渊结婚，都已经四十好几了。他说，他应该付生活费给凤妹（省了一个"子"）。他说，他想时常看看儿子。

王娭毑于是每个月到邮局去取钱。有人说三十块，有人说五十块，还有说一百块。总而言之老革命。王娭毑也真的就有了一副为人表率的样子。到处做好事。扫厕所，收粮折，帮各家各户贴窗子上的防空纸条，送饭给叫化子吃（穷苦的兄弟姐妹），背语录。

她背得出四十七条半语录。正确使用的有十一条。

从来没看她跟人吵过架。

晚上不到八点，就把晓立喊睡觉去。自己却一个人躲在黑暗处，骂隔壁的隔壁住的吴六娭毑。细细地骂，恨恨地骂，姓吴的姓吴的地骂。有一次竟骂得失声痛哭。

"娭毑你哭么子呐？"晓立从床上撑起上半身，莫名其妙。

"哭么子哭么子，不关你的事！"

忽然正色，"你困你的觉！要斗私批修……"

还有一次。晓立放学回家，发现娭毑直挺挺地躺在床上。

"娭毑娭毑，你何事搞的呐？"

双眼紧闭，直是不吭声。

"娭毑！娭毑！"要哭。

王娭毑蓦然坐起，抓住孙女的手：

"娭毑会要死了。你快快去喊人……"

吓得一蹦。

"我，我去喊爸爸！"转身就跑。爸爸住社科院宿舍。

王娭毑却嗖地跳下床，箭步追上去抓住她："不是的呢，不是呢！"忍不住哈哈笑起来，"莫去了。我不得死了。"

进了大学，晓立才听说自己还有个爷爷。是一位政治经济学的权威，到她学校做过报告。一根粉笔，在台上讲得风流倜傥。星期六的下午，她去看爷爷。找好久才找到。

那是一栋旧式的小洋楼。只有三个人住：王健，吴渊，保姆。房间里一格一格的尽是书。有的地方抹得锃亮，有的地方却是厚厚一层灰。爷爷给她吃橘子。

"来了好，来了好。"剥一个橘子，又剥一个橘子。

"爷爷你还好吧？"

"好，好。"

"奶奶呢？"指吴渊。

"她不在。院里开会去了。"

"她还好吧？"

"也好，也好。"

懒懒一束斜阳，打在房间的地板上。窗外满山都是枫叶，业已红得深深浅浅。

"娭毑还好吧？"爷爷眼睛不看晓立。看橘子。

"好呢。"也不看爷爷，看满格子的书。

"那就好，那就好。"

晓立记得有一年，两个穿毛领子军大衣的人跑到席草田，请王娭毑控诉王健的滔天罪行。

"因为我们是为人民服务的，"王娭毑说，"为了一个共同的革命目标走到一起来了。"

"那么，你讲讲吧。"一个毛领子说。

"讲么子呢？"

"就讲，他如何欺骗你，把你抛弃的……"

人们在门外听见噗地一声，只见毛领子拿袖子揩着脸，仓皇退出门来，逃得远远的回过头骂：

"好，好。你们一丘之洛！"

自此人们才清白，有言其丈夫负心者，老妇必唾其面。

"何释一丘之洛呢？一丘之貉。"五爹摇头晃脑，"貉，乃一种野兽，耳小嘴尖，昼伏夜出，以虫类为食……"

但老师极为赞同。

这一段情由，王健不禁为之动容。寻个好天，过河来看王娭驰。至天心阁城下，教司机把小车左近停了，往席草田一路步行过来。太阳是散散地照着，风也还吹得爽快。一面尽想些不要紧的事。

这样到了街口。

街口一家陶瓷店。不大，橱窗擦得还明净。摆的陶瓷器，多是铜官和醴陵所产。雅如舞袖飞天的托盘，俗如炮制酸豆壳的坛子，和谐相伴。就站了认真地看。

　　我们都是木头人，

　　不准讲话不准笑，

　　不，准，动！

几个细妹子玩"木头人"游戏，一齐地喊着，忽然停下来，把各式的姿态僵持在那里。

"哈，你笑哒你笑哒！"

"我笑呀，你先笑。"

"你先笑呢。"

"狗先笑。"

"重来重来。"

"重来。预备——起！"

　　我们都是木头人……

屈仄的那条街，在两旁砖砖木木的房屋挟持之下，伸到一片檐宇的沉着之中去了。三两点色彩跳跃的浅花衣裳，在深处的竹篙上飘扬，竟就破了这街子偏紫偏灰的老气。侧身举目，太阳照在天心阁上，把大块浓重的影子投向席草田挤密压密的屋顶群，如铅如铁。

徘徊了好久。

"乌骨鸡吃了好的。"一个老头的声音。

转背一看，五爹（当然不认得）。手里捏个巴壁虎。

"你看，像不像真的？"举起给王健看。

原来是一种棕编。

"真的好像。"

"活的一样。"五爹把它放在王健手上，又捏起来。

可惜动不得，王健想。

"我喊应他们不要去看不要去看。结果呢好。"五爹慨叹，"猫生崽是头一看不得的。一看，崽子就活不成了。"

"他们去看了？"

"他们哪个管？哪个管？喊都喊不应！"

巴壁虎捏在背后，拐进了街口。"乌骨鸡吃了好的。"

王健看他良久，竟没有进街。把步子慢慢地放着，一径走了。一头的鹤发在风中飘拂。

3

席草田于民国初年划入市区，席草亦早已迅速为各色房屋所驱逐所围歼。即使古稀老人，也记不得当年的荒僻与凄清了。仿佛这一带的发达由来已久，够格卖一卖杏花了。其实只要细细作过比较，即可发现城内的深巷幽院虽然极尽曲折和复杂，却总是错落有致，不失世家风范。全不比这里布局零乱，至今还理不出一条有始有终的街道。

这一片都叫席草田。

弯弯里有一栋碉堡形状的洋房，是唯一令人肃然的建筑了。用一高高厚厚的大墙围着，拿了做红光小学。也有了一些个年载。

先前却是本城警备区司令部的所在。

八娭毑在席草田，住满六十年了。那间板壁屋，被无数的铁皮纸板钉得乌焦巴弓。门搭子锈成一根筋，换个七十岁的婆婆，伸手就能扳脱。然而八娭毑，九十多岁了。她把门一锁，双手紧握竹节拐棍，指出孙子的险恶用心：

"你想得好！把房子修整修整就归了你是吧？我还没死。死了你再修，随你修！"

孙子于是很五十岁地站在那里。憨厚着不敢动。仿佛正在凭吊蔡公。

这间老屋，是跟老倌两个人置下来的。老倌做裁缝。其实是他裁她来缝。勤勤恳恳勤勤恳恳，终于从大户人家的手里，赚来一个金钏子。拿它在城内城外寻看了好多天，这才兑到一间半新的瓦屋。那时席草田的地皮比别处便宜得多。

八老倌最会裁旗袍。女人不管肥瘦，经他的手裁出来，一律地楚楚动人，横生出一些个妙趣。有一任警备司令姓酆，是个旗袍迷。一屋的太太姨太太，哪个旗袍穿得好看就喜欢哪个。八老倌因而时常被喊进酆宅，给这个量身子给那个量身子，尺寸是眼花缭乱。幸亏记性好，不得搞错。本以为又可以赚到个金钏子的，不料有次量身子一弯腰，一口血吐出来，脚一伸死了。某姨太吓得"啊——"一叫，昏睡了三天三晚。

酆司令最后被枪毙了。据说他派军队烧了长沙。整个城市一片大火，死伤逾数十万。

奇怪的是八娭毑的屋居然没被烧掉。

"那是搭帮蔡公！"

因此八娭毑喂的洋鸭婆，似乎也比别个喂的要长得大。

毙酆在识字岭。还有两个同斩的也是主犯。三个都一枪打死。成千上万人围观，个个咬牙切齿。都说是解气。然而长沙总之是被烧掉了。那个曾经一举昏睡三天三晚的某姨太，这回却没昏睡，而是精力充沛地投入了分财产的活动。后来带一只桶箱走了。一说她走了重庆，一说她到了香港，一说做什么尼姑去了。

识字岭在浏阳门外，距天心阁亦不太远。百年前那里是一片荒凉，当地民众修了简简单单一条石子路，故称石子岭。虽然坎坷，却成为协操坪驻军的必经之道，终至于扩建成一条通达湘潭的军路。当然也还是简易得很。有个前清的举人，官场上并不甚得意的，曾到这岭上授过几天课。石子岭便雅成识字岭了。没料到后来，专做了杀人的胜地。

"先头那就不是用枪打呐。用刀，"吴六爹比画着，"这么长，飞快子抓得手上，一嚓脑壳就跌得一滚！"

听的人都好佩服。

吴六爹那期子住得便河边，做结麻花卖钱。这便河边的河不是湘江河，是护城河。修修长长地，大约总有些紫燕灰墙青杨柳的景色。不过城墙早经拆得只剩了天心阁一隅，护城河也渐渐填实，成了武广铁路线当然的路基。便河边还是喊便河边，实际上却是便铁路边了。住那里的居民百姓，受每日里车轮滚滚的蛊惑，纷纷将以往的清闲抛弃，各自干起了营生。开煤店米行当铺，卖香烟水果，卖草药膏丸，摆米粉馄饨摊子，你热我闹地搞。吴六爹炸结麻花。结麻花贵在其结，结实梆硬的结。齿力不强者自然不敢问津。传说这东西始见于清同治年间。南门口守城兵周某，借查验夹带为名，以挽筒插入各商店运经城门的货仓，抽取少量灰面白糖作为样货。日积月累，所取较多，乃于夜间无事搓炸成小麻花，一早命其幼子摆在城门口贩卖，颇受小菜担贩欢迎。搞了几个回合，周某正式做起结麻花生意来，不数年，居然赚肿。守城兵死后，幼子将麻花益发地做得精彩，到了名满潇湘的地步。不仅一般平民喜爱，就连高门大户书香世家，也常常心血来潮买些作为品著的助兴食品。嚼得动的，立即有了肾精旺盛的自我感受。嚼不动的，用香茶泡软了慢慢地啜，也是一种修身养性的手段。后来周家置了田产，铺店收束，迁去乡居。还引起文人名士的着实一番气恼。的确后继者虽不乏其人，你也麻花，我也麻花，而且都喊成"南门口的结麻花"，却已经不是当年周家老店的风味了。有位书生，痴痴迷恋先前周家一位当炉制作麻花的麻面姑娘。终于痴出一口痰来，疯疯地笑着，赤足高歌而去，不知所向。好事者因撰打油诗刊之长沙小报：

> 去年今日此门过，
>
> 麻面麻花相对搓。
>
> 麻面不知何处去？
>
> 麻花依旧下油锅。

至今传为笑谈。

吴六爹的麻花是小本生意。常常是晚上收了板子，还要拎个小竹篮，把当天的剩货卖完。遇到杀头的队伍从浏阳门出来，必然迅速拍了两手灰面，解去围兜，风尘仆仆跟到识字岭去看。自然不忘带一满篮结麻花，供应那些看客。正午时天心阁一声炮响，被杀的人开始吃法饼。吃得看客们一个个肚子饿起来，便把吴六爹的结麻花抢购一空。吴六爹于是得以轻装上阵看。刽子手刀藏袖底，一俟法饼吃完，手起刀落，就可以回去困午觉。后来杀头的一多，法饼要自费供应，也就没得几个人吃了。再后来杀不过来了，改用枪打。人们觉得兴味索然，看客少多了，吴六爹这才不大去识字岭。人民政府手里定烈士，找吴六爹作过好多证。有两个劳工，一个姓魏一个姓林。被拖去杀头。魏在前面走得趾高气扬。林却在后面说：

"……我那女还没来。"

"还么子女！"刽子手怒喝，一推一推．

"就要到了，快点！"

林犹自回头望女。

魏定为烈士。林没定上。吴六娭馳把老倌狠狠骂了一顿。吴六爹悔愧难当。

"你缺德没良心，明日子不得好死！"

不料果然不得好死。吴六娭馳想起当初这句咒老倌的话，哭得啊啊地。

直喊要去碰壁。

4

娄老师没结过婚。但老师也没结过婚，然而听说她有一个崽在乡下。所以就不叫作真正没结过婚。

"说是还蛮像她呢！"

"真的呀？那怪不得。"

于是拿了娄老师跟但老师比。据说果然就不同。尤其走步子，一个走得紧，一个则明显走得松。

不过又听说，那个崽其实是她先前的一个学生，或学生的学生。而且很久以前便不跟她做崽了。而且反不如从来没做过崽的亲切以及自然。而且这所谓之崽谁也不曾见过。

"街上今天人多吧？"

"不晓得。我又没上街。"

"那昨天呢，昨天你上了街呐。"

娄老师不再搭话。但老师便走出小屋，抬头去看天。

"你看啰，太阳出来了呢。"

其实太阳早出来了。窗口，一引牵牛花援绳而上，直是开得清澈。小屋滤进一片青青葱葱的光色，阴凉舒服。

这小屋她们住了二十年了。先前两个都住学校。拆房子盖教室，就搬到席草田来了。每天早上各抱了一抱书，稳稳重重去上课。细伢子细妹子，都对她们很敬畏。

"娄老师好！"

"但老师好！"

娄老师、但老师谦和一笑，身上跌粉笔灰。

吃饭是两个搭伙。一个择菜一个洗碗，倒也还相敬如宾。

"娄老师你多吃菜呐。"

"但老师你吃呐。"

退休之后，才发现渐渐地可以生些口角。但老师洗碗，娄老师从筷笼里抓出一把筷子，伸到但老师鼻子面前。

"这是你洗的筷子呀？"

"何事呐？"

"你自己看，自己看。我不讲。"

便取过眼镜来斟酌，果然筷头上还沾了一粒辣椒末子。夺过来往盆里一丢。

"你呢，你择菜，青菜叶子都择掉！"但老师早没作声，怄在心里已经有半天的过不得。

"哪里择了呐？"

"好，我去找把你看。"当即丢下碗筷，去门角弯里一顿翻，不料早已进了赵满婆婆门口的潲水缸。

"哪里有哪里有？"娄老师得意。

"那我的筷子也没得辣椒粉。"

"你才看到的。"

"没得。"

终于一个星期不讲话。

"南方浴池开业了，你去洗澡吧？"

"是洗淋浴吧，一格格的，没得门？"

"没得门。"

"那像么子啰。你看我我看你！"忽然做出很不好意思。

"那是，那是。"也不好意思。

都情愿自己烧一壶水，躲门背后颤颤敲敲洗。

那年一场雪，下得十分的重大。看窗外，树和屋檐都幽幽有些发蓝。娄老师在家切肉。但老师到外面找她的学生，回来一身雪。

"都找到了？"娄老师放下刀，呵手。

"找到五个。"伸一只手，喜气洋洋。

"来吧？来吧？"

"来，都讲好了来。"

除夕夜，一个个他们都来了。不止五个，共六个。其中一位个子高大的北方妹子，是老张的堂客。

"你烧得鱼吧？"但老师问她。

北方堂客就憨厚地笑。老张解释，有次她烧一锅鱼，簸苦。

"我会搞鱼我会搞鱼。"络腮胡子挽袖。

"洪师傅，那就你搞。"

洪师傅也是学生。细时候调皮，拿弹弓打玻璃。如今在株洲机务段当洪师傅，坐火车回来不要钱。

"老张，你们要吃呐！"娄老师挥筷。

"吃，吃。"

老张其实才三十岁。很拘谨地动一箸，再动一箸。北方堂客倒是大方，吃面一直吃到打嗝的程度，才抬起头来看一眼。

"过年——啊！"巷子里细伢子们放鞭炮。

第二天睡到下午，两个人都还缩在被窝里，看窗子外面的雪。

"你起来吧？"

"还睡一下。你呢？"

"睡。"

一桌子没吃完的酒菜。但老师爬下床踮到桌旁喝了一口冷酒，立刻跑回去钻进被窝。嘴里哈哈地出气。娄老师见状，下床也是一口冷酒，也哈哈地往被窝里钻。

不一下又变成了鼾声。

"好痛。"有一天娄老师快快地。

"去看看哟。"

"那么子看头啰。不看呢。"

"我这里也有点痛呢，肩胛骨这里。"其实并不真的痛。然使劲一体会，果然就痛。

这样过了一向，但老师把五爹请来看。娄老师张皇失措。泡茶，茶叶放了三把。五爹戴上系眼镜的细绳，预备诊病。

"哪里痛呐？"

"这里……"含糊一指，"这里。"

"哪里？"眼镜背后皱起一副眉来。

"这里，胳肢窝里。"

但老师不觉心跳，立即转身去倒茶。才神色庄严，伸手过去要摸。娄老师急忙一闪。

"哎，不是这里不是这里！"

"哪里。"

"这里，胸口这里。"犯了错误一样。

五爹长叹一口气，环视四周，去桌头取了一页纸，一笔一画开药方。

"这是么子？"

"蜈蚣。"

"啊？"但老师哆嗦。转眼看娄老师哆嗦，娄老师并不哆嗦。

"好痛。"又一次。

"到医院去看？"

忆起五爹要来摸她的细节，娄老师哪里都不想去看。直到那一天，把娄老师痛晕过去。找几个学生抬到医院仔细一检查，乳腺癌，一大团肿块，已是绝对的晚期。

娄老师再没回过那个小屋。

每天但老师把小凳抽出来，晒太阳。晒得无聊了，就打毛线。从箱底翻出一件极不辨年代的毛衣，在阳光下拆出些灰来。然后打成领圈及毛袜。

"你要吧？送把你啰。"

却没有人要。

但老师怀才不遇，颇有些闷闷。忽一日，说起远在东北的一个学生来。东北那地方总该是冷得很的。总该是需要领圈以及毛袜的。如此想过一回，精神大振。把剩的几针做了一个有力的收尾。缝成包裹放了，掣出砚台来细细地磨墨。刚画完第一个字，便觉得这字有一撇太重。于是新裁出一方白布摊开，又写。极力把它撇得像刀。果然就刀。接下来又捺，这捺要捺得像足。然而第五个字，虽然刀而且足，却摆布得不够匀称。复废弃不用，再裁一方白布，再写。嘴唇还撮起一束力来。运笔至右，力引嘴唇往右；运笔至左，力引嘴唇去左。书写下来，浑身一通透，才隐隐地腕里有些筋痛。送到邮局，又觉得那邮戳剁得太响，不舒服了好久。回家想起想起，忽生一疑。那地址会不会写错呢？应该是五十一号，何以记得写成一十五号呢。心下惶惶起来，茶饭不思。急忙去找一位邮局工作的学生。晚饭都不吃，帮着把包裹翻出来。戴上眼镜一计算，地址并无一错。于是但老师去补牙齿。

牙科医院正翻修门面。地上墙上泥糨糊搂了的。牙痛病人一律从侧边一张打粪用的小门进进出出。一摊摊积水，掺有可疑的黄颜色。但老师一手捂嘴（兼捂鼻），一手提起裤脚跟在一些个人后面，踩那水里丢的几块窑砖进去。当然还要扭几扭腰肢。到得内里，却见焕然一新。四周都面的白亮瓷砖，又不是前两年那个样范。找到一位年轻的女医生，其丈夫做过她学生的学生。女医生自然拉下口罩来做了一个笑，让但老师呵开嘴于一张转椅上仰定，拿电钻伸进去，嗞——

"嗯。"

"痛吧？"

"不呢不呢。"其实痛。

女医生从盘子里拿出药水一挤，要但老师漱口。端盘子的女人四十来岁，不戴口罩。

"我就是不睬他。"女医生对她说。

"那他呢？"

"他不死了猴子！"

那就是说无计可施，但老师想。嗞——

"嗯。"

"痛吧？"挤药水。"再一闹，我就跟保姆睡。"

"保姆不是睡客厅吧？"

"我把她喊过来，看他好意思进房。"

嗤——

"嗯。"

挤药水。女医生叽叽哝哝说什么。四十岁脸上放出光彩来。二人清脆着笑。嗤——

"嗯嗯！"

"动不得动不得！"走到盘子面前，准备调点糨糊一样的药。

"那你们，用么子方法？"

"用工具。"

"不用药呀？"

"我们不用药。"女医生断然。

"用工具蛮麻烦呐。"

"让他去麻烦唦！"白帽子白口罩之间，极其明亮地翻一眼。

嗤——

"呃。"

"哦，上药上药。"

街口，五爹躬起背，蹲在墙角仔细寻寻觅觅，仿佛正考古新发现。阳光照准他削瘦的屁股，悠悠蒸出潮气。

"找么东西呢？"但老师故意捂嘴问。

"找，海金沙。"

"么子沙？"捂得更重。

"海金沙。就是檐老鼠屎呢。"

"那有么子用啰，檐老鼠屎。"

"嘿，没得用。治鸡盲眼，才好。"

但老师记起自己并没得过鸡盲眼，始放下心。五爹起身拍拍手。但老师又把嘴捂给他看。挨了一耳光的样子。

"何事搞的呐，嘴巴。"

"你看她无聊呗，"赶紧向知音控诉，"她跟我里面上砒霜呐，你看她无聊啵!"

五爹脸色顿时严峻起来。

"砒霜,那随便上得!我看看。"

但老师感激涕零,顺从给他看。五爹用手去掰,一股檐老鼠气。檐老鼠是什么气,讲不清白。反正大概就是五爹手指码上的气。

整整两天,嘴巴皮子总感觉十分的那个。

"你看无聊啵!"

又一个冬天,人们看见但老师打把伞从外面回来,满身的雪。几乎就是一个蹒跚的雪人了。不晓得她的除夕,又请来几个学生吃酒。

"过年啊——"细伢子们放鞭炮。

发现但老师的屋,亮了整整一个通宵。

5

窗外有两棵树。一棵是梧桐树;另一棵却不是梧桐,是苦楝子树。春天里,梧桐开白花,一阵骤雨打过之后,就大朵大朵落下来,漂在积水上,和细伢子纸叠的兵舰一起航行。

那积水是阴沟眼堵死了。

余娭驰便提了一把火钳去捅,茫茫然这里戳一下那里戳一下。直到终于捅出一个顺时针方向的小旋涡来。兵舰和梧桐花,纷纷搁浅了一大片。以为都是废纸,——夹到眼睛面前检验,再分别进行扬弃。

余娭驰最恨猫。

第一,猫爬床。几多邋遢。第二,猫嚎春。半夜里突然一阵鬼哭猫嚎,那是猫在干好事情了,嘈邻聒舍地,引出人无数丑恶的想象。第三(最重要的),猫上屋。上去后还要巡游百家,却把一顶瓦踩得稀疏垮烂,埋一些漏雨的伏笔。

忽然余娭驰侧耳不语。一只猫上屋去了。

"呔——！"一声断喝。

那猫吓得哗啦哗啦，一路鼠窜掉了。余娭馳跌足痛惜：

"天呢，我屋里到处漏呢！"

赵满婆婆则躲在门背后很有目的性地笑。

追溯起来，余娭馳家里也曾是养过猫的。比方有只猫全身净白，唯一根尾巴却漆黑。唤作"雪里拖枪"。这是余娭馳的父亲宋老爷取的名，大约想借一点林教头风雪山神庙的豪迈。所以小名又叫它林教头，林教头除了拖枪，再别无嗜好。不爬床不嚷春不上屋，几乎趋近于完美了。只捉不得老鼠。结果被人打死丢在大门外头。都晓得是姨娘干的，却没哪个敢则声。宋老爷只好研墨挥毫，做了一篇文采斐然的诔文，叹惜它生的肥胖死的壮烈。噫唏吁兮呜呼哀哉。

宋老爷在省教育厅，做一种什么督或督什么的官。极是会之乎者也。原配夫人早丧。续弦雷氏，是个宽厚人。连生两个崽，都没带得活。终于生得宋老爷意懒心灰。又讨来一个小喊姨娘。

"最毒！"忆起那姨娘，余娭馳每每要咬牙切齿。"用这么粗的棒槌打人，还要跪瓷瓦碴子……"

那时候都喊余娭馳做镜姐。

"镜姐你又挨打了？"

"镜姐你膝盖血淋淋的，好遭孽！"

镜姐不哭，挨打挨惯了。

"镜姐，我踩不动了。快来帮我踩这脚盆被单！"井边上女佣人喊。

镜姐就快快活活跑去踩。脱下鞋袜子一丢，跳进清冽的井水。脚趾码冻得通红。

所以余娭馳不是小脚。

二十五岁那年，镜姐带着一个两岁的女儿，逃回娘家来了。丈夫余老三，是个破落家庭的纨绔。整日里嫖赌逍遥，在外头不落屋。喝醉了酒就把烟屁股往镜姐脸上戳。镜姐那张脸是很漂亮的。

什么督或督什么的宋老爷听了，哼一声：

"岂有此理!"

余老三在酒楼喝酒,一天晚上忽然从窗户眼里跌下来死了。酒友们骇出一身冷汗。跑的跑了。没跑的只说是天黑,没看清如何跌下去的。大抵不至于模仿李白去水底捞月。镜姐偕女儿同去哭灵。余老大说:

"你离了婚的,分得你有么子灵哭!"

镜姐怔了半天,还是要哭。直到哭得干干净净,才崩崩磕三个响头,义无反顾地走了。

姨娘愈进把脸色给镜姐看。吃饭两娘女只能钳些酸菜到灶角去吃。比女佣人都不如。她还要指桑骂槐。

宋老爷过世,镜姐分到一笔财产,走马楼大同茶叶店的地皮。姨娘眼睛鼓鼓地看她收了地契,气得摔碎了一只药罐。那块地皮不大,码头却还不错。走马楼在如今黄兴中路一侧。那是一条名气颇大的老街。当年也曾有过一段繁华的。绸布店,酒馆,戏院,钱庄,都热热闹闹开在那里。长沙带楼字的地名,怕只有它最威武。有人信手将其中的六个"楼"拈来,与另外六条街名一对,即成一趣联:

东牌楼,西牌楼,红牌楼,木牌楼,东西红木四牌楼,楼前走马;
南正街,北正街,府正街,县正街,南北府县都正街,街上登龙。

四牌楼也好,都正街也好,后来都被日本人的飞机炸得稀烂。也就是那次,姨娘吊死在堂屋里。她守着老宅不肯逃难,众人回来发现她死去已多时。生好多姐,跌在地上又被鸡吃掉了。

"报应!"余娭毑说。

大同茶叶店一片废墟,自然无人来交地皮的佃钱。镜姐每日拈针把线,帮人洗衣浆衫度日。还要供女上学。女儿上了初中,没毕业又考进护士学校。官办校,不交伙食费,还发校服。

"妈妈,妈妈,我们球队又赢了!"

"妈妈,我们班同学推我上台去讲演!"

"你莫要乱去讲。"

"不得呢！"

有天她回到家里，悄悄唱一支歌，镜姐觉着好听，也跟了唱。

> 五月的鲜花开遍了原野，
> 鲜花掩盖着志士的鲜血……

"妈妈你晓得吧，这是共产党的歌呢！"神秘地。

"啊！"吓一跳，"那要杀头的呀。"

"怕么子。我们学校旁边的兵营里，天天唱这支歌。同学们课也不上，都在议论，快要解放了……"

昏暗的灯光，照两对眼睛。

八月的一天，街上走过去一队队扛着大枪的士兵。个个都是脸上又黑又疲的，出好多汗，盐渍水湿。

"解放了！"人们欢呼，上街去游行。

镜姐（应该叫镜姑了）也跟着欢呼，参加了扭秧歌的队伍。从柜子里翻出一铺舍不得用的绸被面，大红闪闪把腰子一扎了，一手拈一只角，摆摆扭扭在街上走。

> 解放区的天是明朗的天！
> 解放区的人民好喜欢！
> 民主政府爱人民呀，
> 共产党的恩情说不完呀，
> 呀嗬嘿嘿哝嗬呀嘿！
> 咚咚锵，咚得咙咚锵！

"地主婆——！"细伢子们喊。

余娭毑做个没听见的。

"打！"细伢子射她的石头了。

余娭毑只得低了头伴墙走。石头落在身上，打布袋子一样。

那是刚解放不好久的事。一个小青年，头发梳得黑黑的，拿一支粗大的派克钢笔，挨家登记。

"你屋里么子成分？"

"么子叫么子成分？"

"就是，你靠么子吃饭，有哪些财产？"

小青年朝阳光下伸出笔尖，细心拈去一根绒毛。

"有哇。大同茶叶店的房子地皮是我的。"

"房子？"

"嗯。"

"哦，"填到簿子上，"那就叫房主。"

"碰你的鬼，么子房主啰！房子不是我的，我只有那块地皮！"

"哦，那就叫地主。"

"这还差不多。"

谁知这一下差得多了。地主婆一做几十年。抄家的时候，把她不当人打。

"矮哒！"拿棍子的一声吼。

矮哒即是跪下。余娭毑于是规规矩矩矮哒。她反正跪过姨娘的瓷瓦碴子。

"这是什么？"

一样东西在眼睛面前一闪。那是一只铁盒子，多年不曾开过。余娭毑默不则声。

"老实讲！"当头一棍。

围看的人慌忙一退让。事后都说那一棍出奇的清脆，敲酒罐子一样，几好听。余娭毑就势往地上一栽。人们把她一根麻绳子捆好。又嫌麻绳不够长，接上赵满婆婆贡献出的一截棕绳子。往死里打个坨，拖起走了。关了一个多月。

这也是那一年的事情了。

如今，余娭毑一头花白。牙齿被女带到医院里拔光了。配一副假牙，也不戴。嘴一瘪，脸短去两寸。却好没什么大病，就只有点喊脑壳痛。

"姓余的盖章呐——"邮递员喊。

汇款到，一个月一次这样的庄重。

"来哒——"慌忙丢下锅铲或者菜刀，从抽屉里翻出图章来，差点绊倒在门口。

"你到处去讲我有好多钱吧？"

"我讲你做么子呐？"

余娭毑哼了一声，紧贴汇票于胸口，进得屋来。当下封了炉门，随手将裤带往紧里勒了一把。左翻右翻找出个大篮子，把里面的破烂东西一边倒了。运一运神，挂在高处不用，又找出更大一个篮子，拖出来的时候就有一块木板带翻在地，发出赫大的声响。余娭毑全然没被吓住，只打了崩脆两个喷嚏，赶忙抉门站稳，守住些神气。也顾不得收拾零乱，紧锁上门，挎起篮子直奔邮局。

邮局坐着兑款的，是个四十多年纪的堂客，似乎从前没看到过。因为她拿起户口簿，额外多查了几眼。点出几张钞票，翻过来覆过去数了几遍，才递过这边来。余娭毑这手拿了，趄到门口亮处，又细细数了一遍。但闻一股腻香飘然而过，抬头却见一位摩登少女，着一件领口极大的蝙蝠衫，正眼睁睁欣赏报刊柜上的各式彩色封面。其中一个印得格外令人打噤的，也当然是一位少女，只穿游泳衣，坦然披露出秀臂美腿，与目前这蝙蝠衫一赛摩登。余娭毑格登格登跳了几下心，瘪嘴而去。

近午的道门口菜市，仍是人把人挤了的时候。余娭毑腰缠有贯，正好做出一副财大气粗的身段。左瞟一眼猪血挑子，右瞄一眼油豆腐担子，全然不被迷惑。直朝前面人多处便挤。

"牛肉好多钱一斤呐？"

"一块八呢，娭毑。"

牛肉是咬不动的，又走。

"猪肝好多钱一斤呐？"

"二块五呢，娭毑。"

燥热。猪肝是不好吃的，又走。忽听得有人很权威地发话：

"哎——让哒，让哒！"

哼，让哒，余娭驰想。转身一看，原是一个赤膊汉子，黑汗水流拖一大板车鲢鱼，喷腥地过来。赶紧让一边。那鲢鱼一蒲刺，有么子吃头。终于进了国营肉食店，买蛋。

"有票么？"营业员妹子操秤。

"你等我拿呐。没得票还买你的蛋？"

便把手蛀进衣口袋，捏出一些个东西来。计有针抵，钥圈，螺丝帽，万金油，头痛粉，去痛片，及稀皱一张计划蛋票。

"哎，等一下，这只蛋碎了呐！"

营业员妹子木无表情。

"这只呢，这是只臭蛋呐！"又拣出一个。

"臭蛋臭蛋，你莫买不好！"

"什么话呐？"收住阵脚，"我将钱是买好蛋。臭了还要拿来卖钱呀？"

"下次不卖把这婆婆老老，才觉啰嗦！"

"那是，留把你自己去吃。"

"到长治路去啰，"一个婆婆说，"长治路去称，那蛋个个好。"

转了几个回合出来，篮子里已放得有一副排骨，大把小菜。感觉十分的沉重。走动几步，脑壳也有些昏昏。才记起还不曾吃过中饭。仗袋里有钱，就进了一家面馆，看水牌上的价目。酸辣面三角八，墨鱼面五角六——咦呀，五角六。有几片墨鱼把你吃？肉丝面二角四。馄饨两角。馄饨又叫饺饵，适合无牙咀嚼。即买了一块筹，拣一张少些油污的桌旁坐了。想一想，又去邻桌端过来小钵辣粉放住。还有醋壶，还有酱壶。都趁到鼻头闻了一个放心，方才真正坐定。此时渐渐八分的睡意袭上身来。

一头惊醒，不晓得时辰在哪里。一看桌上的筹码不见了，急出一身冷汗。正要仔细去燥脾，却听见唇红齿不白一个女的喝问："馄饨是哪个呐？"眼睛分明瞪着这里。

才记得自己正是被先头她同样一句喝问震出梦乡。慌张双手去接，稳实坐下来，细细地一口一口吃。嚼皮，嚼肉。那肉似乎有些不新鲜。仔细一品味，鲜与不鲜却都又无影无踪。此是肉末子包得节省的好处。幸喜汤上头还漂有几粒油珠，分成几口气喝了。嗍到碗底，发现作香料的酸菜，又比先前的要少。

偷手按一按肚皮，饱到刚好是舒适的程度。俯身去提菜篮，不防从喉咙眼里崩出一个不甚清脆的嗝来，竟觉得有些酸辣。出门爽爽一股清风扑面，收去大半身的汗气。忽听得地上乓啷一声，以为手上跌了钱，连忙退一步低头拿眼去搜索。

"这里还有一块钱呢。"旁边一个摆衣摊的青年哥哥，又朝地上踢一脚，又乓啷一响，原来一截烂酒瓶。

"怯！你怕我连钱都不认得啵！"将昏花老眼定一定，挎好篮子要去。

"买条牛仔裤去不呐？"青年哥哥拿不锈钢叉叉一条"云斯顿"，朝她举起。嘴角似笑非笑。铜牌子在太阳底下幽暗。

隆冬天气，席草田被大雪掩盖了。那叠叠鸦鸦的黑屋顶，全然埋进一片无声的洁白之中。看得人眼睛胀痛。余娭毑整日里偎一床被窝打瞌睡。这喊烤被窝火。

"哪个？"忽然尖起耳朵。

门外没有半点答应，朦朦胧胧的窗玻璃上，阴阴下着雪。角弯里吱吱吱一阵吵闹，原来是老鼠。大约得多了温饱，在那里逍遥快活。余娭毑复低下头，做一个细长的小鼾。笃笃笃。

"开门呢。"外孙在门口跺脚。

"哦，是你哟。"对他挤个鬼脸，"我还以为又是老鼠子呢。"

"老鼠子。"

"今日何得有空呀，也记得要跑到这里来看看。"

"好大的雪。"

"我怕我死得放在床上都没人晓得呢。"

"你哪里会死啰。"

"不死呀，埋去半截哒。"

外孙抖干净帽子围巾上的碎雪。跺得房里四处响。余娭毑看着他，原地车个转转，才记起拉开炉门。一股温温潮潮的煤气，溶在整个房间里。

"你晓得吧。"余娭毑神秘地，"那个漂亮堂客，会要落气了！"

"哪个，漂亮堂客？"

"刘家里呀，刘成九的堂客呀。住得医院里，肺结核。那是长得漂亮。"

"病了还漂亮？"

"哦，美人痨，越痨越漂亮。"停一停，又想起，"那个烂屁眼，又屙血了！"

外孙皱眉，"烂屁眼？"

"就是这个呐，"指指隔壁，"心肠几多毒。说是帮我捡屋捡屋，把点好瓦都捡到他那屋上去了。这如今好，一盆盆血屙！"

"堂客招扶他啰。"

"客堂？偷人。搞了个厂里拖板车的，王三老倌。"

"你都晓得。"

"看见了呐！两个人游烈士公园。看见我就把脸一红。我做个不晓得的。"

"关你么子事。"

"关我么子事。我才不管呢。他对我好厉害，他冲到我屋里来骂我的娘你晓得不！他堂客对我还是好，朝我摆手，要我不睬。我睬他扒尸。似如他是做狗咬！好呐，屙血。"

"你喜欢跟别个吵。"

"我喜欢吵？我喜欢吵？"

忽然无语。炉子上饮壶微微哼出些声。外孙试揞那壶盖，烫得一缩。

"她何事不来？"

"出差去了。"

"这冷的天还出差呀？"

"要去还不是要去。"

"她是个么子样子，我都记不起来了。"

"还不是那样子。眼睛眉毛鼻子。"

"有毛毛了吧？"用手比个大肚子。

"没得呢。不要。"佯装望屋角。

炊壶哼的声音越来越大。壶盖啪啪响。

"你说肉骨头好多钱一斤？"

"好多钱一斤？"

"一块一。"用劲点点头。

不晓得这是贵了还是便宜了。

"便宜呐！他尽好的称把我。炖汤吃？"

"要得。"

"放海带吧。"

"要得。"

雪愈进下得紧。被风搅碎的雪末，细若尘埃从板壁缝里飘进来，把靠窗的桌内近，洒成一线晶莹。

"这扒手又疯狂了呐！"

外孙吓一跳。

"路上走要过细。李道忠搭汽车，一车开到公安局去了。洗个热水脸吧？"

"不洗呢。"

"有个么子事要跟你讲，"偏起头回忆，"你一来又不记得了。刘家里的漂亮堂客会落气了你晓得不？"

"进屋就听你讲了。"

天色仍阴阴的，飘雪。阴到后来，就有些断黑的意思了。海带炖肉骨头已端上桌。揭开盖子，热气香气便昏花了悬得不高的淡黄灯光。

"慢着，慢着。我来滴两滴麻油。"

余娭毑手颤颤地，将油瓶口伸到热雾中。顿时那味道又香得有些不同。

"打老鼠的夹子五角钱一个。"

"老鼠子多？"

"多。多得巧。戴菊华又打一个老鼠呐。"

475

外孙用力回忆戴菊华。却只记起她丈夫仿佛是消防队的。长得比是人都高。

"好久没吃过这样的汤了。"

"你细时候还吃少了？过苦日子，我半夜里起来排队买肉骨头做把你吃，忘记了？"

"记得。"骨头嗍起吱吱响。

"带大了你这号黄眼畜生。"

外孙眯眼一笑。

"你到单位上帮我开点去痛片呐。"

雪不知不觉已经停了。幽幽暗暗地，席草田沉浸在夜色里，于远处预示着一片深蓝。风稳稳走来，透衣三层。外孙推车出门，轮胎把厚雪压出咯咯咯的辙印。

"小心扒手呐！"

余娭毑追出门朝背影喊。

6

五爹的诊所，门面摆一口大玻璃缸。没有蛇，蜈蚣，蝎子，脚鱼，及一些古怪的动物，因此五爹在席草田，拥有极大的威望。

"你看她好桠杈！……"一个婆婆控诉另一个婆婆，到五爹那里一顿哭。必然可以讨得一匹膏药。当即巴在额上，凯旋而去。

"她呢，她好霸道！"另一个婆婆不服，跟着进去哭诉。旋即也是一匹膏药，也巴在额上，班师回朝。

于是席草田，流传开无数的膏药。

据说那膏药，得的是一种什么祖传秘方。如何样配方，自然不会有哪个晓得。但膏药一经巴上去，心里立即就踏实安稳，直是无疑的。婆婆们虽然免费供应，拿到外头却要卖几角钱一匹。曾经有个练打的，在天心阁显狠，结果被更有狠的一个人打成内伤。成天小咳子咳，只不咳出血。到五爹手上买膏药，一举买了一百张。经过一番形销骨立，又逐渐雄壮到重新去练打。终于把一块宋代的石碑一掌击碎。观者无不骇然。只见他活动几下颈根，浪浪地下得石阶走了。从此不复再来。后来人们在一部香港功夫片中发现有个极像他的，饰小和尚甲。

所以五爹的膏药，无可阻挡地占领着婆婆子们的脸面。

"五爹，你听见讲么？上个礼拜，是上个礼拜吧？烈士公园里头，一个外侄伢子把他舅妈杀死了呐！"

"不是舅妈吧，是姨妈？"

"哪里啰。是舅妈呢，谋财害命呢！"

五爹只好舅妈，既然要谋财害命。

"五爹，北正街酒铺子里一个营业员，她那爱人不晓得如何判啊？"

五爹偏首想了一回，不晓得如何判。而要是连五爹都不晓得如何判，那就真正叫不晓得如何判。

"噫，你们听见讲么？民主东街一个媳妇，把她婆婆打死了呐！"

"真的呀？"个个面面相觑。

"喔，闹起好大。对婆婆不好。只喊要出葬，邻舍不肯，跪一片跪得那里，喊冤！婆婆脑壳上还看得见血印子。"

"啊吧，那还要得！"

就说起在这世上活久了实在没得味的话来，悲凉慨叹，兼又同仇敌忾。把个五爹的诊所门口坐的坐了，站的站了。反正这诊所常年地并没有正式病人来诊病。五爹侧耳听听这个，又侧耳听听那个，一律地点点头。

"前一向听说，织机街一个姓戴的婆婆，被她崽饿死了呐！"

"不是姓戴。姓蔡呢。"

"听说是吊死的了？"

"唉，还不如跟蔡娭毑一起去，算哒！"

"那是。那是那是！"

仿佛一个个都挨了饿并且上了吊，神情黯淡下来。

这时，街口出现了一辆三轮车，缓缓地从马路上拐进席草田。

"呋，那是刘家的漂亮堂客不呐？"

婆婆子们都息了口，朝街门望过去。

三轮车上，靠一张担架歪躺着个奄奄一息的女人，正是梅芳。她的丈夫刘成九，小心翼翼推着车子。秋阳暖暖照住她身上盖的一件大衣。衣角被一个十岁细妹子紧紧揪了。

那是崽崽，跟在车后面走。

十几年的光阴，把许多青春的痕迹从她身上磨去了。只有席草田的人们，才依然还看得出她当年的韵致，依然喊她漂亮堂客。

"她得痨病？没得诊了？"

"听说，医院喊他接回来的呢。"

刘成九推了她极慢地走。好像是走快了怕她不晓得讯就会落气。

才进街口，梅芳忽然极费劲支起小半身子，将一双失神的眼睛定定地望过去。车停了，居然从大衣底抖抖伸出一只千钧一发的手，指向那家陶瓷店。橱窗玻璃上印一片惶惶的阳光。

刘成九跟着看了片刻。明白过来，急步跑进店去。她微微咳两声，又咳两声，终于爆出一阵猛咳。待稍缓口气，偏过头来，那脸上正是一染的绯红。分明又添了几许楚楚动人。崽崽紧紧扯住大衣，生怕她咳得连车子一起不见了踪影。

只一刻工夫，刘成九出了门，匆匆奔过来。一手大把朝衣口袋里塞零钱，另一手拿一对连在一起的老式油盐坛子。梅芳接过手去，倦倦地把摸了一回，竟在嘴角汇起一丝淡笑。那是一种慢慢将嘴挣开的笑。

复又轻轻推了走。

刘成九一直抿着嘴。

这就是她住了十几年的席草田。这些房子，沿街的石阶、墙和瓦，门和窗户，都还是先前的老样子，从来就不曾想到过要变一变。她紧紧抱住那对瓷坛子，任车轻微摇晃。一个坛子装了阳光，一个坛子装了屋檐投下的阴影。都一齐搂在胸口。她显然太累了。她实在还是漂亮。她就只头发有一点凌乱。婆婆子们半天再没有一句话。

7

这天上午，雾是大得很的。站在席草田，慢说看天心阁，就是对门房子的屋瓦都看不出清楚来。一径过了十点，才一收四下的茫然，抖擞日光，分明做出一个隆重的太阳天。

"会下雨吧？"

"那怕不得吧。"

下午，婆婆子们去登天心阁。

八娭毑十二年没上过天心阁了。余娭毑二十几年。但老师年轻时候上过，那是带学生们春游，齐耳短发一梳了，风华正茂。

王娭毑则根本不曾上过。

"那期子，"吴六娭毑说，"我屋里老倌，天天上天心阁送水。一担一担，从白沙井担起去。那白沙井的水是好！"

"白沙井，有蛮远呐。"

"远，水好呀。天心阁做包子泡茶，都用那里的水。溜清的，喷香的。"

"这如今还用白沙井水？"

"如今，如今用自来水。没一点吃头！"

"没一点吃头。"频频地都点首。

从北面门口进天心公园。满园正是一片树木的葱茏。收票妹子撩起二郎腿，抖动一泡沫塑料坡跟拖鞋。但老师过去，把门票庄严地撕给她看。其余也次第撕票。那妹子却昂然不看，由她们进去。

"哎站哒！"妹子一声断喝，指定八娭毑，"你的票呢？"

原来八娭毑见她漠不关心，以为可以偷渡，想把票留到以后有用。不防被她点了真穴，规规矩矩撕作粉碎。

平了这事端，仍复消消停停走，手里的蒲扇举过头顶，遮那树影下有一片没一片的阳光。八娭毑插在其间，将颜面第一遮得亲切。见右手有一方长亭，里面三人五人一桌，桌上尽是玻璃杯，便直喊口干，要吃茶。

"那怕不是茶吧？"余娭毑心下疑惑。

近前一看果然。红的绿的，冷饮。

尤其还有个年轻妹子，穿条红色坚固呢迷你裤，露出雪白一副腿子，在那里喝啤酒。

"这如今！"

"你没看见夜市一条街呢。那还好看些。哪里露不得尽哪里露。请你鼓起眼睛看。"

"听说好多人呐。"

"好多人。好多人就不看呀？"

"哎，那是么子？"

那边用大幅白布围成一个露天场子，里面正放起音乐演魔术。八娭毑冒冒失失又要进，却一个高大汉子把她挡住。

"票呢？"

"这又要票？"

"你好过！不要票。"

八娭毑何尝好过。听得里面音乐大起，只能仓皇逃遁。那高大汉子也不来追。余娭毑到边头觑白布上一个洞眼。

"怯，这里也看得见。"

于是但老师也看，王娭毑吴六娭毑也看。里面魔术师倒了一杯水。

"口干。"八娭毑说。

余娭毑一径看到眼睛酸胀，也不晓得那魔术师倒水要预备做什么。

"来了，来了。"

都离开布帷，以为是高大汉子来了。正要做出无辜的表情，循八娭毑目光望去，却是一个喝醉了老汉，红着脸将踉跄的步子漫天价地踩过来。

城墙脚下，立着一个树皮顶圆亭，空无一人。吴六娭毑先钻进去坐了，十分得意。一股长风，从远处沿城拂来，把城基挤挤的树木与茅草拂得随随意意，觉得通体的都是爽快。茅草低处，现出几顶白帽。原来是画画的，席地坐了写那灰色的城墙。其中一个妹子，长得蛮秀气，用白手绢束住油油一头黑发，香飘十步不止。却画得最不好。把笔蘸了颜料乱扫。

"不像。"余娭毑说。

那妹子兀自扫得豪迈。

"走吧？"王娭毑看不下去。

"那年子，我亲眼看见一个人，被打死在这里。"

"哪里？哪里？"

"就在这里，"但老师指定一截城基，青灰色古砖剥蚀不堪。"马日事变，四五个当兵的追了他打，打了五六枪还没断气。最后一刀砍下去，砍得血一飙。"

"啊也。"

"快些莫讲了，快些莫讲！"耳朵却竖竖地还想要听。

城墙浑然一色。拾级而上，就把那如篷如帐的树林渐渐矮了下去。回首打望，浓浓淡淡的绿中，湮没着一声一声蝉噪。正晒得有几分热，抬头见拱形山门立在当中。精刻的一副汉白玉门联是——

潇湘古阁

秦汉名城

众人就呆呆地看了一回。半天做不得一句声。

"口干。"

恰恰旁边坐了个卖冰棒的。王娭毑暗暗点了人数，心算一阵，终于慷慨出一副姿态来，上前去抠口袋：

"有白糖的没得？"

"没得。有绿豆的。"

"绿豆呀？"绿豆又要贵两分钱一根。

"不要你买啰，不要你买。"

婆婆子们佯装要拖住她，有的还跟着抠口袋，却不见抠出实际的钱来。

"买，买绿豆！"王娭毑浩气凛然。

于是一人举了一根，拆开纸嘬起吃。蒲扇夹在胳肢下。

"你的绿豆多些。"

"她的最多。"嘬起吱吱响。

"我这个月煤还没买！"王娭毑忽然很生气。

都默了声，尽力悄悄去吃。

树林子益发矮下去，俨如大朵大朵绿云，模糊成片。城墙从绿云中拔起，更见出世的雄壮。云边上，露出城下居民的黑瓦屋顶来。

"好高啊。"

"那还没呐。高的在上头。"

"走起来有些腰痛。"

就在旁边石凳上一溜溜坐下歇憩。余娭毑握了个拳头，捶但老师的腰。

"好，用劲！用劲！"

没留神手上的冰棒，垮下一大坨来。余娭毑极其痛惜。

"把点绿豆都跌了，留到最后吃的。"

王娭毑一直板着脸吃。

"这里看湘绣大楼不到呐？"

"那看不到吧。"

"那是么东西呐？"

"哪里？"

"那白的呀。"

吴六娭毑最后一个吃完，舔棍子上的甜味。

"走了吧，走了吧。不得到岸呐。"

"我是困起来了。"

太阳偏偏斜下去，似乎再紧赶几步便可以与之同高了。婆婆子们你看看我，我看看你。

"走吧。"

"走。"

"走啰嗬嗬……行啰嗬嗬……！"余娭毑身子扭两扭。

"哈哈，你身段还蛮好！"

余娭毑便脸上有了红润，只当是太阳晒的。甩去一把鼻涕，愈见神采飞扬。

"吔，这地上一根柴棍子呢。捡得啵？捡得啵？拿回去发火。"

"那有么子捡不得的。"

"等下回来捡。"走几步，又回头把柴棍往路边不显眼处踢了踢。

城头没有了两边伸臂曲肘的松树遮挡，顿觉视野开阔。太阳一收许多火性与威严，斜照城下万户千家。却把密挤成片的瓦黑屋顶，层次出无数的笔触来。

"嗬！"长吐一口气四下里看。

吴六娭毑踮起脚，俯麻石女墙往下丢了一眼，便觉得牙齿打战。王娭毑做细妹子时候起就爬山，不怕。但老师已经把腰不痛了，现在是要痛膝盖。余娭毑手搭凉篷，看酸了眼尖，才看出遥遥几耸高楼。

"那是湘绣大楼吧？"

"那不是呢。那是中山路百货大楼！"

"哪里啰。"

"你看呐，那年子放空袭警报，不是那楼上摇得响呀？"

但老师东张西望，不晓得所指何处。

"那才是湘绣大楼！"

八娭毑立刻吓一大跳。

"嗳！"但老师点头首旨，却仍不晓得所指何处。

二十余级石梯下来，是一列森然的炮洞，摆了各具形态的火炮。

"砰！"余娭毑口里轰一炮，壁有回音。

"这是古时候的炮呢，烫人呀。"但老师摸一把。

"外面是哪里？"

"哈，外面是席草田！"

"八娭毑，正对准你的屋呢。"

八媆驰真的惊慌失措。"啊？啊？"

阳光浮到城洞上面去了，仅存了隐隐的一抹。然而出洞来，仍有些眩得目痛。两棵木兰树为城洞所围，极是瘦小了据说几十年。

但老师说那不是木兰树。是枇杷树。

吴六媆驰忽然喊崴了脚，一屁股坐得放在石阶上。

"我不爬楼了。你们去。"

众人十分为难。看看脚，又看看楼阁。

"去啰，去啰。"

"要去就一起去。"

"炮是对准的那一边呢。"八媆驰在垛口间探头探脑。

"我背你上楼要得不？"王媆驰热忱出一副笑脸来。

"来啰，我来扯你。"余媆驰拖住她一只手臂，"一，二，三——起！"

吴六媆驰这才不好意思。

"走得呢，我自己走得呢。"竟是一个箭步，身先士卒。

夕阳浅浅地漫上九曲窗棂。长风入阁，稀释了些许熏人的暑气。看城东城西城南城北，一概是老气昏昏。

"那是湘绣大楼吧？"

"咳！"但老师望非所指。

隐隐有火车叫。远处大桥，梭梭的汽车一个亮点一闪，一个亮点一闪。正有着许多的繁忙。

更上层楼。

"好高！"

果然好高。极目，岳麓山紫气氤氲，却还没有模糊尽它那绵延曲致的轮廓，及山底下流得断断续续的湘江。天心阁的琉璃瓦，竟然在夕阳中耀出来帝王的色气，如烬如炽，其虚实沉浮，不可尽言。

城远天涯近。

"哎，那是么子？"

"那是塔呢。"

"塔还走得动啊？"

"吊塔呢。"

忽然一个个都感觉有些肚响。原来里面蒸的包子，又一笼上了大气。拿眼都看着王嫂驰。王嫂驰仔细去看城。

"我来买啰，我来买啰。"

"我来我来。"

八嫂驰口袋里抓出一大把，却是几张二两一两的粮票，中间圻得有缝。但老师从众人手上收齐分币，一个一个拼在柜头上。

"哈，这就喊开洋荤呐！"

当下各端了凳子碟子，跟出阁来，依城堞一圈子摆下。又捧出一人一杯大众茶，腾腾地冒着热气，俨然一副样范。一律二郎腿，只吴六嫂驰的二郎腿跷出来很累。

"那年子湘绣大楼起火，记得不？烧了整整一晚呐！"

"喔，红半边天。"

"是高司打工联，还是工联打高司？"

"那还不算大。火大还是文夕大火，民国二十七年。"

"那年子你在哪里？"

"逃呐。北门逃得东门，东门又逃得南门。南门又逃出去。那好大的火，一街一街烧，伢崽子烧得哇哇地叫！"

夕阳红了大了，而且圆得发椭。低头看席草田，与整个长沙一起，黑鸦鸦正欲沉入一片昏黄之中。手抚城墙，摸得出几分余烫。

饮茶之间，天边竟染起灿烂的晚霞。

暮色入高楼。

"那年子演剧队还上街唱歌呢。"

"你唱，你唱！"

余嫂驰有些不好意思，仍把包子放了，以茶润嗓。

保卫大长沙，

　　保卫大长沙，

　　大长沙是我们的家……

　　这时的天空，忽飞出无数只檐老鼠。不知是从天心阁，还是从城下人家叠挤的屋檐中飞出来的。满空都是纷纷扬扬，潇洒着它们的自由自在。

　　仿佛明日，正是一个全晴的天候。

1984.1—1985.8 四稿

船票

个头比我还要矮小的人突然问我："你是武汉人吗？"我说我不是。他脸上就显出犯了错误的表情。心下不忍，便告诉他虽然我不是武汉人，但家里有人住在武汉。比方哥哥以及搜嫂。我这就是为了去看他们才打算坐船走的，要不早在上海一车子搭回去了，岂不方便。我正痛恨自己为什么一下子跟他坦白了这许多，他却做出立刻释然的样子，说听得出我讲话带一种武汉口音，但还是很得意。觉得他亲切。尤其是跟他说话可以微微俯着身子，极其自然。这种情况于我是不太多见的。为了回报他的友好情谊，我也说一听他讲话就晓得是武汉人。

"你又错了，我不是武汉人。我只在武汉工作了多年。"他愉快地在镜片后面眨着眼睛。

错了就错了，但不知为什么要说我"又"。大概一开始站队的时候，不该把他算作第四十四而自我算作第四十三。我和他几乎是同时到达这个魁梧身影背后的。但我把包迅速丢过去，啪地就成了第四十三。当时他要跟我打起来我是不怕的。我从来不怕一个比我还要矮小的男人。即使他在武汉工作的时间比其年龄还长。

他问我哥哥住的地方。不晓得这又与他有什么关系。不过他既然求知欲这么强，告诉他便也无妨。他立刻指出应该搭十五路公共汽车才能抵达我哥哥的家。我只好点头同意。但心生一些个不快。似乎我得以拥有关于哥哥的种种知识，全在于他的一番教导。于是我也追问他的地址，并告诉他应该搭一路电车到六渡桥下车然后转车。他却说船码头上去，从江汉关一穿,走几步路就到了,不用搭车。我说武汉很热。他说他并不想出差,尤其是跑上海。他认为上海最可恶的大概要数不能不买它的奶油蛋糕。武汉是绝对做不出这样的蛋糕来的。只不晓得天数久了会不会变质。

紧接着他开始大骂他的一个同事。吓我一跳。后来听出骂声中有许多痛爱的成分,这才放下心来。那家伙是上海人,好喝酒。只不该把他骗到无锡玩了两天,请他吃了许多好东西,昨天才让他上火车到了南京。今天排队买船票,还不知买不买得到。我只好安慰他,昨晚上我特意在问讯处问过的。一个男的和一个女的都告诉我说,单日上水有两趟快班船。上午来,一般买得到。一下子我觉得那女的很秀丽,那男的亦很英俊。一回招待所我就退了房间。打算买到票在南京玩一玩,下午两点半钟上船。他听了也高兴得不得了。告诉我他姓傅。我见他四十来岁,便喊老傅。老傅将出手表来看,七点二十五。八点钟开始买票。

忽然老傅又把希望寄托在一个熟人身上。说那熟人要是来了,可以托他去买。

"也帮你买一张。"老傅大度地。

我担心我一脸的都是感激涕零了。因为是过路船,即使排在窗口前面也未见得一准买得到卧铺票。这老傅的熟人一来,岂不是极大地增加了保险系数。听口气熟人大约是航运局的。老傅说不是航运局的,但在南京搞了这么多年,各方面都玩得很活。我想象那一定是个油头滑脑的家伙,我们的经济支柱差点被这样的家伙蛀空了。

七点半钟左右,老傅的眼镜明显一亮。售票大厅门口钻进来一个胖小伙子。赶忙离开队伍迎上去。胖小伙子便跟他又做手势又说话。相比之下老傅显得更单薄,穿件鱼白色衬衫。胖小伙子穿件长袖粗条纹海魂衫。远远地不知说些什么,只晓得老傅的笑多于胖小伙子的笑。还用食指朝我这边指指点点。我咬紧牙关,任他指得岿然不动。

接着老傅过来,要我背起行李包跟他走。我对于排第四十三本来兴趣不大,放弃却又有些舍不得。既然他神情那么肯定,还是跟他走算了。胖小伙子朝我居然也笑笑。留着兜腮的胡子,脸上白里透红。而且虽胖却也不高。甚合我意。他推一辆稀死垮烂的单车，要我把包搁在衣架上。搁上去之前我挣扎了一顿。真看不出他在南京会干到各方面都玩得活的地步。

"小宝，小宝，你今年二十几了？"老傅追着步子问。

我也正想晓得。于是觉得老傅人实在好。

"二十三呢！"小宝憨厚一笑。

"哎呀！"老傅大惊小怪，"那年在你叔叔那里看见你，才这么点点高呢。"

我也跟着做出很吃惊的样子。想说点什么，可恨既不认识他叔叔，又不认识他伯伯。

"我们这是到哪里去呀？"眼看着跟他们远离了售票厅，不免悄声问老傅。

"到他家去。"

"他家？他家远吗？"

"不远，不远。"老傅转脸问小宝，"不远，是吧？"

"不远，不远。"小宝说，"在前面搭一截车。哎，快快，车来了。你们搭三站，下车等我！"

说完蹬车而去，我听稀里垮啦响了一声。懵懵懂懂和老傅挤上车，各自占了个座。好像有两个人在打架，看不见。

"我买票！"人堆那边挤出老傅一声细喊。

当然你买票，我想。车兀地开动了。

假如，那个所谓小宝驮着我们行李包逃之夭夭呢，假如老傅也是一个骗子呢？这确是很值得人激动一番的事。不过老傅太不像骗子了。他要逃跑，我首先就揪住他的耳朵。忽然意识到车上人多，他溜走颇容易的。便屈着腰，从人缝中把锐利的目光投在他完全可能是装出来的天真之上。但没好久就把目光放弃了，因为太累。何况我那包里面无甚要紧的东西。

小宝果然扶了破单车在站上等。我把老傅让在前面。

"还有多远？"悄声问老傅。

"没多远了吧？"老傅问小宝。

"不远了，不远了，就在前面。"

这四周已经走出许多郊外的景色来了。什么红瓦的厂房，什么葱绿的菜地之类。买票怎么买到如此地步了呢？正有些疑惑，不防那小宝朝前面喊了一声：

"妈——"

同时回头两个婆婆，一个胖而慈祥，一个瘦而明快。胖和瘦都停下步子，出神地看。

"妈，他们是叔叔那里来的。"

胖于是率先笑，对我对老傅。我只好学老傅的样子，回报她一个叔叔般的微笑。这时候太阳洒在通往乡下的大道上，越走越风尘仆仆。

"妈，把篮子我来。"

妈的篮子就被挂在了单车龙头上，看不清尽是些什么菜。只几根瘦藕在那里脱颖而出。瘦而明快因笑道，"不帮我也提过去。"

"你自己提自己提，我才不管呢。"小宝也笑。

我觉得他笑得比她要好。胖妈看不过意，说"我来我来"，竟接过去自己帮她提着。小宝这才把它挂在龙头另一侧。

"小宝心肠真好，就是舍不得妈累着。"

偷眼看去，小宝被夸得嘴唇鲜红。一行人皆大欢喜。趺趺地迎着浓郁的乡风而去。我却还惦着买票，低声问老傅。

"怎么这么远？"

"快了。"老傅也有些茫然，"把我们送到家，他就去打票。"

"那不晚了吗？现在已经八点多了，窗口都卖半天了。"

"他有熟人。"

"不急不急，"胖妈说，"到家再说。"

她的模样我忽然想起来了，很像《龙江颂》里面的盼水妈。也是没有眉毛，一副慈祥的样子。跟在盼水妈后面，越过几根无人管理的铁道，走在了真正的乡间小路上。菜地在阳光下散发着与买船票越来越远的气息。高高的铁路引桥从我们的头顶上架过去。极想小便。又怕他们带着我的行李包走得无踪无影。虽然像盼水妈这样没有眉毛的婆婆绝不可能如此毒辣。

小宝家住三楼。两间一厅。进门才发现盼水妈其实并不胖。只不过跟那位瘦而明快走在一堆才生了胖的感觉。哗地里边房子出来一个真正胖的姑娘。蓬松头发兼无袖小褂，浑身辐射出睡的味道。小宝笑着解释："这是我妹妹。"

他妹妹很使我失望。

"随便放，随便放。"盼水妈接过行李包，顺手放到一张床上。

"哎，包很脏的。"

"不要紧。他的床也脏。"

我一看，果然也脏。是用门板搭的。小宝往上面一蹦，脚搁在板凳上，一副快活样子。

"你们今天住下，明天再走。"

"哎，这不行。"老傅急忙。

"没关系。"小宝头一偏。

"我还要急了回去赶汇报呢。日本的，美国的，天津的，三种打包机。看订哪种货。"

"打包机，打什么包？"

"棉花呀。"

"没关系。"

"还有一个同事丢在上海，钱也用光了。等我回去汇款。"

"让他等等好了。"小宝一笑，问我，"你呢，你也没事吧？"

"我。"

"好啦，也没事。"小宝总结。

"我有事！"我小声强辩，"我刚改完一篇稿子，得赶回去交！"

小宝就说，"你们把钱交给我，我去找人打票。"

我赶紧从口袋里掏钱，二十块。老傅也二十块。小宝笑着埋怨：

"昨天告诉我就好了。我们单位订票的那个人休探亲假去了。他跟我最好。这个订票的我不大熟。我去找找他看。"

说完匆匆走了。

"中午回!"门那边嚷了一句。

"你们坐呀,喝水呀。"盼水妈手里剥着某种菜,从厨房探出个脑袋。

只好坐,只好喝水。虽然觉得这订票的事不大对头,也没有办法了。小宝的房间还摆了一张方桌一张书桌一个矮柜,柜旁一只大铁箱。从窗子望出去,一共十来栋一模一样的楼房。

"大桥局宿舍。"老傅解释。

"我们是不是,出去转转?"

老傅立即同意。我打算把行李背到船码头存起来。盼水妈揪住皮带说:

"你信不过呀?"

我当然不敢信不过。又拿到床板上放好。下得楼来,犹豫半天,还是想上去拿包,这样取了票上船就不必慌慌忙忙携包而行了。老傅一想也对,返身准备取包。到楼梯口上又站住。

"老太太会怎样想呢?"他为难地。

也有道理。让盼水妈那样的老太太去认为信不过她,实在是滔天大罪。她要是皱起没有眉毛的眉头来,简直惨不忍睹。

我们循来路回到南京火车西站。各撒了一泡洋洋洒洒的尿。我又塞了三个当早饭的包子。问他吃不吃他不吃。他咽了一口极不易察觉的唾沫,说我很会记路,居然没有导致在乡间小路上迷失方向。我们去看中山陵。他买车票。但又解释,票太多了也不好报销。我说我干脆不能报销,因为规定回程旅宿费不能超过来程。我买了一杯汽水冰激凌给他喝,感到坐他的汽车才可以理直气壮。他又大骂上海如何坏,做出那个勾引人的奶油蛋糕来。这南京的天气也够热,蛋糕不知放不放得住。我说关键是怕老鼠。他立刻惊慌失措,说无锡根本没有味道,就只一个大湖。我说不是大湖是太湖。

"你也去了无锡?"他惊奇。

我没去无锡，去的是镇江。但车过无锡，看见了一个宝塔和无数的烟囱。他问镇江怎么样。我认为不怎么样。因为那地方到处是醋味。一出火车站立刻沉浸在一种预防脑膜炎的氛围之中。他听了半天，突然很虚弱地哈哈直笑。我又在中山陵的牌坊下购了两支豆沙冰棒，作为对他的奖励。后来他一边念厅内的碑文，一边说日本的打包机如何如何，天津和美国的又如何如何。问我买哪种。我立即批示他买日本的。他似乎下定了决心，不过马上又说还是要回去请示领导。

返回小宝家之前一人吃了一碗阳春面。他钱掏出一半又只好收回去了，因为看到我也掏出钱。其实我也希望掏钱只是做做样子，不料他比我先做样子。我们认为不能太麻烦人家盼水妈。他听我讲盼水妈又虚弱地笑了，连说不像不像。接着把一箸面夹得极长。我恨他不出钱居然还夹这样长的面，也试了一下，发现还可以夹得更长。不过最后还是断了，几点酱醋溅到旁边一个老汉的脸上。他本来是埋首在那里聚精会神吃面的，自此便老是抬起头仇恨地瞪我几眼。幸亏他一嘴的没牙齿。

赶到小宝家是中午十二点半。他妹妹不知到何处辐射睡意去了。盼水妈打开慈祥的门，连说吃过饭没有。

"小宝呢，他还没回？"

"回过了。"

"票买到了吗？"

"不知道呀。好像是没买到。"

"哎呀，那怎么办呢。"老傅极失望。

"那不更好吗？"盼水妈微微得意，"就在这儿住一晚，明天再走不好吗？"

我对于跟盼水妈住一晚实在毫无兴趣。看老傅一副悲凉面孔，大概也不会有什么兴趣。尤其还有个小宝的妹妹。

"怎么办呢怎么办呢。"我小声说老傅，还要控制着不像是埋怨他。

"那不更好吗？"盼水妈发展着她的得意。

我渐渐从中看出了险恶的用心。她一定是早打算留住我们了。这时候乓地一声，门外头冲进来一个小宝。当然满脑袋乱发，手举一本研读了一半的小人书。呼啦呼啦地说话：

"你们回来啦！还等着你们吃饭呢！玩了什么地方？玩了什么地方？"

"票买到了？"

"嗨，你们来晚了！"他兴高采烈，"昨天打电话告诉我就好了。"

"票呢？"

"没买到，没了。"他手一摊，小人书啪窜到床板弯里去了。

"我们今天走不了啦？"老傅眼镜都差点急得碎裂开来。

"那不更好吗？"厨房里得意发展到了肆无忌惮。

"我还要急着回去办事呢，啧！"老傅叹道。

"为什么事！"小宝屁股坐得床板一抖。

"真的！"老傅近乎哀求了。

"好吧好吧，我再去问问那个订票的。我跟他不怎么熟。平时见面就点几下头。"

"什么时候去问？"

"等会儿，上班去问。哎，今天下午我可得忙了。局长来视察！我又要给他们弄两桌菜！"小宝手捏一柄无形的锅铲，奋力朝空中铲去。

可我们下午得赶船。两点半一班，三点半还一班。

"局长吃菜！"小宝继续在那里铲，"吃得了多少？剩下的还不我们吃了。"

"你手艺不错。"老傅超脱出来表扬他。

"嘿——"小宝憨笑，转而又庄重地，"前年到武汉的餐馆学了两个月。学会做好几种菜呢。比方鱼"，咽了口唾沫，脸色红润，"你们喜欢吃鱼吗？"

"问了有票怎么办？"我插一句。

"不急嘛，"他想了想，"有票就跟你们送来。你们喜欢吃鱼吗？下午我有一道菜是鱼！"

见我极无聊翻一本丢在方桌上的小人书，他一蹦又到地上。

"哎你看大书吗？大书比小书有意思。我有好多大书呢！"嘭，大铁箱开了，从里面搬出厚厚一摞大书来。

《今古传奇》，系列的。堆到我手上。

"这书挺好的呢，我就喜欢看。可以懂好多的历史知识。每本都买了。"

"他这是成套的。"不知什么时候盼水妈轻盈过来靠在门口，无限幸福地解释。

"你们出差的最好了，"小宝藏炫耀于羡慕之中，"又有补贴又好玩。前年我从武汉回来，光汽车票就报了这么厚一摞！"

我一看他的手指，这么厚足有五寸。老傅做出衷心钦佩的样子。

"能报吗？"

"还不是报！我说要实习呀，观摩呀，跑餐馆呀。其实就是去玩去了！哎，你睡觉？"

大约是我困得翻出了白眼。原打算到船上死命睡一回的。头天晚上招待所几个小青年唱歌到深夜。

"睡吧睡吧，"盼水妈来推我，"睡里面房去，没关系的。"

里面的床显然比小宝的床干净多了。且闻到一股妹妹般的睡气。我一身风尘，却不敢认这个知己。假如也弄出个浑身辐射睡意，那如何交代。躺不到五分钟，我又溜进前房。

"小宝呢？"

"走了，上班去了。"老傅被安排读《今古传奇》，"他再去看看有没有票。"

只好我也老老实实《今古传奇》。读到白衣女侠与黑衣女侠一章，心上忽然焦躁起来。快两点了，船票呢！

"三点半还有一班船呢。"老傅不知是安慰我还是安慰他自己。

我喟然长叹，搂住白衣女侠躺在小宝的木板床上。隐隐闻到一丝脚趾丫气。用力吸一口，那气味却又全然没有了些则个。楼下单车声，我翻身下床与老傅扑向窗口，但见一个瘦长个子骑车歪扭而去。

"快三点了！"

老傅却表现出一个成熟的人那种沉着，"请你坚持最后五分钟，请你坚持最后五分钟。"

单车又响。窗外却连人影都找不到一个。我屏住气，静候着楼梯上踩响小宝那充满激情的脚步。果然脚步响了。我紧紧裤带，时刻准备夺过船票直奔码头。奇怪那脚步响了半天，却没有渐渐壮大和激越。低头一看，是老傅用读《今古传奇》的余暇，以脚尖转点某首乐曲的节奏。

"三点多了！"

"啊？"老傅蓦地抬首，镜片里一片茫然，很快也跟着急起来。"走不成了，走不成了。唉，唉，唉。"

"我走。没有卧铺，坐五等船我也要走！"起身收拾行李包。

"哎，那钱呢？"他慌了。

"钱，到武汉去你家里拿。你不是留了地址的吗！我时间紧，不能多待一天。"

"那，哎，"他可怜一副脸，"我们还是一起吧，我。"

他的神情中有一种担心被抛弃的恐惧感。我只好心软下来。盼水妈一直在厨房里搓那种带肉的丸子。

五点，门庄重地打开。我和老傅紧张抬起头。进来一位当然同样庄重的老头。伸出毫无笑意的手把我们的手分别捏过一遍。

"小宝的爸爸。"老傅暗示我。

那么是老宝了。

"这是他叔叔的同事。"盼水妈笑容可掬过来解释，手里犹自矫健搓肉丸。

老宝点首。一副处长级老工人模样。问了几句简单话。大意是从哪里来往何处去。听说武汉，眯眼想起武汉还有一个弟弟。盼水妈再一次指出我们就是那个弟弟的同事。老宝便说他有四个弟弟，武汉那个最小。老傅却不管最小最大，一把抓住不放。

"我跟他同事十九年了，"老傅力图使虚弱的笑变得雄壮。"先跟他住对门。搬了家，还是住对门。"

我觉得老傅每次都住得太英明了。盼水妈深深感动，一个肉丸子被无穷反复地搓着。老宝却无动于衷，依旧坐得挺胸直背。

小宝还不回。他那亲切的粗条纹海魂衫。

"吃饭了吃饭了。"

老傅赶忙起身谦让。终于忍受不了老宝严峻的邀请，只得一面深情缅怀与小宝叔叔住对门的战斗友谊，一面率领我感激涕零地入席。一张桌子分三方坐下，另一方靠墙。盼水妈帮我们斟过酒，便站厨房门口看着，把她的慈爱广泛地洒在我们每一个人身上。老宝处之泰然。

"吃，吃。"筷子到他手上极富分量感。

二人奉旨便吃。肉丸子炸得香脆。老宝举起酒杯，必然对着我和老傅多敬那么一下，方才送到嘴边去呷一小口。我们才也呷一小口。之后吃菜，放筷。这很有点像日本茶道的那样一种味道。我一定再次动员老傅买日本的打包机。

盼水妈又引出武汉那个叔叔。老宝说他也有好久没见到他的面了。老傅当即代他向他问好。并尽可能详尽地汇报了他的政治、经济及生理状况。我这才晓得他原来是个瘦高个，那么长得与老宝小宝盼水妈睡妹全然不是一回事。老宝说他小时候极聪明，完全可以读上高中。结果没读。老傅很用劲地点头，说是的是的，聪明简直绝顶。

"我们先就住对门。搬家后，还是住对门。"老傅举杯敬老宝，敬我。

我真想启发他讲一点与小宝叔叔交往甚密的细节。比方小宝叔叔曾借过他一笔巨额粮票不还一类的事。可他只知道住对门。有一下呷酒我忽略了，忘记举杯先敬老宝和老傅。只见老宝可怕地垮下脸来。心里有了一噤。待他们举杯时，不论我怎样做出敬他的样子他也不理我了。只把酒杯对着老傅拱一下，饮。老傅顾自沉浸在住对门的幸福之中，自然不曾觉察。这顿饭吃得我羞愧万分。幸亏天色渐渐暗下来，可以佯装着脸色不见。

"灯坏了，不亮。"盼水妈解释。

"还没修好？"老宝翻眼。

"没呢。小宝老说没时间没时间。"

"哼。"

"我来试试。"我抓紧时机献媚。

"你会修?"盼水妈似乎不好意思。

总算,老宝脸上有了一点晴朗。桌上一眨眼间就收拾干净。灯取下来,摸一手的灰。

"有起子吗?"

"起子——"处级老工人喊。

盼水妈便跌跌地钻进房里去取起子。之后又钳子。之后菜刀也递过来。吓我一跳,连说不要不要。却硬要塞给我。只好小心翼翼接过来放在一边。一直修到痛出了一身大汗,那灯方才大放光明。我挺直腰身,想胜利表明这顿饭并非白吃他家的,不料那老宝已经走了。据说退休之后一直盘厂里的小卖部,早晚不得闲暇。我虽然失望,倒松了好大一口气。

门富有弹性地一开,是睡妹。后面还跟一个年轻与之相仿的妹子。我预备她过来辐射睡意,却没有。倒好像朝气蓬勃的意思。

"小宝呢,小宝还不回。"

老傅便去看盼水妈。她不慌不忙。

"不急不急。"

"今天没走成,还要找旅社呢。"

老傅也说要赶回去办续住手续。

"就住在这里嘛。你们难得走一趟的。"盼水妈慈爱不减当初。

我宁可到码头候船室挤一晚。老傅决心大概与我相当。我提出到厂里找小宝。盼水妈说那不好找,又远。我提出睡妹带去。睡妹说还没吃晚饭。于是都拿眼睛看她吃饭。她原来性格蛮随和的。吃过饭嗝都不及打一个就带领我们下楼。

我们跟着她从巨大的铁路引桥底下穿过去。我背行李包。田野的风吹在身上,毫无要把我们沉醉的意思。小宝在大桥大修厂的食堂。睡妹也在这里做临时工。老傅启发她回忆叔叔。她说只在很小的时候看见过一次,什么都记不清了。老傅至为遗憾。

厂子又黑又静。食堂里朦胧亮得有灯。睡妹便喊：

"哥！哥！小宝——"

静静悄悄。睡妹刚回过头说了一句没人，小宝从厨房深处吃得热乎乎地跑出来了。一嘴的嘶嘶哈哈。

"来了！你们早一点来就好了，赶上吃！两大桌菜，局长他们吃一桌，剩下这桌我们包了！嘶——哈。"昏灯下，他的脸益发的油胖红润。

"票呢？"老傅问。

"啊？"小宝忽然清醒过来。"今天没有了，早没有了。明天有，明天一定有。"

"明天？靠得住吗？"

"肯定！订票的是我的老朋友了！"小宝乐得张开嘴，雪白的板牙。

老傅只得暗暗叫苦。还要装出终于发现的样子：

"你是故意拖住我们多待一天吧？"

"嚇——"小宝极憨厚地把头笑偏过去。"要不，叔叔会怪我的！"

"喷，嗨！"老傅跌足，"你不晓得我事有好急！恨不得坐飞机回去呢。"

"怕什么，"小宝抓抓头皮，"你们出差的，最好过了。在外面又有补贴又有报销。晚天把怕什么！"

如果盼水妈是这个时候塞给我一把菜刀，小宝也许当即就倒在血泊之中了。

"你们明天来拿票吧。明天休息，做菜给你们吃！"小宝并不晓得我想杀他。

我说我再也不想来了，我还要去见一个朋友。

"你跟他说，你要到一个熟人那里拿东西，不就行了！来吃饭啊。我等你们。"出完主意，他觉得万事大吉，兴高采烈送我们出来，又热乎乎钻进厨房吃那一桌子菜去了。

跟老傅回到西站，已经晚上九点多。他总算办了续住。

我无法办，旅社全满了。我们把大包存他那里，沿马路找一家一家旅社。都客满。最后跟一个窗口磨了半天，才开到一个八毛钱的铺位。讲明是统铺。事到如今，只得将就了。进去一看，一个没有窗户的大房子，大约是先前的仓库，摆了二十几张双层铁架子床。已先自倒了十几个下力的汉子在那里，横七竖八，有的还呼呼扯出奔放的鼾声。就着仓库顶燃一豆黄弱的灯泡，认了铺号。

"我那盒蛋糕，唉！"老傅自言自语。

到他那旅社洗澡。修灯时出的大汗早已收去，此刻正有着许多的凉意。澡堂是池浴，一池油水只剩下温温的尿热。

伸手摸去好像抓了一把泥浆。没敢下水，趄到洗脸池用冷自来水冲了一遍。这时鼻孔里就酸酸地流出清涕来。老傅不怕油水，脱得白练也似的一条往池中便跳。呼儿嘿哟洗了一回，衣服裤子穿好，各人又觉得有了些清爽。到码头看过第二天的船班，又在南京西站外的花台上坐了小半个钟头，分头散去睡觉。摸到床上，却分不清被子的这头那头及这里那里。胡乱扯过来，只觉得黑黑的到处皆是脚趾味道，比那小宝的床上甚过不止十倍。衣裤也不脱，袜子也不脱，壮气地往里一钻。有人在某床上热切地问我一句什么话。我应了一声"啊？"半天并无动静，才晓得他讲的全然是梦话。乃放心睡去。

很快我就清醒过来，而且意识到脸上最不应该变形的部位开始肿胀发痒。我脱去上衣蒙住头顶，以避挡风起云涌那些蚊群。不料已成肿胀的地方益发焦躁得奇痒难熬。掀掉罩衣，立刻一股清新的浊气扑鼻而来。静躺了大约十来分钟，已辨出这浊气的成分除了脚趾丫味，还有汗味，大蒜味，霉味，酒味，卤味，面汤味，胃酸味，海带味，虾皮味以及金钩豆瓣酱味，等等。我爬起来，钻到旅社门口，想出去透气。

拐角处传来女服务员娇柔严峻一声断喝：

"哪个！"

吓得本来就没有什么邪念的我更加没有邪念。问她要蚊香，没有。这里燃烧的一饼是自己家里带来的。又不好意思与她一道分享。申请出门，娇柔严峻说可以，但出去便不准再进来。我连忙说不进来不进来，去仓库取了小件，逃也似的出了大门。这当儿只听见仓库角落爆发出一声被砍了一刀的惨叫，旋即静寂如初。我看了看表，二点二十三分。

火车西站候车室空空荡荡，有几个人享用着极长几排清凉如水的条椅，或仰或侧，放倒在那里困觉。也学样放倒了刻把钟，竟被穿堂风冻醒，酸酸的鼻头这才记起了许多感冒的症状。不敢造次，便东游西荡各处巡游了一回。时间却慢得惨。不禁恨恨捉了小宝便骂，以及盼水妈，瘦婆，老宝，睡妹，以及老傅。而且在想象中处他们以极刑。时间仍是慢。只好禅下心态，又各处巡视了一回。这回将车站最枯燥无味的里程票价表，守规制度，行李托运法，小件寄存手续，广告，旧图片一一认真详细研读过一遍。又心算从南京西站出发到祖国各地旅行以及旅行结婚的盘缠，坐慢车几何，坐特快几何，坐卧铺，坐软座，带一公以下儿童，等等。

五点钟左右，我搭上大桥公共汽车。这是早上第一班车。没挤上位子，身子软软地靠在门口。车上人好多拿着修长的钓竿，随车子晃一晃，显然是到郊外集体去逮捕一批水族。到桥头堡，我下了车。天仍黑黑的。从桥面上望下去，只见两排雪亮的灯遥遥地越远越高，俨如一架闪光的天梯，正惊异间，一位面容严肃的武警战士荷枪实弹要我离开栏杆。突然才悟到那天梯原来是铁路引桥。大约怕我一时想不开跳下去吧。

为了让这位年轻的士兵有一个宁静的早晨，我走到桥中间，往南岸，大踏步地迈进。可以听见自己的脚步声，觉得它十分的坚定，不像是想不开的样子。而且四周开始发白，大江上航标和轮船也渐渐有了清晰的形象。我虽然还困，但感觉好多了。仿佛有某种东西在体内流动。远处响起早航船的汽笛，天就完完全全变得明朗了。

1984 年于长沙

（原载《青年文学》1985 年第 11 期）

诱惑

早上刚一醒，就听见某间房子又在乒乒乓乓敲木器。自从窦老倌成长为一个木匠以来，我们楼里再没有哪天安静过。我拣了一根杂木棍，准备把楼板捅得至少跟他一样响，门外却垮地跌进来一个人。原来不是窦老倌，是一个比我还要矮的家伙。我于是根本不打算怕他，除非他另外还喊了几个人。

"你是哪个？"杂木棍提在手里。

反而是他显得莫名其妙，从嘴巴皮子上一把扯下刮得铁青的胡子："我是萧河呀。你不认得我啦？你还没做贵人，就这样多忘事呀？"

"唉，是你，"这才去屋角放了杂木棍。萧河是河南人后裔，喜欢将"河"字念成"祸"字，因此不少人上当。先前只晓得胡子可以贴，没料到刮得铁青的胡子也可以贴。

"你想不想当作家？"萧河寻了一张靠背椅靠住，目光咄咄逼人。

"想什么？"

"莫装蒜了！"他一跃而起，来来回回在我的房里踱步，"昨天晚上我找过你。你十一点钟就困了？"

"没。"我记起来他一向口里有胃气。

"那为什么不开门？"

"我吃臭干子去了。"

"嗯。九点半呢？"

"几点半？"

"九点！"

"九点，大概，是吃刮凉粉去了。可能你正好没碰得上。"

"可能。大概。"他眯缝起眼睛来看我，又瞪大起眼睛来看我，总之对我的堕落充满着痛惜："你讲讲，还想不想当作家！"

"我，我最近看了《九三年》，我恐怕是不行了，一个字都写不出。"

"那你就更应该写。"

"不行不行，写不出。"

"你以前不是写过科学诗么？发表在《生活文艺》上，得过什么？两等奖？三等奖？"

"鸟科学诗。"

"那是，鸟科学诗。"他立刻赞同，生怕我翻供。"有烟吃么？"

"没得。"

"哦，你不吃烟。"他从自己口袋里挖出一根烟。长吁了一口，"江郎才尽啦？不思图精卫填海？"

"填，什么海？"

"你不是说要崛起吗？人家那才真正叫崛起呢！起来，不愿做奴隶的人们！还写什么鸟科学诗呢？把怜悯丢掉吧，丢掉吧马克西姆·高尔基！俺们写小说去！"他胃气益发地重了。

"我从来没说过要崛起。"

"没说过？侯老师一直说你要崛起。崛起又有什么不好？没说过？你就是要崛起嘛。不过没崛起之前最好是不要到处发表宣言，免得人家暗算你。昨晚上我差点就让人暗算了。你听说过《诱惑》吗？"

"是一部西班牙电影吧？"

"嘁——"他泄漏着胃气，"西班牙！你连《诱惑》都没听说过，还想当大作家！还想崛起？"

"我没说过要崛起，从来就没……"

"文学界这么大的事情你都不晓得！你是装聋作哑呢，还是禅定？你研究什么，《九三年》？你从来就不晓得雨果那你怎么晓得他是糟老头子？

怪不得你江郎才尽。我原先很佩服你的，你的才一尽我就根本不消得佩服你了。这不是因为势利，这是因势利导。你们这楼里面怎么敲得梆梆响？"

"那是窦老倌做木器。"

"就是说你也不晓得寻根啰？"

"寻根？"

"哈，断定你不晓得！全国都在寻根，这是文学发展的总趋势。虽然我并不大赞同寻根，但目前也只好先寻起来再说。何况你要批判它，首先得了解它。我记得你写过一首科学诗《根》？"

"不是《根》，是《叶》。"

"反正差不多，叶落归根嘛。你去寻根，保险寻出大名堂来。你这家具颜色不配套，茅的茅荠色，板的板栗色。窦老倌？没听见讲过？怎么样，走出彼得堡吧？"

"哪里去我们？"

"你晓得《文学月报》么？"萧河头发一甩，把刮得铁青的胡子又贴到嘴上。我希望他眼睛皮子都贴满。"我一个姨妈，在那里头当编辑，正好缺一篇急稿。我一下就想到了你！当作家的机会到了！尽管你不争气，尽管你崛不起，尽管你打算九三年再崛，我还是要助你一臂之力！把姨妈介绍给你！沧桑巨变，成败在此一举！"

我望了望屋角的杂木棍，感情很复杂。萧河趁机把我拖到了街上。窦老倌隐隐约约在四楼挥舞着斧头，砍得利令智昏。我料到今天一定会要出事。

果然萧河停下步子，用力吞了一口。

"你不会把它写成科幻小说吧？"

"我为什么，要去写科幻小说？"

"那也没关系，科幻小说就科幻小说，没关系，"萧河朝天空虚无缥缈地打了个响指，"妹妹没有死，妹妹是被外星人接起去了，羞女峰就是外星人飞向半人马座 α 星或者 Y 星的基地。当金色的霞光洒满上海虹桥国际机场，一架波音 747 缓缓地降落了，西装革履的四毛从美国回来了。

他一出现在银色的舷梯上，刘安和新凯来接他的无人驾驶小汽车便落入他的眼帘。刘安这时候已成为遗传工程研究所副所长，新凯则是激光专家。光头在经营苹果牌牛仔裤的基础上经营起苹果牌计算机，如今也成了首屈一指的电脑权威。他们合伙去寻找失踪的妹妹。噗地一下都来到羞女峰。饭还没来得及吃。不用吃饭，昭玲给他们每个都吃了药，吃一粒可以五六天不吃饭。他们指挥一群机器人与飞碟进行大战，终于发现妹妹与几条恐龙关在一起，准备同百慕大黑三角海底下关的三头猛犸象一道运往 Y 星，幸亏发现得早……你觉得呢？你说那个外星人头子是叫马特博士还是叫撒玛拉费齐教授好？他总之是一向跑到我们地球上干坏事，而且还越活越年轻。这是爱因斯坦相对论，C = my！"

"应该是 E = mc²。"

"反正差不多。"他对我刮目相看地瞟了一眼。

"就是说你已经下定决心写成科幻了啰？你这个写科学诗的，你完全有基础，有信心有能力赶超世界先进水平……"

"我还不晓得你说的是写什么？"

"吧，"他瞪大眼睛看着我，仿佛我就是马特博士或者撒玛拉费齐教授，"写《诱惑》呀，我刚才没跟你讲么？我一个姨妈……"

"你只跟我讲了你姨妈。"

他吃惊地张开了嘴，因为是吸气所以没闻到胃气。"你这个家伙！哈，你少啰嗦，跟我走！你还想不想当作家？"

"我还没吃早饭呢。"我看看太阳。

我们在摊子上一人吃了一碗粉，辣椒粉子极辣。萧河起身又自己揪了一把葱加在上面，一边跟我解释昭玲的药片到底是怎么一回事。最后他说还没吃饱，只好给他加了一碗馄饨。吃了将近一半，忽然嚼嚼停停，望着我，

"肉好像臭了。"

"那就莫吃算了。"

他又嚼两口，吐在地上，对着摊子喊一声：

"喂，你们这肉是臭的！"

摊子正在同时卖出七碗馄饨，闻言大惊，端起肉馅子闻来闻去，"哪里臭的？乱讲！"

萧河拖了我便走："不跟他们计较不跟他们计较。昨天我就差点叫人暗算了。有一伙人冲进编辑部大闹天宫，幸亏我姨妈不在。其中一个头发乌青的家伙号称是光头，你认得吧？"

"我，不认得。"

"他说他认得你，你要小心！听见没？"

"啊？"

"小心！我这是为你好。"他说着，警惕地朝身后望望。

身后只有一个挎了篮子的婆婆，不像是要暗算我们的样子。而且头发也不乌青。萧河又朝更遥远的地方望去。

"哎呀你看！"他趁势一拍，"我跟你介绍个人，你看到了么？"

我活动活动肩胛骨，果然看到迎面一位女郎，袅袅婷婷走过来，头发幸子般地披在额上，她长着夏子的大腿吉永小百合的二腿，她的指甲像真由美趾甲像三国连太郎。萧河老远就预备了一个笑放在脸上。那女郎扬起头，目光透过下眼眨毛看人，到得面前镇定地说了一声：

"是你。"

"是我是我是我。"萧河感激涕零，转过背向我介绍，"她是著名的青年女诗人，三年前就是她一举发明了绚烂的楚文化。"

女诗人嫣然一笑，把真由美的指甲递过来给我握。

"你搞错了，发现楚文化的是另一位，不是我，我就只写点诗，你们不爱看。"

"哪里哪里，最近到处都看到你的名字，"萧河迅速地瞟我一眼，"你好像写了一首《你是谁》，你是谁／你娟秀的字体从陌生的城市飞来／带着邮戳的伤痕／也带着依稀的眼泪。你看，写得多好。要这样读：依稀的，稍顿，眼泪。"

女诗人又一笑，美目流盼。

"你姨妈好漂亮，"上编辑部楼梯的时候，我对萧河夸赞，"还没有三十吧？"

萧河迟疑了一下："你见过我姨妈？"

"呃，刚才那位女诗人，楚文化，不是你姨妈吧？"

"哈，哈哈！我姨妈？我姨妈哪是她那种样子！你看见她的耳朵了吗？"

"她耳朵怎么啦？"

"没看到？你下次好好看就晓得了。"

"她诗倒是写得蛮好。"

"不行，依稀的眼泪？偷了鲁迅的句子，梦里依稀慈母泪。如此而已。这如今的文人，都自我感觉良好。"

编辑部的门被萧河哗地推开。我意识到我一定是犯了错误，不该跟着一起来。

"同志们！"他大喝一声，同志们都向这边转过脸来，"我的任务完成了。总算是抓到一个！"

同志们有老有少有男有女，纷纷地都过来跟他握手。也有两个看我孤苦伶仃的，顺便跟我亦握了握。

"这位是我们的老板，"萧河把我引到一位鸿运公司的总经理面前，"老板，敬爱的老板，这就是我经常跟你讲过的那个写科学诗的小伙子，极有前途……"

"欢迎欢迎！"老板身材魁伟地打量我，把我按到一张藤沙发上，又泡了两杯茶。

"你要好好跟他谈，他就是主编。"萧河低声严肃地点醒我一句，旋又到一旁谈笑风生。

"你写过寓言和童话？"老板和颜悦色，却又精力饱满。

"我……没写过。"

"噫，小萧怎么说你写过……"

"他是写科学诗！"萧河及时从一堆人那边丢过来一句，"得过两等奖，极有才华，但是运气不如才气。"

"三等奖。"我纠正。

"哦，那也不错那也不错，"老板宽容地拍拍膝盖。椅背后挂一只尼龙袋里面装了一双破皮凉鞋好随时拿去修补。"现在还写吧？"

"有五六年没写了。"

"要写，要写！"老板肯定地点点头，皮凉鞋就在他身后一晃一晃，"你们年轻人不得了哇，一下子冒出来一批一下子冒出来一批。最近我到外面开会，听到不少反映。"他手在空中划了一道弧，表示反映。"你们听到什么没有？你吃茶。"

我吃了一口茶。刚才吃粉沾在牙齿上的一粒辣椒洗刷出来了，嘴里麻辣火烧。

"读者也来了不少的信。对于《诱惑》的连载，有讲好的也有讲不好的。讲好的多半是大学生，认为这是一种探索。讲不好的呢，说我们崇拜小名人！小萧都跟你讲了吧？"

"讲了。"其实他什么都没跟我讲。我偷空瞟一眼，看那边谁是他姨妈。结果发现至少三个适龄女青年。

"喂，喂！"一位宽边眼镜在拨着电话，手指头染一大片红墨水印，"出版社吗？喂，请你接小说编辑室，小说室呀……"

"所以，"老板坚定起来，一根粗大的皮凉鞋带从尼龙袋眼里脱颖而出，"我们决定搞个新办法，《诱惑》的第十二期，找没有名气的文学青年来写！不是说我们崇拜小名人吗？我们就来个崇拜非名人！大胆地起用新手，这也是改革的一项措施，也是一种探索嘛！"

我极力用茶去冲洗隐藏得极阴险的一粒辣椒粉。

"有什么不可以呢？"老板目光犀利地盯住我。

我吓一跳。确实没有什么不可以。

"喂，小说室吗？我《文学月报》编辑部呢，有个事情，喂，有个事情。我们刊物今年登载的连续性小说《诱惑》呀，现在快搞完了。读者反应不错，喂，反应不错，我们想结集在你们那里出版，联系一下……啊对，对，啊？风格不统一？啊？呃……哦，哦，啊？哦。喂，可以宣传一下嘛，多登几次广告，会有销路的……哦，哦。你们奖金都发不出？"

"你看看你有什么困难，可以先摆出来，"老板偏过头去看了一眼墙上的月历，"我们是每个月十五号发稿，时间还是很充裕。你考虑好，什么时候动笔，不要急。有稿纸吧？小喻呀，小喻！给他拿垛稿纸。"

小喻就很苗条地过来，拿了纸，拿了今年的刊物，一大堆码到我手上。

"怎么样，他们的意见？"宽边眼镜一放下电话，大家就围上去。

"危险，"沉重地摇摇头，"他们说明年的出书选题已经满了，而且短篇集子只有赔本。我说《诱惑》不是短篇，是长篇，他们不信，说哪有一二十个人写一部长篇。"

"我早就料到了。现在整个出版界不景气，书卖不出去，好书又买不到。"一个举着自己下巴的编辑深谋远虑。

"不要找他们了！"萧河大手一挥，"找作家出版社！我认识他们一个编辑，人好极了。"

"那就这样讲定了啊，"老板往后靠了靠，皮凉鞋朝热水瓶荡去，但终于又化险为夷。"第十二期就交给你了。持续一年的《诱惑》靠你来收尾。哈，他们中年作家也有兴趣呢，想明年接着写下去。当然不用这个题目，另外搞一个。《迷惘》怎么样？《惆怅》？不好，太低沉了。我们的刊物不能迷惘一年，更不能惆怅！"

晚上，我一篇一篇地看《诱惑》。萧河就在我房里激动不安地踱来踱去，一下子凝神沉思，一下子喟然长叹，搞得我心神不能安定。我已经供给他一天的饭食，但对于能否当成一个作家仍是信心不足。窦老倌转移了一个房间，使得敲出来的声音更具有威胁性。

"你看这里什么意思？"

萧河一蹦就过来了："哪里？"

"这里，老姑娘这里。"

"老姑娘是一条狗。"

"我晓得。它怎么舔屁股下面那团肉？"

他张开嘴看了半天，胃气模糊着灯光。良久，忽然一拍桌子，"错了！肯定是排错了！怎么会是屁股下面那团肉呢？明明是上面那团肉！"

"不至于排错吧？"

"就是排错了，"他兴奋得脸通红，"你想想看，屁股下面不是尾脊骨吗？"

窦老倌大概正在劈开一副门板，对面楼上的彩电被震得一扯一扯。我打出一个哈欠。萧河也打出一个哈欠，味道而且更浓。我把门窗都打开，让它们跑出去。

半夜里做了一个梦。梦见刘安、光头、新凯、昭玲都当了作家，乐融融坐在一堆开会，讨论小说从今以后要往何处去。四毛一根接一根地抽烟，笑眯眯静等着事态的发展……

"我完全赞同四毛的意见，"光头弹了弹烟灰，乌青的头发一甩，"把小说放在一个大的历史背景中去写，这并不妨碍淡化情节和淡化主题。"

刘安迅速地看一眼四毛的脸色，"可是四毛讲的另一个问题也很重要，那就是感觉。最近我找了几盒录音带，是一个音乐神童的作品。标题就吓死人：*FFF*！"

气氛活跃起来。

"我问你们一个问题，"四毛端起茶喝了一口，匀净地吞下，"你们写小说是先凭感觉呢还是先凭思想？"

互相看了看，然后齐声回答："感觉！"

四毛不慌不忙，"但是我现在考虑的，是如何获得这种感觉。"

都轻轻啊一声，互相交流着钦佩的眼色。四毛嘴角掠过一丝不易察觉的微笑。

"姜还是老的辣。四毛，你从法国回来，一定要多给我们讲讲世界新潮流！我们太闭塞了，太闭塞！"新凯渴慕地。

四毛颔首微笑。

门打开，一女郎娉婷玉立。正是萧河介绍的那位女诗人。

"五毛你来得正好，"昭玲很高兴，"溪流女士给你做好了裙子，要你去拿!"

"真的?"五毛惊呼。

萧河赶紧左顾右盼,"什么裙子? 什么裙子?"

"五毛你穿上迷你裙,就更加楚文化了!"

"莫痞啊你们。"五毛兴奋地警告。

昭玲无可奈何,"你讲得对,文坛不是女人呆的地方。"

"作家! 还不起来,车误点了!"萧河一阵大叫。

我猛然惊醒。萧河站在我床前,手捏一块电子表:"五点五十了! 快! 车要开起跑了!"

我吓得接过表一看,"你开什么玩笑? 才二点二十。"

萧河诧异地"啊?"一声,仍又沉沉睡去。我也阖上眼皮,光头们却不复再来。

早上六点,我们登上去羞女峰的长途车。闹哄哄的人们挤头挤脑寻找着座位。萧河一屁股坐下,浓浓地打着哈欠。前排一男一女靠得很紧,女的从男的手里捉葵花子吃,噗地把壳分别吐在很多地方。

"你昨天晚上讲什么梦话?"萧河忽然指责我。

"我讲了梦话?"一惊。

"哈哈,你把自己打扮成一副天真相,"他摇摇头,宽容地,"还不认账。"

我只好还一副狡诈的本来面目,眼睛机警地睃来睃去。

"你这个人哪,就是太聪明了一点,"萧河对症下药,"所以我一直准备送你一只陶猪,送一只再送一只。艺术陶。"

前面那女的于是将瓜子壳重新吐得具有审美意义。萧河假装没看见。集体一晃,汽车开动了。空气变得很清新,我思考着自己的过失,觉得作家实在是太难当了。萧河却说作家好。

"作家好,要到哪里去就到哪里去,羞女峰你是第一次去吧?"

"第一次。"

"我去了好多回了。反正都归他们编辑部报销。秋天去景色还好,满山红叶，现在没什么意思。你小说构思好了么？"

"根本还没想好，昨天。"

"急什么，不急。我帮你搓，搓圆一个故事你就自己动手。你写过诗，下笔不难。难的是一辈子做好事，不做坏事。你只记清楚三点不要写：性文学不要写，反战文学不要写，煽动学潮的不要写。我想你总不至于吧。"

"什么？"

"煽动学潮。"严峻地。

"我怎么敢煽动学潮。"

"就是，"他又一次饶恕了我，"不搞那种哗众取宠的东西。昭玲，四毛，刘安，光头，在一个班上读大学。读中文系，中文系感情致密。新凯呢，新凯读什么系？"

"不晓得。"

"你又装天真。"

"我真的不晓得。"

"设想一下嘛。"

"数学系。"

"不要理工科，理工科的太死板。"

"外语系。"

"外语？那还不如把昭玲换过来，让她去读。妹子记性好。吧，历史系怎么样？也不好，将来分配成问题。这样吧，让新凯读国际政治系！有机会出国，当大使！当他心情极好地漫步在塞纳河畔，似又看到羞女峰秀美的身姿映在水面上，这意境多美。美不美，家乡水。可以写出海外游子强烈的爱国之心。炎黄子孙，时刻盼望着回到祖国大陆，叶落归根……"

汽车已驶过市区，拐弯上了公路。

"……夜深人静，新凯拖着疲倦的身子从他打工的中餐馆出来，遥望东方有一条龙。他省吃俭用，只有一个目的，节约每一个法郎和马克去买一张飞机票，回国。"

"头有点晕。"前排女子靠在窗子上。

"要风油精吗？"男的问。

萧河深深地吸一口气。车子开得飞快。一辆卡车呼啸着迎面开来。女子做了个反胃状，却终于没呕得出来。萧河朝我挤挤眼。

"表现主义，"他淡然一笑，"早期的现代派。你喜欢卡夫卡吗？弗朗茨·卡夫卡？早上一醒来，你发现自己变成了一只大甲虫。"

"我？"

"我不是说你，是说光头，光头变成大甲虫。这是用第二人称手法写，懂不懂？你进了车厢，你喝了咖啡，你把咖啡渣泼掉，你变成大甲虫。身上带斑点的那种，大约是五星瓢虫。"

前排男子警惕地瞟了我们一眼。萧河于是挑衅地望着他，直到把他的脑袋望得规规矩矩一动也不敢动。

车一停。司机回头喊了一声"吃饭啊"就跳下车吃饭去了。萧河和我挤下车，首先屙了各人的一线长尿，然后又到饮食店吃面。到处都是油腻腻的，苍蝇飞来飞去。

"那个女的一点也不好看。"

"哪个女的？"

"那个，"萧河用下巴指指，"几十岁了，还在那里娇滴滴的，甚么甚么头晕，尽是扭捏作态。我刚才说的表现主义就是讲她。"

"他变成一只大甲虫？"

"哼，"似乎还不解气。过了一会儿抬起头，"现代派小说你读过几本？"

我很慌张，"不晓得，大概，读过几本吧。最近在读《九三年》。"

"你还在对雨果抱有幻想？"他把一箸面唆得简直要从鼻子眼里冒出来。"你怎么不尝试搞点新感觉派？存在主义？垮掉的一代？对了，《二十二条军规》你读过没有？刘安不是得过精神病么，汽车上打人，关进疯人院去了。你要证明自己是疯子，你就要写一个报告。你刘安写了报告，那就证明你不是一个疯子。你不够格当一个疯子，不配当一个疯子！"

我的确不配当疯子。

"四毛成了局外人，"他嚼着一块排骨，用筷子扯出来看看，又放回去嚼，"光头成了垮掉的一代。新凯呢，新凯，迷惘的一代。有一天他去羞女峰看昭玲，穿过县界长长的隧道，便是雪国了。昭玲在山里教书，放了寒假，跟新凯一起去洗温泉。神经疼，洗温泉。"

脚上毛茸茸地痒，低头一看，一条狗钻来钻去寻骨头啃。

"结果翻了一部马车，一只苍蝇飞向辽阔自由的天空。这种意境！东山魁夷！川端康成最喜欢他。日本女人就是他妈的白！"他扯出排骨，依恋地看了最后一眼。

"下午几点钟能到？"我找了句问。

"明白了，明白了。"他怔怔地，若有所悟。

"什么？"我顺他的目光看去。

"老姑娘，就是刘安的那条狗，为什么舔屁股下面那团肉。确实是下面，不是上面！"

桌子底下，狗叼起排骨悠闲而去。

车到马子溪镇，已经是黄昏了。我们到招待所登记了房间，吃过饭洗过澡，萧河拿起茶叶筒一闻，愤愤地骂了一些人的娘。然后我们一起上街。

"你说，那个女的，"萧河凑到我耳边，胃气十足，"像不像田中裕子？"

我一看，那女的坐在一张凳上梳头发，倒像是田中角荣。

"我们可以拍一部电视连续剧，四十八集《诱惑》，就要那个女的来演。"

"她演得电视剧？"

萧河看着我的疑虑，"有什么演不得。叫她来演妹妹，自然美。这山里妹子天性淳朴。等下我带你去跟她扯谈。保险扯得你灵感大大的有！喂，你这甘蔗好多钱一斤？"

卖甘蔗的汉子把刀钉在案上，收钱不已。

"问你呢。"

"啊？四角。"

萧河扭头就走。我以为他生气了，没想到他一径走到河边，对准墙上贴的一页广告仔细分析起来。

"记下来记下来，这都要写进你的小说里面去，立即便有了氛围。你看，前面来了一个汉子，他有什么苦恼？他有什么忧伤？要善于分析，把他的遭遇往前推往后推。他与那位田中裕子有什么关系？为什么会变疯？要把眼子留到小说的结尾一翻，直刺人心。"

"他就是新凯。"我怯怯地。

"好，好，说下去。"

"他去找昭玲。"

"为什么又找昭玲？"萧河厌恶地。马子溪波光粼粼。

"去找妹妹。"

"对！妹妹，妹妹，你在哪里？妹妹。"

"妹妹坐着梳头。"

萧河大失所望，打算拂袖而去。

"妹妹在洗澡？洗温泉。"

"你要考虑这个问题，妹妹是怎么死的？她怎么又活过来了？"

"妹妹说去洗澡，再也不见回来……"

"对了！"萧河一蹦而起，"妹妹在浴缸边死去！就用这个标题。或者《诱惑》做正标题，《妹妹在浴缸边死去》做副标题：畅销，绝对畅销。"

"故事还没编好呐，"我心里没底。

"要不，《死在浴缸里的女郎》也好！老板，老板，你的刊物要赚大钱了！"

"这不是惊险小说吗？"

"你还蛮懂！你这个写科学诗的，我以为你真的狗屁不通呢。小说写到这步田地，方才写出点味来。死在浴缸里有什么不好？冰清玉洁！质本洁来还洁去，一抔黄土掩风流。一抔黄土，不是一杯黄土。"

我想象那号称新凯的汉子俯在浴缸边嗷嗷地哭，四毛则扶着他的肩膀晓以大义。新凯终于抬起头，噙着悲愤的泪花，要为妹妹报仇。

"报什么仇？"萧河不以为然，"那不成了武打片？《少林寺》？宁可写成惊险小说，去得江户川乱步奖，也不搞武打片。你打我我打你，半天打不死。虚假得很。"

晚上，电影院门口挤满了人，等着看《四年级甲班的旗帜》。萧河钻进人群，过了好大一会儿才像游鱼一样梭出来。他买了一包葵花子，一包橄榄，一包兰花豆，一包台湾姜。

"我吃不得姜，有火。"

他斜瞟我一眼，"我是寒体，我不怕。"

但是第二天，他脸上又长出好几颗文艺细胞。一大早就对准镜子啪啪地挤，一边说："痛快！痛快！"

我打开窗子，晨风涌进，才晓得这之前业经闻了他好多的胃气同屁臭。

"不该吃兰花豆，"他扭动瘦削的屁股又嗤了一下，"今天我们去看羞女峰。"

我偷偷地计算了一下他跟我一起吃的伙食费，心想当这劳什子作家不知还要花好多代价。萧河一天到晚喊没吃饱，又不肯出一个钱。而且思想越来越活跃。

"羞女峰，其实又可能是修女峰，乃至休女峰。如果是修正主义的修，那就是这山上曾经有个修道院，文化革命砸掉了。如果是休息的休，则一定是哪户人家的女儿长得如花似玉地嫁到别人家去，结果被休掉了。"

有几个戴旅游帽的少女跟在后面爬山，吱吱咯咯地笑。萧河一下闪得不见了。

我一个人沿着山路转来转去，既没看见幽深古怪，又没感受什么神秘莫测，真是觉得无聊。我想起了《九三年》，然而山仍然是不高。据我看，跟岳麓山差不多。小时候不敢到岳麓山后山去玩，说是有马脑壳队。妹妹的失踪，多半就由于马脑壳队。

"萧河！你在哪里？"我奋力一喊。

"我在这里！"林子里一个女人一闪。

这就怪了。远远的山坡上，萧河穿件翻领汗衫正在讲笑话，逗得一群少女咯勒咯勒笑。其中一个嘴巴皮翻翻的妖媚地瞪着他，恨不得不顾胃气亲得他死去活来。

过了一条山涧又不见了。

直到下午，萧河才气冲冲一把抓住我，"你到哪去了？"

"我找你好久。"

他一脸苍白，连文艺细胞都不红了。翻领汗衫撕烂挂在身上。不住地回头张望。

"他妈的！"到个僻静处他突然怒吼，"还是要搞武打的！功夫小说！"

我不知发生了什么事，不敢说是，也不敢说不是。

"打！"他把烂汗衫扯到瘦肩上挂稳，然后拣了块大石头朝山沟里一砸。

那里立刻蹦起三五只蚱蜢。

过好半天，他悲愤地抬起眼睛，低低说了声："下山吧我们。"

山风悠悠。太阳隐到了山后。羞女峰一会儿做修女状，一会儿又做休女状，无限的都是妖娆。

游人已经很棉少了，老远才看见一个，而且都表现得下山的样子。

萧河一直闷着头心事浩茫。我知道重大构思即将诞生了。

"为什么不能搞武打小说？"他忽然开口，"你说，为什么不能搞武打小说？"

"我也不晓得为什么不能。"

他没理我，顾自沉浸在构思之中："妹妹失踪之后，四毛天天搜寻于羞女峰马子溪一带，直是不见蛛丝马迹。每当他走累了走渴了，妹妹俊俏的笑脸便浮现在他的眼前。一天，一个蒙面大汉从树上跳将下来，也不搭话，劈拳直取四毛，四毛没有防备，嘴里打出血来。"

这时我才注意到萧河的嘴角有一块青肿。

"四毛大义凛然，不畏暗算，与之力斗。那蒙面大汉见不能得手，返身便走。四毛穷追不舍，不料蒙面大汉先自伏得有机关。四毛闪开暗器，蒙面大汉趁机夺了四毛身上的一件东西。仓皇而逃。你猜是什么东西？"

"什么东西？"

"此乃宋王爷手上传下来的国宝，唤作阴阳八卦璞。此璞能知风测雨，卜算凶吉，又能驱秽避邪，冬暖夏凉，相当于一台空调。而且还可以熏蚊子。四毛下乡八年，一直没挂过蚊帐。"

"怎么到得了他手里？"

"四毛是宋王爷手下名将的第三十八代孙，当然传给他了。现在关键问题是，仇人是谁？是谁呢？"

我们相互盯着，从对方脸上找答案。

"刘安，光头，新凯，都有可能。尤其是新凯，表现得对四毛忠心耿耿，出生入死，指到哪打到哪，结果坏就坏在他身上。"

"是他害死了妹妹，夺走了阴阳八卦璞？"

"这未免太简单，你这写科学诗的。"

我于是万分羞愧。

"刘安装疯卖傻，铤而走险，被关进疯人院。其实他是进去与一个名叫冷雨剑的家伙交手，从他嘴里逼出线索。然后赚开门卫，飞越疯人院，重返羞女峰。"

"光头呢？"

"光头被昭玲打死了。"

"谁？"我不敢相信自己的耳朵。

"昭玲，她是所有的人中间最阴狠毒辣的，武艺也最高强。事实上，蒙面大汉就是光头，昭玲见他夺了阴阳八卦璞，一个金线锁喉结果了他，自己取璞而去。四毛受了重伤，将息了三个月，到绝壁上寻了些草药吃了。在一个月白风清的夜晚，他在羞女峰最隐秘的所在敲开一座道观的门，从此跟一个白胡子老道刻苦学艺。几年来，学会了无敌铁沙掌，阴阳剑，洪拳，鸳鸯腿，以及一门绝招：豹爪。还有两门外语。"

"四毛学外语干什么？"

"掌握信息，广积薄发。比方可以取日本柔道和西洋拳击运动之长，走出中国武术的新路子。这都是老道教导的结果。你猜猜老道是何许人也？"

"何许人？"

"秦克俭。"

"他怎么成了老道？"

"说来话长。出家人万念皆空，你还是少管他的事为妙。道可道，非常道。反正最后有一场血战，几路人马大打出手，矛盾错综复杂。四毛面对高手，冷笑一声，把长辫子往脖子上一绕，抖擞出万夫莫当之勇。刘安被打死了，新凯被打死了，昭玲被打死了，妹妹也被打死了。只剩下四毛一个人从血泊中爬起来，怀揣阴阳八卦璞，在激越的音乐声中迎着朝阳走去。他去迎接新的战斗。"

回到招待所，他的情绪又变坏了。瘫在沙发里，满脸忧郁。后来又拿了毛巾打湿，揩嘴角的那块青肿。吃饭去的时候，他在过道里悄悄问我。

"你晓得吧，水田插秧是什么意思？"

我茫然不知所措。他低头不语，一直到过道走完才下决心从裤口袋深处挖出一张纸条给我看。纸条被汗得透湿——

如果你一意孤行，那就不是旱地拔葱，而是水田插秧了！

萧河阴着脸四下里看了看。过道一片黑暗。晚餐我要了一盘麻辣肚丝，一盘炒猪肝，一碗豆腐肉片汤。等我买了啤酒回头，萧河已经捉住筷子吃起来了。忽然他一皱眉。

"你喜欢吃腰花？"

"我没买腰花。"

"那你看看。"他把盘子向我一推。

果然炒了腰花。

"我点的是猪肝。可是搞错了。"

他只好埋头吃下去，吃了一半，筷子一丢。

"不行，要找他们算账！"刷地站起身，冲到厨房里去了。

立刻从那里面，传出来凶猛的吼叫。

过了一会儿，几个人拉拉扯扯出来，互相痛骂着。萧河比先前胖多了。

"呸！还是什么作家？有什么了不起？你以为当了作家，就可以吃猪肝呀？"一个女服务员横眉立目。

"嘁！作家？老子什么人没见过？省委书记，市长！还怕你写几篇臭文章！"另一个女服务员胸脯耸耸。

萧河气得冲到我面前："拿出来！"

我忙不迭："什么？"

"记者证！把记者证拿出来给他们看看！"

我急得到处搜口袋，哪有什么记者证。

那几个服务员气焰有所收敛，旋即又嚣张起来。一个持炒勺的胖男人，说要把我们捆起来打，看我们从今以后还想不想吃猪肝。

就有许多不明飞行物朝我们飞来。我拖了萧河仓皇逃窜。后来我从衣领子里摸出一片香肠、一球大蒜及一块肉皮。萧河则终于从他的额头上找到一片猪肝。他闻了闻，一丢。

"报上见！"他恨恨地。"你一定要写到你的小说里面去！"

"就写四毛怀揣阴阳八卦璞迎着朝阳下山之后，在饭店里要了一份炒猪肝？"

"你怎么这样糊涂！还什么阴阳八卦璞？全他妈的封建迷信。写改革！写严肃文学！"他把拈过猪肝的手指又闻了一下，"我现在终于明白，作家为什么要与现实生活紧密相连。就是要干预生活，针砭时弊！十年动乱把一切都搞乱了，国民的素质，体制的落后，四个现代化能从天上掉下来吗？同志，幸福不是毛毛雨。这些你想过没有？"

我承认我想得很少。

"近来我想得很多，"他双手叉腰，深沉地吐了口气，"我考虑过这样一个问题，怎样才能从更深层次的意义上，来进行这次伟大的改革呢？四毛同志与刘安一伙人的斗争，可以给予我们以有益的启示。"

"刘安一伙人是谁？"

"三种人。后来刘安为了逃避清查，装成疯子，被关进精神病院。风头一过，就跳出来破坏这场改革。四毛同志下过乡，又读过大学，入了党，被选拔为第三梯队，是具有开拓型的管理干部。他一上任就不徇私情，撤了刘安等人的职。刘安送了他四瓶茅台酒全部被他扔到窗子外面去了。"

"光头和新凯呢？"

"光头是个体户，卖牛仔裤发了财，又买了一部马雅哈摩托开鱼档，专卖剁鱼。他的姨父是一个香港大老板，爱国人士，回乡探亲时劝光头弃鱼就娱。"

"什么叫作弃鱼就娱？"

"就是不卖剁鱼，去开发一个大型娱乐场，丰富人民的精神生活。姨父愿意投资。光头于是到羞女峰考察了一次，准备在那里拉索道，架缆车，挖一个人工湖，里面放一些碰碰船。三中全会以后农民的生活水平大大提高，都愿意坐碰碰船。刘安却大加反对，号召农民去砍树卖。四毛干脆就把他撤了，起用了新凯这样的新型的知识分子。这里要用一大段富有哲理的对话，表现四毛同志不但有管理才能，理论也不错。你可以从最近出版的一些哲学书里面抄一些，还有弗洛伊德。弗洛伊德的《性学三论》你有吗？"

"可这与改革有什么关系呢？"

"怎么没关系！四毛同志的知识非常渊博。康德，黑格尔，亚里士多德，柏拉图，苏格拉底，柏格曼，英格丽·褒曼，索菲娅·罗兰，马克思，戈尔巴乔夫，西哈努克亲王，什么都读过。他读莎士比亚是读原著！一个和尚去跟他谈《金刚经》，结果那和尚满面羞惭地跑了。和尚在纸上画了一个'一'，四毛拿笔一挥，连'一'字都不画，比和尚悟得更透。所以刘安开小汽车去撞死他的妹妹五毛，也动摇不了四毛改革到底的决心。"

"刘安开的是一部皇冠牌。"我积极参与构思。

"奔驰牌，"萧河魔高一丈，"奔驰牌是德国造，可以象征刘安他们一伙实质上与法西斯殊途同归。斗争是复杂的，地委书记主持会议，恢复了刘安的原职原薪。四毛同志陷入极大的困境和被动。他一根接一根抽烟，背着双手在马子溪河畔散步。头发很长，有一绺搭在前额，表现他内在的思索与坚毅。这时候一双温暖的手帮他把上衣披好。他抬头一看，是昭玲充满理解地望着他。无声的交流比任何多余的话都具有力量。四毛把头靠在昭玲的身上。昭玲穿了一件自己亲手打的米黄色棒针衫。她是一个工程师，三十几岁还不结婚，专门等着四毛。她痛惜地摘掉四毛的一根白头发。两人贴得更紧了。马子溪潺潺地流过。

四毛仰望长空，质问历史。哐啷一个炸雷，地委书记和刘安正蜷缩在豪华客厅的沙发中间策划着的新的交易。但是四毛婶婶的姐夫的哥哥，是一位副省长。他支持这场改革。"

我这才吐了一口长气。隐隐地觉得盲肠有些痛，这真是始料未及。

"你都记得吧？"萧河忽然怀疑地看着我。

"记得。他姐夫的姨爹的哥哥，是副省长。"

萧河极为满意，点燃一根烟，深深地吸一口，扫去眼前的烟雾，似乎拂掉改革中出现的干扰。

"不过斗争并没结束。"

我一怔，盲肠不痛了。

"北京有人支持刘安。四毛只好亲自上北京。黄昏的时候，四毛在故宫的城墙下思考着历史和命运。他穿一件风衣，领子像大岛茂一样翻起。他知道道路绝不会是平坦的。特写，四毛紧锁的眉头。中景，斑驳的宫墙。大全景，古老的北京城。"

我们已经走到空荡荡的农贸集市，棚子四周散发出白天留下的腥臭气。萧河吸吸鼻子，踩了踩一只烂茄子使之冒着吱吱的气泡。

"回去跟老板讲，让我们跑一趟北京。"萧河踢得那茄子一滚，"到这乡下来没意思，破破烂烂，野蛮。"

"老板肯让我们跑北京？"

"不跑北京，怎么改革了？"他厉声质问，"要是我们写都市人心态，还要跑上海呢。"

"索性我们写四毛考取了哈佛大学，刘安考取了麻省理工学院，光头新凯昭玲全他娘的牛津、剑桥、伯明翰，我们也可以就势去游览一遍欧美。"

"欧美去不了。老板不得让你去。顶多只让你跑跑国内。比方西藏，新疆。你可以写四毛他们统统到西藏支边。那才好呐,天葬,雅鲁藏布江,男男女女一齐洗澡,浓郁的高原特色!"萧河朝茄子又一脚踢去,冷不防它一蹦一蹦地逃走了。

原来是一只癞蛤蟆。

"听说西藏到印度去很容易。"

"那你得搞魔幻现实主义。"

"印度?"

"不是印度,是印第安。印第安人跟我们是同种同宗。鼻子、头发、血型都和我们一样,板牙也长得一样。"萧河朝我扳了一下板牙。一股胃气,淡淡地,"所以西藏搞魔幻现实主义最好。魔幻意识,你知道妹妹是怎么失踪的?"

"刘安开奔驰牌压死的。"

"那不好。有一天妹妹在帐篷前晒毯子,就是西藏人喜欢用的氆氇,忽然风一刮,席卷妹妹而去。她吃泥巴业已吃了多时了。"

"简直莫名其妙。"刚一出口我就很后悔。

萧河站在黑暗中,瞪瞪望着我,气得说不出话来。羞女峰在极远的地方,看不大清楚。幸福不是毛毛雨。我决计明天一定要走了,无论如何。

一阵愤怒的脚步,他立刻不知了去向。

我一个人沿着老街慢慢地走。街子空荡荡的因而显得很宽阔。半张旧报纸顺墙角跑了好长一截路,然后躺下伸了一个懒腰。有几个人在小店门口买烟。店里面坐了一个婆婆,大约正准备关板子。经过那几个身边,我感觉其中一人狠狠地望了我一眼。

我只好强自镇定往前走。背后有人窃窃私语。回招待所的路上,一个人从影子里闪出来。

"听说你要写小说?"

"啊?……"

"你要把我们几个都写进去?"那声音严重了。

"你们?我,不大清楚。你们?"

又有几个人闪出来，慢慢守住了我的右后方和左后方。我想笑，但是肌肉僵硬。

"听说你很聪明呐？"鼻音好粗。

"极聪明。"另一只鼻音伴奏。

"嘿。"我做了一个傻乎乎的样子。

"跟我们走。"

"哪里……去去？"

"要你走就走！"

肋骨上被人狠狠地戳了一把。我知道那地方戳了对身体不好。

"你……们，找错人了吧？"刚说完脸上就挨了一勾拳。

很明显，他把我的脸当成了拳击沙袋。一切都搞错了。

"你说我变成了一只，大甲虫？"一张极白的瘦脸问。

我一看，他头发乌青身子苗条，绝不可能变甲虫。顶多是变蛐蟮之类。但我又挨了一直拳。等我从地上爬起来，只觉得颈根一阵剧痛。脸上挨拳颈根痛，这真是万万料想不到。

"你还想当作家？"另一张葵花子脸扬扬得意。

我耳朵被他们的一只手揪住了，这一瞬间我只感到万念俱灰。

"他大概还想获奖呢？"

他们哈哈大笑。一只红烟头在我脸上按了下去。我想模仿一条蛇扭动，然而这条蛇被抓住不准扭。我发现皮肉烧焦的气味比胃气更难闻。

"他得奖？初选就要刷掉他！"葵花子脸转向我，"你葡萄还没熟！葡萄牙也没熟！"

那只烟头灭了，粘在我脸上。那样子一定不讨他们喜欢。果然他们弄出喀嚓一声，一股温热的液体从额头上流下来。我盯着那只手，想研究那是握的一块砖头还是一个酒瓶。左眼却被液体糊住了。

"打！打！打脱他的手！"

我的手臂就被按在路边的阶级上，一只至少四十二码的脚踩上去咔嚓一下，尺骨和桡骨同时都断了。我本来是打算留到七十几岁中风的时候才断的。跟他们简直讲道理不清。

他们围着我，看看下一步从何处入手。我猜想他们在算计我的肝。我曾经在十几年前挑土的时候把肝搞大过三指，这很可能又使他们不愉快。

没想到打中的是脾。这人的解剖学知识未免太贫乏。

接下来是从四十三码到三十四码的脚都往我身上踢。我想呕，嘴里却涌出一股咸咸的液体。我不知朝左边滚还是朝右边滚为好。左边右边都是脚，纷乱中一时又辨不清哪只脚没患脚气。

"动不得了，作家？"

"装蒜！再打。"

就有两只大手把我提起来，一个膝盖朝腰上一顶，电一样痛彻肩膀到踝关节。这大约是学的泰拳。

最后，有人朝我的太阳穴猛敲一记，我的世界观便彻底模糊了。他们扬长而去。

我挣扎地撑起上身，看着四周朦朦胧胧在沟里摸到两粒尖锐的石头一看才晓得是我被打落的门牙一切顿时昏昏沉沉不知东西南北羞女峰在哪里你是在天上吗云里雾里放光彩秦克俭怎成了老道他听没听说过鲲鹏展翅九万里世界上有无数的脚鱼飞翔我手上多了一个关节从此变成了三节棒四毛你这一下满意了吧带着撕裂的脾度过余生这就是光头安排我的归宿新凯你要跟昭玲睡觉关我什么事在马子溪钓鱼的是不是你那黑影沿着大路向我走来什么也看不见了看不见妹妹你在哪里在哪里在哪里？

1986 年 9 月于长沙

【后记】

1986 年，湖南作协组织省内一线青年作家到湘西采风，其实就是游玩，放松放松。一伙人一路吃吃喝喝，嘻嘻哈哈，相互打趣，开口闭口也议论些文学的感觉和彼此创作理念的差异。不记得是谁提议，搞 12 个人出来，每人写万把字一章，在《湖南文学》上逐月发表，接龙合成一部长篇，篇名《诱惑》。人物和情节大致从头到尾贯通，各人却可以随意发挥，尽显各自的风格和流派。在我看来，纯粹是玩一次集体的文字游戏，甚至就是搞笑。我恰好抽到的是最后一章，也就是终结篇。前面那十一章，说实话我毫无兴趣，一篇都没看，就给他们结了尾。

2025 年 2 月于成都

寻找边城

从长沙去湘西，坐汽车要两天的路程吧。在去常德的公路上，还没到益阳，车上就呈现出人世的艰难来。在长沙汽车站上车的时候，我们一行就吃了"谦谦君子"的苦。我们一行不是"救主"式的行僧就是极天真的艺术家，诗人，绝没有不"体让"别人的道理。待到让别人都挤上车后，我们才发现我们的座位都让几个大娘给强占了。我们要跑整天的路程，总不能抱着箱子袋子在车上表演金鸡独立的功夫，何况我已经生病起来了，捱不下去只好抛锚。到底还是晓鹤的嘴头顶用，一番地道的湖南话向"大娘"们说清了道理，我们六人这才能"对号入座"。

那车上的座位逼仄得只容半身侧着坐，前排，我靠窗，挨着我先生，再过是史蒂文。史蒂文的身旁就挤满了站着的大娘和大叔们。刚才退到一旁的矮墩彪悍的那位大娘很不客气，一屁股就压在史蒂文脚旁的皮箱上。那皮箱再压下去肯定要爆裂的，它里头的摄像机脚架命不长矣。史蒂文忍住挤迫，把箱子抽出放在膝盖上。那大娘看史蒂文乖得像一个发呆的天使，就对他施加"压"力，把手肘撂在史蒂文的肩头，还装出一副亲切的样子。

"这老外有病，请不要挤他，挤死了不好办！"我先生开玩笑地跟那大娘"对话"。

"啥病？"大娘大叫。

"传染病！"我先生一本正经起来。

那像顾大嫂样子的大娘愠怒起来，忽然推搡了一下史蒂文，偏开了自己的上身，大骂起来，叽哩咕噜的一阵连珠炮。不知是什么意思，但肯定不会是好听的话儿。

整个车厢里的乘客都抽长了脖子往我们这边"观战"，大概是在等一出好戏开锣吧？

我先生忽然低声咬着我的耳朵说："我不是跟你说过，沈从文在他的书里写过这湘西民风的蛮悍，他们可以砍下人头来当椰子踢的……"

"别胡说了，我看你尽会得罪人，看你现在如何收拾？"我疾声厉色警告他，这地方是不准开玩笑的。

奇怪的是，史蒂文虽然听不懂湖南话，但那大娘骂街的声浪冲着他的脸颊上唾沫横飞的水点，他总该感触到的吧，我真的为他难受极了，立刻叫我先生跟史蒂文调换座位，免得新西兰和平使者受袭击。

我先生块头大，是当过苦力的，当然应该义不容辞地去独当一面了。

史蒂文不肯掉位，反而拉我先生坐下。看史蒂文的样子，真的也不行了。脸上、额上直冒汗，喘气不迭的样子，真叫人担心。

"史蒂文！史蒂文！"华赞用英语在后排大叫，使车上的气氛顿时紧张起来，乘客们的眼睛都盯着史蒂文。

奇怪的是，史蒂文不但不生气，反而像很抱歉的样子，沉低了右边的肩膀，用左手往那肩上一按，作出依靠它的样子，脸上浮起挺开心的笑容。

原来他是请那动气的大娘不要发怒，请她随便靠在他的手臂上，肩膊上。

"他请你靠着他，不要介意！"我先生按捺不住，又大声说双关语了。

"啥？"那大娘呆了。

"你知道毛利人吧？——他叫史蒂文，从毛利人的新西兰特地来湘西看你。你可以把他当儿子，放心依靠在他的肩上吧！"

"什么话？"大娘也忍不住扑哧笑了。

薛涛不失时机吐着舌头甩脑袋，模仿毛利人的动作。

全车乘客哄然大笑，旅途变得快活起来。

"你们是去看张家界？"

问话的是一个脸膛方圆头发蓬乱的本地人。

看样子早在我们一路谈笑的时候就想凑过来聊上几句了。薛涛赶紧求助地望着晓鹤。这个毛头小伙子只顾跟史蒂文进行"语言交流"，老是不记得所往何处。

"我们去索溪峪。"

"噢，"那本地人似乎很满足，"那你们今天赶不到了。"

"赶不到了，反正今晚上歇在慈利。"

"慈利？慈利有什么意思？"本地人接过我先生递过去的一根"摩尔牌"，有点谦恭地笑笑。"你们怎么不去大庸呢？那是一个市呢！"

在他看来，市是一个了不起的地方。

晓鹤大致跟他讲了一下我们的路线，从慈利县城去索溪峪，从索溪峪走到张家界，再乘车到大庸。

本地人却只是摇头，试图说服我们跟他一起乘火车当晚赶到大庸。

"从索溪峪走到张家界，要三个小时呢。你们这么一大堆东西！"

晓鹤却仍然坚持己见，什么反正是一路看风景啦，什么可以雇一个挑夫啦，什么这段路我跑过多次啦。我们因为对未来的前程一无所知，只好听由他去反驳。本地人也不再争辩，大智若愚地微笑着抽烟。细长的"摩尔"使他粗壮的手指有几分笨拙。

我先生转了个话题，问他贵姓，他说姓向。"是不是向钱看的向？"

"是的。"他说。

"那你是土家族啦？"

正在眯着眼潜心欣赏"中国民歌"的华赞，一听说"土家族"几个字，连忙拔下吱吱作响的耳塞，凑了过来：

"你是土家族？"

本地人点点头，也不知是羞涩还是得意，脸都有些微红了起来，华赞对于中国少数民族的敏感，已经远远超过了我这半个"民俗学家"（华赞封给我的头衔）。他一把拉住那人，详详细细地询问起土家族的语言和民俗来。我瞥了一眼窗外，树影闪过，车速愈显得快了。我却想起了一件好东西。

汽车大声地鸣着笛，穿过一截车拥人挤的集市。

我脑子里刚刚闪过"它会不会停呢"这么一个念头，车已经左躲右让地甩下集市，换了快档重又飞跑起来。华赞仍然被那位土家族所吸引，连路旁一座似宫殿非宫殿似庙宇非庙宇的黄琉璃瓦建筑都没在意。

"好像是什么……银行。"

"银行？我看了是什么化工厂。"

不管是银行还是化工厂，总之都想不出为什么要修成这么一副嘴脸。尤其与一路上看到那些破旧杂陈的民居相较，富丽得简直过火，反而媚俗不堪。我先生不经意地弹了烟灰，一副见多识广的神态。

又驰了一段路，我小声问：

"能不能停停车？"

"哦。"晓鹤扶着椅背站起身，朝司机用纯正的湖南话喊："师傅呃，请停一下啰！"

"要下？"喊了两声才听到，下意识地车一刹。

"上厕所呢。"司机台旁边马上有几个人笑了起来，接着滑行了一段，停了。

许多乘客争着下车，看来这一提案倒是很合乎民意。厕所距马路差不多两百米，就乡村而言，规模还算宏大，我虽然对大陆厕所的肮脏与简陋并不陌生，但在澳门住久了，却也很不怎么习惯。我的老家西北高原干燥清爽，不像南方这么潮热，更显得厕所阴湿烘臭。坑里无数活的东西攒动个不休，令人恶心丧胆，不过我毕竟走南闯北这么多年，自信是见过不少世面的，岂能被这区区南方乡村的茅厕吓退？何况来大陆旅行，早就下定了"一不怕苦，二不怕死"的决心，事到如今，也别无选择了。

出来一看,我先生正憨厚地等在门口。那帮争先恐后下车的乘客早已争先恐后地上了车,而且用急不可耐的神色在催我们了。只有华赞十指按箫,用他那专门拔了一颗牙齿的缺口吹曲子给他的土家族朋友听。

车又开动了。乘客们各自调整了坐姿,重又精神抖擞了。我长吁一口气,又想起那次乘汽车上厕所被抢了钱的旧事来。

那一次是从拱北坐中巴到佛山,半路停车上厕所。我和一位上年纪的太太刚进去,后面就跟进来两个衣着入时的摩登少女。只见她们飞快地掣出一人一把锋利的尖刀,恶狠狠地问我们要钱。那位上年纪的太太自知不是对手,早将身上的钱掏出来扔给了她们。我虽然极不情愿屈服于暴力威胁,却也无计可施,其中一个涂口红的少女柳眉倒竖杏眼圆睁,将刀尖逼到了我的肋下,只好不及细想也将钱掏给了她。

二人接过钱转背就走,等我们追出来,她们已跨上早候在路边的两部摩托车的尾座,风驰电掣而去。我们连忙上车向司机禀告,司机却目面安详,既不开车去追,也不作任何回答。倒好像我们被抢了钱全怪自己不小心似的。奇怪的是满车的乘客也没有人搭理,全部都是与他们无关的态度。

那一次我损失了两千多港币,这还不是主要的。主要是被两个摩登少女抢了倍觉窝火。尤其是旁人冷淡麻木的国民心态,更令人感到寒心……

"湘西倒不会出这种事。"

出发前晓鹤就跟我们打了包票。他说湘西人民性彪悍,但也朴实,重义气。断不会出现这种"乘人之便"躲在厕所里抢钱的飞车妹。何况我们人多势众,光兜腮胡子就有两个(华赞与晓鹤),谁敢轻易对我们下手?加之大陆的流氓地痞一般也不敢随便去动"老外",怕牵进"涉外案件"纠缠个没完。我们正好可以"狐假虎威"。

"可是,说湘西道湘西,我们跑了这么老长的路,连湘西在哪里都还不知道呢?"

"这不就是湘西吗!"

"这里?"我不禁环顾四周。

晓鹤解释，常德府（今地区）自古即为湘西的门户，而慈利县即是常德地区最里边紧挨着湘西土家族苗族自治州的一个县。沈从文老先生的《湘西散记》就是从常德乘汽车这一段开始写起的，不过他那车上有一个万事精通的同伴，而我们没有。

"不对。慈利县已经不属常德地区了。"土家族朋友忽然转过脸来，一本正经地纠正。

慈利县位于湘西的武陵山区，"文革"前曾风行于大陆的剿匪小说《武陵山下》即是写的这一带的故事。按其地理特征来说，确实与属于湘北湖区的常德地区格格不入，但不知甚么时候忽然又"不属于"常德管辖了。

"是不是因为那一带风景区，现在把它划归了湘西自治州？"

那位土家族朋友点点头，满脸一副说不清楚的样子。不过得意之色还是显而易见的。幸亏我们一行人当中，对于共产党的政策充分理解的人不少，所以这个问题的结论也就显而易见了。

我们又问了这位同路人自己的情况。

原来，他家就住在张家界，先前是林场的一个工人。"改革"以后，他承包了一个榨油厂。收入颇丰，一个月竟达一千三四百块，这在内地确实是惊人的高工资了。

"不过呢，开销也大。"土家族朋友得意过后，旋即又谦虚起来。

他于是告诉我们，他要经常乘车一下赶到常德，一下赶到益阳，一下又赶到长沙，有一次为了赶火车，他花了一百多块包了一辆车从常德赶往长沙。如果买普通汽车票呢，不过才几块钱人民币。

"赶到了么？"

"赶到了。"他非常欣赏自己的决断。"差一点呢。我最后又加了司机十元。"

这倒真看他不出。使我想不通的是，一个小小榨油厂的承包者，怎么像县长书记之类的一样繁忙，"日理万机"？

"你要自己能开车就好。"

"我有一辆摩托。"这个头发蓬乱的人居然还有摩托！"不过摩托有时也不方便。"

他说他有一个妻子，两个儿子，大的十三岁，小的才九岁，自从他承包了榨油厂，妻子就不干活了，在家操持家务。每月开销不小，所以他还要忙着在外跑业务。不料去年出了一次车祸。骑摩托撞车，住了差不多一年的院。腿也断了，现在骨头上还打着钢钉和钢板。

我们这才注意他一条腿一直直在那里。

我有些后悔问到他这些。而他似乎并不介意，一副达观的样子。他邀我们一定要去他家做客，这一邀请立即遭到我们大家的拥护，尤其是华赞，高兴得手舞足蹈，并翻译给史蒂文听，史蒂文于是也手舞足蹈，脸上笑出了孩子般的表情。晓鹤却进一步厚颜无耻地提出了让他请我们吃饭的要求。我刚要责备他，土家族朋友已经欣然同意，态度还十分坚决，好像不请我们吃饭绝不罢休。好在我先生也不甘示弱。提出我们也要请他和他全家吃饭。于是我们都沉浸在互相吃饭的友好情境之中。只有华赞，因为一贯"不食人间烟火"，一直不明白我们为甚么这么激动。

土家族朋友跟我们约好，大后天（也就是五号）上午，他搞一辆车到张家界林场来接我们下山。他的摩托车就停在那里。

"你还能骑摩托车？"我惊讶极了。

"能。"他一副不屑的神情，拍了拍那条断过的腿。

"那你今天能赶上去大庸的火车吗？"我记得他说过，五点半有一趟车开大庸，而现在五点只差几分了。

"赶得上。"他看了看汽车前窗迎面扑来的景物，充满自信，转而又怕我们还不相信似的，低声补了一句："我给了司机二十块钱，让他准时赶到车站。"

不管他说的是不是真的，反正我服了。

果然越是靠近县城车就越开得快，为了替他算时间，搞得我都提心吊胆起来。五点过了三分、五分、十分、十五分……土家族朋友依然安祥镇定地坐在那里。终于汽车进了县城，路两旁出现了中国大陆县城特有的那种不高不矮的楼房。汽车上的乘客本来就下空了一大半，被司机开得那么灵巧在马路上左拐右靠飞快跑，真使我感受到"驾轻就熟"这句成语的含义。

汽车在一个不起眼的街口停下，土家族朋友以我料想不到的敏捷下了车，下车前还不慌不忙跟我们每个人握手告别。等车子再开动，他已经消失在火车站的人流之中。

我们歇宿的地方就是我们坐的汽车的终点。那是一家名字很俗气的饭店，在一条死巷子的顶头，车一直开进去停在饭店的水泥坪上。服务员倒是挺客气。不知是不是见我们当中有华赞和史蒂文两个"老外"，所以一点儿也不"见外"，问甚么都答"有"。

"有房间吗？"

"有。"

"有饭吃吗？"

"有。"

"有点菜吗？"

"有。"

"有热水洗澡吗？"

"有。"

总之搞得我们心满意足。

"明天早上有汽车吗？"

"去长沙？有。"

该死。我们日夜兼程，好容易才从长沙的大巴上下来，又要我们去长沙，还让人活不活了？

"去索溪峪。"

"索溪峪？有。"

反正甚么都有，我们大可以不必想事了。服务台小姐长得端庄可人，能干地指挥楼面的服务员领我们看房间，史蒂文和薛涛首先进了一个双人间。又把我先生和我领到一个夫妻套间。不料刚迈进去一只脚，就闻到一股潮乎乎沤气，也不知这沤气是从地毡上还是墙壁上还是洗手间渗出来的，总之成分可疑，沁人心脾。而且房里一个窗户也没有。六点钟（夏令时）不到，进了里面就得"跟着感觉走"，因为黑乎乎的，甚么也看不见了。

"真的不行吗？"服务员小姐倒还民主，丝毫没有一定要与我们为难的意思。

马上带着我们走迷宫似的左拐右拐上楼下楼，又打开一个套间，里面两张床，外面一个小会客室，摆着好几张沙发，可惜我们无意在这里开会。说实在，房里的摆设虽然倒并不太次，就是有一股说不清楚的沤气隐隐约约从甚么地方往外冒，晓鹤帮我们放下行李，吸吸鼻子从里间闻到外间，也终于没有闻出个所以然来。我知道再挑剔下去也没个好结果，只好将就了。

华赞则和晓鹤住进刚才那间小黑屋子。他们的理论是：反正是在黑地方睡觉，这样，我们六人，分别睡在二楼、三楼、四楼。

这顿晚饭把我们吃成了扑食的饿狼。第二盘菜还没上，第一盘已经"哄抢而光"。我很久没有尝过这种争汤抢菜的滋味了，说实在话，这样吃起来还特别香。连平时一直以"温良恭俭让"的态度来对待美食的华赞，现在也把筷子伸得迅速而又果断。当然首当其冲的还是我先生，他本来胃口就不错，这一次更是吃得流光溢彩，几次起身去盛饭。

"你添了几碗？"我提醒他。

"啊？"他有点无暇顾及，"五碗吧，还是四碗？"

其实我也比平日多吃了起码一倍。摆在一旁的饭屉子很快就空了。饭堂的小姐看到我们这副饿样子大概有点好笑，到最后又端出一盘炒菜来：

"这是炒菜的师傅送给你们的。"

我们万万没想到饭吃得好还会有奖励。更加信心百倍，直到把史蒂文吃得依依呀呀快活地唱起歌来。

天色居然还早。我们自然要浏览这第一个到达的湘西小城。华赞把史蒂文从不离身的那台"索尼"摄像机拿去交给服务员存好，一行人就散散漫漫出了旅社大门。

一上街便发现，华赞的大胡子和史蒂文的黄头发成了吸引路人的两件大事。不论是小商店站柜台的，还是街边摆摊档的，或是吃了饭在街上闲逛的，一见到他们便行"注目礼"。有的甚至远远地隔了街，伸长颈子往这边望。一个瘦瘦的家伙正跟人讲话，好像是争论甚么问题，却是忽然出神地盯着这两个"鬼佬"，差点一头撞到电灯杆上去。

"你好啊，小朋友。"华赞一见到小孩就笑容可掬地打招呼。

小孩却十分疑心和惊讶地瞪着他。华赞也不介意，以著名政治家的风度不断友好地跟人点头招手，史蒂文则永远只知道那句学了一天才记住的中国话：

"你好，我从新西兰来。"

在一家僻静小店，我们鼓励他花两块五毛钱买了一顶小沿草帽。

史蒂文脸长长的，戴上草帽咧嘴一笑，活脱脱一个快乐的欧洲小牧童。华赞则迷醉于一件披领短袖的军装，军装上还戴着两道肩章扣带，穿上活像神气十足的士兵。准确些说，活像卡斯特罗的大胡子古巴士兵。这一下搞得他参军意识很强烈，非要买一件不可。遗憾的是尺寸都嫌太小。他只好转移兴趣，提出看一部中国电影作为补偿。

影剧院在拐了一个弯的另一条街上。正在举办"百部历史影片大展"。影剧院门口，用广告笔列出了这一百部电影的片名，其中有不少是我儿时即非常熟悉的，甚么《平原游击队》《地道战》《地雷战》《小兵张嘎》《英雄儿女》，等等，"文革"期间拍摄的影片甚至也展出来了，比如《闪闪的红星》之类，当然更多的是近几年拍的新片，片名与内容于我都很陌生，我只好承认自己对电影"艺术"的阅历不足，影片目录旁边有一两张好像是甚么文化馆的人写的"影评"或"观后感"之类的文章。粗略扫一眼，似乎里面夹着许多的惊叹号，以及"粉碎""平息"和"斗争"的字样。

我正感到头晕目眩，晓鹤已经从窗口买了六张电影票出来，今晚的电影看介绍好像是抗日战争时期，"我党"（共产党）策划了一支汉奸部队的起义，从图片上看，这次起义很成功亦很悲壮。人物一个个表情严肃，都像好人而不像坏人。包括一个刚杀了人的日本军官，居然也一脸浩然正气，一副"杀了就杀了，你能拿我怎么样？"的神态。

商量的结果，大家都不想看，晓鹤拿着刚买的票有点发愁，大约有点舍不得八角钱一张的票。我先生发现街口一个烤羊肉串的小摊，灵机一动，拿过票走上前去，问那扇火烤肉的大姑娘：

"多少钱一串？"

"三毛。"

"那我们拿电影票跟你换，一张换一串，怎么样？"

成交了！我们一下都"弃影就羊"了！关于西北的烤羊肉串好还是湘西的烤羊肉串好，这似乎不成为一个问题。因为烧烤一类的吃法，屡来不是湖南人民的专长。我先生偏偏要在那里大加激赏！

"不错不错。我看，比西北的烤羊肉串不差！"

我白了他一眼。这种"比甚么甚么不差"的句式，往往含着"比甚么甚么还好"的意思。这不明明白白在欺负俺们西北人吗？华赞却满不在乎：

"嗯嗯，比伊朗的还好吃！"

华赞的老家是伊朗，虽然早已入了美国籍，但他从来都不说"我是美国人"而说"我是伊朗人"，可见他对故乡的感情经久难忘。而伊朗人吃牛羊肉几乎跟中国人吃米饭一样，那吃法可想是够水平的。

今天到底怎么一回事，都对这串实在很"麻麻地"的烤羊肉着了迷？

晓鹤鬼鬼祟祟朝我挤了挤眼睛：

"翠翠。"

我一怔，啊——翠翠，沈从文笔下那个令人难忘的少女，难道今天已经从偏僻的山寨走到这不土不洋，既"古老"又"现代"的县城里来了吗？我知道晓鹤是故意开的玩笑，心里一乐：也大声承认这里的羊肉串确实好吃，清脆、妖媚、甜美！

"羊肉串怎么会妖媚呢？"我先生不解。

"它不是翠翠烤出来的吗？"

顿时爆发出一阵笑声。

街上的过往行人不知我们为甚么这般快活，也一个个望着我们呆笑，我们也不理会，扔了烤肉签，将那一家挨一家的大小商店一路地逛过去。小商店以买服装的为多，几乎都是个体经营，从里面飘出一阵阵唱得十分动情的流行歌曲，把整条街渲染成一种宁静的喧闹。老人和小孩在街边的竹躺椅上吃饭、乘凉，一副悠然自得的样子。年轻人则骑着单车，披上件上衣，有的车架上还搭一个姑娘，蛇行而过。他们此时的心态，大约可与开着汽车带女友兜风的"资产阶级共和国"的青年们相比。

"你好，小朋友。"华赞又在打招呼了。

我和先生买了一只大塑料桶。往后还要赶那么多路，也不知道还会住甚么地方，凭本能要做到"有备无患"。我记得早两年有一个对大陆一无所知的"老外"到西北旅游，因恐惧于大陆买不到卫生纸，于是带了整整一箱。

待出店门，晓鹤招呼我们赶快过去吃西瓜。他买了一个十多斤重的大瓜。一问，才四毛钱一斤，真是便宜得很，而且比广东街上买的好得多，又甜又脆，可与台湾瓜媲美，只不过台湾瓜无籽而湘西瓜有籽，但这对于晓鹤似乎不成其为问题，他吃西瓜向来是"囫囵吞籽"的。他说以前也还是吐籽，后来发现吃起来太慢，虽然斯文但却不便于在人多的情况下竞争。所以一改以往的"陋习"，果然吃得风驰电掣、汁沫横流。"你是哪国人？"卖瓜的不知是一对夫妻还是一对兄妹，在玻璃柜上切完瓜便好奇地问华赞。

"他是罗马尼亚人，"晓鹤指着华赞抢先回答，又分别指着史蒂文、薛涛和他自己，"他是阿尔巴尼亚人，他是越南人，我呢是朝鲜人。"

那夫妻抑或兄妹先是惊奇转而又怀疑。他不相信这个朝鲜人怎么讲一口湖南口音很重的普通话。

这时候过来两位头发斑白举止娴雅的知识妇女，两句英语一说，很快便跟华赞聊上了。史蒂文先选用没有声调的中文说"我从新西兰来",后发现他乡遇知音,高兴地也凑上去叽哩咕噜聊起来。那两位女士是武汉的教师,放暑假到湘西名胜风景区来参加一个讨论会的。

"大陆的会多。"我说。

"不,今年少多了。"其中一位意味深长地看看我。

太阳早已完全落下去,满街的暑气也渐渐在消散。回到饭店,天完全黑了。想起第二天还要乘车,赶紧冲凉上床休息。打开水龙头,水不大也不热,温温的刚好洗得澡。哗哗地弄得满地都湿。躺上床我想的最后一个问题是:明天一早赶不赶得上去索溪峪的车?

事实证明我昨晚的担忧是多余的。

一大早起来,我们和华赞、晓鹤四个人先到了饭厅,快吃完史蒂文和薛涛才姗姗来迟。这两个二十二三岁的家伙只顾谈笑打闹,也不怕误了车,讲到头天晚上临睡前,服务员小姐才突然想起要跑到这几间房里检查护照和身份证。薛涛的模样又颇像维吾尔族人,着实把她逗了好一阵。餐桌上于是又笑了半天,却见晓鹤进门说:

"今天没有车!"

怎么会呢?昨天明明说好了的,而且是"上车买票",服务台小姐甚至还指着一位正在楼门口聊大天的瘦小个子说是我们的司机,这一下不知怎么不见了踪影?

"实在没办法,"那小姐倒十分诚恳,"车坏了,你们看这一辆让不让你们上。"

所谓"这一辆"已经差不多坐满了。而史蒂文又带了摄像机,打算拍一些沿路风景,最好在前面腾个座。刚想跟车上人"通融"一下,却碰了一鼻灰!

"不行不行,这是我们包的车!"简直不由分说。

一会儿那车砰一声关上门,扬长而去。

晓鹤有点生气了,找到旅社经理,说我们没去赶汽车站的车,责任应该由旅社负，我知道这样争吵对于我们去索溪峪并无好处，只得跟经理赔笑：

"能不能跟我们再搞辆车？"经理看上去还算大度，立刻答应马上派人去搞车，要我们先在楼房门厅里等候。

所有这一切史蒂文都听不懂，因此依旧快活得不得了。一会儿吐着舌头为我们表演毛利人的舞蹈，一会儿用孩子一样生巴巴的中文唱流行歌曲"轻轻地我就离开你"。不过爱搞恶作剧的晓鹤已把它教成了"没有钱我就离开你"。史蒂文毫不知晓，学得有板有眼。

等了大约四十分钟，一辆破面包车驶进了大院。一个服务员小姐从里面跳下车，告诉我们它将把我们带到人间仙境索溪峪，我一看，它的司机是个喉结很高的瘦子，事到如今，也都顾不得了。

这辆破车也不知主人是从哪里继承来的，如果车龄不在二十年以上，至少也受过两次重大车祸的摧残，窗玻璃只剩下三分之一。门关上后要用绳子绑住，一脚没注意，差点从地板的窟窿插到地面上去。椅子也拆得只剩三两个位子，中间丢了几张乡下常见的那种木板凳。我想，今天能有一辆这样的破车也就挺运气的了。刚吁出一口长气坐稳，薛涛脸色阴沉地过来了。

"他们要收一百二十块。"

"甚么？有没搞错！"一百二十块！我们下车跟经理讲道理。经理却抱着与己无关的态度！

"又不是我们的车。我们只负责帮你们找车，价钱你们自己去讲。"

但喉结很高的司机根本没价钱可讲，他坚持不收一百二誓不罢休，脖子一扬，喉结更加突出："有本事你们去找别的车！"

当时的感觉是除了他的破车世上再没别的东西好坐了。这一来反而使我们下了决心，宁可不去索溪峪，也不坐他的车。司机却比我们态度更为坚决，跳上车砰一声带关门，又草草用绳子绑好，喉结挺挺地开着车趔趄而去。远远还丢过来一句话：

"不是我来找你们的！是你们来找我的！"

这倒把我们给逗笑了。

背上行李，一路问到了县汽车站。一下就买到六张票。三块钱一张，六张还不到廿块，连那喉结突出的司机索要的零头都不到，心里就有一种"幸亏"的得意。于是买了一个大西瓜，在候车室的长椅上切开来吃。

大概是我们的装束、行李有些特别，举手投足也与周围的当地人有异，再加上华赞不时愉快地同"小朋友"打招呼，渐渐就围上一群人。一个圆脸蛋黝黑的小伙子很大方地跟华赞握了手，华赞马上夸他的牙齿长得好。那小伙子反而有点羞涩。

"我从新西兰来。"史蒂文一遍又一遍重复。别人的话他却一句也听不懂。

在车上坐安定了，这才发现华赞手上一直捧着个马粪纸盒。那副小心翼翼不离不弃的样子，令我好奇。

"华赞，你弄了个甚么宝贝？"

华赞立刻笑得很厉害，打开盒子从里拽出一个明晃晃的机器来，原来是一支喷漆枪！

"你买这个干甚么？"我大为惊讶。

"这个好。"他握住枪把，做了一个喷漆的动作。

"用它在石头上写字：巴、哈、伊！"

这个华赞！真是个宗教狂！好不容易从喧闹拥挤的澳门把他给拖到大陆内腹的山村小镇中来，目的是想让他好好地"忘情"一下，他却这么固执地一心惦着他的使命！真教人哭笑不得。

"哎，不能捏不能捏！一捏就全出来啦！"华赞急忙去制止佯装要"开枪"的晓鹤。

"你怎么买黑颜色？"我问。

"我不知道。他说的，他说黑的好，他是艺术家。"华赞指着薛涛，推卸全部责任。

晓鹤把喷漆枪翻来覆去研究了半天，忽然一乐：

"哈，你这枪不能用！"

"怎么啦？"

"你看，这上面写着，要用高压气泵从这里压气进去，你哪来的高压气泵？"

华赞怔了一怔，恍然大悟。后悔不迭说薛涛：

"就是他！他说一定要买，买了怎么怎么好！"

我们都觉得有趣：一个洞悉人类命运的宗教工作者，却上了一个年轻小画家的当！

薛涛则做出一个爱莫能助的表情。

车摇摇晃晃开出了县城，沿着那条古老而又突然热闹起来的山道跑得飞快，已近中午的太阳高高地挂着，把整个车厢晒得热烘烘的。我算了一下，三块多钱的汽车票，又是一个县的境内，顶多也就两个多钟头可以到，牙一咬，便忍住了有点令人眩目的暑热。

没想到车子嗤地放了一个屁，停下了。窗外的阳光顿时就像凝固了似的，一动不动地晒着，伸出头一看，狭窄的山路上排了一长队各式卡车、大巴和一两部吉普之类的小车。

塞车了！真糟糕。前面也不知道是哪辆车跟哪辆车亲了一个嘴，结果大家就都得候在那里，等待公路交通监理所和警察来处理，而监理所与警察都在遥远的县城里，所以我们一定要有耐心。

现在我们唯一的希望就是索溪峪了，但愿它的美景能够补偿我们路上的万苦千辛。

华赞这位苦行僧，向来是不以苦为苦的，我以前还担心他的身体，因为平时不注意按时吃饭睡觉，所以个子尽管高大却不显强壮，现在倒好，他站起来左探右看，索性大步跳下车去了。史蒂文也耐不住寂寞，跟着跳下车。一些一看模样就知道是从城里去旅游的年轻人围住他们，问长问短。偏偏华赞最喜欢的是跟人交谈。一个戴眼镜的瘦高青年用英语向史蒂文：

"你是哪里人？"

史蒂文一怔，想了想一字一顿地："我、从、新、西、兰、来！"

大伙儿被逗乐了。

问华赞，华赞说自己是"世界人"。

"你看，我是伊朗出生，美国护照，住在澳门，来到中国。世界人。"

小青年们一阵欢笑，大家忘了酷热，阳光下俨然一派大同景象。

终于传来引擎发动的声音，两部亲嘴的汽车被指挥着分开了。人们纷纷回归到各自的车上去，接着我们的车也发动了，山道上渐渐扬起黄尘，我们的车跟在别的车后缓缓开动，就像一支举行甚么隆重仪式的车队。

"史蒂文！新西兰。"华赞指指左侧路旁乱石杂草丛生的山，又指指右侧山下一大片景色秀丽的良田、群山说："伊朗！"

史蒂文赶紧笑着反击，手指的方向恰好相反："伊朗，新西兰！"

当然他不说"新西兰"，而是说"纽西兰"。

两个人就在车厢里比画来比画去，搞得不亦乐乎，随着窗外车景的不断变化，各自的祖国方位也不断变化，但总的来说"美是自己的"这一点却是不会变的。

车在一个渡口停下，无数的小贩便拥上来叫卖。有茶盐鸡蛋，土制冰棍、新鲜李子、油炸粑粑之类，皆用一竹篮高高举过头顶，花花地在你眼前晃动。

我先生是最耐不住饥饿的，他老担心车这样开下去绝对赶不上钟点吃中午饭，便主张毫不犹豫地买食品补充一下，而我们俩的传统习惯是，在吃的问题上从不与他的意见相左，我们买了鸡蛋及冰棍，在车上分而食之，鸡蛋还算便宜，一块钱人民币四个，比较而言，冰棍却要两毛一根，而且吃起来一股糊锅巴味，说是"绿豆冰棍"，只看得一两粒绿豆的皮，还不是绿的是褐色的。

这一切华赞都吃得津津有味，也许是平时饿惯了的原因，吃起来甚么东西都香，那模样引得车厢里挤成汗流浃背的乘客心下十分惊讶：这老外，莫非是饿牢里放出来的？

其实我们每个人都有点像饿牢里放出来的,只不过没吃得那么香罢了,我先生又打开早餐吃剩了装在大不锈钢杯子里的冷馒头冷花卷,还有油炸花生米和牛肉干,递来递去地分着吃。

这个渡口是个汽车轮渡,有点使人想起香港电影《似水流年》里那个女主人公去大陆探亲时经过的那个渡口,不过这个没那么大而开阔,也没有那么一种白蒙蒙的苍茫感,更没那样沉重地缓缓移过的灰白色蓬帆。这里的渡口藏在两山之间,盘山公路蜿蜒而下,宛如两条汲水的长蛇,而河水则碧清透明,也不宽,轮船驶过,船底翻搅出一股清亮如碎玉的浪花。一时间我们忘了旅途的炎热与辛劳,浑身的不适仿佛被这清澈的江水涤荡一尽。

过了渡口,汽车又在盘山公路上爬行了。一个弯又一个弯,一个上坡接一个上坡,翻过一个岭之后,又是一个弯接一个弯,一个下坡接一个下坡,沉闷的马达声不知疲倦地重复着直哼哼,使人昏昏欲睡。

"快到了吗?"

"快了,"晓鹤自信地,"还有一小时,保准到。"

老天!还有一小时!总共才三块多钱的汽车票,我以为顶多不过相当于从拱北坐到石岐那么远,没想到这么难走,我已经问过晓鹤不止三遍:快到了吗快到了吗?他都回答"还有一小时",可见他的那个一小时是可以无限重复使用的。

"没办法,"他好像十分抱歉似的,"到湘西旅行就是赶路。"

这话倒说到了,从出发那天算起,我们就一直是在赶路,不是在路上乘车,就是为了乘车在千方百计弄票,定时间。

华赞和史蒂文还好,没一点不耐烦的神色,他们反正甚么也不用管,无所用心,任凭我们把他俩带到天涯海角。我看了看华赞,他正手捧那个装了喷漆枪的纸盒,坐得十分虔诚,史蒂文则紧靠在阳光暴晒的窗口,傻傻地呆笑着看车外掠过的景致。

"史蒂——文!"我喊他一声。

史蒂文从贪婪中惊醒，回过头朝我咧嘴笑了一下，复又回转去看得如痴如醉。

大概这整个与新西兰不同的"异国情调"使他不能不如此着迷吧。

当汽车又哼哼地爬上一个九弯十八的盘山公路时，晓鹤很"诚恳"地告诉我，

"快了，这一下真的快了。翻过这座山就到。"

我已经习惯了他的这种玩笑，淡淡一笑。谁知这一回却很像是"真的"了。汽车刚爬上山顶，眼前一大片开阔地带豁然展现，从那远处绵延起伏的群峰之中，一条弯弯曲曲的小河款款而来，复又流到莫测的深山丛中去。

下山的时候，汽车几乎是熄了马达，仅利用惯性在"滑翔"。而且这种"滑翔"比开足马达的"飞翔"还要快。记不得是滑了几道弯后，一个赫然大碑迎面而立，上刻阳文：

"索溪峪"。

三个大红字。

却见不远的山上立刻就有了一个岩洞，森森地幽暗在那里，向我们埋伏着一段不知道多少年前的故事。

车刚一滑下山，道两旁就出现了各种各样新旧杂乱的房子，有农民的老式木屋，有装饰得挺俗气的外表看上去活像公社礼堂的电影院，有满面蒙灰的商店，也有样子挺严肃的私人旅店，多数还是旅店，有几家还在楼下放录像招牌上写的全是香港的那些"够劲够猛"的古装武打片。

经过一段平路，汽车进了站，这是一个前不挨村，后不挨户的汽车站。一圈平房，显得风尘仆仆。而我知道我们现在也正是这个样子，拉拉杂杂下了车，晓鹤背了个大包，带领我们往前走。

这时候太阳正高高挂在天空，路两旁又没有一棵树荫好挡避，一两家开设在道旁的小旅社间或出来一个"前农民"，拉我们进他的店子住。据说这样做的好处是"便宜，方便"。但薛涛跟着晓鹤只进去看了一眼马上就出来又带领我们继续往前走。那"前农民"眼巴巴一下便瘦去了不少。

正走得气力有些不支，前头出现了气魄庞大的仿古庭院建筑。上面是黄色绿色的琉璃瓦，搞得富丽堂皇，下面是灰白色的现代钢筋水泥结构，配以红檐褐窗，显出老成持重。充分体现了"土洋结合""中西合璧"的精神法则。不过总使人想起北京的图书馆和平壤的大会堂一类的威严建筑。

再定睛一看门口的招牌，上书"××司法部招待所"一些个大红字。更把我们这些平民百姓吓得大气也不敢出地走了过去。

紧挨过去的一家是"××煤炭部招待所"。其规模及气派几乎比司法还大，也是琉璃瓦，钢筋水泥，更有几座度假村式的小型洋楼相辅，配以回廊亭台，又是一处"小北京"或"小平壤"。

就在我们被这些衙门招待所搞得目不暇接，思虑重重的当口，忽听得一声既娇且脆的呼唤："你们住店呀？"举目一看，却是一位个子不高因而也就小鸟依人的少女。穿一件红衣裳，从低开的领口里透出一股白白嫩嫩的青春气息。小圆脸蛋也是白嫩透红，弯嘴一笑，一口雪白的牙。

好一个山里的妹子！晓鹤与薛涛二话不说便跟了她走。眨眼进了一家小饭店，在里面叽叽咕咕了一阵才出来。

"里面太脏，"晓鹤无可奈何地，"而且三个人一张床。"

"我们可以换床单，全换。"红衣妹子伶牙俐齿。

"那也不行。我们有两个老外，好像有规定一般情况下不能住私营小旅店。"

"哦，你们有外国人呀！"红衣妹子眼珠嘴巴动得飞快，"那我介绍你们去住一家宾馆！又便宜又好。"

"远不远？"

"不远，就在那儿！"

手一指，正是刚过去的那家"司法部"。我们互相用眼光商量了一阵，还是下不了决心。

"那家宾馆好吗？"分明想听她说"不好"。可她不容置疑地说：

"当然好，这是这里最好的一家，条件最好，又便宜。"

"别的地方没有了吗?"

"有哇。但没这家好!"

我怕这样再犹豫下去,就会露出对司法机关的畏惧来,反而不妙,只好下定"为国捐躯"的决心:

"那就住这家吧!"

红衣妹子非常高兴,能里能干在前面带路。五个大男人,无论中外便都老老实实低了头跟她走。

我想他们这样下去会要吃亏,只能也紧跟着走。

那招待所果然气派。进了敞开的大铁门,里面一块停车坪。上台阶入厅,沿墙摆了一溜沙发。我赶紧坐下来歇息。抬头望墙上,挂着描写索溪峪风光的油画。

我正在心里暗将"天下名山僧占多"的诗句稍做改动,服务台里面却钻出来二位"老僧"——定睛一看,原来不是老僧而是一男一女两名年轻的警察。他们皆身着黄色的警服,不知到底是司法部的还是派出所的。

看得人心里发毛。红衣妹子连忙凑上去,甜得像一团蜜:

"他们是我拉来的,说好了十八块的一个人!"

"十八块?"那女警察朝男警察协商式的会意地交换了一下眼色,轻轻点点头。

我正担心其中有诈,晓鹤已上前质问那红得婀娜的妹子:

"你是不是还要从中拿回扣?"

真是快人快语!但见那甜妹子蜜一样的委屈:"哪个拿回扣呀?你问问人家的价!"

那男警察见状,从柜台里掏出一块价目表往我们一扔。上面果然写着,双人间——每床二十块。这才相信,晓鹤反而有点不好意思,忙向红衣妹子赔礼逗笑。妹子也不生气,依旧是伶牙俐舌。

我们交验了护照、回乡证及工作证,付了房钱。男女二警察开了发票,依次又从柜台后隐退。我心下疑惑这做生意开店的怎么甚么人都接待,刚要询问，那小姑娘又叽叽喳喳地要我们收拾好行李便去游"防空洞"。

"防空洞？"我大吃一惊。

好容易从澳门跑到偏僻的湘西风景区来，没想到首先是警察开旅店，紧接要我们去钻防空洞。难道这里进入了一级战备状态，戒严戒到山里边来了？

红衣妹子一怔，立刻咯咯咯咯笑得手背掩口仰合不止。

"不是防空洞，是黄——龙——洞！"

"洞有甚么意思？"我先生个子高大，衣着整齐，对于黄龙洞之类兴趣好像不大。

"呀，黄龙洞才好玩呢！里面有几十里长，所有的游客都要去的！"

既然一个洞里面有"几十里"长，那我们就不能不钻一钻了。红衣妹子又主动把我们领到二楼房间放好行李，那劲头似乎与我们难舍难分，而我们的男子汉们似乎更与她难分难舍，晕晕乎乎大有被她唤过来使过去的危险。她又约我们游完黄龙洞，宾峰湖（那又是个据称好得不得了的所在），晚上到她那家小饭店吃饭。她那里从山珍到海味甚么都有。

"有娃娃鱼吗？"晓鹤做了一个娃娃鱼的表情。

"有！娃娃鱼、麂子，都有。"

照我看她自己就是一条娃娃鱼。

娃娃鱼于是穿着红衣服乐不可支地走了。我这才长吁一口气。

进房稍事整理，洗了一把脸，又给两部相机装了胶卷，出发去游那两处好地方。晓鹤乘机脱掉他那双上海出的硬邦邦的皮凉鞋，换上了宾馆的软拖鞋，果然精神抖擞。他的习惯是无论到哪，即使跋山涉水，最喜欢拖鞋。

楼下却一时无车。停车坪只一辆老式伏尔加轿车，除司机之外只有四个位。宾馆经理曾一度设想将我们六个人同时塞进去。但马上这设想即被推翻。因为我不知道那车门何时会崩开将我们其中的一个无情地抛出去。

宾馆经理又提出可以把我们分两趟运，条件是我们必须出两倍的租金。我没料到这位不穿警服的经理心肠竟然也如此歹毒，遂表示我们六个人是永不可分的战斗团体，就是死也要死在一块。那经理见我们态度如此坚决，只好叹服。过了不一会儿，变戏法似的又弄出一辆小面包车来。车虽破烂，却是司机、售票员完整无缺。去黄龙洞兼宾峰湖，一共二十块。

车沿着来路开了一段，便拐上一条稍窄却直的柏油路。路面被太阳晒得乌黑发亮，把车轮沾得像油印滚子。两旁的稻田青葱可爱，看得史蒂文手舞足蹈。

其实也就不一会儿工夫，车便到了，停在一块碎石坪上。跳下车，满地的暑气迎面扑来。售票员小姐指着前面说：

"过了这座桥，走大半里路就到。"

这是一个村不像村集不像集的地方，因了左近黄龙洞的缘故，忽然变得"商业气息"很浓了。所有的农舍都成了饭铺，或是卖小纪念品及各种吃食的商店。门口还守着一些小女孩和老太太，手提竹篮，背篓，小售小卖甚么猕猴桃，刺梨和玉米棒子，还有煮成红色的极小的螃蟹仔和河沟里捞的小小鱼虾。与沿海一带的体魄雄健的海鱼大蟹相比，简直像小孩子们"办酒席。"

弯弯一座大拱桥，两边也尽是这类小摊贩。桥头还竖了一块大牌子，上用色彩很肮脏地画了一幅风景点的分布图。看了一会儿，看不出个东南西北来，只得作罢，史蒂文早打开他那台摄像机，前前后后忙乎不停地拍。华赞与薛涛也协助他，搞得异常兴奋。

走了一截，才发现一直跟着我们的售票员小姐已失去了芳踪。晓鹤说显然她早对这个几十里长的伟大的洞熟得如同自己的肠子，所以不会有兴趣再陪我们游一次。

正说着，已到了山脚，从路边一个岩洞里流出一泓清泉，汇成一极清澈见底的水池。游人或手掬洗脸，或脱鞋濯足，自是十分清凉畅快，沁人心脾。不过照我看倒颇像游泳池旁边的洗脚池。当然那也十分可贵。

晓鹤和薛涛买了票，同我们拾级而上，这才到了"举世闻名""如雷贯耳"的黄龙洞洞口。那里游客或站或坐或仰，在岩石投下的巨大阴影里一个个都好像有点表情茫然。游人背后一字儿排开一列石碑，上面照例是龙飞凤舞或端庄秀丽镌刻了一些文人的墨迹。仔细一看，全是当代的二流诗人、书法家，可见都还没老到爬不动山才能跑到这里挥毫留墨。中国名山大川的人文古迹，以多名人碑刻为贵，而且碑石朝代越悠久越好。倘若其中混得有一两块诸如王羲之、李太白、米芾一类墨坛泰斗、诗界巨星、佛域怪杰的手迹，那大家就甚么都不用干了，尽可以终日睡睡懒觉，推推牌九，吃得脑满肠肥，然后趿一双拖鞋，打着饱嗝到处蹓跶。

只可惜黄龙洞人民没这个福分了。

"老外要两张票，"晓鹤在我耳边低声地"港澳同胞要一张半票。我只买了华赞和史蒂文的，你们少买了半张。所以要装得像大陆人。"

我一听，赶紧做出一种规规矩矩服从领导的样子，走到入洞口排队。我先生则从步履到体态都像个内地"领导"，因而也无须担心从游客队伍里被揪将出去。那入洞口窄若一张房门，每次只放二十人进去。而且规定所有的包包袋袋都要寄存在洞外，一个小姐在那里收袋发包地忙个不停，每完成一套这样的动作便赚进两毛钱。我以为她这样干了大半天一定很满足了，不料她忙里偷闲从"柜台"里伸出一只手一把就揪住了薛涛肩上的黑包。顿时吓得他脖子一宿，再一看，面如死灰。

"存包！"

那神情，就像抓住一个反革命分子，也就是说你逃得了初一，逃不了十五。但那包里是我们一行人食宿行的盘缠，存她那里万一拿错又怎么说得清？我只得做出笑脸跟她讲好话，她却不依不饶。最后我只有指着史蒂文肩上的摄像机，说明包里全是他要用的电池、盒带，及此类对于宣传黄龙洞的神奇美妙举世无双有着极为重大意义的设备器材。待她稍一犹豫，薛涛已先自溜了进去。

洞内一阵清凉。一台彩灯显示的黄龙洞风景点示意装置，讲解员小姐用教鞭率领我们在那上面草草游览了一通，以表明我们今后的时光将有多么幸福，将可以看到怎样美妙的天堂之景。然后她又介绍了黄龙洞的发现经过。原来是"文革"结束前后，由两个基干民兵一举发现的。至于这两位基于民兵究竟是去"剿匪"，还是追踪"美蒋特务"，抑或是搜捕甚么甚么分子，就不得而知了。总之黄龙洞的存在虽有起码几十万几百万年，但它服务人类的历史却比"防空洞"短得多了。幸好如此，要不然王羲之之流游到此处，大概只有樵夫打着火把来照他写字了。

只听得"咣噹"一声，通向里洞的一道低矮小铁门像被甚么东西猛力撞开，从黑乎乎的深处窜出一股极强并且极阴冷的风来，吹得人仿佛站在甲板上。

钻过那铁门，拐弯经一窄道，顿时豁然开朗。各色彩灯布置在隐蔽的地方，看得出我们所置身的宛如一个几层楼高的大厅。此时风倒是也没有了，那种"站在地狱入口"的感觉也跑得无踪无影。果然有一种"天堂般"的美妙意趣。看着那些红灯绿灯蓝灯紫灯七照八照此燃彼灭，觉得这一辈子能跑到这个大洞里面来游一遭，任凭吃甚么苦也值得了。

我先生像骑士一样不离我左右。晓鹤早已跟不知哪一帮游客跑得不见去向。史蒂文则在薛涛的帮助之下将那变幻万千的景致拍得好像自己都要投入进去。

游客除了一堆一堆跟定某个讲解员的，也还有零散的，蚂蚁一样东闻闻西嗅嗅，无所依托的样子。

不过在这样一个光怪陆离的洞里，如不无所依托那才怪呢。

从那黑幽幽的深处，偶而可传来女讲解员肆无忌惮的高声谈论，伴以各具形状的钟乳石哺育石笋的嘀嗒，更不知其究竟是人是仙是妖。反正一伙人乐颠颠地跟着她，听她谈天说地，聊古论今。她说这堆石头像孙悟空，大家就说是孙悟空，她说那块石头是雄鹰展翅，你不妨就看作展翅雄鹰。至于其他的如"麻姑献寿""大寨梯田""氢弹爆炸""火箭冲天""刘海戏蟾""金龟探海""猪八戒娶媳妇""诸葛亮摆八卦阵"……甚么乱七八糟古今中外从最新科学技术成果到最洪荒年代原始思维的产物应有尽有。讲解员不知疲倦如数家珍指鹿为马，游客则如幼儿园大班的小朋友天真可爱稚态可掬。她叫你看甚么你便看甚么，叫你不看甚么便不准朝甚么看（果就无人敢看），叫你从哪个角度看你就只能从哪个角度看。叫你走这条道不走那条道你也得乖乖照办，不然她信手将照明机关这一扣那一扭，就会搞得你置身于无头无尽无边无际的黑暗之中，说不定偶而要你去跟一根冰凉的石柱亲亲嘴。

直到现在回忆起来，我仍不明白为甚么在那黑暗如磐的世界里，人们竟会被盘弄得如此兴高采烈，仿佛个个都压抑不住从心底里流露出的幸福。那些没有生命力的石头，经各色灯光的涂抹，居然逗得人们惊叹、着迷、心醉，流连忘返。

洞穴真是一个奇迹。人类最初是从洞穴的蒙昧中走出来的。"山顶洞人"高举着火炬，昂着他那披纷长发的头颅，他那短促后收的下巴或许还蓬生着胡须，他高高的眉弓充满着对智慧曙光的渴望……人类的始祖，就是以这种悲壮的神情和姿态，脱离了他们久居的洞穴，踏上伟大的进化之路，终于成为今天可以创造高度发达的科学技术和高度发达的民主政体的现代人类。

但是今天为甚么仍有那么多的人如此着迷于我们久违的黑暗？或许是一段思古的幽情，或许是可以随意解释的自然景观暂能替代无法实现的人间神话？

思索使我疲倦不堪。

石洞是瑰丽的。但那是一种经人精心打扮的瑰丽。它那奇幻万千的图景，说穿了不过是披着童话色彩的毫无人性毫无心肝的石头。只要你经不住诱惑投身其中，马上就会尝到冷冰冰硬邦邦的残酷滋味。

所以讲解员兼导游小姐是我们最好的引路人，她那重复了不知多少遍的解说词或许连她自己听了都厌烦得恶心，但外来游客却总是觉得新鲜解颐。她告诉我们一些老掉牙的古代传说，把它跟一堆鱼鳞般的石头结合起来顿时使人觉得现实生活的美满幸福简直可以"点石成金"。

"那里面有娃娃鱼。"

她一指深处被幽淡灯光照得神昏眼花的阴河，所有游人便转身摆头目光追随而下，脸上都有了娃娃鱼的天真与憨厚。一个小青年还驻足引颈而望，一俟真娃娃鱼探出头来就跳下去抱住亲她个一塌糊涂。

讲解员小姐却手向上挥，要我们爬上"百丈长梯"，去领略新的人生境界。

当游客们"欲穷千里目，更上一层楼"的时候，我实在失去了攀登"百丈长梯"的兴致和气力，于是女讲解员带领她的孩子们跟着她轰轰烈烈的事业跑上去了，丢下我先生，华赞和我三个人，留在越爬越叫人泄气的长梯上。据说那上面还有"南天门"，有桥、有峰回路转，别有洞天，我却顾不得这许多，即使是"西天门"也只由他们去了。

稍歇了一口气，我们三人便沿来路往回走。经过一片有灯光布景专供照相的地方，一个小伙子正趴在椅背上睡觉，显然是照相师。一个小姐则趴在小桌上打瞌睡，显然是开票师，二人各守其位，睡得全神贯注，不知怎的，我忽然想起很多年前我去北京参观十三陵的情景。在长陵或者定陵的地下墓室里，也有一些这样年轻的小姐、小伙子，他们面色苍白，大暑天也只得穿着过膝的棉大衣，以防潮冷风湿。为了终日守看古代帝王的一段阴魂，常年难见阳光和自由的空气。

出了洞口，温热的光照从皮肤往里渗透，逐渐驱散浸骨的阴寒。一种重返人间的安全感油然而生。此时午后已过了大半，游人只在减少而不再增多。

我们占据了一条长石凳。华赞马上伸展身躯舒舒服服地躺下。这时才发现他那铁灰色的长裤脚边已发了线缝垂下。他全然不予理会，双手枕头，闭眼养神，嘴角荡漾着享受人生的笑意。

"你们刚从里边出来吗？"

问话的是一位年纪与我相仿佛的女士，态度十分友好。我们亦友好地点点头，从她清瘦的面容和身材看，大约是江南一带的人。

果然，彼此交谈几句，带出她是某医科大学图书馆员，上海人。另一位坐在边上戴副眼镜瘦得精神的中年人则是她先生，上海某中学的教师，而且是语文教师，与我们可算是同行。

华赞听说是上海人，马上用十分友好而且纯正的上海话与他们打招呼，问好，这个语言天才，是不放过任何一个提高语言能力的机会的。两位上海夫妇非常高兴，甚至有点"喜出望外"。

或许是"他乡遇知音"的缘故，上海夫妇与我们谈得十分投契。山区的太阳，近傍晚时分已没有了那么毒热的淫威。开始有山风拂过，把那从黄龙洞里带出来的阴暗印象一扫而尽。夫妻俩，男的姓徐，女的姓邵，年龄相差十几岁，但看上去你恩我爱，十分相配，我猜想他们之间一定有一段非常动人的故事。这时邵女士略显出一丝娇羞，却又不失胜利的得意。

"也没有甚么故事。我们家都不同意，但我一定要跟他好，就成了。"

原来邵女士读中学时曾是徐老师的学生，二人志趣相投，感情笃厚。后来邵女士上山下乡当了"知识青年"，在艰苦的农村生活中经常得到徐老师的鼓励和支持，经常通信，"文革"结束后，终于以优异的成绩考取了上海的大学，基于这一深厚难忘的师生之情，邵女士决心非徐老师不嫁。但她家里却极力反对，理由是年龄差别太大，徐老师结过婚，前妻病故后家庭负担重，而他自己除了满腹诗书并无半星家财，而大陆的"教书匠"非但社会地位低下而且生活十分清苦，加之徐老师左腿稍有不便，在一般市民眼中，更是"一无是处"。

"后来呢？"我问。

"后来，我们还是结婚了。"邵女士淡淡一笑。

与她相比，她的先生徐老师倒更显得从容潇洒。

他扶扶眼镜，举止十分儒雅。那是一种对生活、对未来、对自己都充满信心的镇定。

"本来，我们没想到出来游张家界。"邵女士解释，"他到宜昌开全国语文教学工作会议，散会之后可直接乘船回上海。但他姐姐（在武汉）的儿子今年考大学，想让他跟一位朋友联系一下。那朋友要过十来天才到这边来招生。所以我们有好些天时间。以前一直听说张家界的风光怎么怎么不错，就来了。"

"不错吗？"

"真不错，真的。"他俩都很诚恳地回答。"我们今天才从那边过来。"

说话间，晓鹤、史蒂文与薛涛先后从洞里面出来了。

晓鹤立刻加入了我们的谈话。

"你下过农村？"他也下过农村当知青，所以倍觉亲切，"下哪儿？""安徽黄山。"

"啊，黄山。我有一个朋友也下黄山，在林场，他的女朋友在抢救木材的时候牺牲了，是著名的六烈士之一。"

"对，那时候是的。"邵女士脸上有一种沉痛和惆怅。

我们沿着伴山小路边走边谈，氛围更加亲切无拘。三十多年的大陆生活经历，使我能充分体会到他们这一代中青年的知识分子命运的辛酸，及成功的喜悦。邵女士稍微搀扶着徐老师，那其中有妻子对丈夫的恩爱，也有学生对恩师的尊崇，更有生活伴侣之间的体贴。那相濡以沫的互敬互爱，令我深为感动。

"你们就跟我们一道吧，去看宝峰湖。我们有车。"

"这，也好。"他们也很爽朗，还拿出自带的罐装可口可乐请我喝。

我有点不好意思。说实在的，我们收入比他俩高了不知几十倍，享用他们的真有点于心不忍。但我这时又正渴得厉害，晓鹤又一再阻止我买路旁小店的"假可乐"，颇有些为难。我先生却坦然地：

"人家递给你那么老久，你不接过来好意思吗？"

我忽然明白了他的"意思"，便道了谢接过来救急。大家都高兴地笑了。

好半天史蒂文一行才跌跌撞撞地赶过来。原来他为了摄下"绮丽的农田风光"，竟跳到水田里去了。

等了一会儿，我们租的小面包车才姗姗来迟。

正如我们之所料的，司机为了挣多点钱，趁我们游洞之时开着车到处去拉客去了。我们八人上了车，售票员小姐还想让其他游客上，对不起，被我们制止了，因为这是我们包租的车，人挤多了太热。何况又不是没有别的车可乘。

司机无奈，只好拉着我们直奔宝峰湖。

宝峰湖其实是一个水库。

湘西多山，山中多泉，泉水清冽而味甘。在"大跃进"和"文化大革命"的年代里，农民们被动员起来，"大搞农田基本建设"，兴修水利。在群山之间筑起几十米高的堤坝，拦泉造湖，湖中的山峰便成了绿岛。依坝还可以建一个小型水力发电站，供住附近村庄及小加工厂电力。

宝峰湖便是湘西这众多水库中的一个。因为靠近索溪峪风景区的缘故，忽然自己也摇身一变为"著名景观"。加之它的沿崖石级，青岩绿树，奇峰怪石，果然也就毫无愧色地跻身于几大风景点之一。

就是那几百级石阶爬得人够呛！晓鹤一个人在前面跑得飞快，还不时回过身召唤我们，咯嚓一声偷拍一张"艰难攀登图"。俯身回看，只见邵女士与徐老师二人相互扶携，顽强而上，早已将"漫漫长路"当作了"甜蜜的旅途"。仅此一观，就使我不能屈服于难登之险。何况我先生更现出做丈夫的殷勤与体贴，帮扶不离左右，终于登上湖面。

果然波光粼粼，令人心旷。回首来路，一注清流骤然而跌，在深涧的黑岩上甩个粉碎。崖缝中树丛招展，出奇不奇。短而屈仄的坝上，几个少女凭栏伫立。其中一个蓄短发着西装短裤的妹子正含笑跟晓鹤打得火热，老是追问我们是"哪国人"。

"中国人。"晓鹤答。

她反而不信，"中国人哪里有这种打扮？好奇怪哟。哪国人吗？"

其实所谓"这种打扮"，不过是我穿的一件粗横格子的 T 恤，倒叫这位山里妹大惊兼又小怪了。

待到真正的"哪国人"华赞和史蒂文上来，她反倒不同了，咯咯地直是笑。

"开船了，你们快点。"

已坐满的一艘机帆船，似乎单等着我们上去就开，旁边另有一艘空船，船老大正悠闲地抽烟。问他甚么时候开船，他不慌不忙回答：

"明天九点。"

我这才意识到今天已到黄昏，他们也许早该下班了。但不知那短发妹子跟开船的咕咕噜噜说了些什么，船老大居然同意为我们开船。坐满的船上游客见状，刚要过到这边来，船老大说：

"不行不行，只能坐十个！"

或许正是因为我们是"哪国人"的原因。我们只好抱歉地朝他们招招手再见。船突突突地开动了，马达声打破了湖光山色的寂静，晓鹤抓起相机，朝高坝上目送我们离去的短发妹子咯嚓一声。短发妹子急忙摇手，已经来不及了。船头犁开碧绿的湖面。

山峰映在水中，呈现一片黑森森的绿。还有两个晚归的游客，悠然自得地蹬着一双脚踏游船，不知在做如何遐想。

"可不可以游泳？"华赞发向。

"不行，有危险！"船老大回答。但我总觉得与其是怕危险，不如说是怕麻烦。

船兜了一大圈，微斜着掉过头往回开。而我们早已抓紧时间借太阳落山前的光辉拍了好几张船头船舷的照片。算是尽了兴。

坝上，姑娘业已收班。游人更是寥寥。下得山来，又在一堆放倒的圆木上坐着歇憩留了影。史蒂文当然也少不了拍了几呎摄像带，这才尽兴而归。

当小面包车经过那家红衣妹子的小饭店，晓鹤问是不是下车去吃娃娃鱼。被我狠狠地白了他一眼：

"吃什么娃娃鱼！她往你们面前一站，小嘴巴叽叽呱呱一说，你们就都稀里糊涂跟了她走。她说收你多少钱你就得给多少钱。你们这些臭男人！"

大伙儿全乐了。薛涛还做出"稀里糊涂"的"臭男人"状，耸肩低头，俯首帖耳，以示被那红衣妹子牵了鼻子走。

回到"司法部招待所"，我们邀徐老师夫妇同我们一起进晚餐，他们稍作推辞也就欣然应允。晓鹤与薛涛商量了半天，点了好大一桌子菜。又要了啤酒、可乐。虽然没吃上娃娃鱼，但却尝到了味道不错的麻辣田鸡。

走出餐厅，正看到夕阳缓缓地掉进西边的山谷。有一条显出满是砾石的河床的溪水朝那里蜿蜒而去。房子和起伏的山峦，拼构成一幅灰色的剪影。

"真美！"

史蒂文赶紧跑上二楼的房间，取出摄像机推开走廊的仿古式窗户，拍下了这一苍凉的夕阳西下图。

徐老师夫妇与我们握手告别。他们明天就要取道慈利南下，而我们则要去张家界，路线正相反，虽是路遇，却两情依依，互道珍重。

回房间洗漱已毕，便躺在床上看彩电。不过我们那房间的天线大概有问题，时现时隐。用手猛拍一掌又稍微好一点，但不多久图像又被几根粗鲁的线条扯得七零八落。叫来服务员小姐进行诊断，她才忽然记起那天线插入线确实"坏过了"。她手持坏天线掰弄了半天，发现只有一个办法，那就是我们躺着看节目而她手捏着天线站在旁边。她似乎也想不出更好的主意。正待这么站下去，我请她到别的没住人的房间换一根来，她花了十五分钟想这个问题，又花了十五分钟飞快地换了来。

大陆电视节目远不及港澳电视节目密集，眼花缭乱。今晚又刚好放一个节奏缓慢的古装电视剧。一集未了，中间绝不插进商品广告，这倒正合吾意。故事讲的是清朝扬州八怪之一的黄慎，初砍柴养母，苦习书画至于废寝忘餐以墨当粥。后声名远播，进京赴试，以耿直的笔墨讽刺皇上，差点获罪杀头。因皇上的时喜时怒时明时昏，黄慎几经荣辱。其中穿插有他生生死死的家庭命运，恩恩怨怨的朋友情谊，分分合合的爱情悲剧，还有一个八怪之首的郑板桥出来跟他当配角。总之是起伏跌宕，非要引人入胜不可。

那边房间，晓鹤和华赞则在紧张地同小面包车的售票员小姐谈"生意"。说是明天租她的车去"水绕四门"或"西海"风景区要四十块。而晓鹤则认为只能付二十块。那小姐随即笑得胸脯一耸一耸，说世上绝无这么便宜的好事，晓鹤说好事虽没有便宜却还是有的。

史蒂文病了。

早上，又是快用完餐的光景，薛涛才同史蒂文手拉手进来，说他有点拉肚子，大概是昨天受了暑，又跳到水田里拍电视，又吃了很多不合胃口的牛肉片。湘西的牛肉片炒起来像是牛肉干，硬硬薄薄的，一点也不细嫩。结果把好端端一个新西兰小伙子吃成了易"拉"罐。

我答应回房间弄点随身带的药给他吃。史蒂文却将信将疑。他对于古怪东方的古怪的药永远感到不可理解。

华赞和晓鹤还在讨论昨天游黄龙洞，为甚么一定要存包的问题。为甚么一定要存包呢？大约是怕我们偷洞里的石头。

"那石头又重又湿，谁还会去偷？"我有点不屑。

"那就是为了防止我们互相偷东西。"晓鹤一边嚼牛肉干一边一本正经地。

华赞忽然笑得话都说不清了，掩口指着他说：

"幽默，哈哈，幽默！"

回房间取了药，几乎是命令史蒂文服下。薛涛又进一步说他"发烧"，还用手在史蒂文额头上摸来摸去。反正史蒂文一句中文也不会讲，大傻瓜一个只有听凭薛涛的安排。我伸手试试，发现他并不"烧"，心下便明白这是薛涛的诡计。这家伙发懒筋，不想走了，想留在这家招待所再舒舒服服一天。

这时昨天那位售票员小姐打扮得含苞欲放地跑来：

"哎呀，你们怎么还不下去？我们都等你们四十多分钟了！"

晓鹤佯装大吃一惊："你们等我们吗？不是说今天不要车了吗？"

"不要车？"那小姐立刻盛开得像一朵发怒的玫瑰，"不要车？我们白等啦？"

"啊，真对不起！"晓鹤朝她做了一个极标准的中世纪宫廷式致歉动作。

小姐顿时如同一朵蔫了的喇叭花，腰肢一扭，"气急败坏"而去。

"对不起！"华赞追着她背后再用标准的国语补了一句。小姐霎那间便不见了。

告别了这家不知是警察还是法官开的旅馆，行不到二十步便有一辆蓝色的中巴开了过来。一些手握竹棍拖囊带包形同乞丐的游客纷纷往上拥。只稍为迟疑了半秒，好座位全被他们占领了。我们不愿再等，便"加塞"在那些加塞的位子上。其中还有两条长板凳。

中巴打了一个饱嗝，醉醉地朝那起伏成水墨画的群峰方向开去。

忽然，它打了个寒战，停下了。司机台正前方倒下一根横杠。一位短发齐颈的农村瘦大嫂走过来，一个窗口一个窗口挨着个清点我们的人数。

"这是干甚么？"我好生疑惑。

"买票买票，"瘦大嫂以世上罕见的能干和泼辣宣示着她的权威，"每人两元。"

"又要买票呀？"同座是一位带着孩子的母亲。

那孩子打扮得花枝招展，她自己却显得疲惫不堪而且洒向人间都是怨："过一道关买一次票，昨天从这里经过已经买了票，还买甚么票？"

瘦大嫂却以见过无数世面的老辣毫不理会其抱怨："这是上面的规定！"

"这张票行不行？"另一位也是母亲的同座掏出两张硬薄的塑料片，企图试试运气。

瘦大嫂一瞬间便把她的运气扔到了几千公里之外的爪哇国。

"唉，要买就买吧。"一个历尽沧桑的小个子男人终于发话。从语气上看，他与那两位母亲同属于一支"旅游部队"的战友。讲这句话之前业已躲在最末一排座位上吃了多时的桃酥。满嘴沾的都是油渍渍的碎屑。

"你吃不吃？"他把手里揉得像酸菜的塑料袋子殷勤地递给我，仿佛我早就是他们家的亲戚。

我连忙摆手谢绝。

"不好吃了，"他点头同意，"这是从长沙带来的，三四天了，都碎成渣了，你晓得，大不该带的。"

望着他理解人的样子，我忽然心里充满了感激。

小个子男人往自己喉咙眼里倒进最后一撮桃酥碎渣，车就开动了，晓鹤却站起身大声用湖南话喊了几句甚么，大意是要司机停车。

跟着车上的游客也帮他喊，显然满车都是长沙人，他的同乡。

他推开玻璃，要那瘦大嫂再给两张票。原来这里也跟黄龙洞一样，外国人收双倍的钱。但瘦大嫂收了钱却只给一倍的票。本来这是小事，可以带过。晓鹤则不依不饶，大有"你认了真我也要仔细"的意思，当然目的是不让那瘦大嫂将这钱私塞腰包。

瘦大嫂极不情愿，又无可奈何，回票房取了两张塑料片递上，中巴复才开动。只见小个子男人充满喜悦地说："这就好了。"一边把油渍渍的手细细地揩在座椅背上。

刚刚跃上九曲十八弯的盘山公路，中巴就开进了一条黑长的公路隧道。晓鹤说他已经是第三次经过这条隧道了。第一次是一九八五年夏天，从那边过来，第二次是一九八六年年底，一个无雪的冬天，他陪一些湖北青年作家，从这边过去。这一回又是从这边过去。

"这么多年了，还是老样子。"

他说的老样子，是指隧道里的路面极为凸凹不平，中巴开上去晃得像黑夜里悠荡的婴儿摇篮。

"穿过县界长长的隧道，便是雪国了。"他喃喃了一句。

我怀疑自己听错了。因为这是日本著名作家川端康成的名篇"雪国"中开篇的句子。

晓鹤解释说，他每次过这条隧道，总不由自主地想起那位诺贝尔文学奖获得者的这句话。虽然眼前的情象与那段描写实在是两个世界。或许是因为这两个世界竟有着相同的意境吧，或许甚么也没有，仅仅是毫不相干的联想而已。

洞口一晃而过，外面又是崇山峻岭的活动画面。左边望下去，公路下即为深谷，一不小心便有"飞车入洞"的危险。然而说也奇怪，老得快要散架的中巴，此时却"返老还童"，忽变得身轻如燕，动作敏捷灵巧起来了。

汽车在一个拐弯处停稳，司机说："你们不是要去西海吗？"

这是一个山中小"站"。三四家木板房子的客店和饭铺，摆出随时接待天外来客的姿态。一家店门口还拴了一匹栗色的老马，垂了头在那里稍稍地甩甩尾巴，以表明它只要一息尚存，就要在这林子里奋斗下去。

"这条路就是去西海的吗？"我指着拐角那道赭色石块铺成的森林小道问司机。

"这是去十里画廊，"司机专心致志打了一个哈欠，"不过也可以绕到西海。"

"绕到西海还有多远？"

"啊？也就三十来里路吧。你们为什么不早点动身呢？可以看日出。"

只听说东海观日出，没想到西海也可以看日出。

看来我真是孤陋寡闻。

"现在有什么好看的？"我不甘心，那匹老马居然将它油亮的屁股对着我。可惜这玩艺儿在西北我见得多啦。

"什么好看的？山啦，树啦，无非就是这些。当然最好看的还是日出。俗话说，不到西海，等于没到索溪峪。"

真见鬼，我们没到西海，但仍然到了索溪峪！

何况这时候去。那么长的路如何打发且不说，而且既赶不上看日出，又够不上看日落，拿这么大堆随身行李怎么办？

问华赞，华赞一副"什么都行，什么都好"的样子，一切服从我们的安排。他反正从来就没有动脑子想过去哪里不去哪里，胡子里永远藏着心满意足的笑。而史蒂文更是不明白我们在讨论什么天机，快活得像个白痴。一点拉肚子，发高烧的痕迹都不见了。

我先生见满车的人都在耐心地等着我们，干脆地决定：

"那就不去西海了。又不一定有车。"

"对，不知什么时候有车。"司机深表同意。也不知这对他有什么好处。

我们把搬下的行囊又放回车上，钻进去重新坐好，中巴又开动了。那匹老马睁只眼闭只眼扫我们一眼，活像一个狡猾的家伙。

离了那林中小站，又拐过几道山脚，忽见路旁出现一大片河床。灰白的砾石，高高的茅草，在四周静寂的群山合围之中，徒生几分空茫和凄凉，偶有一两只不知名的银色小鸟，在那茅草丛中跳跃觅食。时而又惊起，斜飞过摇曳的茅草而去，抑或干脆一头扎进密密的绿叶中去。

"我们要去的是什么地方来着？"

"水绕四门。"晓鹤答我。

我想起来了，昨天我们就商量好，要从这里走到张家界去。可是河床跟着汽车老半天了，也不见可以绕经四门的"水"。

不过这干涸的河滩另有一番牵人的情调。我想起我的故乡大西北，枯水季节可以看到大片大片干涸的河床，牛羊走过，苍茫悲凉。

或许，我们倒是应该去看看那个没有水和波浪的西海？去领略它的雄阔？去想象它的日出的壮观？

> 明镜似的西海，
> 海中虽然没有龙，
> 美丽的风景已够我留恋……

这是我读小学时就会唱的一首歌。据说以前是一首献给佛祖的藏族颂歌，后来重新填词，成了颂扬"伟大领袖"的赞歌了。

正当我陷入冥想即将大彻大悟的时候，我先生拍了我一下。睁眼一看，车到了目的地。这是一个并不见得出色的终点站。前面显然已无公路可通。

毫不平整的坪里胡乱地停了些车，其风格与我们乘坐的中巴差不多。几个懒洋洋的山里人以司空见惯的目光漠然地盯着我们。互相都没有什么激情。

四周的山倒是堪称"奇特"，一座座就像一张张严峻的人脸，铁青扳着在那里。头上还戴着树丛的草帽。史蒂文喜不自胜，端起他的摄像机左右摇摆到处拍。

"好不好看，华赞？"

"好看，好看！"华赞的胡子，已经在几天的旅行中长得葱葱郁郁。

不料又遇到个收"买路钱"的卡子。

"水绕四门"，顾名思义，即是一条溪水在这里绕来绕去七弯八拐，起码绕经了三道山门。幸亏挡住我们收钱的"山门"只有一道，而且每人两元，老外还不另加费。这真使人感到万分幸福。

晓鹤却仍不知足，竟想模仿溪水看能不能"绕"过这道山门去。左右窥视侦察了半天，终于知难而返。因为设卡人对当地地形水势了如指掌，严密设防，不怕你是哪路好汉何方豪杰，路经此地除了乖乖交钱，必定插翅难逃。兼之又安排有几个眼观六路，耳听八方的探子貌似闲散地站在那里关注着我们的一举一动一颦一笑，随时准备防患于未然。正所谓"天网恢恢，疏而不漏"。

买过票，一个瘦小个子的农民剃了个小平头来问我们，要不要挑行李？我向来不大关心这类七扯八算的小事，就交给晓鹤和我先生去办。晓鹤正由于潜逃不成而垂头丧气，这一下不啻是打了一针吗啡。他扳着手指头在靠近小平头脸部的地方算了半天，终于将小平头的小三角眼算成了对子眼（即紧盯着自己鼻尖的那种眼）。

"十块，你只挑一趟就十块！"晓鹤激动得有点义愤填膺，"你想想，你一个月挣得比我还多呢！"

"你！"那对子眼好半天才复原，"你带他们游一趟一天可以挣好多钱呢！"

他把晓鹤当成了省旅游局的翻译兼导游了。晓鹤闻言一怔，随即做了个哭笑不得的苦相。他悄悄问我：

"我是不是满脸晦气？"

"你呀，印堂发亮，不像个会永远倒霉的样子。"

"是吗？是吗？"他很快高兴起来，不过马上又忧心忡忡："我不是印堂发亮呢，我是脸上喜欢出油。他们说我是油鼻子。"

转身又朝小平头大喝一声：

"十块钱！干不干？"

那小平头农民吓得一哆嗦，扁担都差点滑落到地上去。

小平头将我们所有的包包袋袋收拢来挂在扁担上，双手抱住咬牙切齿地掂了掂分量：

"我挑不起这么多。"

"什么？你挑不起？"晓鹤简直不敢相信这是一个职业挑夫讲的话，顿时惊讶极了。

而小平头则抬起他勇敢无畏的眼睛迎受晓鹤的目光。

"挑不起？十几年前，我挑得比你这多得多呢！"晓鹤十几年前在湘西修铁路当苦力，其时不到十七岁。

小平头一声不吭，分明是"挑不起就挑不起，看你拿我怎么办？"的架势。"嘣"地一声，华赞的一个包的背带断了，打破了双方的僵持局面。

我先生走过来，慢条斯理地：

"挑不起就算了，我自己挑。"

周围的人不禁都笑了。只见他手夹一根细长的"摩尔"烟，从容地取下自己的行李挎在肩上，潇洒而去。我们只好都各自挎了包跟着走，小平头眨巴几下三角眼，从身后追上来。

"二十块行不行？"

"二十块你就挑得起了？"晓鹤梗他。

"二十块，我再喊一个人一起挑。"

我先生毫不理会，走进一家专卖旅游商品的店子观赏起来。

"拿那顶帽子看看！"

营业员被他的气度所慑服，忙不迭拿出一顶。

我先生看得仔细，赞赏道：

"上面还带太阳镜呢。要不要一顶？"

薛涛马上就要了一顶，扣在头顶，飘然而去。

"华赞你要不要？"

华赞从来不戴帽，一戴就有点像巴勒斯坦的突击队。史蒂文也不要新帽子，小心翼翼守着前天花两块五买的那顶中国草帽，像守着忠贞不二的爱情。

小平头此时拉了一个穿警裤的白面书生过来，表示要把我们交给他的重担合力挑下去。晓鹤用那种"曾经沧海难为水"的挑剔眼光打量了良久，终于批准了他们的申请。

最后以十六块钱"搞掂"。

"你能挑得动吗？"我有点担心。

那白面书生以高中生的腼腆点点头，随手到路边拣了一根树棍，用力试了试，将分给他的那堆包扛在了肩上。小平头也起了肩，黑瘦的小腿肌肉立刻绷得结实。

"走——啰！"

从水绕四门走到张家界林场，按那位土家族朋友的说法，起码要三个小时，不过这三个小时，因为有了挑夫，我们都是徒手，又可以走走歇歇，一路地看风景，倒也不会觉得太累。如果不是后来还去攀登"天下第一桥"的话，连我都几乎可以再走上一个来回。

这一带原是三个偏僻县的交界处。张家界属大庸县，索溪峪属慈利县，天子山属桑植县。三个风景区连成一片，先前却是无人要的穷山恶水。既不能产庄稼，交通出进又极不便利。二十世纪八十年代初，这里摇身一变而成了天下难寻的风景区，身价忽然昂贵，寸土千金，旅游收入直线上升。各县的山民于是互相争夺土地，你说这一块是你的，我说那一片是我的，各不相让，甚至大打出手。三方面的父母官，从生产队长（村干部）、乡长、到县委书记乃至地委、州委书记，专员，纷纷出动，各让一方，拍桌打椅扯皮，生怕丢了这块生财的聚宝盆，一直搞到省里的大员亲自出面裁决，来了个公平合理的"三家分晋"，才维持到今天。

说起来，这一带的"发现"和发达，还是著名画家吴冠中的功劳呢。吴先生当年因仰慕沈从文老先生笔下的湘西风情，不畏跋涉之苦到湘西写生。

适逢一农民偶见其写尽天下奇景的画册，随口说了一句：

"就这样子呀？我们那里比这要好得多了！"

说者无心，闻者有意。吴先生以画家的敏感追问：

"你那里？说的是哪里？可不可以带我去看看？"

"当然可以。"农民以能领一位京城来的大画家去自己的小乡村看看而十分自豪。

话说吴先生为一农民的偶言所鼓舞，当下便请县委派了辆车，要那农民领路。车在盘山公路上开了一程又一程，山重水复，路转峰回，却看得吴先生脑袋直摇：这山这水虽然也堪称青秀，但对于一位读万座山、行万里路的名画家来说，并不觉有何奇特美妙的地方。吴先生暗想：到底是没见过什么大世面的山民，居一隅而作井蛙观，也难怪他……

正失望间，小车拐过一个弯，一片奇景蓦地闯入吴先生的眼帘，惊得他差点从汽车里甩了出去，就像年轻小伙子突然陷入不可自拔的情网，吴先生一头扎进这一片人迹罕至的美景之中。足迹所至，流连忘返。

二个月后，吴先生在省报上发了一大块文章："藏在深闺人未识"，详细叙述了自己的亲眼所见亲身所感。他笔下的张家界，有华山之险，庐山之秀，泰山之雄，黄山之奇……他又到处演讲宣传，一时竟惊动全国。

惯于搜奇猎胜的摄影家们，擅于舞文弄墨的散文家们，还有作曲家，书法家，国画家，地质学家，旅行家，"领导同志们"，纷至沓来。可别小看"领导同志"们，他们虽不一定是什么家，可一句话比什么家加起来都顶用。又正好是"改革开放"的年代，"领导同志"一声令下，张家界立刻划成了"国家森林公园"。这是中国第一个打这牌子的地方，好生了得，眼看着便发达了起来。旅社、宾馆、招待所、饭店……一家挨一家砌起来了。大群大群的旅游团，名目繁多的会议，每年都要颠沛流离地开到这里来，然后散布到山里面啧啧惊叹一番又登程而去，寂静的山林于是再也难以复归于昔日的荒凉与沉静。

从水绕四门出发，溯金鞭溪蜿蜒而上。两旁——应该说是四周——高耸着诡奇参差的山峰。间或有苍鹰盘旋其上。金鞭溪水清。水底多石，石如鹅卵。当然也有大如鸵鸟卵，甚至如恐龙蛋的。赫然冒出水面，俨若中流砥柱。溪水匆匆地来又匆匆地去，却依稀可见水中的小螃蟹，及小而极活泼的游鱼，像"生猛海鲜"一样稍纵即逝。

行不多远，在前面押担的晓鹤招呼两个挑夫歇下，又号召我们都歇口气，这里是一条高不及两三尺的溪坝，用红石砌成，踏坝到对岸林子深处方便了一阵出来，果然神气清爽。便我跟你拍你跟我拍照了一些相片。两挑夫也龇开各自的黄牙或白牙笑。并且大抽我们带的进口香烟，显得心旷神怡。不时有游人沿溪边小径走过，一律只跟华赞打招呼。稍稍息了些汗，又继续登程。

好在这一路既不跋山，又不越岭，只是空手行走。加之景色又绿，从山石中透出一股沁人的清凉，直是舒畅。

晓鹤已是第四次走这条金鞭溪了。第一次给他的印象最深。那是一九八四年十一月，他和一位编辑朋友来叩访张家界，对于张家界有一些什么样的景区还一无所知，头一天游了黄狮寨。第二天下起了小雨，雾蒙蒙一片，大有比过黄山最著名的云雾的意思。他们上午去爬了天桥，本打算只沿金鞭溪走一小截便回头赶三点半钟去大庸的班车。谁知这"一小截"越走越长，乐不知返，湖南的十一月正是深秋的景象，满山大块的绿林中，这里一棵红树那里一丛红叶，红的成分和深浅又尽不相同，煞是令人心驰神往。溪水因雨而湍急，漫过了滩上一棵棵直而高大的杉树，使人想起电影或图片里的异国风光。他们打着伞，手拄一根竹质的"斯蒂克"，深一脚浅一脚沿溪而行，差点忘记了去赶班车。待到回招待所取行李的时候，那位编辑同房的一个衣着时髦的姑娘正愁眉苦脸躺在被窝里睡大觉！她的大约是未婚夫身份的同伴，一个英俊的小伙子，则手拿一本书规规矩矩坐在她床头读得入神。一大早就看到他俩穿得干净整齐站在餐厅门口忧愁地望天，显然在房间里躲了一天雨。听口音他们好像是江浙那一带的人，不远千里，花那么多钱出来旅游，为了躲雨竟放过了那么美丽的山中雨景，放弃了那么有意义的雨中体验！晓鹤他们在差点没赶到的汽车上一边大咬早上的冷馒头，一边大笑那一对漂亮的尤物。这时才发现鞋子沉甸甸的，原来沾满了泥。

"可惜，我没有看到过张家界的雪景。"

"这地方也下雪吗？"

"下的。"晓鹤捡块卵石一扔，击中一棵笔直的杉树，清音入云。

有一年冬天，北京一位年轻的编辑朋友来长沙组稿，正好有十来天假，就一个人游了一次张家界。

恰遇大雪，游人几乎绝迹。他沿着金鞭溪踏雪而行，漫山皆白，真个是"前不见古人，后不见来者"。说真的，极美之时，心里还有些害怕。

"因为太静了。"晓鹤说。

或许是他描绘的那份情境的逼真，或许是山峡里对于喧闹的消融力，竟觉得他这句声音很轻的话也微微带有山谷里传来的回音，益发显得四周的静谧，连溪水敲击鹅卵石的不同音频都清晰可辨。

其实这一段宁静很快便为游人们的笑语所打破。钻过几块巨石叠成的天然洞屋，那边正呈现一派热闹景象。两三家饭馆，楼上还开着旅馆。如果在这里歇息一晚，一到黄昏，游人散尽。倒也可以好好将身心沉浸在空山之中，作一番禅定。

只是时日无多。我们的最终目标是贵州的民间艺术节，假如开头路上耽误的时间太多，往后就越加不够开支了。但这时华赞提出要下溪游泳。因为他见到流溪在这里一跌宕一回旋，居然形成一蓝得发紫的深潭，不由得不叫人跃跃欲"脱"。如果不是周围靓女成堆而又没有一处地方换衣，他恐怕早已经跳下去泡了一个回合上来了。

"不行。"我先生跟华赞说。

"啊？"

“管理人员不让游泳。”

华赞恍然大悟。老外们对于“制度”“规章”之类向来是看得很重的。其实从昨天到现在，所谓“管理人员”除了守在那里收钱，一直没见着人影儿在哪里。

> 一条小路曲曲弯弯细又长，
> 一直通向那遥远的地方……
> 我要沿着这条细长的小路，
> 送我爱人去上战场……

这是五十年代在中国大陆颇为流行的一首俄罗斯歌曲。不知不觉怎么把它也哼出来了。与这峪谷中的风光却也相合。不过俄罗斯多的白桦树，这里多的是杉树。小路在树林里弯曲而行，不时又跃上山脚的一块凸出的岩石，再又跳到溪边。除了杉树，还有枞树，樟树，及大丛大丛的灌木。

“我们应该来一个月，而不是一天。”华赞伸出长长的指头比画，“太好了。”

“我们应该带上吊床，睡袋，还有一口行军锅，在这里露宿。”晓鹤跟他一起设想。

“太好了！想干什么就干什么。”华赞显然对“不许游泳”仍耿耿于怀。

“对，我们买一头羊，烤了吃。我们还熬鱼汤，游泳……”

“噢，游泳，”华赞急忙问，“游泳，可以吗？”

“当然可以。”

“太好了，我要把他们都叫来这个地方。他们肯定会来的。”

“那就像到了越南一样。”晓鹤做了一个吊床摆动的手势。

“越南？不，跟伊朗一样。伊朗也有这样的地方。不过，”华赞迟疑了一下，仿佛在回忆十多年前他十七岁时离开的故乡景色，“还是不同。有山的没这么样的水，有水没这么多的树。不过，那是另一种美……”

“我以为，伊朗，只是一片沙漠。”晓鹤有些抱歉，好像沙漠是他的过错。“沙漠也有，但不全是。它也有高山，也有草原，也有森林。伊朗有一百八十多万平方公里呀。"

看样子他已深深沉入到对故乡的怀念之中，如果不是他的回忆，说真的，连我也觉得那仿佛是一片沙漠，男人女人头上都包着头巾，以防沙子钻进眼睛鼻孔。一百八十万平方公里，相当于中国的五分之一，差不多是九个广东省了。在"泱泱大国"的人看来，它当然只是个"小国"。

几乎是广东省九倍的伊朗，人口却不到广东省的一半，只有三千来万，又盛产流动的黄金——石油，它的富饶是可想而知的。

一座搭得高高的木桥，从溪上跨过，溪对面浓绿丛中，隐隐埋着一条石级小路，曲折而上，终于消失在巉岩怪石之间。

"那里通往天桥、腰桥。"晓鹤解释。

所谓天桥，即是天然形成的"桥"。在奇峰之上，由于地质的变化，岁月对岩石的腐蚀而出现的下空上连的悬崖。人可以援崖而上，临高俯看，崖下深若地狱。浩瀚的山谷铺满起起伏伏的植被，更显得幽森莫测。而远处无法攀登的一座座拔地而起的陡峭山峰，也历历在目。其中一景称为"瑶台对弈"，崖顶上石平如削，一边一个小石"人"，恰如一对从天外飘来的仙人，正在下棋……

"你去过？"

"当然去过，那是从另一条路上，从这条路下。不过这条路太陡峭，下山的时候，一程又一程，好像永远走不到底似的。"

这时从桥头传来一阵悠扬的民歌：

跑马溜溜的山上，

有一个老和尚……

我一怔，明明是"有一个好姑娘"，怎么变成了"有一个老和尚"啦？原来唱歌的是史蒂文。他戴着那顶中国草帽，孩子学语似的咿咿呀呀唱得正来劲：

他的脑袋伶伶光，

好像那个溜冰场。

这真叫人啼笑皆非！史蒂文一句中文不懂，学唱中文歌，完全靠我们这几个中国老师，你怎么教，他就怎么唱！

可能是在这如画如屏的山林中走得高兴，史蒂文用中文唱起了经过篡改的民歌，逗得人直乐。他却一点儿也不知道自己在唱些什么。

过木桥大约三里地，又是一个游人较多的休息据点。在路与溪滩之间，一字儿排开一线树皮棚，卖面、卖简单的饭菜，也卖茶水。我们要了一共八碗面，人手一碗地吃。晓鹤掏出早餐在"司法部"招待所吃剩的牛肉干及榨菜来，每人刨了一点在碗里，顿觉味美无比。

摊主是个个子不矮的长方脸，脸庞红润足以说明其生意的兴旺发达。而我对他的最大的好感是允许我们把筷子放在他煮面的滚水里煮沸消毒。因为像这种"摆开八仙桌，招待十六方"的面摊子，全不知是一些什么人吃过。

"什么人都来吃。"长方脸一笑，果然就很灿烂。

"湘西的面，是很不错的！"晓鹤说。

经他一介绍，似乎真的不错了很多，首先是烫，其次是辣，热辣辣吃得我们每一个人都涕泗横流。尤其是那位三角眼的挑夫同志，吃得神情迷惘地端起碗来，又到灶上兑了一大碗汤水，埋首进去稀哩哗啦牛饮。

长方脸更加笑容可掬，问我们怎么不去"天下第一桥"。

"天下第一桥就是天桥吗？"我问。

"不是，不是。天桥是这样，"晓鹤手一弹，做了个彩虹的动作，又手一伸，做了个独木桥的动作，"而天下第一桥是这样。不大一样的。"

长方脸颇为赞许。

"你也去过？"

"我也没去过。"晓鹤面有愧色。

张家界他来了那么多次，居然还有没去过的地方！长方脸于是更起劲地介绍起天下第一桥的伟大意义来。

那条"之"字形的路就在小面摊对过的地方，沿陡峭的峰脚蛇行而上，一块完整到巨大程度的岩石刻有一行描红的阴文"去天下第一桥"。时有游人从那里下来或上去，仅从面部一点也看不出于那号称"天下第一"的真切感受。完全只能听从长方脸的蛊惑了。三十分钟以后我才突然记起他长得极像某个故事片里的"敌参谋长"。但一切都来不及了，我们已经跋涉在千难万险的山道上，去看那人间罕有的好景致。

苦行僧华赞，易拉罐史蒂文，还有薛涛他们三个，早已在前头走得无踪无影。而与其说"前头"还不如说是"上头"。因为这山一点也不合人情味，毫无节制地只是上、上。幸好那挑夫及所有的行李都留在山下面摊上，报酬是每个挑夫两块钱。我担心他们会不会把我们的细软席卷而去。晓鹤说：

"不会不会。他们每天都在这条路上挑东西，跟店主什么的都认得呢！每个月还要交税，往哪里跑？"

那三角眼还给晓鹤看过身份证，表明自己是个大大的良民。晓鹤以宪兵队长的派头看过，立刻对他有了好的印象。

可是我马上对这"第一桥"有了很坏的印象。

首先是不该这么高。开始还以为真的如长方脸所说，四十分钟即可走到。爬了不到五分钟才知道这是对长方脸自己而言。高而且陡峭，是我对天下名山既爱又恨的一个永远也解不开的情结。中国自古有"仁者乐山，智者乐水"之说，看来要做一个"仁者"首要条件是体质强健，才能不厌其高，不憎其险，不烦其陡。而我则刚上了一小段路便觉得花那么大力气去看一堆石头划不来。心里跳得慌，加上口干舌燥，大有"湘"道之难难于上青天之慨。接着又想起毛泽东的诗词名句："安得倚天抽宝剑，把汝裁为三截。一截遗欧，一截赠美，一截还东国。"

但据说之所以这石桥堪称"天下第一"，一就一在它有那么高。超凡脱俗，横空出世，欲问天桥路，云深不测处。

"你不花那么大的气力，又怎么欣赏得到天下奇景呢？"晓鹤对我不喜欢爬山颇有不同看法。

"欣赏不到？我可以看电影呀，看图片呀！"我喘息之余，尽力反驳。

"那到底，还是不一样。有许多景色，不亲眼看是体会不到的。不然又怎么有身临其境之说？"

"我宁愿，"我吁了一口长气，"看电影！不要什么身临其境！"

争论不出个所以然。路还得走，山还得爬。现在是想看电影也看不到了，又没有冷气，又没有吹风，又没有电视，又没有冰箱。这些平时用惯了用烦了的东西现在忽然变得亲切可爱而得不到了。四周是自然的森林树木，巨石陡坡，一条石块铺就的林中小道蜿蜒其中而上，教人欲进难欲退难。

我先生替我找了一块平滑的大石头，让我坐下稍事休憩，只见一男一女两个小年轻身背竹篓从身后追上来，超过我们继续赶路。背篓里装着西瓜，熟土豆之类的食品。

"你们背上山去卖啊？"我先生问，"卖多少钱一斤呀？"

"西瓜？四角。"那小伙子还戴副眼镜，完全是学生哥相。

"四角？"晓鹤说，"山下都卖三角五呢！背那么高，只贵了五分一斤！"

那一对少男少女不为所动，默默地坚持将三角五的西瓜靠一步步艰难的攀登升值到四角。一篓大约也就是六十斤吧，五六才挣三块。而将六十斤东西从山脚背到山顶，要流多少汗出多少力！

"上山去买你的西瓜啊。"我先生说。那小伙子点点头，眼镜片后闪过一丝喜悦，远去了。

继续登程。烈日，林荫，石级，长坡，峰回路转，奇峰突兀。一路上我只为狂烈的心跳所累，对于所谓美景风光简直视若无睹。即使是一片平缓的浓荫下的小径，也使我如同重负登崖，举步维艰。

李白有"蜀道之难，难于上青天"的名句，我却觉得张家界的山路比蜀道还难。曲折、陡峭、险峻，可惜这一切先前都不曾在沈从文老先生的小说和散文中见识过，没有多大的心理准备。只说"天下第一桥"的奇观，一时冲动便上了山，却不知道还有这番艰辛劳苦的受用！

"要不，我们下山吧，不看了。"

我摇摇头。既然上来了，就上到顶，半途而废别说不是我这种人的所为，古今中外到哪儿也算得个好品质，上，咬咬牙也上！

也不知上多少级石阶，穿过多少片密林，绕过多少突兀的山峰和悬崖，正在我心跳如捣，神昏眼迷的时候，忽听得空旷的山谷里回荡着一声声的唤：

"巴——哈——伊——巴——哈——伊"

那得薛涛他们登上峰岭的呐喊。薛涛的喊声里白话味十足，史蒂文则是明显的洋味。而华赞的喊声带有美国味和伊朗味。好一个巴哈伊！这恐怕是第一次将这个陌生的含义带到以前一直是封闭状态的湘西丛山，带到这不为世人所知同时也不知世人的张家界。

等我们也翻上山顶，他们已在路边一个小摊点休息好长时间了。赶紧挑了两个西瓜杀开，解渴救命。晓鹤说：

"不是巴哈伊，而是不容易！"

大家都以为极是。真的不容易。古人有"会当凌绝顶，一览众山小"的绝句。现在登临远眺，却难见山小，怕只有"这山望得那山高"之慨了。

群山肃立，或者应该说群峰肃立，因为看上去它们就像构思奇巧的盆景里的怪石，峥嵘而又舒展，绵延而又断裂，和你仿佛是面对着面，其间又隔着万丈深涧。夏日的阳光普照，却有一层淡的氤氲之气飘抹其上，显出一种朦胧的淡紫。而远处的峰岭一层盖一层，似海浪，又似云潮，浓浓淡淡，虚虚实实，令人遐想和神往。

自然，这远不是张家界的山最奇特之处。它的最奇特之处是什么呢？
张家界最有特色的地方，既不是它的险，也不是它的峻，又不是它的有云有雾，有水有洞。因为这些别的名山或多或少或这或那总要沾上一二。张家界不过是集天下名山之胜于一身罢了。仅凭这些，似还谈不上"奇特"二字，正所谓见多不怪了。

"它最大的特点，是它的树。"

树？对了，张家界是中国第一个国家森林公园，树量多质优，当然为其他名胜地所远不及，但树却又是最常见的东西，除了沙漠戈壁，黄土高坡，哪个农村、城市没有树？

然而最常见的东西却有最罕见的奇观。张家界的树，层层密密，覆盖着山脚和山腰，为它遮去了大片的雄险峥嵘，但是山腰以上，所谓奇峰突起，却几尽裸暴着它那从灰褐、土黄到古铜、铁青的层岩。

而悬崖绝壁的顶上，无人可攀登的地方，又密密地生长着一片树林！

这里的奇峰与其说是山，不如说是树海中林立的桅樯，互相之间遥相呼应，却永世不得接近，有几座山是可以攀登的，但好些山峰除了飞鸟，大概没有什么走兽可以上得去，更谈不上人了。那上面的树，长得蓬蓬勃勃，显然那是野生，也不知多少年了。没有人去播种，也没有人去栽培，更没人去砍伐，听其自然。那样一种可望而不可即，可遇而不可求的境界，真令人浮想联翩……

沿"山顶"的羊肠小道一转，竟出现了好几片青葱的稻田，潺潺流水，危危木桥，绿树丛中，隐现几幢湘西风味十足的农舍。如果不以对面群山做参照物，简直不敢相信这是"山顶！"更令人吃惊的，那水田的上面，居然豁开一条碎石铺就的简易公路，路上有卡车或手扶拖拉机开过的辙印。

原来"山顶"上这么大！其实已不能叫山，而应该称之为"高原"了。从桑植县城可以乘汽车登上这一片"高原"，走到这里，就像走到通向地心的裂口，如果你不怕回头的辛苦，可以从这里一步一走到遮天蔽日的山脚下去，那里正日夜流着一条不息的溪水。

简易公路旁，公然零落着几家酒店、饭铺。招牌上无一不写着"土家风味"的字样。至于是不是土家风味，那恐怕只有土家族朋友才知道了。

不过牌子上有野兔肉、麂子肉、山鸡之类的菜谱，即使不土家，也距之不远了。行不多远，便有一条小路斜进丛林里去，那便通往"天下第一桥"了。

果然四下里丢弃的可乐瓶，胶卷盒、软包装、旧报纸渐次多起来，可见是游人蜂拥之地。在一道"山穷水尽"的悬崖边上，只见一条瘦小的岩石横跨渊涧，将两座超凡脱世的陡峭山峰悄然相接！

好一座"天下第一桥"！华赞幸福地张开了双臂，史蒂文赶紧端起摄像机拍摄，一下子推，一下子摇，上下左右，高低远近，不亦乐乎，冷不防被薛涛摘了他的"中国草帽"，一甩手扔进了深渊。草帽飘飘荡荡，在薛涛的伴唱下徐徐而落。薛涛唱的日本电影《人证》里的主题歌，里面也有一个草帽飘下悬崖的镜头，和这时的一模一样：

> 妈妈，不知为什么，
> 我那顶草帽，
> 掉进了深渊……

这首主题歌是根据日本著名诗人西条八十的诗谱写的，他恐怕没想到其意境居然在遥远的湘西也能找到吧。我手扶着栏杆，小心翼翼俯身下看，心里有些发怵。虽然栏杆钉得肯定很深很牢固，但底下那深不可测的渊薮着实令人不能不寒胆。

"上不上桥？"

我犹豫着。因为桥的一端还要绕到悬崖的另一面，爬上爬下的，够累人了。何况桥上不一定比从旁边看来得更险、更带劲。

"你想想，"晓鹤说，"你是第一次来张家界，以后很难再来一次，再来也肯定不会下决心登这么高的山了。人生大概也就这么一回了。过还是不过？"

"过！"我下了决心，既然那么高的山都爬上来了，岂能到了"天下第一桥"反倒"望桥兴叹"呢！

奇怪，到了桥上，反倒没了那么一种"惊险感"。

或许是不知天桥真面目，只缘身在此桥上吧，我反而"处险不惊"了。

手扶栏杆看下去，虽然也深莫可测，却感受不到脚下的岩石其实是悬空的。桥不宽，两人相向必须侧身方能错过。如果不是栏杆就在手边，失足真不知是怎样一种"壮观"了。

"华赞！"我喊。

"太好了！"华赞高兴得合不拢嘴。

"想不想跳下去？"晓鹤逗他。

"想！"他仍非常高兴，"巴哈欧拉如果呼唤我，马上就跳下去！"

我立刻想起大陆人有一句形容死亡的老话——见马克思去。看来，任何信仰的创始人都要等我们死了才能够见到尊容了。这真是天大的不幸！

"有人从这地方掉下去过么？"

"有，"一个不知是游客还是向导的姑娘肯定地说，"那是一个美国人。他说这地方好，说完就跳下去了。"

我担心华赞一时冲动之间也演出如此壮举，他却像没听到什么一样沉浸在遐想中，脸上浮现出迷惘与体会的神色。

下山的路比我想象的要快得多。尽管如此，也还是花费了一个多小时。当然比登山的消耗要小多了。两肋生风，神清气爽，累也累，那种随时都想躺倒的疲意却没有了。步子一层层低，群峰一层层高，及至溪边，阳光已留在山头上，只能透过浓密的树叶去致意了。

晓鹤和史蒂文在溪边业已等了多时。史蒂文肚子也不想拉了。两人把脚泡在沁凉的溪水里，惬意极了。五六个十来岁的小姑娘挽起裤腿和裙子，踏水翻动溪里的鹅卵石，捉那下面藏着的小螃蟹。叽叽喳喳，就像一群山雀子。其中一个手里紧抓着一只盛了水的塑料袋，里面关了一个螃蟹仔，旁边还游着它一条断腿。

"回来啦？"面铺老板欣喜地。

我点点头，招呼他再下几碗面。这才发现华赞和薛涛还丢在山上，那俩挑夫，则端坐路边打瞌睡，活像一黑一白两尊小瘦佛。

"可惜呀，可惜！"华赞一下山就表示出至为遗憾。"没带上喷漆枪，不然可以把巴哈依喷到岩石。"这个不知疲倦的传教士，还沉浸在山上跟卖瓜老婆婆们讲道的激动情绪之中。

"你是迷住那个小姑娘了吧？"我故意逗他，"她可是那个戴眼镜小伙子的呢！"

"不是不是！"他急忙解释。

"怎么，又是一个翠翠？"晓鹤会意地。

自进入湘西，"翠翠"这个形象就离不开我们这支队伍了。不过，走了一程又一程，沈从文笔下的这个人物也在不断"变化"着。一下子烤羊肉串，一下子开饭店，一下子卖起西瓜来。只有这卖西瓜的翠翠，才让我们给看到了她的二佬——那个戴眼镜的高中学生。他是利用暑假从山下背西瓜上去卖，挣钱去念书的。早已不是当年那个只知驾船走四方的英俊蛮汉。湘西的人和风情都在变。是由愚蛮变得更文明呢，还是由强悍变得更懦弱？我不知道。

金鞭溪一直走下去，快到张家界林场的时候，有一处景叫做"金鹰护鞭"。那是溪对岸雄峙的高峰，活像一支刚刚从天而降尚未收拢翅膀的鹰，勾嘴望着身旁一根笔直的长鞭。蓝天白云，衬托出它的道颈和雄健，形象极了。所谓"金鞭溪"，大概就是以它为名的吧。

林场场部是一条倒"L"形的街。说是街，不过是街的雏形罢了。两边或是小店铺或是小摊点，人多拥挤，汗臭屁臭。各种各样的旅游纪念品，如纪念章、明信片、手帕、草帽、拐杖、汗衫之类，大同小异，粗糙质劣，摆满了摊点。游人一个个忙着东张西望，大约也难得停下来买一两件东西去，摊主也并不打算他们来买，兀自守摊待客，优哉游哉。

穿过拥挤的人群，出了"张家界国家森林公园管理处"的大铁门，行不多远，便进入"宾馆、招待所区"。有帐篷招待所离得最近。据说便宜极了，一个人字形的帐篷里开两个床，每床三至五元不等。

不过我们选择了一家开张不到一年的宾馆。因为太累，这家是最容易找的。

一夜无话。睡得早起得也早。我和我先生最终还是没住进那家新宾馆。宾馆不高，修成"山庄"的样子，布局和装修的格调堪称高雅，其经理还去过国外考察宾馆管理业务。只可惜学了皮毛，未得真髓。好好儿一个宾馆，走进房间却一股臭味。检查竟是厕所不通，屎尿储存得可以沤肥，连换了两个套间，那出过国见过大世面的经理终于不耐烦起来。我们只好退款，搬到隔壁一家招待所去了。那里的套间已告罄，左磨右磨，才磨到一间两床位的房子，虽然简陋，却还算干净。一进厕所，水箱又是坏的，幸好便池还通，将就了。

第二天起了大早便等华赞他们过来。好半天他们才有说有笑慢慢到了餐厅，坐下来吃面。我发了他们一通脾气，他们都像孩子似的又是笑又是认错。

华赞解释说他的"喷漆枪"打翻了，黑色的漆流出来，把衣物染了个一塌糊涂。本打算用来喷巴哈伊的宣传标语，却先喷到了自己的旅行包里。果然他手上脸上尽染了一块一块的黑斑，活像某种豚鼠。

又说起昨天那两个挑夫，见我们住进宾馆仍不愿离开，守在大厅外"恋恋不舍"。原来是想我们请他们吃饭。因为老外在他们眼里都是大阔佬，又大方慷慨，不趁此机会揩揩油，怎么也说不过去，他们却不知华赞是个清苦的传教士，口袋里"布粘布"，掏不出几个子儿来。史蒂文也是"打工仔"，挣三天吃十天的。薛涛是穷学生。晓鹤刚刚失业。我们两口子身价最高，也不过是教书匠，这在大陆人的势利眼里是三教九流的最低一档，哪有那么多钱摆阔气？那两挑伕守到太阳落山，才三步一回头地离去。

"我很下贱吧？"三角眼挑夫问晓鹤。

"凭劳动吃饭不下贱。"晓鹤也当过挑土的苦力，故理直气壮地，"靠别人施舍过日子才下贱呢！"

时候不早，吃完早餐正好遇一辆开往大庸市内的大巴。等到车开动，我才忽然记起三天前曾约了那位土家族朋友在张家界等我们去他家里做客呢！

"不去土家族做客啦？"

"不去了不去了。时间来不及。"

一直带着我优哉游哉满处转的晓鹤，仿佛第一次才意识到时间的不足。他解释，张家界是此次湘西之行的必到站。这几天时间是不得已一定要花费的。至于以后的路程，如果来得及，要去"芙蓉镇"王村，沈从文老先生笔下的边城茶峒，沈老的故乡凤凰，然后经怀化去贵州参加民间艺术节。

车上，华赞又与位当导游女郎的"翠翠"搭上了话。那翠翠正就读于一所当地的旅游学校，趁暑假跟一位广州的同行男生跑跑张家界。一看就知道充满了"现代气息"，对华赞的大胡子非常感兴趣。华赞亦十分兴奋，显然觉得巴哈伊事业后继有人。

可惜二人中间隔着个老派的晓鹤，他赶紧称"头晕想吐"要和华赞换座位到窗口去。华赞马上识破了他的诡计，只与那翠翠留下了澳门的通信地址。至于有无缘分，则是后话。

大庸市比我想象的要破旧得多。其规模和气派似还不及慈利县城。不过我们对大陆的任何城镇素来宽容，觉得有了这样子也就不错了。华赞忽记起要打一个电报。找到邮局，里面正忙得很。不知从哪里飘来的石灰末细细地盖在桌上椅上，仿佛一片北国风光。那营业员小姐先是说可以用英文发报，接着又要求译成中文，我先生只好同华赞字斟句酌译了好半天才搞掂。我这边已做出一个果断决定，今晚到永顺后，从明天开始，史蒂文和薛涛两人先赶去贵州，免得错过民间艺术节。我们四人则稍稍慢行，可以在湘西境内多跑几个地方，薛涛早就"盼着这一天啦"，欣然同意。史蒂文反正什么也听不懂，听懂了也一句讲不出，只好"主叫干啥就干啥"，服从命令听指挥。

换车的时间尚早，出了邮局，便去逛一逛大庸的老街。晓鹤在前面引路，老街就横在不远的路口，只见清一色的旧木房子，分列两旁。虽然东倒西歪，那木房却也还显得高大结实。高的有三四层，矮的也就是平房，多是"旧社会"的各种铺面。如今当然还是铺面。

华赞和史蒂文忽然活跃起来，轮着端起摄像机忙乎乎地拍个不停。我们每人买了一顶湘西风味十足的斗笠，其大足可以盖住水缸。又吃了一角钱一个的米粑粑。踱到街口正对着的河边，河水清澈。

河那边是一大片开阔的河滩，再过去就是一堵墙似的大山，问当地人，是天门山。这一说，倒真有点像是天门的意思了。阳光下，天蓝、水蓝、山蓝。

不过山蓝更深更沉，乍一看，像是从天上垂下的深蓝色的天鹅绒幕布。

清清小河上，几只渔船飘然而过，俨然一江南捕鱼图。竟使人忘了这是重山万度的湘西大山区，中国的崇山峻岭，不可谓不多，翻开地形图，隆起的山脉，高原，占去了全国的绝大一半，但是既有山又有水，山既青水又绿的地方，恐怕就是从湘西这里开始的大西南山区了。至于山势的变化多端，水系的网络繁复，更无有出其右者。

老街的特点，除了陈旧，便是凌乱。不过在陈旧与凌乱之中，又显出一种多年积累的不变的静谧。

老式的铁铺，你可以想见当年沈从文的儿童时代就是围绕它度过一个又一个放学后的黄昏，散发着陈年气息的中药店，里面摆满了盛药的大瓷坛子，坛子上是那种乡俗气极浓的民间画。空旷的杂货铺，装饰古怪的牙医诊所，阴凉得发黑的小面馆，面馆里永远熬着一钵飘荡八角茴香味的老牛肉……

只有在老街上行走，才能体会到沈从文老先生笔下对湘西倾注的那样一种热情。或者更准确些，是一种深情。驻街口而望，还可见一条与小河平行的稍窄一些的小街。被不知多少鞋掌脚丫磨蹭得阴凉光荡的青石板路，静静地躺在八月的太阳底下，躺在年复一年的时光流逝之中，令人感喟，令人惆怅。两侧尽是临街的民居，也是这个小城里世代沿袭的平民木屋，那样一种宁静，至今想起来，仍难忘却。

我们的行状，自然引起街民的好奇与观望。尤其是这两个拍电视的老外，更能使他们看得"如痴如醉"。而只要将电视镜头一对准他们，就好像用枪口对着他们一样逃散。

吃过午饭，正好赶上从大庸开往永顺的班车，永顺是湘西的一个重要县份，也是沈从文老先生笔下描写较多的地方。有名的猛洞河七弯八折，也从永顺县城蜿蜒经过。

湘西的县名，大多带有古代帝王征服蛮夷的色彩。如"永顺"，意即"永远归顺"；"保靖"，意即"保安靖远"；"怀化"，意为"怀柔感化"；"绥宁"，意为"绥靖安宁"。当然绥宁已经是湘南而不属湘西了。从名称也可以看出当地少数民族的剽悍与难以征服。

无怪乎沈从文生活的那个年代，这一带民团众多，势大，派别丛生。姓龙的姓向的姓王的，各立山头，拉起一支队伍，有枪便是王。山高皇帝远，谁也不怕谁。

这些民团，互相之间也火并。而鱼肉乡邻，祸及良民的事情也时有发生，但基本上还是地方保安力量，为当地民众及县里政府所首肯。家族械斗，世代复仇的因素当然也影响到各派力量间的关系，却也不是约定俗成的规矩在牵制着。抗日战争期间，他们也曾联合起来打日本人，而日军最终未突破湘西防线进攻川、贵等中国军队的大后方，与这些武装的存在极有关系。

我们歇息在县委招待所。招待所分了"宾馆楼"及"普通楼"，收费当然不同，但也不算太贵。吃过晚饭，问明去永顺最有名的风景点"不二门"来不及了，便索性死了心，到街上随处走走。晓鹤是去过不二门的。那里有沈从文的题刻。他也是晚年八旬已过才知道并去了不二门。先前满湘西跑遍，哪里听说过这么一个名胜风景？其实也就是山险一点，石奇一点，水绕处多情一点罢了。不过不二门有个温泉，单日对男开放，双日对女开放。如果两口子来游，也只能分期分批而往了。

夜晚的湘西山区小县城，别有一番神秘和静谧。

街上没有专门的街灯，只幽黄的从两旁店铺里透出电灯的散光，淡淡地照着沉沉的路面。白天的嘈杂似乎还未退尽，人来人往，一点也没有落寰偏僻的景象。这可能与中国人人多有关，到哪里都可以多到剩余的地步。头发长长的小伙子趿着拖鞋，在"电子游戏室"专心致志地操纵着荧光屏下的按钮。早上卖油条晚上卖冷饮的小店里坐着表情单一的伴侣。还有那几个晚归的小贩，蜷缩在脏得发黑的饭铺里滋啦啦吃着汤面……

沿河有一条稍嫌冷僻的小街。一座无论设计或是施工都十分粗劣的公路桥横跨到对岸山脚下，繁星落在山梁上，黑沉沉的山影合围了这个小小的山城。偶尔有几星灯光点缀其中，更显出它的幽秘。

河水似湍不湍的，有两个人在游泳，一两栋靠河太近的民房，仿佛随时有可能崩塌到水里去。

在桥头的一家菜馆门口，密密麻麻写了一黑板的菜谱，仔细一看，见有许多"野味"。甚么野兔子肉、麂子肉等。刚站定，店老板便钻出来热情地邀我们楼上坐，一行六人上得楼来，一个水泥大晒台依稀蒸发着白日的余热。灯一打开，无数蚊虫一拥而上，欢快地围绕它飞旋。不一刻每人的茶杯里都沏进了五六只大翅膀的蚊虫。赶紧叫关了灯，任凭从街上街灯射来的余光，围桌而坐。

店老板是四十来岁的小个子，因还算壮实，故偶一望竟有点偏于"魁梧"的错觉。其实只不过方头方脑一点而已，他首先便把一个模样儿不算漂亮还算端正的姑娘隆重推出来：

"这是我的侄女，今年考上了大学本科，是学英语的！"

华赞马上兴趣盎然：

"说英语？那太好了，能说两句给我们听听吗？"

"我……"侄女有些犯疑，"说得不好。"

"没关系没关系，"华赞把目光热烈地盯着她，"能说就说，你要多说！"

"对，"晓鹤也插进来，"说不好没关系，你抓机会跟这位老外学！"

侄女于是压抑了一下自己的局促，喘着粗气用英语跟华赞隔着餐桌会起话来。史蒂文几天来一直装聋作哑，这一下异国遇乡音，兴奋得眼珠子一亮，亲切温柔得吓人，跟她对问对答了。气氛很令人愉快。方头方脑的店老板对自己推出的新产品产生的奇异效果非常满意，乐颠颠下楼张罗去了。我们周围也不知从哪里调遣来好几个年轻姑娘，以侄女为首，送茶送可乐送毛巾送菜，有朋从外国来，不亦乐乎。

侄女说的英语虽有些结巴，却还像那么回事，华赞评价说："比我们伊朗小城里的学生讲得强多了。"侄女渐渐不那么紧张，告诉他她们学校的老师英语会话也不行。这样看来，她能学这么好，实在不容易。而且假期还要给开饭店的叔父打工，挣几个书钱，她今年参加全国考，分数还可以，是县里第六名。湖南的录取线高，一直是全国的前茅。幸亏她是土家族，可以享受"少数民族待遇"，稍降一些分数录取。她填的志愿是中南民族学院。在武汉。

"Very hot！"华赞吃了一口青辣椒。

"Heart？"侄女没弄懂，"你说心脏？"

"不，hot，辣，太辣了！"

晓鹤却阴险地笑了起来："Heart！Your hot is her heart！（你的热辣是她的心）！"

这两个单词相近，大家全哈哈笑起来。餐桌上气氛热烈。一路上遇见那么多湘西"翠翠"，今天终于遇到个会说英语的翠翠，华赞怜香惜玉之情大动，赶忙留下地址，要她给他写信，侄女感动得稀里哗啦。

不一会儿结账，费用却高得惊人。怎么回事？

楼下的菜谱明明白白地标有菜价，全部加起来也没这个的一半呀？薛涛下楼叽咕了半天，上来告诉我，那小个子老板声称自己在"外事部门"工作过，有条文规定接待外宾要高出百分之一百二收费，薛涛跟他力争，说这顿饭是我们中国人请老外，有甚么钱可加？

况且也从未听说过这条规定。

店老板只好让他侄女拿了菜单上楼来跟薛涛算账。那侄女见自己叔父嗜财如命，害羞极了，跟薛涛在灯上左算右算。晓鹤则鼓动华赞慷慨解囊，拿出五元钱给侄女，作为对她学好英语的奖赏。华赞打开钱夹一看，没有五元只有十元一张的钞票。刚一犹豫，晓鹤说：

"那拿一张十元的让她找吧！"

那边经过一番磨蹭，终于算清。我拿了一笔钱交给她，说是按正常价格的菜钱，另外一张是这位先生（华赞）奖给你学外语的钱，你拿去买书吧，可不要学你叔父的，那么贪财，要好好学习，心志大一些。

会说英语的翠翠羞得不敢要华赞的钱，但华赞的真诚终于使她收下了。看得出她内心十分矛盾和痛苦，一方面她为叔父打工，叔父让她出任"公关"，就是想多捞一把，不料一个子儿不曾捞到，她怎么去跟叔父交代？另一方面，她所受的教育和道德观，又不容许她去干这种丢脸的事，况且这位老外对她这么好，奖励她的英语说得不错。真是左右为难！

等我们一行人下楼，她一个人哭了。

刚下楼，华赞和史蒂文又被一个开照相馆的高个子拦住了，非要他俩赏脸到他店里去照一张相不可。而且免费。我心里明白这是他往后做广告的好方法，照片印两张大的挂在窗口，让过往人看：老外都在我这里照相！中国人的心理，是外国人首肯了自己才首肯。

我兴趣不大，便先回招待所歇了。第二天一早，天还没亮，我们这支六人的队伍便分成二组各奔前程，薛涛和史蒂文乘车去吉首然后经怀化去贵州。我和我先生、华赞、晓鹤四个则继续湘西之行。下一站，是永顺县的著名小镇——王村。

王村，在地图上只一个小圆圈。并不因为它的居民多半姓王，而是它曾为十代苗王的都城，历史悠久得很，上千年的荣辱兴衰，使它蒙上一层神奇的色彩。而它的著名，却是近年来的事。谢晋根据古华的长篇小说《芙蓉镇》改编的同名电影，就是在这里实地拍摄的。影片公映，此地立即名声大噪。

说来也巧，王村很久以前也曾叫"芙蓉镇"。不知多少年后，忽然不用了，仅在县志里可以查到。但古华的芙蓉镇却是虚构的名字，而且在小说中是在湘南并不是湘西。古华是湘南人，对湘西并不熟，然而用湘西的芙蓉镇来拍湘南芙蓉镇的电影，却正好，大约文学艺术作品的真实性，才有这样的巧合吧！

车从永顺开出，还是天麻麻亮的大早，吭吭哧哧地爬坡下坡，到达王村已近中午。这是一个典型的山镇，靠山傍水，整个儿处于群山环抱之中，那水是猛洞河，也不知是永顺县城的下游还是猛洞河，因为水的弯折太多，竟不知所流何往。

以前的猛洞河没有这么宽，也没有这么深，后来拦河造霸，使得流经王村的这一截，忽然地深沉起来。但据说水位的增高，将长长一条街的王村淹去了几分之几的一截。尽管如此，王村的街依然细长，从河边的石阶码头，一层一层而上，足够从中领会山镇的特色和风情了。与长街平行的，则是一条也弯曲得十分委婉的小溪，加上跌宕和悱恻，也就形成了水库与瀑布，白练的水跌落在青石岩上，水花四溅。临溪的吊脚楼上，可望见这样一种山水。

我们找到一家小饭店，是私人开的，住房非常便宜，正好是吊脚楼上，走步吱呀作响，也算是一种味道。晓鹤说两年前曾在这一家住过，可以叫老板买得菜蔬来，自己炒了吃。十分过瘾。可惜山里不大重视洗澡，所以这一项便搞得太过随便和将就。而我偏不能将就，只好换住进了宾馆。在这小店里里吃了午饭，店老板的女婿掌勺，狠狠地敲了我们一笔，一盘兔子肉要二十几元。

那女婿四十来岁，戴副眼镜，念过书的样子，不像掌勺的倒像工厂的研究人员。一问，果然是在衡阳工作，假期回岳父家帮忙的。是个读书的斯文。不过，大陆的"斯文不如扫地"已是毫不足怪的了。

下榻的宾馆靠近船码头，游船卖票与住宿开票都在一个大厅里，据开票的中年女子说，我们是"□·四"以后第一批来这儿的海外客人。

宾馆却拿不出好一点的房间来给我们了，单人间和带卫生间的双人间都租了出去，最好的只剩下两人一间的普通房，而且是一楼。事至如此，也只凑合了。想想沈从文先生，以前在湘西，大概连这样的房也没有住过，心里便稍安了。

下午的游船票已经卖完。所以干脆给我们自己"放假"。连续几天的劳累奔波，大量的信息充斥脑海，也应该有那么一个宁静的下午，好好睡一觉，要知道下午睡觉与晚上睡觉绝对是两回事。

黄昏时光，大家都觉得懒得再睡下去了。四人慢慢出了房门，去看这个古城的文史凭证——唐代建的铜柱。从河边的街头走到街尾，两边的民房，多半辟成店铺，街面全部由大而光的青石板铺就，走在其上，脚感非常舒服。

王村的发达，在近代大约是抗战开始后的事，日军占领了北平上海南京，当时的民国政府及大量难民撤往四川、贵州，湘西于是成了必经之地。在古代一直是"蛮人"居住的王村，也迁来了许多上海南京的商号、银行、店铺。长街两侧，一时商号店铺密集，生意兴隆，财源茂盛。就像如今靠近港澳的"特区"一样，公司林立，无非是天时、地利。那些商号中还不乏中外合资或外国独资企业。

不过随着抗战胜利，它的畸形繁华便很快衰落了。人们再没必要一定跑到这交通不便的山沟里来做买卖。王村又恢复了它先前的萧条冷落。长街两侧又退化为一般居民，到了"文化大革命"一来，他们又都成了"城市闲杂人员"，绝大多数被遣送到农村生产队去种田。小镇更为凄凉。房屋倾斜，无人修住。长街石板板缝里，长着半人高的茅草……

第二次繁荣，则无疑是前两年拍《芙蓉镇》带来的。刘晓庆扮演的芙蓉姐——胡玉音，成为小镇上最引为骄傲的形象。隔三五步便有一个摊点买"胡记"的米豆腐。切成方正的小块，从锅里舀出来一碗，浇上酱醋辣蒜、热热乎乎卖五角钱，是为本镇特色。

文学艺术能给经济带来繁荣兴旺，王村便是极有说服力的一例。话说回来，如果不是沈从文笔下把湘西的缤纷色彩那么完整地展现在世人的面前，又有谁会记得这远山僻水处的小镇呢？

每一个"胡记"米豆腐小摊，都围坐、站、蹲着许多游人，人手一碗，稀里糊涂地吃。眼泪鼻涕皆十分出味。而"胡记"的招牌又大同小异，有"正宗"，有"真正"，有"道地"，有"著名"，等等，无非都跟刘晓庆——胡玉音过不去，其实在那部电影里，她是一个正宗或道地的悲剧角色。

芙蓉镇是"文革"的缩影，王村则是它留下的形象标本。长街走过，到处可以看到拍电影留下的"文革"语录和标语，还有"王秋云半夜跳楼处""李国香雨中挂破鞋处""胡玉音卖米豆腐处""胡玉音盖的新楼房""粮站主任雪夜醉倒处"等银幕中为人熟悉的场地。身临其境，大约与游历好莱坞摄影棚的趣味相当。不过此间的趣味之外，还别有一番滋味在心头。

电影中胡玉音卖米豆腐的地方，当仁不让地挂了一块木牌，上书"刘晓庆卖米豆腐处"的字样，当炉的却是个风韵远不及刘晓庆的村姑，然而丝毫不影响围坐的游客们的食欲。一个个狼吞虎咽，难得从百忙之中抽出个空来瞅我们一眼。

米豆腐店门口还贴有一张字条："照相取景每张五角"。这张字条的作用，是搞得没人愿与它合影。

米豆腐店过去，又看了一家织锦店。其主人是个挺精神的瘦小老头，土家族人。华赞不失时机向他请教土家语言，老头似乎记得不多了，胡诌了几句念给华赞听，华赞便十分高兴。而我则对他们编织的织车颇感兴趣。那么些简单或繁杂的花边、图案，现代的传统的，都是靠一双手在这粗笨的木制织车上编出来的。花色鲜艳明快，具有浓厚的湘西民族特色。

王村小学，建在傍溪的一个高坡上。校门临街，修得颇精致，可惜已略见破败的迹象。还有一侧小门通溪边。门外堆满垃圾，然后是几畦荒芜的菜地。校园虽也破败却还幽雅，而且路面、花坛、教学楼一看就感觉得出是用传统的中国建筑材料完成的欧洲风格。一问，果然是二十世纪初由两位外国传教士修建的一座天主教堂，迄今已近一个世纪。

在标有"一年级甲班"门牌的教室外，一中年汉正主持一顿家庭晚餐，就餐者除他外，只有一老汉及一小姑娘，饭食简单，却怡然一种闲适之趣。晓鹤竟于其饭桌上，讨勺舀了一匙炒酸豆角，与我们分食。味道居然可口得意外。华赞对于那两位早已作古的传教士的命运最为关注，问得非常细致。

教学楼后面，有一粗大的木楼梯通楼上。上面一间教室里，临时住着十几个少男少女。上楼一看，只见他们把课桌堆到一头，在地上铺了一个通地铺，晚上就睡在地板上。原来他们是永顺民族师范学校美术专业的学生，暑假出来写生作画的。都很年轻，大的不过十八九岁，小的才十五岁。男孩女孩挤住一室，轮流做饭，亲亲密密却又天真无邪，教室里四壁都钉着他们的写生作品，小镇景色，尽收笔下。

虽然笔迹嫩拙，那份认真与用功是显而易见的。

我们的到来，使他们非常高兴。大概是自出来作这种艰苦的游学以来，还没有谁对他们发生过兴趣。再加上华赞大胡子的温柔亲切，一下子把其中三两个少女给迷住了。

我们在王村小学待了不少时间。因为我特别喜欢这种偏僻小镇的学校的味道。而且这里还有东西两种文化互相冲击和渗透的痕迹。流连其中，心境极为平和舒展。而那十几个活泼天真的学美术的师范生，也使我深深感动。

他们出来十多天了，兜里揣着仅有的一点伙食钱，在这山区游学，其艰苦勤勉不难想见。晚上教室没有灯，也不能架蚊帐，只能点一盏自制的小煤油灯修改白天的作品，燃一盘蚊香席地而眠。中国的学子，其苦如此。

黄昏的风吹来，我们告别了小学。出小镇过桥，去寻看那个古老的标志——铜柱。那是小镇对面的一座橘子山上，一条不宽不窄的路直通山顶，四周似再无别径可循。一中年人正率领一大家子伢婆细崽围桌吃饭，窗台上还摆着一部黑白电视，边看边在山坡上向我们收钱卖票。

铜柱重五千多斤，是唐代所立，上刻的阴文多数已辨不大清，所书大抵是关于建立铜柱的意义及历史背景，以告示后人。唐代某年间，湘西一带的苗王拥兵作乱，不服中央朝廷，朝廷即派大将某某率兵来征服，据说这一仗打了十年，各不得胜，最后只得握手言和。特地立铜柱在此，以为互不相犯的凭证。

这铜柱是湖南省级保护文物，享受的待遇是修建了一个八角的凉亭让它住上，免遭风雨的侵蚀。

只是这么一来，古趣无多。战场的肃杀与边镇的荒蛮，如今是领略不大到了。只有这住满了人的，在中国大陆到处都可见的，差不多的小小山镇。

溪边，不少人在游水，洗澡。溪中腰一道长坝，水于是一边飞溅，另一边深湛。黄昏之中，男人们洗澡，妇女们洗衣，小伢儿们在他们旁边乱钻，好一幅乡村洗濯图。

受他们诱惑，我先生及华赞、晓鹤也下水一戏。

我因没带泳衣，坐在坝上等，惜溪水并不怎么干净，时有可疑的泡沫飘缓而过。

夜色渐渐来临，喧嚣了整整一个白天的小镇也慢慢沉静下来，从溪边上得街来，才发觉早该是吃晚饭的时候了。

夜晚的王村，灯光是幽暗的。家家户户的门窗洞开，似乎想让山间的凉意溜进来做客，电视也有，不过都是黑白的。即使如此，也成了沈从文那个时代所没有的奢侈享受了。

朦胧夜色之中，吊脚楼悄然林立，再也听不到昔日从那上面传来妓女们接客的浪声笑语，再也看不到那些走南闯北浪迹天涯的水手，是怎样豪气地甩出以性命换来的大把钞票，把自己的相好搂在怀里，不顾一切地饮个痛快；再也感受不到转悠悠的水车是怎样摇着一代又一代人的青春与动人的故事……

整个王村，似乎还一直沉浸在电影《芙蓉镇》给它带来的荣耀与狂喜之中。在我们用晚餐的饭店里，赫然挂着镶有刘晓庆与店老板一家合影的照片的镜框，墙上还贴着饰演"粮站主任"的演员的书法手迹。店老板招呼我们吃饭，热情有加。菜也炒得可口，价钱便宜。再写下去，似乎有为那家饭店做广告之嫌了。不过平心而论，这家"晓庆餐馆"确实没有给刘晓庆丢脸。

第二天一大早，我们便登上猛洞河的游船。买到票，还没来得及跑下码头，船已离岸。摇手呼唤，船上水手只晃晃手中的竹篙，并没有要停的意思。

正着急间，晓鹤说：

"不急，它还会回来的。"

果然它往下游开了五十米，掉个头又开回来了。

引我们上了船，才朝上游突突地加足马力而去，原来刚才那地方有一"景"，唤作遥观瀑布。也就是小溪从坝上跌落的瀑布。

游船在清绿的河上行走，晨风扑面，给人以说不出的清爽。右侧的山，笔陡如削，直插河中，岩也峥嵘，树也浓密，看了果然舒服。只是左侧建了一家水泥厂，浓烟滚滚，把天都染成灰黄的水泥色，败了许多的游兴。

这山这水，这水泥厂，大概都有些年月了，不知从什么时候起，人们才意识到可以办"旅游事业"。及至今天，有烟工业与无烟工业并存，实在叫人哭笑不得。

好在水泥厂只不过是猛洞河之行的序幕，转眼我们便把浓烟抛到了脑后。

游船分上下两层，可坐百多人。上层其实是露天的顶篷，从上面观两岸风光，有一种"身入画屏"之感。这种比喻或许有些俗气，但一时也想不起更好的形容了。

七时许出发，到下午近一时才返回。我没料到有这么长时间。青山绿水，本不应以人多凑游趣。

据说这里开发成旅游点之前，只有循沈从文先生的足迹而来的文学后辈与采集民俗风情的学子来此，山重水复，凑钱租一小渔舟缓缓而行，其兴味盎然，可以想见。而今王村游人可谓如鲫，来王村者，又无一不以登游船一游猛洞河为乐。光是河里扔的食品包装和饮料瓶，就不知多少，把那"世外隐情"涤荡得一干二净。

不过，闭目一想中国的各处名胜，哪一处不都是这样？桂林漓江、华山泰山、北戴河、八达岭……用一句这样的话解释也许最恰当，中国的人太多了！

我们游览的与其说是猛洞河，不如说是猛洞河水库。因下游某处的一截拦水坝，竟至水位上涨，深沉如湖。只是比真正的湖要狭窄得多。两山相夹，河势曲折而险峻。有游客评价，颇与长江支流巫江的"小三峡"相仿。我没有去小三峡，不敢妄加评议。

船到"猴儿跳"调头。这里两岸的悬崖陡峭，投下的浓影几乎盖满河面。只崖顶透出的一线阳光，灯一样投射到一块水波上，遴遴扎眼。据介绍，两岸的猴子可以这边跳到那边——无非形容它的险趣罢了。猴子倒是看到那么一群，攀援于树上，一个个贼头贼脑，除了惹人怜爱之外，并没有表演飞身绝技。大概由于旅游业的发达，白食吃得多，竟至于技艺荒疏，仅留下空名而已吧！

返回途中，船停靠一山脚。拾级而上，至半山腰有一洞。里面竟又有小木舟等候，载游人每次十余人入洞，七弯八拐，巨石如帘，入洞既深，里面大厅长梯俱备，使人又想起索溪峪黄龙洞的景致。

唯阴河行船一节，为黄龙洞所没有。一洞口进，另一洞口出，陡见阳光直面，有恍若隔世之感！

返回王村，急急收拾了行李，又在"晓庆饭店"吃过午饭，搭上一艘去罗依溪火车站的机帆船，这船有个怪毛病，不足二十人不开，超过二十人也不开，好在中国人多，随便挑二十人太容易了。船突突地咳嗽几声，又打了几声喷嚏，终于告别王村，朝罗依溪开去。

午时刚过，又靠近水面，反射的阳光逼人眼睛，好在不一会儿阳光稍有收敛，水清亮透明，掬一杯洗在脸上，爽神不少，华赞干脆在船头坐稳，双腿连长裤一起泡在水里，任其冲刷，那种怡然自得，大约连牧童也不能比。

一座铁路桥，赫然从头顶移过，衔接着一个隧道口与另一个隧道口。机帆船身段灵巧地飘过巨大的桥墩之间，正遇一长列火车隆隆而来。轰鸣之声，连水面都震出极细密的波纹。车过之后，整个峡谷又沉浸于宁静之中。

船至一条水的汇合处。湖心有一座早已塌圮的民房废墟，墙的黄迹，想是经年水涨水落的记载。

只见船头一侧，从它旁边悠然划过，并不会激起一些浪花。

罗依溪火车站，位于一座桥和一个隧道口之间，一边是山，另一边是水。这是从大庸到吉首间一个小站，每天大约只有六趟车停靠。三趟南行，三趟北向。贯穿湘西的枝柳线即经过于此。它修建于"文化大革命"期间，从湖北的枝城，到广西的柳州，以前是一直难以通途的天堑。毛泽东要"把三线建设抓好"，不能不考虑修一条与大动脉京广线相平行的铁路线。先是焦枝线，从河南的焦作到枝城，再是枝柳线，合起来又可称焦柳线。

中国铁路线，迄今约为五万二千五百公里，不到日本铁路的二倍。而面积却是日本的二十五倍半。即使与经济很不发达的印度比，面积是人家的三点二倍，铁路却还少人家九千二百公里。如此珍贵的铁路线，湘西还占了那么一截，也算是三湘有幸了！

从罗依溪到吉首，慢车不过六个站，一共一个半钟头。之间经过的隧道却不计其数。大约有一半以上的时间是在隧道里穿过的。

下午近五点钟到吉首。出得站来，正是一天的暑气刚要开始消退的时候。但还是热得可以。买了几根"雪糕"，毫无一丝奶腥味，含化之后，竟是"君子之交淡如水"。

从车站坐小巴进市中心，每客二元。比特区珠海还贵。那小巴还是"闷罐式"的，两排直位，乘客你望我我望你，彼此都觉得尴尬。即使这样，一中年汉子见我们人多（也不过才四个，主要原因是有老外和港澳同胞，激发了他的"民族自尊心"）竟无端生恼：

"包你一辆多少钱？"

"二十块。"司机答。

"我包了，开车！"

小巴飞快开去。我们只好哑然失笑。那汉子的包车费，不用说是可以拿去公家报销的。以公家的口袋来对付我们的私人口袋，买得一时豪放，真不知还有何自尊心可谈！等不多时，另一辆小巴来了，很快把我们拉到州府招待所。这里条件不错，我和我先生住了一大套间，两台空调，铺着厚厚的地毯，大会客室里，一圈大沙发。显然是"高级首长"来视察时的住房。华赞和晓鹤住楼上一层，没会客室。他们来我们房间"做客"，非常兴奋，一个一个沙发挨着坐过去，直嚷嚷要开"会"。

晚饭是在街上一家餐馆的楼上吃的，菜贵，又炒得不好。但总算是"酒足饭饱"。饭后沿街一走，两边的商店灯火，渐渐燃亮，勾画出一个城市的大致规模来。终于发现它不比这之前到过的任何一个湘西小镇。

吉首，以前叫索里，很有点外国地名的味道。

叫索里的时候，也不过是个小镇而已，没啥了不起的。直到一九四八年，这里才开办了第一个医院，是教会办的，医生只有一个人。可想它的荒僻与冷清了。将此地改成自治州州府所在地之后，它一跃而为湘西重镇，南通桂东，北达鄂西，进可直驱湘中，退可扼守川贵。如此这般，当为兵家力争之地。

可惜四十年过去，并无一兵一卒到这里来争过。倒是它的交通，因为政治的缘故，渐竟发达起来。

进一公园，只听得水声哗然，循声寻路，到得河边，只见无数礁石，嶙峋巨伟，遍布河床，水流倒像是躲让它们似的，从中间穿绕流走，两岸的礁石，已成铁色，与岸上石壁连为一体，上游一挂瀑布，轰然而落，较之王村的瀑布，水势更大更宽，早已不是那一种村野味道。

河对岸，是一线老式民居。高高的吊脚楼，像一双双瘦脚长长的鹭鸶或丹顶鹤，憩立在河岸上。

大约是晚饭的时候了，有头发花白的老太婆坐在门口的椅子上，端个大瓷碗慢慢地吃饭。远远的下游河里，扔一双无人看管的渡舟，串着它的钢索，横拉在河两岸。这正是沈从文笔下常常出现的人拉渡船……

湘西的黄昏真是好！除却一天的旅途疲劳，无忧无虑地随处走走散心，回味文学名著里描绘的情景境界，真是其乐无穷。

瀑布上下，许多人在游水，洗澡。翻过几个大礁石，到了坝上，才发现水是这样的清澈深湛。他们三个人忍不住要下水。可惜我没带游泳衣，只好在岸上替他们守物。蚊子袭来，教人有些难以招架。

他们却游得痛快！晓鹤最先下水，接着是华赞，我先生游得从容而又迅捷。我一直羡慕他的游技，在澳门和珠海的海滨跟他学过不知多少次，总算会了那么一点点，比起他来却差得远了。到湘西旅行，原不曾想会有这么多的河流水库，因为是大山区，山高路陡，水从何来？谁知一路上到处是水。别说所到每个城镇都靠着一条河，或一道溪，就是公路沿途，总有一弯清澈的水跟着车行，一下在左，一下在右，刚隐去不见，又娓娓跟来。怪不得沈老的小说里，渗透了那么一种山泉的清甜滋味。

湖南是一个多山的省份。山地和丘陵，占了全省面积的百分之八十八。然而这丝毫不影响它的水系繁复。湘江、资江、沅江、澧水是贯穿湖南的四大水。其中以沅江最长最险最弯。它主要的一段便从湘西流过。四条水皆发源于山区，最后以向北的趋势，统统流进了浩淼的洞庭湖。

按说湖南在全国只是一个中等省份，尤其与新疆、西藏、内蒙古、甘肃这样大省比起来，只能算是"小弟弟"。但谁能想到，中国地图上这个不起眼的半大地方，竟在面积上排第十位，人口上排第六位，无论如何也应该数为"大省"了。何况湖南省人杰地灵，五湖有一湖（洞庭湖，曾为中国第一大淡水湖，现输给了邻省的鄱阳湖），五岳有一岳（南岳衡山）。近百年来，中国历史上多少影响深远的人物出自湖南！远的曾国藩、左宗棠、郭嵩焘不说，黄兴、蔡锷之后，毛泽东、刘少奇、胡耀邦、彭德怀、贺龙、作家沈从文、画家齐白石、女作家丁玲，其他如周杨、田汉、廖沫沙、翦伯赞、欧阳予倩……更是不胜枚举。

这地方路途不像中原那么通达，然正因为此，用清代学者的话来说，是"每出大儒"。可见早在那时，世人对于湖南人的看法，已经从自古以来的"南蛮"之鄙视，转而成崇敬之心。至少也是不可小觑吧。

传说有这么一个故事：林则徐从广东禁烟罢官后返京，沿途郁郁不乐，整日在行舟上喝闷酒。舟经长沙，左宗棠因仰慕林公人品，派人登舟请他上岸洗尘。林则徐不想应酬，拒绝了，左宗棠得知，急骑马追至湘江边，大喝一声：

"林公敢藐视湘人否？"

林则徐闻声大惊，手中杯盏坠地。赶紧弃舟登岸，与左宗棠相见。后来左宗棠出将入相，亲自领兵收复新疆、功勋与声名不在林则徐之下。此是后话了。

然而中国的现代史，成也湘人，败也湘人，荣也湘人，辱也湘人，这些居不平而食辣的口音独特的同胞，为历史增添了多少富有喜剧、悲剧、闹剧色彩的故事。他们性格执拗，个性强烈，我行我素，有胆有魄。无怪乎中共创始人陈独秀曾慨叹：只要还有一个湖南人，中国就不会亡。

可惜的是，大诗人屈原、杜甫，也都是死在湖南，一是投水而殁，一是泛舟而亡。

等他们三个"游水海鲜"湿淋淋地从河里上来，夜色已经很沉了。躲到小径的灌木丛后面换过衣服，依然循旧路而返。

走到公园门口，一老汉瘦瘦小小然而十分精神地过来：

"GOOD EVENING！"

"GOOD EVENING！"我先生大为惊奇，赶紧用英语回答。

"你会说日语吗？"老汉还不甘休，"你们是哪国人？"

我们说了自己的来历，看得出他有些失望。为了安慰他，我介绍华赞：

"他会说日语。"

"你是哪国人?"他又从容地问华赞。

"我是伊朗人。日语会一点,不大好。"

老汉于是与华赞对了半天日语。一个是哈佛大学出来的语言天才,一个是湘西区的无名老汉,各自都用第三国的语言对话,看起来真有趣。

接着彼此又用英语叽里咕噜说了一通,过足了"外语瘾",老汉才跟我们一起在长条石凳上坐下,用汉语聊开了。

原来这个貌不惊人的瘦小老汉,曾是国军的一位上校。曾经留学日本五年,又娶了一位美国妻子,并跟她生了一个女儿。怪不得他的日语和英语都那么流利、纯正了。

"上校?上校是多大的官?"华赞问。

"大概,相当于团长。"晓鹤解释。

但华赞仍不知团长究竟有多大。用现在中国套用的职务等级来排,上校相当于团长相当于县长相当于处长。当然解放军的上校可以做到副师级。那华赞就更搞不清了。

老汉在"解放后"就没有甚么级不级了。他被当作历史反革命,关押劳改了几十年,美国妻子也回她自己的国家去了,丢下他及他那位可怜的混血女儿。一直到十年前,他才解除了囚犯生活,并安排在自治州当一名"政协委员"。到前年,年纪大了,又从委员的职务上退下来。现在每日在家,黄昏后出来散散步,身体还好,不像个七十六岁的人。

因为头一天在自治州州府休息得比较好,第二天乘上赴茶峒的班车,觉得精神饱满。

茶峒,即是沈从文先生最著名的小说——《边城》的故事发生地。是花垣县的一个小镇,位于湖南、四川、贵州三县交界处。我们下决心去游茶峒,完全是为了重访沈老名篇中的民情风俗,以了平生的夙愿。

《边城》的故事,发生在二十世纪初。女主人公翠翠,是个情窦初开的小姑娘,住在河边,与祖父同驾一只渡船,往来于湖南、四川之间。船是义渡,不收钱的。驾船人站在船上,双手一把扯着横拉两端固定在两岸的钢索，船就摆过来摆过去，以此载客。

翠翠的母亲是独生女儿，早年爱上一位军人，私合而生下翠翠。生产的那天因喝了这河里的凉水，死了。于是一老一小相依为命，继续以渡船为生。翠翠长大了，初识风情。镇上磨坊老板为儿子大佬来向她祖父说亲，祖父自然高兴，但爱上翠翠，翠翠也心有所动的却是大佬的弟弟二佬。

二佬英俊勇敢，翠翠纯洁善良，但二人却从未能彼此交换心曲。后来失望的大佬驾船走了，出事死在他乡。因哥哥的死和爱情朦胧的折磨而抱恨的二佬终于也离家出走。祖父病死，只剩下翠翠一个人仍在渡口为来往客人摆渡。日复一日，年复一年地等待心上人的归来。"他也许再也不回来了，他也许明天就回来！"

这个美丽凄婉的故事，打动过多少读者的心！我之所以把沈从文列为我们最喜欢和崇敬的作家，也主要是因为读了他的《边城》，当第一次知道，"边城"不是一个虚构的地名，而是可以在地图上找到的，实实在在的地方，就萌发出要亲自去一趟的愿望，我要看一看那个咿咿呀呀唱着岁月流逝的歌的老磨坊，那个黄昏中变得沉默神秘的古塔，那些上演过许多人生悲喜剧的高高的吊脚楼。还有那只名传世界的渡船……

茶峒，这一切你都还保留着么？都和你的故事，你浓郁的风情一起保留着么？一路上，我一直默默地念叨。

出吉首市北上的沿途，是进入湘西以来景色最美丽的田园风光，张家界之类的风景名胜当然奇特美丽，但自然的村味十足的美，却还要属这一段，一条碧清的河水，如带一般蜿蜒在公路旁，一会儿委婉，一会儿清浅，一会儿深沉。不时可见到巨大的水车，立在河岸，被河水缓缓地冲了转动，一竹筒一竹筒的清水被倒进水槽，流到一爿爿稻田里。

石板的山路高高低低，弯弯曲曲。三两只水牛悠闲地嚼着草……

汽车费力地经过一个苗寨，黑头巾黑衣黑裙黑裤的苗家姑娘，身背竹篓，走在石板路上，到寨子上赶集。她们的眉毛铰得干干净净，头发梳得光可鉴人，衣袖和裤腿上都绣着花边，挺秀气地走着。

北方的少数民族粗犷，但粗犷中不失妖媚，这我是很熟悉的。南方的少数民族清秀，而其中又蕴含着彪悍，我却仅有所闻而已。

华赞对少数民族的兴趣，向来在我之上，他默默地看着她们，脸上露出一种受到了神的启示时才有的肃穆。

车开始爬高，仪式一般地显得隆重和缓慢起来。

大山之中的一条公路和那一苗寨，渐渐被抛在低远的山脚，我们的车行走的纯粹是一条"之"字路线，由于坡度大，整个身子都后仰着，一个弯又一个弯，差不多都有三百六十度。在某一个拐弯处，一辆大型卡车翻倒在路旁，被粗大的树架着，像架着一堆惊叹号。

突然，眼前一亮，浓云开处，一道悲壮的阳光泄漏出来，直射在对面山的山头上，整个地我们都处在一种庄重的宗教气氛之中。

"今天是甚么日子？"晓鹤伸头出窗外，朝后座的华赞问。

"今天？"华赞一时没反应过来。

"今天是罗巴尼夫人的生日！"

罗巴尼夫人是巴哈伊教的精神领袖。华赞曾给我们讲过，亏得晓鹤记住了——今天是八月八日。

远处我们要攀越的山顶上，依稀可见一个凝固的人影，吸引了我的注意力。

当汽车终于以惊人的毅力登上这座山的最后一个陡坡，我们全都松了一口气，在半山腰看到的那个"凝固的人影"，原来是一尊巨大的雕塑：一个赤身裸体的强健男人，一手拿锤，一手持凿，正朝天上敲去。

直到路边出现一尊纪念丰碑，才向我揭示了这尊塑像的谜底：纪念为修建湘川公路而牺牲的人。

湘鄂西和川贵东一带，崇山峻岭，交通阻滞，自古被旅人视为畏途，抗日战争爆发，中国的政治中心西迁，能不能打开湘川之间的公路交通，对于整个中国战局的影响，实在至关重要，为修建这条战略公路，成百成千的民工在开山劈石的艰苦战斗中牺牲了。那时的条件低劣是可想而知的。今天，即使坐在汽车上，也完全可以感受到修筑这条路的艰苦卓绝。

车到花垣县城，已走了三分之二的路程。稍微停了几分钟，又开动了。这条路平坦得多了，所以开得也快。从县城到茶峒之间，又经过一小镇（与其说是镇，不如说是一条街）从两旁尘蒙灰盖，墙上刷着陈年的标语，从"农业学大寨"到"计划生育"甚么都有。

到茶峒，已近正午了。

晓鹤背起大包，熟门熟路地走在头里，先是半边街，青石板路，进了小镇，才发现除了街窄以外，镇的规模并不小。后来才知道，镇上有两万多人。

这在西方国家，已是个小小的城市了。

这地方不是风景旅游区，旅馆之类的设施条件极差。一路看去，竟没有一家干净得像样一点的住宿处，问街上人，最好的招待所在哪里，有许多竟连"招待所"都不知为何物。

好容易进了一家外观上最"豪华"的饭店，上楼一看，每间房里几张铁架床，厕所臭气冲天，蚊蝇成群。赶紧逃将下楼，怪不得这么大一个饭店冷清得俨如一座古庙。尽管服务员妹子睡眼惺忪地表示可以帮我们先打扫干净，但还是吓得我们落荒而逃。

大陆的服务单位不知道，条件简陋一些不打紧，收拾得干净才是最令人满意的。

晓鹤领着我先生去找镇政府，"狐假虎威"地跟镇长吹了一通"海外诗人"的身份，又加之华赞还有个"联合国"的甚么头衔，镇长便派了一女公务员带我们去找了一家"文化招待所"。说是条件虽差，却接待热情。

我们进去一看，果然一点不错。所谓招待所，不过是一家大而简陋的饭铺。老板是本镇文化站站长兼任。这是个相貌堂堂但眼眨眉毛动的中年人，个头亦是中等。不知何故，我一看就想起某部抗日战争的故事影片中，假装饭店老板的地下工作者。

老板非常热情，招呼我们在肮脏的桌旁就座。

我坐下差点闪了一跤，一看原来断了一条椅腿，他又要老板娘子每人泡了一杯油腻腻的茶。娘子是个看过之后留不下一点印象的女人。后来我好几次把几个年龄悬殊的女人错认成她，想想真是对她不住。

又热情地领我们参观贴在饭铺墙上的图片展，上面有各级领导"对茶峒人民的关怀"，有香港"文化名人"来茶峒访问的照片，也有瑞典某摄影组到茶峒的留影……总之很丰富。

介绍完毕，老板又掌勺炒菜。不一会儿就端上一大盘四川麻婆豆腐。一尝，又麻又辣，果然出手不凡。我提出炒一盘酸菜，可惜没有酸菜。

吃完中饭，又安排去楼上午休，娘子忙上忙下，快手快脚换床单被褥。楼上房间极其破旧，楼板踩去吱嘎作响，随时有可能垮下来的样子。华赞他们那间四个木床，我们这边是个大教室一般的房，中间隔有稍比人高的纸板，算是许多小间。条件太糟，却也只得凑合了。

老板又端上一盘切成块的西瓜，半熟不熟，咬上去还有一股蒜辣味。显然是用没洗过的菜刀切的。问到饭钱，老板说"免了"。一再问都是如此。

我心想哪有这等好事？大概看我们有一个"联合国成员"吧？便提出待会儿由华赞出面送他们一面锦旗，上书"巴哈伊"之类的字样，以壮文化站的声威，老板倒很谦虚，连说不要不要。然而决心下定，就不由他不要。

我们住的那条小街一直往前走，就是河边渡口。渡口的船，正是《边城》里描写的那种老式的木船，用一根钢索穿起，拉过来拉过去，借以渡客。

河那边就是四川和贵州。而渡口的对岸则是四川秀山县的小镇洪安。从这边坐渡船过去，只要五分钱，更不到五分钟。因为河太窄。两岸的居民，分居两镇，两县，乃至两省，其实朝夕相处，同饮一河水。茶峒比洪安明显要繁华和热闹得多，那边的居民，常在晚饭后跨省过来看电影、逛街、买东西，或玩玩别的文娱活动。也有一大早就背着竹篓过来赶集市的。两边镇子通婚结亲的也很多，生活习性也大致相同。

渡口往上游不远，可看到一座公路桥，桥两头各立了一块大牌子，一边写着"湖南"，一边写着"四川"。是为艰苦卓绝的湘川公路的要津。而桥那边再过去，便是贵州了。

"到贵州去玩玩，怎么样？"

这主意一致获得通过。晓鹤到河边住的一排人家挨家访了半天，想找一条渔船载我们去。两个老太婆坐在一家门口，正干着纳鞋底一类的手工活。

"喂，十块钱，去一趟连心坝，去不去？"其中一老太婆停下针线，转头喊屋里一个汉子，那大概是他儿子。

汉子正靠在一张躺椅上瞌睡，双臂交叉胸前，一顶斗笠扣脸，只见他很不耐烦地。

"不去不去！吵什么。"

晓鹤刚想走，只见那汉子翻身而起：

"多少钱？十块？我去！"

我们非常高兴，只见汉子身材不高，但黑黑壮壮的长得很结实灵巧，一看就知道是驾船下河打鱼的好手。

他蹑手蹑脚下到河里，解开一条很小的木船。有篷，船头还有几块大石头，用细绳子绑着好几尾大草鱼，丢在河里养着。显然这就是他的作品了。他捞起一条看看，鲜活活的，很满意地又丢回水中。也不吱声，移船过来，好像在说："等什么？上船吧。"

船太小，好像踏上去弄不好就会翻似的。尤其是我先生那样高大的个子。但居然没翻。我、华赞、晓鹤也依次都上了，挨得很挤地坐下。华赞一下就占住了狭小的船头。船老板竹篙一点，船离岸而行。

清流泛舟，与围炉品茶，拥被读书，凭栏听雨，同为人生一大乐趣。而这舟，必须是一叶扁舟，点篙摇桨，才能出其真味。如果是突突突突的机帆船，或是一条浊浪翻滚的泥河，则恰若与俗人同行，必然兴味索然，而我们的船，行走在好一条碧流之上，河床浅处的石头，深处的水草，无一不清晰可见、可数。常言说"水至清则无鱼",而这清水中不但有鱼,且肥大鲜美,阳光照耀河面,入水三分,桨落处,流光溢彩。

晓鹤与华赞干脆脱下鞋子,把双脚浸在清水中,任其飘荡。那种清爽凉意,仿佛沁人心脾。兴奋之间,我高声喊道:

"华赞,脱裤!"

华赞一怔,不知自己犯了甚么错误。我更加得意,像请愿似的大喊:

"华赞,脱裤!华赞,脱裤!"

大家都乐了。华赞更加不好意思,连连摆手,其实我是因他一连好几天都没顾上换洗他那条铁灰色的长裤,裤脚脏兮兮的,又脱了线放了吊边,已经由风尘仆仆变得"放荡不羁"了,这才非要他脱下不可,乘太阳大河水清给他洗一洗的。山野之间,又顾不上那礼仪俗套,何妨开开他的玩笑。

在我们的一再强烈要求下,他才十分害羞地扯下了长裤。只听得咔嚓一声,晓鹤偷偷将这一珍贵大特写摄入镜头。我撒下洗衣粉,在水中替他搓干净。晓鹤伸出脚趾丫,将长裤挂在上头,任其在水里涤荡。

"呀,那是甚么?"华赞大惊小怪。

"水牛。你们那儿没有么?"

"没有没有。它怎么可以游泳?"华赞惊奇极了。

"快把我跟它一起拍下来。我要寄回伊朗给我的父亲看看。他们要是知道世界有一种牛会游泳,一定大吃一惊的!"

船行数里,上游陡然立起一道高坝。这就是所谓"连心坝"了。"文革"后期,上海电影制片厂曾以这里为背景拍摄了一部"反映民族团结的故事片",片名就叫《连心坝》,意思是各族人民心连心。居住在这方圆数十里的山民,有汉族、苗族、土家族,似乎他们能相安无事地生活在一个圈子内,靠的就是这么一个水坝。听来颇为荒唐,但"文革"期间,人们的思路就是这样简单。

夏季,坝上正是蓄水的时节。难得看到一丝水从上面溢下来。只有分流的一道水,从旁而落。居然在下面的礁石上,激起水花和漩涡。坝下的水也十分清澈透底。早已被放洪时冲刷得干净平滑的岩石板河床，复以明净的河水，宛如巨大的天然浴盆。

进湘西以来，好几回游泳，都被我错过了。不是没带游泳衣，便是水太深受不了。而这次机会不能再度错过，我换了泳装，在我先生的导引下小心翼翼地蹚水下河。所幸船东又带了一只充足气的大汽车轮胎。可以好好地放肆一游了。

华赞和晓鹤则干脆脱剩了一条短裤衩，赤脚爬到坝上去。上去之后，欢呼雀跃，疯子一样又喊又跳，高张双臂呼唤我们上来。

游了好一阵子，或者说，泡了好一阵子，浑身的暑气涤荡殆尽。顿时觉得心情非常的舒坦。船老板则远远地离了停在岸边的船，躲到一边阴凉处睡大觉去了。我猛然悟到他是怕我们疑他摸我们的东西，故尔瓜前李下，自珍自爱。好一个如此君子气的山民！我心里赞叹，又为自己确曾有过的担忧抱愧。

"贵州在哪边？"我问。

"船停的这边即是贵州。你刚才就是从贵州下水的呢！"

这么说，我们竟先于史蒂文他们到达贵州了！偌大一个中国，我跑的省份也不可谓不多了，但从一个省踏上另一个省的土地，却从没像今天这么感觉新鲜，特别。我脚下的河床，一半是湖南，一半是贵州，须臾之间，我就可以往来两省好几趟！

等我们从贵州这边登到连心坝上，华赞他们已经玩疯了。一下子跳水，一下子摆弄一只船，一下子又往头上抹个满脸的肥皂。上面的水，果然又与坝下不同，一片偏深的蔚蓝，极是清澈。水库远处，停了一艘大木船，看来已经很久没人开过了，船舱空洞地静在那里，别是一种情调，再远处，水弯一拐，难见隐处，一小小村落，安然处之，并不见一个人影。竹影婆娑，两岸青山，令人心胸顿时舒展开阔。

这一片水城，才是真正好游泳的地方。我凭着车胎，稀里哗啦游了个尽兴。水面是刚好与坝面相齐的。每次跳水，便有一绺清流满溢出来，沿着晒干的高坝石壁淌下，濡染浸湿大片。旋即又晒干，又淌下……

玩得真开心，我们一个个乐得哈哈大笑，忘乎所以。这时又钻上来两个小伢，一丝不挂，在我们中间挤来挤去，晓鹤捉起一个的大腿，甩了两圈，啪地扔到水里，那小伢快活得大嚷大笑。接着又提起一个，甩两圈又一扔。水里面，他们游得像青蛙一样自在。

"开不开心？"

"开心，开心！"

山区的天气，说变即变。刚还是挺好的一个太阳天，等我们换上干衣服，天色已阴，钻到船下，竟感觉有几颗雨点从天上掉下来。

归船无言。

快到茶峒，跟船老板说："在那边停吧。"于是我们登上了洪安镇。

这时雨已经停了，或者说，本来也只下了那么一阵。走上那高高的石级，便是这镇上唯一的一条长街。因为它的起伏太大，一个上坡一个下坡的，不由人不想起"蜀道难"的诗句。好在我们并不多行远路，将整条街浏览一遍即够。

时已黄昏，街上居民有的已端碗吃饭。一扇开着的门里面，三个老人正在玩纸牌。总的来说，这镇子比那边那个镇子冷清多了，用晓鹤的话讲，有一种"凄凉"的调子。

"凄凉？甚么叫作凄凉？"华赞往往对这一类的中国词弄不大明白。

黄昏的河边，比小镇的街上可热闹多了。高高的石级底下，一群姑娘少妇正在河边水浅处洗澡、梳头、洗衣，大多穿的花裤衩，戴一个胸罩，雪白的肌肤，乌黑的长发，是典型的南方山区的女性之美，她们在水里或仰或坐或立，望我们摆渡过河，嘻嘻哈哈地瞪着眼，并无半些儿羞涩。她们的男人和小伢，就在另一侧看不到她们的河边大树下乘凉吃饭打讲。各自都十分悠闲自得。

夕阳早已西下，余晖照着那一群姑娘，说不尽的欢声笑语。对于她们来说，这大概是一天之中最放肆最愉快最无牵挂的时光了。

　　过来湖南这边，寻那船老板，早已不见了人影。先已说好跟他买一条大草鱼的，却不知躲到哪里打瞌睡去了。幸亏卖鱼的事主不止一个。一老汉跳到河里，捞上一条二尺多长的河鲤，绑住鳍一称，差不多十斤。

　　当下提了鱼回到饭铺，交文化站长兼饭店老板去烹饪，不一会儿饭香菜熟，上桌吃完，便觉喉间有些哽塞，头也略重，早早上床去睡了。留下我先生与文化站长东聊西扯。华赞则跟晓鹤看了一场极其无聊的电影。

　　一夜的休息，并没有缓过劲来，不觉得头愈加重了，嗓子也说不出大声来，哽得发痛。大约是昨天一身暑气，又下凉水泡得太久，竟感风寒，急忙吃了些药。催着打道回府。

　　早上的边城，勤快的人开始了一天的生活。女人们到河边洗菜、洗衣、挑水，男人们则忙开了各自的营生。懒散的人也打着哈欠，一边穿衣一边茫然地看着街景。而街上并无甚么景可看。

　　由于身体不适，只想尽快赶到怀化。这种条件太差的小镇是不想再呆再多看几个了。既无热水，又没有安静干净的房间休息，因而特别觉得累。

　　原拟从茶峒到吉首，经凤凰去怀化，然后开始第二阶段的旅行——贵州之行。看来只能是"草率"结尾了。晓鹤有些遗憾。这条线路他是跑过多趟的，并不觉新鲜。但我们今后却不一定再有这种机会了。

　　凤凰县是沈从文的故乡。因了这个缘故，它竟成了湘西的第一名城。湘西的县城，一龙一凤。龙是龙山，与湘北搭界。凤即为凤凰。有一位世界著名的旅行家评价过：中国有两个最美的的小城，一个是福建的泉州，一个是湖南的凤凰。各种说法，各种流传，总而言之，凤凰是个了不起的地方！人常说，水不在深，有龙则灵，山不在高，有仙则名。那么城呢？大概要出人才能誉满于世吧。

　　我对凤凰县城的了解仅限于小说，而且仅限于沈从文的小说，在我的印象中，那是一个有着拥塞小巷、破旧城墙、沿河满是吊脚楼的老城。远处是雄峻的山，近旁是清秀的水。城楼上住着个性极古怪的老战兵，他曾经历过各式各样的战斗，而今却步履蹒跚，目光呆滞地看着这个城的荣辱兴衰……

我对凤凰城的印象，或许完全是错的。没见过的地方，甚至连印象都谈不上，只能说是想象，晓鹤觉得不能去凤凰一游，实在太遗憾，因为一地的风情，要完全通过文学作品去体味深刻，几乎是不可能的。对湘西民风有着特殊感情的湖南作家群，没有谁不是好几次跑到那里去深入体会，到处采风，乐不思返的。可惜的是我患上了重感冒。一连好几天的颠簸，使我终于没有坚持到计划的完成。

凤凰县是有很多好地方，虽然不一定在沈从文的笔下具体地出现过，却无疑是他作品中烘托整个湘西氛围的一部分。阿拉城据说就是一处有趣的地方，整个城非常之小，在城墙上绕墙一周要不了三分钟，可以说是世界上最小的一座城了，但它十分完整，呈正方形，东西南北四个城门都还在，昼开夜闭。城内的人家，一排一排，与其说像街区，不如说像一片不大的宿舍区，甚或像是村庄。

阿拉城先前是一个土司的城堡。青砖垒墙，墙上茅草丛生，可以走人。但平常无事，大概也没有人上去走。前两年湖南电视台拍了一部《乌龙山剿匪记》的电视连续剧，其中好几个镜头便取自这座有特色的小城。

从茶峒到吉首这一截，是头一天乘车经历过的，只是方向恰好相反。可能是身体不适的原因，情绪不大好，窗户的景色似乎也没有昨天那么吸引人了。

而华赞和晓鹤却在车上兴致勃勃讨论宗教问题。我闭目养神之余，将他们的高谈阔论断续地听了一点。

话题是从要不要保留所谓"民族特色"展开的。

华赞一路上没看到甚么"浓郁的"少数民族特色。跟他交谈过的苗族、土家族的朋友，差不多都不讲，也不大会讲他们本民族的语言了。这位出生伊朗美国籍的澳门语言天才便至为惋惜。他认为他们应该保留他们的民族特点，讲本民族的语言，穿本民族的服装，按本民族的生活方式生活。晓鹤却不这么认为，他觉得一切皆应顺乎自然，保留下来了则保留下来了，流失了则流失了，没甚么可惜的。那种一味地到处寻找所谓"特色"，实际上是一种"猎奇心理"。

"甚么心理？"华赞不解"猎奇"这个词。

看来用一种语言来辩论，把它当外语的那一方明显吃亏。幸好晓鹤停下来跟他详细作了解释。

"没有一种生活习惯是一成不变的。"他说，"不能因为为了保留民族特色，而使一部分人只能永远生活在一种低水平的物质和精神状态之中。"

华赞说他的意思也是如此，只不过要让民族特点朝着它健康的一面发展。

两个人各举了大量的例子，谁也说服不了谁，有些例子在旁人听来是可笑的。比方晓鹤举了个"用树叶或瓦片擦屁股"的例子。华赞认为这例子太极端了，应该举美好一点的。比如说结婚这一类民族风俗，晓鹤却认为一点也不极端。因为结婚一生只有一次，大不了也只有几次。而拉屎揩屁股则每天都要进行。像这样的民族特色，难道也让它"保留"下去好吗！

华赞认为晓鹤这是一种民族歧视的情绪。我回头悄悄望他一眼，果然发现晓鹤的脸上正浮现出三 K 党一般的微笑。

这是我们第二次经过吉首这个城市。中午时分，四个人在汽车站对面一家饭店吃了一顿浑浑噩噩的饭，竟各自趴在饭桌上睡着了。街上阳光强烈，反射到餐厅里，令人十分地困倦。我忽然对整个湘西之行也感到困倦起来。旅途的疲乏，夜间休息不宁，连日的赶路奔波，加上身体不适，渐有一种想早点结束的意识。

休息了一会儿，情绪稍为好转了一些，精神也振作起来了。大概是早上服的药片发生了作用。收拾了行装，出门去火车站。

饭店旁不远，是一个大运动场。铁栏杆外当街，摆着无数的摊贩，有些挂满了鲜艳然而俗气的衣服。有许多是卖水果的，西瓜很大，亦很甜。入湘西以来，天天都吃西瓜，又便宜又好。晓鹤最喜欢买西瓜，买一个挑半天，又是弹又是听的，过于认真。一个苗家姑娘打扮的女郎跟我先生擦身而过，悄悄说了一句甚么。我先生摇摇头。走过几步又回转身对我说：

"她问我要不要跟姑娘睡觉。"

我立刻兴奋起来，赶紧告诉晓鹤。他连忙问：

"多少钱睡一个觉？"

我大笑，讲给我先生听。他也笑。

"我没问她。"

"怎么不问？"

"我呀，躲都躲不及，还敢问她多少钱吗？在你跟前还敢弄斧头柄？"

"我才不管呢！巴不得你问一问！"

"苗族姑娘，有味道的。"晓鹤打趣道。

"要是你，你去不去？"我问。

"当然，这正是好机会！怎么不去？去了还想去！"

一边说笑，一边到了车站。自然又是小巴送到的。买过票，进候车室候车。今天人真多。光是到怀化的旅客就坐了好几排，背包的拖袋的提箱的，挑担的背篓的拉车的，形形色色林林总总拉拉杂杂，塞满了半个大厅。另半个大厅则用铁栏杆隔开空在那里，大概是储备到二十一世纪才开始启用的。人声喧哗，烟雾缭绕，头都吵晕了。

两排旅客中间，还有一滩滩小孩的尿渍和稀稀黄黄的秽物。有些风度稍显儒雅的旅客背着行李昂然而过，脚踩在屎上也一无所知。正所谓眼不见为净也。

一个两颧塌陷，头发老长的黑瘦男孩把手举到你面前，那手又脏又枯，形同鸟爪。左腕上赫然插着一把锈刀，刀刃穿过尺骨和桡骨之间，殷红的血染满了手掌及手腕。

"你这是干甚么？"我恶心透了。

那男孩不吭声，摇了摇匕首的把，刀尖就在手腕那边一动一动。两只无神的眼睛盯盯地望着我，要我给他钱。

我转过脸去，不愿再看他，华赞却语气平和又严肃地问他：

"你要干甚么，你要我给你钱是吗？"男孩点点头。

"如果我给你钱，你拿了去干甚么？"

男孩怔在那里，不知怎么回答。看来他的师傅并没教给他这一招。

"哼，"华赞得意地跟我们说，"我就问他这一句，你拿了钱去干甚么！我明明看到他躲在没人的地方，从口袋里掏出个小瓶子，往手上倒红颜料，以为我不知道那不是血。我才不会上当呢！"

原来这是乞丐们玩的花招，在孩子小的时候，用刀扎进他手腕，扎穿之后，塞一些药物进去，等伤口慢慢长成一个相通的口子，往后把刀之类的插进去就不痛了。要饭时倒些红药水在上面，便可以用这种刺激性的效果去获得人们的同情……

"我们家乡也有这种人。"华赞指的是伊朗。

他又讲起他在美国对付乞丐的方法：如果那家伙确实饿了，就把他领到一个小卖部，给他买一份面包，看着他吃下去，并告诉小卖部不许他退，因为美国的乞丐常把讨来的吃食退掉。他们实际上没有几个是真要吃的，而是要钱。华赞很骄傲于自己对付这些家伙的本事。这个现代文明的传教士！

吉首是这条线上的一个大站，上下的旅客特别多。好容易挤进验票口，那被车站人员管制得服服帖帖排成队的旅客一下失去控制，表现出在火车面前的空前热情来。一个个争先恐后，三步两下窜到列车前，又张皇失措，不知向前跑还是向后跑才好，更多的人从身后拥过来，迫使前面的人迅速作出抉择，不然刚才的快捷就要落于人后。

晓鹤抓住扶手，一侧身便挤上一节车厢的门。那里正有人还没从里面下完。但我知道要抢到位子只有如此了。

果然他一人占了四个座位，分了三处地方。我先生大驾一到，便展开香烟外交攻势，这个一支，那个一支，很快把座位调换到了一起，四人坐下，弹冠相庆。

到怀化已是黄昏时分。因是北京夏令时，所以差不多八点钟了。我们商量，如果马上有去贵阳的车，就马上走。不在怀化停。晓鹤把一本厚厚的《列车时刻表》都翻遍了，也找不到去贵阳的车。只好出站碰碰运气了。

"怀化还是湘西吗?"我问。

"从地理上说，它还属于大湘西，但已经是另一个地区，不再是湘西自治州的了。"

怀化，原名余树湾，从前不过是一个小县城，属黔阳地区。地区专员公署所在地是安江镇，连结湖南和贵州的湘黔铁路修通后，怀化开始逐渐取代安江的重要性，到另一条铁路枝柳线的修通，干脆将专员公署迁到了怀化，安江迅速地蜕化为一个一般县城，而怀化则繁荣成一个初具规模的城市。

湘黔铁路是东西向，东达株洲而通上海，西抵贵阳可至昆明、成都；枝柳铁路是南北向，北边是连结河南焦作，南边与广西柳州相衔。两条铁路线在怀化相交。怀化因而成了湘西交通的重镇。

晓鹤十四年前曾在怀化地区修铁路，修的就是枝柳线的怀化南段。对这一带的地理背景和民风民俗可说是相当熟悉。他要是讲起来，也许三天五天还讲不完呢!

怀化西去不到四十公里，是历史名城芷江。一九四五年八月，日本天皇宣布向同盟国无条件投降。八月中旬，日本侵华部队总司令冈村宁次电请中国武装部队最高司令蒋介石受降。蒋介石即电令冈村派人来详谈受降事宜。而芷江，就是日军向中国草签投降议书的地方。

八月十五日，日军投降代表团在冈村的副参谋长今木武夫的带领下，从湘北的常德登机。几架美军战斗机飞往半途迎接。当日军飞机在芷江机场降落时，守候在机场的各国记者纷纷记下了这个激动人心的历史场面。今木垂头丧气而又彬彬有礼地下机登车开往中国军队驻地，向中国武装部队总参谋长何应钦鞠躬递交了投降书。

如今有些人只记得同年九月在南京举行的正式受降仪式了。其实芷江才是日本投降的最初地点——史称"首降"，或"草降"。

消息传开，遍布中国半个大陆的侵华日军士兵一下失去了往日的骄狂与蛮横，惶惶不可终日，而在死亡与饥饿线上苦战了八年的中国军民，却被突然胜利的喜讯震慑了。就像一个在拳击场上被对手一连串凶狠的猛击打得摇摇欲坠的拳手，突然被裁判员抓起象征着胜利的手臂一样，既茫然，又狂喜。这个衣衫褴褛、面黄肌瘦的民族，终于站起来了……

芷江这个小城如此之重要，以至于一些世界地图上连长沙这样的大城市也不标，却标着它。当然这都是昔日的荣光了。抗战胜利后，它作为军事重镇已经失去了意义。

如今，它只不过是一个小县城而已。昔日的机场被废弃了，茅草丛生，晒着许多硬壳纸。偶尔经过，便有"天苍苍，野茫茫，风吹草低见牛羊"的感慨。果然就有三五成群的牛，悠闲地在机场上吃草。

受降牌坊还在，是近几年所修，上有蒋介石工整遒劲的手书对联，记载着中华民族这一彪炳史册的伟大功勋，但老蒋自己却不省世事了。

但是在一些政治家的眼中，芷江作为历史名城的地位依然存在，不管他是要肯定这种地位还是要抹掉这种地位。传说当初在规划枝柳铁路线蓝图的时候，与湘黔线的交叉点起先是定在芷江的，而任副统帅的中共副主席林彪却认为芷江太为世人所熟知，尤其是曾为中国军队盟友的美国"帝国主义"熟悉得不得了，故尔不拟重用。不然这个湘西交通枢纽不是没有甚么"秘密"可言了吗？于是大笔一画，红线偏移三十多公里，交叉点落在了东边的怀化。一座城的兴衰，完全就在那一瞬间就被决定了。

怀化地区，与湘西自治州一样，也是一个少数民族较多的地方。除了苗族、土家族，还有侗族、瑶族和壮族。以前，全地区仅有一两个少数民族自治县。因为自治县的待遇比一般县要高半级。

怀化盛产杨梅。当然除杨梅之外，还有杉木、桐油、茶油，及桃、李、核桃、板栗、柿子等水果。但一般人最难吃到的还是杨梅。因为杨梅很难待候，一摘下来碰不得压不得，一放就烂，不易保管、存放与运输，顶多只能制成罐头，而到底不及天然杨梅的风味地道。八月正是吃杨梅的季节，听说靖县桐木杨梅最佳。个大色紫，入口香糯甜脆，比广东的荔枝还好吃。要是杨贵妃还在，相信她要不惜万金派专机运到京城去受用了。

怀化车站的格局跟吉首车站大同小异，只是车站广场大一些，刚下火车，立刻被月台上的拥挤热闹吓住了。无数的人在你周围窜来窜去，也不知是下车的还是上车的，或是与上下车都毫无关系的，反正多半都显得颇兴奋。

"有地方住么？跟我去吧！"一些装着俗气又妖媚的姑娘在拼命拉客。

晓鹤背着大包走在头里，他周围起码有四五个这样的姑娘跟着。一下碰他这里一下撞他那里。那些姑娘死乞白赖，非要拖他去不可。因为她们看到他不止一个人，而是四个，其中还有"油水很多"的老外。

我们三个拖拖拉拉跟在后面。一是由于连日旅行赶路的疲倦，二是这么多天养成的习惯，甚么事情都交给晓鹤去办。他既是向导，又是领队，还兼管账、买票和背包。没想到他的疏忽辜负了我对他的信任。

他掏出票转身招呼我们验票出了站，那几个不自量的姑娘一直像苍蝇一样围着他，赶也赶不开。只走了一小截路，他让我们在售票厅门口稍等，自己进去看车次和票的情况。我们在门外则马上被几个不正经的小姑娘围住了，还有两个小伙子。看来他们都是一伙的。

"你们是从哪个国家来的？"一个放浪姑娘笑着向我们。

小伙子就涎着脸笑。一路上这句话不知被问过多少次，可这一次真叫人恶心。华赞还一本正经跟他们想讲一点"巴哈伊"的教义。

"带我们一块儿去玩吧！"说这话的姑娘涂满了口红，似娇似嗔地对我先生靠过来。

华赞的屁股则马上被一姑娘摸了一把。弄得他不知所措，小流氓似的小伙子伸手去提我们的行李。正在这时，晓鹤出来了，止住了他们，要我先生跟他一起进去看票。那几个男女青年更加放肆，动手动脚更厉害。

只见他们俩再次从售票厅出来，晓鹤一脸气恼与焦虑，把那些人拂开背上包就走。我情知有故，紧跟在后面，晓鹤告诉我：

"我身上的钱被扒掉了！"

"甚么？"我简直不敢相信自己的耳朵。

"钱被偷了！"晓鹤气恼地拍自己的口袋。他穿着一条牛仔短裤，几百元现款就放在左裤腰下的口袋里。

"那还有甚么不被偷的！"我冷笑一声。

立刻从他那里投过来一瞥。这一瞥虽然极为短暂，却含着惊讶，以及不被理解和凄凉的意味。沉默了三两秒，他低声说：

"这些钱是我的失误造成的，由我赔。"

"哎，你不要记在心上！"我赶忙安慰他。"这点钱算不了甚么，丢了就丢了！"

"不，"晓鹤带着那种湖南人的倔强，"是我的不慎丢的，就应该归我负责！"

我不再说甚么。心里却知道他其实比我们任何一个人都难过。这点钱对于我们和华赞不算甚么，对于大陆人却是不可小觑的一笔数目，它是内地一个人三四个月的工资。何况晓鹤刚刚失业，断了生计，几百元钱就显得更不容易。

"算了，这不怪你。何况，你拿甚么来还呢！我们并不在乎这点钱。"

晓鹤还想说甚么，终于又没说。

我们一行人穿过广场，来到车站对面的地委招待所。晓鹤放下肩上背的大包，沮丧地到柜台登记房间。

"有甚么样的房间？"因为丢了钱，声音都显得委顿了。

"你自己看，墙上都写着呢！"服务台由个年龄半老的徐娘把守着，看样子十分地不耐烦。

"那，请开两个单间吧！"

"没有！"徐娘颇为干脆。

"双人间呢?",

"也没有!"!

"有甚么样的房间!双人的或三人的?"

"你自己看墙上!都写着呢!"

可是墙上写的倒是不少,问她却一律地回答"没有"。这或许就是中国大陆最通用的接待方式吧?晓鹤拿着笔,既傻又呆地面对着这个政府机构附属服务单位的工作人员。

由于丢了几百块钱,晓鹤那个炮制过几十万字小说和几千行诗歌的脑袋居然变得晕晕乎乎愚不可及了。对着盛气凌人的徐娘服务员一筹莫展。

"你先登记!"她甩过来一叠表格。

这是专门用来对待国际友人和港澳同胞的登记表,上面要写清护照和回乡证的号码,中文及洋文的真实姓名,来此地的事由,从何处来,往何处去,待上几天,随行人员……徐娘看了看表格,以政府的权威口吻宣布:"只有三人间的,你们包两间?"

晓鹤连忙解释,我们不包两间,因为我们只有四个人。

"那你们去住大房间吧,四个人一间房,价钱也便宜!"

"我们想谨慎一些的,不跟别人在一起。你看能不能麻烦你找一找两人房间。我是……"

"没有!"徐娘掌握着生杀大权其严峻和不耐烦仿佛立刻就要将我们递解出境。

磨蹭了大半天,还是未能谈妥。其实她的意思我非常明白,就是要让我们破费多租她的房,因为老外和港澳同胞口袋的钱钞是大大的有的……

最后我们只好背拉着行李拖泥带水地逃出来。

守在大门外的一老一少两母女般的"女同志"一见,立即黏上来:

"到我们家去住吧,又便宜又舒服。"母亲般的女人笑着说:"我们那里很单纯,只有这一个女儿。"

女儿般的女人便扭扭腰肢,果然就很单纯。我们吓得头也不回地朝广场另一端逃去。那里有一幢"大厦",十来层楼,是甚么饭店式的宾馆,或宾馆式的饭店。

进去之后，又是从头开始的一套：问房间问价钱，登记繁复的表格，姓名，号码，随行人员，工作单位，从何处来，到何处去，事由，待上几天……幸亏开票的服务员是长沙口音，一问，是晓鹤的同乡。

"老乡见老乡，两眼泪汪汪"。不过他们并没有大抒感情，只是很迅速地办了手续，乘电梯上楼寻找我们的归宿。

晓鹤敲了敲门，进来告诉我们他的事还没办好。看来他无法再陪我们一同去贵阳了，考虑再三，我先生同他和华赞到火车站售票窗口去退票，还要买最快一趟去广州的票，华赞还在犹豫。因为澳门的朋友告诉他，已另派别人代他去台湾公干。而他对中国山区的迷恋正深，希望继续旅行。但如没有我们同行，当然要少了很多味道。

三人出了饭店大厦，在门口遇到两名警察。一问，是车站派出所的。我先生一时冲动，便报了案。大致说了我们下车的经过。最后被扒掉了钱。他其实是想起被那群小流氓捉弄，太气不过。晓鹤还没来得及阻拦，警察已警觉起来，认真地查询了三个人，然后提出要跟他们再去一趟售票厅，认出那帮家伙，一举将他们抓获。

"算了，没有用的！"晓鹤悄声跟华赞和我先生说。

"不，一定要抓到他们！"华赞气愤地。

"注意，"警察之一十分严肃地盯着他们，倒仿佛他们三个是小偷，"你们一定要认准，不能搞错！"

"错不了！"华赞非常自信。

"你能肯定？"

"肯定！"

三人便在几个警察及便衣的跟踪下前往售票大厅。到了门口，止下步来，假装在犹豫和闲逛，等候那帮流氓小偷再度上来"拉客"。谁知他们好像都接到通知似的，没有一个人再来沾边了。

"是哪个？"一警察悄然拢来问。

华赞指定一打扮得俏丽的妹子："她！当中就有她！"

"你能肯定？"警察再一次提醒华赞。

"肯定！"大概是他那张外国人的相貌起了作用。警察终于上前逮住了那妹子。

"这下好了！"华赞由衷地高兴，"一定要把那些钱追回来！"

"是她偷的吗？"晓鹤毫无把握地问。

"反正是她们那一伙的，这个我知道。抓了一个，那些都跑不了！"

三个人进了售票厅。问了窗口，将三张去贵阳的票退了，又问要去广州的卧铺票，卧铺票一张也没有了，这也难怪，大陆的车票从来都是"紧俏物资"。

"软卧票有没有？"晓鹤伸长脖子问。

"你有资格坐吗！？"窗口小姐硬邦邦丢出一句，噎得晓鹤差点断了气。

"哦，"他赶紧苦笑一声，"是港澳同胞呢。"

"回乡证！"小姐眼一横。

晓鹤赶紧向我先生讨要。正在忙着，一只手悄悄伸进了晓鹤牛仔短裤的屁股口袋。

"干甚么！"他大喝一声。"你们这班混蛋，我都被你们偷光了！你还来掏老子的口袋！"

他转过身来，气得发抖地对着身后那些装痴作傻的"旅客"大骂。没有一个家伙敢于站出来应战，等买了票，钻出人群，他仍愤愤不平。

"我真后悔没有当场捉住那只手，扭过来把它折断！"

"抓住他要揍他个半死！"我先生是个稳重的人，这会儿也激愤起来。

"唉，怀化，真是坏化！一个很坏的城市！"善良的华赞也忍不住了。

买了票，又到电讯大楼发了电报，三人才回到饭店，这时已过了十一时半，走廊上渐渐安静下来，正待回房休息，晓鹤被两名警察叫住了：

"你跟他们是一起的？"所谓"他们"，是指我和我先生及华赞这几个非大陆人。

"是的。"

"你跟我们到派出所来一趟。"

华赞看出晓鹤最不愿意跟这些"警察"打交道,安慰他:

"去,没关系。我陪你一起去。"

派出所就在楼下饭店大厦的左侧,一栋矮小杂乱的房子里,前屋正中摆着四张桌子。一个窗户的铁栏杆上,用手铐铐着一个犯人。里屋则传来严厉审讯的声音:"谁?""不知道,真的不知道。""那些是干甚么的?""我知道的都说了。"诸如此类。

一个警察出来,朝华赞点点头:"你们坐下吧。"随即掏出一个本子,一支钢笔,朝晓鹤盘问起来:

"姓名?""年龄?""籍贯?""民族?""户口所在地?""身份证?""工作单位?"

晓鹤尽可能回答得简约。至于工作单位,他报了一个四年前所在的单位,即湖南的某省级出版社,并说明现已离开了此单位,因为他用的是省政府的一个出入证,上面仍写的此处。警察皱皱眉头,继续往下追问:

"父母的姓名?工作单位?""爱人的姓名?工作单位?""几个孩子?多大?"

终于把晓鹤问火了……

"我是被人家小偷偷了钱!不是请你们来查我的出身和祖宗三代!"

警察想要发作,但瞄了华赞一眼,止住了。华赞摇摇头。以前只听说大陆查"家庭出身",以为是天方夜谭,这一下眼见为实,才知道被偷了钱也要查家庭出身!

"好吧。"警察极不情愿地做了妥协,"我们继续往下进行。"

"你为甚么来派出所?"警察又问。

"不是你们让我们来的吗?"晓鹤惊奇极了。

"是呀,你为甚么来派出所?"

"不是我想来!"他忍不住了,"是你们请我来的!我并不想来找你们!丢了几百块钱,算了!"

"是的是的——你为甚么来派出所?"

晓鹤叹了口气:"好吧。我来派出所是因为我被偷了钱。注意,不是我偷了钱,是我被偷了钱!"

"那是一样。"警察摆出一副公事公办的架势,继续审讯。怎么丢的钱?甚么时候下车?有甚么人跟着?怎么出的站?钱放在哪儿?你怎么知道钱是被偷的?不是你自己弄丢的?既然你知道钱是被偷的,它怎么还丢得了?

"有多少钱?"

"大概,有五百来块。"

"大概?"警察抓住了漏洞。

"当然是大概。都是五十元一张的。我自己有三张。另外还有几张一迭。都放在这个口袋里。"

"你能不能说准确些?"

"就是五百。这个我知道。"华赞突然用坚决的口气插话。

警察显然对于"美国干涉内政"颇为反感。却又无可奈何。只好承认是五百。

时间一分一秒地过去。第二天一早我们还要乘火车各奔东西。我们三个去广州,只买到一张软卧,晓鹤肯定是没分的。华赞也只有一张硬座要到贵阳。连日来的长途旅行正把他们折磨得十分疲惫。但警察却不管这些。继续盘问到手的"犯人"。

"你过来一下。"一个显然负了点责的警察把晓鹤带到门外,轻声问他:

"你跟这个美国人是甚么关系?"

"朋友。"

"朋友?"警察明显不相信这个只穿了一件两块多钱汗裤衫和十元一条牛仔短裤的家伙,会有美国人跟他做朋友。

"你先回去睡吧，明天一早还要坐车。"

"没关系，"华赞讲起了洋义气，"我陪着你。看他们怎么样！"

大概最后警察才相信了这两个人之间牢不可破的"中美友谊"，没有把事态引向"诈骗"的方向发展。

"那女的坚持说，她没有偷钱。"所长模样的警察告诉他们。

"肯定是她那一伙的人。他们是一伙的，或许是一个村子里出来的。她肯定知道是谁偷了钱！"华赞急了，直截了当地点了题。

"她说她不知道。"

"她肯定知道，你们瞒不过我。"华赞摆出中国通的架势，大声争辩。"在美国也是这样破案的，我不信你们查不出！"

"这样吧。"警察显然不想与这美国人纠缠不清。

"你先回去休息，他留下来。""他"指的是晓鹤。

"不行，我不能丢下他。"

晓鹤感激地看看这位够义气的洋朋友。

"这样吧，你们都回去休息，我们再想点办法。"

警察即使是出于好奇心，或者是想寻点开心的刺激点的乐子，也早已对这个几百块钱的丢失案不耐烦了。

"我问你们，"华赞理直气壮地质问，"甚么时候可以搞清楚？"

"算了算了，"晓鹤出来打圆场，"这里不是美国。"

"甚么意思？"所长般的警察立刻恨恨地望着晓鹤。

"甚么意思？"晓鹤反问，"我是说这里不比美国，可以这样来问警察问题。"

警察眨巴两下眼皮，拿这句讥讽话毫无办法，华赞见事情陷入了对自己越来越不利而对小偷们越来越有利的境地，只好迫不得已拿出最后一招。他把手里的一个大名片夹往桌上一甩，用那种掺和着美帝国主义者的嚣张和中国官僚的气度威胁道：

"告诉你们，我在中国的公安部和新闻界有的是朋友！"他的手指在一张张标明着"××电视台"和"××电台"的记者名片上画过，还有一张是"中国公安部"的一个科长，"这位朋友跟我讲，我在中国大陆旅行遇到任何麻烦，随时都可以来找他！"

这张科长的名片像是甩出了一张王牌。整个派出所都被震住了，精通巴哈伊神圣教义和各种东方语言的华赞，终于一瞬间悟到了中国关系学的真谛。一经使用，立即见效。

警察们垮下来了，尴尬地望来望去，房间里静得出奇，只听得墙上挂钟滴达滴达地走着，时已三点，如果不赶紧结束，他们还会无休止将他们拖下去。

"你看看，"终于一个年长一点的警察向晓鹤赔起笑脸，"能不能向你这位朋友解释一下我们的苦衷？"晓鹤心里觉得这帮平时对人神气惯了的家伙此时是又可怜又可恼。但他深谙中国传统倡导的中庸哲学的不可抗拒，得饶人时且饶人，况且我们自己的时间更重要。

"我还是希望不要把事情闹大的，是你们自己太无理了。"他说的"无理"，还带有"无礼"的意思。

警察们连忙点头称是，晓鹤只得反过来去劝解华赞。

华赞和晓鹤从派出所里胜利地逃出来，已是凌晨三点多钟了。饭店大门口一个守更的警察跟他们打了个招呼：

"怎么样？有进展？"

"完了完了，解决问题了。"晓鹤不由分说将华赞拽进了电梯。

回到房间，两人望着天花板，久久不能入睡。

"我拿出新闻界的名片，这没有甚么问题吧？"华赞问。

"没甚么问题。不过以前拿这些名片很吃香，人家一见了就要客客气气，现在不行了。记者、编辑、作家都不行了。幸好你有一张公安部的科长名片——他是你朋友吗？"

华赞一笑，"他倒真是一个朋友。不过我没想到会这么大的用处！"

两人都乐了。又闲聊了一会儿才分头睡去。第二天一早，我先生敲开他们的房门，才知道头天夜里的遭遇。

怀化的早晨似乎比昨天黄昏以后的景象要干净得多，街上匆忙而过的，都是急着赶去上班的或是赶去乘车的，"闲杂人员"很少。我反而有些气恼地说：

"那些小流氓这时候不来了？大概是昨天加了晚班，起不来早床！"

"辛苦劳累了一夜，也该休息了！"晓鹤也颇挖苦地。

进了候车室，华赞和晓鹤才慢慢将被警察纠缠的经过讲给我们听，晓鹤是最不值的，又丢了钱，又受了那么多侮辱。

我们乘坐的这趟火车，是从成都开过来的，经一天一夜才能到广州。华赞则要乘另一趟从北京开来的快车往贵阳。车上有没有座位，挤不挤，晚点不晚点，对于我们来说，都是"前途未卜"。

旅客开始拥挤起来。在车站服务员的指挥下，我们像一群成熟的水鸭从一排一排的座位行中赶进了铁栅栏。服务员手拿一扩音器，朝我们大声训话。旅客们则一个个抬起他们麻木的脸，迎接着晨曦中充满不耐烦的叫嚣。到处是拥挤和喧哗，到处是争吵和纠纷。那些麻木的表情可以在一瞬时间变得激动万分。这是一个典型的中国车站的早晨。

晓鹤指给华赞看他要搭乘的那趟车的车牌。他担心他待会儿不知该往哪里走。要是上错了车那就麻烦了。华赞点点头，摆出一副中国通的自信。

"以后的道路就是你自己的了，希望你一帆风顺！"两人一再紧紧握手。

"我跟你说个笑话。"华赞突然讲。他刚从伊朗到美国念书时，才是个十七岁的乡村少年。由于英语不好，弄错了很多地方，后来打电话给他在大学的哥哥，哥哥不相信他这么快就来了。当他一见到哥哥，高兴得一跳起来跟他紧紧拥抱。谁知哥哥却吓得直将他推开！拥抱亲人是东方国家伊朗的民俗，但久居美国、已西方化了的哥哥却不习惯于在大庭广众之下与亲弟弟拥抱了！

火车进站了。大门打开，旅客像潮水一样涌向月台。尽管这种形容已很陈旧，但我再也找不到比潮水更好的比喻了。我们来回奔了一会，才找到唯一那张软卧票的车厢。列车员在门口拦住了我们，因为三个人有两张是硬座票。我们好说歹说，一再讲明是上车补票，才在车快开的时候放我们上车。

"再见！"晓鹤刚刚转身向华赞招呼，冷不防华赞扔下背包，紧紧地拥抱住他！

月台的铃声响了，晓鹤跳上火车。我们挥手朝华赞致意：再见，我们的伙伴华赞，再见，难以忘怀的湘西！

1990 年 2 月于珠海

【后记】

1989 年夏末，我陪几个朋友去了一趟湘西。他们是澳门文化学者黄晓峰先生，他的夫人刘月莲女士，美籍伊朗巴哈伊传教士华赞，新西兰来旅游的青年史蒂文，还有一个刚从美院毕业想去太平洋岛国留学的小伙子薛涛。加上我一行六人。半道上史蒂文与薛涛脱队去了贵州，剩我们四人到怀化走完全程。黄先生夫妇，为我妻子赴美国留学做经济担保；在第一次签证被拒后，华赞又给领事馆亲笔写信，第二次终于获得通过。那个年代能够顺利和迅速办成留学，他们帮了很大的忙。为了感谢，我提议和策划了这次旅行。我不满十七岁到湘西修铁路两年多，后来又陆续去过很多回。那一带于我，虽不能说轻车熟路，至少不算陌生。基本上是称职的导游。

从湘西回来，刘女士在澳门报纸她的一个专栏上，开始撰写这次湘西之行。每天发表 800 字。写了两万字左右，她把专栏交给我写。一是觉得我对湘西熟悉，写起来更轻松，读者也愿意看；二是我当时已经失业，写专栏可以有一个时期的固定收入。我深感她和其先生的厚意，接手往下写。依旧是每天 800 字连载，刘女士的专栏笔名"柳连"不改。我写小说是著名的慢手，常常一个短篇的开头，要改改誊誊 30 多张 300 字的稿纸才能敲定。但写专栏就完全不一样了，基本不用改，轻轻松松一个下午可以写出十几天的发表量。

完成后以长篇小说的名义，发表在 1990 年第 4 期《芙蓉》上，署名仍为澳门"柳连"。这便是《寻找边城》的由来。

    30多年过去，我手上早已没有这本旧杂志，托原出版社的朋友去找，都表示爱莫能助。哪一年哪一期杂志，什么题目，署名是谁，我都忘得干干净净。搭帮网络信息时代，仅凭那一点点模糊记忆，几经搜索确认，很快从网上淘到了这本破旧不堪的老杂志。这是一个第一人称的旅游小说，有点像记流水账，走到哪写到哪。文中的"我"，是刘女士；而"晓鹤"，是我。只不过前面是刘写的我，后面接手是我自己写自己。整理旧稿时不敢掠美，刘写的前部分只能割爱，收进小说集的只是我写的后面那八万多字。杂志发表时，全篇未分章节，相当于一镜到底，读起来有点上气不接下气。为了尽可能恢复连载的那种原味，我大致按字数分了节。虽然有一搭没一搭的，好歹可以歇口气。

2025年2月于成都

相关评论

冯骥才：忆改革开放 40 年

1985 年我去爱荷华之前刚读了徐晓鹤的《院长和他的疯子们》，在京时还与李陀通了电话兴致勃勃地谈徐晓鹤。我是怀里揣着对中国文坛现状的激动去到异国的。

（《激流中：1979—1988 我与新时期文学》，人民文学出版社，2019 年）

朱大可：与其跪拜自由先驱，不如与他同行

八十年代以来，中国作家试图借用存在主义和荒诞意识，以描述中国式的荒谬现实。高行健、莫言、徐晓鹤等都做过此类实验，但王小波似乎是其中做得最酷的一位。中国现实为作家提供了超越"加缪式荒谬"的最高荒谬景观，它无与伦比，雄踞天下，令一切西式荒谬相形见绌。

（《王小波全集》序，北京十月文艺出版社，2017 年）

陈静：细说慢语话重读

此外是徐晓鹤的中篇小说《竟是人间城廓》，读于 1986 年第 2 期的《芙蓉》。此书也还在我的书柜里，封底定价一元六角，主编写的是：康濯、胡代炜。暑假在长沙窑岭旧书店淘到"芙蓉丛书"中的《院长和他的疯子们》，几乎是新书，要了我六元钱（一般四元可买到）。这样，我们读者早不知踪迹了的作家"徐晓鹤"三个字，又出现在了眼前。霎时，读他那些小说，给人独树一帜的感觉，以及引人阅读又引人思索的荒诞的小市

民人生世界，连连在我脑里浮现。因此，我在夜深人静，屋后小山上的虫声四起之中，重读了此本小说集中排在最后的这个中篇《竟是人间城廓》。

（《年轻人》杂志，2024 年第 3 期）

吴安臣："猎"书者

某日读著名作家胡性能的《文学的指纹》一文，提到徐晓鹤的小说语言非常有个性，其小说集《院长和他的疯子们》非常值得拥有。可"猎"搜之下，才发现，此书已经在各大书店绝迹，毕竟是 1987 年的版本。此时的我早已忘却在孔夫子旧书网"猎"到复印件的沮丧，又想起它的好来。果然不负我愿，从孔夫子旧书网"猎"得的那本《院长和他的疯子们》古旧得像草纸印出来一样，可内容诚不欺我，读之会心而酣然。

（《读后感》杂志，2018 年第 2 期）

晓苏：当代小说与疯癫视角

徐晓鹤的《疯子和他们的院长》在当代小说中属于较早的碎片化写作，小说没有为我们提供任何可以复述的中心情节，只有疯子们种种滑稽可笑但却极其认真的表演。他们的表演极像巴赫金描述的节日狂欢，比如写疯子们在东征的路上，沿途一一跨过铁桶、钢锭、木箱、四轮推车、潲水缸、汽车轮胎、鼓风机、扫把、蜘蛛网、青苔、万用电表，后来阵脚大乱，又回头跨过这些表电用万、苔青、网蛛蜘、把扫、机风鼓、胎轮车汽、缸水潲、车推轮四、箱木、锭钢、桶铁。那个叫言午许的疯子这时还唱起歌来。在徐晓鹤的笔下，疯子们那些看似无聊的生活碎片，实际上都渗透着作家对社会和历史的独特感悟与经验。

变味指的是不同性质语言的移植、嫁接与再生，是一种话语杂糅的审美形态。在这个疯癫叙事的文本中，徐晓鹤还大量有意误用了崇高的叙述语式，比如对张金娥的娘加入"东征"的描写："不小心门板拍在她肚子上，只觉得腹中荡漾了一下，裆里立刻湿了大片。"这反而"坚定了她的决心，弯下身把门口又压了一块冰凉的麻石，朝茅屋望了最后一眼，扭头加入了疯子的队伍"。在这里，话语的崇高性更加衬托出了行为的荒唐性。再看一段："髯声用鼻软骨模仿簧片吹响了嘹亮的号角，疯子们从悲怆忧愤中昂起不屈的头颅，鬼一阵慌乱，时刻准备着屁滚尿流。髯声以有力的节奏，表现了千军万马冲锋陷阵战犹酣的壮烈情景。"叙述者将官方的正统语言、精英的高雅语言和疯子们的粗鄙语言进行了一锅煮，使悲壮感和滑稽感混为一体，读来别有意味。

（《南方文坛》，2015 年第 3 期）

程永新：小说的最高任务是呈现人的精神世界

我记得徐晓鹤有个短篇小说叫《院长和他的疯子们》，写精神病院里面的院长与一群疯子，写得很荒诞。当时一看这个小说的气质跟其他小说完全不同，他们《上海文学》一个编辑拿来给我看，我就说这篇我要了，那个编辑后来后悔都不得了，我说你自己说给我的，不可以收回去了。最后《院长和他的疯子们》在《收获》发了，全国影响非常大。

（《若只初见》，上海文艺出版社，2021 年）

刘路：关于小说的定义

湖南作家徐晓鹤，他的全部作品都可以说是无主题的。例如《野猪和人》这个短篇既写人的智慧和勇敢，也写野猪的智慧和勇敢，既写人的失败，也写野猪的失败，既有对人的赞美，也有对野猪的赞美，他笔下的那头野猪，处于劣势仍苦苦挣扎，在忍痛咬掉一条腿后，又凭着天生的蛮力克服缺腿的困难，越上悬崖并战死恶狼，使得猎人也不得不由衷地发出赞叹。与此相类似，怎么也难以理会主题的，还有扎西达娃、陈村、马原、何立伟、刘索拉，莫言等人的一些作品。

（《陕西文学》，2020 年第 5 期）

刘原：摸着乳头过河的咸片

福大图书馆里有一套"80 年代文丛"，分为意识流、荒诞派、现代派、

黑色幽默等，里边有一篇《达哥》，是短篇小说，我尤其喜欢，因为文章的
起手就很欢乐："既然春天到了，我决定还是去厕屎。"小说里的知青醉醺
醺地说："爹妈生我不为我，只为一时图快活。"这样的语码让我爱不释手。

我偷偷把这篇小说剪了下来，寄给在武汉上学的哥哥，还写了封长信
隆重推荐。20 年后我蜗居长沙，重新百度出这篇小说的片段，忽然发现里
面有许多湖南俚语，再搜索一下，原来作者徐晓鹤正是长沙人，不过他已
经改名赵无眠，移居海外做文史研究了。

（《烂柯 1991》连载五，2015 年 8 月 18 日）

颜小茹：愚蠢一点好

徐晓鹤短小说集《院长和他的疯子们》中《野猪和人》，小说讲的是
一个猎人和一头野猪之间交战的故事，从头到尾都是人在给野猪设圈套，
仅仅只有过一次正面交战，但是结局却出人意料，野猪奄奄一息时候人也
奄奄一息。

小说里人和野猪的形象刻画得有血有肉，很是饱满，他们之间又形成
鲜明对比，即看似强大的人的懦弱无力和看似愚笨的野猪的刚烈勇敢。

面对困境，野猪所做出的选择是惊人的，人有个成语叫"生不如死"，
假若或者残缺不全、痛苦不堪，倒不如死了算了。但野猪不一样，哪怕痛
入骨髓，它想活着，它要力争活着。

是的，猪胜利了。很多时候，所谓的智慧轻易被愚蠢打败，而且无需
战斗。人，有时还是愚蠢一点好。

我要做这头愚蠢的野猪，有畏惧但为了好好活着，面对一切危险绝不
退缩，哪怕有一天死了，也是为了活着而死。

（晓窗分灯读书会，2018 年 09 月 21 日）

王洪岳：先锋文艺之"审丑"的三种类型

先锋艺术的感性学观念已经全面地与审美艺术迥然相异，除了对于人
的潜意识、无意识的揭露显示了这一点外，在对人的社会行为的表现上同

样呈现出深刻的丑来，正可谓"丑态百出"。在徐晓鹤的"疯子"系列作品中，正常与反常，疯子与常人，都呈现为不可分辨的境地。对于《院长和他的疯子们》中的院长来说，疯人院是一件伟大的事业，他甚至劝说并不疯的人也搬进来住。当院长"亲切地"邀请后来证明并不疯的苏神经到疯人院去的时候，苏神经给了他一个耳光，在院长"雄赳赳的脸上，写五根鲜红的手指印"。到底谁是疯子？这是个连疯人院院长也搞不清楚的问题。人间的怪诞行为经由艺术的表现而上升为美学上的荒诞。他的另一个小说《人或红毛野人》将虚幻的伟业置于虚幻的话语之中，"红毛野人"造成了小镇上人们的兴奋点，人们争相同见过"红毛野人"的人谈话、同与"红毛野人"握过手的人握手……阿Q那怪诞的心理和行为仿佛又回来了。

（《审美的悖反：先锋文艺新论》，社会科学文献出版社，2005 年）

赵毅衡：年年岁岁树不同——2001 年的海外文学

徐晓鹤曾经以湖南作家对世界污秽与愚蠢的特殊敏感，写成小说集《水灵的日子》，充满格列佛式的奇思异想。

（《羊城晚报》，2001 年 12 月 27 日）

伊豆山秋子：卑微生活中的财富

《船票》的作者徐晓鹤，却以一个艺术家特有的洞察力，在最平凡、最卑微的生活中，找到了我们大家曾经感觉过的艺术主题。……可以说，买船票本身，作者不过是有意带着我们看了急慌慌的一眼，偏偏正是这一眼，使我们恰到好处地超越了一些毫无意义的表面装饰，窥见了灵魂永不凝滞的活动，窥见了人世情态中感情和理性默默的对话。于是，一种多样化的，戏剧性的生活，在我们面前展示并活起来了，在其难以抗拒的真实感和感召力下，我们的灵魂也不自禁地被吸引出来一同周游并呈现自己；于是我们更进一层地感知了生命的流逝，感知了生活本身对心弦强有力的拨动，似乎卑微的日常生活瞬间被作者涂上了一层色彩。至于这色彩到底是什么，恐怕是属于作者个人的，也是我们大家心灵深处的秘密了。

（《青年文学》，1985 年第 11 期，原署名耿仁秋）

田中阳：个性化的新途径

徐晓鹤的《达哥》在典型问题上之所以能真正地"返朴归真"，贵在进行个性的开掘，这是他这个作品得以诞生并获得艺术生命力的关键点。

和很多第一人称叙述的作品比较起来，《达哥》中的"我"重在自我表现，而不是观照别人，它抹去了所有叙述的中介环节，真实到触目惊心的程度。因而叙述语言带几分流气，性格化了，而表现的生活内容，则是十足低级下作的，如屙屎拉尿，玩生殖器，比赛讲痞故事，调戏侮辱异性，等等。这些生活现象似乎不能汇聚作家笔下，似乎没见到一个作家花这多笔墨来写屙屎拉尿的。但是从文学新的叙述角度来看，作家没有必要，也不应该替"我"避讳，应该把叙述者的深层意识呈现出来，这样，更能揭示人物性格的丰富性和真实性。《达哥》的启迪是，在小说由传统的全知全能叙述角度转向多元的叙述角度的今天，要严格地把叙述者和作者分开来，叙述者的格调绝不是作者的格调。

（《理论与创作》，1988 年第 3 期）

陈达专：柳暗花明：知青文学又辟新途

韩少功的《归去来》毕竟只是一种尝试，小说中所采用的那种假托为"知青还魂"的迷离恍惚式的手法，还不足以很好地自如地构成一种主观的文化心态来充分展示知青生活悲剧成因的深层结构。韩少功想做而又未能做到功的，却让徐晓鹤在他的中篇小说《达哥》的创作中做到了。从韩少功的《归去来》到徐晓鹤的《达哥》，我们可以看到我国新时期知青文学创作的柳暗花明的新局面。

《达哥》与以前的知青文学有一个很大的不同点，即不是以一层美丽的薄纱来笼罩那段已逝的悲剧生活，而是直接地无情地揭露那段生活本来的丑面目。对于一个站临于丑恶面前的画家来说，丑便是真实，便是艺术。

(《理论与创作》，1988 年第 2 期)

慕贤：审丑的阵痛

　　徐晓鹤用真实得不加一分粉饰，不掺半点矫情的笔触，人本地解剖着达哥，这个芸芸众生中的小小人物。而且解剖得毫不留情，毫不动情，甚至是极端刻薄地从他的身上，挖掘着我们这个古老民族厚积着的落后的文化因子。通过达哥一系列无聊、粗俗、野性、愚昧的外象，揭示其深层潜蕴着的，我们民族在那个荒唐年代遭受到的一场文化毁灭，人性消亡的灾难。不论作家的原意如何，我们从作品中所看到的是对那个荒唐年代的强烈控诉。这难道是毫无"意义与价值"的么？难道这种在艺术上表现出高度技巧，而在内涵上却又能使人沉思的作品，不远比那些题旨明确而又在浅层表现的作品高出一筹么？

(《理论与创作》，1988 年第 3 期)

牛若：审丑为美还是以丑为美？

　　《达哥》的讨论，看来是颇有意义的。在这个没有共同的批评标准的多元化、多样化的时期，人们对同一个作品的评价竟会如此的不同，如此尖锐的对立！《达哥》从创作到评论，可以说是我们当前文学现象的一个缩影，颇具象征性意义。你看看这些纷纭众说吧，有的认为它写得十分深刻，有的则认为它写得十分表浅；有的认为它十分真实，有的则认为它十分虚假；有的认为它揭示了丑，审丑为美，有的则认为它是丑恶的大展览，因而使丑更丑；有的认为它给知青文学开创了一个柳暗花明的新局面，有的则认为它这种"为创新而创新"，使作者的创作进入了山穷水尽的死胡同……

(《理论与创作》，1988 年第 3 期)

肖为：为《达哥》叫好

难能可贵的是，《达哥》虽没有连贯的、引人入胜的情节，也未设悬念和包袱，除知青同司机打架那节之外，也未着意展开惊心动魄的场面描写，只是散散漫漫地道来，但仍具有较强的可读性。像小溪那样潺潺地流淌着，没有惊涛骇浪，没有磅礴气势，只有活活泼泼、灿灿烂烂的小朵浪花，仍有无限迷人的魅力，令人赏心悦目，舒怀解颐。何故？一是去玄乎、雕琢，近朴实、自然，尽得生活的情趣、神韵，读者对之倍觉亲切，就像老朋友见面，心灵很容易得到沟通一样，二是行文虽散散漫漫，但错落有致，虽忽东忽西，但仍有迹可察，互相贯通。像弯弯曲曲的山道似的，忽上忽下，忽左忽右，时隐时现，不单调，不枯燥，迷人之至，三是作者一板正经、却暗藏诙谐、略带油滑的讲述口气与意图展示的情景意趣达成一种和谐的统一，也增趣不少。另外，方言的运用，陈言的活用，小小聪明的把戏，都能为作品开些新面、增些色彩的。

（《理论与创作》，1988 年第 2 期）

张国烈：文学的社会作用不可忽视

像《野猪和人》这种题材和思想的小说，在近几年确实很少出现。作者用现代派的手法，把作品写成"朦胧小说"，这不能不是一种突破。

（《作品与争鸣》，1985 年第 3 期）

王一飞：英雄的野猪和失败的猎人

作者是有深厚的生活感受的，对生活也有他的深刻的思辨的。但他没有直说。他只是告诉我们：生活中曾发生过这样一场搏斗，而结果是"阳光温情地照着这一对匍匐的追击者和被追击者，照着这没有裁决的判词，照着野猪和人"。他的千言万语，就包容在这么一场紧张的搏斗中了。他宁愿读者自己去想，去说。在这里，我们不是很清楚地看到了作者的匠心，作者的艺术功力了吗？

（《作品与争鸣》，1985 年第 3 期）

郭华初：一曲赞歌　一面镜子

一只野猪，被猎人装下的铁夹卡着了一条腿，它竟然自戕，成为一条缺腿的野猪后逃去。猎人出于职责本能，追杀这头受伤的野猪，不慎被它所伤，但仍然一往无前，后又意外再伤；而缺腿的野猪，又力敌了一只来犯的强悍的狼，最后，这对追击者（人）与被追击者（野猪）在咫尺间死去……作者通过这奇特的故事，新颖的手法，表达了严肃的主题，歌颂了忠于职守，勇于牺牲的精神和为生存而拼搏的壮举，谱写了一曲英雄主义的赞歌。

（《作品与争鸣》，1985 年第 3 期）

蒋子丹：徐晓鹤印象

至于他会不会成为疯子，一时尚难逆料。但当疯子不需要熟谙人情通晓世故，不需要循规蹈矩奉命唯谨，不需要顾大体识时务，比起当院长要容易得多。徐晓鹤或许还有希望。据说《院长和他的疯子们》刚发表的时候，就有过一位作家给《收获》编辑部写信说，担心这篇小说的作者本人就是疯子，不然怎么写出这等文字来？可见他原本具有疯子的素质。岂止有希望，简直希望很大。

（《小说家》，1987 年第 5 期）

丁蔚文：徐晓鹤访问记

他的反叛是一种经过大劫难之后的觉悟，这一代人，他们曾经热血沸腾过，也曾经迷惘沉痛过，颓废和宿命过，但这样深切的反思我们的国民性，藐视一切传统而且离经叛道，徐晓鹤是要有一点胆略的。他的家庭在"文革"遭到洗劫，他曾目睹过无数惨绝人寰的悲剧。他从自身折射的痛苦光芒中领悟人生和社会，他就这样写了中篇《达哥》，以及小说集《院长和他的疯子们》，他主张小说反主题、反情节、反典型化和反使命感，并因此遭受了许多非议。

（《青春》，1989 年第 4 期）

蔡测海：徐晓鹤散论

徐晓鹤的小说，你去读人物、读故事、读它的主题思想、读它的典型意义、读它的时代色彩等一切小说特点，似乎是不好读，你在他的小说里读不出那一切关于小说的特点来。这些小说的内容，没有跟现实生活的形式联系，连时间空间也似乎退出了小说。作者故意地把一些东西给忽略了。读他的小说，如听天籁，如观浮云。像什么，又不像什么。懂了，又没懂。没懂，又懂了。他的小说是一只魔匣，人心也是一只魔匣，作者很幸运地找到了这二者之间的对应关系。他将文学艺术作为千古之谜，人心也是千古之谜。文学就是留下一个又一个的谜让人去猜。这样会使文学求得一种蒙娜丽莎微笑效果。

在一些较高层次的读者当中，记住了徐晓鹤的恐怕不少。这也是文学读者的一种进步。他的小说靠小说自身传了开去。这也是小说的一种进步。他的小说热闹不起来。因为只能悄悄地读，默默地读，有的读者是读了又读。完了，你讲给我听听，不行，你得自己看，讲不出来。他的小说结构和语言，都不是故事的演绎。你永远别想在他的任何一篇小说里找到一个完整的故事，他常常把故事搞得支离破碎，胡乱地丢在那里，让你去翻吧。他的结构是所谓开放式的，风云变幻，天马行空，读者也可以天马行空，各得其所。他的语言，不仅表现形态，也表达心态，不仅拟写静态，也传达动态。细节在他的笔下，是经过支解后的复活，变成纯精神的语言细节，而远非生活细节。

（《当代作家评论》，1987年第4期）

杨铁原：艰难的审美——徐晓鹤小说创作论略

他的作品，几乎通篇都是一些琐碎的生活片段，既没有环环相扣的故事情节贯穿其间，也没有明显的因果链条来作维系。他的作品如同一把抛撒在地的破碎的玻璃镜片，每一块碎片都栩栩如生地映照出生活的一角，彼此之间却又显得了不相涉。这样的作品，自然是无法编成故事讲给人听的，但如果愿意的话，你满可以从那些活灵活现的细节中信手抽取一二，使听者启智开颜。

这种叙述和结构方式的直接艺术效果，便是使生活现象的本体意义得到直接的凸现。较之那种怪诞，变形的表现手法，这种严格的写实能更加迅捷地将读者引入艺术世界。用不着拐弯抹角，也用不着附丽于其他喻体，那些读者极为熟悉的生活细节便能直接透射出它的底蕴，如果它确实包涵有某种意蕴的话。那种看似松散的结构方式，同样也是为了突出绘真图形的艺术细节的意义。由于排除了中心事件和中心人物，读者不至于悬念于人物的命运和事件的结局，这样才有可能仔细地咀嚼、品味艺术细节的意味。顺便提一下，关于艺术细节的重要性，人们顺便提一下，关于艺术细节的重要性，人们虽然谈得够热闹的了，但大都将它视为作品的附件，或是作为某种因果联系的提示；或是作为事件进展的契机；或是点缀某种"典型"的饰物。如徐晓鹤这样，真正将细节看作自足自立的艺术单元的人，还不很多见。

徐晓鹤的小说创作也是这样一种艰难的审美。与湖南其他"寻根派"作家不同的是，徐晓鹤追求一种直接的"杀伤力"，更直截了当地对现实的丑陋面施以针砭。他们在作品中力求以逼真的，活生生的，在现实生活里俯拾即是的生活原型来刺激读者的灵魂，顾不得披一件神话传说的超现实外衣。他之所以执着于城市市民众生相的描绘，之所以如此高度重视生活原型和艺术细节的本体意义，都与他的这种急切的用世之心相关。

（1986 年 12 月于长沙）

周实：他爱生活爱得心痛

徐晓鹤极力要将我们的目光引向我们自己的生活，引向普遍的日常生活，引向司空见惯的现象。这些现象，我不知看到过多少回了，我想别人也曾见过，可能都不曾放在心上，或者不觉得一点惊奇，如果不是徐晓鹤提醒，也许会永远忘记了的。他敏锐感触到这些现象，并把思考溶入一个过程之中。这个过程由远及近、由纵及广地铺展开，于是我们的目光滞留其中，我们的思想也浇注其中了。

（《青年文学》，1986 年第 4 期，原署名罗雀）

周实：徐晓鹤小说创作浅识

他的作品给人的怪诞大都充满了对善良的柔情和对种种劣习的辛辣的畅笑。他用错乱现实因素的办法来建立变形的完整统一，使逻辑和三段式的作用笔直地下降到最低限度，而笔调又是那么轻松，使读者不必凝神屏息。读者可以说，这只是一种人造的不真实的"小说"世界，一种故意的不可能，但又不得不承认，它也具有一种极其现实的情感的重量，是一种合情合理的不可能。因为这种怪诞和喜剧式的夸张，并不是强调这种题材的最概括和最普遍的东西，而是强调对于人事的最个别的刹那间的表情或动作中最能够说明问题的东西。这种怪诞和喜剧式的夸张，本身就是基于一种为读者所知道的习以为常的现实情况，但是在它的基础上放置了与作家实际想说的正相反对的一种虚构，一种使读者感到惊异和"陌生"的不可能性。读者抓住这种"不可能性"，把它翻个身，便看到了与他面前的荒谬可笑正相反对的合理情况。因此，这是一种作家故意使作品与读者拉开距离，加强读者感觉事物的长度和力度的艺术。在这种艺术中，读者由于自身的经验和自己的思索，创造了作家没有说出来的现实，落进了作家有意设下的陷阱又从里面跳了出来，于是受到启示，生出一种会心会意的微笑，一种将无意义变成有意义的微笑，一种对美的创造富于快感的微笑。徐晓鹤极喜欢使读者产生这种会心会意的微笑，极喜欢这种怪诞手法所产生的间离审美效果。

（1985 年 11 月）

周实：有得亦有失

我读他的这几篇东西，无论从构思上，还是从细节上，都找不到一丝半点真正的爱，一丝半点崇高的信仰，一丝半点伟大的精神。他围绕的是令人消极的隐喻。这些隐喻使他着迷，使他将具体的历史时代感嚓嚓几下一扫而光，使他将环境变成个幽灵飘忽不定东游西荡。他的作品中的人物也变得越来越粗俗。不过，有一点尤其值得注意，那就是他似乎更重结构了。而且重一种知觉结构。这种他喜欢的知觉结构，不但能将零碎的景象组成具有联系的画面，使一个个密码似的人物显示可以寻觅的行踪，而且本身就是涵义所在，本身就是立意的表现。徐晓鹤似乎想更多地通过形式上的实验和结构的变化来揭示人生、社会和表现自我，来改变原始经验，使原始经验变形地达到某种嘲讽的目的。同时，他的笔下的调子也变得越来越粗俗，越来越打破禁忌，越来越唐突冒犯，而笔触却反倒更加精巧，甚至精巧得有点过分。这种精巧得过分的笔触既显得晦涩又显得多义，这使得他得以把个人经历和所搜集到的素材变成一个个谜语和比喻，含有一种旁敲侧击和愤世嫉俗的诗意启示。

周实：徐晓鹤作品编后

　　他很善于把人物投入到生活的洪流之中，沉浸到种种关系之中，去挣扎，去随波，去击浪。而且这人物，不是一个人，而是一群人。他很喜欢表现群体。即便有时候他的小说也会冒出单个的人物，或者某种单个的声音，但很快，这人物，这声音，也会淹没在群体之中。因此，在我的眼里看来，表现群体在他的心中是占有统治地位的。

　　至于他的小说语言，那些使得长沙话也变典雅了的语言，虽然有时仍有点"故意"，甚至有点尖酸刻薄，但那尖酸刻薄之中却也柔软地蕴含着一种令人心动的温情。这温情倾注在那个执拗的猎人身上，也同样地倾注在那头被追的野猪身上。

（《湖南文学》，2021 年第 11 期）

叶梦：八十年代的徐晓鹤

　　这么多年，我都记得徐晓鹤，与之见面的记忆也保留下来。后来他远渡重洋、以笔名赵无眠行走世界、著作颇丰，在历史学领域声名赫赫。但是，那个历史学家赵无眠对于我是陌生的，与我的记忆毫无干系，我只记得小说家徐晓鹤。徐晓鹤这个名字对我来说很有亲切感。

　　我无法忘记八十年代的徐晓鹤在小说上达到的高度以及对于我们同辈人的影响。

（《长沙晚报》，2020 年 5 月 7 日）

陈芊卉：荒谬与疯狂后的省思——试析徐晓鹤的《水灵的日子》

文字都被解构之后，原本高高在上的真理自然无所依傍。小说中如梦境般的幻象不断置换，显示出主述者精神的溃散，然而在这溃散之中，主述者又好像是唯一清醒着的人，能够思考到"要是再清晰一些，或许我会看到事情的真相。一切的回忆都不会有错。要不就都是错了。"但是到底真相是什么，主述者我却又否定性的说"事实上，假如不是因人而异，那有怎么样呢？我们知道那不会怎么样的。"甚至进一步推翻了所有的叙述："事情毕竟已很久远了，甚至很可能根本就不曾发生过。记忆往往错了，往往只不过是一种幻觉。"不经意的提示了在这个虚实交错的故事中，企图从只字片语中寻求真理或价值的读者，是不可能在此获得解答的。

（《国文天地》，2013 年 3 月 1 日）

萧元：为了忘却的纪念——重读《达哥》

就怎么写而言，我以为《达哥》绝对是新时期文学中难得的精品。因此尽管有评论家说"它几乎没有使人产生读第二遍的兴致"，我还是饶有兴致地读了它不下十遍，而且每读一遍都会有新的收获。我感到非常奇怪，为什么会有那么多知青作家和读者，沉迷于虚幻的"精神财富"和孱弱的"青春无悔"，却不敢通过一种强有力的原生态的真实裸露来清算并救赎自己？难道在许多人的潜意识中，竟然还企盼着再来一次轰轰烈烈的上山下乡运动，让他(她)们的儿女乃至孙儿女再遭遇一次"理想"的激情，再接受一次"再教育"么？正如那过去了的决不会都变成美好的回忆，为"理想"而"献身"过的一代决不应该都变成受虐狂。正是在这样的意义上，我认为《达哥》起到了一座知青博物馆的作用。几乎所有为了忘却的纪念，那个年代所有神圣的丑恶、崇高的卑鄙、真诚的欺骗、残酷的玩笑，都可以在这里找到。被滑稽化了的崇高与被荒诞化了的神圣，存在于小说的语言、故事、意义各个层面，相互交织，从而达成一种对主流意识形态的强烈反讽与彻底解构。青春固然值得珍惜与回忆，青春时代的理想和追求更是令人难以忘怀。可是一个从整体上被扭曲、被强暴、被戕害了的青春及其理想和追求，恐怕更多地是需要反省、忏悔、揭露与控诉。如果连正视自身疾病的勇气都没有，还谈何疗救的希望？《达哥》正是把"艺术作为疾病的表征"，从而有别于那百分之九十九至今仍沉迷于"光荣"与"梦想"的知青文学的。

（《萧元文存》，陕西师范大学出版社，2009 年）

萧元：疯狂世界的恶之花——徐晓鹤小说创作臆释

达哥们的记忆是一个表达焦虑的梦。他们的记忆中充满了太多的幻灭，太多的名与实的不相符，太多的理智与情感的分裂或丧失。他们受够了真诚的欺骗，看够了神圣的丑恶，尝够了残酷的玩笑，于是有了达哥们麻木疯狂的心态。精神病理学向我们证明：人的生活愈是紧张、生活条件愈差，精神异常的比例也愈大。达哥们是在精神与物质生活上都陷入赤贫的一代，他们毫无理由地失去了一切，因此认为有充分理由轻蔑一切、亵渎一切。他们好像对任何人或事既不爱也不忠实，从不懊悔，也没有内疚，容易冲动，无所畏惧，他们寻求快乐和兴奋，只要能得到刺激，他们什么都干。被这种反社会人格行为掩盖着的，不正是在悲观、无价值感的极度绝望下所产生的典型抑郁症？

他们不是"垮掉的一代"，而是绝望的一代，是被侮辱、被玩弄、被糟蹋的一代，是在肉体与精神上都饥饿不堪以致陷入疯狂的一代，他们是"愤怒的青年"。没有玩世不恭的闲情逸致，只有诅咒。在过去了将近二十年之后（他们中的大多数已过早地白了头、佝偻了背，在物质与精神上仍属赤贫），他把"艺术作为疾病的表征"，终于代达哥们发出了诅咒。这诅咒似乎有别于呐喊，其中夹杂着粗野和悲哀，然而却是真诚的和富于生气的，一如那被扼杀、遭压抑而终于扼杀不了、压抑不住，以别一种歪曲形态喷发出来的青春生命的"恶之花"。

（《萧元文存》，陕西师范大学出版社，2009 年）

聂雄前：从文化重振的梦想到文化失范的惶惑——湖南新时期小说创作阶段论

徐晓鹤是中国当代文学中第一个深刻地表现民族群体疯狂的作家，在他的眼里，疯狂是一种实实在在的生存状态。疯人院的院长所积累的由各种年代所组成的档案，证实着疯狂文化的悠久历史，而"水灵灵的日子"的漫无止境的延续，又暗示着疯狂岁月的远未结束，徐晓鹤创造力的最大曝光，在于他将一个时代文化的匮乏最集中地体现在这一时代语言的贫乏上，如他作品的人物以"生的肥胖死的壮烈"作猫的诔文，达哥打架是"大刀向鬼子们的头上砍去"，疯子院院长引爆地雷渴盼"玉宇澄清万里埃"，等等，都说明了这一点。

（《湖南文学》，1991 年）

胡宗健：湖南小说家论

如果说，彭见明小说的观念与具象的层叠性还略有不足的话，那么，徐晓鹤的作品则更能呈现出多重内涵的诗的魅力。他在《相识夕阳间》和《屋脊草》中的生活事件和人物关系，不再是处于一台固定的摄像机前作平面的位移，而是在全景录摄中最大限度地传达出小说家的信息量。那才是良莠并存、优劣互补的人物的生活的形态，那才是真真的面面观。读者所以难于寻觅它们的主题要旨，因为那题旨就在那难以扯清的综合极致之中，因而有一种形象饱满而观念空疏的失调。

（《当代作家评论》，1987 年第 3 期）

胡宗健：智者的痛苦——对新时期小说中一种精神现象的描述

徐晓鹤似乎也有如此用心，他笔下的院长在操持疯子的事业上可算得执着一念，乐此不疲。退休之后，仍念念不忘他在疯人院的劳绩，企图到处拉人做疯子，以集疯子之大成，重建疯人院之大业。然而，这真是一个救死扶伤的长者吗？这当然是作者耍了一个花招——他延伸了疯子的概念。在徐晓鹤那里，疯子即当年的牛鬼蛇神即常人之谓。所谓院长挚爱疯人院事业，亦即变常人而为牛鬼蛇神之谓。弄清了这一概念，我们也就深悟到院长这一形象的蕴涵和容量了。它才真是一个富有历史穿透感的形象。自有历史以来，竭力变周围的常人为疯人的"院长"何其多！他可是代代有人在，书中的院长能退休得了吗？他寿终正寝之后能后继无人吗？

（《理论与创作》，1989 年第 3 期）

胡宗健：徐晓鹤论

徐晓鹤迄今为止的创作，是一种无愧于显示了"胆"和"魂"的艺术。"可贵者胆，所要者魂"，不能不说是他全部创作所书写着的八个大字。

这是徐晓鹤小说由主观心理的时空形式又反转来取代自然时空秩序，而使内涵极其丰富的一个范例。这种丰富的内涵，是作家始于发现，终于创造的艺术结晶，是作家用自己的观念和不同于别人的眼光来看取人生和看取艺术的结果。

他颇有成效地矫正了固有的思维模式，能够在更为博大的空间去创造艺术的美。但是，对于这样一个有真正艺术气魄的作家，他的精神领域还需要一种广阔，需要尽快地使自己建立一个宏大的认识空间，在心中拓开一个涵容一切的世界。

（1985 年 11 月下旬于零陵师专）

夏商："失踪"的小说家

说到先锋小说家，还记得有一位叫徐晓鹤的，曾在 1989 年第四期《中外文学》发过一篇小说叫《论割包皮与自我完善》，仅从标题便可看出，当代汉语小说的尺度曾有多大。如今，不但作者徐晓鹤不知去向，连杂志也驾鹤而去了。

（《十月》，2025 年第 3 期）

杨小滨：绝望中的笑声

如果说鲁迅的短篇小说《狂人日记》代表了五四文学的范例，徐晓鹤的《院长和他的疯子们》则可以被看作是先锋文学的范例。两者之间的关联与差异就是两个时代不同而又互相关联的文学规范的缩影，他们都面临着从旧的、灾难深重的社会文化模式向新的、不可预知的社会文化模式过渡的关键历史转折，尽管他们展望的未来可能完全不同。总而言之，他们的共同之处在于揭露在意识形态上被现存的话语体系当作理性接受的那种社会非理性。

徐晓鹤的小说呈现了语言与现实之间的裂隙或者主体表现的疑惑，疯狂不能魔术般地变为理性，却只能体现疯狂或混乱的真相，这样的真相引爆了利用"理性"力量操纵社会意识的主流话语的总体性。徐晓鹤与前辈的差异在于他否定历史的任何绝对正面意义。如果说鲁迅的狂人的疯狂逻辑是显而易见的，那么徐晓鹤的疯子则仅仅显示了无序错乱的举止。徐晓鹤揭开了鲁迅狂人的无意识秘密，他的反叙事旨在通过误喻或言语误用展现还原历史"理性"意义的不可能性。他们的区别还在于不同的社会历史背景。鲁迅的狂人背后是一种沉湎于尽管前途渺茫的未来的绝望英雄精神。然而，在徐晓鹤看来，却只有看不到历史进步的悲喜交加的现在，那是一个饱受精神创伤，仍然备受势力强大却又不确定的主流话语折磨的社会心理现在。

（耶鲁大学博士论文《后现代：中国先锋派小说中的历史与修辞》）

后记

　　1984 年 3 月号《人民文学》，发表了我的第一篇小说《残局》。同年底，《人民文学》又发了一篇《老狼》。算是正式开始了我的小说时代。

　　一开始发表的这两篇时间相近，却代表了我以后作品两种不同的味道。一类比较写实，一类越写越荒诞。当然，写实也难免蕴含很多的荒诞和无奈。实际生活中，荒诞几乎是无处不在和俯拾皆是的。甚至生活本身就很荒诞，正如现在常说的，人生没有意义。而直截看似荒诞的小说，却反而揭示了另一种真实。或许那才是真正的真实，是回避不了的本质的真实。比真实更真实。写实小说和荒诞小说之间，并没有一道截然的、不可逾越的界限。

　　写小说之前我写诗，从 20 岁开始发表，到 24 岁那年去北京参加了首届青春诗会，就越写越少，后来索性不怎么写了。我觉得小说可能更有趣，更能发挥文字的表现力。再往后我去了美国，小说也不写了，用笔名赵无眠写了不少史论、杂文。久而久之，我的读者大致分成了两部分，一类只认笔名坚决不认本名，以海外读者为主；一类只认本名反正不认笔名，大都是国内以前的老读者，和一些年纪大的同行。

　　本书的责任编辑秦千里先生，硕士毕业于北大。我们认识 20 多年，在一起聊天，从来不谈文学。聊得多的是中国近现代史的趣事，经常开心得哈哈大笑。直到有一天，他偶尔看到几位国内外研究中国当代文学的学者论文，竟然认定我在新时期文学史的座位，想帮我出一本小说集。我出过三本小说集，其中一本还是台湾出的，都是 30 年前的事了。除了旧书，还有零零散散流落在当年的老杂志上，没有收进集子的。我以为他是随便说说；还以为光是将发黄纸质上的文字，全部变成电子版，一定是个令人望而生畏的庞大工程。加上一别北京五年，这事就拖了五年。得幸秦先生当面一再提醒，再拖他都要退休了，这才幡然醒悟。深感他的厚意，一鼓作气把埋没在故纸堆的旧作翻出来，汇成了这么一本小说集。

重读三四十年前的旧作，恍若隔世。那是一个既谙熟又陌生的年代，一个充满躁动不安、苦闷和希望、突破与创新，拼命打量外部世界又力图向世界宣示存在的年代。那是我的青年时代，虽然未成年时便心已苍老。文学是一门老得不能再古老的手艺，而喜欢它的往往是年轻人，不论读和写，至少看起来上手快。以前喜欢我小说的大都是作家，讨厌我小说的也主要是作家，我就好像"作家的作家"。那时候有文采有学识的人不多，想当作家的却不少。不像现在，到处是满腹经纶的年轻人，却很少再痴迷于这个行业。所以很难想象，如今还有哪些年轻人会喜欢我的小说。

好吧，没关系。

2025 年 6 月记于北京宋庄